EDIÇÕES BESTBOLSO

Os caminhos escuros do coração

Dean Koontz é um dos escritores de suspense de maior sucesso nos Estados Unidos. Seus livros foram traduzidos para 38 idiomas, com milhares de exemplares vendidos. Norte-americano, nascido na Pensilvânia em 1945, o autor começou a escrever na década de 1960, quando conseguia alguma brecha nas aulas de inglês que ministrava numa escola secundária. Sua mulher propôs, então, que ficasse cinco anos sem trabalhar para dedicar-se à escrita, e se esta resolução não desse resultado, ele desistiria da carreira de escritor. O primeiro livro foi publicado em 1968 e Koontz é com freqüência comparado a Stephen King. *No fundo dos seus olhos*, *Esconderijo* e *Lágrimas do dragão* são alguns de seus livros publicados no Brasil.

DEAN KOONTZ

OS CAMINHOS ESCUROS DO CORAÇÃO

Tradução de
ASTRID DE FIGUEIREDO

EDIÇÕES
BestBolso

CIP-Brasil. Catalogação-na-fonte
Sindicato Nacional dos Editores de Livros, RJ.

K86c
Koontz, Dean R. (Dean Ray), 1945-
Os caminhos escuros do coração / Dean Koontz; tradução de Astrid de Figueiredo. – Rio de Janeiro: BestBolso, 2008.

Tradução de: Dark Rivers of the Heart
ISBN 978-85-7799-088-7

1. Ficção policial inglesa. I. Figueiredo, Astrid de. II. Título.

08-3618

CDD: 813
CDU: 821.111(73)-3

Os caminhos escuros do coração, de autoria de Dean Koontz.
Título número 088 das Edições BestBolso.
Primeira edição impressa em dezembro de 2008.

Título original inglês:
DARK RIVERS OF THE HEART

Copyright © 1994 by Dean R. Koontz.
Publicado mediante acordo com Lennart Sane Agency AB.
Copyright da tradução © by Distribuidora Record de Serviços de Imprensa S.A.
Direitos de reprodução da tradução cedidos para Edições BestBolso, um selo da Editora Best Seller Ltda. Distribuidora Record de Serviços de Imprensa S. A. e Editora Best Seller Ltda são empresas do Grupo Editorial Record.

www.edicoesbestbolso.com.br

Ilustração e design de capa: Tita Nigrí

Todos os direitos reservados. Proibida a reprodução, no todo ou em parte, sem autorização prévia por escrito da editora, sejam quais forem os meios empregados.

Direitos exclusivos de publicação em língua portuguesa para o Brasil em formato bolso adquiridos pelas Edições BestBolso um selo da Editora Best Seller Ltda. Rua Argentina 171 - 20921-380 Rio de Janeiro, RJ
Tel.: 2585-2000 que se reserva a propriedade literária desta tradução.

Impresso no Brasil

ISBN 978-85-7799-088-7

Para Gary e Zov Karamardian
por sua preciosa amizade, por serem pessoas que fazem
da vida de todos uma alegria, e por nos oferecerem um
lar longe de casa. Decidimos nos mudar
definitivamente na próxima semana!

Parte I
Navegando num mar estranho

*Somos todos viajantes perdidos
com passagens adquiridas a um preço ignorado,
mas certamente muito além de nossas posses.
Este estranho itinerário de cenas –
enigmáticas, inusitadas, irreais – nos enche
de insegurança sobre o que devemos sentir.
Não há viagem após a morte mais
repleta de mistérios
do que a própria vida.*

> – The Book of Counted Sorrows

*Lantejoulas trêmulas do destino
flutuam etéreas
à minha volta – mas logo sinto
seu abraço rígido como aço.*

> – The Book of Counted Sorrows

1

Com a imagem da mulher em seus pensamentos e uma profunda inquietude em seu coração, Spencer Grant conduzia o carro pela noite cintilante, em busca da porta vermelha. O cão vigilante mantinha-se em silêncio ao seu lado. A chuva tamborilava no teto da caminhonete.

Sem trovões, raios nem vento, a tempestade viera do Pacífico ao fim de um sombrio crepúsculo de fevereiro. Mais forte do que uma garoa, mais fraca do que um aguaceiro, sugava toda a energia da cidade. Los Angeles, incluindo seus bairros mais afastados, tornara-se uma metrópole de contornos difusos, sem vida ou espírito. Os prédios se misturavam, o tráfego fluía com lentidão e as ruas pareciam desaparecer em meio à névoa cinzenta.

Em Santa Mônica, com as praias e o oceano negro à sua direita, Spencer parou num sinal.

Rocky, resultado de uma mistura de raças que o fizera um pouco menor do que um labrador, estudava a estrada com interesse. Quando estavam na caminhonete – um Ford Explorer –, Rocky às vezes espreitava a paisagem fugidia pelas janelas laterais, embora estivesse mais interessado no que ocorria à frente.

Mesmo quando viajava no bagageiro, o animal raramente olhava, sequer de relance, pela janela traseira. Talvez o movimento, em sentido inverso à paisagem que vinha em sua direção pela janela dianteira, o tonteasse.

Ou talvez Rocky associasse a auto-estrada que desaparecia atrás deles ao passado, e ele tinha bons motivos para não se deter em lembranças do passado.

Da mesma forma que Spencer.

Esperando que o sinal abrisse, Spencer levou a mão ao rosto. Quando estava confuso, tinha o hábito de acariciar sua cicatriz num gesto de meditação, da mesma forma que uma outra pessoa poderia enrolar uma mecha de cabelos em momentos de preocupação. O gesto o acalmava, talvez por lembrar-lhe que sobrevivera ao pior dos terrores, que a vida não poderia lhe reservar outras surpresas tenebrosas capazes de destruí-lo.

A cicatriz definia Spencer. Ele era um homem ferido.

Pálida, levemente brilhante, estendendo-se da orelha direita ao queixo, a cicatriz variava de 1 a 2 centímetros de largura. Tanto o frio quanto o calor extremo faziam com que adquirisse uma aparência mais pálida do que o normal. Exposta ao ar de inverno, embora a delgada tira de tecido conjuntivo não contivesse terminações nervosas, a sensação era a de um fio quente estirado sobre sua face. Ao sol de verão, a cicatriz era fria.

O sinal passou de vermelho a verde. O cão esticou a cabeça peluda para a frente em sinal de antecipação.

Spencer dirigiu vagarosamente na direção sul, ao longo da costa escurecida, com as duas mãos novamente sobre o volante, tenso, procurando dentre as muitas lojas e restaurantes a porta vermelha do lado direito da rua.

Apesar de não estar mais tocando a cicatriz, estava plenamente consciente de sua existência. Nunca se esquecia de seu estigma. Se sorrisse ou franzisse o cenho sentiria a cicatriz repuxando um lado de seu rosto. Se risse, a alegria se misturaria com o repuxar daqueles tecidos pouco elásticos.

O ritmo do limpador do pára-brisa acompanhava o da chuva que caía.

Embora sua boca estivesse seca, as mãos de Spencer estavam úmidas. A pressão no peito era fruto tanto da ansiedade quanto da agradável sensação de encontrar Valerie mais uma vez.

Estava dividido entre voltar para casa ou continuar. A nova esperança que alimentava era certamente o equivalente ao ouro dos tolos. Estava só, e assim permaneceria, exceto por Rocky. Envergonhava-se do otimismo emergente, da ingenuidade que ele revelava, do desejo secreto, do desespero silencioso. Mas seguiu em frente.

Rocky não poderia saber o que estavam procurando, mas resfolegou suavemente quando a porta vermelha apareceu. Sem dúvida respondia à mudança sutil no estado de espírito de Spencer quando avistou a porta.

O bar ficava entre um restaurante chinês e um prédio abandonado, que anteriormente abrigara uma galeria de arte. Pranchas de madeira obstruíam as janelas da galeria e a fachada, que um dia havia sido elegantemente decorada por blocos de pedras, estava caindo aos pedaços, como se aquele empreendimento não tivesse apenas fracassado, mas tivesse encerrado suas atividades após um atentado à bomba. Por entre a chuva prateada, um facho de luz na entrada do bar revelava a porta vermelha da qual se recordava da noite anterior.

Spencer não fora capaz de se lembrar do nome do estabelecimento. Este lapso de memória agora parecia intencional, considerando-se as luzes do néon escarlate na entrada: THE RED DOOR. Claro! Estivera procurando a porta vermelha. Um riso seco escapou-lhe dos lábios.

Depois de peregrinar por tantos bares ao longo dos anos, Spencer deixara de observar as diferenças entre eles, não sendo mais capaz de atribuir-lhes nomes. Em tantas cidades, bares incontáveis representavam, em essência, o mesmo confessionário, onde sentado num tamborete, em vez de ajoelhado num genuflexório, ele murmurava as mesmas confissões a estranhos que, por não serem padres, não podiam dar-lhe a absolvição.

Seus confessores eram alcoólatras, guias espirituais tão perdidos quanto ele, incapazes de dar-lhe a penitência adequada para que finalmente encontrasse a paz, além de totalmente incoerentes quanto à discussão do significado da vida.

Diferente dos estranhos a quem abria sua alma, Spencer jamais ficava bêbado. Para ele, a embriaguez era algo tão pavoroso quanto a idéia do suicídio. Ficar bêbado era abrir mão do controle. Intolerável. Controle era tudo que lhe restava.

No final do quarteirão, Spencer dobrou à esquerda e estacionou numa rua pouco movimentada.

Não freqüentava os bares para beber, mas para evitar a solidão e para contar sua história a alguém que não se recordasse dela na manhã seguinte. Muitas vezes, durante uma longa noite, bebericava uma ou duas cervejas. Mais tarde, já em seu quarto, depois de fitar os paraísos escondidos, finalmente fecharia os olhos quando as formas das sombras no teto inevitavelmente o fizessem lembrar do que preferira esquecer.

Quando Spencer desligou o motor, a chuva tamborilava com mais força do que antes, um som frio, arrepiante como as vozes das crianças mortas que em seus piores sonhos algumas vezes o chamavam, sonhos que continham uma urgência sem palavras.

O brilho amarelado de um poste de iluminação ali perto banhava o interior da caminhonete, deixando Rocky perfeitamente visível. Seus grandes olhos expressivos encaravam o dono.

– Talvez esta seja uma má idéia – disse Spencer.

O cão esticou o pescoço para lamber a mão do dono, ainda agarrada ao volante. Parecia estar dizendo que ele deveria relaxar e fazer exatamente aquilo que o levara até ali.

Quando Spencer esticou a mão para acariciá-lo, Rocky baixou a cabeça não para que a parte detrás das orelhas ou o pescoço ficassem mais ao alcance das carícias do dono, mas para indicar que era subserviente e inofensivo.

– Há quanto tempo estamos juntos?

Rocky manteve a cabeça abaixada, encolhendo-se com desconfiança, porém sem tremer ao contato da mão carinhosa.

– Quase dois anos – disse Spencer, respondendo à própria pergunta. – Dois anos de carinho, longas caminhadas, correndo atrás de *frisbees* na praia, refeições regulares... e, ainda assim, algumas vezes você pensa que eu vou bater em você.

Rocky manteve a postura subserviente no assento do carona.

Spencer deslizou a mão por baixo do focinho do cão, forçando-o para cima. Após uma breve tentativa de desvencilhar-se, Rocky desistiu de qualquer tipo de resistência. Quando se encararam no mesmo nível, olhos nos olhos, Spencer perguntou:

– Você confia em mim?

O cão silenciosamente desviou os olhos, para baixo e para a esquerda.

Spencer sacudiu-o delicadamente pelo focinho, solicitando novamente sua atenção.

– Vamos manter nossas cabeças eretas, sim? Sempre orgulhoso, está bem? Confiantes. Cabeças erguidas, encarando as pessoas de frente. Entendeu?

Rocky deixou pender a língua entre os dentes semicerrados e lambeu os dedos que lhe prendiam o focinho.

– Vou interpretar esta resposta como um sim – disse Spencer, soltando o focinho. – Neste bar você não pode entrar. Não se ofenda.

Em determinados bares, embora Rocky não fosse um cão treinado como guia, podia estirar-se aos pés de Spencer e até mesmo sentar-se num tamborete que ninguém reclamaria da violação das leis de saúde pública. Geralmente um cachorro era a menor das infrações pelas quais o estabelecimento seria multado, caso um inspetor aparecesse para uma visita ao local. O bar The Red Door ainda mantinha pretensões de se tornar um estabelecimento de classe, e Rocky não seria bem-vindo.

Spencer saltou do carro, bateu a porta violentamente, ajustou as trancas e acionou o alarme com o controle remoto. Não podia contar com Rocky para proteger o Explorer. Aquele era um cachorro que jamais assustaria um ladrão de carros, a não ser que o assaltante sofresse de patológica fobia a lambidas na mão.

Depois de correr pela chuva fria para debaixo do toldo que circundava o prédio da esquina, Spencer parou para olhar para trás.

O cachorro, agora no assento do motorista, olhava para fora, o nariz de encontro ao vidro da janela lateral, uma orelha em pé e a outra pendurada. Sua respiração já começava a embaçar o vidro, mas não estava latindo. Rocky nunca latia. Apenas olhava e esperava. Eram 35 quilos de puro amor e paciência.

Spencer afastou-se do carro e da rua lateral e contornou a esquina, encolhendo os ombros para proteger-se do ar congelado.

A julgar pelos sons líquidos da noite, a costa, bem como todas as obras da civilização que sobre ela repousavam, poderia ser apenas uma plataforma de gelo derretendo-se e deslizando para a negra goela do Pacífico. A chuva escorria para fora do toldo, gorgolejava pelos bueiros e esguichava sob os pneus dos carros que passavam. No limiar da percepção auditiva, mais sentido do que ouvido, o ronco incessante das ondas anunciava a constante erosão das praias e das encostas.

Quando Spencer estava passando pela galeria de arte abandonada, uma voz fez-se ouvir das profundezas das sombras da entrada. A voz era tão seca quanto a noite era úmida; era rouca e áspera:

– Eu sei o que você é.

Detendo-se, Spencer espreitou a escuridão. Com as pernas escancaradas, lá estava um homem sentado junto à porta da galeria. Sujo e barbado, parecia menos um homem do que um monte de trapos, de tal forma saturado de imundícies orgânicas que dali tivesse surgido, por geração espontânea, um tipo de vida maligna.

– Eu sei o que você é – repetiu o mendigo de forma suave, porém absolutamente clara.

Um miasma de odor corporal e urina, misturado aos vapores de um vinho barato, emanava do portal.

O número de moradores de rua, mendigos, drogados e psicóticos, crescera em ritmo constante desde o fim da década de 1970, quando a maioria dos doentes mentais recebera alta dos hospícios, em nome da liberdade civil e da compaixão. Eles vagavam pelas cidades americanas, defendidos pelos políticos, mas sem qualquer tipo de assistência; um exército de mortos-vivos.

O murmúrio penetrante era tão seco e sinistro quanto a voz de uma múmia reanimada: *"Eu sei o que você é."*

A resposta sensata era continuar andando.

A palidez do mendigo, acima da barba e abaixo do cabelo emaranhado, tornava-se visível na escuridão. A profundidade dos olhos encovados assemelhava-se à dos poços sem fundo. *"Eu sei o que você é."*

– Ninguém sabe – respondeu Spencer.

Tateando a cicatriz com os dedos da mão direita, afastou-se da galeria abandonada e do farrapo humano.

– *Ninguém sabe* – sussurrou o mendigo.

Talvez seu comentário sobre o passante, que a princípio parecera sobrenaturalmente perceptivo, até mesmo portentoso, nada mais fosse do que a repetição insensata do que ouvira do último cidadão desdenhoso que por ele passara. *"Ninguém sabe."*

Spencer deteve-se em frente ao bar. Estaria cometendo um erro terrível? Hesitou com a mão encostada à porta vermelha.

Uma vez mais a voz do mendigo fez-se ouvir por entre as sombras. Através do crepitar da chuva, sua advertência tinha agora a fantasmagórica qualidade de uma voz entrecortada no rádio, falando de uma distante estação em algum lugar longínquo do planeta. *"Ninguém sabe..."*

Spencer abriu a porta vermelha e entrou.

Numa noite de quarta-feira, não havia recepcionista na entrada. Talvez nem houvesse uma recepcionista nas sextas e nos sábados... O lugar não parecia estar no auge da prosperidade.

O ar morno exalava um cheiro azedo e era recortado por espirais de fumaça de cigarro. No canto esquerdo da sala principal, de formato retangular, um pianista, sob um foco de luz, esforçava-se laboriosamente numa interpretação desanimada de "Tangerine".

Decorado em preto, cinza e aço polido, com paredes espelhadas e acessórios em *art déco* que projetavam sobre o teto anéis superpostos de uma luz tristonha azul-safira, o bar um dia havia resgatado com estilo uma época perdida. Agora, os estofamentos estavam esgarçados, os espelhos, embaçados. O aço perdera o brilho sob os resíduos de fumaça antiga.

A maioria das mesas estava vazia. Alguns casais mais idosos sentavam-se junto ao piano.

Spencer encaminhou-se para o bar, à direita, e acomodou-se na banqueta mais distante, o mais longe possível do músico.

O *barman* tinha cabelos ralos, fisionomia amarelada e pálidos olhos acinzentados. A polidez habitual e o sorriso desanimado não escondiam seu enfado. Ele funcionava com a eficiência e a indiferença de um robô, desencorajando as conversas por jamais estabelecer contato visual.

Dois cinqüentões de terno sentavam-se mais adiante no bar, ambos desacompanhados, franzindo o cenho para suas bebidas, colarinhos desabotoados e gravatas desalinhadas. Pareciam aturdidos, deprimidos, como se fossem executivos de uma agência de publicidade que tivessem sido despedidos há dez anos, mas que ainda acordavam todas as manhãs e se vestiam para o sucesso por não terem qualquer outra coisa para fazer. Talvez freqüentassem o The Red Door por ter sido, na época em que ainda tinham esperanças, o local onde costumavam relaxar depois do trabalho.

A única garçonete que servia às mesas chamava a atenção por sua beleza, meio vietnamita e meio negra. Vestia o mesmo traje – assim como Valerie – da noite anterior: sapatos pretos de saltos, saia curta preta, suéter preta de mangas curtas. Valerie a chamara de Rosie.

Depois de 15 minutos, Spencer dirigiu-se a Rosie quando ela passava com uma bandeja de bebidas:

— Valerie está trabalhando esta noite?
— Deveria estar.

Spencer sentiu-se aliviado. Valerie não tinha mentido. Pensava que talvez ela o tivesse enganado, uma forma gentil de afastá-lo.

— Estou meio preocupada com ela – disse Rosie.
— Por quê?
— Bem, o horário dela já começou há meia hora – explicou, enquanto procurava desviar o olhar da cicatriz – e ela nem telefonou.
— Ela não costuma se atrasar?
— Val? Não é desse tipo. Ela é *organizada*.
— Há quanto tempo ela trabalha aqui?
— Há mais ou menos dois meses. Ela... – a mulher desviou os olhos da cicatriz e o encarou. – Você é um amigo ou qualquer coisa parecida?
— Estive aqui ontem à noite. Neste mesmo banco. O movimento estava fraco. Valerie e eu conversamos um pouco.
— É, estou me lembrando de você – disse Rosie e era óbvio que ela não podia compreender por que Valerie tinha perdido tempo com ele.

Ele não tinha nada que o fizesse parecer com o homem dos sonhos de alguém. Usava tênis, jeans, uma camisa barata e uma jaqueta de brim adquirida em uma loja de departamento – essencialmente o mesmo traje que usara na noite anterior. Nenhuma jóia. O relógio não era de marca. E a cicatriz, naturalmente. Sempre a cicatriz.

— Telefonei para ela – disse Rosie. – Ninguém atendeu. Estou preocupada.
— Uma hora de atraso não é tanto assim. Talvez um pneu furado.
— Nesta cidade – disse Rosie com o rosto contraindo-se em uma expressão de raiva que a envelheceu dez anos num segundo – pode ter sido estuprada por uma gangue, esfaqueada por algum vagabundo de 12 anos totalmente drogado e até mesmo morta a tiros por um ladrão de carros na saída de sua própria garagem.
— Puxa! Você é mesmo otimista, não é?
— Eu vejo o noticiário.

Rosie levou as bebidas para uma mesa ocupada por dois casais de meia-idade, suas expressões transmitindo muito mais amargura do que a idéia de uma comemoração. Poupados do novo puritanismo que conquistara tantos californianos, fumavam furiosamente. Pareciam temer que a recente proibição total ao fumo nos restaurantes pudesse se estender naquela mesma noite aos bares e lares e que cada cigarro pudesse ser o último.

Enquanto o pianista penosamente dedilhava "The Last Time I Saw Paris", Spencer tomou dois goles de cerveja.

A julgar pela melancolia palpável dos clientes no bar, poderiam na verdade estar em 1940, com tanques alemães rolando pelos Champs-Élysées e os presságios de desgraça faiscando no céu noturno.

Alguns minutos mais tarde, a garçonete aproximou-se novamente de Spencer.

– Acho que dei a impressão de ser meio paranóica – disse ela.

– Nada disso, eu também vejo o noticiário.

– Mas é que Valerie é tão...

– Especial – disse Spencer, completando seu pensamento de forma tão precisa que ela o encarou com uma mistura de surpresa e um vago alarme, como se suspeitasse que ele tivesse lido sua mente.

– É. Especial. Mesmo que você só a conheça há uma semana, e... bem, você começa a querer que ela seja feliz, a querer que coisas boas aconteçam para ela.

"Nem é preciso uma semana", pensou Spencer. "Uma noite já é o bastante."

Rosie disse:

– Talvez seja por causa da dor que existe nela. Ela já sofreu muito.

– Como? – perguntou ele. – Quem?

Ela deu de ombros e afirmou:

– Não sei de nada. Ela nunca disse nada. É o que eu sinto.

Ele também sentira a vulnerabilidade de Valerie.

– Mas ela é dura também. Puxa, eu nem sei por que é que estou tão nervosa por causa disso. Nem sou a irmã mais velha dela. De qualquer maneira, todo mundo tem direito a chegar atrasado de vez em quando.

A garçonete afastou-se e Spencer bebericou a cerveja morna.

O pianista começou a tocar "It Was a Very Good Year", que Spencer detestava, mesmo quando cantado por Sinatra, embora fosse fã dele. Sabia que a canção deveria ter um tom de reflexão, até mesmo levemente pensativo. Entretanto, soava-lhe imensamente triste. Não era apenas a saudade de um homem mais velho recordando-se das mulheres que amara, mas uma triste balada de alguém que chega ao amargo final de seus dias, olhando para trás, para uma vida vazia, desprovida de quaisquer relações profundas.

Supunha que sua interpretação da letra era expressão do temor de que dali a algumas décadas, quando a chama de sua própria vida se extinguisse, ele se fosse em meio à solidão e ao remorso.

Olhou para o relógio. Valerie já estava uma hora e meia atrasada.

A inquietação da garçonete o contagiara. Uma imagem persistente surgia em sua mente: o rosto de Valerie, meio escondido por mechas de cabelos escuros e por uma delicada filigrana traçada pelo sangue, uma das faces de encontro ao solo, os olhos abertos, sem piscar. Ele sabia que sua preocupação era irracional, estava simplesmente atrasada para o trabalho. Não havia nada de terrível nisso e, no entanto, a cada minuto que passava sua apreensão aumentava.

Colocou a cerveja inacabada sobre o balcão, levantou-se e caminhou sob a luz azul para a porta vermelha e para a noite fria, onde o estrondo semelhante ao de exércitos que marchavam era apenas a chuva que batia sobre a lona do toldo.

Ao passar pela entrada da galeria de arte, escutou o choro manso do mendigo envolto em sombras. Deteve-se, comovido.

Por entre murmúrios estrangulados de tristeza o estranho apenas entrevisto sussurrava a última coisa que Spencer lhe dissera pouco antes: *"Ninguém sabe... ninguém sabe..."* Esta breve afirmativa evidentemente havia adquirido um significado pessoal e profundo para o mendigo, pois repetia as palavras com um tom totalmente diferente daquele que Spencer usara para pronunciá-las, com angústia intensa e silenciosa. *"Ninguém sabe."*

Embora Spencer estivesse plenamente consciente de que estava se comportando como um tolo ao financiar a autodestruição do infeliz, retirou da carteira uma nota novinha de 10 dólares. Inclinou-se em direção à entrada sombria e ao fétido odor que o mendigo exalava e ofereceu o dinheiro.

– Tome.

A mão que se estendeu para a oferenda ou estava encoberta por uma luva escura ou estava tão terrivelmente suja que mal podia ser entrevista nas trevas. Enquanto a nota era retirada das mãos de Spencer, o mendigo lamentou-se em voz baixa: *"Ninguém... ninguém..."*

– Vai dar tudo certo – afirmou Spencer em tom complacente. – É a vida. Todos nós passamos por ela.

– *É a vida, todos nós passamos por ela* – sussurrou o homem.

Atormentado mais uma vez pela imagem do rosto sem vida de Valerie, Spencer apressou-se em direção à esquina, à chuva, ao Explorer.

Pela janela lateral, Rocky observava sua aproximação. Quando Spencer abriu a porta, o cão passou para o assento do carona.

Spencer entrou na caminhonete e fechou a porta, trazendo consigo o cheiro de brim molhado e o odor de ozônio da tempestade.

– Saudades, matador?

Rocky balançou-se de um lado para o outro algumas vezes e tentou abanar o rabo, mesmo sentado sobre ele.

Enquanto ligava o motor, Spencer afirmou:

– Você vai gostar muito de saber que não fiz nenhuma besteira lá dentro.

O cão espirrou.

– Mas só porque ela não apareceu.

O cão inclinou a cabeça com curiosidade.

Engrenando o carro e soltando o freio de mão, acrescentou:

– Então, em vez de desistir e ir para casa enquanto é tempo, o que é que você acha que eu vou fazer agora? Hein?

Aparentemente, o cão não tinha nenhuma pista.

– Vou meter o nariz onde não sou chamado. Vou me dar uma outra chance de quebrar a cara. Diga francamente, meu chapa: você acha que eu fiquei maluco?

Rocky simplesmente resfolegou.

Afastando a caminhonete da calçada, Spencer disse:
— É, você tem razão. Eu sou um caso perdido.
Seguiu para a casa de Valerie, a 10 minutos do bar.

Na noite anterior, ele esperava com Rocky no Explorer, do lado de fora do The Red Door, até 2 horas, e seguira Valerie na volta para casa logo depois que o bar fechara. Em conseqüência de seu treinamento para vigilante, Spencer era capaz de seguir alguém discretamente. Tinha certeza de que ela não percebera.

Não estava, entretanto, tão confiante quanto à sua capacidade de explicar a ela, ou a si mesmo, *por que* a tinha seguido. Após uma única noite de conversa, periodicamente interrompida para que ela atendesse aos poucos clientes do bar quase deserto, Spencer tinha sido invadido por um desejo avassalador de saber tudo sobre ela. Tudo.

Na verdade, era mais do que um simples desejo. Era uma necessidade, e sentia-se compelido a satisfazê-la.

Embora suas intenções fossem inocentes, sentia uma certa vergonha da obsessão que nascia nele. Na noite anterior, ficara sentado no Explorer, do outro lado da rua em frente à casa dela, contemplando as janelas iluminadas, todas elas recobertas por cortinas transparentes, e, num determinado momento, pudera vislumbrar sua sombra por entre as dobras do tecido, como um espírito avistado à luz de velas numa sessão espírita. Um pouco depois das 3h30, a última luz foi apagada. Enquanto Rocky dormia enroscado no banco traseiro, Spencer permanecera em seu posto por mais uma hora, contemplando a casa escurecida, imaginando que livros Valerie lia, o que gostava de fazer nos dias de folga, como seriam seus pais, onde vivera quando era criança, quais seriam seus sonhos quando estava feliz e que forma tomariam seus pesadelos quando estava perturbada.

Agora, menos de 24 horas depois, ele se dirigia novamente para a casa dela, com uma leve ansiedade a perturbar seus nervos. Ela estava atrasada para o trabalho. Apenas atrasada. Sua preocupação excessiva revelava-lhe mais do que na verdade desejava saber sobre a intensidade pouco apropriada de seu interesse por aquela mulher.

O tráfego diminuía à medida que ele avançava pela avenida Ocean em direção aos bairros residenciais. O brilho lânguido da pavimentação criava uma falsa impressão de movimento, como se cada rua fosse um rio preguiçoso, correndo em direção a seu delta longínquo.

VALERIE KEENE vivia numa área sossegada de bangalôs construídos no fim da década de 1940, com estuque e ripas de madeira. Aquelas residências, de dois ou três quartos, ofereciam mais charme do que espaço: varandas na frente com grades trabalhadas, das quais pendiam grandes mantos de buganvílias; persianas decorativas ladeando janelas cujos beirais exibiam ripas de madeiras com interessante trabalho festonado, moldado ou talhado; telhados elegantes com trapeiras recortadas em reentrâncias profundas.

Já que Spencer não desejava chamar a atenção sobre si próprio, passou pelo bangalô sem reduzir a velocidade. Olhou sem demonstrar interesse para a direita, em direção à casa mergulhada na escuridão, no lado sul do quarteirão. Rocky imitou-o, mas tanto o cão quanto o dono não pareciam ver nada excepcionalmente alarmante na casa.

No final do quarteirão, Spencer dobrou à direita e dirigiu-se para o sul. As próximas ruas à direta eram sem saída. Passou por elas. Não desejava estacionar numa rua sem saída. Aquilo funcionava como uma armadilha. Na próxima grande avenida, dobrou novamente à direita e estacionou junto à calçada, numa área residencial semelhante àquela em que Valerie morava. Desligou o limpador de pára-brisa, mas não o motor.

Ele ainda esperava ser capaz de recuperar o bom senso, engatar a marcha à ré e voltar para casa.

Rocky o contemplava com um ar de expectativa. Uma orelha levantada e a outra pendurada.

— Estou perdendo o controle — disse Spencer para si mesmo e para o cão. — E não sei a razão.

A chuva inundava o pára-brisa, e através da película de água cascateante as luzes da rua tremeluziam.

Spencer suspirou e desligou o motor.

Ao sair de casa esquecera o guarda-chuva. O curto percurso do carro até o The Red Door o deixara úmido, mas a caminhada mais longa até a casa de Valerie o deixaria ensopado.

Não estava certo dos motivos que o levaram a não estacionar em frente a casa. Treinamento, talvez. Instinto. Paranóia. Quem sabe os três.

Inclinando-se sobre Rocky e conseguindo evitar uma lambida morna e afetuosa na orelha, Spencer retirou uma lanterna do porta-luvas, enfiando-a no bolso da jaqueta.

— Se alguém se meter a besta com o carro – disse para o cachorro –, você trate de arrancar-lhe as tripas.

Enquanto Rocky bocejava, Spencer saiu do Explorer e trancou-o, usando as travas automáticas. Chegando à esquina, começou a andar na direção norte. Não se deu ao trabalho de correr, pois de qualquer forma estaria ensopado antes que chegasse ao chalé.

A rua traçada na direção norte-sul era margeada por jacarandás que teriam fornecido abrigo muito limitado, mesmo se estivessem carregados de folhas e cascatas de botões púrpura. Agora, no inverno, os galhos estavam nus.

Ao chegar à rua de Valerie, onde os jacarandás davam lugar a enormes loureiros, Spencer estava totalmente ensopado. As raízes protuberantes das árvores tinham rachado a calçada, mas os galhos e as folhas abundantes davam proteção contra a chuva.

Ao longo daquela avenida, as grandes árvores impediam até mesmo que a maior parte da luz amarelada das lâmpadas chegasse aos gramados diante das casas. As árvores e os arbustos ao redor dos bangalôs haviam atingido a maturidade, e alguns precisavam ser podados. Se algum morador estivesse olhando pela janela, provavelmente não poderia vê-lo na escuridão que envolvia a calçada.

À medida que andava, examinava os veículos estacionados ao longo da calçada. Até onde era possível enxergar, em nenhum deles havia alguém à espreita.

Um caminhão de mudanças estava estacionado do outro lado da rua, em frente ao bangalô de Valerie, o que convinha a Spencer, pois as dimensões avantajadas do veículo bloqueavam o campo de visão dos vizinhos. Não havia ninguém trabalhando junto ao caminhão, o que indicava que a carga ou descarga da mudança deveria estar marcada para o dia seguinte pela manhã.

Spencer seguiu o caminho que levava à porta da frente e subiu três degraus até a varanda. As grades trabalhadas dos dois lados não sustentavam buganvílias, mas jasmins noturnos. Embora não fosse plena estação, o aroma dos jasmins adoçava o ar com sua fragrância singular.

A varanda estava totalmente escura. Spencer duvidava que pudesse ser visto da rua.

Na escuridão, precisou tatear o batente da porta para encontrar o botão. Ouviu a campainha soar suavemente no interior da casa.

Esperou. Nenhuma luz se acendeu.

Sentiu um frio na nuca e teve a sensação de estar sendo observado.

Duas janelas ladeavam a porta da frente, dando para a varanda. Pelo que podia observar, as cortinas penduradas do outro lado do vidro não mostravam qualquer abertura através da qual um observador pudesse vigiá-lo.

Olhou novamente para a rua. A luz amarelada transformava o aguaceiro em lantejoulas brilhantes. Na calçada do outro lado estava o caminhão de mudanças, parcialmente escondido na sombra e parcialmente iluminado pelo brilho das luzes da rua. Um Honda último modelo e um Pontiac mais antigo estavam estacionados ali perto. Nenhum sinal de pedestre nem de tráfego. A noite estava silenciosa, exceto pelo incessante tamborilar da chuva.

Tocou mais uma vez a campainha.

A sensação de arrepio na nuca não desapareceu. Levou a mão até lá, certo de que encontraria uma aranha tentando subir pela pele que a chuva tornara escorregadia. Não havia aranha nenhuma.

Quando se voltou novamente para a rua, pensou ter visto, pelo canto dos olhos, um movimento furtivo próximo ao caminhão de mudança. Continuou olhando mais um minuto, mas o único movimento na noite sem vento era o das torrentes de chuva dourada que caíam em linha reta sobre a calçada, mais parecendo pesadas gotas de ouro.

Ele sabia por que estava nervoso. Não tinha nada para fazer ali. A culpa deixava seus nervos à flor da pele.

Encarando novamente a porta, puxou a carteira do bolso direito da calça e retirou seu cartão de crédito.

Embora não fosse capaz de admitir até aquele momento, teria ficado desapontado se tivesse encontrado as luzes acesas e Valerie em casa. Spencer *estava* preocupado com ela, mas duvidava que estivesse atirada no chão, ferida ou morta no interior daquela casa mergulhada na escuridão. Ele não era um vidente. A imagem do rosto da moça ensangüentado que ele havia imaginado era apenas uma desculpa para percorrer o caminho que o levara do bar até ali.

A necessidade que sentia de saber absolutamente tudo sobre Valerie assemelhava-se perigosamente aos anseios de um adolescente. Naquele momento, sua capacidade de julgamento não era nada confiável.

Estava assustando a si próprio, mas não podia mais voltar atrás.

Spencer inseriu o cartão entre a porta e o batente e conseguiu movimentar a lingüeta de mola. Pressupunha que houvesse também um trinco, pois Santa Mônica era um lugar onde o crime florescia tanto quanto em qualquer outra área de Los Angeles, mas talvez estivesse com sorte.

Porém, teve mais sorte do que esperava: a porta da frente e o trinco da corrente não estavam trancados. Quando torceu a maçaneta, a porta se abriu.

Surpreso, assaltado por outro tremor de culpa, olhou novamente para trás, para a rua. Os loureiros. O caminhão de mudanças. Os carros. Chuva, chuva, chuva.

Entrou, fechou a porta e encostou-se nela. Spencer pingava água sobre o tapete e sentia calafrios. Depois de alguns segundos, sua visão ajustou-se o suficiente à completa escuridão para permitir-lhe perceber uma janela recoberta por uma cortina – e, em seguida, uma segunda e uma terceira janelas –, iluminadas apenas pela tênue luz lá de fora.

Pelo pouco que conseguia enxergar, a escuridão que tinha diante de si poderia abrigar uma multidão, mas sabia que estava sozinho. A casa transmitia uma sensação não só de vazio, mas de abandono, deserção.

Spencer tirou a lanterna do bolso da jaqueta. Encobriu o facho de luz com a mão para garantir, tanto quanto possível, que não fosse notado por qualquer pessoa que estivesse do lado de fora.

A tênue claridade revelou uma sala de estar sem mobília, totalmente vazia. O carpete era cor de café com leite e as cortinas, sem forro, eram creme. O lustre de duas lâmpadas no teto provavelmente poderia ser acionado por um dos três interruptores ao lado da porta da frente, mas não experimentou.

Seus tênis e meias, totalmente ensopados, chiavam quando atravessou a sala de estar. Transpôs um arco, entrou numa sala de jantar pequena e igualmente vazia.

Spencer pensou no caminhão de mudanças do outro lado da rua, mas não acreditava que os pertences de Valerie estivessem dentro dele ou que ela tivesse se mudado do bangalô depois das 4 horas do dia anterior, quando abandonara seu posto de vigilância em frente à casa e voltara para sua própria cama. Em vez disso, suspeitava que ela, na verdade, nunca tivesse se *mudado* para aquele lugar. O carpete não mostrava marcas deixadas pelas linhas de pressão e pelos pés da mobília; mesas, cadeiras, cômodas, armários e luminárias não haviam recentemente ornamentado o local. Se Valerie vivera no chalé durante os dois meses em que trabalhara no The Red Door, evidentemente não o tinha mobiliado e não pretendia chamá-lo de lar por muito tempo.

Ao lado esquerdo da sala, através de um arco com a metade do tamanho do primeiro, encontrou uma cozinha pequena, com armários de pinho e tampos de fórmica vermelha. Inevitavelmente, deixou pegadas no piso de ladrilhos cinzentos.

Empilhados ao lado das duas pias gêmeas estavam um prato de comida, um de pão e outro de sopa, um pires e uma xícara, todos limpos e prontos para serem usados. Havia um copo colocado ao lado da louça. Próximos ao copo estavam um garfo, uma faca e uma colher, também limpos.

Passou a lanterna para a mão direita, estirando dois dedos sobre o vidro para suprimir parcialmente o facho de luz, liberando assim a mão esquerda para tocar no copo. Traçou o contorno da borda com a ponta dos dedos. Mesmo que o copo tivesse sido lavado depois que Valerie bebera nele pela última vez, seus lábios, num determinado momento, haviam tocado a borda.

Ele nunca a beijara. Talvez nunca o fizesse.

Este pensamento o embaraçava, fazia-o se sentir tolo e forçava-o a considerar, ainda uma vez, a falta de sentido de sua obsessão por aquela mulher. Não tinha nada que estar ali. Estava invadindo não apenas a casa dela, mas também sua vida. Até agora ele tinha vivido uma vida honesta, embora nem sempre com um respeito inabalável pela lei. Ao entrar naquela casa, entretanto, cruzara uma linha divisória bem definida que maculara sua inocência, e o que perdera não poderia ser recuperado.

Ainda assim, não saiu do bangalô.

Quando abriu as gavetas e os armários da cozinha, encontrou-os vazios, exceto por um abridor de latas. A mulher não possuía pratos ou quaisquer outros utensílios, a não ser os que estavam empilhados ao lado da pia.

A maioria das prateleiras na acanhada despensa estava vazia. O estoque de alimentos limitava-se a três latas de pêssego, duas latas de pêra em calda, duas latas de abacaxi fatiado, também em calda, uma caixa de adoçante acondicionado em pequenos envelopes azuis, duas caixas de cereal para o café-da-manhã e um vidro de café instantâneo.

A geladeira estava quase tão vazia quanto a despensa, mas no congelador havia um bom estoque de porções individuais de pratos finos congelados.

Ao lado da geladeira havia uma porta com janela de vidros divididos em painéis. Os quatro painéis eram cobertos por uma cortina amarela, que ele afastou o suficiente para poder avistar uma varanda e um quintal castigado pela chuva.

Deixou cair a cortina. Não estava interessado no mundo exterior, apenas nos espaços internos, onde Valerie havia respirado, feito suas refeições e dormido.

Não conseguia parar de tremer. O frio úmido da casa era penetrante como o ar do inverno lá fora. O aquecimento deveria ter ficado desligado o dia inteiro, o que significava que Valerie provavelmente saíra cedo.

Em sua face fria a cicatriz escaldava.

Uma porta fechada ficava no centro da parede dos fundos da sala. Abriu-a e descobriu um corredor estreito, que se estendia 2 metros para a esquerda e mais 2 para a direita. Diretamente em frente ao corredor, havia uma outra porta entreaberta. Lá dentro, ele divisou um piso de ladrilhos e uma pia de banheiro.

Quando se preparava para entrar no corredor, ouviu sons que diferiam do tamborilar monótono e oco da chuva no telhado. Um baque e um leve rangido.

Spencer imediatamente apagou a lanterna. Inicialmente, os sons pareciam furtivos, como se um ladrão do lado de fora tivesse escorregado na grama molhada e esbarrado na casa. Entretanto, quanto mais Spencer escutava, mais se convencia de que os ruídos estavam mais afastados e que poderiam ser nada mais do que uma porta de carro sendo fechada na rua ou na entrada da garagem de algum vizinho.

Tornou a acender a lanterna e continuou sua busca no banheiro. Uma toalha de banho, uma toalha de rosto e uma toalhinha de mãos estavam penduradas no porta-toalhas. Um sabonete usado estava numa saboneteira de plástico, mas não havia nada no armário de remédios.

À direita do banheiro havia um quarto de dormir pequeno, tão desprovido de mobília quanto o restante da casa. O *closet* estava vazio.

O segundo quarto, à esquerda do banheiro, era maior que o primeiro, e obviamente era o quarto onde ela dormia. Um colchão de ar inflado estava no chão. Sobre o colchão, um amontoado de lençóis, um único cobertor de lã e um travesseiro. As portas duplas do armário embutido estavam abertas, revelando cabides de arame pendurados numa vara de madeira.

Embora o restante do bangalô não contivesse quaisquer adornos ou decorações, havia alguma coisa fixada no centro da parede mais longa daquele quarto. Spencer aproximou-se, direcionando o facho de luz, e viu uma fotografia colorida, em *close*, de uma barata. Parecia ser uma página de livro, talvez um texto de entomologia, pois a legenda sob a foto era redigida em seco inglês acadêmico. Fotografada de perto, a barata media cerca de 15 centímetros. Fora fixada à parede por um único prego grande, martelado bem no centro da carapaça. No chão, diretamente abaixo da fotografia, estava o martelo cuja ponta tinha sido utilizada para martelar a parede.

A fotografia não era uma decoração. Certamente ninguém penduraria a foto de uma barata com a intenção de embelezar o quarto.

Além disso, o uso de um prego – em vez de pinos, grampos ou fita adesiva – indicava que a pessoa que brandia o martelo o fizera com raiva considerável.

Era óbvio que a barata simbolizava alguma coisa a mais.

Spencer pôs-se a imaginar com inquietação se Valerie a teria pregado ali. Parecia pouco provável. A mulher com quem conversara na noite anterior no The Red Door parecera incomumente gentil, doce e completamente incapaz de uma raiva furiosa.

Se não tivesse sido Valerie, quem teria sido?

Enquanto Spencer movia o facho da lanterna ao longo do papel brilhante, a carapaça da barata brilhava como se estivesse molhada. As sombras de seus dedos, que bloqueavam parcialmente a luz, criavam a ilusão de que as patas finas e as antenas da barata agitavam-se levemente.

Algumas vezes, os assassinos em série deixavam atrás de si assinaturas em todas as cenas de crimes para identificar seu trabalho. Pela experiência de Spencer, essa assinatura poderia ser qualquer objeto, desde uma carta de baralho específica e um símbolo satânico talhado em algum lugar do corpo da vítima até uma simples palavra ou verso de poesia escrito com sangue na parede. A foto pregada na parede dava a sensação de uma assinatura desse tipo, embora fosse a mais estranha que vira ou lera nas centenas de estudos de caso que conhecia.

Uma vaga sensação de náusea o atingiu. Não encontrara sinais de violência na casa, mas ainda não tinha examinado a garagem, de uma única vaga, anexada a casa. Talvez encontrasse Valerie sobre o concreto frio, exatamente como a imaginara anteriormente: deitada de lado, o rosto colado ao chão, olhos arregalados abertos, arabescos desenhados pelo sangue obscurecendo-lhe as feições.

Sabia que estava tirando conclusões apressadas. Hoje em dia, o americano médio vivia rotineiramente numa antecipação à violência súbita, insensata, mas Spencer era mais sensível às aterradoras possibilidades da vida moderna do que a maioria das pessoas. Tinha enfrentado dor e terror que o haviam marcado de muitas formas, e sua tendência agora era considerar a selvageria como tão certa quanto as auroras e os crepúsculos.

Ao afastar-se da fotografia da barata, imaginando se iria aventurar-se a explorar a garagem, a janela do quarto explodiu para dentro, e um pequeno objeto negro foi arremessado através das cortinas. Visto de relance, rolando e voando pelo ar, parecia ser uma granada.

Num gesto reflexo, desligou a lanterna enquanto os pedaços de vidro ainda caíam. Na escuridão, a granada caiu com um som surdo sobre o tapete.

Antes que Spencer pudesse se afastar, foi atingido pela explosão. Nenhum pipocar de luz a acompanhou, apenas um som ensurdecedor e estilhaços duros atingindo-o das canelas até a testa. Gritou. Caiu. Esperneou. Contorceu-se. Dor nas pernas, nas mãos e no rosto. Seu dorso estava protegido pela jaqueta de brim. Mas as mãos, meu Deus, as mãos! Retorceu as mãos que queimavam. Dor quente. Puro tormento. Quantos dedos perdidos, ossos esmagados. Jesus, Jesus, suas mãos estavam convulsas de tanta dor; mas meio adormecidas e, assim, não podia avaliar os danos.

O pior de tudo era a agonia feroz em suas têmporas, nas faces, no canto esquerdo da boca. Excruciante. Desesperado para diminuir a dor, apertou as mãos contra o rosto. Tinha medo do que poderia encontrar, dos danos que sentiria, mas suas mãos latejavam de tal forma que não podia mais confiar no seu tato.

Quantas novas cicatrizes teria se sobrevivesse – quantos vergões cicatriciais pálidos e preguedados ou quelóides rubros, monstruosos, do couro cabeludo até o queixo?

Saia, fuja, vá buscar ajuda.

Através da escuridão, esperneou, arrastou-se, agarrou-se, contorceu-se como um caranguejo ferido. Apesar de desorientado e aterrorizado, conseguiu arrastar-se pelo chão, agora repleto de algo parecido com bolas de gude, em direção à porta do quarto, e com dificuldade pôs-se de pé.

Imaginou ter caído no meio de uma guerra entre gangues pela disputa de um território. Los Angeles nos anos 1990 era mais violenta do que Chicago na época da Lei Seca. As modernas gangues de jovens eram mais selvagens e mais bem armadas do que a Máfia, excitadas pelas drogas e munidas de seu tipo especial de racismo, tão frias e impiedosas quanto serpentes.

Ofegando, tateando com as mãos doloridas, tropeçou para dentro do corredor. A dor espalhava-se por suas pernas, enfraquecendo-o e testando seu equilíbrio. Ficar em pé era tão difícil quanto equilibrar-se sobre um tambor giratório de um parque de diversões.

Janelas explodiram nos outros cômodos. Seguiram-se outras explosões abafadas. O corredor não tinha janelas e por isso não foi atingido novamente.

Apesar da confusão e do medo, Spencer percebeu que não cheirava a sangue. Não sentia gosto de sangue. Na verdade, não estava sangrando.

Subitamente, entendeu o que estava acontecendo. Não era uma guerra entre gangues. Os estilhaços não o tinham cortado, portanto não eram estilhaços de verdade. Nem bolas de gude espalhadas pelo chão, mas pelotas de borracha dura, de um projétil de fragmentação. Apenas os órgãos de segurança possuíam granadas desse tipo. Ele mesmo as usara. Segundos atrás, uma turma da SWAT iniciara um ataque ao bangalô, atirando as granadas para colocar os ocupantes fora de combate.

O caminhão de mudanças, sem dúvida alguma, era o transporte disfarçado para a tropa de choque. O movimento que vira atrás do caminhão não tinha sido apenas imaginário, afinal.

Deveria ter ficado aliviado. O ataque era ação da polícia local, da Delegacia de Combate às Drogas, a Decod, do FBI... ou outro órgão de segurança qualquer. Aparentemente, ele atrapalhara uma operação deles. Conhecia bem os procedimentos. Se ele se atirasse no chão com o rosto para baixo, braços estendidos sobre a cabeça e mãos espalmadas para mostrar que estavam vazias, estaria a salvo; não levaria um tiro. Eles o algemariam, interrogariam, mas não lhe fariam mal nenhum.

Exceto por um grande problema: ele não tinha nada que estar ali. Era um invasor. Do ponto de vista deles, poderia ser um arrombador. Para os agentes, suas explicações pareceriam, no mínimo, uma desculpa esfarrapada. Droga, pensariam que era louco. Nem ele entendia bem por que estava tão tocado por Valerie, por que tinha necessidade de saber tudo sobre ela, por que tinha sido audacioso e estúpido o bastante para entrar na casa dela.

Não se atirou ao chão. Com as pernas trêmulas, cambaleou pelo corredor escuro como um túnel, apoiando-se com uma das mãos na parede.

A mulher estava envolvida em algo ilegal e, inicialmente, as autoridades pensariam que ele também estava. Seria posto sob custódia, detido para interrogatório, talvez mesmo autuado sob suspeita de cumplicidade com Valerie no que quer que ela tivesse feito.

Descobririam quem ele era.

Os meios de comunicação desencavariam seu passado. Seu rosto estaria na televisão, jornais e revistas. Vivera muitos anos em abençoado anonimato; seu novo nome desconhecido, sua aparência alterada pelo tempo, irreconhecível. Mas estava a ponto de perder sua privacidade. Estaria no picadeiro central do circo novamente, assediado pelos repórteres, as pessoas cochichando cada vez que ele aparecesse em público.

Não. Intolerável. Não podia passar por isso novamente. Preferia morrer.

Eles eram policiais e ele era inocente, mas agora não estavam do seu lado. Mesmo que não pretendessem destruí-lo, eles o fariam simplesmente expondo-o à imprensa.

Mais vidros estilhaçados. Duas explosões.

Os oficiais da equipe da SWAT não estavam se arriscando, como se pensassem estar enfrentando pessoas alucinadas pelos efeitos da cocaína ou alguma outra coisa ainda pior.

Spencer estava no meio do corredor, entre duas portas. Para o lado direito, uma semi-escuridão acinzentada: a sala de jantar. À sua esquerda, o banheiro.

Entrou no banheiro, fechou a porta, esperando ganhar tempo para pensar.

O ardor no rosto, nas mãos e nas pernas começava lentamente a diminuir. Rápida e repetidamente fechou e abriu as mãos, tentando melhorar a circulação e fazer desaparecer a dormência.

Do outro extremo da casa veio o ruído de madeira arrombada, forte o bastante para fazer com que as paredes estremecessem. Provavelmente era a porta da frente sendo violentamente aberta ou derrubada.

Um outro estrondo. A porta da cozinha.

Estavam dentro da casa.

Estavam chegando.

Não havia tempo para pensar. Precisava se mexer, confiando no instinto e no treinamento militar, que era, assim ele esperava, tão completo quanto o dos homens que o caçavam.

Na parede dos fundos do banheiro, acima da banheira, a escuridão era cortada por um retângulo de tênue luz acinzentada. Pisou dentro da banheira e com as duas mãos explorou rapidamente o caixilho da janelinha. Não estava convencido de que fosse bastante grande para fornecer uma saída, mas era a única rota possível para uma fuga.

Se tivesse sido chumbada ou tivesse persianas, estaria preso numa armadilha. Felizmente, era uma única vidraça, que se abria para dentro a partir de uma dobradiça. As braçadeiras dobráveis dos dois lados da janela estalaram suavemente ao ficarem totalmente estendidas, travando a janela aberta.

Ele esperava que o leve ranger da dobradiça e o estalido das braçadeiras arrancassem um grito de alguém do lado de fora, mas o barulho incessante da chuva abafava quaisquer ruídos que ele fizesse. Nenhum alarme foi dado.

Spencer agarrou o parapeito da janela e elevou-se até o nível da abertura. A chuva fria respingou-lhe o rosto. O ar úmido, impregnado dos odores fecundos da terra saturada pela chuva, cheirava a jasmim e grama.

O quintal era uma tapeçaria melancólica, tecida exclusivamente em tons sepulcrais de preto e cinza, lavada pela chuva que turvava os detalhes. Pelo menos um homem – provavelmente dois – da turma da SWAT deveria estar cobrindo a parte dos fundos da casa. Entretanto, embora Spencer tivesse boa visão, não era capaz de obrigar qualquer das sombras entrelaçadas a assumir uma forma que se assemelhasse à humana.

Por um instante, a parte superior de seu corpo pareceu ser mais larga que o batente, mas ele encolheu os ombros, entortou-se, contorceu-se e arrastou-se através da abertura. O pulo da janela para o chão foi curto. Rolou uma vez na grama molhada e ficou deitado de bruços, com a cabeça levantada vigiando a noite, ainda incapaz de vislumbrar os adversários.

Nos canteiros e na linha divisória da propriedade os arbustos não tinham sido podados. Várias figueiras antigas, que também cresciam livremente, formavam portentosas torres de folhagem.

Visto por entre os galhos dessas gigantescas árvores, o céu não estava totalmente escuro, as luzes da metrópole refletiam o bojo das nuvens da tempestade deslizando para leste, pintando a abóbada da noite com tons profundos e acres de amarelo, que na direção do oeste oceânico lentamente se diluíam num cinza-escuro.

Embora familiar a Spencer, a cor pouco natural do céu da cidade o enchia de um temor surpreendente e supersticioso, pois fazia com que pensasse num malévolo firmamento sob o qual os homens estavam fadados a morrer – e só de olhá-lo poderiam acordar no inferno. Era um mistério como o quintal podia permanecer escuro sob aquele brilho sulfuroso, ainda que ele pudesse jurar que quanto mais o examinava mais escuro ele se tornava.

As ferroadas em suas pernas começavam a desaparecer. As mãos ainda estavam doloridas, mas já podia utilizá-las, e a sensação de queimadura em seu rosto era menos intensa que antes.

No interior da casa escura, uma arma automática pipocou brevemente, soltando vários disparos. Um dos policiais devia ser do tipo gatilho-nervoso e estava atirando em sombras ou fantasmas. Curioso. Gatilhos-nervosos não eram comuns entre os oficiais das Forças Especiais.

Spencer arrastou-se pela grama ensopada até o abrigo de um ficus de tronco triplo. Levantando-se com as costas apoiadas na árvore, observou a grama, os arbustos, a linha das árvores ao longo do muro atrás da propriedade, parcialmente convencido que poderia escapar dali, mas também parcialmente convencido de que se fosse descoberto seria morto.

Flexionando as mãos para diminuir a dor, considerou subir no trançado de galhos logo acima e esconder-se entre os mais altos. Inútil, naturalmente. Eles o encontrariam na árvore, pois não admitiriam que tivesse escapado até terem dado busca em cada sombra e manto de folhagem, tanto os mais altos quanto os mais baixos.

Do bangalô vinham vozes, o som de uma porta que batia, nem mesmo uma pretensa discrição ou precaução restavam, não após os tiros precipitados. Ainda não havia nenhuma luz.

O tempo estava se esgotando.

Prisão, revelação, o brilho das luzes das câmeras de televisão, repórteres gritando perguntas. Intolerável.

Ele, silenciosamente, amaldiçoou a si próprio por ser tão indeciso. A chuva caía nas folhas acima.

Notícias de jornais, capas de revistas, o odioso passado ressuscitado, os olhares boquiabertos de estranhos insensíveis para quem ele seria o equivalente a um espetacular acidente de trem capaz de andar e respirar.

Seu coração em disparada acertava o passo pela marcha cada vez mais rápida de seu temor.

Não conseguia se mover. Estava paralisado.

A paralisia, entretanto, lhe foi bem útil, quando um homem vestido de preto passou silenciosamente pela árvore, carregando uma arma que se assemelhava a uma Uzi. Embora não estivesse a mais de dois passos de Spencer, o homem concentrava-se na casa, pronto para o caso de sua presa saltar detrás de uma janela à direita, sem perceber que o fugitivo que procurava estava ao alcance de sua mão. O homem então viu a janela do banheiro aberta e imobilizou-se.

Spencer já estava se movimentando antes mesmo que seu alvo começasse a se virar. Qualquer pessoa com treinamento para estar num grupo da SWAT – fosse um policial local ou um agente federal – não cairia facilmente. A única chance de anulá-lo rápida e silenciosamente era atingi-lo com força, enquanto a surpresa o dominasse.

Spencer golpeou a virilha do policial com o joelho usando toda a força de que era capaz, tentando levantá-lo do solo. Com a mesma freqüência com que usavam jaquetas ou coletes de Kevlar à prova de balas, alguns agentes das Forças Especiais usavam suportes forrados de aço – como aqueles usados pelos atletas – em todas as operações onde a ordem fosse arrombar e dominar. Mas aquele não estava protegido. Expirou explosivamente, um som que não seria ouvido a 10 metros de distância na chuva.

Ao mesmo tempo em que levantou o joelho, Spencer agarrou a arma automática com as duas mãos, puxando-a violentamente para a direita. A arma foi arrancada das mãos do outro homem antes que ele convulsivamente disparasse uma rajada de aviso.

O pistoleiro caiu para trás na grama molhada e Spencer caiu sobre ele carregado pelo impulso.

Embora o policial tentasse gritar, a agonia daquele golpe na virilha roubara-lhe a voz. Não conseguia nem inalar.

Spencer poderia ter golpeado o tórax de seu adversário com a arma – uma metralhadora automática, a julgar pela sua forma –, esmagando-lhe a traquéia e asfixiando-o com seu próprio sangue. Um golpe no rosto poderia esmagar-lhe o nariz e enterrar lascas de osso em seu cérebro.

Mas não desejava matar ou ferir ninguém seriamente. Precisava apenas de tempo para sair o mais depressa possível dali. Desferiu um golpe na têmpora do policial controlando a força, mas assim mesmo deixou o infeliz totalmente inconsciente.

O homem usava óculos de visão noturna. O grupo da SWAT estava realizando uma busca noturna com assistência tecnológica total e por isso nenhuma luz se acendera no interior da casa. Enxergavam como gatos, e Spencer era o rato.

Rolou na grama, acocorou-se, segurando a metralhadora com as duas mãos. Era uma Uzi: reconhecia a forma e o peso da arma. Balançou-a para a direita e para a esquerda, antecipando a presença de um outro adversário. Ninguém apareceu para atacá-lo.

Talvez cinco segundos tivessem se passado desde que o homem vestido de preto passara furtivamente pelo fícus.

Spencer disparou pela grama, para longe do bangalô. A folhagem chicoteava suas pernas. Os galhos das azaléias roçavam em seus tornozelos, esgarçavam sua calça.

Deixou cair a Uzi. Não ia atirar em ninguém. Ainda que isso significasse ser preso e exposto aos meios de comunicação. Preferia render-se a usar a arma.

Avançou com dificuldade por entre arbustos, no meio de duas árvores, passando por uma planta cujos botões brancos fosforeciam, e aproximou-se do muro da propriedade.

A esta altura era como se já tivesse escapado. Se o avistassem agora, não atirariam pelas costas. Gritariam um aviso, se identificariam, ordenariam que ficasse imóvel e viriam buscá-lo, mas não atirariam.

O muro de blocos de concreto revestido com estuque tinha 1,80 metro de altura, e era arrematado com tijolos vazados, escorregadios por causa da chuva. Segurou-se, elevou o corpo, raspando o estuque com a ponta do tênis.

Quando começava a escorregar para a parte de cima do muro, com a barriga colada aos tijolos frios e levantando as pernas, o tiroteio começou atrás dele. Balas atingiram os blocos de concreto, tão perto que lascas de estuque choveram sobre seu rosto.

Ninguém gritara droga de aviso nenhum.

Rolou pela parte de fora do muro e caiu no jardim do vizinho; as armas automáticas crepitando mais uma vez – uma rajada mais prolongada desta vez.

Metralhadoras numa área residencial. Loucura! Que tipo de policiais eram aqueles?

Caiu num emaranhado de roseiras. Era inverno, as rosas tinham sido podadas, mas mesmo nos meses frios o clima da Califórnia era suficientemente ameno para permitir algum crescimento e os galhos pendentes e cheios de espinhos rasgaram-lhe a roupa e espetaram sua pele.

Vozes, sem expressão e estranhas, abafadas pela estática da chuva, soaram do outro lado do muro.

– Por aqui, aqui atrás, venham!

Spencer ficou em pé de um salto e correu entre os galhos das roseiras. Os espinhos de um galho pendente arranharam o lado de seu rosto, oposto ao da cicatriz, um galho mole enroscou-se em torno de sua cabeça como se quisesse adorná-lo com uma coroa, e ele só conseguiu desvencilhar-se à custa das mãos laceradas.

Estava no jardim de uma outra casa. Luzes em alguns dos cômodos do andar térreo. Um rosto numa janela brilhante de chuva. Uma jovem. Spencer tinha a terrível sensação de que a estaria colocando em perigo mortal se não saísse dali antes que seus perseguidores chegassem. Depois de atravessar o labirinto de quintais, muros, grades de ferro, becos sem saída e vielas, sem jamais estar certo de ter deixado para trás seus perseguidores ou de ainda estar sendo perseguido de perto, Spencer encontrou a rua em que tinha estacionado o Explorer. Correu para ele e puxou a porta violentamente.

Trancada, é claro.

Procurou as chaves nos bolsos. Não conseguiu encontrá-las. Implorou a Deus que não as tivesse perdido no caminho.

Rocky o observava pela janela do motorista. Parecia achar a busca desesperada de Spencer muito divertida. Estava sorrindo.

Spencer virou-se para a rua varrida pela chuva. Deserta.

Um outro bolso. Sim. Pressionou no chaveiro o botão que desativava o sistema de segurança. Um ruído eletrônico foi emitido, os trincos se abriram, e ele pulou para dentro do carro.

Enquanto tentava dar partida, as chaves escorregaram de suas mãos molhadas e caíram no chão.

– Droga!

Reagindo ao temor do dono, sem achar mais graça nenhuma, Rocky enroscou-se timidamente entre o assento do carona e a porta. Emitiu um som débil de interrogação e preocupação.

Embora as mãos de Spencer ainda formigassem por causa das pelotas de borracha que as atingiram, não estavam mais dormentes. Ainda assim, o tempo que levou tentando pegar as chaves pareceu-lhe uma eternidade.

Talvez fosse melhor ficar deitado no banco do carro, escondido, e manter Rocky abaixo do nível das janelas. Esperar que os tiras viessem... e se fossem. Se chegassem enquanto ele se afastava da calçada suspeitariam ser ele o homem que estava na casa de Valerie, e de uma forma ou de outra o fariam parar.

Por outro lado, esbarrara numa operação importante, envolvendo muitos homens. Não iam desistir com facilidade. Enquanto estivesse escondido no carro, poderiam bloquear a área e iniciar uma busca em todas as casas. Também inspecionariam, da melhor forma possível, todos os carros estacionados, olhando pelas janelas. Ele seria exposto ao facho de luz de uma lanterna, aprisionado em seu próprio veículo.

O motor pegou com estardalhaço.

Soltou o freio de mão, engatou a marcha e afastou-se da calçada, acionando os limpadores de pára-brisas e acendendo os faróis. Tinha estacionado perto da esquina e assim pôde dar meia-volta.

Olhou pelo retrovisor e pelo espelho lateral. Nenhum homem armado vestindo uniforme preto.

Alguns carros passaram depressa pelo cruzamento, na direção sul da outra avenida, deixando para trás colunas de água esguichada.

Sem parar nos sinais, Spencer virou à direita e juntou-se ao fluxo de tráfego, para longe da casa de Valerie. Resistiu ao impulso de pisar no acelerador até o fim. Não podia arriscar que o mandassem parar por excesso de velocidade.

— Mas o que está acontecendo afinal?

O cão respondeu com um ganido suave.

— O que será que ela fez? Por que será que estão atrás dela?

A água escorria de sua testa para dentro de seus olhos. Estava ensopado. Sacudiu a cabeça e a água gelada voou de seus cabelos, respingando no pára-brisa, no estofamento e no cachorro.

Rocky sobressaltou-se.

Spencer ligou o aquecedor.

Dirigiu por cinco quarteirões e mudou de direção duas vezes antes que começasse a se sentir seguro.

— Quem será ela? Mas que *diabo* ela fez?

Rocky adotara o novo estado de espírito do dono. Não estava mais enroscado no canto. Tendo retomado a postura vigilante no centro do banco, estava desconfiado, mas não atemorizado. Dividia a atenção entre a cidade encharcada pela chuva e Spencer, olhava a cidade com ansiedade e encarava Spencer com a cabeça inclinada e uma expressão de espanto.

— Jesus, o que é que eu estava fazendo lá, afinal de contas?

Embora banhado pelo ar quente que saía da abertura da ventilação no painel, continuava a tremer. Parte do frio nada tinha a ver com o fato de estar ensopado, e nenhum calor no mundo seria capaz de dissipá-lo.

— Não tinha nada para fazer lá. Não devia ter ido. Meu chapa, *você* por acaso tem alguma idéia do que eu estava fazendo lá? Hein? Porque eu absolutamente não sei. Foi uma *burrice*.

Reduziu a velocidade para atravessar um cruzamento inundado, onde uma montanha de lixo navegava à deriva na água suja.

Seu rosto estava quente. Olhou para Rocky.

Acabara de mentir para o cachorro.

Há muito tempo fizera a promessa de nunca mentir para si mesmo. Cumprira a promessa com apenas um pouco mais de lealdade que o bêbado médio cumpria sua resolução de ano-novo de nunca mais permitir que o demônio do rum tocasse novamente seus lábios. Na verdade, provavelmente se permitia menos auto-ilusão e autodissimulação do que a maioria das pessoas, mas não poderia afirmar que, invariavelmente, dizia apenas a verdade para si mesmo. Ou que desejava ouvir suas verdades. O que ocorria de fato é que ele sempre *tentava* ser honesto consigo mesmo, mas com freqüência aceitava uma meia-verdade e fechava os olhos à verdade, em vez de enxergar a realidade – e podia viver confortavelmente com qualquer omissão do real.

Mas nunca mentia para o cachorro.

Nunca.

A relação com o cão era a única relação honesta que Spencer jamais conhecera e era, portanto, muito especial. Não. Mais do que especial. Sagrada.

Rocky, com seus enormes olhos expressivos e coração profundamente honesto, com sua linguagem corporal e o rabo que espelhavam sua alma, era incapaz de hipocrisia. Se fosse capaz de falar, teria sido ingênuo, pois era inocente. Mentir para o cachorro era pior do que mentir para uma criança. Puxa! Ele não se sentiria pior se mentisse para Deus, pois Deus esperava menos dele do que o pobre Rocky.

Nunca minta para o cachorro.

– Muito bem – declarou ao parar num sinal –, então eu sei por que fui até lá. Sei o que estava procurando.

Rocky o encarou com interesse.

– Você quer que eu diga, não é?

O cão aguardou.

– É importante para você que eu diga?

O cão escavou o assento, lambeu as patas e inclinou a cabeça.

– Muito bem. Fui à casa dela porque...

O cão o encarava.

– ... porque ela é muito bonita.

A chuva tamborilava. Os limpadores de pára-brisa produziam um ruído abafado.

— Muito bem, ela é bonita, mas não é maravilhosa. Não é a aparência. Ela tem alguma coisa diferente. Ela é especial.

O motor em ponto morto roncava.

Spencer suspirou e disse:

— Está bem, dessa vez vou ser honesto até o fim. Nada de rodeios. Fui à casa dela porque... porque eu queria encontrar uma vida para mim.

O cão desviou os olhos dele para a rua em frente, evidentemente satisfeito com a explicação final.

Spencer pensou sobre o que tinha revelado para si mesmo ao ser honesto com Rocky. *Eu queria encontrar uma vida.*

Não sabia se deveria rir de si mesmo ou chorar. Finalmente, não fez nem uma coisa nem outra. Apenas continuou, o que era exatamente o que vinha fazendo pelo menos nos últimos 16 anos.

O sinal ficou verde.

Com Rocky olhando para a frente, apenas para a frente, Spencer dirigiu para casa pela noite chuvosa, na solidão da vasta cidade, sob um céu estranhamente matizado, tão amarelo quanto uma gema de ovo estragado, tão cinzento quanto as cinzas de um crematório, e assustadoramente negro na linha longínqua do horizonte.

2

Às 9 horas, depois do fiasco em Santa Mônica, na pista da auto-estrada na direção leste, voltando para o seu hotel em Westwood, Roy Miro notou um Cadillac parado no acostamento. Serpentes formadas pela luz vermelha de emergência percorriam o pára-brisa, onde a chuva batia com força. O pneu traseiro do lado do motorista estava vazio.

Sentada ao volante estava uma mulher, evidentemente esperando socorro. Parecia ser a única pessoa no carro.

A idéia de uma mulher sozinha naquelas circunstâncias, em *qualquer* parte de Los Angeles, deixava Roy preocupado. Ultimamente, a cidade dos anjos não era mais aquele lugar tranqüilo de antigamente – e a esperança de encontrar alguém que levasse uma existência com um quê angelical era bem remota. Demônios, sim, estes podiam ser encontrados com muita facilidade.

Roy parou também no acostamento, na frente do Cadillac.

O aguaceiro estava ainda mais forte e uma brisa que vinha do oceano agora se fazia sentir. Verdadeiras lâminas de chuva prateada, retesadas como as velas transparentes de um navio fantasma, caíam na escuridão.

Retirou o chapéu de vinil de abas caídas do assento do carona e enterrou-o na cabeça. Como sempre fazia nos dias de tempo ruim, vestia capa de chuva e galochas. Apesar destas medidas de precaução, ia ficar ensopado, mas em sã consciência não podia simplesmente continuar, como se não tivesse visto a motorista em apuros.

Enquanto caminhava em direção ao Cadillac, os carros que passavam esguicharam uma água imunda em suas pernas, fazendo com que a calça grudasse na pele. Bem, de qualquer forma, o terno estava mesmo precisando ir para a lavanderia.

Quando Roy se aproximou do carro, a mulher não abaixou o vidro da janela. Encarando-o com desconfiança, num ato reflexo, verificou os trincos para ter certeza de que estavam acionados.

Ele não se ofendeu com a suspeita, pois isso significava simplesmente que ela conhecia bem a vida na cidade e, compreensivelmente, desconfiava de suas intenções.

Levantou a voz para se fazer ouvir através da janela fechada:

– Precisa de ajuda?

– Acabei de telefonar para o serviço de reboque. Disseram que iam mandar alguém – respondeu ela, erguendo um telefone celular.

Roy olhou para o tráfego que se aproximava nas pistas que se dirigiam para leste:

– Há quanto tempo está esperando?

Depois de uma hesitação, ela respondeu exasperada:

– Uma eternidade.

– Vou trocar o pneu. Não precisa sair para me entregar as chaves. Este carro, já tive um igual, tem um botão que destranca o porta-malas. Aperte para que eu possa pegar o macaco e o estepe.

– Você pode se machucar – disse ela.

O acostamento estreito não oferecia segurança, e os carros que passavam depressa *estavam* muito próximos.

– Tenho luzes de emergência – disse ele.

Afastando-se antes que ela pudesse protestar, Roy correu até seu carro e do kit de emergência no porta-malas retirou as seis luzes de emergência. Distribuiu-as ao longo da estrada, colocando a última a 50 metros da traseira do Cadillac, praticamente fechando uma das pistas laterais.

Se um motorista bêbado irrompesse da noite escura, com certeza precaução nenhuma seria suficiente. E hoje em dia o número de motoristas sóbrios parecia menor do que os que andavam por aí tontos, em conseqüência do álcool ou das drogas.

Vivia-se uma época atormentada pela irresponsabilidade social – o que fazia com que Roy tentasse ser um *bom samaritano* todas as vezes que surgia uma oportunidade. Ele acreditava, sinceramente, que se cada um acendesse uma pequena vela, o mundo seria maravilhosamente brilhante!

A mulher destravou o trinco do porta-malas. A tampa ficou entreaberta.

Roy Miro estava se sentindo bem melhor do que durante todo o dia. Fustigado pelo vento e pela chuva, respingado pelos carros que passavam, dedicava-se à tarefa com um sorriso. Quanto maiores as dificuldades envolvidas, mais recompensadora a boa ação. Enquanto lutava com uma porca apertada demais, a chave escorregou, e o atingiu. Em vez de dizer um palavrão, começou a assobiar, enquanto trabalhava.

Depois que o pneu foi trocado, a mulher abaixou a janela uns 2 centímetros para que ele não precisasse gritar.

– Pronto, você já pode ir – disse ele.

Encabulada, ela começou a se desculpar por ter se mostrado tão desconfiada, mas ele a interrompeu para assegurar que compreendia a situação.

Ela despertava nele recordações da mãe, o que fazia com que Roy se sentisse ainda melhor por tê-la ajudado. Era atraente, cinqüenta e poucos anos, talvez vinte anos mais velha que Roy, ruiva, de olhos azuis. Sua mãe fora morena de olhos castanhos, mas as duas tinham em comum uma aura de doçura e refinamento.

– Este é o cartão do meu marido – disse ela, passando o cartão pela fresta na janela. – Ele é contador. Se você precisar de qualquer coisa, será um prazer, e não vai custar nada.

– Eu não fiz nada demais – afirmou Roy, aceitando o cartão.

– É um milagre encontrar alguém como você hoje em dia. Eu teria telefonado para Sam em vez de chamar aquela droga de serviço de reboque, mas ele está trabalhando até tarde no escritório de um cliente. Parece que atualmente nós todos trabalhamos 24 horas por dia.

– É a recessão – declarou Roy com simpatia.

– Será que um dia vai acabar? – murmurou ela, tentando encontrar mais alguma coisa na bolsa.

Ele protegeu o cartão da chuva com a mão, girando-o para que a luz de emergência mais próxima iluminasse os dizeres. O marido tinha um escritório em Century City, onde os aluguéis eram bem caros. Não era de admirar que o coitado precisasse trabalhar até tarde para sobreviver.

– E este é o meu cartão – disse a mulher, tirando o cartão da bolsa e entregando-o a Roy.

Penelope Bettonfield. Decoradora. 213-555-6868.

– Trabalho em casa. Antes eu tinha um escritório, mas essa terrível recessão... – suspirou e sorriu para ele, através da janela parcialmente aberta. – De qualquer maneira, se algum dia eu puder ajudar...

Roy tirou um de seus cartões da carteira e entregou-o para ela. A mulher agradeceu novamente, fechou a janela e arrancou com o carro.

Roy caminhou de volta pela estrada, retirando as luzes de emergência para que não continuassem a obstruir o tráfego.

De volta ao carro, mais uma vez seguindo para seu hotel em Westwood, Roy sentia-se esfuziante por ter acendido uma velinha naquele dia. Algumas vezes ele ficava imaginando se havia realmente esperança para a sociedade moderna ou se ela estava prestes a escorregar vertiginosamente para um inferno de ódio, crime e cobiça – mas, então, encontrava alguém como Penelope Bettonfield, com seu doce sorriso e aquela aura de bondade e refinamento, e pensava que ainda havia uma esperança. Ela era uma pessoa carinhosa, que pagaria a gentileza recebida sendo também gentil para com alguém.

Apesar da Sra. Bettonfield, o bom humor de Roy não durou. Ao sair da estrada para pegar a avenida Wilshire e se dirigir para Westwood, uma súbita tristeza o invadiu.

Via sinais de decadência social em toda parte. A mureta da rampa de saída da auto-estrada estava toda pichada e a sinalização pouco visível, numa área anteriormente poupada deste tipo de vandalismo. Um sem-teto, empurrando um carrinho de compras que continha seus patéticos pertences, caminhava custosamente pela chuva, o rosto sem expressão, como se fosse um zumbi arrastando-se trôpego pelas alas de um supermercado do inferno.

Num sinal, parou ao lado um carro cheio de jovens de aparência feroz – *skinheads*, cada um deles exibindo um brinco reluzente – encarando-o com malevolência, quem sabe tentando decidir se ele era judeu. Proferiram palavrões, pronunciando cuidadosamente as palavras, para que tivessem certeza de que ele poderia ler seus lábios.

Passou por um cinema onde os filmes eram todos de péssimo nível. Extravagâncias de violência. Sórdidos contos de sexo explícito. Filmes de grandes estúdios, com atores famosos, mas, assim mesmo, lixo.

Gradualmente, a impressão do encontro com a Sra. Bettonfield se modificou. Lembrou-se do que ela dissera a respeito da recessão, sobre as longas horas de trabalho que ela e o marido precisavam enfrentar, sobre os problemas da economia que a tinham forçado a fechar seu escritório de decoradora e continuar a cuidar em casa de seus negócios ameaçados pela falência. Ela era uma mulher tão encantadora! Entristecia-se ao pensar que enfrentava problemas financeiros. Como todos, era uma vítima do sistema, prisioneira de uma sociedade inundada de drogas e armas, onde a compaixão e o compromisso com ideais elevados não existiam.

Quando chegou ao hotel, o Westwood Marquis, Roy não queria ir para o quarto, pedir um jantar ao serviço de copa e encerrar o dia, como havia planejado fazer. Passou em frente ao hotel, mas continuou em direção ao Sunset Boulevard, dobrou à esquerda e, por algum tempo, apenas andou em círculos.

Finalmente, estacionou a duas quadras da Universidade de Los Angeles (UCLA), mas não desligou o motor. Passou para o banco do carona para que o volante não interferisse em seu trabalho.

O telefone celular estava com a bateria totalmente carregada. Desconectou-o do acendedor de cigarros.

Do banco traseiro, retirou uma pasta. Abriu-a no colo, revelando um notebook. Acoplou o notebook ao acendedor de cigarros e ligou-o. A tela se iluminou. O menu básico apareceu e Roy selecionou uma opção. Conectou o celular à máquina e, em seguida, ligou para o número de acesso direto que faria a ligação de seu terminal com os dois supercomputadores na matriz. A conexão se estabeleceu em segundos e a ladainha familiar de segurança começou com duas palavras que apareceram na tela:

QUEM É?

Digitou seu nome: ROY MIRO.

SEU NÚMERO DE IDENTIFICAÇÃO?

Roy digitou.

SUA SENHA?

POOH digitou Roy. Escolhera aquela senha por ser o nome do seu personagem favorito, o urso eternamente bem-humorado e que adorava mel.

IMPRESSÃO DO POLEGAR DIREITO, POR FAVOR.

Uma caixa branca, de 2 centímetros, apareceu no quadrante superior direito da tela azul. Roy pressionou o polegar de encontro ao espaço indicado e aguardou enquanto os sensores no monitor modelavam os contornos de sua pele, direcionando para ela feixes de luz intensa e, em seguida, contrastando o sombreado relativo às reentrâncias com as bordas ligeiramente mais refletivas. Depois de um minuto, um bipe suave indicou que o procedimento estava concluído.

Quando retirou o polegar, uma imagem traçada em linhas negras tomava o centro da caixa branca na tela. Depois de trinta segundos, a impressão digital desapareceu da tela. Tinha sido digitalizada, transmitida por telefone para o computador na matriz, comparada eletronicamente à sua impressão digital nos arquivos e aprovada.

Roy tinha acesso a uma tecnologia consideravelmente mais sofisticada da que poderia ser adquirida por um *hacker* comum, que possuísse alguns milhares de dólares e o endereço de uma loja de computadores mais próxima. Nem o equipamento eletrônico na pasta nem o software instalado no computador poderiam ser adquiridos pelo público comum.

A tela mostrou uma mensagem: ACESSO A MAMA CONCEDIDO.

Mama era o nome do computador na matriz. A quase 5 mil quilômetros de distância, na Costa Leste, todos os seus programas estavam agora disponíveis para uso por meio do telefone celular. Roy rolou o longo menu que apareceu na tela até encontrar um programa denominado LOCALIZAR e selecionou-o, digitando em seguida um número de telefone e solicitando o endereço em que o aparelho estava instalado.

Enquanto esperava que Mama acessasse os registros da Companhia Telefônica e encontrasse a listagem, Roy observava a rua castigada pela tempestade. Naquele momento, não havia pedestres ou carros à vista. Algumas casas estavam escuras e outras tinham a iluminação reduzida pelas torrentes – aparentemente eternas – de chuva. Ele quase chegava a acreditar que um apocalipse silencioso e estranho se desencadeara, eliminando toda a vida humana do planeta, mas deixando intactos os produtos da civilização.

Roy acreditava que um apocalipse real *estava* se aproximando. Mais cedo ou mais tarde uma grande guerra aconteceria: nações contra nações, ou raça contra raça, violentos conflitos religiosos ou ideológicos. A humanidade estava sendo tão inexoravelmente atraída para a violência e para a autodestruição quanto a Terra era inevitavelmente atraída para completar sua rotação em torno do Sol.

Sua tristeza aumentou.

Sob o número do telefone na tela, o nome correto apareceu. O endereço, entretanto, aparecia como não listado, a pedido do cliente.

Roy instruiu o computador central para que fizesse uma busca nos registros eletrônicos e de cobrança a fim de encontrar o endereço. Uma invasão como esta nos dados do setor privado, naturalmente, era ilegal, mas Mama era extremamente discreta. Uma vez que todos os sistemas da rede telefônica nacional já estavam catalogados no diretório central referente a entidades anteriormente violadas, Mama podia entrar em qualquer delas praticamente no mesmo instante, explorar à vontade, coletar qualquer dado solicitado e desconectar sem deixar o menor vestígio de sua presença. Mama era um fantasma nas máquinas alheias.

Em alguns segundos, um endereço em Beverly Hills apareceu na tela.

Roy limpou a tela e pediu a Mama que mostrasse um mapa de Beverly Hills. Apresentado numa visão de conjunto, as indicações do mapa estavam por demais comprimidas para que pudessem ser lidas.

Roy digitou o endereço que o computador fornecera. Imediatamente apareceu na tela o quadrante que lhe interessava e, em seguida, um quarto do quadrante. A casa ficava poucas quadras ao sul da avenida Wilshire, nas áreas baixas de Beverly Hills, fácil de encontrar.

Digitou POOH OUT,* desconectando seu terminal portátil de Mama, que permaneceria em seu abrigo frio e seco, na Virgínia.

A GRANDE CASA de tijolos – pintada de branco, com persianas verdes – era circundada por uma cerca. O gramado em frente à casa exibia duas enormes árvores, dois sicômoros, com os galhos totalmente nus.

As luzes estavam acesas dentro da casa, mas apenas nos fundos e no primeiro andar.

Em pé diante da porta da frente, abrigado da chuva por um grande pórtico apoiado em altas colunas brancas, Roy ouvia a música que tocava lá dentro: os Beatles cantavam "When I'm Sixty-four". Ele tinha 33 anos, os Beatles eram bem anteriores à sua geração, mas apreciava a música deles, pois muitas incorporavam uma terna compaixão.

Cantarolando suavemente com os rapazes de Liverpool, Roy deslizou um cartão de crédito entre a porta e o batente, empurrando o cartão para cima até forçar a abertura do primeiro e mais frágil dos dois trincos. Colocou o cartão de forma que a lingüeta da mola ficasse presa fora do encaixe, no espelho da fechadura.

Para abrir o trinco mais resistente, Roy precisava de uma ferramenta mais sofisticada que um cartão de crédito: uma ferramenta para destrancamento rápido, vendida apenas para departamentos de polícia. Deslizou um delgado estilete pela fechadura sob as lingüetas e acionou a ferramenta. A mola de aço da Lockaid fez com que o estilete pulasse para cima várias vezes para desprender-se totalmente a fechadura.

---

*Algo como "Basta!", "Já chega". (*N. do E.*)

O impacto do martelete de encontro à mola e o barulho do estilete contra as lingüetas não eram, de forma alguma, sons tonitruantes, mas ele se sentiu grato pela cobertura fornecida pela música. "When I'm Sixty-four" acabou exatamente no momento em que abriu a porta. Antes que o cartão de crédito caísse, Roy apanhou-o, ficou imóvel e esperou pela próxima canção. Às primeiras notas de "Lovely Rita", ele cruzou a soleira.

Roy colocou a ferramenta que acabara de usar no chão, do lado direito da entrada, e, silenciosamente, fechou a porta.

O hall deu-lhe as boas-vindas com sua escuridão. Manteve-se encostado à porta, deixando que seus olhos se acostumassem à penumbra.

Quando se sentiu confiante de que não derrubaria nenhuma peça do mobiliário, caminhou de cômodo em cômodo, em direção à luz nos fundos da casa.

Incomodava-o o fato de suas roupas estarem encharcadas e as galochas tão sujas. Provavelmente estava sujando todo o carpete.

Ela estava na cozinha, em frente a pia, lavando um molho de alface, de costas para a porta de vaivém por onde ele entrou. A julgar pelos vegetais na tábua de cortar, estava preparando uma salada.

Fechando silenciosamente a porta para não assustá-la, perguntava a si mesmo se deveria anunciar sua presença. Queria que ela soubesse que ali estava um amigo que se preocupava, que viera para confortá-la, e não um estranho movido por razões doentias.

Ela fechou a torneira e colocou a alface num escorredor de plástico. Secando as mãos num pano de prato, virou-se de costas para a pia e finalmente o descobriu, exatamente quando "Lovely Rita" chegava ao final.

A Sra. Bettonfield pareceu surpresa, mas não assustada no primeiro momento – o que, ele sabia, era um tributo ao seu semblante atraente, de feições suaves. Ele estava um pouco acima do peso, tinha covinhas e tão pouca barba que a pele parecia lisa como a de um menino. Com seus olhos azuis brilhantes e sorriso acolhedor, Roy poderia representar um convincente Papai Noel dali a trinta anos. Acreditava que sua bondade e genuíno amor pelas pessoas eram também aparentes, uma vez que os estranhos, de um modo geral, simpatizavam com ele mais depressa do que apenas um rosto alegre poderia explicar.

Enquanto Roy ainda podia acreditar que a surpresa que a levara a arregalar os olhos se transformaria num sorriso de boas-vindas e não numa careta de susto, empunhou uma Bereta 93-R e acertou-a duas vezes no peito. Um silenciador estava atarrachado ao cano da arma e o barulho provocado pelos dois tiros não passou de um pipocar suave.

Penelope Bettonfield tombou e permaneceu imóvel deitada de lado, as mãos ainda envoltas no pano de prato. Seus olhos estavam abertos, olhando fixamente ao longo do piso para suas galochas molhadas e sujas.

Os Beatles começaram a cantar "Good Morning, Good Morning". Devia ser o álbum *Sgt. Pepper*.

Atravessou a cozinha, colocou a pistola na bancada da pia e agachou-se ao lado da Sra. Bettonfield. Retirou uma das luvas de couro flexível e tateou seu pescoço com os dedos, procurando sentir o batimento na carótida. Estava morta.

Um dos tiros tinha sido tão bem dado que provavelmente atravessara-lhe o coração, e em conseqüência da interrupção repentina da circulação ela não tinha sangrado muito.

Sua morte tinha sido uma fuga graciosa: rápida e limpa, indolor e sem medo.

Colocou novamente a luva na mão direita e, em seguida, acariciou-lhe gentilmente o pescoço, exatamente no lugar que seus dedos haviam tocado. Como usava luvas, não tinha qualquer preocupação que suas impressões digitais viessem a ser encontradas no corpo, ainda que fosse usada tecnologia a laser.

Precauções precisavam ser tomadas. Nem todos os juízes e jurados seriam capazes de compreender a pureza de seus motivos.

Fechou a pálpebra esquerda e manteve-a assim por alguns minutos para certificar-se de que permaneceria fechada.

– Durma, cara senhora – disse ele com um misto de afeição e tristeza ao fechar a pálpebra do olho direito. – Não vai mais precisar se preocupar com dinheiro, nada de trabalhar até tarde, acabou o estresse e a luta. Você era boa demais para este mundo.

Foi um momento ao mesmo tempo alegre e triste. Triste, porque sua beleza e elegância não mais abrilhantariam o mundo; nunca mais seu sorriso animaria alguém; sua cortesia e consideração não contrabalançariam mais as ondas de barbárie que inundavam esta sociedade conturbada. Alegre, porque ela jamais voltaria a ter medo, derramaria lágrimas, sofreria desgostos, sentiria dor.

"Good Morning, Good Morning" deu lugar à reprise maravilhosamente alegre e sincopada de "Sgt. Pepper's Lonely Hearts Club Band", uma versão melhor do que a primeira apresentação da canção no início do álbum e que parecia uma celebração adequadamente animada da passagem da Sra. Bettonfield para um mundo melhor.

Roy puxou uma das cadeiras da cozinha, sentou-se e tirou as galochas. Enrolou as pernas úmidas e enlameadas da calça, para evitar sujar ainda mais a casa.

A reprise do tema principal do álbum foi curta, e quando ele se levantou "A Day in the Life" tinha começado. Aquela era uma música singularmente melancólica, sombria demais, destoando daquele momento. Precisou desligar antes que ficasse deprimido. Era um homem sensível, mais vulnerável do que a maioria aos efeitos da música, da poesia, de belos quadros, da ficção e da arte de um modo geral.

Encontrou no estúdio o sistema central de som instalado numa série de gabinetes de mogno lindamente trabalhados, desligou o som e examinou duas gavetas repletas de CDs. Ainda com vontade de ouvir os Beatles, escolheu *A Hard Day's Night* porque nenhuma das músicas daquele CD era desanimada.

Cantarolando a música título do CD, Roy voltou à cozinha e levantou nos braços o corpo da Sra. Bettonfield. Ela era menor do que aparentara quando conversara com ela através da janela do carro. Não pesava mais do que 50 quilos, tinha pulsos delicados, pescoço de cisne e feições finas. Roy estava profundamente comovido com a fragilidade da mulher e carregava-a nos braços sentindo mais do que mero carinho e respeito; era quase reverência.

Acionando os interruptores com o ombro, carregou Penelope Bettonfield para a parte da frente da casa, escada acima, pelo corredor, abrindo todas as portas até encontrar o quarto do casal. Ali ele a colocou na espreguiçadeira.

Dobrou a colcha e as roupas de cama, deixando à mostra apenas o lençol que cobria o colchão. Afofou os travesseiros recobertos por fronhas de algodão egípcio que tinham o acabamento de renda bordada mais lindo que já vira.

Tirou os sapatos da Sra. Bettonfield e guardou-os no armário. Os pés eram tão pequenos quanto os de uma menina.

Conservando-a totalmente vestida, carregou-a até a cama e deitou-a de costas, com a cabeça elevada por dois travesseiros. Deixou a colcha dobrada nos pés da cama, mas puxou para cima o lençol e o cobertor, cobrindo-lhe os seios. Os braços permaneceram livres.

Com uma escova que havia encontrado no banheiro, alisou-lhe os cabelos. Os Beatles estavam cantando "If I Fell" quando ele começou a penteá-la e já estavam além da metade de "I'm Happy Just to Dance with You" quando os cachos castanhos ficaram afinal perfeitamente arranjados em torno do rosto adorável.

Depois de acender a luminária de bronze colocada ao lado da espreguiçadeira, apagou a luz forte que vinha do teto. Sombras suaves caíam sobre a mulher deitada, como as asas envolventes dos anjos que tinham vindo para levá-la deste vale de lágrimas para um lugar onde reside a paz eterna.

Caminhou até a penteadeira estilo Luís XVI, pegou a cadeira que fazia parte do conjunto e colocou-a ao lado da cama. Sentou-se perto da Sra. Bettonfield, tirou as luvas e tomou uma das mãos da mulher entre as suas. A pele já estava esfriando, mas guardava ainda algum calor.

Não podia se demorar mais. Havia ainda muito a fazer e o tempo para realizar tudo não era muito. Queria, no entanto, aproveitar o máximo daquele momento com a Sra. Bettonfield.

Enquanto os Beatles cantavam "And I Love Her" e "Tell Me Why", Roy Miro segurou a mão de sua falecida amiga com ternura e aproveitou para apreciar a maravilhosa mobília, os quadros, os objetos de arte, o efeito quente das cores e a multiplicidade de tecidos com padronagens e texturas diversas, mas que se completavam maravilhosamente.

— É tão injusto que você tenha sido obrigada a fechar sua loja. Você era uma excelente decoradora. De verdade, cara senhora. Você era mesmo.

Os Beatles cantavam.
A chuva tamborilava na janela.
O coração de Roy dilatou-se de emoção.

3

Rocky reconhecia o caminho de casa. Periodicamente, ao passarem por algum marco familiar, resfolegava suavemente, com prazer.

Spencer vivia numa área de Malibu desprovida de glamour, mas dotada de sua própria beleza agreste.

Todas aquelas mansões de quarenta cômodos em estilo mediterrâneo ou francês, as residências ultramodernas perto dos penhascos com seus vidros coloridos, construídas de sequóia e aço, os chalés lembrando os de Cape Cod, vastos como transatlânticos, com seus tijolos de adobe como no sudoeste, ocupando áreas de 20 mil metros quadrados, com tetos altos sustentados por colunas e verdadeiras salas de projeção para vinte pessoas equipadas com som, espalhadas pelas praias, nos penhascos acima e para o interior da auto-estrada Pacific Coast, em colinas com vista para o mar.

A casa de Spencer ficava a leste de qualquer residência que o *Architectural Digest* pudesse se interessar em fotografar, a meio caminho de um *canyon* pouco procurado pelos ricos e de população reduzida. A textura da pavimentação da estrada de duas pistas mostrava recapeamentos superpostos e numerosas rachaduras, cortesia dos terremotos que regularmente faziam estremecer toda a costa. Um portão, entre dois eucaliptos gigantescos, marcava a entrada do caminho de cascalho que levava a casa, 200 metros adiante.

Presa com arame ao portão havia uma placa enferrujada que avisara em letras vermelhas desbotadas: PERIGO/CÃO DE GUARDA. Ele mesmo a colocara ali quando comprara a casa, muito antes que Rocky viesse morar com ele. Naquela época não havia cachorro nenhum e muito menos um cachorro treinado para matar. A placa era uma ameaça que, embora não representasse qualquer perigo real, era muito eficaz. Ninguém jamais o perturbava em seu retiro.

O portão não era eletrônico e Spencer precisou sair na chuva para abri-lo e fechá-lo após ter passado com o carro.

Com um único quarto, uma sala de estar e uma ampla cozinha, a estrutura ao final do caminho não era na verdade uma casa, mas um chalé. O exterior era revestido de cedro, fora construído sobre uma estrutura de pedra, para manter as traças afastadas, e a pintura havia sido gasta pelo tempo até atingir o atual tom cinza-prateado brilhante. O chalé poderia parecer sem graça aos olhos de alguém indiferente, mas para Spencer, à luz dos faróis do Explorer, era belo e cheio de personalidade.

O chalé era abrigado – circundado, envolvido, *encapsulado* – por uma mata de eucaliptos, árvores de resina vermelha, a salvo dos besouros australianos que há mais de uma década devoravam as árvores de resina azul da Califórnia. Não tinham sido podadas desde que Spencer comprara o local.

Para além da mata, moitas cerradas e carvalhos anões cobriam o *canyon* e as encostas íngremes que levavam aos picos das colinas. A cada ano, do verão ao outono, sugadas de toda a umidade pelos ventos secos de Santa Ana, as colinas e as ravinas tornavam-se altamente inflamáveis. Duas vezes, em oito anos, a Defesa Civil tinha ordenado que Spencer evacuasse o lugar, pois as chamas nos *canyons* vizinhos poderiam atingi-lo com um rigor comparável ao do juízo final. As chamas, açoitadas pelo vento, eram capazes de movimentar-se com a velocidade de um trem expresso e em uma noite poderiam destruí-lo durante o sono. Mas a beleza e a privacidade do *canyon* justificavam o risco.

Várias vezes em sua vida precisara lutar para sobreviver, mas não temia a morte. Algumas vezes, até acalentava a idéia de deitar-se para dormir e nunca mais acordar. Quando o medo dos incêndios o assaltava, não se preocupava apenas consigo mesmo, mas com Rocky.

Naquela quarta-feira de fevereiro ainda faltavam muitos meses para a época das queimadas. Cada árvore, arbusto e haste de grama silvestre pingava de chuva e, aparentemente, seriam para sempre imunes ao fogo.

A casa estava fria. Podia ser aquecida por uma grande lareira construída com pedras do rio na sala de estar, mas todos os outros cômodos possuíam seus próprios aquecedores elétricos. Spencer preferia a luz bruxuleante, o crepitar e o aroma da madeira na lareira, mas como estava com pressa ligou os aquecedores.

De roupa trocada, vestindo um confortável conjunto de moletom cinza e meias de atleta, preparou um bule de café. Para Rocky, ofereceu uma tigela de suco de laranja.

O vira-lata tinha muitas outras excentricidades, além do suco de laranja. Por exemplo, embora apreciasse as caminhadas durante o dia, não mostrava nenhum vestígio do interesse comum dos cães pelo mundo noturno, preferindo sempre estar protegido da noite por uma janela. Caso precisasse sair depois do pôr-do-sol, mantinha-se colado a Spencer, e encarava a noite com ar de desconfiança. Havia também o caso de Paul Simon. Rocky, de um modo geral, era indiferente à música, mas a voz de Simon encantava-o; se Spencer colocasse um CD de Simon, especialmente *Graceland*, Rocky sentava-se diante das caixas de som com o olhar atento, ou então andava para lá e para cá, a esmo, fora de ritmo, perdido em sonhos, escutando "Diamonds on the Soles of Her Shoes" ou "You Can Call Me Al". Esta não era uma atitude muito canina. Ainda menos canino era seu acanhamento em relação às funções corporais: não fazia suas necessidades se alguém estivesse olhando. Spencer precisava virar de costas para que Rocky pudesse ficar à vontade.

Algumas vezes, Spencer achava que o cão, tendo enfrentado uma vida dura até dois anos atrás e com poucas razões para encontrar alegria no papel desempenhado pelos cães no mundo, desejava se tornar um ser humano.

Este era um grave erro. As pessoas tinham mais probabilidades de levar uma vida de cachorro, no sentido negativo da frase, do que a maioria dos cachorros.

— Maior autoconsciência – disse Spencer a Rocky numa noite em que o sono custava a chegar – não faz com que uma determinada espécie seja mais feliz, meu chapa. Se fizesse, teríamos menos psiquiatras e bares do que vocês cachorros, e não é assim, é?

Enquanto Rocky lambia o suco na tigela no chão da cozinha, Spencer levou uma caneca de café para a ampla mesa de trabalho em forma de L colocada num dos cantos da sala. Dois computadores com grande capacidade de armazenamento, uma impressora a laser colorida e outros equipamentos enchiam toda a mesa de uma ponta à outra.

Aquele canto da sala era seu escritório, embora dez meses tivessem se passado sem que conseguisse um emprego de verdade. Desde que saíra do Departamento de Polícia de Los Angeles, o DPLA, onde nos últimos dois anos tinha estado alocado na Força Especial Interorganizacional para Crimes de Informática, passara várias horas por dia com seus próprios computadores.

Algumas vezes, ele acessava os programas Prodígio e Gênio e pesquisava assuntos que o interessavam. Com maior freqüência, entretanto, explorava formas de obter acesso ilegal a computadores particulares e governamentais protegidos por sofisticados programas de segurança.

Quando conseguia entrar, dedicava-se a atividades ilegais. Nunca destruía arquivos de órgãos ou instituições governamentais, nunca inseria dados falsos. Mesmo assim, era culpado de invasão à propriedade privada.

Com isso ele podia viver.

Não buscava recompensas materiais. Sua recompensa era o conhecimento – e a satisfação ocasional de fazer justiça.

Como no caso Beckwatt.

Em dezembro do ano anterior, quando Henry Beckwatt, acusado de pedofilia, seria posto em liberdade depois de cumprir menos de cinco anos, a Secretaria de Administração Penitenciária do Estado da Califórnia recusara-se, para garantir o direito do preso, a divulgar o nome da comunidade na qual ele iria viver durante o período da condicional. Uma vez que Beckwatt havia espancado algumas de suas vítimas, e não expressara qualquer remorso, a libertação iminente gerava ansiedade nos pais em todo o estado.

Tomando todo cuidado para não deixar pistas, Spencer conseguiu entrar nos computadores do Departamento de Polícia de Los Angeles, em seguida passou para o sistema do procurador-geral, em Sacramento,

55

e deste para os computadores da comissão encarregada das condicionais, de onde surripiou o endereço onde Beckwatt iria morar. Pistas anônimas para alguns repórteres forçaram a comissão a adiar a libertação de Beckwatt até que uma nova colocação, em local ignorado, pudesse ser encontrada. Durante as cinco semanas seguintes Spencer expôs três outros endereços, logo após terem sido arranjados.

Embora os funcionários tentassem freneticamente descobrir um informante imaginário dentro da comissão, ninguém considerara a hipótese, pelo menos não publicamente, de que o vazamento pudesse vir dos arquivos eletrônicos, violados por um esperto *hacker*. Finalmente, admitindo a derrota, Beckwatt foi obrigado a cumprir sua condicional numa casa de caseiro isolada, dentro do próprio terreno de San Quentin.

Dois anos depois, quando o período de supervisão acabasse, Beckwatt estaria livre para andar novamente à caça e destruir psicologicamente, senão fisicamente, outras crianças. Naquele momento, entretanto, certamente não ia se refugiar em meio a uma vizinhança povoada de inocentes, que de nada suspeitavam.

Se Spencer tivesse descoberto a forma de acessar o computador de Deus, teria interferido no destino de Henry Beckwatt, presenteando-o com um acidente vascular cerebral mortal ou levando-o diretamente para a frente de um caminhão em alta velocidade. Não teria hesitado em garantir a justiça que a sociedade moderna, em sua confusão freudiana e paralisia moral, encontrava dificuldades em impor.

Não era um herói nem um primo do Batman deformado por uma cicatriz e empunhando um computador, nem pretendia salvar o mundo. A maior parte do tempo viajava pelo ciberespaço – aquela sobrenatural dimensão de energia e informação das redes de computadores – simplesmente porque aquilo o fascinava tanto quanto o Taiti e as longínquas Tortugas fascinavam outras pessoas, enfeitiçando-o exatamente como a Lua e Marte enfeitiçavam os homens e as mulheres que se tornavam astronautas.

Talvez o aspecto mais atraente desta outra dimensão fosse o potencial para exploração e descoberta que oferecia – *sem interação humana direta*. Como Spencer evitava *chats* e qualquer tipo de contato com outros usuários, o espaço cibernético era um universo inabitado, criado por seres humanos cuja presença, no entanto, era praticamente inexistente. Vagueava em meio a vastas estruturas de dados, infinitamente mais grandiosas do que as pirâmides do Egito, as ruínas da Roma Antiga, ou as colméias em estilo rococó das maiores cidades do mundo – sem jamais encontrar um rosto ou ouvir uma voz humana. Ele era um Colombo sem tripulação, um Fernão de Magalhães caminhando sozinho pelas auto-estradas eletrônicas e por metrópoles de dados tão despovoadas quanto cidades fantasmas nos desertos de Nevada.

Sentou-se diante de seus computadores, ligou-os e bebericou o café enquanto os procedimentos iniciais se sucediam. Esses procedimentos incluíam o programa Norton AntiVirus, garantia de que nenhum de seus arquivos havia sido contaminado por um vírus destrutivo durante a incursão anterior no emaranhado de redes de dados nacionais. A máquina estava limpa.

O primeiro número de telefone que digitou foi o de um serviço que oferecia cotações da Bolsa de Valores 24 horas por dia. Em segundos, a conexão estava estabelecida e uma saudação apareceu na tela: BEM-VINDO A WORLDWIDE STOCK MARKET INFORMATION, INC.

Usando seu código de identificação, Spencer solicitou informações sobre o mercado de ações no Japão. Ao mesmo tempo, ativou um programa paralelo, que ele próprio projetara, para procurar na telefonia aberta a sutil assinatura eletrônica de um dispositivo de escuta. Aquele era um serviço de dados legítimo, e nenhum órgão policial tinha motivos para vigiar suas linhas. Portanto, uma escuta significaria que o seu telefone é que estava sendo monitorado.

Rocky veio chegando da cozinha e esfregou a cabeça na perna de Spencer. Evidentemente, o animal não poderia ter acabado todo o suco de laranja assim tão depressa. Evidentemente, sua solidão era maior do que sua sede.

Com a atenção voltada para a tela, esperando um alarme ou aviso para prosseguir, Spencer abaixou uma das mãos e carinhosamente coçou a cabeça do cão entre as orelhas.

Nenhum de seus atos como *hacker* poderia ter chamado a atenção das autoridades, mas a precaução era aconselhável. Nos últimos anos, o Departamento de Segurança Nacional, o FBI e outras organizações tinham criado divisões especializadas em crimes de informática e todas processavam os infratores com bastante zelo.

Algumas vezes, chegavam a ser quase criminosamente zelosas. Como qualquer outro órgão governamental com excesso de funcionários, cada projeto envolvendo crimes de informática estava ansioso por justificar o orçamento que crescia todos os anos. A cada ano era necessário um maior número de prisões e condenações, para apoiar a alegação de que o roubo e o vandalismo eletrônico estavam crescendo em ritmo assustador. Por isso, vez por outra, *hackers* que nada tinham roubado nem causado qualquer tipo de dano eram presos e julgados com base em acusações inconsistentes. Não eram processados com qualquer intenção de que, através do exemplo, o índice de criminalidade caísse. Suas condenações eram em função das estatísticas que garantiam maiores verbas para o projeto.

Alguns eram mandados para a prisão.

Sacrifícios no altar da democracia.

Mártires aos olhos do submundo do ciberespaço.

Spencer estava determinado a nunca se tornar um deles.

Enquanto a chuva martelava o teto da cabana e o vento despertava um coro sussurrante de fantasmas uivantes na mata de eucaliptos, Spencer esperava, com os olhos grudados no canto superior direito da tela. Em letras vermelhas, uma única palavra apareceu: CLEAR.

Não havia escuta.

Depois de se desconectar da Worldwide Stock Market, discou o número do computador central da Força Especial Interorganizacional para Crimes de Informática. Entrou no sistema por uma porta dos fundos bem secreta, que ele mesmo havia criado um pouco antes de se demitir como o segundo homem no comando da unidade.

Uma vez que era aceito no nível de gerenciamento de sistema (a mais alta permissão de acesso), todas as funções estavam disponíveis. Podia usar o computador da Força Especial quanto tempo quisesse, para qualquer propósito que desejasse, e sua presença não seria observada ou registrada.

Não tinha qualquer interesse nos arquivos deles. Utilizava os computadores da Força Especial apenas como ponto de apoio para acessar o sistema do Departamento de Polícia de Los Angeles, ao qual esses computadores tinham ligação direta. A ironia de utilizar o hardware e o software de uma unidade de combate aos crimes de informática para cometer até mesmo uma pequena contravenção era atraente.

E também perigosa.

Quase tudo que era divertido era também um pouco perigoso: andar na montanha-russa, voar de asa-delta, jogar, fazer sexo.

Do sistema do DPLA, entrou no computador do Departamento de Veículos Motorizados, o DVM, da Califórnia, em Sacramento. Spencer tinha tanto prazer em dar aqueles saltos que se sentia quase como se tivesse viajado fisicamente de seu *canyon*, em Malibu, para Los Angeles, para Sacramento, como um personagem de um romance de ficção científica.

Rocky apoiou-se nas patas traseiras, plantou as dianteiras na borda da mesa e ficou espreitando a tela do computador.

— Você não ia gostar disso – disse Spencer.

Rocky olhou para ele e emitiu um ganido breve e suave.

— Tenho certeza que você se divertiria muito mais roendo aquele osso novo que comprei para você.

Um outro ganido. Mais prolongado e mais audível do que o anterior.

Suspirando, Spencer puxou uma cadeira para junto da sua.

— Muito bem. Quando um cara está sofrendo de um ataque agudo de solidão, acho que roer um osso não é tão bom quanto ter companhia. Pelo menos para mim nunca funciona.

Rocky pulou na cadeira, arfando e sorrindo.

Juntos foram viajar pelo ciberespaço, mergulhando ilegalmente na galáxia dos registros do DVM, em busca de Valerie Keene.

Encontraram-na em segundos. Spencer esperara deparar com um endereço diferente do que ele já conhecia, mas ficou desapontado. Ela estava listada no chalé de Santa Mônica, onde ele descobrira cômodos que não estavam mobiliados e a fotografia de uma barata presa por um prego a uma parede.

De acordo com os dados que ele via na tela, Valerie tinha uma carteira de motorista tipo C, sem restrições, que expiraria em menos de quatro anos. Tinha solicitado a carteira e feito a prova teórica no princípio de dezembro, há dois meses.

O nome do meio era Ann.

Tinha 29 anos. Spencer imaginara 25.

O prontuário não continha infrações.

Caso ficasse gravemente ferida e sua própria vida não pudesse ser salva, ela autorizara a doação de seus órgãos para transplante.

Com exceção destes dados, o DVM oferecia poucas informações sobre ela:

SEXO: F	CABELOS: CAST.	OLHOS: CAST.
ALTURA: 1,65 METRO	PESO: 55 QUILOS	

A descrição burocrática sumária não seria de muita utilidade quando Spencer precisasse descrevê-la para alguém. Era insuficiente para formar uma imagem que incluía o que realmente a distinguia: o olhar claro e direto, o sorriso um pouco assimétrico, a covinha na face direita, a linha delicada de sua mandíbula.

Desde o ano anterior, com verbas federais concedidas pelo Ato Nacional para Prevenção do Crime e do Terrorismo, o DVM vinha digitalizando e armazenando eletronicamente as fotografias e impressões digitais dos novos motoristas e dos que renovavam suas carteiras. Um dia haveria fotografias e impressões digitais arquivadas de todas as pessoas que não tivessem carteira de motorista, embora a grande maioria nunca tivesse sido acusada de qualquer crime, e muito menos condenada.

Spencer considerava este o primeiro passo em direção a uma carteira de identidade nacional, um passaporte interno do tipo que tinha sido exigido nos estados comunistas antes do colapso, e, em princípio, ele se opunha a este procedimento. Nesse caso, entretanto, seus princípios não o impediram de chamar à tela a foto da carteira de motorista de Valerie.

A tela piscou e lá estava ela. Sorrindo.

Os eucaliptos fantasmagóricos uivavam queixas da indiferença da eternidade, enquanto a chuva tamborilava, tamborilava.

Spencer percebeu que estava prendendo a respiração. Exalou.

Estava vagamente consciente de que Rocky o encarava com curiosidade, olhava para a tela e voltava a encará-lo.

Pegou a caneca e tomou alguns goles do café preto; a mão trêmula.

Valerie sabia que estava sendo procurada pelas autoridades e sabia também que eles estavam chegando perto, pois desocupara o chalé apenas algumas horas antes de eles terem chegado para buscá-la. Se era inocente, por que teria optado pela vida instável e cheia de temor de um fugitivo?

Deixando de lado a caneca para dedicar-se exclusivamente ao teclado, pediu uma cópia impressa da foto na tela.

A impressora a laser sussurrou. Uma única folha de papel branco escorregou para fora da máquina.

Valerie. Sorrindo.

Em Santa Mônica, ninguém exigira rendição antes do ataque ao chalé. Quando os atacantes irromperam porta adentro, ninguém emitira o grito de aviso *Polícia!* Spencer, no entanto, estava certo de que aqueles homens pertenciam a um órgão de segurança, pois usavam roupas semelhantes a uniformes, óculos para visão noturna e tática militar.

Valerie. Sorrindo.

Aquela mulher de voz suave com quem Spencer conversara na noite anterior no The Red Door parecera gentil e honesta, menos propensa a fingimentos que a maioria das pessoas. Para começar, ela tinha olhado sem pudor para sua cicatriz e perguntara o que era, sem que os olhos se enchessem de piedade, sem qualquer sinal de curiosidade mórbida em sua voz, mas no mesmo tom que teria usado para perguntar onde ele comprara a camisa que estava usando. A maioria das pessoas examinava a cicatriz sub-repticiamente, e só conseguia falar sobre ela, quando conseguia, ao se dar conta de que ele percebera sua intensa curiosidade. A franqueza de Valerie tinha sido refrescante. Quando ele contara a ela que sofrera um acidente quando criança, Valerie percebera que ele não queria, ou não conseguia, falar sobre aquilo, e abandonara o assunto, como se não fosse mais importante que o corte de cabelo que ele usava. Depois disso, Spencer não mais flagrara o olhar de Valerie desviando-se para o estigma descolorido em seu rosto; mais importante ainda, não sentira em momento algum que ela se esforçava para não olhar. Encontrara coisas mais interessantes nele que o pálido vergão que se estendia da orelha ao queixo.

Valerie, em preto-e-branco.

Ele não conseguia acreditar que aquela mulher fosse capaz de cometer um delito grave, e muito menos um crime tão horrendo que levasse um grupo da SWAT a persegui-la em profundo silêncio, armado com metralhadoras e com todos os recursos da alta tecnologia.

Ela podia ter viajado com alguém perigoso.

Spencer não acreditava naquilo. Reviu as poucas pistas de que dispunha: louça para uma única pessoa, um copo, um conjunto de talheres de aço inoxidável, um colchão de ar adequado para uma pessoa, mas estreito para duas.

Ainda assim, a possibilidade não estava totalmente descartada: ela podia não estar sozinha e a pessoa que estava com ela podia ter levado a SWAT a agir com a máxima cautela.

A foto impressa era escura demais para que pudesse lhe fazer justiça. Spencer pediu à impressora a laser que reproduzisse outra, apenas um pouco mais clara do que a primeira.

A cópia impressa ficou melhor, e ele pediu mais cinco.

Até que tivesse em suas mãos uma cópia que se assemelhasse a ela, Spencer ainda não se conscientizara de que iria seguir Valerie onde quer que ela tivesse ido, de que iria encontrá-la e ajudá-la. Independente do que ela pudesse ter feito, mesmo que fosse culpada de um crime, independente do que lhe custasse, ainda que não se importasse com ele, Spencer ficaria ao lado daquela mulher para enfrentar qualquer ameaça sombria que ela precisasse encarar, fosse ela qual fosse.

Ao compreender as profundas implicações do compromisso que acabava de assumir, um calafrio de espanto o fez estremecer, pois até aquele exato momento ele se considerara um homem totalmente moderno, que não acreditava em nada nem em ninguém, nem em Deus Todo-Poderoso, nem em si mesmo.

Suavemente, cheio de espanto e incapaz de compreender suas próprias motivações, ele disse:

– Estou ferrado!

O cachorro espirrou.

4

Quando os Beatles estavam cantando "I'll Cry Instead", Roy Miro se deu conta de que a frieza da mão da mulher começava a contagiar sua própria pele.

Desprendeu-se das mãos do cadáver e calçou as luvas. Limpou as mãos dela com um canto do lençol que a cobria, a fim de espalhar qualquer óleo de sua própria pele que pudesse conter os padrões de sua impressão digital.

Inundado de emoções conflitantes – tristeza pela morte de uma boa mulher, alegria por sua libertação de um mundo de dor e decepção, desceu para a cozinha. Queria estar posicionado para ouvir a porta automática da garagem quando o marido de Penelope chegasse em casa.

Algumas gotas de sangue tinham se coagulado no piso de ladrilhos. Roy usou toalhas de papel e detergente, que encontrou no armário sob a pia, para limpar toda a sujeira.

Depois de limpar também as pegadas deixadas por suas galochas sujas, percebeu que a pia de aço inoxidável não estava tão bem cuidada quanto deveria, e esfregou-a até que estivesse imaculada.

O vidro do forno de microondas também estava lambuzado. Quando ele acabou de limpá-lo, estava brilhando.

Quando os Beatles estavam no meio de "I'll Be Back" e Roy já havia limpado a parte da frente do refrigerador, ouviu o barulho da porta da garagem sendo aberta. Jogou as toalhas de papel usadas no compactador de lixo, guardou o detergente e recuperou a Beretta que deixara sobre a bancada depois de livrar Penelope de seu sofrimento.

A cozinha e a garagem eram separadas apenas por uma pequena lavanderia. Roy voltou-se para aquela porta fechada.

O ruído do motor do carro ecoou nas paredes da garagem quando Sam Bettonfield entrou. O motor foi desligado. A pesada porta retiniu e estalou ao descer, fechando-se atrás do carro.

Em casa afinal, longe das guerras da contabilidade. Cansado de trabalhar até tarde, destrinchando números. Cansado de pagar o aluguel caro em Century City, tentando não afundar num sistema que dava mais valor ao dinheiro do que às pessoas.

Da garagem veio o som de uma porta de carro sendo fechada.

Exaurido pelo estresse da vida numa cidade repleta de injustiças e em luta permanente, Sam, com certeza, estaria ansioso por um drinque e um beijo de Penelope, um jantar tardio e talvez uma hora de televisão. Estes prazeres simples e oito horas de sono reparador constituíam o único refúgio do pobre homem contra seus clientes ambiciosos e exigentes. Seu sono, provavelmente, era atormentado por sonhos ruins.

Roy tinha algo melhor a oferecer. Uma fuga abençoada.

O som de uma chave na fechadura entre a garagem e a casa, o estalar de um trinco de segurança, uma porta que se abria: Sam entrou na lavanderia.

Roy ergueu a Bereta quando a porta interna se abriu.

Usando capa de chuva e carregando uma pasta, Sam entrou na cozinha. Era um homem calvo, com olhos escuros e espertos. Pareceu espantado, mas sua voz soou à vontade:

— Você deve ter entrado na casa errada.

Com os olhos se enchendo de lágrimas, Roy disse:

— Eu sei o que você está passando – e desferiu três tiros rápidos.

Sam não era um homem muito grande, talvez uns 25 quilos mais pesado do que sua mulher. Contudo, levá-lo para o quarto, lutar para retirar-lhe a capa de chuva, tirar seus sapatos e colocá-lo na cama não foi nada fácil. Depois de concluir a tarefa, Roy sentiu-se contente consigo mesmo, pois sabia que tinha agido bem colocando Sam e Penelope juntos, numa postura digna.

Puxou as cobertas sobre o peito de Sam. O lençol era arrematado com renda bordada combinando com as fronhas, de forma que o casal morto parecia estar vestindo elegantes sobrepelizes do tipo que talvez os anjos usassem.

Havia algum tempo que os Beatles tinham parado de cantar. Lá fora, o som suave e sombrio da chuva era tão frio quanto a cidade que a recebia – tão incessante quanto a passagem do tempo e o esmaecer de toda a luz.

Embora tivesse praticado um ato caridoso, e, não obstante, se sentisse alegre pelo final do sofrimento dessas pessoas, Roy estava triste. Era uma tristeza estranhamente doce, e as lágrimas que provocava nele eram purificadoras.

Finalmente desceu para limpar as poucas gotas do sangue de Sam que tinham respingado no chão da cozinha. Encontrou um aspirador no grande armário embutido sob as escadas, e aspirou toda a sujeira que suas pegadas tinham deixado no tapete quando entrara.

Na bolsa de Penelope procurou o cartão de visitas que lhe dera. O nome que aparecia no cartão era falso, mas de qualquer forma preferiu recuperá-lo.

Finalmente, usando o telefone do estúdio, discou 911.

Quando uma policial atendeu, Roy disse:

– Há muita tristeza aqui. Muita tristeza. Alguém deveria vir imediatamente.

Não recolocou o telefone no gancho. Deixou-o sobre a mesa para que a linha ficasse aberta. O endereço dos Bettonfield certamente aparecera na tela de um computador em frente ao policial que atendera ao telefone, mas Roy não queria correr o risco de Sam e Penelope ficarem lá horas e até mesmo dias antes de serem encontrados. Eram boas pessoas e não mereciam a indignidade de serem descobertos rígidos, cinzentos e em decomposição.

Carregou as galochas e os sapatos para a porta da frente, onde rapidamente os calçou. Lembrou-se de pegar no chão a ferramenta com que arrombara o trinco.

Caminhou pela chuva até seu carro e afastou-se dali.

Seu relógio marcava 22h20. Embora fossem três horas mais tarde na Costa Leste, Roy tinha certeza de que seu contato na Virgínia estaria esperando.

No primeiro sinal vermelho, abriu a pasta que estava no banco do carona. Conectou o computador que ainda estava ligado ao celular;

não desconectou os dois dispositivos porque precisava de ambos. Com algumas rápidas instruções digitadas, programou o celular para responder as instruções vocais pré-programadas e para funcionar como um viva-voz, o que liberava suas mãos para dirigir.

Quando o sinal ficou verde, atravessou o cruzamento e fez a ligação interurbana dizendo:

— Por favor, conecte. — E, em seguida, ditou o número em Virgínia.

Depois do segundo toque, a voz familiar de Thomas Summerton entrou na linha, reconhecível à primeira palavra, tão suave e sulista quanto manteiga de noz-pecã:

— Alô?

— Posso falar com Jerry, por favor? — disse Roy.

— Não é aqui, não. — Summerton desligou.

Roy fez desaparecer o sinal de discar, dizendo:

— Por favor, desconecte.

Dez minutos depois, Summerton ligaria de um telefone seguro, e poderiam falar livremente, sem medo de serem gravados.

Roy dirigiu em direção à avenida Santa Mônica, passando pelas lojas vistosas no Rodeo Drive, e seguiu para oeste, em direção às ruas residenciais. Enormes casas luxuosas, cercadas por grandes árvores, palácios de privilégios que ele considerava ofensivos.

Quando o telefone chamou, não precisou tocar no teclado. Disse simplesmente:

— Por favor, aceite a chamada.

A conexão foi estabelecida com um clique audível.

— Por favor, misturar sons, a partir deste momento — disse Roy.

O computador emitiu um bipe para indicar que tudo o que ele dissesse seria transformado em sons ininteligíveis para qualquer pessoa que estivesse entre ele e Summerton. Ao serem transmitidas, suas palavras seriam transformadas em sons fragmentados, que seriam rearranjados por um controle aleatório. Os dois telefones eram sincronizados com o *mesmo* fator de controle, de forma que os fluxos de som transmitido sem qualquer sentido seriam rearranjados, transformando-se em fala inteligível quando recebidos.

— Vi o relatório inicial sobre Santa Mônica — disse Summerton.

— Os vizinhos disseram que ela estava lá de manhã, mas já devia ter escapado quando começamos a vigiar de tarde.

— Como foi que ela desconfiou?

— Ela deve ter um sexto sentido a nosso respeito. — Roy, agora no Sunset Boulevard, dobrou para oeste, juntando-se ao pesado fluxo de tráfego que iluminava o asfalto molhado com seus faróis. — Você ouviu falar no homem que apareceu por lá?

— E fugiu.

— Não demos nenhuma mancada.

— Então ele só teve sorte?

— Não. Pior do que isso. Ele sabia o que estava fazendo.

— Você quer dizer que ele é alguém com um passado?

— É.

— História local, estadual ou federal?

— Ele liquidou um dos componentes da equipe direitinho.

— Quer dizer que ele andou fazendo cursos de extensão.

Roy virou à direita, saindo do Sunset Boulevard e entrando numa rua menos movimentada, onde as mansões estavam escondidas por trás de muros, cercas altas e árvores sacudidas pelo vento.

— Se pudermos persegui-lo, qual é nossa prioridade em relação a ele?

Summerton pensou alguns instantes antes de responder:

— Descubra quem ele é e para quem está trabalhando.

— E depois prendo?

— Não. Tem muita coisa em jogo. Dê um fim nele.

As ruas sinuosas serpenteavam através das colinas recobertas pelas matas, por entre propriedades semi-escondidas, recobertas por galhos que pingavam água, curva cega atrás de curva cega.

Roy disse:

— Isto muda nossa prioridade em relação a mulher?

— Não. Acabe com ela logo que for encontrada. Algo mais acontecendo por aí?

Roy pensou no casal Bettonfield, mas não os mencionou. A extrema gentileza que tinha mostrado para com eles nada tinha a ver com seu trabalho, e Summerton não compreenderia.

67

Em vez disso, Roy disse:

— Ela deixou algo para nós.

Summerton nada disse, provavelmente por intuir o que a mulher havia deixado.

— A fotografia de uma barata, pregada na parede.

— Dá duro nela – disse Summerton, desligando.

Enquanto contornava uma longa curva sob galhos pendentes de magnólia, passando por uma cerca de ferro por trás da qual se via uma réplica de Tara* iluminada por um holofote na escuridão varrida pela chuva, Roy disse:

— Interromper mistura de sons.

O computador emitiu um bipe para indicar que o comando fora obedecido.

— Por favor, conecte – disse ele, ditando o número de telefone que o levaria para os braços de Mama.

A tela piscou. Quando Roy olhou de relance para a tela, lá estava a pergunta inicial.

— QUEM É?

Embora o telefone reagisse ao comando da voz, o mesmo não acontecia com Mama e, portanto, Roy deixou a estrada estreita e parou na entrada da garagem de uma residência, em frente aos portões de ferro de 2 metros de altura, para digitar sua resposta às perguntas de segurança. Depois de transmitir a impressão de seu polegar, teve permissão para acessar Mama em Virgínia.

No menu básico, escolheu ESCRITÓRIOS DE CAMPO. Deste submenu, escolheu a opção LOS ANGELES, e já estava conectado a um dos maiores filhotes de Mama na Costa Leste.

Buscou alguns menus no computador de Los Angeles até chegar aos arquivos do Departamento de Fotoanálise. O arquivo que o interessava estava em uso, como já imaginava, e ele entrou para observar.

A tela de seu computador portátil passou de azul a preto-e-branco e, em seguida, foi preenchida com a fotografia do rosto de um

---

*A grande plantação de algodão onde vive Scarlet O'Hara, protagonista do filme ... *E o vento levou*. (*N. do E.*)

homem, que estava meio de lado para a câmera, envolto em sombras, esmaecido por uma cortina de chuva.

Roy ficou desapontado. Esperava uma foto mais clara.

Aquela se assemelhava desanimadoramente a um quadro impressionista: de um modo geral reconhecível, mas, em relação a especificidades, misteriosa.

A equipe de vigilância fotografara o estranho que entrara no chalé minutos antes do ataque da SWAT. Mas a noite, a chuva pesada e as árvores, que não tinham sido podadas e impediam que as luzes da rua iluminassem a calçada, tinham conspirado para dificultar a visão do homem. Além disso, eles não o esperavam. Pensaram que ele fosse apenas um pedestre comum que seguiria seu caminho, e foram desagradavelmente surpreendidos quando ele se dirigiu para a casa da mulher. Conseqüentemente, tinham muito poucas fotos, nenhuma de qualidade, nenhuma que revelasse todo o rosto do homem misterioso, embora a câmera fosse equipada com lentes telescópicas.

A melhor fotografia já fora escaneada no computador da delegacia local e estava sendo processada por um programa específico para realçá-la. O programa tentaria identificar a distorção provocada pela chuva e eliminá-la. Gradualmente, então, clarearia uniformemente todas as áreas da foto, até ser capaz de identificar as estruturas biológicas nas sombras mais profundas que obscureciam aquele rosto; utilizando seu profundo conhecimento da formação do crânio humano – com um enorme catálogo de variações que ocorriam entre os sexos, raças e faixas etárias –, o programa interpretaria as estruturas entrevistas e as desenvolveria com base na melhor suposição.

O processo era laborioso até mesmo na rapidez com que o programa operava. Qualquer fotografia poderia, em última instância, ser dividida em pontos de luz e sombra, denominados pixels: peças de quebra-cabeça com forma idêntica, mas com variações sutis de textura e sombreado. Cada uma das centenas de milhares de pixels da fotografia precisava ser analisada, para decifrar não apenas o que representava, mas também a relação, sem distorções, entre cada um dos muitos pixels que a circundavam, o que significava que o computador precisava executar milhões de comparações e operações para melhorar a imagem.

69

Mesmo assim, não havia qualquer garantia de que o rosto que finalmente emergiria das sombras seria um retrato totalmente preciso do homem fotografado. Qualquer análise deste tipo era tanto uma arte – ou trabalho de adivinhação – quanto um processo tecnológico confiável. Roy vira casos em que um retrato realçado pelo computador era tão diferente do original quanto uma tela do Arco do Triunfo ou de Manhattan à noite que tivesse sido produzida com base nas instruções de um livro de pintura para crianças. Contudo, o rosto que no final obteriam do computador lhes daria uma imagem quase perfeita da aparência real do homem.

Agora, enquanto o computador fazia operações e ajustava milhares de pixels, a imagem na tela ondulava da esquerda para a direita; ainda desapontadora. Embora algumas mudanças houvessem ocorrido, o efeito era imperceptível. Roy não conseguia perceber a diferença entre o rosto que via agora e o que vira antes do ajuste.

Durante as próximas horas, a imagem na tela ondularia a cada seis ou dez segundos. O efeito cumulativo poderia ser apreciado apenas quando examinado após longos intervalos.

Roy deu marcha à ré, deixando o computador conectado e a tela do monitor de vídeo voltada em sua direção.

Durante algum tempo correu atrás de seus próprios faróis para cima e para baixo pelas colinas, fazendo curvas cegas, procurando uma saída na escuridão densa, onde as luzes, filtradas pelos galhos das árvores das mansões apenas entrevistas, sugeriam vidas misteriosas de riqueza e poder que fugiam à sua compreensão.

De tempos em tempos, olhava para a tela do computador. O rosto ondulante. Meio de lado. Sombreado e estranho.

Quando finalmente reencontrou o Sunset Boulevard e em seguida as ruas mais baixas de Westwood, não muito distante de seu hotel, sentiu-se aliviado por estar outra vez entre pessoas que se pareciam mais com ele do que aquelas que viviam nas colinas milionárias. Sob as colinas, os cidadãos conheciam o sofrimento e a incerteza. Eram pessoas cujas vidas ele poderia influenciar para melhor, pessoas a quem ele poderia trazer uma mensagem de justiça e misericórdia – de uma forma ou de outra.

O rosto na tela do computador ainda era o de um fantasma, amorfo e possivelmente maligno. A face do caos.

O estranho da foto era um homem que, assim como a mulher fugitiva, atravessara no caminho da ordem, da estabilidade e da justiça. Poderia ser mau ou simplesmente perturbado e confuso. No final, isso não faria diferença.

— Eu dar-lhe-ei a paz – prometeu Roy Miro, contemplando o rosto mutante no vídeo. – Eu vou encontrá-lo e dar-lhe a paz.

5

Enquanto torrentes de chuva caíam no telhado, a cavernosa voz do vento ressoava nas janelas e o cão cochilava na cadeira ao seu lado, Spencer utilizava seus conhecimentos de informática para tentar criar um arquivo sobre Valerie Keene.

Segundo os registros do Departamento de Veículos Motorizados, a carteira de motorista solicitada era a primeira via, e para obtê-la Valerie fornecera o número de Previdência Social como prova de identidade. O DVM verificara se o nome e o número estavam registrados nos arquivos da Previdência Social.

Isso forneceu a Spencer quatro indicadores por meio dos quais poderia tentar localizá-la em outros bancos de dados, onde provavelmente seu nome constaria: nome, data de nascimento, número da carteira de motorista e número de inscrição na Previdência Social. Descobrir mais alguma coisa sobre ela ia ser uma brincadeira.

No ano anterior, com muita paciência e esperteza, dedicara-se ao esporte de entrar em todos os principais órgãos responsáveis pela concessão de crédito no país – como o TRW, o mais protegido de todos os sistemas. E agora, como um verme numa maçã, penetrava novamente nesses sistemas, à procura de Valerie Ann Keene.

Os arquivos incluíam 42 mulheres com esse nome, 59 se o sobrenome fosse redigido Keene ou Keane, e 64 quando uma terceira versão – Keen – era acrescentada. Spencer digitou no campo da Previdência

Social, esperando descartar 63 das 64 mulheres, mas *nenhuma* tinha o mesmo número que constava dos registros do DVM.

Franzindo a testa para a tela, digitou o aniversário de Valerie e solicitou ao sistema que a localizasse por meio desse dado. Uma das 64 Valerie nascera no mesmo dia e no mesmo mês que a mulher que ele procurava – mas vinte anos antes.

Com o cachorro roncando ao seu lado, digitou o número da carteira de motorista e esperou o sistema verificar todas as Valerie. Das que possuíam habilitação, cinco estavam na Califórnia, mas nenhuma tinha um número compatível com o dela. Um outro beco sem saída.

Convencido de que havia algum erro na entrada dos dados, Spencer examinou o arquivo correspondente a cada uma das cinco Valerie da Califórnia, procurando uma carteira de motorista ou data de nascimento que tivesse um só número que diferisse da informação que obtivera do DVM. Estava certo que descobriria que o digitador havia entrado com um seis em vez de um nove ou, quem sabe, invertera dois números.

Nada. Não havia erros. E a julgar pela informação contida em cada arquivo, nenhuma dessas mulheres poderia ser a Valerie que ele queria.

Incrivelmente, a Valerie Ann Keene que recentemente trabalhara no The Red Door não constava dos arquivos das agências de crédito, não havendo absolutamente nada sobre um histórico de crédito. Isto só seria possível se ela nunca tivesse comprado nada a prazo, nunca tivesse possuído um cartão de crédito, nunca tivesse aberto uma conta corrente ou poupança e nunca tivesse tido seus antecedentes verificados por um empregador ou locador.

Para chegar aos 29 anos de idade sem um histórico de crédito na América moderna, ela precisaria ter sido uma cigana ou desempregada nômade a maior parte de sua vida, pelo menos desde a adolescência. Mas, evidentemente, Valerie não era nada disso.

Muito bem. Pense. O ataque ao bangalô significava que algum órgão de segurança estava atrás dela. Portanto, deveria ser uma criminosa procurada, com um passado criminoso.

Spencer voltou pelas auto-estradas eletrônicas ao computador do Departamento de Polícia de Los Angeles, por intermédio do qual procurou nos registros dos tribunais municipais, estaduais e federais para ver se alguém respondendo pelo nome de Valerie Ann Keene algum dia fora condenada por algum crime, ou contra quem houvesse um mandado de prisão nessas jurisdições.

A resposta do sistema da cidade piscava na tela a resposta: NEGATIVO.

NENHUM REGISTRO – relatava o município.

NÃO ENCONTRADO – dizia o estado.

Negativo, nada, zero, bulhufas.

Utilizando o dispositivo eletrônico de informação compartilhada entre o DPLA e o FBI, ele acessou os arquivos do Departamento de Justiça, em Washington, onde estavam as fichas das pessoas condenadas na jurisdição federal. Também não constava delas.

Além de sua famosa lista dos dez mais procurados, o FBI estava sempre buscando centenas de outras pessoas ligadas a investigações criminais – fossem elas suspeitas ou testemunhas. Spencer indagou se o nome dela aparecia em qualquer dessas listas, mas a resposta foi negativa.

Ela era uma mulher sem passado.

Alguma coisa, no entanto, fizera dela uma mulher procurada. Desesperadamente procurada.

QUANDO SPENCER foi se deitar, o relógio marcava 1h10.

Embora estivesse exausto, e o ritmo da chuva pudesse atuar como sedativo, não conseguiu dormir. Ficou deitado de costas, contemplando alternadamente o teto repleto de sombras e a folhagem agitada pelo vento nas árvores do lado de fora da janela, escutando o monólogo sem sentido do vento forte.

Inicialmente só conseguia pensar na mulher. Sua aparência. Aqueles olhos. Aquela voz. Aquele sorriso. O mistério.

Aos poucos, seus pensamentos foram se voltando para o passado, como costumava ocorrer com freqüência e facilidade exageradas. Para ele, as recordações eram uma auto-estrada com um só destino: uma noite de verão quando tinha 14 anos, quando um mundo sombrio tornou-se mais sombrio, quando descobriu que tudo em que acreditava era falso, quando a esperança morreu e o temor do destino tornou-se seu companheiro inseparável, quando despertou com o pio de uma coruja persistente cuja única exclamação, daquele momento em diante, tornara-se a indagação central de sua vida.

Rocky, geralmente muito bem sintonizado com o estado de espírito do dono, ainda andava inquieto de um lado para o outro. Parecia não perceber que Spencer estava mergulhando na angústia silenciosa de uma recordação obstinada e que precisava de companhia, e não respondeu ao chamado de seu nome.

Na escuridão, Rocky andava sem cessar de um lado para o outro entre a porta aberta do quarto (de onde escutava a tempestade que tamborilava na chaminé da lareira) e a janela (onde colocava as patas dianteiras no parapeito e olhava a mata de eucaliptos violentamente agitada pelo vento). Embora não ganisse nem rosnasse, mostrava uma expressão de ansiedade, como se o mau tempo tivesse soprado uma lembrança indesejada de seu próprio passado, deixando-o atormentado e incapaz de reencontrar a paz que adquirira enquanto cochilava na cadeira da sala.

– Aqui, menino – disse Spencer suavemente. – Vem aqui.

Sem lhe dar ouvidos, o cão andou até a porta, uma sombra entre as sombras.

Terça-feira à noite, Spencer fora até o The Red Door para falar sobre uma noite em julho, 16 anos atrás. Em vez disso, encontrara Valerie Keene e, para sua surpresa, falara sobre outras coisas. Aquele julho distante, entretanto, ainda o assombrava.

– Rocky, vem cá. – Spencer bateu no colchão.

Um ou dois minutos a mais de encorajamento finalmente trouxeram o cachorro para a cama. Rocky estirou-se com a cabeça sobre o peito de Spencer, a princípio tremendo, mas logo aquietado pela mão de seu dono. Uma orelha para cima, uma orelha para baixo, prestava atenção à história que já ouvira em incontáveis noites quando acompanhava Spencer aos bares, onde estranhos eram convidados a beber para que o escutassem num estupor alcoolizado.

– Eu tinha 14 anos – começou Spencer. – Estávamos na metade do mês de julho, e a noite estava quente, úmida. Eu estava dormindo coberto apenas por um lençol, com a janela do quarto aberta para que o ar pudesse circular. Eu me lembro... que sonhava com minha mãe, morta há mais de seis anos, mas não consigo me lembrar de nada do que acontecia no sonho, apenas de seu calor, do contentamento, do conforto de estar com ela... e talvez da melodia de seu riso. Ela tinha um riso maravilhoso. Mas foi um outro som que me acordou, não porque fosse muito alto, mas por ser recorrente – tão oco e estranho. Sentei-me na cama, confuso, meio grogue de sono, mas não estava assustado. Ouvi alguém perguntando "Who?"* diversas vezes. Haveria uma pausa, um silêncio, mas então o som se repetiria: "*Who, Who, Who?*" É claro que quando consegui realmente acordar compreendi que era uma coruja pousada no telhado, logo acima da minha janela aberta...

Spencer foi novamente atraído para aquela distante noite de julho, como um asteróide capturado pela gravidade da Terra e condenado a uma órbita descendente que acabaria fatalmente num impacto.

... é uma coruja pousada no telhado, logo acima da minha janela aberta, piando na noite, seja lá qual for a razão que leva as corujas a piarem.

Na escuridão úmida, levanto-me da cama e vou até o banheiro, esperando que os pios cessem quando a coruja faminta levantar vôo e for mais uma vez caçar camundongos. Mas, mesmo depois que volto para a cama, a coruja parece contente no telhado e satisfeita com sua canção de uma só palavra, de uma nota só.

Finalmente, vou até a janela aberta e silenciosamente levanto a tela dupla, tentando impedir que se assuste e levante vôo. Mas quando me debruço para fora, girando a cabeça para olhar para cima, quase esperando ver suas garras enganchadas nas telhas de madeira e enroscadas em direção aos beirais, um outro grito bem diferente soa antes que eu possa dizer "Xô" ou que a coruja possa recomeçar a piar. Este novo som é tênue e tristonho, um lamento frágil de terror, vindo de um lugar distante na noite de verão. Olho em direção ao celeiro, uns 150 metros atrás da casa, em direção aos campos iluminados pelo luar atrás do celeiro, em direção às colinas cobertas de vegetação. Novamente o grito, mais breve desta vez, mas ainda mais patético e, portanto, mais penetrante.

---

*Em português: "Quem?" (*N. do R.*)

Já que vivo no campo desde que nasci, sei que a natureza é um grande abatedouro, governada pela mais cruel das leis – a lei da seleção natural – e dominada pelos mais implacáveis. Muitas noites ouvi o fantasmagórico e trêmulo uivar das matilhas de coiotes perseguindo a presa e celebrando a matança. O urro triunfante de um leão da montanha após tirar a vida de um coelho algumas vezes ecoa no planalto, e este é um som que faz com que seja fácil acreditar que o inferno existe e que os amaldiçoados acabam de escancarar seus portais.

Esse grito que chama minha atenção quando me debruço na janela – e que silencia a coruja no telhado – não vem de um predador, mas da presa. É a voz de alguma coisa fraca, vulnerável. As florestas e os campos estão repletos de seres tímidos e submissos, que nascem apenas para perecer de forma violenta, o que acontece a cada hora de cada dia, ininterruptamente, cujo terror pode ser percebido por um deus que está ciente da queda de cada pardal, mas permanece insensível.

Subitamente, a noite está profundamente quieta, sobrenaturalmente parada, como se o distante lamento de terror fosse, na verdade, o som dos motores da criação chiando ao parar. As estrelas são pontos frios de luz que já não piscam mais, e a lua pode bem estar pintada numa tela. A paisagem – árvores, arbustos, flores de verão, campos, colinas e montanhas distantes – parece ser composta apenas por sombras cristalizadas de vários tons escuros, tão frágeis quanto gelo. O ar provavelmente ainda está morno, e eu, apesar disso, estou gelado.

Fecho silenciosamente a janela, afasto-me dela, e começo a andar de volta para a cama. Sinto os olhos pesados. Nunca me senti tão cansado.

Mas então compreendo que estou num estado de fuga estranho, que meu cansaço é menos físico que psicológico, que meu desejo de dormir é maior que minha necessidade. O sono é uma fuga. Do medo. Estou tremendo, mas não de frio. O ar está tão quente quanto antes. Estou tremendo de medo.

Medo de quê? Não consigo identificar a fonte da minha ansiedade.

Sei que aquilo que ouvi não foi um grito comum de animal. Ressoa em minha mente um som gelado que me faz recordar alguma coisa que ouvi antes, embora não consiga me lembrar o que, quando, onde. Quanto mais o grito desamparado ecoa em minha memória, mais forte bate o meu coração.

Sinto um desejo desesperado de me deitar, de esquecer o grito, a noite, a coruja e seu pio, mas sei que não posso dormir.

Estou só de cueca, e por isso visto depressa meu jeans. Agora que estou comprometido com a ação, a fuga e o sono não me atraem mais. Na verdade, estou preso numa urgência pelo menos tão estranha quanto a fuga anterior. Com o peito nu e os pés descalços, sou atraído para fora do meu quarto por uma intensa curiosidade, pela sensação de aventura noturna que todos os meninos compartilham – e por uma terrível verdade, que eu ainda não estou consciente de conhecer.

Além da minha porta, a casa está fresca, pois o meu quarto é o único em que um ar-condicionado não foi instalado. Durante muitos verões, fechei as passagens de ar para impedir a entrada deste fluxo de friagem porque prefiro os benefícios do ar livre mesmo numa úmida noite de verão... e porque, já há alguns anos, não consigo dormir com o assobio e o sussurro que o ar frio faz ao passar veloz pelos dutos e escapar fervilhando pelas grades das saídas de ar. Há muito tempo tenho sentido medo que esse ruído sutil, mas incessante, mascare algum outro som da noite que eu preciso ouvir para sobreviver. Não tenho a menor idéia do que poderia ser este outro som. É um temor infundado, infantil, e sinto-me envergonhado dele. Mas ainda assim ele dita meus hábitos de dormir.

O corredor do andar de cima está prateado pelo luar, que jorra através de duas clarabóias. Aqui e ali, ao longo das duas paredes, brilha o assoalho de madeira encerada. Adiante, no meio do corredor, há uma intrincada passadeira persa, onde as formas recurvadas, enroscadas e ondulantes absorvem o brilho radioso da lua cheia e mostram apenas um brilho opaco: centenas de formas pálidas e luminosas, que parecem não estar imediatamente sob os meus pés, mas bem abaixo de mim, como se eu não estivesse andando sobre um tapete, mas caminhando como Cristo sobre as águas, ao mesmo tempo em que observo os misteriosos entes que existem lá no fundo.

Passo pelo quarto de meu pai. A porta está fechada.

Chego ao patamar das escadas, onde hesito.

A casa está silenciosa.

Desço as escadas tiritando, esfregando os braços nus com as mãos, pensando sobre o meu inexplicável medo. Talvez neste mesmo momento eu compreenda, de alguma forma obscura, que estou descendo para um lugar do qual nunca mais poderei ascender...

Fazendo do cachorro seu confessor, Spencer desenrolou sua história até o fim daquela noite distante, até a porta escondida, até o lugar secreto, em direção ao coração pulsante do pesadelo. Ao recontar a experiência, passo a passo, sua voz tornou-se apenas um murmúrio.

Ao terminar, estava num temporário estado de graça que desapareceria com a chegada da aurora, mas que ainda lhe era mais doce por ser tão tênue e breve. Após a catarse, finalmente foi capaz de fechar os olhos e saber que um sono desprovido de sonhos o aguardava.

Pela manhã, começaria a procurar a mulher.

Tinha a inquietante sensação de estar a caminho de um inferno capaz de se igualar àquele que tantas vezes descrevera para o cão. Mas nada mais podia fazer. Entrevia apenas um caminho aceitável, e sentia-se compelido a segui-lo.

Agora dormir.

A chuva lavava o mundo, e seu sussurro era o som da absolvição – embora algumas manchas jamais pudessem ser permanentemente removidas.

6

Na manhã seguinte, Spencer tinha algumas contusões e alguns pontos vermelhos no rosto e nas mãos provocados pelas pelotas da granada de fragmentação. Comparados com a cicatriz, certamente não despertariam qualquer comentário.

Tomou seu café-da-manhã – torradas e café – na mesa da sala, enquanto invadia o computador do gabinete fiscal do condado. Descobriu que o bangalô em Santa Mônica, onde Valerie vivera até a véspera, pertencia à instituição Louis and Mae Lee Family Trust. Os impostos territoriais eram endereçados aos cuidados de algo chamado China Dream, em West Hollywood.

Movido pela curiosidade, solicitou uma lista de outras propriedades – caso houvesse – registradas sob o mesmo nome. Existiam 14 outras: cinco residências em Santa Mônica; dois prédios de apartamentos com oito unidades em Westwood; três casas em Bel Air e quatro prédios comerciais em West Hollywood, incluindo-se o endereço do China Dream.

Louis e Mae Lee tinham trabalhado bem.

Depois de desligar o computador, Spencer encarou a tela vazia e terminou seu café. Estava amargo, mas não fazia diferença.

Às 10 horas, Spencer e Rocky viajavam na direção sul na Pacific Coast. Era constantemente ultrapassado pelos outros carros, porque obedecia ao limite de velocidade.

A tempestade desviara-se para leste durante a noite, levando consigo todas as nuvens. O sol matinal era forte, e à sua luz intensa os contornos das sombras que se inclinavam para oeste eram tão aguçados quanto lâminas de aço. As águas do Pacífico eram um misto de verde-garrafa e cinza-granito.

Spencer sintonizou o rádio numa estação que transmitia exclusivamente notícias. Ele esperava ouvir uma reportagem sobre o ataque do grupo da SWAT na noite anterior e descobrir quem era o responsável por ele e o motivo pelo qual Valerie era procurada.

O apresentador informou que os impostos iam ficar mais caros novamente. A economia se afundava ainda mais na recessão. O governo estava restringindo ainda mais a venda de armas e a violência na televisão. Os índices de assaltos, estupros e homicídios eram os mais altos de todos os tempos. Os chineses estavam acusando os americanos de possuírem armas letais em órbita, e estes os acusavam do mesmo crime. Algumas pessoas acreditavam que o mundo ia acabar em chamas; outras, em gelo; e ambas depunham perante o Congresso em benefício de agendas legislativas competitivas; destinadas a salvar o mundo.

Quando se percebeu ouvindo uma reportagem sobre uma exposição de cachorros que estava enfrentando um protesto no qual os manifestantes exigiam o fim das práticas de cruzamento seletivo e da "exploração da beleza animal em apresentações exibicionistas, tão repugnante quanto a degradação de moças nos bares de *topless*", Spencer teve certeza de que não haveria nenhuma reportagem sobre o incidente no bangalô em Santa Mônica. Certamente, uma operação da SWAT seria mais cotada na agenda de qualquer repórter do que indecorosas exposições de beleza canina.

Das duas uma: ou os meios de comunicação não achavam nada demais num ataque a uma residência particular executado por policiais armados de metralhadoras – ou o órgão que executara a operação fizera um trabalho de primeira para despistar a imprensa. Tinham transformado aquilo que deveria ser um espetáculo público numa ação secreta.

Desligou o rádio e entrou na auto-estrada Santa Mônica. Na região leste, seguindo pelo nordeste, nas colinas mais baixas, o China Dream os aguardava.

Dirigindo-se a Rocky, perguntou:

– O que você acha dessa confusão sobre a exposição de cães?

Rocky o encarou com curiosidade.

– Afinal de contas, você é um cachorro. Deve ter uma opinião. São seus semelhantes que estão sendo explorados.

Ou o cão era extremamente circunspecto quando se tratava de discutir assuntos atuais, ou era apenas um vira-lata sem preocupações, culturalmente descomprometido e sem qualquer posição definida em relação às mais importantes questões sociais de seu tempo e de sua espécie.

– Eu detestaria pensar que você é um alienado, resignado ao status de um mamífero alheado, que não se importa de ser explorado, um monte de pêlo sem conteúdo.

Rocky espreitou novamente a auto-estrada.

– Você não está indignado com o fato de que fêmeas puro-sangue sejam proibidas de terem relações sexuais com vira-latas como você, forçadas a se submeterem apenas a machos que também sejam puro-sangue? Apenas para que produzam filhotes destinados à degradação nas passarelas das exposições?

O rabo do vira-lata bateu de encontro à porta do carona.

– Bom menino. – Spencer manteve a mão esquerda no volante e acariciou Rocky com a direita. O cão aceitou o afago com prazer, abanando o rabo. – Um bom cachorro acomodado. Você nem acha esquisito que seu dono fale sozinho.

Saíram da estrada na avenida Robertson e dirigiram-se para as famosas colinas.

Depois de uma noite de chuva e vento, a grande metrópole estava tão livre das nuvens de poluição quanto a costa por onde tinham passado. As palmeiras, os ficus e as magnólias, que floresciam prematuramente, estavam tão verdes e brilhantes que pareciam ter sido polidos à mão, folha por folha, ramo por ramo. A sujeira das ruas fora lavada, as paredes de vidro dos altos prédios brilhavam ao sol, pássaros volteavam pelo céu azul, e era fácil se permitir enganar e pensar que tudo estava certo neste mundo.

QUINTA-FEIRA DE MANHÃ, enquanto os agentes faziam uso dos recursos de vários órgãos de segurança para procurar o Pontiac de nove anos registrado em nome de Valerie Keene, Roy Miro encarregou-se pessoalmente da tarefa de identificar o homem que quase fora capturado na operação da noite anterior. De seu hotel, em Westwood, dirigiu-se ao coração de Los Angeles, para o escritório de seu departamento na Califórnia.

No centro da cidade, o espaço ocupado por escritórios dos condados, dos estados e da federação comparava-se apenas ao espaço ocupado pelos bancos. Na hora do almoço, o tema das conversas nos restaurantes quase sempre era dinheiro – montanhas de dinheiro –, quer pertencessem aos convivas, à comunidade política ou financeira.

Em seu opulento lamaçal, o departamento era proprietário de um belo prédio de dez andares, numa rua convenientemente próxima à Prefeitura. Banqueiros, políticos, burocratas e vagabundos encharcados de vinho compartilhavam as calçadas com respeito mútuo – exceção feita às lamentáveis ocasiões em que um deles enlouquecia, gritava imprecações incoerentes e esfaqueava selvagemente um outro concidadão. Aquele que brandia a faca (ou arma de fogo, ou instrumento contundente) geralmente sofria de mania de perseguição por extraterrestres ou pela CIA, e a probabilidade de que fosse um vagabundo, em vez de um banqueiro, político ou burocrata, era bem maior.

Há apenas seis meses, entretanto, um banqueiro de meia-idade tinha entrado em um frenesi assassino, armado com duas pistolas. O incidente traumatizara toda a comunidade de vagabundos do centro da cidade e os tornara ainda mais desconfiados em relação aos "ternos" que com eles compartilhavam as ruas.

O prédio – revestido de calcário, exibindo quilômetros de janelas de bronze tão inescrutáveis quanto os óculos escuros de qualquer estrela de cinema – não exibia o nome do departamento. As pessoas com quem Roy trabalhava não buscavam a glória. Preferiam operar na obscuridade. Ademais, o departamento que os empregava oficialmente não existia, era financiado pela realocação clandestina das verbas de um outro órgão sob controle do Departamento de Justiça e, na verdade, não tinha nome.

Na entrada principal, o número do prédio, inscrito em cobre polido, brilhava ao sol. Sob os números, viam-se quatro nomes, também de cobre: CARVER, GUNMANN, GARROTE & HEMLOCK.

Alguém que se pusesse a imaginar quem seriam os ocupantes do prédio poderia achar que talvez fosse um escritório de advocacia ou de contabilidade. Se fizesse perguntas ao porteiro uniformizado no saguão, seria informado que a firma era "uma empresa de administração de propriedade internacional".

Roy desceu com o carro por uma rampa para o estacionamento no subsolo. No final da rampa, uma pesada cancela de ferro barrava a entrada.

Ele entrou sem precisar puxar o cartão que marcava a hora da entrada no estacionamento, fornecido automaticamente por um dispositivo próprio, nem se identificar a um guarda que estava numa cabine. Em vez disso, olhou diretamente para a lente de uma câmera de vídeo de alta definição montada sobre um suporte a 50 centímetros da janela lateral de seu carro e esperou até ser reconhecido.

A imagem de seu rosto foi transmitida para uma sala sem janelas no porão. Lá, Roy sabia, um guarda num terminal de vídeo observava enquanto o computador eliminava todos os componentes da imagem exceto os olhos, ampliava-os sem comprometer a alta resolução, escaneava as estrias e a distribuição dos vasos nas retinas, comparava com padrões retinais arquivados e reconhecia Roy como um dos seletos.

O guarda, então, apertou um botão e elevou a cancela.

Todo o procedimento poderia ter sido realizado sem o guarda – exceto por uma contingência contra a qual precauções precisavam ser tomadas: um agente decidido a entrar no departamento poderia ter matado Roy, extraído seus olhos e os apresentado à câmera para que fossem examinados pelo scanner. Enquanto um computador talvez pudesse ser enganado, um guarda certamente não deixaria de perceber este ardil.

Era pouco provável que alguém chegasse a tais extremos para burlar a segurança do departamento. Mas não era impossível. Atualmente, sociopatas de crueldade singular andavam à solta.

Roy conduziu o carro para o interior da garagem subterrânea. Quando estacionou e saltou, a cancela de aço já se fechara ruidosamente. Os perigos de Los Angeles, da democracia enlouquecida, estavam trancados do lado de fora.

Seus passos ressoaram nas paredes de concreto e no teto baixo, e ele sabia que o guarda na sala no porão podia escutá-los também. A garagem estava sob vigilância de áudio e vídeo.

O acesso ao elevador de alta segurança era feito pressionando-se o polegar direito à superfície de vidro de um leitor de impressões digitais. Uma câmera acima das portas do elevador o contemplava, de forma que o guarda a distância pudesse impedir que alguém entrasse meramente pressionando um polegar seccionado de encontro ao vidro.

Não importa quão sabidas se tornassem as máquinas, o ser humano sempre seria necessário. Algumas vezes, este pensamento encorajava Roy. Algumas vezes, o deprimia, embora não soubesse exatamente por quê.

Subiu de elevador até o quarto andar, que era compartilhado pelos departamentos de análise de documentos, análise de substâncias e fotoanálise.

No laboratório de fotoanálise, dois jovens e uma mulher de meia-idade estavam executando tarefas misteriosas. Todos sorriram e disseram bom-dia, porque Roy tinha um desses rostos que encorajava os sorrisos e a familiaridade.

Melissa Wicklun, a principal fotoanalista de Los Angeles, estava sentada à mesa de sua sala, que ficava num canto do laboratório. No escritório não havia janelas, mas duas divisórias de vidro através das quais ela podia observar seus subordinados na sala maior.

Quando Roy bateu na porta de vidro, ela levantou os olhos de uma pasta que estava em suas mãos.

— Pode entrar.

Melissa, uma loura de trinta e poucos anos, era ao mesmo tempo um elfo e um súcubo. Seus olhos verdes eram enormes e inocentes, mas ao mesmo tempo enfumaçados, misteriosos. Seu nariz era arrebitado, mas a boca era sensual, a essência de todos os orifícios eróticos. Os seios eram grandes, a cintura fina e as pernas longas – mas optava por esconder estes atributos sob blusas brancas soltas, jalecos de laboratório e folgada calça cáqui. Em seus tênis já gastos, os pés sem dúvida eram tão femininos e delicados que Roy adoraria passar horas beijando-os.

Ele nunca tentara cortejá-la porque ela era reservada e profissional, e também porque suspeitava que era lésbica. Não, nada tinha contra as lésbicas. Viva e deixe viver. Ao mesmo tempo, entretanto, temia revelar seu interesse e ser rejeitado.

Melissa disse, em tom profissional:

— Bom dia, Roy.

— Como vai? Meu Deus, você sabe que não tenho estado em Los Angeles, não vejo você desde...

— Eu estava examinando esta pasta – direto ao assunto. Ela nunca estava interessada em um bom papo. – Acabamos um realce.

Quando Melissa falava, Roy nunca conseguia decidir se devia olhar para seus olhos ou para sua boca. O olhar dela era direto, revelando um desafio que ele considerava atraente. Mas seus lábios eram tão deliciosamente maduros!

Ela empurrou uma fotografia por cima da mesa.

O olhar de Roy desviou-se de seus lábios.

A fotografia era uma versão colorida, drasticamente melhorada, do instantâneo que vira no terminal do computador em sua pasta na noite anterior: o rosto de um homem, de perfil. Ainda existiam sombras, mas eram menos densas que antes, e a película embaçante de chuva fora totalmente removida.

— Bom trabalho — disse Roy. — Mas ainda não nos dá uma visão boa o suficiente para que seja possível uma identificação.

— Pelo contrário, a foto nos diz muita coisa sobre ele. A idade está entre 28 e 32 anos.

— Como é que você calcula?

— Projeção do computador baseada numa análise de linhas irradiando-se a partir do canto dos olhos, porcentagem de branco em seu cabelo e o grau aparente de firmeza dos músculos faciais e da pele do pescoço.

— Isso é projetar um bocado de coisas a partir de alguns...

— Nada disso — interrompeu ela. — O sistema faz projeções analíticas a partir de um banco de dados de 10 megabytes de informação biológica, e sou capaz de apostar tudo no que ele diz.

Ele estava deslumbrado com a maneira como os lábios delicados pronunciavam as palavras "10 megabytes de informação biológica". A boca era melhor do que os olhos. Perfeita. Pigarreou.

— Bem...

— Cabelos castanhos, olhos castanhos.

Roy franziu a testa.

— O cabelo tudo bem, mas não dá para ver os olhos aqui.

Levantando-se, Melissa tirou a foto das mãos de Roy e colocou-a sobre a mesa. Com um lápis, apontou para a curva inicial do globo ocular do homem visto de lado.

— Ele não está olhando para a câmera. Assim, se você examinar a foto em um microscópio, ainda não poderá ver o bastante da íris para determinar a cor. Mas, até de uma perspectiva oblíqua como esta, o computador pode detectar alguns pixels de cor.

— Então ele tem olhos castanhos.

— Castanho-escuros. — Melissa deixou o lápis sobre a mesa e apoiou a mão esquerda fechada sobre o quadril, uma flor tão delicada e resoluta quanto um general do Exército. — Absolutamente castanho-escuros.

Roy adorava aquela autoconfiança, a enérgica certeza com que ela falava. E aquela *boca*!

– Baseado na análise do computador da relação física com objetos mensuráveis na foto, ele mede 1,72 metro. – Ela pronunciou as palavras de forma sincopada com a energia de uma submetralhadora. – Ele pesa 80 quilos, cinco quilos a mais ou a menos. É branco, não usa barba, e está em boas condições físicas. O cabelo foi cortado recentemente.

– Algo mais?

Melissa retirou da pasta uma outra foto.

– Este é ele. De frente, diretamente. O rosto completo.

Roy examinou a nova foto e levantando os olhos disse, surpreendido:

– Eu não sabia que tínhamos uma foto como esta.

– Não tínhamos – afirmou Melissa, estudando o retrato com orgulho. – Isto, na verdade, não é uma foto. É uma projeção da aparência do homem, baseada naquilo que o computador pode determinar a partir de sua estrutura óssea e padrões de depósitos de gordura no perfil parcial.

– Ele é capaz disso?

– É uma recente inovação no programa.

– Confiável?

– Considerando o material que o programa tinha para trabalhar neste caso, há uma probabilidade de 94% de que este rosto combine exatamente com o rosto real em noventa de cada cem detalhes tomados como referência.

– Bom, isso deve ser muito melhor do que um esboço feito por um artista da polícia.

– Muito melhor – afirmou. E depois de uma ligeira pausa, continuou: – Alguma coisa errada?

Roy percebeu que ela desviara o olhar do retrato traçado pelo computador para ele e que ele estava olhando fixamente para aquela boca.

– Bem – disse ele, olhando para o rosto do homem misterioso –, eu estava pensando... O que será essa linha do lado direito do rosto dele?

– Uma cicatriz.

– É mesmo? Tem certeza? Da orelha até a ponta do queixo?

– Uma cicatriz enorme – respondeu Melissa, enquanto abria uma gaveta. – Tecido cicatricial, em sua maior parte uniforme, pinçado aqui e ali ao longo das bordas.

Roy consultou a foto original tirada de perfil e constatou que parte da cicatriz também podia ser vista, embora anteriormente não a tivesse identificado.

— Eu pensei que fosse apenas uma linha de luz em meio às sombras, vinda da lâmpada de um dos postes da rua.

— Não.

— Não pode ser isso?

— Não, é uma cicatriz — respondeu ela com firmeza, retirando um lenço de papel da gaveta.

— Ótimo. Facilita a identificação. Esse cara tem treinamento semelhante ao que costuma ser dado aos que se alistam em Forças Especiais, sejam elas militares ou paramilitares, e com uma cicatriz como essa... aposto que foi ferido em ação. Gravemente ferido. Talvez o bastante para ser desligado ou aposentado por falta de condições psicológicas ou físicas.

— As organizações policiais e militares guardam os registros para sempre.

— Exatamente. Em 72 horas saberemos quem ele é. Droga, 48. — Roy levantou os olhos do retrato. — Obrigado, Melissa.

Ela estava limpando a boca com o lenço de papel. Não precisava se preocupar em borrar o batom porque não estava usando nenhum. Ela não precisava de batom. Era impossível melhorar sua aparência.

Roy estava fascinado com a forma pela qual seus lábios cheios e macios eram ternamente comprimidos sob o lenço de papel.

Percebeu que estava olhando fixo e que, mais uma vez, ela tinha consciência disso. Seu olhar desviou-se para os olhos dela.

Melissa enrubesceu ligeiramente, desviou o olhar e atirou o lenço de papel amassado na lata de lixo.

— Posso guardar esta cópia? — perguntou Roy, indicando o retrato do rosto inteiro gerado pelo computador.

Retirando um envelope de papel pardo que estava debaixo da pasta de arquivos sobre a mesa e entregando-o a Roy, ela disse:

— Coloquei cinco cópias aqui, mais dois disquetes com o retrato.

— Obrigado, Melissa.

— Não há de quê.

O rubor quente ainda coloria seu rosto.

Roy sentiu que, pela primeira vez desde que a conhecera, tinha penetrado o verniz frio e profissional, e que estava em contato, por mais tênue que fosse, com a verdadeira Melissa, com aquela estranha sensualidade que normalmente ela tentava esconder. Ficou pensando se deveria convidá-la para sair.

Virando a cabeça, olhou através das paredes de vidro para os técnicos do laboratório onde estavam os computadores, convencido de que todos estavam percebendo a tensão erótica que existia na sala da chefe. Todos os três pareciam absorvidos no trabalho.

Quando Roy se voltou novamente para Melissa Wicklun, preparado para convidá-la para jantar, ela estava disfarçadamente esfregando um canto da boca com a ponta de um dedo. Melissa tentou disfarçar esticando a mão sobre a boca e fingindo tossir.

Com desânimo, Roy compreendeu que ela interpretara mal o olhar dele sem pudor. Aparentemente, Melissa pensava que a atenção dele se voltara para sua boca por causa de uma mancha de gordura ou alguma migalha de comida deixada, talvez, por um sonho que comera durante a manhã.

Ela nem percebera seu desejo. Se *fosse* lésbica, provavelmente presumira que Roy deveria saber e não teria qualquer interesse nela. Se não fosse, talvez simplesmente não pudesse se imaginar sendo atraída por um homem – ou sendo objeto de desejo dele – com bochechas redondas, queixo suave e cinco quilos a mais na cintura. Ele já encontrara este tipo de preconceito antes: mania de aparência. Muitas mulheres, após a lavagem cerebral causada pela cultura consumista que vende os valores errados, ficam interessadas apenas em homens parecidos com aqueles fotografados nos anúncios de Marlboro ou de Calvin Klein. Não são capazes de entender que um homem com o rosto alegre de um tio favorito poderia ser mais terno, mais sábio, mais caridoso e melhor amante que um brutamontes que passa metade do tempo na academia de ginástica. Como era triste pensar em Melissa assim, tão vazia. Como era triste!

– Posso ajudar em mais alguma coisa? – perguntou ela.

– Não, obrigado. Isso já foi muito. Vamos pegá-lo com isso.

Ela balançou a cabeça, concordando.

– Preciso descer até o laboratório de impressões digitais para ver se conseguiram alguma coisa na lanterna ou na janela do banheiro.

– Claro – foi a resposta sem jeito.

Roy se permitiu olhar mais uma vez para aquela boca *perfeita*, suspirou e disse:

– Vejo você mais tarde.

Quando saiu da sala, fechou a porta, atravessou dois terços do longo laboratório dos computadores e então olhou para trás, com esperança de que ela o olhasse, enquanto ele se afastava. Em vez disso, ela estava novamente sentada à mesa, tendo em uma das mãos uma caixa de pó compacto, examinando cuidadosamente a boca no espelhinho.

O CHINA DREAM era um restaurante em West Hollywood, em um prédio de tijolos com três andares, em uma área de lojas chiques. Spencer estacionou a uma quadra de distância, deixou Rocky novamente na caminhonete e andou até lá.

O ar estava agradavelmente morno. A brisa, refrescante. Era um daqueles dias em que parecia valer a pena lutar pela vida.

O restaurante ainda não estava aberto para o almoço. No entanto, a porta estava destrancada, e ele entrou.

O China Dream não se permitia nenhuma das decorações comuns a muitos restaurantes chineses: nada de dragões ou cachorros chineses, nada de ideogramas de bronze nas paredes. Era absolutamente moderno, pintado em cinza-perolado e preto, com toalhas brancas sobre as trinta ou quarenta mesas. O único objeto de arte chinesa era uma estátua entalhada em madeira representando uma mulher de rosto suave envolta em mantos, tendo nas mãos algo que parecia ser uma garrafa de cabeça para baixo ou uma moringa, que ficava perto da porta de entrada.

Dois asiáticos na faixa dos 20 anos estavam arrumando os talheres e os copos. Um terceiro homem, também asiático, porém pelo menos dez anos mais velho que seus companheiros de trabalho, dobrava com rapidez guardanapos de tecido branco, criando formas elaboradas e pontudas. Suas mãos eram tão hábeis quanto as de um mágico. Os três homens usavam sapatos pretos, calças pretas, camisas brancas e gravatas pretas.

Sorrindo, o mais velho aproximou-se de Spencer:

— Desculpe, senhor. Não abrimos para o almoço antes das 11h30.

A voz era macia, e o sotaque muito leve.

— Vim para falar com Louis Lee, se for possível.
— O senhor tem hora marcada?
— Não, sinto muito.
— Pode por favor me dizer qual é o assunto que o traz aqui?
— Um inquilino que aluga uma de suas propriedades.

O homem assentiu com a cabeça.

— Posso deduzir que estamos falando sobre a Srta. Valerie Keene?

A voz suave, o sorriso, a perfeita polidez combinados para projetar uma imagem de humildade, atuava como um véu que dificultava a percepção de que o homem dos guardanapos era também inteligente e observador.

— Sim – confirmou Spencer. – Meu nome é Spencer Grant. Sou... sou amigo de Valerie. Estou preocupado com ela.

De um dos bolsos da calça o homem retirou um objeto do tamanho de um baralho de cartas, apesar de menos espesso. Uma das extremidades era dobrável e, aberto, era o menor telefone celular que Spencer jamais vira.

Percebendo o interesse de Spencer, o homem disse:

— Feito na Coréia.
— Bem ao estilo de James Bond.
— O Sr. Lee começou a importá-los há pouco tempo.
— Pensei que ele fosse restaurador.
— Sim, senhor. Mas ele é muitas coisas.

O homem dos guardanapos apertou um único botão e esperou enquanto o número programado de sete dígitos era transmitido. Em seguida, surpreendeu Spencer novamente por não falar nem em inglês nem em chinês, mas em francês com a pessoa que atendeu.

Fechando o telefone e guardando-o no bolso, o homem dos guardanapos disse:

— O Sr. Lee vai recebê-lo. Por aqui, por favor.

Spencer o seguiu por entre as mesas, para o canto mais afastado à direita da sala principal, através de uma porta de vaivém, em direção a verdadeiras nuvens de aromas apetitosos: alho, cebola, gengibre, óleo de amendoim quente, sopa de cogumelos, pato assando, essência de amêndoas.

A imensa e imaculada cozinha estava repleta de fogões, grelhas, enormes panelas, frigideiras profundas, mesas de aquecimento, pias, tábuas de cortar. Predominavam os ladrilhos brancos, imaculados e brilhantes, e o aço inoxidável. Pelo menos uma dúzia de *chefs*, cozinheiros e ajudantes, vestidos de branco da cabeça aos pés, dedicava-se a uma variedade de tarefas culinárias.

A operação era tão organizada e precisa quanto o mecanismo de um elaborado relógio suíço com bailarinas rodopiantes, soldadinhos marchando e empinados cavalos de madeira. Tiquetaqueando sempre com precisão.

Spencer acompanhou seu guia por uma outra porta de vaivém, chegou a um corredor, passou por despensas e quartos de empregados e finalmente chegou a um elevador. Esperava subir, mas desceram um andar. Quando as portas se abriram, o guia, com um gesto, convidou Spencer a sair primeiro.

O porão não era úmido nem sombrio. Estavam numa sala de estar com as paredes recobertas por painéis de mogno e cadeiras de teca estofadas com pena de ganso.

O recepcionista, sentado à mesa de teca e aço polido, era um asiático totalmente calvo, 1,80 metro de altura, ombros largos e pescoço espesso. Digitava furiosamente ao teclado de um computador. Quando se voltou e sorriu, o paletó de seu terno mostrou o volume formado por um revólver escondido num coldre no ombro.

Cumprimentou:

— Bom dia – disse ele, e Spencer respondeu da mesma forma.

— Podemos entrar? – indagou o homem dos guardanapos.

— Está tudo bem – disse o recepcionista.

Enquanto o acompanhante conduzia Spencer para uma porta interna, um trinco de comando elétrico estalou se abrindo, acionado pelo recepcionista.

Atrás deles, o digitador calvo recomeçou seu trabalho. Seus dedos voavam no teclado. Se ele fosse capaz de usar um revólver tão bem quanto usava o teclado, certamente seria um adversário mortal.

Saindo da recepção, entraram num corredor branco, com piso de vinil cinzento, que levava a escritórios sem janelas distribuídos de ambos os lados de todo o corredor. A maioria das portas estava aberta, e Spencer viu homens e mulheres – muitos deles asiáticos – trabalhando em mesas, arquivos e computadores, exatamente como os empregados de um escritório do mundo real.

A porta no final do corredor dava para o escritório de Louis Lee, que reservava ainda uma outra surpresa. Piso de tábuas corridas, um maravilhoso tapete persa em que predominavam tons de cinza, alfazema e verde; tapeçarias recobrindo as paredes; mobiliário francês do início do século XIX, finamente marchetado e trabalhado em bronze dourado; livros encadernados em couro, organizados em estantes protegidas por portas de vidro. A iluminação da ampla sala era moderada, produzida por lustres e luminárias, alguns mostrando belos trabalhos em vidro colorido e outros mostrando formas desenhadas em vidro soprado. Spencer era capaz de jurar que nenhum deles era uma reprodução.

– Sr. Lee, este é o Sr. Grant.

O homem que se ergueu por trás da mesa tinha mais ou menos 1,65 metro, porte ágil e aproximadamente 55 anos. Os cabelos negros e brilhantes mostravam alguns fios grisalhos nas têmporas. Vestia paletó preto com amplas lapelas, calça azul-escuro com suspensórios, camisa branca, gravata-borboleta de poá vermelho sobre um fundo azul e usava óculos com aros de chifre.

– Bem-vindo, Sr. Grant – a pronúncia era musical, tão européia quanto chinesa. A mão era pequena, mas o aperto firme.

– Obrigado por me receber – disse Spencer, sentindo-se desorientado como se tivesse seguido o coelho branco de Alice para esta toca sem janelas, iluminada pela Tiffany.

Os olhos de Lee eram pretos como carvão e penetraram em Spencer como se fossem um bisturi.

O homem dos guardanapos, agora transformado em acompanhante, ficou em pé ao lado da porta, as mãos cruzadas atrás das costas. Evidentemente, ele não havia crescido durante aquele breve período, mas sua aparência, agora, era tão semelhante a de um segurança quanto a do enorme recepcionista calvo.

Louis Lee convidou Spencer a sentar-se em uma das cadeiras de braços que ficavam em torno de uma mesa baixa. A luz que jorrava da lâmpada mais próxima era colorida em tons de azul, verde e vermelho.

Lee sentou-se ereto exatamente em frente a Spencer. Com seus óculos, suspensórios, gravata-borboleta e o fundo formado pelos livros, poderia ser um professor de literatura em sua casa, em seu estúdio, próximo a Yale ou alguma outra universidade tradicional americana.

Seus modos eram reservados, porém amistosos.

— Então o senhor é amigo da Srta. Keene? Talvez tenham freqüentado a mesma faculdade?

— Não senhor, eu não a conheço há tanto tempo assim. Encontrei-a no trabalho. Sou... um amigo recente. Mas preocupo-me com ela... bem, estou pressentindo que alguma coisa tenha acontecido a ela.

— O que o senhor acha que poderia ter acontecido com ela?

— Eu não sei. Mas estou certo de que o senhor sabe que um grupo da SWAT deu uma busca na casa dela na noite passada; o bangalô que ela aluga do senhor.

Lee ficou em silêncio por alguns momentos e depois disse:

— Sim, as autoridades vieram à minha casa na noite passada, após o ataque, para fazer perguntas sobre ela.

— Sr. Lee, essas autoridades... quem eram?

— Três homens, alegando pertencer ao FBI.

— Alegando?

— Mostraram as credenciais, mas estavam mentindo.

Franzindo o cenho, Spencer indagou:

— Como pode ter certeza disso?

— Tive em minha vida grande experiência com engodo e traição. — Lee não parecia irado ou amargo. — Desenvolvi um bom faro.

Spencer pôs-se a imaginar se essas palavras eram tanto um aviso quanto uma explicação. De qualquer forma, sabia que não estava na presença de um homem de negócios comum.

— Se não eram agentes do governo...

— Ah! Estou certo de que eram agentes governamentais. Mas acho que as credenciais do FBI eram simplesmente uma conveniência.

— Sim, mas se pertenciam a um outro órgão, por que não exibir simplesmente as identidades reais?

Lee deu de ombros.

— Agentes mal-intencionados, operando sem a autorização de seu órgão, esperando confiscar os lucros de uma transação com drogas em seu próprio benefício teriam boas razões para tentar despistar usando identidades falsas.

Spencer sabia que essas coisas aconteciam.

— Mas eu não acredito... não *posso* acreditar que Valerie esteja envolvida no tráfico de drogas.

— Tenho certeza de que não está. Se eu acreditasse nisso, não teria alugado a casa para ela. Essas pessoas são o que há de pior, corrompendo crianças, arruinando vidas. Além disso, apesar de a Srta. Keene ter pago o aluguel à vista, não estava nadando em dinheiro. E tinha um emprego de tempo integral.

— Então, se esses malfeitores não eram agentes do DEA procurando encher os bolsos com lucros da venda de cocaína, e não pertenciam ao FBI, quem eram eles?

Louis Lee acomodou-se melhor na cadeira, ainda se sentando ereto, mas inclinando a cabeça de forma que os reflexos de vidro colorido da lâmpada Tiffany tingissem as lentes de seus óculos e obscurecessem seus olhos.

— Algumas vezes um governo, ou um órgão governamental, começa a se sentir frustrado quando precisa obedecer às regras. Em meio a verdadeiros oceanos de dinheiro de impostos e com sistemas contábeis ridículos aos olhos de qualquer empresa privada, é fácil para funcionários do governo fundar organizações secretas para alcançar resultados que não possam ser atingidos por meios legais.

— Sr. Lee, o senhor lê muitos livros de espionagem?

Louis Lee sorriu sem entusiasmo.

— Não tenho nenhum interesse.

— Desculpe, mas isso tudo soa um pouco paranóico.

— Falo apenas por experiência.
— Então sua vida deve ter sido muito mais interessante do que eu pude julgar pelas aparências.
— Sim – afirmou Lee, sem dar maiores explicações. Após uma breve pausa, com os olhos ainda ocultos pelos reflexos da luz refletidos em seus óculos, continuou: – Quanto maior um governo, maior probabilidade de estar cheio dessas organizações, algumas são de pequeno porte, mas outras não. Temos um governo poderoso, Sr. Grant.
— Sim, mas...
— Impostos diretos e indiretos exigem que o cidadão médio trabalhe de janeiro a julho para pagar as taxas e só então comecem de fato a trabalhar para si próprios.
— Já ouvi essa estatística antes.
— Um governo que cresce assim, torna-se também arrogante.

Louis Lee não tinha a aparência de um fanático. Não havia raiva ou amargura em sua voz. Na verdade, embora optasse por cercar-se de mobiliário francês extremamente ornamentado, tinha o ar calmo da simplicidade zen e uma distinta resignação asiática perante as verdades do mundo. Parecia mais um pragmático do que um cruzado.

— Os inimigos da Srta. Keene são meus inimigos também.
— E meus.
— Mas não pretendo me tornar um alvo, como o senhor está fazendo. Ontem à noite, não expressei minhas dúvidas sobre as credenciais quando se apresentaram como agentes do FBI. Isso não teria sido prudente. Não os ajudei em nada, mas mostrei uma atitude de *colaboração*, se é que o senhor pode entender o que estou falando.

Spencer suspirou e afundou na cadeira.

Inclinando-se para a frente, colocando as mãos sobre os joelhos e deixando novamente visíveis os intensos olhos negros ao afastar-se dos reflexos da luz da lâmpada, Lee afirmou:

— O senhor era o homem que estava na casa dela na noite passada.

Spencer surpreendeu-se novamente.

— Como sabe que havia alguém lá?
— Fizeram perguntas sobre um homem que poderia estar vivendo com ela. Da sua altura. Com seu peso. Importa-se de me dizer o que estava fazendo lá?

— Ela estava atrasada para o trabalho. Preocupei-me com ela. Fui até lá para ver se algo estava errado.

— O senhor também trabalha no The Red Door?

— Não, eu estava lá esperando por ela — foi a única explicação que Spencer resolveu dar. O restante era por demais complicado e embaraçoso. — O que o senhor pode me dizer a respeito de Valerie que me ajude a encontrá-la?

— Na verdade, nada.

— Só desejo ajudá-la, Sr. Lee.

— Acredito.

— Bem, então por que não colaborar comigo? O que constava na ficha que ela preencheu antes de alugar a casa? Residência anterior, empregos, referências de crédito, qualquer coisa desse tipo poderia ajudar.

O empresário recostou-se, passando as mãos dos joelhos para os braços da cadeira.

— Ela não preencheu nenhuma ficha.

— Tenho certeza que os administradores de um homem com tantas propriedades como o senhor usam fichas no momento de alugá-las.

Louis Lee ergueu as sobrancelhas, o que para um homem tão plácido era uma expressão teatral.

— O senhor andou fazendo pesquisas a meu respeito. Muito bom. Bem, no caso da Srta. Keene, não houve nenhuma ficha, porque ela foi recomendada por alguém do The Red Door que também é meu inquilino.

Spencer pensou na bela garçonete que aparentava ser meio negra e meio vietnamita.

— Rosie?

— Correto.

— Ela era amiga de Valerie?

— Ela é. Fui apresentado à Srta. Keene e aprovei-a. Deu-me a impressão de ser uma pessoa confiável. Para mim, isso é o bastante.

— Preciso falar com Rosie.

— Com certeza, ela estará trabalhando novamente esta noite.

— Preciso falar com ela antes desta noite. Em parte porque depois dessa conversa com o senhor tenho a nítida sensação de estar sendo perseguido e de que preciso me apressar.

— Creio que esta sua avaliação está perfeitamente correta.

— Preciso então do sobrenome e do endereço.

Louis Lee manteve-se calado por tanto tempo que Spencer chegou a sentir-se nervoso. Finalmente, ele disse:

— Sr. Grant, nasci na China. Quando eu era criança, fugimos dos comunistas e emigramos para Hanói, então controlada pelos franceses. Perdemos tudo, mas era melhor que estar entre os dez milhões de pessoas eliminadas por Mao.

Embora Spencer não estivesse certo do que a história pessoal do empresário pudesse ter a ver com seus próprios problemas, sabia que fatalmente haveria uma conexão e que ela logo se tornaria aparente. Louis Lee era chinês, mas não inescrutável. Na verdade, ele era tão direto, a seu modo, quanto qualquer proprietário rural da Nova Inglaterra.

— Os chineses no Vietnã eram oprimidos. A vida era dura. Mas os franceses prometeram nos proteger dos comunistas. Não cumpriram a promessa. Quando, em 1954, o Vietnã foi dividido, eu ainda era muito jovem. Fugimos novamente, desta vez para o Vietnã do Sul... e perdemos tudo.

— Entendo.

— Não, o senhor começa apenas a perceber, mas ainda não entende. Dentro de um ano, a Guerra Civil começou. Em 1959, minha irmã mais nova foi morta na rua durante um tiroteio provocado por franco-atiradores. Três anos mais tarde, um ano depois de John Kennedy ter prometido que os Estados Unidos garantiriam nossa liberdade, meu pai foi morto por uma bomba lançada pelos terroristas num ônibus em Saigon.

Lee fechou os olhos e cruzou as mãos no colo. Parecia mais estar meditando do que recordando.

Spencer aguardou.

— Em abril de 1975, quando Saigon caiu, eu já estava com 30 anos, tinha quatro filhos e minha esposa Mae. Minha mãe, um dos meus irmãos e dois de seus filhos ainda viviam. Éramos dez. Após seis meses de terror, minha mãe, meu irmão, uma das minhas sobrinhas e um dos meus filhos estavam mortos. Não consegui salvá-los. Nós, os seis que restaram, nos juntamos a mais outras 32 pessoas, numa tentativa de escapar pelo mar.

— Refugiados no mar — disse Spencer em tom de respeito, pois a seu modo sabia o que significava abandonar o passado, estar à deriva e com medo, lutando a cada dia para sobreviver.

Com os olhos ainda fechados, falando com tanta serenidade como se recontasse os detalhes de um passeio no campo, Lee continuou:

— Com o mau tempo, piratas tentaram abordar nossa embarcação. Uma canhoneira vietcongue, o mesmo que piratas. Teriam matado os homens, estuprado e matado as mulheres, roubado nossas parcas posses. Dezoito pessoas morreram tentando repelir o ataque. Um deles foi o meu filho. Dez anos de idade. Um tiro. Nada pude fazer. Os que restaram foram salvos porque o tempo ficou tão ruim, repentinamente, que a canhoneira precisou retirar-se para não naufragar. A tempestade nos afastou dos piratas. Duas pessoas foram lançadas ao mar pelas ondas. Restavam apenas 18. Quando o sol voltou a brilhar, a embarcação estava danificada, não havia mais motor ou velas, nem rádio. Estávamos no meio do mar da China.

Spencer não agüentava mais encarar a placidez daquele homem, mas não conseguia desviar os olhos.

— Ficamos à deriva durante seis dias, sob um sol abrasador. Não havia água doce e tínhamos pouca comida. Uma mulher e quatro crianças morreram antes de entrarmos, por acaso, numa determinada rota e sermos recolhidos por um navio americano. Uma das crianças que morreu de sede era minha filha. Eu não pude salvá-la. Não pude salvar ninguém. Das dez pessoas da minha família que sobreviveram à queda de Saigon, restavam apenas quatro para serem retiradas daquele barco. Minha mulher, a única filha que me restava, uma das minhas sobrinhas e eu.

— Sinto muito — disse Spencer, e aquelas palavras foram tão inadequadas que ele desejou não ter dito coisa alguma.

Louis Lee abriu os olhos:

— Outras nove pessoas foram recolhidas daquele barco que se desintegrava, há mais de vinte anos. Da mesma forma que eu, todos os outros adotaram nomes americanos, e os nove são meus sócios no restaurante e em outros empreendimentos. Eu os considero minha família também. Formamos uma nação, Sr. Grant. Sou americano, porque acredito nos ideais americanos. Amo este país. Seu povo. Mas não seu governo. Não posso amar algo em que não posso confiar, e jamais voltarei a confiar num governo, seja lá onde for. Isso o incomoda?

— Sim, é compreensível, mas deprimente.

— Como indivíduos, membros de famílias, vizinhos e integrantes de uma comunidade são geralmente decentes, caridosos e misericordiosos. Mas nas grandes corporações ou governos, quando acumulam poder, alguns tornam-se monstros; ainda que tenham boas intenções. Não posso ter qualquer sentimento de lealdade em relação a monstros, mas serei leal à minha família, meus vizinhos e minha comunidade.

— Bastante justo, acho.

— Rosie, a garçonete do The Red Door, era uma das pessoas que estavam no barco conosco. Sua mãe era vietnamita e o pai era um americano que morreu lá. Portanto, ela é da minha comunidade.

Spencer tinha estado tão absorto no relato de Louis Lee que tinha se esquecido do pedido que havia desencadeado aquelas sinistras recordações. Precisava falar com Rosie o mais depressa possível. Precisava do sobrenome e do endereço.

— Rosie não deve ter mais nenhum envolvimento nisso. Ela afirmou aos falsos agentes do FBI que sabia muito pouco sobre a Srta. Keene e não quero que o senhor a arraste para o meio disso tudo.

— Só quero fazer algumas perguntas.

— Se as pessoas erradas virem o senhor com ela e o identificarem como o homem que estava na casa ontem à noite, vão achar que Rosie era mais do que apenas uma colega de trabalho da Srta. Keene, embora, na verdade, ela não fosse nada mais do que isso.

— Serei discreto, Sr. Lee.

— Sim. Esta é a única escolha que estou lhe oferecendo.

Uma porta se abriu suavemente, e Spencer voltou-se para ver o homem dos guardanapos, o polido acompanhante que o trouxera até ali, que voltava à sala. Não tinha percebido ele sair.

— Ela se lembra dele. Está tudo combinado — disse o acompanhante a Louis, enquanto entregava a Spencer uma folha de papel.

— À uma hora — disse Louis Lee — Rosie o encontrará neste endereço. Não é o apartamento em que ela mora, que talvez esteja sendo vigiado.

A rapidez com que o encontro fora arranjado, sem que uma palavra precisasse ser trocada entre os dois homens, parecia a Spencer um verdadeiro passe de mágica.

— Ela não será seguida — disse Lee, levantando-se. — Providencie para não ser seguido também.

Levantando-se, Spencer disse:

— Sr. Lee, o senhor e sua família....

— Sim?

— Impressionante.

Lee inclinou-se ligeiramente, em sinal de agradecimento. Então, voltou-se e andou em direção à mesa, dizendo:

— Apenas uma outra coisa, Sr. Spencer.

Quando Lee abriu a gaveta da mesa, Spencer teve a louca sensação de que este cavalheiro de voz suave e atitude professoral ia puxar uma pistola equipada com um silenciador e atirar nele. Paranóia assemelhava-se a uma injeção de anfetaminas diretamente no coração.

Lee retirou um medalhão de jade numa corrente de ouro.

— Algumas vezes ofereço um destes a pessoas que parecem precisar.

Temendo que os dois homens pudessem escutar as batidas descompassadas de seu coração, Spencer aproximou-se de Lee e aceitou o presente.

Tinha 5 centímetros de diâmetro. Num dos lados estava esculpida a cabeça de um dragão. Do outro, havia a cabeça estilizada de um pavão.

— Parece tão caro, tão...

— Apenas pedra-sabão. Faisões e dragões, Sr. Grant. O senhor precisa de seus poderes. Faisões e dragões. Prosperidade e vida longa.

Fazendo balançar o medalhão pela corrente, Spencer disse:

— Um talismã?

— Eficaz. O senhor viu a Quan Yin quando entrou no restaurante?

— Desculpe, não entendi.

— A estátua de madeira, na porta da frente.

— Sim, vi. A mulher de rosto suave.

— Um espírito reside nela e impede que os inimigos atravessem a soleira de minha porta – afirmou Lee com o mesmo tom solene que usara para narrar sua fuga do Vietnã. – Ela é especialmente eficaz para afastar os invejosos, e a inveja perde apenas para a autopiedade na escala das emoções mais perigosas.

— Depois de uma vida como a sua, ainda consegue acreditar nisso?

— Precisamos acreditar em alguma coisa, Sr. Grant.

Apertaram-se as mãos.

Levando a folha de papel e o medalhão, Spencer seguiu o acompanhante para fora da sala.

No elevador, recordando-se da breve troca de palavras entre o acompanhante e o homem calvo quando entraram na recepção, Spencer disse:

— Quando entrei, fui examinado para ver se eu tinha alguma arma, não fui?

O acompanhante pareceu divertir-se com a pergunta, mas não respondeu.

Um minuto mais tarde, na porta da frente, Spencer parou para examinar a Quan Yin.

— Ele realmente acredita que funciona, que ela mantém os inimigos afastados?

— Se ele acredita, então é porque ela o faz – disse o acompanhante. – O Sr. Lee é um grande homem.

Spencer encarou-o.

— Você estava no barco?

— Eu só tinha 8 anos. Minha mãe foi a mulher que morreu de sede na véspera do dia em que fomos resgatados.

— Ele afirma não ter conseguido salvar ninguém.

— Ele salvou todos nós – afirmou o acompanhante, abrindo a porta.

Na calçada em frente ao restaurante, meio cego pela luz forte do sol, confuso com o barulho do tráfego e o ronco de um avião no céu, Spencer sentia-se como se tivesse acabado de despertar de um sonho. Ou estivesse apenas começando a sonhar.

Durante todo o tempo em que esteve no restaurante ninguém olhara para sua cicatriz.

Voltou-se e contemplou a porta de vidro do restaurante.

O homem cuja mãe morrera de sede no mar da China estava agora entre as mesas, dobrando guardanapos brancos em elaboradas formas alongadas.

O LABORATÓRIO DE IMPRESSÕES onde David Davis e um jovem assistente esperavam por Roy Miro era uma das quatro salas ocupadas pelo Departamento de Análise de Impressões. Havia uma generosa quantidade de computadores que processavam imagens, monitores de alta definição e outros equipamentos exóticos.

Davis preparava-se para revelar impressões digitais na janela do banheiro, cuidadosamente removidas do bangalô em Santa Mônica. Todo o caixilho – com o vidro intacto e a dobradiça enferrujada – estava sobre o tampo de mármore de uma bancada do laboratório.

– Este é importante – avisou Roy, aproximando-se.

– Claro que é. Cada caso é importante – afirmou Davis.

– Este é *mais* importante. E urgente!

Roy não gostava de Davis. Não apenas porque o homem tinha um nome irritante, mas também por ser exaustivamente entusiasta. Alto, magro, parecendo uma cegonha, com cabelos louros grossos e enrolados, David Davis jamais entrava em algum lugar tranqüilamente. Ele se afobava, se apressava, se atirava. Em vez de apenas se virar, rodopiava. Nunca apontava para alguma coisa, brandia o dedo. Para Roy Miro, que evitava extremos na aparência e exageros em público, Davis era embaraçosamente teatral.

O assistente, que Roy conhecia apenas pelo nome de Wertz, era uma criatura pálida que usava o jaleco como se fosse a batina de um humilde noviço num seminário. Quando não estava correndo para pegar alguma coisa para Davis, orbitava em torno do chefe com reverência inquieta. Deixava Roy doente.

– A lanterna não nos revelou nada – afirmou David Davis com um grande gesto, agitando uma das mãos para desenhar no ar um grande zero. – Zero! Nem sequer uma única impressão parcial. Uma

grande merda, aquela lanterna. Nenhuma superfície lisa. Aço escovado, aço ranhurado, aço quadriculado, mas nenhum aço *liso*.
— Que pena — disse Roy.
— Pena? — disse Davis, como se Roy tivesse reagido à notícia do assassinato do papa com um dar de ombros e um risinho. — Parece que essa droga foi projetada para ladrões e capangas... a lanterna oficial da Máfia, Santo Deus!

Wertz murmurou:
— Santo Deus!
— Então vamos trabalhar na janela — disse Roy com impaciência.
— Sim, temos grandes esperanças em relação à janela — afirmou Davis, balançando a cabeça para cima e para baixo, como um papagaio escutando música reggae. — Laca. Pintada com várias camadas cor de mostarda para resistir ao vapor da água do chuveiro. Lisa. — Davis sorriu alegremente para a janela na bancada. — Se houver alguma coisa, vamos encontrar.
— Quanto mais depressa, melhor — enfatizou Roy.

Num dos cantos da sala, sob uma coifa de ventilação, havia um tanque de vidro vazio, com capacidade para dez galões de água. Usando luvas cirúrgicas e segurando a janela pelas bordas, Wertz levou-a até o tanque. Um objeto menor teria sido suspenso por fios, preso por clipes de mola. Mas a janela era pesada e desajeitada demais e, por isso, Wertz colocou-a no tanque, num determinado ângulo, de encontro a uma das paredes de vidro. Por um triz não coube.

Davis colocou três bolas de algodão numa placa de Petri* e colocou-a no fundo do tanque. Usou uma pipeta para transferir algumas gotas de éster de metil cianoacrilato para o algodão. Com uma segunda pipeta, aplicou uma quantidade semelhante de solução de hidróxido de sódio.

---

*Recipiente cilíndrico, achatado, de vidro ou plástico que os biólogos utilizam para a cultura de micróbios. O nome foi dado a esse instrumento de laboratório em honra do bacteriologista alemão J. R. Petri (1852-1921), que a inventou em 1877 quando trabalhava como assistente de Robert Koch. É construído por duas partes: uma base e uma tampa. (*N. do E.*)

Imediatamente, uma nuvem de fumaça de cianoacrilato elevou-se do tanque em direção à coifa.

Impressões latentes, deixadas por pequenas quantidades de óleos da pele, suor e sujeira, geralmente eram invisíveis a olho nu até que fossem processadas, reveladas, através de várias substâncias: iodo, solução de nitrato de prata, solução de ninhidrina ou vapores de cianoacrilato, que geralmente alcançavam os melhores resultados em materiais não-porosos, como vidro, metal, plástico e lacas duras. Os vapores rapidamente se condensavam em forma de resina sobre qualquer superfície, mas com maior intensidade sobre os óleos que formavam as impressões latentes.

O processo poderia levar em torno de 30 minutos. Se deixassem a janela no tanque por mais de 60 minutos, tanta resina seria depositada que os detalhes da impressão seriam perdidos. Davis decidiu-se por 40 minutos e deixou Wertz vigiando a fumigação.

Aqueles foram 40 minutos cruéis para Roy, porque David Davis, um fanático pela tecnologia, insistia em demonstrar um equipamento de laboratório de última geração. Com muita gesticulação e diversas exclamações, os olhos tão vidrados e brilhantes quanto os de um pássaro, o técnico falou sobre todos os detalhes mecânicos com uma profundidade excruciante.

Quando Wertz anunciou que a janela estava fora do aquário, Roy já estava exausto de tanto tentar prestar atenção ao que Davis dizia. Com saudades, lembrou-se do quarto dos Bettonfield da noite anterior: segurando a linda mão de Penelope, ouvindo os Beatles. Estivera tão relaxado.

Os mortos muitas vezes eram melhor companhia do que os vivos.

Wertz levou-os à mesa de fotografias, onde estava a janela do banheiro. Uma Polaroid CU-5 estava fixada a uma trave sobre a mesa, com as lentes voltadas para baixo, pronta para fotografar de perto quaisquer impressões encontradas.

O lado da janela voltado para cima estivera virado para o lado de dentro do bangalô, e o homem misterioso certamente o tocara ao escapar. O lado de fora, é claro, fora completamente lavado pela chuva.

Embora um fundo preto fosse o ideal, a laca cor de mostarda devia ser suficientemente escura para contrastar com um padrão de circunvoluções em que o cianoacrilato branco se depositara. Um exame cuidadoso nada revelou no batente nem no vidro.

Wertz desligou os painéis fluorescentes que pendiam do teto, deixando o laboratório às escuras, exceto pela pouca luz que se infiltrava através das persianas fechadas. Seu rosto pálido parecia levemente fluorescente na penumbra, como a pele de uma criatura que vivesse numa região abissal do oceano.

– Um pouco de luz oblíqua vai fazer aparecer alguma coisa.

Uma lâmpada de halogênio, com um quebra-luz em forma de cone e presa a um cabo flexível de metal, estava pendurada numa braçadeira fixada a uma das paredes ali perto. Davis desprendeu a lâmpada e, vagarosamente, fez com que o facho de luz percorresse a janela do banheiro, direcionando-o de modo a formar ângulos acentuados ao longo do batente.

– Nada – disse Roy com impaciência.

– Vamos tentar o vidro – sugeriu Davis, direcionando a luz de um lado para o outro, estudando ao mesmo tempo o batente e o vidro.

Nada.

– Pó magnético. Este é o segredo.

Wertz acendeu as luzes fluorescentes, correu para o armário de suprimentos e voltou com um frasco de pó magnético e um aplicador, chamado Escova Magnética, que Roy já tinha visto sendo usado antes.

Jatos de pó preto saíam em feixes do aplicador e aderiam aos pontos onde havia restos de graxa ou óleo, mas os grãos que não aderiam eram arrastados para trás pela escova magnética. A vantagem do pó magnetizado sobre os outros pós específicos para detecção de impressões digitais é não deixar a superfície em estudo revestida por excesso de material.

Wertz cobriu cada milímetro do batente e do vidro da janela. Nada. Nenhuma impressão.

– Muito bem, muito bem, assim seja! – exclamou Davis, esfregando as mãos de longos dedos, sacudindo a cabeça, se preparando alegremente para enfrentar o desafio. – Não estamos derrotados ainda. Pois sim! É isso que faz com que a profissão seja tão divertida.

— Se é fácil, é para tolos — afirmou Wertz sorrindo, obviamente repetindo o ditado favorito da equipe.

— Exatamente! — exclamou Davis. — E nós não somos tolos!

O desafio parecia tê-los tornado perigosamente atordoados

Roy olhou ostensivamente para o relógio.

Enquanto Wertz guardava a Escova Magnética e o frasco contendo o pó, David Davis calçou um par de luvas de látex e, cuidadosamente, transferiu a janela para uma sala adjacente, menor que o laboratório principal. Aproximou-se de uma pia de metal, pegou um dos dois frascos contendo líquido de limpeza e lavou o batente laqueado e o vidro.

— Solução de rodamina 6G em metanol — explicou, como se Roy soubesse o que aquilo significava ou até como se ele guardasse uma solução similar em sua geladeira.

Wertz entrou naquele momento e disse:

— Conheci uma Rodamina. Morava no apartamento 6G, do outro lado do corredor.

— Esse cheiro é igual ao dela? — perguntou David.

— Ela era mais pungente — respondeu Wertz, rindo em coro com Davis.

Humor de débeis mentais. Roy achava tedioso, sem graça nenhuma, e tinha certeza de que deveria ficar aliviado por se sentir assim.

Trocando o primeiro frasco pelo segundo, David Davis afirmou:

— Metanol puro. Elimina o excesso de rodamina.

— Rodamina sempre se excedia e durante semanas não se conseguia cansá-la — brincou Wertz, e os dois riram novamente.

Roy algumas vezes detestava seu trabalho.

Wertz ligou um gerador a laser de íons de argônio refrigerado a água, que estava encostado à parede. Ocupou-se com os controles.

Davis levou a janela para a mesa de exames com laser.

Com a máquina pronta para operar, Wertz distribuiu óculos protetores. Davis desligou as luzes fluorescentes. A única fonte de iluminação era o pálido facho que passava através da porta, vindo do laboratório adjacente.

Colocando os óculos de proteção, Roy juntou-se aos dois técnicos.

Davis acionou o laser. Um raio de luz fantasmagórico apareceu na parte de baixo do batente da janela e quase imediatamente uma impressão apareceu, impregnada de rodamina: circunvoluções estranhas, fluorescentes.

– Achamos o filho-da-mãe! – exclamou Davis.

– Pode ser a impressão de qualquer um – afirmou Roy. – Vamos ver.

Wertz afirmou:

– Parece um polegar.

A luz continuou a se mover. Mais impressões apareceram, como num passe de mágica, em torno da alavanca e da ponta do trinco, no centro da parte inferior do batente. Um aglomerado: algumas apenas parciais, outras, borradas, algumas inteiras e claras.

– Se eu gostasse de apostas – afirmou Davis –, apostaria uma boa grana que essa janela foi limpa há pouco tempo, esfregada com um pedaço de pano, o que nos dá um campo cristalino. Aposto que todas essas impressões pertencem à mesma pessoa, foram feitas na mesma ocasião, pelo nosso homem de ontem à noite. Foram mais difíceis de detectar porque as pontas dos dedos não estavam muito oleosas.

– Claro – afirmou Wertz, animado –, ele tinha acabado de andar na chuva.

– E pode ser que ele tenha enxugado as mãos em alguma coisa quando entrou na casa – sugeriu Davis.

– Não existem glândulas sebáceas do lado de dentro das mãos – Wertz sentiu-se obrigado a explicar a Roy. – As impressões digitais tornam-se oleosas porque os dedos tocam o rosto, o cabelo e outras partes do corpo. Seres humanos parecem estar incessantemente se tocando.

– Por favor, vamos com calma – disse Davis, com um tom de fingida severidade –, nada disso *aqui*, jovem mestre Wertz.

Riram-se os dois.

Os óculos protetores incomodavam o nariz de Roy. Estavam lhe causando dor de cabeça.

Sob a luz tremulante do laser, uma outra impressão apareceu.

Até Madre Teresa, cheia de anfetaminas poderosas, teria sido atingida por uma forte depressão na companhia de David Davis e do traste do Wertz. Mas, mesmo assim, Roy sentiu que seu estado de espírito melhorava à medida que cada impressão aparecia.

Logo, logo o homem misterioso não seria mais um mistério.

7

O dia estava ameno, embora a temperatura ainda não fosse convidativa para um banho de sol. Em Venice Beach, entretanto, Spencer viu seis jovens bem bronzeadas de biquíni e dois rapazes com calções de banho floridos em estilo havaiano estirados em grandes toalhas, expostos aos raios de sol, arrepiados de frio, mas resistindo bem.

Dois homens musculosos, descalços e de bermudas, tinham armado uma rede de vôlei na areia e estavam entretidos num jogo animado, cheio de pulos, exclamações e resmungos. Nas calçadas, algumas pessoas deslizavam velozmente em skates, umas em trajes de banho, outras, não. Um homem barbado, vestindo jeans e camiseta preta, empinava uma pipa vermelha com rabiola também vermelha.

Todos já haviam passado da idade escolar, e já eram bem adultos para estar trabalhando numa tarde de quinta-feira. Spencer pôs-se a imaginar quantos seriam vítimas da recessão e quantos seriam apenas eternos adolescentes, vivendo à custa dos pais ou da sociedade. A Califórnia há muito abrigava uma grande comunidade desse tipo de ociosos e, nos últimos tempos, com sua política econômica, criara tantos representantes da primeira destas duas categorias que seus números já rivalizavam com os das legiões de abastados que produzira nas décadas anteriores.

Numa área recoberta de grama junto à areia estava Rosie sentada num banco de sequóia, de costas para a mesa de piquenique feita da mesma madeira. As sombras ondulantes de uma palmeira a acariavam.

De sandálias brancas, calça branca e uma blusa púrpura, estava ainda mais exótica e mais bela do que sob a iluminação *art déco* tristonha do The Red Door. Tanto os traços de sua mãe vietnamita quanto os do pai americano eram visíveis em suas feições, ainda que ela não lembrasse, a um observador comum, as heranças étnicas que representava. Ao contrário, parecia uma maravilhosa Eva de uma nova raça: uma mulher perfeita e inocente, feita para um novo Éden.

A paz dos inocentes, entretanto, não a dominava. Parecia tensa e hostil enquanto observava o mar, e manteve a mesma expressão quando se voltou e percebeu que Spencer se aproximava. Mas um sorriso largo nasceu em seu rosto quando viu Rocky:

— Que gracinha! — inclinou-se para a frente e fez movimentos com as mãos para que o cão se aproximasse. — Aqui, fofinho. Aqui, querido.

Rocky, que vinha alegremente acompanhando Spencer, sacudindo a cauda no ar e estudando a paisagem da praia, imobilizou-se ao se defrontar com aquela beldade, que o chamava com tanto carinho. O rabo escorregou-lhe por entre as pernas e ficou imóvel. Tensionou os músculos e preparou-se para disparar para bem longe se ela desse um passo em sua direção.

— Como é o nome dele?

— Rocky. É tímido — disse Spencer, sentando-se na outra extremidade do banco.

— Vem cá, Rocky — suplicou ela. — Vem cá, fofinho.

Rocky inclinou a cabeça e estudou-a com desconfiança.

— O que você tem, doçura? Não gosta de carinho?

Rocky ganiu. Ajoelhou-se nas patas dianteiras e sacudiu os quadris, embora não conseguisse convencer a si próprio a balançar o rabo. Na verdade, ele queria carinho, mas ainda não confiava nela.

— Quanto mais você tentar se aproximar, mas ele vai se afastar. Faça de conta que ele não existe e talvez ele decida que você é do bem — avisou Spencer.

Quando Rosie parou de tentar conquistá-lo e voltou a sentar-se ereta, Rocky assustou-se com o movimento súbito. Arrastou-se para trás alguns passos e estudou-a com desconfiança ainda maior.

— Ele sempre foi tímido assim?

— Desde que o conheço. Ele já tem 4 ou 5 anos, mas só está comigo há dois. Vi um daqueles pequenos anúncios que aparecem no jornal todas as sextas-feiras colocados pelo abrigo de animais abandonados. Ninguém queria adotá-lo e, assim, iam colocá-lo para dormir.

– Ele é tão engraçadinho. Qualquer um gostaria de ficar com ele.

– Ele estava bem pior naquela época.

– Você não está querendo dizer que ele tinha mordido alguém. Não esta doçura.

– Não, nunca tentou morder. Estava maltratado demais para isso. Gania e tremia cada vez que alguém se aproximava dele. Se você tentasse encostar a mão nele, ele se enroscava como uma bola, fechava os olhos e gemia, tremia loucamente, como se o simples toque de alguém fosse doer muito.

– Maltratado?

– É. Normalmente as pessoas no abrigo nem colocariam um anúncio no jornal. Ele não era um bom candidato para adoção. Disseram-me que quando um cachorro está tão emocionalmente perturbado como ele estava, geralmente é melhor nem tentar arranjar um lar. É melhor fazê-lo dormir de uma vez.

Ainda olhando para o cachorro, Rosie perguntou:

– O que aconteceu com ele?

– Não perguntei. Eu não queria saber. Existem coisas demais nesta vida que eu gostaria de não ter sabido... porque agora não consigo esquecer.

A mulher desviou os olhos do cachorro e encarou Spencer nos olhos. Ele continuou:

– A ignorância não é uma bênção, mas algumas vezes...

– ... a ignorância nos permite dormir à noite – concluiu ela.

Ela tinha vinte e tantos anos, talvez 30. Já não era mais uma criancinha quando as bombas e o fogo dos canhões estilhaçaram os dias asiáticos, quando Saigon caiu, quando os soldados vencedores atiraram-se aos despojos de guerra num momento de ébria celebração, quando os campos de reeducação foram abertos. Talvez já tivesse 8 ou 9 anos. Era bonita mesmo naquela época: negros cabelos sedosos, olhos enormes. E estava bem acima da idade que permitiria que as lembranças desses terrores se desvanecessem com o tempo, como a esquecida dor do nascimento e os temores noturnos no berço.

Na noite anterior, no The Red Door, quando Rosie tinha dito que o passado de Valerie Keene estava cheio de sofrimento, não tinha simplesmente adivinhado ou dado voz a uma intuição. O que ela tinha tentado dizer é que havia visto em Valerie um tormento semelhante ao seu.

Spencer desviou os olhos e estudou as ondas que quebravam sutilmente na praia. Espalhavam sobre a areia uma renda formada pela espuma com desenhos que nunca se repetiam.

— De qualquer forma, se você fizer de conta que não está prestando atenção nele, pode ser que ele se aproxime. Provavelmente não. Mas pode ser.

Desviou o olhar para a pipa vermelha. Ela ondulava e se elevava nas correntes de ar quente, bem alto no céu azul.

— Por que você quer ajudar Valerie? – perguntou ela afinal.

— Porque ela tem problemas. E, como você disse na noite passada, ela é especial.

— Você gosta dela.

— Sim. Não. Não como você está pensando.

— De que jeito então?

Spencer simplesmente não podia explicar aquilo que não entendia. Desviou os olhos da pipa vermelha, mas não olhou para a mulher. Rocky, rastejando, estava passando pela outra extremidade do banco, observando Rosie atentamente, enquanto ela demonstrava ignorar totalmente sua presença. O cachorro mantinha-se a uma boa distância para o caso dela se virar e tentar agarrá-lo.

— Por que você quer ajudá-la?

O cachorro estava perto o bastante para poder ouvi-lo.

Nunca minta para o cachorro.

Da mesma forma que tinha admitido na noite anterior na caminhonete, Spencer respondeu:

— Porque quero encontrar uma vida.

— E acha que pode encontrar se ajudá-la?

— Sim.

— Como?

— Não sei.

O cachorro desapareceu do campo visual, dando a volta no banco por trás deles.

— Você acha que ela é parte dessa vida que você está procurando. Mas e se não for?

Ele contemplou os skatistas no passeio. Iam para longe dele, como se fossem pessoas feitas de tecido diáfano, tocadas pelo vento, deslizando, deslizando para longe.

Finalmente respondeu:

— Então não estarei pior do que agora.

— E ela?

— Não quero nada que ela não esteja disposta a dar.

Depois de uma pausa, ela disse:

— Você é estranho, Spencer.

— Eu sei.

— Muito estranho. Você é especial?

— Eu? Não.

— Especial como Valerie?

— Não.

— Ela merece alguém especial.

— Eu não sou.

Spencer escutou sons abafados atrás deles e sabia que era o cachorro que estava se esgueirando de barriga por debaixo do banco do outro lado da mesa de piquenique, tentando chegar mais perto da mulher, para poder detectar e estudar melhor seu aroma.

— Ela conversou *mesmo* com você durante um bom tempo na terça-feira à noite – disse Rosie.

Spencer não disse nada, dando tempo para que ela chegasse a uma conclusão a seu respeito.

— E eu vi... que várias vezes... você a fez rir.

Spencer aguardou em silêncio.

— Muito bem – disse Rosie. – Desde que o Sr. Lee telefonou, estou tentando me lembrar de qualquer coisa que Valerie tenha me dito que possa ajudar a encontrá-la. Mas não há muita coisa. Gostamos uma da outra desde que nos conhecemos. Logo ficamos amigas, mas a maior parte do tempo conversávamos sobre trabalho, cinema, livros, notícias, enfim, coisas do *presente*; nada sobre o passado.

— Onde é que ela morava antes de se mudar para Santa Mônica?

— Ela nunca disse.

— Nunca mencionou onde nasceu, onde foi criada?

— Nem sei bem por que, mas acho que foi em algum lugar no leste.

— Ela nunca lhe contou nada sobre a mãe e o pai, se tinha irmãos ou irmãs?

— Não. Mas quando alguém falava sobre a família, seus olhos se enchiam de tristeza. Eu acho que... toda a família dela morreu.

Spencer olhou fixamente para Rosie.

— Você não perguntou nada?

— Não. É só uma impressão.

— Ela foi casada?

— Talvez, eu não perguntei.

— Para uma amiga, quanta coisa você não perguntou!

Rosie concordou com a cabeça.

— Porque eu sabia que ela não podia me contar a verdade. Não tenho muitos amigos íntimos, Sr. Grant, e não quis estragar nossa relação colocando-a numa situação em que precisasse mentir para mim.

Spencer tocou o rosto com a mão direita. Sob os seus dedos, a cicatriz estava gelada.

O homem barbado vagarosamente enrolou a rabiola da pipa. Aquele grande diamante vermelho brilhava contra o céu e as fitas da rabiola oscilavam como chamas.

— Quer dizer que você percebeu que ela estava fugindo de alguma coisa.

— Imaginei que pudesse estar fugindo de um marido, sabe como é, que a espancasse.

— Será que todas as mulheres fogem, começam a vida do zero, só por causa de um marido doentio, em vez de se divorciarem?

— No cinema acontece. Se eles forem bastante violentos.

Rocky já tinha saído de debaixo da mesa. Surgiu ao lado de Spencer, tendo dado uma volta completa em torno deles. O rabo não estava mais entre as pernas, mas ele não o sacudia. Observava Rosie com imensa atenção enquanto continuava a se arrastar em frente à mesa.

Fingindo não notar a presença do cachorro, Rosie comentou:

– Não sei se isso vai ajudar... mas por alguns pequenos detalhes que ela forneceu acho que conhece Las Vegas. Acho que já esteve lá mais de uma vez, talvez muitas vezes.

– Será que ela morava lá?

Rosie deu de ombros.

– Ela gostava de jogos. É boa em jogos. Damas, jogos de tabuleiro... e algumas vezes jogávamos cartas – buraco ou escopa. Você precisava ver como ela embaralhava e distribuía as cartas. Ela realmente pode fazê-las voar em suas mãos.

– Você acha que ela aprendeu em Las Vegas?

Rosie deu de ombros novamente.

Rocky estava sentado na grama diante de Rosie e a encarava com óbvio anseio, mas permanecia a 2 metros de distância, seguro, fora do alcance.

– Ele decidiu que não pode confiar em mim.

– Não leve a mal.

– Talvez ele saiba.

– Saiba o quê?

– Os animais sabem certas coisas – afirmou ela com solenidade. – Podem penetrar no interior de uma pessoa. Ver as manchas.

– Rocky só está vendo uma bela jovem que deseja acariciá-lo, e está ficando maluco porque não há nada a temer, a não ser a si próprio.

Como se entendesse o dono, Rocky emitiu um ganido patético.

– Ele vê as manchas – murmurou Rosie. – Ele sabe.

– Tudo que vejo é uma linda mulher, num lindo dia de sol.

– As pessoas fazem coisas terríveis para sobreviver.

– Isso se aplica a todos nós – afirmou ele, embora percebesse que ela falava mais para si própria do que para ele. – Manchas antigas, desbotadas.

– Nunca totalmente. – Ela parecia não estar mais olhando para o cachorro, mas para algum ponto distante, do outro lado de uma ponte em um tempo invisível.

Embora relutasse em deixá-la naquele estranho estado de espírito, Spencer não sabia mais o que dizer.

Onde a areia branca se encontrava com a grama verde o homem barbado girava o carretel em suas mãos e parecia estar pescando nos céus. A pipa vermelho-sangue descia lentamente, a rabiola estalando como um chicote de fogo.

Finalmente Spencer agradeceu a Rosie por ter conversado com ele. Ela lhe desejou sorte e ele se afastou com Rocky.

Repetidas vezes o cachorro parou para olhar para trás, para a mulher no banco, e em seguida disparava para alcançar Spencer. Quando já estavam a meio caminho do estacionamento, Rocky emitiu um latido breve de decisão e atirou-se em direção à mesa de piquenique.

Spencer deteve-se para observar.

Quando faltavam apenas poucos metros, o animal perdeu a coragem. Diminuiu bruscamente a velocidade e aproximou-se dela com a cabeça timidamente abaixada, trêmulo e com o rabo abanando.

Rosie foi para a grama e envolveu Rocky em seus braços. Seu riso doce e claro ecoou pelo parque.

– Bom cachorro – murmurou Spencer.

Os musculosos jogadores de vôlei fizeram uma pausa para pegar algumas latas de refrigerante num isopor.

Uma vez recolhida a pipa, o homem barbado dirigiu-se para o estacionamento por um caminho que o fez passar perto de Spencer. Parecia um profeta louco: cabelos desgrenhados; sujos; olhos profundos, selvagens e azuis; nariz proeminente; lábios pálidos; dentes amarelos e estragados. Em sua camiseta preta, a frase UM OUTRO BELO DIA NO INFERNO estava escrita em letras vermelhas. Lançou um olhar feroz na direção de Spencer, agarrou-se à pipa como se todos os malfeitores do planeta nada mais almejassem senão roubá-la e afastou-se furtivamente para fora do parque.

Spencer percebeu que tinha coberto a cicatriz com a mão quando o homem o encarara. Abaixou a mão.

Rosie estava em pé a alguns passos da mesa de piquenique, mostrando a Rocky o caminho, aparentemente pedindo que não fizesse seu dono esperar. Estava fora do alcance das sombras das palmeiras, exposta ao sol.

Enquanto Rocky se afastava relutante de sua nova amiga e trotava em direção ao dono, Spencer observou novamente a excepcional beleza da moça, que era muito mais bela que Valerie. E se era o papel de salvador e curandeiro que desejava representar, esta mulher provavelmente precisava muito mais dele do que a mulher que procurava. E, no entanto, por motivos que não sabia explicar – a não ser para se auto-acusar de obsessivo, de se deixar arrastar pelo seu subconsciente, independente da direção em que pudesse levá-lo –, era atraído para Valerie, e não para Rosie.

O cachorro o alcançou, arfando e sorrindo.

Rosie levantou um dos braços e deu adeus.

Spencer acenou também.

Talvez a busca por Valerie não fosse meramente uma obsessão. Tinha o insólito sentimento de ser a pipa e ela o carretel. Alguma força estranha – talvez o destino – girava a manivela, enrolava a linha em torno do carretel, puxando-o inexoravelmente em direção a ela, e não havia nada que ele pudesse fazer a esse respeito.

Enquanto o mar se agitava vindo da China distante e marulhava na praia, enquanto a luz do sol viajava 45 milhões de quilômetros pelo espaço desprovido de ar para acariciar os corpos dourados das jovens de biquíni, Spencer e Rocky caminhavam de volta à caminhonete.

Com Roy Miro seguindo-o num ritmo mais comedido, David Davis atirou-se para dentro da sala de processamento de dados com as fotografias das duas melhores impressões encontradas na janela do banheiro. Levou-as para Nella Shire, numa das estações de trabalho.

– Uma delas é obviamente um polegar, não há dúvida. A outra pode ser um indicador.

Shire tinha mais ou menos 45 anos, um rosto pontudo como o de uma raposa, cabelos crespos alaranjados e usava esmalte verde. A pequena sala que ocupava era decorada com três fotografias arrancadas de uma revista de halterofilismo: homens de sunga, mostrando músculos avantajados.

Notando os halterofilistas, Davis franziu o cenho e declarou:

— Srta. Shire, já lhe disse que isso é inaceitável. É preciso retirar estas fotos daí.

— O corpo humano é arte.

O rosto de Davis estava rubro.

— A senhora *sabe* que isso pode ser interpretado como assédio sexual no local de trabalho.

— É? – Tirou as fotografias das impressões digitais das mãos dele. – Por quem?

— Por qualquer pessoa do sexo masculino que trabalhe nesta sala, *qualquer* um deles.

— Nenhum dos homens que trabalha aqui se parece com estes gigantes. Até que alguém aqui se pareça com um deles, ninguém tem nada a temer da minha parte.

Davis arrancou um dos recortes da parede e em seguida um outro.

— A última coisa de que preciso é uma anotação na minha ficha, dizendo que permiti assédio sexual na minha divisão.

Embora Roy acreditasse na lei que Nella Shire estava violando, tinha consciência da ironia de Davis, preocupando-se com uma possível mancha em sua ficha causada por uma anotação referente à tolerância ao assédio sexual. Afinal de contas, o órgão anônimo para o qual trabalhavam era uma organização ilegal, e não prestava contas a qualquer representante eleito do governo. De qualquer modo, todos os atos praticados por Davis em sua rotina de trabalho representavam uma violação – fosse de uma lei ou de outra.

Naturalmente, como quase todo o pessoal da organização, Davis não sabia que era instrumento de uma conspiração. Seu cheque era emitido pelo Departamento de Justiça e ele achava que constava dos registros de funcionários desse departamento. Tinha assinado um juramento secreto, mas acreditava fazer parte de uma ofensiva legal – ainda que potencialmente controversa – contra o crime organizado e o terrorismo internacional.

Enquanto Davis arrancava o terceiro halterofilista da parede, amassando a foto com vontade, Nella Shire disse:

— Talvez você deteste tanto estas fotografias porque elas deixam *você* excitado, e isto é algo que você não consegue encarar. Já pensou nisso? – Olhou de relance para as fotografias das impressões. – E o que você quer que eu faça com elas?

Roy viu que Davis precisava se esforçar para não responder a primeira coisa que lhe veio à mente.

Sob controle, Davis disse:

– Precisamos saber de quem são estas impressões. Acesse Mama, faça contato on-line com a Divisão de Identificação Automatizada do FBI.

O FBI possuía 190 milhões de impressões digitais arquivadas. Embora seu mais novo computador fosse capaz de executar milhares de comparações por minuto, muito tempo seria gasto se fosse preciso examinar todas as impressões armazenadas no sistema.

Com o auxílio de um software o campo de busca poderia ser drasticamente reduzido e os resultados obtidos com rapidez. Se estivessem procurando suspeitos numa série de homicídios, as características principais dos crimes seriam listadas – o sexo e a idade de cada vítima, os métodos utilizados nos assassinatos, quaisquer semelhanças nas condições dos cadáveres, os locais em que os corpos tinham sido encontrados – e o índice compararia esses fatos ao *modus operandi* de criminosos conhecidos, finalmente produzindo uma lista de suspeitos e suas impressões. Então, em vez de milhões, algumas centenas, ou apenas algumas poucas comparações seriam necessárias.

Nella Shire ligou o computador e disse:

– Basta me dar os detalhes e criarei uma 3-0-2.

– Não estamos procurando um criminoso conhecido.

Roy interferiu:

– Achamos que o nosso homem pertenceu a alguma Força Especial, ou talvez tenha recebido treinamento em armas e táticas especiais.

– Esses caras sempre são durões – afirmou Shire, fazendo com que Davis imediatamente franzisse o cenho. – Exército, Marinha ou Aeronáutica?

– Não sabemos – respondeu Roy. – Talvez nunca tenha servido nas Forças Armadas. Pode ter sido num departamento de polícia estadual ou do condado. Pode ter sido um agente do FBI ou até mesmo do DEA ou do ATF* (Departamento de Controle do Álcool, Tabaco e Armas de Fogo).

— Do modo que isso funciona — afirmou Shire com impaciência —, preciso colocar indicadores que limitem o campo.

Cem milhões de impressões digitais do sistema do FBI faziam parte dos arquivos de históricos de crimes, o que deixava outras noventa milhões abrangendo funcionários federais, pessoal militar, serviços de inteligência, policiais estaduais e municipais e imigrantes registrados. Se soubessem, por exemplo, que o homem misterioso era um ex-fuzileiro, não precisariam acessar a maior parte desses noventa milhões de arquivos.

Roy abriu o envelope que Melissa Wicklun lhe dera minutos antes no Departamento de Fotoanálise. Tirou uma das imagens do homem que procuravam projetada pelo computador. No verso da foto estavam os dados que o software de fotoanálise havia deduzido a partir do perfil do homem no bangalô na noite anterior.

— Sexo masculino, branco, 28 a 32 anos.

Nella Shire digitou rapidamente e uma lista apareceu na tela.

— Um metro e setenta e cinco — continuou Roy —, 80 quilos, mais ou menos. Cabelos castanhos, olhos castanhos.

Virou a foto para examinar o retrato de frente, e David Davis inclinou-se para examiná-la também.

— Várias marcas de cicatrizes no lado direito do rosto, começando na orelha e terminando próximo ao queixo — prosseguiu Roy.

— Ferimento em combate?

— Provavelmente. Então, uma hipótese provisória seria uma dispensa honrosa ou até mesmo incapacidade física para o serviço.

— Bem, dispensado ou deficiente físico — disse David com excitação —, pode apostar que precisou se submeter a acompanhamento psicológico. Uma cicatriz como essa é um golpe terrível na auto-estima de alguém. Terrível.

Nela Shire girou a cadeira, arrancou o retrato das mãos de Roy e examinou-o.

---

*Em inglês, Bureau of Alcohol, Tobacco, Firearms and Explosives. (*N. do E.*)

— Não sei... Acho que lhe dá um ar sexy. Perigosamente sexy.

Fazendo de conta não ter ouvido o comentário, Davis afirmou:

— O governo atualmente anda muito preocupado com a auto-estima. A falta de auto-estima dá origem a criminalidade e a conflitos sociais. Ninguém assalta um banco ou bate a carteira de uma velhinha sem antes achar primeiro que nada mais é do que um mísero ladrão.

— É mesmo? – perguntou Nella Shire, devolvendo o retrato a Roy. – Bem, já conheci milhares de idiotas que se achavam a melhor de todas as obras de Deus.

Davis declarou com firmeza:

— Considere o acompanhamento psicológico um indicador.

Nella acrescentou este item à sua lista.

— Algo mais? – perguntou.

— Nada – afirmou Roy. – Quanto tempo isso vai levar?

Shire examinou a lista na tela.

— Difícil dizer. Não mais que oito ou dez horas. Talvez menos. Talvez muito menos. Pode ser que em uma ou duas horas eu saiba o nome, endereço, número de telefone e se ele pendura a calça pelo avesso.

David Davis, ainda agarrado a um monte de halterofilistas amassados e preocupado com sua ficha administrativa, pareceu ofendido pelo comentário.

Roy estava simplesmente intrigado.

— É mesmo? Talvez uma ou duas horas?

— Por que você acha que eu ia querer enrolar? – perguntou ela com impaciência.

— Então vou ficar por aqui. Precisamos muito desse cara.

— Já é quase todo seu – prometeu Nella Shire, começando a trabalhar.

ÀS 15 HORAS almoçavam na varanda dos fundos enquanto as longas sombras dos eucaliptos esgueiravam-se por todo o *canyon*, à luz amarelada do sol poente. Sentado numa cadeira de balanço, Spencer comeu um sanduíche de queijo com presunto e bebeu uma garrafa de cerveja. Depois de lamber até a última migalha de sua ração na vasilha, Rocky usou seu melhor sorriso, seu olhar mais tristonho, o ganido mais patético, seu jeito especial de sacudir o rabo e todos os truques de um grande ator teatral para esmolar umas migalhas do sanduíche.

– Laurence Olivier perto de você parece um aprendiz – disse Spencer a ele.

Depois que o sanduíche desapareceu, Rocky desceu os degraus da varanda e começou a caminhar na direção dos arbustos mais próximos, buscando privacidade para sua toalete.

– Espera aí, espera aí – disse Spencer, e o cachorro parou para encará-lo. – Você vai voltar com o pêlo cheio de carrapichos e vou levar pelo menos uma hora para escovar. Não tenho tempo para isso.

Levantou-se da cadeira de balanço, deu as costas para o cachorro e manteve os olhos voltados para a parede da cabana enquanto tomava os últimos goles de cerveja.

Quando Rocky voltou, entraram, deixando que as sombras das árvores se alongassem sem serem observadas.

Enquanto o cachorro cochilava no sofá, Spencer sentou-se no computador e começou a procurar por Valerie Keene. Daquele bangalô em Santa Mônica, ela poderia ter ido para qualquer parte do mundo, e começar a procurar em Bornéu seria uma opção tão aconselhável quanto começar por Ventura, ali perto. Portanto, ele só podia andar para trás, para o passado. Havia uma única pista: Las Vegas. *Cartas. Ela realmente pode fazê-las voar em suas mãos.*

O conhecimento que tinha de Las Vegas e o manejo que tinha com as cartas poderiam significar que ela tivesse vivido lá e ganhasse a vida como carteadora.

Pela via costumeira, Spencer entrou ilegalmente no principal computador do Departamento de Polícia de Los Angeles. Dali, conectou-se a uma rede interestadual utilizada para compartilhamento de dados pelos departamentos policiais, que já usara muitas vezes, e conseguiu acessar os dados do departamento do xerife do condado de Clark, em Nevada, com jurisdição sobre a cidade de Las Vegas.

No sofá, o cachorro roncava e agitava as pernas, caçando coelhos durante o sono. No caso de Rocky, os coelhos provavelmente o estavam caçando.

Depois de explorar durante algum tempo o computador do xerife e conseguir acessar os registros de pessoal do departamento, Spencer finalmente descobriu um arquivo intitulado CÓDIGOS DE NEVADA. Ele tinha certeza de que sabia do que se tratava e queria acessá-lo.

CÓDIGOS DE NEVADA era um arquivo especialmente protegido. Para usá-lo, solicitou um número de acesso. Por mais incrível que pareça, em muitos departamentos de polícia esse número seria o mesmo do distintivo de um policial, ou, no caso das pessoas que trabalham no escritório, o número da carteira de identidade de um funcionário, todos podendo ser obtidos por meio dos registros de pessoal, que não eram tão bem protegidos. Ele havia reunido alguns números de distintivos, caso precisasse de alguma identificação. Usou um deles, e o arquivo CÓDIGOS DE NEVADA se abriu.

Era uma lista de códigos numéricos com os quais poderia acessar os dados armazenados nos computadores de qualquer órgão governamental do estado de Nevada. Num piscar de olhos, seguiu pela autoestrada cibernética de Las Vegas até a Comissão de Controle do Jogo em Carson City, a capital.

A comissão licenciava todos os cassinos no estado e aplicava leis e normas às quais estavam submetidos. Quem desejasse investir – ou atuar como executivo – na indústria do jogo era obrigado a submeter-se a uma investigação de antecedentes e provar que não possuía quaisquer ligações com criminosos notórios. Na década de 1970, uma comissão fortalecida conseguira expulsar a maioria dos membros e chefões da Máfia que haviam fundado a maior indústria do estado de Nevada, em favor de empresas como a Metro-Goldwyn-Mayer e Hilton Hotels.

Era lógico supor que outros empregados dos cassinos abaixo do nível gerencial – de fiscais de salão a garçonetes – passassem por um escrutínio semelhante, ainda que menos severo, e que fossem devidamente identificados. Spencer explorou os menus e diretórios e, decorridos 20 minutos, encontrou os registros de que necessitava.

Os dados relativos a licenças de trabalho em cassinos estavam divididos em três arquivos principais: Expirados, Atuais e Pendentes.

Uma vez que Valerie trabalhara no The Red Door, em Santa Mônica, por dois meses, Spencer acessou primeiro a lista de Expirados.

Em suas peregrinações pelo espaço cibernético vira poucos arquivos com tantas referências cruzadas quanto esse – e todos os outros envolviam assuntos de defesa nacional. O sistema lhe permitia procurar um indivíduo na listagem Expirados por intermédio de 22 índices, que variavam desde a cor dos olhos até o último local de trabalho.

Digitou VALERIE ANN KEENE.

Em alguns segundos o sistema respondeu: DESCONHECIDA.

Ele acessou o arquivo Atuais e digitou o nome dela: DESCONHECIDA.

Spencer tentou o arquivo Pendentes, obtendo o mesmo resultado. Valerie Ann Keene não era conhecida pelas autoridades que controlavam o jogo no estado de Nevada.

Por alguns momentos contemplou a tela desanimado, pois sua única pista tinha provado ser um beco sem saída. Compreendeu, então, que era muito pouco provável que uma fugitiva usasse o mesmo nome em todos os lugares por onde passasse, o que tornaria sua captura mais fácil. Se Valerie tinha morado e trabalhado em Nevada, ela certamente tinha usado outro nome.

Para encontrá-la nos arquivos, Spencer precisaria ser esperto.

ENQUANTO ESPERAVA que Nella Shire encontrasse o homem da cicatriz, Roy Miro corria sério risco de ser violentamente arrastado para horas de bate-papo com David Davis. Ele, com toda certeza, teria preferido comer bolo inglês temperado com cianureto, acompanhado de um grande e geladíssimo refresco de ácido carbólico, que passar mais um minuto com o perito das impressões digitais.

Alegando não ter dormido na noite anterior, quando na verdade dormira o sono inocente de um santo depois do presente inestimável que oferecera a Penelope Bettonfield e seu marido, Roy, habilidosamente, levou Davis a lhe oferecer o uso de seu escritório.

Eu insisto, realmente insisto, não vou aceitar nenhuma desculpa! – disse Davis em meio a considerável gesticulação e meneios de cabeça. – Lá tem um sofá. Você vai poder se esticar, e não estará me incomodando. Tenho muito trabalho de laboratório para fazer. Não preciso trabalhar na minha mesa hoje.

Roy não esperava dormir. Na semi-escuridão fresca do escritório, com o sol da Califórnia banido pelas persianas bem fechadas, pensou em se deitar de costas, olhar para o teto, visualizar o cerne de seu eu espiritual, onde sua alma se conectava à misteriosa força que regia o cosmos, e meditar sobre o significado da existência. Tentava, a cada dia, aumentar sua autoconsciência. Era um peregrino, e a busca pelo esclarecimento parecia-lhe incessantemente excitante. De forma estranha, entretanto, adormeceu.

Sonhou com um mundo perfeito. Não havia cobiça, inveja ou desespero, pois todas as pessoas eram idênticas. Havia um único sexo, e os seres humanos se reproduziam por meio de uma discreta partenogênese, na privacidade de seus próprios banheiros – embora com pouca freqüência. A única cor da pele era um azul pálido e levemente radiante. Todos eram dotados de beleza andrógina. Ninguém era burro, mas por outro lado ninguém era inteligente demais. Todos vestiam as mesmas roupas e moravam em casas idênticas. Todas as sextas-feiras à noite havia um bingo planetário, onde todos ganhavam, e aos sábados...

Wertz acordou-o, e Roy ficou paralisado de terror porque confundiu sonho e realidade. Olhando para cima, para o rosto do assistente de Davis, pálido como uma lesma e redondo como a lua, iluminado pela luminária sobre a mesa, Roy achou que ele próprio, bem como todas as outras pessoas do mundo, fossem idênticos a Wertz. Tentou gritar, mas não tinha voz.

Foi então que Wertz falou, fazendo com que Roy despertasse totalmente:

– A Srta. Shire já o encontrou. O homem da cicatriz. Ela o encontrou.

Alternando bocejos e caretas devido ao gosto acre em sua boca, Roy acompanhou Wertz à sala de processamento de dados. David Davis e Nella Shire estavam em pé diante do terminal, ambos segurando algumas folhas de papel. Ante o brilho fluorescente, Roy semicerrou os olhos com desconforto, e em seguida com interesse, enquanto Davis lhe passava, uma a uma, páginas impressas sobre as quais tanto ele quanto Nella teciam comentários excitados.

— O nome é Spencer Grant – disse Davis. – Não há nada entre o prenome e o sobrenome. Com 18 anos, ao terminar o colégio, alistou-se no Exército.

— Alto QI, motivação igualmente alta. Solicitou treinamento nas Forças Especiais. Tropa de choque – disse a Srta. Shire.

— Deu baixa depois de seis anos de serviço – informou Davis entregando uma outra folha impressa a Roy. – Utilizou os benefícios recebidos pelo tempo de serviço para freqüentar a UCLA.

Examinando a última página, Roy comentou:

— Principal especialização: criminologia.

— Em seguida, psicologia criminal – disse Davis. – Não tirou férias, optou por um grande número de créditos, formou-se em três anos.

— Um jovem com pressa – comentou Wertz, aparentemente para que os outros se lembrassem de que ele fazia parte da equipe e não tropeçassem nele, acidentalmente, esmagando-o como uma barata.

Enquanto Davis passava a Roy uma outra página, Nella Shire disse:

— Em seguida, solicitou matrícula na Academia de Polícia de Los Angeles. Formou-se entre os primeiros da turma.

— Um dia, depois de menos de um ano nas ruas, deparou com um seqüestro. Dois homens armados. Viram que ele se aproximava e tentaram fugir levando a motorista – disse Davis.

— Matou os dois. A mulher não sofreu nenhum arranhão.

— Foi crucificado?

— Não. Todos acharam que os tiros tinham sido justificados.

Olhando de relance para a página que David lhe entregava, Roy disse:

— De acordo com estas informações, foi tirado das ruas.

— Grant tem conhecimentos de informática e grandes aptidões – disse Davis. – Assim, foi transferido para uma Força Especial de combate aos crimes de informática. Trabalho de escritório.

Roy franziu a testa.

— Por quê? Ele ficou traumatizado com o tiroteio?

— Alguns não conseguem lidar com isso – afirmou Wertz em tom de conhecedor. – Falta alguma coisa neles, não têm estômago bastante, simplesmente desmontam.

— Segundo os registros das sessões obrigatórias de terapia – afirmou Nella –, não ficou traumatizado. Agüentou bem. Solicitou a transferência, mas não porque estivesse traumatizado.

— Provavelmente uma atitude de negação – disse Wertz. – Sendo machão, com certeza estava envergonhado demais de sua fraqueza para que pudesse admiti-la.

— Seja qual for o motivo – afirmou Davis –, ele pediu a transferência. Então, há 10 meses, depois de 21 meses na Força Especial, simplesmente demitiu-se do Departamento de Polícia de Los Angeles.

— Onde é que ele está trabalhando agora? – perguntou Roy.

— Isso nós não sabemos, mas *sabemos* onde ele mora – disse Davis, imprimindo uma outra página com um floreio dramático.

Olhando para o endereço, Roy perguntou:

— Vocês têm certeza de que este é o nosso homem?

Shire folheou seu monte de papéis. Imprimiu uma cópia de alta resolução de uma folha de identificação do pessoal do DPLA, enquanto Davis fornecia as fotografias das impressões encontradas no batente da janela do banheiro.

Davis afirmou:

— Se você souber fazer comparações, vai ver que o computador está certo ao afirmar que as impressões são exatamente iguais. Uma combinação perfeita. Este é o nosso homem. Sem nenhuma sombra de dúvida.

Entregando ainda uma outra página impressa a Roy, Nella comentou:

— Esta é a foto de identificação mais recente nos arquivos da polícia.

De frente e de perfil, Grant mostrava uma semelhança sinistra com o retrato projetado pelo computador que Melissa Wicklun, da fotoanálise, havia cedido a Roy.

— É uma foto recente? – perguntou ele.

— A mais recente que o DPLA tem em seus registros – afirmou Nella.

— Tirada muito tempo depois do incidente do seqüestro do carro?

— Isso deve ter acontecido há dois ou três anos. É, tenho certeza de que a foto é mais recente do que isso. Por quê?

— A cicatriz parece totalmente fechada – observou Roy.

— Oh! – E Davis continuou: – Não foi no tiroteio que ele arranjou a cicatriz. Não, não. Ele a possuía há muito, muito tempo. Já a possuía quando entrou para o Exército. É de um ferimento na infância.

Roy levantou os olhos do retrato.

— Que ferimento?

Davis deu de ombros, abrindo e fechando repetidamente os braços compridos de encontro ao jaleco branco.

— Nós não sabemos. Nenhum dos registros informa nada. Apenas relacionam a cicatriz como o traço mais proeminente para identificação. "Tecido cicatricial da orelha direita até a ponta do queixo, resultado de um ferimento de infância." Só isso.

— Ele se parece com Igor – disse Wertz com um risinho de deboche.

— Eu acho que ele é bem sexy – discordou Nella.

— Igor – insistiu Wertz.

Roy voltou-se para ele:

— Que Igor?

— Igor! Você se lembra, aquele dos filmes antigos de Frankenstein, o companheiro inseparável do Dr. Frankenstein. Igor. O velho corcunda medonho com o pescoço torto.

— Eu não aprecio esse tipo de divertimento – afirmou Roy. – Ele glorifica a violência e a deformidade. É doentio. – Estudando a foto, Roy pôs-se a imaginar como seria o jovem Grant quando sofrera aquele terrível ferimento. Aparentemente, ainda um menino. – Pobre garoto. Pobre, pobre garoto. Que qualidade de vida pode ter tido com um rosto assim deformado? Que tipo de traumas psicológicos ele carrega?

Franzindo o cenho, Wertz afirmou:

— Eu pensei que ele fosse um cara mau, envolvido de alguma maneira com terrorismo.

— Até mesmo os caras maus – explicou Roy – merecem compaixão. Este homem sofreu. É visível. Quero botar as mãos nele, sim, e livrar a sociedade dele, mas mesmo assim ele merece ser tratado com compaixão, com o máximo de misericórdia possível.

Davis e Wertz arregalaram os olhos sem entender nada.

Mas Nella declarou:

— Você é um bom homem, Roy.

Roy deu de ombros.

— Não, você é mesmo – disse ela. – Eu me sinto bem de saber que existem homens como você na polícia.

O rubor iluminou as faces de Roy.

— Bem, muito obrigado, você é muito gentil, mas não há nada especial a meu respeito.

Uma vez que Nella obviamente não era lésbica, ainda que tivesse pelo menos 15 anos a mais do que ele, Roy desejou que pelo menos alguma coisa nela fosse tão atraente quanto a boca maravilhosa de Melissa Wicklun. Mas os cabelos eram crespos demais, alaranjados demais. O azul de seus olhos era demasiado frio, o nariz e o queixo por demais afilados. O corpo era razoavelmente proporcional, mas não tinha nada de excepcional.

— Bem – disse Roy com um suspiro –, é melhor eu fazer uma visita a este Sr. Grant e perguntar o que ele estava fazendo em Santa Mônica na noite passada.

Sentado ao computador em seu chalé em Malibu, mas acessando todos os arquivos da Comissão de Controle do Jogo em Carson City, Spencer pesquisou as permissões atuais de trabalho em cassinos, solicitando os nomes de todos os carteadores do sexo feminino com idade entre 28 e 30 anos, 1,65 metro de altura, entre 50 e 55 quilos, cabelos e olhos castanhos. Estes eram parâmetros suficientes para levar a um número relativamente pequeno de candidatas – 14 apenas. Imprimiu a lista de nomes em ordem alfabética.

Spencer começou a pesquisar desde o primeiro nome da lista e solicitou o arquivo de Janet Francine Arbonhall.

A primeira página do dossiê eletrônico que aparecia na tela indicava uma descrição física básica, a data em que a licença de trabalho fora aprovada e uma fotografia de frente. Não se parecia nada com Valerie, e Spencer fechou o arquivo sem lê-lo.

Abriu um outro arquivo: Theresa Elisabeth Dunbury. Não era ela.

Bianca Marie Haguerro. Também não era ela.

Corrine Serise Huddleston. Não.

Laura Linsey Langston. Não.

Rachael Sarah Marks. Não se parecia nada com Valerie.

Jacqueline Ethel Mung. Sete descartadas. Ainda faltavam sete.

Hannah May Rainey.

Na tela apareceu Valerie Ann Keene, o penteado diferente do que usara no The Red Door, adorável, porém séria.

Spencer imprimiu o arquivo de três páginas de Hannah May Rainey e o leu do início ao fim, enquanto o rosto da mulher continuava a encará-lo na tela do computador.

Sob o nome Rainey, ela tinha trabalhado por mais de quatro meses do ano anterior como carteadora de vinte-e-um no cassino do Mirage Hotel, em Las Vegas. Seu último dia de trabalho tinha sido 26 de novembro, há quase dois meses, e, segundo o relatório do gerente do cassino deixara o emprego sem aviso prévio.

Eles – quem quer que "eles" pudessem ser – deviam tê-la encontrado no dia 26 de novembro, e ela provavelmente escapara quando iam apanhá-la, da mesma forma que em Santa Mônica.

Num canto do estacionamento, no subsolo do prédio da organização no centro da cidade, em Los Angeles, Roy Miro discutiu os últimos detalhes com os três agentes que o acompanhariam até a casa de Spencer Grant e o deteriam. Uma vez que o órgão oficialmente não existia, a palavra detenção estava sendo estendida além de sua definição usual: "rapto" era uma descrição mais precisa das intenções deles.

Roy não tinha nenhuma reserva em relação a quaisquer dos dois termos. A moralidade era relativa, e nenhuma ação praticada a serviço de ideais corretos poderia constituir um crime.

Todos estavam levando credenciais da Delegacia de Combate às Drogas, de modo que Grant acreditaria estar sendo conduzido a uma instalação federal para ser interrogado – de onde poderia telefonar para seu advogado. Na verdade, era muito mais provável que ele visse Deus Todo-Poderoso num trono dourado que voava pelos ares do que qualquer pessoa que possuísse um diploma de advogado.

Utilizando quaisquer métodos que pudessem ser necessários para obter respostas verdadeiras, eles o interrogariam sobre seu relacionamento com a mulher e sobre seu atual paradeiro. Quando obtivessem o que precisavam – ou estivessem convencidos de terem arrancado dele tudo que sabia –, dariam um fim nele.

O próprio Roy se encarregaria de dar um fim nele, libertando o pobre-diabo marcado pela cicatriz deste mundo conturbado.

O primeiro dos três outros agentes, Cal Dormon, usava calça e camisa brancas com o logotipo de uma pizzaria costurado no peito. Ele conduziria uma van branca com um logotipo semelhante, que nada mais era do que um dos dizeres magnéticos que poderiam ser afixados ao veículo para alterar-lhe as características, dependendo das necessidades de cada operação.

Alfonse Johnson vestia sapatos de trabalhador, calça cáqui e uma jaqueta de brim. Mike Vecchio usava um conjunto de moletom e tênis Nike.

Roy era o único que estava de terno. Mas como dormira vestido no sofá de Davis, não se enquadrava no estereótipo de um agente federal elegante e bem engomado.

– Muito bem. Não é como na noite passada – afirmou Roy. Todos tinham participado do ataque do grupo da SWAT em Santa Mônica. – Precisamos *falar* com esse cara.

Na noite anterior, se qualquer um deles tivesse avistado a mulher, teria imediatamente atirado. Caso a polícia local aparecesse, uma arma teria sido plantada nas mãos dela: uma Magnum Desert Eagle 50mm. Uma pistola tão poderosa que um tiro disparado deixaria um ferimento do tamanho do punho de um homem, uma arma obviamente projetada exclusivamente para matar. Autodefesa seria o motivo que o agente alegaria para tê-la matado.

– Mas não podemos deixar que ele escape – continuou Roy. – E ele é um cara escolado, tão bem treinado quanto qualquer um de vocês, o que significa que pode não se conformar em simplesmente esticar as mãos para que coloquemos os braceletes. Se vocês não puderem fazer com que ele se comporte e se ele parecer estar levando vantagem ao fugir, atirem nas pernas. Estraguem bastante se for preciso. De qualquer forma, ele não vai precisar andar novamente. Só não se deixem levar pelo entusiasmo, ok? É absolutamente importante que falemos com ele.

SPENCER OBTEVE todas as informações que o interessavam nos arquivos da Comissão de Controle do Jogo do estado de Nevada. Retrocedeu pelas auto-estradas cibernéticas, voltando ao computador do Departamento de Polícia de Los Angeles.

Dali fez a conexão com o Departamento de Polícia de Santa Mônica e examinou os arquivos de casos abertos nas últimas 24 horas. Não havia nada que pudesse ser encontrado em nome de Valerie Ann Keene ou pelo endereço do bangalô que alugava.

Saiu dos históricos de casos e solicitou relatórios das ocorrências de quarta-feira à noite, pois era provável que os oficiais do DPSM tivessem atendido a alguma chamada relacionada ao tumulto no bangalô, mas não tivessem dado ao incidente um número de caso.

Desta vez, encontrou o endereço.

A última anotação do oficial indicava por que nenhum número de caso tinha sido atribuído: OP ATF EM CURSO. JURISD. FED. VERIF.; o que significava: Operação do Departamento de Controle do Álcool, Tabaco e Armas de Fogo em curso, jurisdição federal verificada.

Os policiais locais tinham sido deixados no escuro.

No sofá ali perto, Rocky explodiu do sono num latido agudo, caiu no chão, pôs-se de pé com dificuldade, começou a correr atrás do próprio rabo e em seguida agitou a cabeça para os lados, tentando encontrar qualquer ameaça que o perseguia em seus sonhos.

– Foi só um pesadelo – consolou Spencer.

Rocky o encarou com ar duvidoso e ganiu.

– O que foi dessa vez? Um gigantesco gato pré-histórico?

O animal andou com rapidez de um lado para o outro do cômodo e pulou para colocar as patas no parapeito de uma janela. Examinou o caminho e a mata que os cercava.

O curto dia de fevereiro caminhava para um colorido pôr-do-sol. As partes de baixo das folhas ovais dos eucaliptos, normalmente prateadas, agora refletiam a luz dourada que se derramava nos espaços entre as folhagens; brilhavam embaladas por uma brisa suave e parecia que as árvores tinham sido ornamentadas com os enfeites de um Natal que já se fora há mais de um mês.

Rocky ganiu preocupadamente outra vez.

– Um gato pterodáctilo – sugeriu Spencer. – Enormes asas, garras gigantescas e um ronronar forte a ponto de fazer estalar uma rocha?

Sem achar graça, o cão deixou que as patas caíssem no chão e correu para a cozinha. Ficava sempre assim quando acordava de um sonho ruim.

Daria a volta na casa, janela por janela, convencido de que o inimigo na terra dos sonhos representava um perigo tão grande quanto o mundo real.

Spencer olhou novamente para a tela do computador.

OP. ATF EM CURSO. JURISD. FED. VERIF.

Alguma coisa estava errada.

Se o grupo da SWAT que atacou o bangalô na noite anterior fosse formado por agentes do Departamento de Controle do Álcool, Tabaco e Armas de Fogo, por que os homens que apareceram na casa de Louis Lee em Bel Air exibiam distintivos do FBI? O primeiro destes órgãos está na jurisdição do secretário do Tesouro americano, enquanto o FBI responde em última instância perante o procurador-geral da Justiça, embora estejam sendo planejadas mudanças nessa estrutura. As diferentes organizações algumas vezes cooperam em operações de interesse mútuo. Mas, considerando-se o grau de rivalidade e suspeita existente entre elas, ambas teriam enviado representantes ao interrogatório de Louis Lee, ou de qualquer outra pessoa, por intermédio da qual uma pista pudesse ser seguida.

Resmungando consigo mesmo como se fosse o Coelho Branco atrasado para o chá do Chapeleiro Louco, Rocky atirou-se para fora da cozinha e correu para a porta do quarto que estava aberta.

ATF IN PROG.

Alguma coisa estava muito errada...

O FBI era, de longe, o mais poderoso dos dois órgãos, e se estava bastante interessado para checar o local, jamais concordaria em entregar toda a jurisdição ao ATF. Na verdade, havia um projeto de lei no

132

Congresso, a pedido da Casa Branca, determinando que o ATF fosse incorporado ao FBI. A anotação do policial no relatório do DPSM sobre o telefonema deveria ter a seguinte redação: OP. FBI/ATF EM CURSO.

Meditando sobre tudo isso, Spencer passou de Santa Mônica para o DPLA, navegou ali por um momento enquanto tentava decidir se havia terminado, e em seguida retornou ao computador da força-tarefa, fechando as portas ao sair e limpando eficientemente quaisquer vestígios de sua invasão.

Rocky atirou-se para fora do quarto, passando por Spencer, novamente em direção ao parapeito da janela.

De volta ao seu próprio computador, Spencer desligou. Levantou-se da mesa e foi até a janela, parando ao lado de Rocky.

Com o que é que você sonha?

Rocky gemeu suavemente, com a atenção fixada nas profundas sombras cor púrpura e no brilho dourado da mata de eucaliptos iluminada pela luz do crepúsculo.

— Monstros fantásticos, coisas que nunca poderão existir? Ou somente... o passado?

O cachorro estava tremendo de frio.

Spencer colocou a mão na nuca de Rocky e acariciou-o gentilmente.

O animal olhou para cima, e imediatamente voltou sua atenção para os eucaliptos, talvez porque o crepúsculo estivesse se desvanecendo, dando lugar a uma pesada escuridão. Rocky sempre temera a noite.

8

A luz esmaeceu e ficou pouco a pouco reduzida a um resíduo vermelho a oeste no céu. O sol rubro era refletido por cada partícula microscópica de poluição e vapor d'água no ar, dando a sensação de que a cidade jazia sob uma tênue névoa de sangue.

Cal Dormon retirou uma caixa grande de pizza do banco de trás da van branca e caminhou em direção a casa.

Roy Miro postou-se do outro lado da rua, tendo entrado no quarteirão pela direção oposta. Saltou do carro e fechou a porta silenciosamente.

Naquele momento, Johnson e Vecchio, provavelmente, já teriam chegado aos fundos da casa, atravessando as propriedades dos vizinhos.

Roy olhava para o outro lado da rua.

Dormon já estava próximo da calçada diante da casa. Na caixa não havia uma pizza, mas uma pistola Magnum Desert Eagle 44mm, equipada com um silenciador reforçado. O uniforme e os acessórios tinham como único objetivo eliminar suspeitas, caso Spencer Grant chegasse à janela no momento em que Dormon estivesse se aproximado da casa.

Roy aproximou-se da traseira da van.

Dormon já estava na varanda da frente da casa.

Levando uma das mãos à boca como para abafar um acesso de tosse, Roy falou no microfone do transmissor preso por um clipe ao colarinho da camisa.

– Contem até cinco e avancem – sussurrou para os homens nos fundos da casa.

Na porta da frente, Cal Dormon não se deu ao trabalho de tocar a campainha ou bater na porta. Tentou a maçaneta. O trinco deveria estar fechado, pois ele abriu a caixa de pizza, jogou-a no chão e levantou a potente pistola de fabricação israelense.

Roy caminhou mais depressa. Seu andar já não era casual.

Apesar do silenciador de alta qualidade, a pistola emitia um estampido surdo quando disparada. O som não parecia o de um tiro, mas era bastante alto para chamar a atenção de quem por ali passasse no momento. Afinal de contas, tinha sido projetada para arrebentar portas: três disparos rápidos foram capazes de estraçalhar o umbral e a placa da fechadura. Ainda que o trinco permanecesse intacto, a ranhura em que se assentava estava reduzida a um monte de farpas.

Dormon entrou, com Roy logo atrás. Um sujeito sem sapatos, só de meias, estava se levantando de uma poltrona de vinil. Tinha na mão uma lata de cerveja, vestia calça jeans desbotada e uma camiseta em que estava escrito "Jesus Cristo". Parecia aterrorizado e espantado porque os últimos fragmentos de madeira e latão arrancados da porta acabavam de atingir o tapete ao seu redor. Dormon empurrou-o de volta para a poltrona, com força suficiente para tirar-lhe o fôlego. A lata de cerveja rolou pelo tapete, despejando rolos de espuma.

O sujeito não era Spencer Grant.

Empunhando com as duas mãos a Beretta equipada com o silenciador, Roy atravessou apressadamente a sala de estar, passou por um arco que dava para a sala de jantar e em seguida por uma porta aberta, chegando à cozinha.

Uma loura com cerca de 30 anos estava deitada de bruços no chão da cozinha, com a cabeça voltada na direção de Roy, o braço esquerdo estendido como se estivesse tentando recuperar o facão, que tinha caído no chão e estava alguns centímetros fora de seu alcance. Não podia se movimentar em direção a ele porque Vecchio tinha o joelho comprimido contra a parte inferior de suas costas e o cano da arma encostado em seu pescoço, logo atrás da orelha esquerda.

– Miserável, miserável, *miserável* – esbravejava a mulher. As palavras não eram claras nem o tom muito alto, porque o rosto estava esmagado de encontro ao piso e, com o joelho de Vecchio em suas costas, não podia tomar fôlego.

– Calma, calma, senhora – disse Vecchio. – Fique quieta, droga!

Alfonse Johnson tinha entrado pela porta dos fundos, que provavelmente estava destrancada, pois não fora preciso arrombá-la. A arma de Johnson cobria a única outra pessoa no aposento: uma menininha, aparentando uns 5 anos de idade, de costas contra a parede num canto, pálida e de olhos arregalados, assustada demais para chorar.

O ar cheirava a molho de tomate quente e cebolas. Na tábua de cortar havia pimentões picados. A mulher tinha sido surpreendida enquanto preparava o jantar.

– Vamos – disse Roy a Johnson.

Juntos revistaram o restante da casa, movimentando-se rapidamente. O elemento surpresa desaparecera, mas o vento ainda soprava a seu favor. Armário do corredor. Banheiro. Quarto da menina: ursinhos e bonecas, a porta do armário aberta, não havia ninguém.... Um outro quarto pequeno: uma máquina de costura, um vestido verde inacabado num manequim, armário cheio, nenhum lugar que pudesse servir de esconderijo. A suíte do casal, armário, armário, banheiro: ninguém.

— A não ser que seja ele usando uma peruca loura lá no chão da cozinha... – disse Johnson.

Roy voltou à sala de estar onde o homem na poltrona, encolhido o máximo que podia, encarava o cano da pistola, enquanto Cal Dormon gritava em seu rosto, com a saliva respingando nele:

— Mais uma vez. Está me escutando, imbecil? Estou perguntando mais uma vez: onde ele está?

— Eu já disse. Meu Deus, não há ninguém aqui além de nós.

— Onde está Grant? – insistiu Dormon.

O homem tremia como se a poltrona fosse equipada com uma unidade de massagem vibratória.

— Eu não o conheço, juro, nunca ouvi falar nele. Então, você poderia... você poderia apontar este canhão para outro lugar?

Roy entristecia-se com o fato de tantas vezes ser necessário negar às pessoas o direito à dignidade para que cooperassem. Deixou Johnson na sala de estar com Dormon e voltou para a cozinha.

A mulher ainda estava de bruços no chão. O joelho de Vecchio continuava a comprimir-lhe as costas, mas ela havia desistido de tentar alcançar o facão. Também não estava mais gritando. A fúria tinha sido substituída pelo medo. Implorava que não machucassem a criança.

A menina estava no canto, chupando o dedo, as lágrimas rolavam pelas faces, mas não emitia um único som.

Roy pegou o facão, colocou na bancada, fora do alcance da mulher. Ela enviesou os olhos para encará-lo.

— Não machuque meu bebê.

— Não vamos machucar ninguém – disse Roy.

Roy caminhou em direção à menina, agachou-se ao seu lado e disse, em sua voz mais doce:

— Você está com medo, querida?

A menina desviou os olhos da mãe para Roy.

— Claro que está, não é?

Com o dedo na boca, sugando furiosamente, ela confirmou com a cabeça.

— Bem, não há motivo para ter medo de mim. Nunca fiz mal a uma mosca. Não faria nem mesmo se ela ficasse zumbindo e zumbindo em torno da minha cara, dançasse nos meus ouvidos e andasse de esqui pelo meu nariz.

Por entre as lágrimas, a criança o encarava com solidariedade.

Roy disse:

— Quando um mosquito pousa em mim e tenta me morder, você acha que eu o esmago? Nããããããão. Coloco um guardanapo para ele, uma faquinha e um garfinho minúsculo e digo: "Ninguém neste mundo deve passar fome. Jante, Sr. Mosquito."

As lágrimas pareciam estar secando em seus olhos.

— Eu me lembro de uma vez quando um elefante estava a caminho do supermercado para comprar amendoim. Ele estava com tanta pressa que chutou meu carro para fora da estrada. A maioria das pessoas teria ido atrás do elefante até o supermercado e dado um soco nele bem naquele lugarzinho na ponta da tromba onde dói mais. Mas eu fiz isso? Nããããããão. Pensei comigo mesmo: "Quando um elefante fica sem amendoim, não pode ser responsabilizado por suas ações." Preciso admitir, entretanto, que fui atrás dele até o supermercado e esvaziei os pneus da sua bicicleta, mas não fiz isso com raiva. Eu só queria que ele ficasse um tempo fora da estrada para comer alguns amendoins e se acalmar.

Ela era uma criança adorável. Roy gostaria imensamente de ver seu sorriso.

— Agora, você acha mesmo que eu vou machucar alguém?

A menina sacudiu a cabeça: não.

— Então me dá sua mão, meu bem.

Ela consentiu que Roy pegasse em sua mão, a mão com o polegar seco, e ele a conduziu pela cozinha.

Vecchio soltou a mãe. A mulher pôs-se em pé com dificuldade e, chorando, abraçou a criança.

Soltando a mão da menina e agachando-se novamente, tocado pelas lágrimas da mãe, Roy disse:

— Desculpe. Detesto violência, juro. Pensamos que um homem perigoso estivesse aqui, e não podíamos simplesmente bater na porta e pedir que ele saísse para brincar. Você entende?

O lábio inferior da mulher tremeu.

— Eu... eu não sei. Quem é você? O que você quer?

— Como é que você se chama?

— Mary Z-Zelinsky.

— O nome do seu marido?

— Peter.

Mary Zelinsky tinha um nariz adorável, perfeito. Todas as linhas retas e verdadeiras. Narinas delicadas. Um septo que parecia ter sido talhado na mais fina porcelana. Provavelmente, nunca vira um nariz tão maravilhoso.

Sorrindo, disse:

— Bem, Mary, tudo que precisamos é saber onde ele está.

— Quem?

— Tenho certeza de que você sabe quem. Spencer Grant, é claro.

— Eu não o conheço. — Enquanto ela respondia, Roy desviou os olhos do nariz para os olhos dela, e neles não havia dissimulação. — Nunca ouvi falar nele.

Dirigindo-se a Vecchio, Roy disse:

— Desligue o gás debaixo da panela de molho de tomate. Acho que vai queimar.

— Juro que nunca ouvi falar nele — insistiu a mulher.

Roy estava inclinado a acreditar nela. O nariz de Helena de Tróia não poderia ter sido mais belo do que o de Mary Zelinsky. Claro, indiretamente, Helena de Tróia tinha sido responsável pela morte de milhares, e muitos outros sofreram por sua causa. Portanto, beleza não era garantia de inocência. Além disso, nas dezenas de séculos decorridos após a época de Helena, os seres humanos tinham se tornado mestres na ocultação do mal, de forma que até mesmo as criaturas de aparência mais inocente algumas vezes acabavam revelando sua natureza depravada.

Roy precisava ter certeza, e então disse:

— Acho que você está mentindo para mim...

— Não estou mentindo — disse Mary com voz trêmula.

Ergueu uma das mãos para silenciá-la e continuou exatamente de onde tinha sido interrompido:

— Eu poderia levar esta linda menininha para o quarto dela, despi-la...

A mulher cerrou os olhos com horror, como se assim fosse capaz de bloquear a cena que ele delicadamente descrevia.

— ... e lá, entre os ursinhos e as bonecas, eu poderia ensinar a ela alguns jogos de adultos.

As narinas da mulher estremeceram de horror. Ela realmente tinha um nariz maravilhoso!

— Mary, olhe bem dentro dos meus olhos e diga-me novamente se conhece um homem chamado Spencer Grant.

Ela abriu os olhos e enfrentou seu olhar.

Estavam frente a frente.

Roy pousou uma das mãos sobre a cabeça da criança, afagou seus cabelos, sorriu.

Mary Zelinsky agarrou-se à filha com desespero digno de pena.

— Juro por Deus que nunca ouvi falar nele. Não conheço. Não estou entendendo o que está acontecendo aqui.

— Acredito em você. Pode ficar descansada, Mary. Eu acredito, cara senhora. Sinto muito ter precisado usar tanta crueza.

Apesar de seu tom de voz terno e apologético, uma onda de raiva o inundou. Sua ira era dirigida a Grant, que de alguma forma os passara para trás, e não para esta mulher, para sua filha, ou para o idiota do marido na poltrona.

Embora Roy se esforçasse para reprimir sua ira, a mulher deve ter visto um lampejo em seus olhos, normalmente tão bondosos, pois instintivamente recuou.

Lá de perto do fogão, onde desligara o gás sob a panela do molho de tomate e também de uma panela de água fervente, Vecchio afirmou:

— Ele não mora mais aqui.

— Acho que nunca morou — murmurou Roy, entredentes.

Spencer retirou duas valises do armário, examinou-as, descartou a menor delas e abriu a maior sobre a cama. Escolheu roupa suficiente para uma semana. Não possuía um terno, camisa branca, nem mesmo uma gravata. No armário estavam penduradas meia dúzia de calças jeans, outra meia dúzia de calças de sarja marrons, camisas beges e de brim. Na gaveta de cima da cômoda ele guardava quatro suéteres – duas azuis, duas verdes –, e ele pegou uma de cada.

Enquanto Spencer enchia a mala, Rocky andava de um lado para o outro do quarto, comportando-se como uma sentinela preocupada junto a cada janela que podia alcançar. O pobre animal estava passando por um mau pedaço para afastar seu pesadelo.

Deixando que seus homens vigiassem a família Zelinsky, Roy saiu da casa e atravessou a rua em direção ao seu carro.

O crepúsculo tinha escurecido passando de rubro a um tom de púrpura profundo. As luzes da rua já estavam acesas. O ar estava parado, e por um momento o silêncio foi quase tão profundo quanto se ele estivesse numa pastagem no campo.

A sorte era que os vizinhos dos Zelinsky não tinham escutando nada que despertasse suspeitas.

Por outro lado, não havia luzes nas casas que ladeavam a dos Zelinsky. Muitas famílias, naquele agradável bairro de classe média, provavelmente só poderiam manter seu padrão de vida se tanto o marido quanto a mulher trabalhassem em tempo integral. Na verdade, nesta precária economia, em que o dinheiro do salário que se levava para casa estava sempre diminuindo, mal se sustentavam mesmo quando os dois ganhavam o pão de cada dia. Agora, no pico da hora do rush, dois terços das casas de ambos os lados da rua estavam às escuras, desertas; seus proprietários enfrentavam o tráfego na via expressa, pegando as crianças nas casas das babás e creches – que lhes custavam tão caro – e lutando para chegar em casa e desfrutar de algumas horas de paz antes de voltar à rotina pela manhã.

Algumas vezes, Roy era tão sensível aos apuros do cidadão médio que beirava as lágrimas.

Neste momento, entretanto, não podia se entregar à empatia que lhe era tão fácil. Precisava encontrar Spencer Grant.

No carro, depois de dar a partida no motor e pular para o banco do carona, conectou o computador portátil com o telefone.

Discou para Mama e pediu que ela encontrasse o telefone de Spencer Grant, na área da grande Los Angeles. Do centro da rede, em Virgínia, ela iniciou a busca. Roy esperava obter o endereço de Grant por intermédio da companhia telefônica, da mesma forma que havia encontrado o dos Bettonfield.

David Davis e Nella Shire provavelmente já teriam saído do escritório no centro da cidade e, portanto, não poderia telefonar para reclamar. De qualquer forma, o problema não era culpa deles, embora desejasse jogar a culpa sobre Davis – e sobre Wertz, cujo primeiro nome provavelmente era Igor.

Em alguns minutos, Mama informou que ninguém com o nome de Spencer Grant possuía um telefone, listado ou não, na área de Los Angeles.

Roy não podia acreditar. Confiava plenamente em Mama. O problema não era com ela. Era tão perfeita quanto sua adorada e falecida mãe o fora. Mas Grant era esperto. Esperto demais.

Roy pediu a Mama que fizesse uma busca nos *registros* de cobrança da companhia telefônica, investigando o mesmo nome. Grant poderia ter sido listado sob um pseudônimo, mas antes de fornecer serviços a companhia telefônica certamente teria exigido a assinatura da pessoa real com uma boa história de crédito.

Enquanto Mama trabalhava, Roy viu um carro passar e entrar numa garagem algumas casas adiante.

A noite dominava a cidade. No extremo horizonte a oeste o crepúsculo já havia acabado, não restando qualquer vestígio daquela luminosidade púrpura.

A tela piscou ligeiramente e Roy olhou para o computador apoiado em seu colo. Segundo Mama, o nome de Spencer Grant não constava também dos registro de cobrança.

Em primeiro lugar, o sujeito tinha acessado seus registros de trabalho no computador do DPLA e inserido, em lugar do seu, o endereço dos Zelinsky, evidentemente escolhido ao acaso. E agora, embora vivesse na área de Los Angeles e com toda certeza possuísse um telefone, tinha expurgado seu nome dos arquivos da empresa encarregada do fornecimento dos serviços em sua área, fosse ela qual fosse – Pacific Bell ou GTE.

Grant parecia estar tentando se tornar invisível.

– Diabo! Afinal de contas, quem é esse cara?

Por causa das informações de Nella Shire, Roy estava certo de que conhecia o homem que estava procurando. Agora, no entanto, achava que não conhecia Spencer Grant, pelo menos não de alguma forma relevante. Conhecia apenas generalidades, superficialidades – mas era nos detalhes que provavelmente estaria sua maldição.

O que Grant estava fazendo no bangalô em Santa Mônica? Que tipo de envolvimento teria com a mulher? O que ele sabia?

A urgência em obter respostas para estas perguntas tornava-se cada vez maior.

Mais dois carros desapareceram nas garagens de outras casas.

Roy sentia que suas chances de achar Grant diminuíam à medida que o tempo passava.

Considerou febrilmente suas opções e recorreu a Mama para acessar o computador do Departamento de Veículos Motorizados da Califórnia, em Sacramento. Em alguns instantes, um retrato de Grant apareceu em sua tela, tirado pelo DVM especificamente para uma nova carteira de motorista. Todas as informações importantes eram fornecidas. E o endereço.

– Muito bem – murmurou Roy, como se falar alto significasse desfazer este golpe de sorte.

Solicitou e recebeu três cópias impressas dos dados na tela, saiu do sistema do DVM, despediu-se de Mama, desligou o computador e atravessou a rua, voltando à casa dos Zelinsky.

Mary, Peter e a filha estavam sentados no sofá da sala de estar. Pálidos, silenciosos, de mãos dadas. Pareciam três fantasmas numa sala de espera celestial, antecipando a chegada iminente dos documentos de seu julgamento, quase certos de receberem passagens só de ida para o inferno.

Dormon, Johnson e Vecchio vigiavam, pesadamente armados, sem demonstrar em seus rostos qualquer expressão. Sem fazer quaisquer comentários, Roy entregou-lhes as cópias do novo endereço de Grant que obtivera do DVM.

Com algumas perguntas, descobriu que Mary e Peter estavam desempregados e recebendo seguro-desemprego. Era por isso que estavam em casa, quase prontos para jantar, quando a maioria dos vizinhos ainda estava em meio aos cardumes de peixes de aço, nos mares de concreto do sistema de vias expressas. Vinham procurando emprego todos os dias nos anúncios do *Los Angeles Times*, oferecendo-se para cargos em várias empresas e preocupando-se de tal forma com o futuro que a explosiva chegada de Dormon, Johnson, Vecchio e Roy de certa forma não lhes parecera absolutamente surpreendente, mas sim uma evolução natural de sua catástrofe contínua.

Para reduzir a família Zelinsky a uma total submissão e para garantir que nunca apresentassem queixa perante a polícia local ou o governo federal, Roy estava preparado para exibir sua identidade do DEA e para usar todas as técnicas de intimidação de seu repertório. Entretanto, já estavam obviamente tão acovardados pela instabilidade econômica que lhes roubara os empregos e pela vida na cidade que Roy não precisou apresentar a identificação falsa.

Ficariam gratos em escapar daquele encontro com vida. Mansos como cordeiros, consertariam a porta da frente, limpariam a sujeira e provavelmente concluiriam que foram aterrorizados por traficantes que tinham invadido a casa em busca de um odiado concorrente.

Ninguém apresentava queixa contra traficantes. Os traficantes na América moderna eram comparáveis a uma força da natureza. Faria mais sentido – e seria muito mais seguro – apresentar uma queixa irada contra um furacão, tufão ou relâmpagos.

Adotando o tom imperioso de um barão da cocaína, Roy avisou:

– A não ser que vocês queiram descobrir como é ter os miolos estourados, é melhor ficarem quietos durante 10 minutos depois que eu sair. Zelinsky, você está de relógio. Acha que sabe contar 10 minutos?

– Sim, senhor – respondeu Peter Zelinsky.

Mary não conseguia olhar para Roy. Mantinha a cabeça abaixada. Ele podia ver muito pouco de seu esplêndido nariz.

— Você sabe que eu estou falando sério? – perguntou Roy ao marido, e recebeu uma confirmação com a cabeça. – Você vai se comportar?

— Não queremos problemas.

— Fico contente de ouvir isso.

A submissão total dessas pessoas era um comentário pouco elogioso ao embrutecimento da sociedade americana. Deprimia Roy.

Por outro lado, a maleabilidade tinha tornado sua tarefa muitíssimo mais fácil do que seria se as coisas fossem diferentes.

Seguiu Dormon, Johnson e Vecchio para fora da casa, e foi o último a se afastar com o carro. Olhou repetidamente para a casa, mas nenhum rosto apareceu na porta nem em qualquer das janelas.

Um desastre tinha sido evitado por um triz.

Roy, que se orgulhava de seu costumeiro bom humor, há quantos anos não sentia raiva tão grande de alguém quanto aquela que Spencer Grant lhe despertava. Não podia esperar para pôr as mãos no sujeito.

NUMA SACOLA de lona, Spencer colocou várias latas de comida de cachorro, uma caixa de biscoitos especiais, um novo osso de couro cru, as vasilhas para água e comida de Rocky e um brinquedo de borracha que apresentava uma razoável semelhança com um cheeseburger num pão de centeio. Colocou a sacola ao lado da mala, perto da porta da frente.

De tempos em tempos, o cão ainda verificava as janelas, mas de forma menos obsessiva do que antes. Praticamente havia esquecido o terror inominável que o arrancara de seu sono. Agora, o medo que o assaltava era de um tipo mais palpável e menos agitado: a ansiedade que sempre o atingia quando pressentia que estavam prestes a fazer alguma coisa que fugisse à rotina diária, uma desconfiança em relação à mudança. Andou atrás de Spencer para ver se alguma ação alarmante estava sendo empreendida, voltou repetidamente à mala para farejar e visitou os cantos favoritos da casa suspirando como se suspeitasse que jamais voltaria a ter a oportunidade de usufruir do conforto que ofereciam.

Spencer retirou o computador portátil da prateleira acima da mesa de trabalho e colocou-o junto à sacola e à mala. O aparelho tinha sido comprado em setembro, para que Spencer pudesse desenvolver seus próprios programas sentado na varanda, aproveitando o ar fresco e o sussurro tranqüilizante das brisas de outono que agitavam a mata de eucaliptos. Agora, durante a viagem, iria mantê-lo conectado às grandes redes de informação americanas.

Voltou à sua mesa e ligou o computador. Fez cópias de alguns dos programas que projetara, inclusive daquele que era capaz de rastrear uma linha telefônica usada para a comunicação entre computadores. Um outro programa o avisaria se alguém começasse a caçá-lo com uma sofisticada tecnologia de busca enquanto estivesse conectado clandestinamente nos computadores alheios.

Rocky estava novamente na janela, rosnando e ganindo suavemente para a noite.

A OESTE DE San Fernando Valley, Roy dirigiu em direção às colinas e atravessou os *canyons*. Ainda não estava fora do labirinto de cidades interconectadas, mas já havia trechos de escuridão absoluta entre os amontoados de luzes que iluminavam as áreas residenciais.

Desta vez, procederia com mais cautela do que antes. Se o endereço fornecido pelo DVM fosse a residência de mais uma família que, como os Zelinsky, nunca tivesse ouvido falar em Spencer Grant, Roy preferia descobrir isso *antes* de arrebentar sua porta, aterrorizá-la com suas armas, arruinar o molho de tomates no fogão e arriscar-se a levar um tiro de algum proprietário irado, que talvez fosse também um tipo qualquer de fanático, pesadamente armado.

Naquela era de caos social iminente, arrombar uma residência – protegido pela autoridade de um distintivo legítimo ou não – era muito mais perigoso do que antes. Os moradores poderiam ser qualquer coisa, desde molestadores de crianças que adoravam o diabo até assassinos seriais com tendências canibalistas, com suas geladeiras repletas de partes do corpo humano e seus talheres lindamente talhados em ossos. Naquele final de milênio, pessoas terrivelmente estranhas andavam à solta no parque de diversões chamado América.

Seguindo por uma estrada de duas pistas que levava a um recesso escuro recoberto por uma neblina diáfana, Roy começou a suspeitar que não se confrontaria com uma residência normal nem com a simples questão de ser ou não a casa de Spencer Grant. Alguma outra coisa mais o esperava.

A estrada pavimentada transformou-se num caminho de cascalho solto, ladeado por palmeiras sem viço, que há muitos anos não eram podadas e sustentavam longos tufos de galhos mortos. Finalmente, chegou a um portão fechado por uma corrente.

A falsa van de entrega de pizza já estava lá. As luzes vermelhas das lanternas traseiras eram refratadas pela névoa tênue. Roy olhou pelo retrovisor e viu faróis que brilhavam a uns 100 metros: Johnson e Vecchio.

Caminhou até o portão. Cal Dormon o esperava.

Por trás do portão, na neblina prateada pelas luzes dos faróis, estranhas máquinas moviam-se ritmicamente, em contraponto uma com outra, como gigantescos pássaros pré-históricos ciscando o solo em busca de minhocas. Bombas de poço. Aquilo era um campo de petróleo, um dos muitos espalhados pelo sul da Califórnia.

Johnson e Vecchio juntaram-se a Roy e Dormon no portão.

– Campos de petróleo – disse Vecchio.

– Malditos campos de petróleo – afirmou Johnson.

– Só um monte de malditos campos de petróleo – disse Johnson.

Seguindo as instruções de Roy, Dormon entrou na van em busca de lanternas e de um alicate para cortar as correntes. Aquela não era apenas uma falsa van de entrega de pizzas. Era uma unidade de suporte bem equipada, que tinha todas as ferramentas e dispositivos eletrônicos necessários em uma operação de campo.

– Vamos entrar aí? – perguntou Vecchio. – Por quê?

– Pode ser que haja uma casa para o encarregado – explicou Roy. – Grant pode ser o encarregado que mora aqui.

Roy sentiu que estavam tão ansiosos quanto ele para evitar passarem por tolos duas vezes em uma só noite. Assim como ele, sabiam que Grant provavelmente tinha inserido um endereço falso nos registros do DVM e que a probabilidade de encontrá-lo no campo de petróleo era quase nula.

Depois que Dormon quebrou a corrente, seguiram o caminho de cascalho, usando as lanternas para iluminar a escuridão entre as bombas que subiam e desciam como gangorras. Em alguns lugares, a chuva torrencial da noite anterior levara o cascalho, deixando apenas a lama. Depois de darem a volta em torno da maquinaria, que rangia, chiava e estalava, e chegarem de volta à porteira, sem encontrar o encarregado, os sapatos novos de Roy estavam arruinados.

Em silêncio, limparam os sapatos da melhor forma que puderam esfregando os pés na relva que ladeava o caminho.

Enquanto os outros aguardavam instruções, Roy voltou ao seu carro. Pretendia fazer a conexão com Mama e descobrir um outro endereço para Spencer cobra-escorregadia-retalho-de-lixo-humano Grant.

Estava furioso, o que não era nada bom. A raiva inibia a clareza do raciocínio. Ninguém jamais ouviu falar de um problema resolvido durante um acesso de raiva.

Respirou profundamente, inalando ar com tranqüilidade. A cada expiração expulsava também sua tensão. Visualizava a tranqüilidade como um pálido vapor cor de pêssego e a tensão como uma neblina verde como bílis, que escapava de suas narinas.

De um livro de sabedoria tibetano aprendera esta técnica de meditação para o controle das emoções. Talvez fosse um livro chinês. Ou hindu. Não tinha certeza. Estudara muitas das filosofias orientais em sua incessante busca por maior autoconsciência e transcendência.

Quando chegou ao carro, o bipe estava tocando. Soltou-o do pára-sol. No visor havia um nome – Kleck – e um número de telefone com DDD 714.

John Kleck liderava a busca pelo Pontiac registrado em nome de "Valerie Keene". Se ela tivesse adotado a conduta usual, o carro certamente tinha sido abandonado num estacionamento qualquer ou numa rua da cidade.

Quando Roy fez a chamada para o número indicado, a voz que atendeu era indubitavelmente a de Kleck. Tinha vinte e poucos anos, era magro e desengonçado, com um grande pomo-de-adão e um rosto que lembrava uma truta, mas sua voz era profunda, melíflua e marcante.

— Sou eu – disse Roy. – Onde você está?

As palavras de Kleck saíram com sonoro esplendor:

— Aeroporto John Wayne, condado de Orange. – A busca começara em Los Angeles, mas no decorrer do dia se expandira. – O Pontiac está aqui, numa das garagens do estacionamento para estadas prolongadas. Estamos coletando os nomes dos funcionários das linhas aéreas que estavam trabalhando ontem à tarde e à noite. Temos fotos dela. Alguém pode se lembrar de ter vendido uma passagem a ela.

— Siga a pista, mas não vai dar em nada. Ela é esperta demais para largar o carro exatamente onde faria a próxima conexão. É para despistar. Ela sabe que não podemos ter certeza e então vamos precisar perder tempo para verificar – disse Roy.

— Estamos também tentando falar com todos os motoristas de táxi que trabalharam no aeroporto durante aquele período. Talvez ela não tenha pegado um avião, mas sim um táxi.

— Melhor ir além. Talvez ela tenha ido a pé do aeroporto para um dos hotéis nas vizinhanças. Verifique se alguém na portaria, encarregados do estacionamento ou recepcionistas lembram-se dela pedindo um táxi.

— Certo. Desta vez ela não vai longe, Roy. Vamos colar no pé dela.

Roy poderia ter se sentido mais seguro diante da confiança demonstrada por Kleck e pelo rico timbre de sua voz, se não soubesse que ele se parecia com um peixe tentando engolir um melão.

— Falo com você depois – despediu-se e desligou.

Acoplou o telefone ao computador na pasta, deu partida no carro e acessou Mama, em Virgínia. Ainda que levando em conta seus consideráveis talentos e conexões, deu-lhe uma complicadíssima tarefa: procurar Spencer Grant nos registros computadorizados das companhias que forneciam água e luz, repartições encarregadas do recebimento de impostos; em suma, procurar nos arquivos eletrônicos de todos os estados, municípios e órgãos regionais de cada cidade, bem como nos registros de qualquer companhia controlada por qualquer órgão público nos municípios de Ventura, Kern, Los Angeles, Orange, San Diego, Riverside e San Bernardino; além disso, acessar registros de clientes de todas as instituições bancárias da Califórnia – suas contas correntes, de poupança, de empréstimos e contas de cartões de crédito; no âmbito nacional, procurar nos arquivos da Previdência Social e nos órgãos da Receita Federal, começando pelo estado da Califórnia e prosseguindo para leste, estado por estado.

Finalmente, depois de indicar que telefonaria pela manhã para saber os resultados das investigações de Mama, fechou a porta eletrônica em Virgínia e desligou o computador.

A cada minuto a neblina se tornava mais espessa, e o ar mais gelado. Tiritando, os três homens o aguardavam perto do portão.

– É melhor encerrarmos por hoje. Começaremos de novo pela manhã.

Os três pareceram aliviados. Quem sabe para onde Grant poderia mandá-los da próxima vez?

Enquanto voltavam para seus respectivos veículos, Roy deu-lhes palmadinhas nas costas e murmurou palavras de alegre encorajamento. Queria que se sentissem bem. Todos tinham direito à auto-estima.

Em seu carro, voltando pelo caminho de cascalho para a estrada asfaltada de duas pistas, Roy respirava profunda e vagarosamente. Para dentro, o pálido vapor cor de pêssego da abençoada tranqüilidade. Para fora, a névoa verde-bílis da raiva, tensão e estresse. Pêssego para dentro. Verde para fora. Pêssego para dentro.

Ainda estava furioso.

COMO HAVIAM almoçado tarde, Spencer dirigiu por um longo trecho do desolado Mojave, até chegar a Barstow, antes de sair da interestadual 15, e parou para jantar. Na janela do *drive-thru* do McDonald's, pediu um Big Mac, batatas fritas e um milkshake pequeno de baunilha. Para não precisar mexer nas latas de alimento canino na sacola de lona, pediu também dois hambúrgueres, um copo grande de água para Rocky, além de um segundo milkshake de baunilha.

Estacionou no fundo do bem-iluminado estacionamento do restaurante, deixou o motor funcionando para manter o Explorer aquecido e sentou-se no espaço atrás do banco para comer, com as costas apoiadas no banco da frente e as pernas esticadas para a frente. Rocky lambeu os beiços em antecipação, enquanto Spencer abria as sacolas

149

de papel e os deliciosos aromas se espalhavam pela caminhonete. Spencer tinha dobrado os bancos de trás antes de sair de Malibu, e, assim, mesmo com a mala e todo o restante, havia bastante lugar para ele e o cachorro.

Abriu os hambúrgueres de Rocky e colocou-os sobre os invólucros. Mal Spencer tinha acabado de tirar o seu Big Mac da embalagem e dado apenas a primeira mordida, Rocky já tinha devorado seus dois bifes e a maior parte de um dos pães; o que representava todo o pão que pretendia comer. Olhou cheio de desejo para o sanduíche de Spencer e ganiu.

— Meu – disse Spencer.

Rocky ganiu novamente. Não era ganido de medo. Nem um ganido de dor. Era um ganido que dizia: *Puxa! Olhe! Coitadinho de mim! Que engraçadinho eu sou! Entenda quanto eu gostaria de comer este hambúrguer e o queijo e o molho especial e talvez... até os picles.*

— Será que você entende o significado da palavra *meu*? – perguntou Spencer.

Rocky olhou para o saco de batatas fritas no colo de Spencer.

— Minhas – repetiu.

O cachorro olhou com ar duvidoso.

— Seu – disse Spencer, apontando para o pão de hambúrguer que sobrara.

Rocky olhou com ar triste para o pão seco e para o suculento Big Mac.

Depois de uma outra mordida regada por uns goles de milkshake de baunilha, Spencer consultou seu relógio.

— Vamos abastecer e voltar para a interestadual lá pelas 21 horas. São mais ou menos 250 quilômetros até Las Vegas. Mesmo sem correr muito, podemos chegar lá à meia-noite.

Rocky estava novamente vidrado nas batatas fritas.

Spencer amoleceu e deixou cair umas quatro batatas em um dos invólucros dos hambúrgueres.

— Você já foi a Las Vegas? – perguntou.

As quatro batatas desapareceram. Rocky olhava com amor para as batatas bem sequinhas à mostra no saco de papel no colo de Spencer.

— É uma cidade dura. E tenho esse mau pressentimento de que as coisas vão se complicar para nós quando chegarmos lá.

Spencer acabou o sanduíche, as batatas e o milkshake, não compartilhando nada mais, apesar da expressão de censura do animal. Juntou os restos de papel e colocou num dos sacos.

— Vou deixar uma coisa muito clara, meu chapa. Seja lá quem for que esteja atrás dela, eles são muito poderosos. Perigosos. Prontos para apertar o gatilho. Nervosos, a julgar pelo jeito que atiraram nas sombras na noite passada. Para eles, deve haver muita coisa em jogo.

Spencer tirou a tampa do segundo milkshake, e Rocky observou com interesse.

— Viu o que guardei para você? Agora será que não se envergonha de ter pensado mal de mim só porque não ofereci mais batatas fritas?

Spencer segurou o copo para que Rocky não o virasse.

O cachorro atacou o milkshake com a língua mais rápida de toda a região a leste de Kansas City, consumindo-o num frenesi de lambidas, e num segundo seu focinho mergulhou no copo em busca da delícia que rapidamente desaparecia.

— Se estavam observando aquela casa ontem à noite, talvez tenham uma foto minha.

Retirando o focinho do copo, Rocky encarou Spencer com curiosidade. Seu focinho estava todo lambuzado de milkshake.

— Você tem belos modos à mesa.

Rocky mergulhou novamente o focinho no copo, e o Explorer encheu-se dos ruídos produzidos por sua gula.

— Se tiraram uma foto, mais cedo ou mais tarde vão me encontrar. E ao tentar conseguir uma pista de Valerie, corro o risco de cair numa armadilha e chamar a atenção sobre a minha pessoa.

O copo estava vazio, e Rocky perdera totalmente o interesse nele. Com espantosa rotação da língua, lambeu a maior parte dos restos que estavam no focinho.

— Seja lá quem for que esteja atrás dela, sei muito bem que não vou dar conta deles. Eu sei. Estou *totalmente* consciente disso. Mas, mesmo assim, aqui estou eu, a caminho de Las Vegas.

Rocky engasgou. Estava empanturrado de milkshake.

Spencer abriu o copo com água e segurou-o enquanto o cachorro bebia.

– O que estou fazendo, envolvendo-me dessa maneira... não é justo com você. Eu também sei disso.

Rocky não queria mais água. O focinho estava todo molhado.

Depois de tampar novamente o copo, Spencer colocou-o na sacola que continha o lixo. Pegou alguns guardanapos e segurou Rocky pela coleira.

– Vem cá, porquinho.

Rocky pacientemente permitiu que Spencer enxugasse seu focinho e seu queixo.

Olhando o cachorro nos olhos, Spencer disse:

– Você é o meu melhor amigo. Sabe disso? Claro que sim. Também sou o melhor amigo que você tem. E se eu acabar conseguindo que alguém me mate, quem vai tomar conta de você?

O cachorro retribuiu o olhar de Spencer com solenidade, como se compreendesse que o assunto em questão era importante.

– Não me diga que é capaz de tomar conta de si mesmo. Você está melhor do que quando veio morar comigo, mas ainda não é auto-suficiente. Provavelmente nunca será.

O cachorro resfolegou como se discordasse, mas ambos conheciam a verdade.

– Se alguma coisa acontecer comigo, acho que você vai desmoronar. Retroceder. Vai voltar a ser como era no abrigo. E quem mais vai querer dar o tempo e a atenção que você precisa para voltar ao normal? Hein? Ninguém.

Soltou a coleira.

– Então quero que você saiba que não sou tão bom amigo quanto deveria. Quero uma chance com essa mulher. Quero descobrir se ela é especial o bastante para gostar... gostar de alguém como eu. Estou disposto a arriscar minha vida para descobrir... mas não deveria estar disposto a arriscar a sua também.

Nunca minta para o cachorro.

– Eu não posso ser um amigo tão fiel quanto você. Afinal de contas, sou apenas um ser humano. Procure bem no fundo de cada um de nós e encontrará um filho-da-mãe egoísta.

Rocky balançou a cauda.

– Pare com isso. Está tentando fazer com que eu me sinta ainda pior?

Agitando furiosamente o rabo, Rocky pulou no colo de Spencer para ser acariciado.

Spencer suspirou.

– Bem, vou precisar evitar que alguém me mate.

Nunca minta para o cachorro.

– Embora tenha poucas chances – acrescentou.

MAIS UMA VEZ no labirinto das áreas residenciais no vale, Roy Miro passou por uma série de bairros comerciais, sem saber ao certo onde uma comunidade acabava e a outra começava. Ainda estava com raiva, mas agora estava também à beira de uma crise de depressão. Com desespero crescente, procurou uma loja de conveniência, onde poderia encontrar toda uma série de máquinas para venda de jornais. Precisava de um jornal *especial*.

Fato interessante, em dois bairros bastante distantes um do outro, estava certo de ter passado por duas sofisticadas operações de vigilância.

A primeira estava sendo conduzida a partir de uma caminhonete com pneu de tala larga e rodas esportivas cromadas. As laterais do veículo tinham sido decoradas com um mural onde se viam palmeiras, ondas se quebrando numa praia e um pôr-do-sol vermelho. Duas pranchas estavam amarradas ao bagageiro no teto. Aos olhos dos leigos, o veículo pareceria pertencer a um surfista ambulante cujo bilhete de loteria fora premiado.

As pistas para os objetivos reais da caminhonete eram claras para Roy. Todos os vidros do veículo, inclusive o pára-brisa, eram escurecidos, mas as duas amplas janelas das laterais, em torno das quais o mural fora pintado, eram tão negras que certamente eram espelhos de duas faces, disfarçados por uma camada de película tingida aplicada do lado de fora, fazendo com que fosse impossível ver o interior, mas permitindo aos agentes dentro da caminhonete – e às suas câmeras – uma visão clara do mundo lá fora. Quatro focos de luz estavam colocados lado a lado no teto, acima do pára-brisa. Todos estavam apagados, mas cada lâmpada ficava sobre um dispositivo em forma de cone, como um pequeno megafone, que poderia passar por um refletor que focalizasse o facho para a frente – embora, na verdade, não fosse nada disso. Um dos cones devia ser a antena de um transmissor de microondas conectado aos computadores dentro do veículo, permitindo que grandes volumes de dados codificados fossem recebidos e transmitidos por mais de um interlocutor por vez. Os outros três cones eram antenas parabólicas que coletavam sinais de microfones direcionais.

Um foco apagado estava voltado não em direção à dianteira da caminhonete, como deveria, e como estavam os outros três, mas em direção a uma loja de sanduíches movimentada – Submarine Dive – do outro lado da rua. Os agentes estavam gravando a barulhenta conversa entre as oito ou dez pessoas que se misturavam na calçada em frente à loja. Mais tarde, um computador analisaria as inúmeras vozes, isolaria cada interlocutor e o identificaria com um número. Associaria os números entre si com base no fluxo de palavras e na inflexão, deletaria a maior parte do ruído de fundo, como tráfego e vento, e gravaria cada conversa como uma trilha separada.

A segunda operação de vigilância estava mais ou menos a 1.500 metros da outra, numa rua transversal. Estava sendo executada de uma caminhonete disfarçada de modo a parecer um veículo comercial da Jerry Glass Magic, uma companhia especializada em vidros e espelhos. Incorporados ao logotipo fictício da empresa, os espelhos de duas faces estavam audaciosamente expostos nas laterais.

Roy sempre se alegrava ao encontrar equipes de vigilância, unidades especialmente superequipadas usando tecnologia de ponta, porque provavelmente eram federais e não locais. Sua presença discreta indicava que *alguém* se importava com a estabilidade social e a paz nas ruas.

Quando as encontrava, geralmente se sentia mais seguro, menos solitário.

Naquela noite, entretanto, não se sentiu mais animado. Estava dominado por um redemoinho de emoções negativas e não poderia encontrar consolo nas equipes de vigilância, no bom trabalho que estava executando para Thomas Summerton, nem em qualquer outra coisa que o mundo tivesse para oferecer.

Precisava encontrar seu centro interior, abrir as portas de sua alma, postar-se frente a frente com o cosmos.

Antes de encontrar uma loja de conveniência, Roy avistou um correio, que era exatamente aquilo que estava precisando. Em frente ao correio havia 10 ou 12 máquinas para venda automática de jornais, todas em mau estado de conservação.

Estacionou junto ao meio-fio pintado de vermelho indicando estacionamento proibido, saltou do carro e examinou as máquinas. Não estava interessado no *Times* nem no *Daily News*. O que procurava só podia ser encontrado na imprensa alternativa. A maior parte desse tipo de publicação vendia sexo: focalizando solteiros para programas, trocas de casais gays ou entretenimento e serviços para adultos. Roy ignorou esses tablóides. Sexo nunca seria o suficiente para uma alma em busca da transcendência.

Muitas cidades grandes possuíam um jornal semanal dedicado à Nova Era, com artigos que falavam sobre alimentos naturais, curas holísticas e assuntos espirituais que iam desde a terapia da reencarnação até a incorporação de espíritos.

Los Angeles tinha três.

Roy comprou os três e voltou para o carro.

Sob a luz fraca no interior do carro, folheou cada publicação, interessando-se apenas pelos classificados. Gurus, mestres hindus, sensitivos, magos do tarô, acupunturistas, herbalistas para estrelas de cinema, canalizadores, intérpretes da aura, leitores de mãos, conselheiros especializados na teoria do caos que jogavam dados, guias de vidas passadas, terapeutas e outros especialistas que ofereciam um número animador de serviços.

Roy vivia em Washington, D.C., mas seu trabalho o obrigava a viajar por todo o país. Já visitara todos os lugares sagrados onde a Terra, como uma gigantesca bateria, acumulava grandes depósitos de energia espiritual: Santa Fé, Taos, Woodstock, Key West, Meteor Crater e muitos outros. Passara por experiências comoventes nessas sacrossantas confluências de energia cósmica, mas há muito suspeitava que Los Angeles era um *nexus* inexplorado tão poderoso quanto qualquer outro. Agora, a absoluta plenitude dos guias capazes de elevar a autoconscientização nos anúncios fortalecia essa suspeita.

Entre as inúmeras opções que lhe eram oferecidas, Roy escolheu O Ponto De Partida Para O Caminho, em Burbank. Estava intrigado pelo fato de o anúncio ter todas as palavras do nome do estabelecimento em letras maiúsculas. Ofereciam numerosos métodos de "buscar o eu e encontrar o olho da tempestade cósmica", não em uma loja barata, mas "na esfera tranquila de nosso próprio lar". Simpatizou também com os nomes dos proprietários e com o fato de terem demonstrado bastante consideração ao se identificarem no anúncio: Guinevere e Chester.

Olhou para o relógio. Vinte e uma horas.

Continuou estacionado ilegalmente em frente aos correios, discou o número indicado no anúncio. Uma voz masculina atendeu:

– Aqui é Chester, de O Ponto De Partida Para O Caminho. Em que posso servi-lo?

Roy desculpou-se por telefonar àquela hora, uma vez que O Ponto De Partida Para O Caminho funcionava numa residência, mas explicou que estava escorregando para um vácuo espiritual e precisava encontrar um ponto de apoio o mais depressa possível. Ficou grato quando lhe foi dito que Guinevere e Chester atendiam 24 horas por dia. Depois de ouvir as instruções, calculou que poderia chegar lá mais ou menos às 22 horas.

Chegou às 21h50.

A atraente casa em estilo espanhol era recoberta por telhas e possuía grandes janelas. Na bela e artística iluminação do jardim, viçosas palmeiras e samambaias australianas lançavam misteriosas sombras contra as paredes de estuque amarelo.

Ao tocar a campainha, Roy observou o adesivo de um fabricante de alarmes na janela perto da porta. Logo em seguida, ouviu a voz de Chester no interfone.

– Quem é, por favor?

Roy estava levemente surpreso com o fato de um casal iluminado como aquele, em contato com seus talentos psíquicos, achar necessário tomar medidas de segurança. Era esse o triste estado em que chegara o mundo em que viviam. Até mesmo os místicos eram marcados pela desordem e confusão.

Sorridente e amistoso, Chester convidou Roy a entrar. Tinha mais ou menos 50 anos, era barrigudo, quase totalmente calvo, exibindo apenas uma auréola de cabelos como um frei, bronzeado, apesar do inverno, com uma aparência rude e forte, apesar da barriga. Usava mocassins, calça e camisa beges, com as mangas enroladas, deixando à mostra os antebraços grossos e cabeludos.

Chester conduziu Roy pelos aposentos com piso de pinho amarelo encerado, tapetes navajos e mobiliário rústico parecendo mais adequado a uma pousada nas montanhas do que a uma residência em Burbank. Depois de passarem pela sala de estar, que exibia uma gigantesca tela de tevê, passaram pelo hall e, em seguida, entraram em uma sala redonda com cerca de 24 metros de diâmetro, paredes brancas e sem nenhuma janela além da clarabóia no teto abobadado.

No centro da sala redonda havia uma mesa de pinho, também redonda. Chester indicou uma cadeira junto à mesa. Roy se sentou. Chester ofereceu uma bebida – "qualquer coisa: de Coca-Cola Light a chás de ervas" –, mas Roy recusou, pois sua única sede era a da alma.

No centro da mesa havia uma cesta de folhas de palmeira trançadas, que Chester indicou com um gesto.

– Sou apenas um assistente. Guinevere é a iniciada. Suas mãos nunca devem tocar em dinheiro. Embora tenha transcendido os problemas mundanos, precisa comer, é claro.

– Claro – concordou Roy.

Roy tirou 300 dólares da carteira e colocou as notas na cesta. Chester parecia estar agradavelmente surpreso com a oferenda, mas o fato é que Roy sempre acreditara que só se pode esperar a qualidade do esclarecimento pelo qual se está disposto a pagar.

Chester saiu da sala levando a cesta.

Do teto, minúsculos pontos de luz iluminavam as paredes formando arcos de luz branca. Num determinado momento, a luz foi empalidecendo até que as sombras de uma luminescência âmbar melancólica, semelhante à luz de velas, preencheram o aposento.

– Olá! Sou Guinevere! Não, por favor, não se levante!

Avançando pela sala com uma descontração pueril, cabeça ereta, ombros retos, Guinevere deslizou ao redor da mesa em direção a uma cadeira exatamente em frente à que Roy ocupava.

Guinevere aparentava mais ou menos 40 anos e era belíssima, apesar dos longos cabelos louros penteados em cascatas medusianas de trancinhas rastafári, que Roy detestava. Os olhos verde-jade faiscavam iluminados por uma luz interior, e cada ângulo de seu rosto fazia lembrar as deusas mitológicas que Roy vira retratadas pela arte clássica. Vestindo uma calça jeans justa e uma exígua camiseta, o corpo ágil e flexível movimentava-se com uma graça fluida, e os amplos seios balançavam de forma convidativa. Roy podia ver as pontas dos mamilos comprimidas de encontro à camiseta de algodão.

— Como está você? – perguntou ela alegremente.

— Não muito bem.

— Vamos consertar isso. Qual é o seu nome?

— Roy.

— O que você está procurando?

— Quero um mundo de justiça e paz. Um mundo perfeito sob todos os aspectos. Mas as pessoas são imperfeitas. É tão difícil encontrar a perfeição. Eu desejo tanto a perfeição. Às vezes me sinto deprimido.

— Você precisa entender o significado da imperfeição do mundo e de sua própria obsessão sobre isso. Qual é o caminho para o esclarecimento que você prefere seguir?

— Qualquer caminho. Todos os caminhos.

— Excelente! – disse a bela rastafári nórdica, com um entusiasmo que fazia saltar e dançar as tranças, e tilintar os fios de contas vermelhas que as prendiam. – Talvez possamos começar com cristais.

Chester voltou, empurrando uma caixa sobre rodas. Contornou a mesa e colocou ao lado de Guinevere.

Roy identificou o objeto como sendo uma caixa de ferramentas de metal cinza e preto, com 80 centímetros de altura, 60 de largura e 40 de profundidade, portas no terço inferior, e gavetas de várias larguras e profundidade acima das portas. O logotipo Sears Craftsman adquiria um brilho opaco sob a luz âmbar.

Enquanto Chester se sentava na terceira e última cadeira, um pouco para a esquerda e um passo atrás da mulher, Guinevere abriu uma das gavetas do gabinete e retirou uma bola de cristal ligeiramente maior do que uma bola de bilhar. Segurando-a entre as palmas das mãos, ofereceu-a a Roy, que a aceitou.

– Sua aura está escura, perturbada. Vamos limpá-la primeiro. Segure o cristal com as duas mãos, feche os olhos, procure atingir uma calma meditativa. Pense numa coisa só, apenas esta imagem límpida: colinas cobertas de neve. Colinas suavemente ondulantes, e cobertas de neve fresca, mais branca que açúcar, mais macia que farinha. Colinas suaves em todos os horizontes, colinas sobre colinas, recobertas por um manto de neve fresca, branco sobre branco, sob um céu branco, flocos de neve flutuando, a brancura sobre a brancura, sobre a brancura...

Guinevere continuou nesse tom por algum tempo, porém, por mais que tentasse, Roy não conseguia ver as colinas recobertas por um manto de neve, nem a neve que flutuava. Em vez disso, sua mente conseguia visualizar apenas uma coisa: as mãos dela. Mãos adoráveis. *Mãos* incríveis.

Ela era tão espetacular que ele nem tinha reparado nas mãos até o momento em que lhe ofereceu a bola de cristal. Nunca vira mãos como as dela. Mãos excepcionais. O mero pensamento de beijar aquelas palmas deixava-o com a boca seca, e a lembrança de seus dedos delgados fazia com que seu coração batesse descompassadamente. Aqueles dedos pareciam-lhe *perfeitos*.

– Muito bem, assim está melhor – afirmou Guinevere alegremente, depois de algum tempo. – Sua aura está muito mais leve. Pode abrir os olhos agora.

Roy temia ter apenas imaginado a perfeição daquelas mãos e que quando as visse novamente descobriria que, afinal, eram iguais às de qualquer outra mulher – e não as mãos de um anjo. Oh! Mas *eram*. Delicadas, graciosas, etéreas. Tiraram dele a bola de cristal, devolveram-na à gaveta aberta da caixa de ferramentas e, em seguida, gesticularam – como o adejar de asas de pombas – em direção a sete cristais que ela havia colocado sobre o quadrado de veludo negro no centro da mesa, enquanto seus olhos estiveram fechados.

— Arranje estes cristais numa forma que lhe pareça apropriada, e depois eu interpretarei.

Os objetos pareciam ser flocos de neve de cristal de alguns centímetros de espessura que tinham sido vendidos como enfeites de Natal. Não havia dois iguais.

Enquanto Roy tentava concentrar-se na tarefa, seu olhar constantemente deslizava sub-repticiamente para as mãos de Guinevere. Cada vez que as entrevia, perdia a respiração. Suas mãos estavam trêmulas e pôs-se a imaginar se ela percebia.

Guinevere passou dos cristais para a leitura de sua aura por meio de lentes prismáticas, às cartas de Tarô, às runas, e suas mãos fabulosas tornaram-se ainda mais belas. Com dificuldade, Roy respondia às perguntas que ela lhe fazia, seguia instruções e aparentava escutar as palavras de sabedoria que ela dizia. Certamente, ela estava pensando que ele era pobre de espírito ou que estava bêbado, pois sua voz estava pastosa e as pálpebras semicerravam-se à medida que aumentava a fascinação que sentia ante a visão daquelas mãos.

Roy lançou um olhar de culpa em direção a Chester, subitamente convicto de que o homem – talvez marido de Guinevere – estava indignado com o desejo lascivo que as mãos dela tinham despertado. Mas Chester não estava prestando atenção neles. A cabeça calva estava abaixada, e ele limpava as unhas da mão esquerda com as da direita.

Roy estava convencido que a Mãe de Deus não poderia ter tido mãos mais suaves que as de Guinevere, assim como os súcubos do inferno não teriam mãos mais eróticas. As mãos de Guinevere representavam o mesmo que os lábios sensuais de Melissa Wicklun, mas mil vezes mais, *dez mil* vezes mais. Perfeitas, perfeitas, perfeitas.

Guinevere sacudiu a sacola das runas e lançou-as sobre a mesa mais uma vez.

Roy pôs-se a pensar se ousaria pedir que ela lesse sua mão. Ela precisaria segurar as mãos dele entre as suas.

O delicioso pensamento fez com ele estremecesse, e uma espiral de tontura o envolveu. Não podia sair daquela sala e permitir que ela tocasse outros homens com aquelas mãos maravilhosas, celestiais.

Por debaixo do colete retirou a Beretta do coldre do ombro e disse:

— Chester.

O homem calvo levantou os olhos e Roy atirou em seu rosto. Chester caiu para trás na cadeira, desaparecendo do campo de visão, e esparramou-se no chão com um baque surdo.

O silenciador precisava ser trocado. Os amortecedores estavam gastos pelo uso. O estampido abafado tinha sido bem alto para que o som se propagasse para fora da sala, embora, felizmente, não ultrapassasse as paredes da casa.

Guinevere contemplava as runas sobre a mesa quando Roy atirou em Chester. Certamente, estava profundamente absorta na leitura, pois pareceu confusa quando ergueu os olhos e viu a arma.

Antes que pudesse erguer as mãos num gesto de defesa, obrigando Roy a atingi-las, o que era inimaginável, ele atirou nas têmporas. Guinevere caiu para trás, juntando-se a Chester no chão.

Roy guardou a arma, levantou-se e deu a volta na mesa. Chester e Guinevere, olhavam fixo, sem piscar, para a clarabóia e para a noite infinita lá fora. A morte fora instantânea e, portanto, quase não havia sangue. Morte rápida e indolor.

O momento, como sempre, trazia consigo tristeza e alegria. Tristeza, porque o mundo acabava de perder duas criaturas esclarecidas, de bom coração e dotadas de profunda visão. Alegria, porque Guinevere e Chester não seriam mais obrigados a viver numa sociedade de ignorantes e egoístas.

Roy os invejava.

Retirou as luvas de um bolso interno no paletó e calçou-as para a terna cerimônia que se seguiria.

Colocou a cadeira de Guinevere na posição original. Segurando-a sobre a cadeira, empurrou-a de encontro à mesa, imprensando a morta para que se mantivesse sentada. A cabeça pendeu para a frente, o queixo de encontro ao peito, e as trancinhas tilintaram suavemente, caindo como uma cortina de contas sobre o rosto e escondendo-lhe a face. Ergueu-lhe o braço direito, que pendia ao lado do corpo, e colocou-o sobre a mesa. Em seguida, fez o mesmo com o esquerdo.

As mãos. Por alguns momentos contemplou aquelas mãos, tão atraentes na morte quanto em vida. Graciosas. Elegantes. Radiosas.

Elas lhe davam esperanças. Se a perfeição podia existir sob qualquer forma, por menor que fosse, até mesmo em duas mãos, então seu sonho de um mundo *absolutamente* perfeito poderia um dia se realizar.

Colocou suas mãos sobre as dela. Até mesmo através das luvas o contato era eletrizante. Estremeceu de prazer.

Lidar com Chester foi mais difícil, pois ele pesava muito mais. Apesar disso, Roy conseguiu arrastá-lo em torno da mesa até que estivesse bem em frente a Guinevere, mas caído em sua própria cadeira, e não na que Roy havia sentado.

Na cozinha, Roy vasculhou os armários e a despensa, recolhendo tudo que precisava para concluir a cerimônia. Procurou também na garagem, tentando encontrar o implemento final de que necessitava. Levou, então, todos os itens para a sala oval e colocou-os sobre o gabinete com rodas em que Guinevere guardava as ferramentas de sua profissão.

Usou um pano de prato para passar na cadeira em que havia sentado, pois naquele momento não estava usando luvas e poderia ter deixado alguma impressão digital. Esfregou também a borda da mesa, a bola de cristal e os cristais que se assemelhavam a flocos de neve que momentos antes ele tinha arrumado para uma leitura mediúnica. Não tinha tocado em mais nada naquela sala.

Durante alguns minutos ocupou-se em abrir as gavetas e as portas da caixa de ferramentas, examinando o conteúdo mágico, até encontrar um item que lhe pareceu apropriado às circunstâncias. Era um pentagrama em verde sobre um campo de feltro preto, usado para assuntos mais sérios – como uma tentativa de comunicação com os espíritos dos mortos – que uma mera leitura de runas, cristais ou cartas de Tarô.

Desdobrado, formava um quadrado de 30 centímetros. Colocou-o no centro da mesa, como um símbolo de uma vida depois da morte.

Ligou a serra elétrica portátil que encontrou na garagem e aliviou Guinevere do peso de uma das mãos. Gentilmente, colocou a mão num Tupperware retangular sobre um outro pano de prato macio, que ele tinha arrumado como um berço para recebê-la. Fechou a tampa do recipiente.

Embora desejasse levar também a mão esquerda, achava que seria egoísmo insistir em possuir as duas. O certo era deixar uma das mãos com o corpo, de forma que a polícia, o legista, o agente funerário e qualquer outra pessoa que manuseasse os restos mortais de Guinevere soubesse que ela tinha possuído as mais belas mãos deste mundo.

Levantou os braços de Chester e colocou-os sobre a mesa. Pousou a mão direita do morto sobre a mão esquerda de Guinevere, no centro do pentagrama, para expressar sua convicção de que estariam juntos no outro mundo.

Roy desejava ter a força psíquica, ou a pureza, ou o que quer que fosse necessário para ser capaz de incorporar os espíritos dos mortos. Ele teria incorporado o espírito de Guinevere ali, naquele momento, para perguntar-lhe se ela realmente se importaria se ele ficasse com a mão esquerda também.

Suspirou, pegou o Tupperware, e com relutância saiu da sala oval. Na cozinha, telefonou para 911 e disse à telefonista da polícia:

– O Ponto de Partida Para O Caminho agora é apenas um lugar como outro qualquer. É tão triste. Por favor, venha.

Deixando o telefone fora do gancho, arrancou um outro pano de pratos de uma gaveta e apressou-se em chegar à porta da frente. Pelo que se lembrava, quando entrara na casa pela primeira vez e seguira Chester até a sala oval, não tocara em nada. Portanto, agora, bastava limpar o botão da campainha da porta e jogar fora o pano de prato a caminho do carro.

Dirigiu para fora de Burbank, pelas colinas, até a bacia de Los Angeles, passando por uma área deprimente de Holywood. As cores berrantes dos dizeres pichados nas paredes e nas estruturas das vias expressas, os carros repletos de jovens delinqüentes rodando em busca de desordens, as livrarias e cinemas pornográficos, as lojas vazias, as sarjetas cheias de lixo e as outras provas de colapso econômico e moral, o ódio, a inveja, a cobiça e a luxúria, que tornavam o ar mais espesso que qualquer poluição – nada o desanimava naquele momento, pois trazia consigo um objeto de beleza tão perfeito que provava haver uma força sábia e criativa atuando no universo. Possuía uma prova da existência de Deus dentro daquele Tupperware.

Pelo vasto Mojave, onde a noite imperava, onde as realizações da humanidade limitavam-se à auto-estrada escura e aos veículos que nela circulavam, onde a recepção de estações de rádio distantes era ruim, Spencer viu seus pensamentos atraídos, contra sua vontade, para a escuridão mais profunda e para o silêncio ainda mais estranho daquela noite no passado, há 16 anos. Uma vez aprisionado naquele salto da memória, era impossível escapar até purgar sua alma contando o que vira e sofrera.

As planícies e colinas desérticas não ofereciam bares convenientes que pudessem servir de confessionários. Os únicos ouvidos complacentes eram os do cão.

... com o peito e os pés nus, desço as escadas tiritando, esfregando os braços, imaginando por que estou tão assustado. Talvez até mesmo neste momento eu compreenda, de alguma forma obscura, que estou descendo para um lugar do qual nunca mais poderei ascender.

Sou atraído pelo grito que ouvi enquanto me debruçava à janela para ver se encontrava a coruja. Embora fosse breve e soasse apenas duas vezes, mesmo que de modo muito tênue, era tão penetrante e patético que sua lembrança me enfeitiça, da mesma forma que um menino de 14 anos pode, algumas vezes, ser facilmente seduzido pela perspectiva do desconhecido e do terror, assim como pelos mistérios do sexo.

Embaixo das escadas. Através das salas, onde as janelas iluminadas pelo luar têm um brilho suave, como telas de monitores de vídeo, e onde a mobília Stickley, digna de um museu, é visível apenas como uma sombra negra angulosa na escuridão da noite. Passo por obras de arte assinadas por Edward Hopper, Thomas Hart Benton e Steven Ackblom. Nas obras deste último, rostos vagamente luminosos espreitam em expressões fantasmagóricas tão inescrutáveis quanto os ideogramas de uma linguagem alienígena que evolui num mundo a milhões de anos-luz da Terra.

Na cozinha, o piso de granito polido está gelado sob meus pés. Ao longo de todo o dia e da noite inteira absorveu a friagem do ar refrigerado pela ação do gás freon, e agora rouba calor da sola dos meus pés.

Ao lado da porta dos fundos uma luzinha vermelha está acesa no teclado do sistema de alarme. No visor há três palavras em letras verdes brilhantes:

ARMADO E ACIONADO. Digito o código que desarma o sistema. A luz passa de vermelho a verde. As palavras mudam: PRONTO PARA ARMAR.

Esta não é uma casa de fazenda comum. Não é o lar de pessoas de gostos simples e que ganham seu pão com os frutos da terra. Existem tesouros aqui dentro – objetos de decoração valiosos – e precauções precisam ser tomadas, até mesmo no interior do Colorado.

Solto os dois trincos, abro a porta, e entro na varanda dos fundos, fora da casa gelada, dentro da sufocante noite de junho. Caminho descalço pelas pranchas de madeira até os degraus, desço até o pátio de lajotas que circunda a piscina, vou além da água brilhante, passo para o jardim, como um menino sonâmbulo durante um sonho, atraído, através do silêncio, pelo grito que permanece em minha memória.

A face prateada e fantasmagórica da lua cheia por trás de mim lança seu reflexo em cada haste de grama, de forma que o gramado parece estar recoberto por uma geada muito, muito fora de estação. De modo estranho, subitamente tenho medo não apenas por mim mesmo, mas também por minha mãe, embora já esteja morta há mais de seis anos e totalmente fora de qualquer perigo. Meu temor torna-se tão intenso que me paralisa. No meio do jardim, detenho-me alerta e imóvel no silêncio incerto. Minha sombra, criada pela lua, é uma mancha na falsa geada à minha frente.

À minha frente o vulto ameaçador do celeiro, onde pelo menos nos últimos 15 anos, desde antes de eu nascer, nenhum animal, feno ou trator foi mantido. Para alguém que passe de carro pela estrada rural, a propriedade parece uma fazenda, mas não é o que aparenta ser. Nada é o que aparenta ser.

A noite está quente, e gotas de suor aparecem em meu rosto e em meu peito. O frio teimoso, no entanto, permanece sob minha pele, em meu sangue e nos recessos mais profundos de meus ossos juvenis, e o calor de julho não é capaz de expulsá-lo.

Ocorre-me que estou gelado porque, por alguma razão, estou relembrando, com demasiada clareza, o frio de fim de inverno de um dia desolado de março, há seis anos, quando encontraram minha mãe, que desaparecera há três dias. Na verdade, encontraram seu corpo brutalizado, encolhido numa vala que ladeia uma estrada secundária, a 40 quilômetros de casa, onde fora atirada pelo filho-da-puta que a raptara e a matara. Com apenas 8 anos, eu era criança demais para entender o pleno significado da morte. E ninguém se atreveu a me contar, naquele dia, a forma selvagem como ela tinha sido tratada, nem o sofrimento terrível pelo qual passara. Estes eram horrores a serem ainda revelados por alguns colegas de escola dotados da capacidade para a crueldade que existe apenas em algumas crianças e nos adultos que, em algum nível primitivo, nunca amadureceram. Ainda assim, em minha inocência e juventude, eu sabia o bastante sobre a morte para entender imediatamente que nunca mais veria minha mãe, e o frio daquele dia de março era o frio mais penetrante que eu já sentira.

Agora, estou no gramado iluminado pela lua, imaginando por que meus pensamentos repetidamente se voltam para a mãe que perdi, por que o grito fantasmagórico que ouvi ao debruçar-me à janela do meu quarto me atinge como infinitamente estranho e familiar, por que temo por minha mãe, ainda que esteja morta, e por que temo com tanta intensidade pela minha própria vida, quando a noite de verão não traz qualquer ameaça imediata que eu possa entrever.

Começo novamente a andar em direção ao celeiro, que se tornou o foco principal de minha atenção, embora inicialmente eu tivesse pensado que o grito tivesse vindo de algum animal nos campos ou nas colinas mais baixas. Minha sombra flutua diante de mim, e assim nenhum dos meus passos é dado sobre o tapete criado pela lua, mas sim em direção a uma escuridão por mim mesmo criada.

Em vez de ir diretamente para as enormes portas principais na parede sul do celeiro, onde há uma porta menor para a passagem das pessoas, obedeço ao instinto e dirijo-me para sudoeste, atravessando o caminho de macadame que leva para além da casa e da garagem. Na grama novamente, contorno o ângulo da parede do celeiro e sigo a parede leste, sorrateiro nos pés descalços, caminhando sobre o almofadado de minha sombra criada pela lua até o canto do celeiro voltado para nordeste.

Ali me detenho, porque um carro que nunca vi antes está parado atrás do celeiro: uma van Chevy feita por encomenda, que sem dúvida não tem a cor de carvão que aparenta, pois a alquimia da luz da lua transforma todas as cores em prata ou cinza. Numa das laterais há um arco-íris pintado, que também parece todo feito em tons de cinza. A porta traseira está aberta.

O silêncio é profundo.
Não há ninguém à vista.
Até mesmo na impressionável idade de 14 anos, com uma infância de Halloween e pesadelos em meu passado, nunca senti estranheza e terror mais sedutores, e não posso resistir à sua perversa atração. Dou um passo em direção à van e... logo acima de minha cabeça, com um adejar de asas, alguma coisa corta o ar, assustando-me. Tropeço, caio, rolo, e olho para cima a tempo de ver as enormes asas brancas estendidas sobre mim. Uma sombra desliza pela grama banhada de luar, e tenho a louca sensação que minha mãe sob alguma forma angelical veio voando dos céus para avisar-me que não devo me aproximar da van. A presença celestial, então, se eleva mais alto na escuridão, e vejo que se trata apenas de uma enorme coruja branca, com um metro de envergadura de asas, cruzando a noite de verão em busca de camundongos do campo ou de alguma outra presa.
A coruja desaparece.
A noite permanece.
Levanto-me.
Ando sorrateiramente em direção à van, poderosamente atraído pelo seu mistério, pela promessa de aventura. E por uma terrível verdade, que ainda não consegui compreender.
Embora tão recente e aterrador, não guardo comigo o som das asas da coruja. Mas aquele lamento, ouvido na janela aberta, ecoa incessantemente em minha memória. Talvez eu esteja começando a aceitar que não era o gemido de um animal selvagem que encontra a morte nos campos e nas florestas, mas a súplica desventurada e desesperada de uma criatura humana presa de extremo terror...

No Explorer, seguindo velozmente pelo Mojave, desprovido de asas, mas agora tão sábio quanto uma coruja, Spencer seguiu as recordações insistentes até o âmago da escuridão, até o relampejar do aço nas sombras, até a dor repentina e o cheiro de sangue quente, até o ferimento que se tornaria sua cicatriz, forçando-o em direção à revelação crucial que sempre lhe escapava.

Escapou-lhe novamente.

Não conseguia se recordar de nada do que tinha acontecido nos momentos finais daquele encontro infernal há tanto tempo, depois que puxou o gatilho do revólver e voltou para o matadouro. A polícia tinha dito a ele como provavelmente tudo havia acabado. Ele tinha lido os relatos do que fizera, redigidos por escritores que basearam seus artigos e livros nas provas encontradas. Mas nenhum deles havia estado lá. Não podiam ter certeza absoluta de nada. Apenas ele havia estado lá. Até um determinado momento, suas recordações eram vívidas a ponto de se tornarem um verdadeiro tormento. Depois disso, as recordações terminavam num buraco negro de amnésia. Decorridos 16 anos, ainda não tinha sido capaz de lançar um único raio de luz naquela escuridão.

Se algum dia se lembrasse do restante, poderia fazer jus a uma paz duradoura. Ou, quem sabe, a recordação o destruiria. No túnel negro da amnésia, ele poderia encontrar uma vergonha com a qual seria incapaz de conviver, e a recordação poderia ser menos desejável do que um tiro no crânio desferido por sua própria mão.

Ainda assim, através da catarse periódica de tudo quanto *se recordava*, sempre encontrava alívio periódico para a angústia. Encontrou-o novamente no deserto de Mojave, a 110 quilômetros por hora.

Quando Spencer olhou para Rocky, viu que o cachorro estava enroscado no outro assento, cochilando. A posição do animal parecia esquisita, senão desconfortável, com o rabo pendendo para baixo, para fora do banco, sob o painel, mas evidentemente ele estava confortável.

Spencer supôs que o ritmo de seu discurso e o tom de sua voz, após inúmeras repetições de sua história ao longo dos anos, tornavam-se soporíferos sempre que voltava ao assunto. O pobre cão não conseguiria ter continuado acordado, mesmo se estivesse em meio a uma tempestade.

Ou talvez, por algum tempo, não estivesse mais falando em voz alta. Talvez seu monólogo logo de início tivesse se transformado num murmúrio e em seguida em silêncio, enquanto continuava a falar apenas com sua voz interior. A identidade de seu confessor não importava – um cão era tão aceitável quanto um estranho num bar – e, portanto, não era importante que seu confessor escutasse. Ter um ouvinte complacente era apenas uma desculpa para falar *consigo mesmo* sobre tudo aquilo, até o fim, em busca de absolvição temporária ou – se pudesse lançar um raio de luz naquela escuridão – alguma forma de paz.

Estava a 25 quilômetros de Las Vegas.

Folhas mortas sopradas pelo vento rolavam pelas estradas, iluminadas pelo facho de luz de seus faróis; do desconhecido para o desconhecido.

O ar claro e seco do deserto pouco contribuía para nublar sua visão do universo. Milhões de estrelas faiscavam de um lado ao outro no horizonte, belas porém frias, atraentes mas inatingíveis, lançando surpreendentemente pouca luz sobre as planícies alcalinas que ladeavam a estrada – e, apesar de toda sua grandeza, nada revelando.

QUANDO ROY MIRO acordou no quarto de hotel em Westwood, o relógio digital na mesa-de-cabeceira indicava 4h19. Dormira menos de cinco horas, mas sentia-se repousado e por isso acendeu a luz.

Afastou as cobertas, sentou-se de pijama na beirada da cama, semicerrou os olhos enquanto se adaptavam à iluminação, e em seguida sorriu para o Tupperware ao lado do relógio. Como o plástico era transparente, podia divisar uma vaga forma no interior. Colocou o recipiente no colo e retirou a tampa. A mão de Guinevere. Sentiu-se abençoado por possuir um objeto de tanta beleza.

Como era triste, entretanto, que seu esplendor deslumbrante estivesse condenado à destruição. Em 24 horas, talvez até antes, a mão já estaria visivelmente deteriorada. Sua beleza não passaria de uma recordação.

Uma mudança de cor já havia ocorrido. Felizmente, uma determinada brancura, que lembrava o giz, apenas realçava a maravilhosa estrutura óssea dos longos dedos elegantemente afilados.

Com relutância, Roy recolocou a tampa, certificou-se de que estava bem fechada, e deixou o recipiente de lado. Passou para a sala de estar da suíte de dois cômodos. O computador na pasta e o telefone celular já estavam conectados, ligados, e dispostos numa mesa perto de uma ampla janela.

Logo estabeleceu o contato com Mama. Solicitou os resultados da investigação que lhe pedira para fazer na noite anterior, quando ele e seus homens haviam descoberto que o endereço de Spencer Grant no DVM era um campo de petróleo desabitado.

Na ocasião havia ficado furioso.

Agora estava calmo. Frio. Sob controle.

Lendo o relatório de Mama na tela, pressionando a tecla PAGE DOWN cada vez que desejava continuar, Roy rapidamente verificou que a busca pelo verdadeiro endereço de Spencer Grant não fora fácil.

Durante os meses que Grant passara na Força Especial contra Crimes de Informática da Califórnia, aprendera muito sobre a rede de informações em todo o país e as vulnerabilidades de milhares de sistemas de computador que a compunham. Evidentemente, adquirira livros sobre códigos e procedimentos, e vários atlas de programação para os sistemas de computação de várias companhias telefônicas, agências de crédito e escritórios governamentais. Em seguida, provavelmente conseguira transportá-los ou transmiti-los eletronicamente dos escritórios da Força Especial para seu próprio computador.

Ao deixar o emprego, apagara todas as menções ao seu paradeiro nos registros públicos e privados. Seu nome aparecia apenas em seu registro militar, no DVM, Previdência Social e Departamento de Polícia, e em cada um deles o endereço fornecido era um dos dois que já se sabia serem falsos. O arquivo da Receita Federal continha outros homens com o mesmo nome; entretanto, nenhum deles tinha a mesma idade, o mesmo número de matrícula na Previdência Social, morava na Califórnia ou pagava imposto na fonte como funcionário do DPLA. Grant não aparecia também nos registros das autoridades fiscais do estado da Califórnia.

Se não era algo pior, no mínimo era um sonegador de impostos. Roy detestava os sonegadores. Representavam a epítome da irresponsabilidade social.

Segundo Mama, nenhuma concessionária de serviço público emitia contas em nome de Spencer Grant – mas, onde quer que vivesse, precisava de eletricidade, água, telefone, coleta de lixo e, provavelmente, gás natural. Mesmo que tivesse apagado o nome dos registros de cobrança para não pagar as contas, não poderia sair dos registros de *serviço* sem desencadear a interrupção dos serviços essenciais. E, ainda assim, não era possível encontrá-lo.

Mama assumira duas possibilidades. Primeira: Grant era bastante honesto para pagar as contas das concessionárias de serviços públicos; entretanto, alterara os registros de cobrança e prestação de serviços para transferir suas contas para um nome falso que havia criado para si mesmo. O único objetivo desses atos seria contribuir para o seu aparente objetivo de desaparecer dos registros públicos, fazendo com que fosse muito difícil encontrá-lo, caso algum órgão policial ou instituição governamental desejasse comunicar-se com ele. Como agora. Segunda: era desonesto, apagando seu nome dos registros públicos, não pagando nada, embora mantivesse os serviços sob um nome falso. Em qualquer um dos casos, ele e o endereço estavam *em algum lugar* nos arquivos dessas companhias, sob o nome que lhe dava sua identidade secreta. Poderia ser localizado se o nome falso fosse descoberto.

Roy fez uma pausa na pesquisa e voltou ao quarto para pegar o envelope que continha a imagem de Spencer Grant gerada pelo computador. Aquele homem era um adversário inusitadamente astuto. Roy desejava ter o rosto do espertinho filho-da-mãe como referência enquanto lia sobre ele.

Mama não tinha conseguido encontrar uma conta com o nome de Spencer Grant em qualquer um dos bancos ou entidades de poupança e crédito. Ou ele pagava tudo em dinheiro ou mantinha as contas sob um nome falso. A primeira hipótese era a mais provável. Havia uma paranóia patente nos atos daquele homem que chegava ao ponto de não confiar seus recursos a um banco sob nenhuma circunstância. Roy desviou os olhos para a imagem ao lado do computador. Os olhos de Grant *eram* estranhos. Febris. Sem sombra de dúvida. Um lampejo de loucura em seus olhos. Talvez mais do que um lampejo.

Uma vez que Grant poderia ter constituído uma firma individual, por intermédio da qual efetuava suas transações bancárias e pagamentos de contas, Mama havia buscado os arquivos da Secretaria do Tesouro da Califórnia e vários órgãos normativos, procurando seu nome como um executivo registrado como responsável por uma empresa. Nada.

Obrigatoriamente, todas as contas bancárias deveriam estar vinculadas a um número da Previdência Social, e, assim, Mama havia procurado uma conta corrente ou de poupança com o número de Grant, independente do nome sob o qual o dinheiro estivesse depositado. Nada.

Poderia ser proprietário da casa onde morava, e, por isso, Mama verificara os registros dos impostos prediais nos condados indicados por Roy. Nada. Se *fosse* proprietário de uma casa, no título de propriedade constava um nome falso.

Uma outra esperança: se Grant um dia freqüentara cursos numa universidade ou estivera internado num hospital, poderia não ter se lembrado de que fornecera o endereço de seu domicílio nos requerimentos e fichas de internação, e poderia não ter deletado as informações. A maioria das instituições educacionais e hospitalares era regida por leis federais. Portanto, seus registros podiam ser acessados por numerosos órgãos governamentais. Considerando-se o número de tais instituições mesmo numa área geográfica limitada, Mama precisara dispor da paciência de um santo ou de uma máquina, o que ela de fato possuía. Após todos os esforços despendidos, não tinha encontrado nada.

Roy encarou o retrato de Spencer. Estava começando a pensar que aquele homem não era apenas mentalmente perturbado, mas algo muito pior do que isso. Uma pessoa realmente *má*. Qualquer pessoa obcecada dessa forma por sua privacidade certamente era um inimigo do povo.

Gelado, Roy voltou a atenção novamente para a tela do computador.

Quando Mama empreendia uma busca tão abrangente quanto a que Roy havia solicitado e a busca era infrutífera, Mama não desistia. Estava programada para aplicar seus cálculos lógicos de reserva – durante períodos de menor carga de trabalho ou entre tarefas designadas – para examinar uma série de listagens de malas diretas que o órgão havia acumulado, procurando o nome que não pudera ser encontrado em qualquer outro lugar. Sopa de Nomes. Esta era a denominação sob a qual as listagens eram conhecidas. Eram extraídas de clubes de livros e discos, revistas de circulação nacional, editoras, grandes partidos políticos, empresas de vendas por catálogos que ofereciam de tudo, desde lingerie sexy até brinquedinhos eletrônicos, grupos de interesse como entusiastas por carros ou colecionadores de selos e numerosas outras fontes.

Na Sopa de Nomes, Mama havia encontrado um Spencer Grant diferente dos outros que constavam dos registros da Receita Federal.

Intrigado, Roy endireitou-se na cadeira.

Há quase dois anos, *este* Spencer Grant encomendara um brinquedo de cachorro de um catálogo de vendas pelo correio enviado a proprietários de animais domésticos: um osso musical, de borracha dura. O endereço na lista ficava na Califórnia. Em Malibu.

Mama voltara aos arquivos das concessionárias de serviços públicos para verificar se estes eram fornecidos para aquele endereço. Eram.

A eletricidade era fornecida a Stewart Peck.

A água e a conta da coleta de lixo estavam em nome do Sr. Henry Holden.

O gás natural era cobrado a James Gable.

A companhia telefônica prestava serviços a um certo John Humphrey. Havia contas também referentes a um telefone celular em nome de William Clark, no mesmo endereço.

AT&T fornecia serviços interurbanos a Wayne Gregory.

Os registros dos impostos prediais listavam os proprietários sob o nome de Robert Tracy.

Mama havia encontrado o homem da cicatriz.

Apesar de seus esforços para desaparecer por trás de uma elaborada cortina de múltiplas identidades, embora diligentemente tivesse tentado apagar seu passado e tornar sua atual existência tão difícil de provar quanto a do monstro do lago Ness, e embora praticamente tivesse sido bem-sucedido em ser tão incorpóreo quanto um fantasma, tinha sido derrotado por um osso de borracha musical. Um brinquedo de cachorro. Grant parecera sobrenaturalmente esperto, mas o simples desejo tão humano de agradar ao seu adorado animal o levara à desgraça.

173

9

Roy Miro vigiava escondido nas sombras da mata de eucaliptos, apreciando o aroma medicinal, mas agradável, das folhas ricas em óleo.

O esquadrão da SWAT, apressadamente reunido, atacou a cabana pouco depois da aurora, quando nenhum som se ouvia no *canyon*, exceto um tênue farfalhar das árvores sob a brisa que soprava do mar. O silêncio foi quebrado pelo estrondo de vidros estilhaçados, pelo som seco das granadas de gás e pelo estalar das portas da frente e dos fundos arrombados simultaneamente.

A casa era pequena, e a busca inicial exigiu pouco mais de um minuto. Abraçado a uma Micro Uzi, envergando um colete de Kevlar tão pesado que parecia ser capaz de deter até mesmo cápsulas revestidas de teflon, Alfonse Johnson apareceu na varanda dos fundos para avisar que o bangalô estava deserto.

Desanimado, Roy saiu da mata e acompanhou Johnson, entrando pela porta dos fundos na cozinha, onde os estilhaços de vidro estalaram sob seus sapatos.

– Viajou para algum lugar – disse Johnson.
– Como você sabe?
– Olhe ali.

Roy seguiu Johnson para dentro do único quarto. Era quase tão pouco mobiliado quanto a cela de um monge. Não havia ornamentos nas paredes de reboco grosseiro. Em vez de cortinas, persianas de vinil branco cobriam as janelas.

Perto da cama, em frente à única mesa-de-cabeceira, havia uma mala.
– Deve ter decidido que não precisava dela – observou Johnson.

A colcha simples de algodão estava ligeiramente amassada, como se Grant tivesse colocado uma outra mala sobre a cama para arrumá-la para a viagem.

A porta do armário embutido estava aberta. Havia algumas camisas, jeans e calças de brim penduradas, mas a metade dos cabides estava vazia.

Uma por uma, Roy abriu as gavetas da cômoda. Havia algumas peças de vestuário, principalmente meias e cuecas. Um cinto. Uma suéter verde, outra azul.

Nem mesmo o conteúdo de uma mala grande, se devolvido às gavetas, chegaria a enchê-las. Assim, Grant havia levado duas ou três malas – ou então o orçamento que reservara para roupas era tão modesto quanto o da decoração da casa.

– Algum sinal do cachorro? – perguntou Roy.

Johnson balançou a cabeça.

– Não que eu tenha percebido.

– Trate de vasculhar tudo – ordenou Roy saindo do quarto.

Três componentes do grupo da SWAT, com quem Roy nunca trabalhara antes, estavam em pé na sala. Eram altos e fortes. E naquele espaço confinado o equipamento de proteção que usavam, as botas de combate e as armas brilhantes faziam com que parecessem ainda maiores do que eram. Sem ninguém em quem atirar e ninguém para dominar, estavam tão desajeitados e incertos quanto lutadores profissionais convidados para um chá com membros octogenários de um clube de tricô para senhoras.

Roy ia mandá-los sair quando viu que a tela de um dos computadores, em meio aos vários equipamentos eletrônicos que cobriam a superfície de uma mesa de canto em forma de L, estava acesa. Letras brancas brilhavam sobre um fundo azul.

– Quem ligou isso? – perguntou dirigindo-se aos três homens.

Eles olharam para o computador atônitos.

– Já devia estar ligado quando entramos – disse um deles.

– Vocês não teriam percebido?

– Talvez não – disse um deles.

– Grant deve ter saído com muita pressa – disse outro.

Alfonse Johnson, que acabava de entrar na sala, discordou:

– Não estava ligado quando entrei pela porta da frente. Aposto o que quiser.

Roy foi até a mesa. A tela do computador exibia o mesmo número repetido três vezes no centro:

31
31
31

Subitamente os números mudaram, começando pelo de cima, continuando vagarosamente coluna abaixo, até ficarem todos iguais:

32
32
32

Simultaneamente ao aparecimento do número 32, um suave zumbido elevou-se de um dos dispositivos eletrônicos sobre a mesa. Durou apenas alguns segundos, e Roy não pôde identificar a unidade da qual se originou.

Os números mudaram de cima para baixo, como antes: 33, 33, 33. Novamente o zumbido de dois segundos. *Zzzzzum*.

Embora Roy estivesse muito mais familiarizado com a capacidade e com a operação de sofisticados computadores do que a maioria dos cidadãos comuns, nunca tinha visto a maior parte dos dispositivos que estavam sobre aquela mesa. Alguns itens pareciam de fabricação caseira. Pequenas lâmpadas vermelhas e azuis brilhavam em alguns dispositivos estranhos, indicando que estavam ligados. Emaranhados de cabos, de vários diâmetros, conectavam a maior parte do equipamento conhecido às unidades que lhe eram desconhecidas.

34
34
34

Zzzzzum.

Algo importante estava acontecendo, segredou a intuição de Roy. Mas *o quê*? Ele não estava entendendo, e com uma urgência crescente examinou o equipamento.

Na tela, os números progrediam, de cima para baixo, até que todos fossem 35. *Zzzzzum*.

Se os números estivessem decrescendo, Roy poderia ter pensado que estava diante de uma contagem regressiva para uma detonação. Uma bomba. Naturalmente, nenhuma lei cósmica exigia que uma bomba-relógio precisasse ser detonada ao final de uma contagem *regressiva*. Por que não uma contagem *progressiva*? Comece em zero, detone em cem. Ou cinqüenta. Ou quarenta.

36

36

36

Zzzzzum.

Não, não era uma bomba. Aquilo não fazia sentido. Por que Grant explodiria sua própria casa?

Resposta fácil. Porque era maluco. Paranóico. Lembre-se dos olhos na imagem gerada pelo computador: febris, com um toque de loucura.

Trinta e sete, de cima para baixo. *Zzzzzum*.

Roy começou a explorar o emaranhado de cabos, esperando descobrir como os dispositivos estavam conectados.

Uma mosca tocou de leve sua têmpora esquerda. Afastou-a com impaciência. Uma mosca? Não. Uma gota de suor.

— O que é que há? — perguntou Alfonse Johnson. Ele se destacava ao lado de Roy — anormalmente alto, de armadura, armado, como se fosse um jogador de basquete de alguma sociedade do futuro em que o jogo evoluíra para uma forma de combate mortal.

Na tela, a contagem havia chegado a 40. Roy deteve-se com as mãos cheias de cabos, ouviu o *Zzzzzum*, e sentiu-se aliviado quando a cabana não voou pelos ares.

Se não era uma bomba, então o que era?

Para entender o que estava acontecendo, precisava pensar como Grant. Tentar imaginar como um sociopata paranóico encararia o mundo. Enxergar com o olhar da loucura. Não era fácil.

Certo, mesmo sendo psicótico, Grant era esperto. Assim, depois de quase ser preso no ataque ao bangalô, tinha suspeitado que uma unidade de vigilância o fotografara, transformando-o em objeto de intenso interesse. Afinal de contas, era um ex-policial. Conhecia a rotina. Embora tivesse passado o último ano executando um passe de mágica gradual para desaparecer de todos os órgãos públicos, ainda não tinha dado o passo final para a invisibilidade, e estava perfeitamente consciente de que a cabana, mais cedo ou mais tarde, seria encontrada.

– O que está acontecendo? – repetiu Johnson.

Grant tinha deduzido que fossem arrombar sua casa, exatamente como haviam feito no bangalô. Um esquadrão completo da SWAT. Revistando a casa, enfiando o nariz em tudo.

A boca de Roy estava seca e o coração disparado.

– Olhem no batente da porta. Acho que disparamos um alarme.

– Alarme nesta espelunca? – perguntou Johnson em tom de dúvida.

– Não discuta.

Johnson apressou-se.

Roy tentava freneticamente encontrar o que precisava no emaranhado de cabos. O computador que estava funcionando era a mais poderosa unidade lógica da coleção de Grant. Estava conectado a muitas coisas, inclusive a uma caixa verde sem identificação, por sua vez acoplada a um *modem* ligado a um telefone com seis linhas.

Pela primeira vez percebeu que uma das luzes vermelhas que brilhavam no equipamento indicando energia conectada informava, na verdade, que a linha número 1 do telefone estava em uso. Uma chamada para fora.

Tirou o aparelho do gancho e escutou. Transmissão de dados sob a forma de uma sinfonia de tons eletrônicos, uma linguagem em alta velocidade de uma música louca sem melodia ou ritmo.

– Contato magnético no batente da porta – avisou Johnson da porta de entrada.

– Fios visíveis? – perguntou Roy, deixando cair o fone no gancho.

– Sim. Instalados há pouco tempo. Cobre novinho, brilhante no ponto de contato.

— Acompanhe os fios.

Olhou mais uma vez para o computador.

Na tela, a contagem chegava a 45.

Ruy voltou à caixa verde que ligava o computador ao *modem*, e agarrou um outro cabo cinzento que saía da caixa para alguma coisa que ele ainda não havia encontrado. Acompanhou o cabo ao longo da mesa, através de fios emaranhados, por trás dos equipamentos, até a beirada da mesa e, em seguida, pelo chão.

Do outro lado da sala, Johnson arrancava o fio do alarme da placa onde estava grampeado, enrolando-o em torno do pulso enluvado. Os outros três homens observavam e recuavam para deixar o caminho livre. Roy seguiu o cabo cinzento ao longo do chão. O cabo desaparecia por trás de uma estante alta.

Acompanhando o fio do alarme, Johnson atingiu o outro lado da mesma estante.

Roy deu um puxão no cabo cinzento, e Johnson puxou o fio do alarme. Livros estremeceram ruidosamente na prateleira mais alta.

Roy desviou os olhos do cabo no qual sua atenção estivera fixada. Praticamente em frente a ele, apenas um pouco acima do nível dos olhos, uma lente de alguns centímetros o espreitava de modo sinistro por entre as lombadas de grossos livros de história. Puxou os livros da prateleira deixando à mostra uma câmera de vídeo compacta.

— Que porcaria é essa? – perguntou Johnson.

No monitor de vídeo, a contagem tinha acabado de chegar a 48 na primeira linha da coluna.

— Quando você quebrou o contato magnético na porta, a câmera começou a funcionar – explicou Roy.

Deixou cair o cabo e arrancou um outro livro da estante.

— Então basta destruirmos a fita de vídeo e ninguém vai saber que estivemos aqui – disse Johnson.

Abrindo o livro e rasgando o canto de uma página, Roy comentou:

— Não é tão fácil assim. Quando você fez a câmera começar a filmar, ativou também o computador, o sistema todo, e desencadeou uma chamada.

— Que sistema?

– A câmera de vídeo alimenta aquela caixa verde lá na mesa.
– É? E o que ela faz?

Roy cuspiu no pedaço rasgado da página do livro e grudou o papel na lente.

– Não sei direito o que ela faz, mas de algum modo a caixa processa a imagem de vídeo, traduz os sinais visuais para algum outro tipo de informação e alimenta o computador.

Aproximou-se da tela do monitor. Estava menos tenso do que antes de encontrar a câmera, pois agora sabia o que estava acontecendo. Não estava nada feliz, mas pelo menos entendia.

51
50
50

O segundo número mudou para 51. Depois o terceiro.
Zzzzzum.

– Em intervalos de quatro ou cinco segundos, o computador extrai uma tela de dados da fita de vídeo e manda de volta para a caixa verde. É aí que o primeiro número muda – disse Roy.

Esperaram. Mas não por muito tempo.

52
51
51

– A caixa verde – continuou Roy – passa os dados para o *modem* e é aí que o segundo número muda.

Mais uma vez o segundo número se modificou.

52
52
51

— O *modem* traduz os dados para um código de tons – prosseguiu – e manda tudo para o telefone e...

52
52
52

— ... do outro lado da linha, o processo é invertido, e os dados codificados novamente traduzidos em imagens.

— Imagens? – perguntou Johnson. – Imagens de nós?

— Ele acaba de receber sua qüinquagésima segunda imagem desde que você entrou na cabana.

— Droga!

— Cinqüenta delas estavam ótimas e visíveis... pois só aí eu colei o papel na lente.

— Onde? Onde ele está recebendo?

— Precisamos descobrir para onde foi a chamada que o computador fez quando você arrombou a porta – disse Roy, apontando para a luz vermelha que indicava a linha número 1 do telefone de seis linhas. – Grant não queria nos encontrar cara a cara, mas queria nos ver.

— Então ele agora está olhando para as cópias impressas?

— Provavelmente não. O outro lado da linha pode ser tão automatizado quanto este. Porém, mais cedo ou mais tarde, vai passar por lá para ver se alguma coisa foi transmitida. Com um pouco de sorte, já estaremos sabendo qual foi o número de telefone para onde foi a chamada e estaremos lá esperando por ele.

Os três outros homens afastaram-se ainda mais dos computadores. Encaravam o equipamento com um ar supersticioso.

Um deles disse:

— Quem é esse cara?

— Ninguém especial. Só um homem doente e cheio de ódio – disse Roy.

— Por que você não puxou a tomada quando percebeu que ele estava filmando a gente? – perguntou Johnson.

– Não tinha mais importância, ele já possuía nossas imagens. E talvez ele tivesse preparado o sistema para deletar o disco rígido automaticamente, caso a tomada fosse arrancada da parede. Nesse caso, não saberíamos quais os programas e informações que estavam na máquina. Enquanto o sistema estiver intacto, vamos poder ter uma boa idéia do que esse cara anda fazendo aqui. Quem sabe conseguimos reconstruir as atividades dele nos últimos dias, semanas e até meses? Podemos descobrir algumas pistas sobre o lugar para onde ele foi e talvez encontrar a mulher através dele.

55
55
55

Zzzzzum.

A tela piscou e Roy estremeceu. A coluna de números foi substituída por três palavras: O NÚMERO MÁGICO.

A chamada no telefone foi desconectada. A luz vermelha apagou.

– Não tem importância – disse Roy. – Podemos encontrar a chamada pelos registros automáticos da companhia.

A tela mais uma vez ficou vazia.

– O que está acontecendo? – quis sabe Johnson.

Duas novas palavras apareceram na tela: CÉREBRO MORTO.

– Seu bandido, miserável, maldito aleijão – disse Roy.

Alfonse Johnson deu um passo para trás, obviamente surpreendido por tal fúria num homem tão calmo e bem-humorado.

Roy puxou a cadeira que estava encostada na mesa e sentou-se. Quando colocou as mãos no teclado, CÉREBRO MORTO desapareceu da tela.

Diante dele havia apenas um campo azul suave.

Praguejando, Roy tentou acessar o menu básico.

Azul. Apenas azul sereno.

Seus dedos voavam pelo teclado.

Sereno. Imutável. Azul.

O disco estava vazio. Até o sistema operacional, que certamente continuava intacto, estava congelado e inoperante.

Grant havia limpado todos os vestígios atrás dele, e em seguida rira deles com o aviso: CÉREBRO MORTO.

Respirar profundamente. Lenta e profundamente. Inalar o vapor cor de pêssego da tranqüilidade. Exalar o verde-bílis da raiva e da tensão. Para dentro o bem, para fora o mal.

QUANDO SPENCER e Rocky chegaram a Las Vegas, já quase à meia-noite, os majestosos anúncios de néon que piscavam, pulsavam e giravam ao longo do famoso Strip tornavam a noite tão brilhante quanto um dia ensolarado. Até mesmo àquela hora, o tráfego estava lento na avenida Las Vegas South. Enxames de pessoas lotavam as calçadas. Os rostos tinham uma aparência estranha, algumas vezes demoníaca, sob a luz fantasmagórica que o néon refletia. Corriam para cima e para baixo, de cassino em cassino, como insetos buscando alguma coisa que apenas eles, os insetos, poderiam querer ou compreender.

A energia frenética do cenário tinha perturbado Rocky. Mesmo olhando de dentro do Explorer, com as janelas bem fechadas, o cachorro tinha começado a tremer, girando a cabeça ansiosamente de um lado para o outro, como se estivesse absolutamente certo de que um ataque perigoso estava para acontecer a qualquer momento, mas incapaz de discernir de onde vinha o perigo. Talvez, com um sexto sentido, o animal tivesse percebido a necessidade febril da maioria dos jogadores compulsivos, e o desespero dos grandes perdedores na multidão.

Saíram do tumulto e passaram a noite num motel em Maryland Parkway, a duas quadras do Strip. Sem cassino ou bar, o lugar era silencioso.

Exausto, Spencer descobriu que o sono chegava facilmente até mesmo em uma cama macia demais. Sonhou com uma porta vermelha, que ele abria repetidamente, dez, vinte, cem vezes. Algumas vezes, encontrava apenas escuridão do outro lado, um negrume que cheirava a sangue e fazia disparar seu coração. Outras vezes, Valerie Keene estava lá, mas quando procurava alcançá-la, ela retrocedia e a porta batia, deixando-o de fora.

Sexta-feira de manhã, depois de fazer a barba e tomar banho, Spencer encheu uma vasilha de ração, outra com água, colocou-as no chão ao lado da cama e andou em direção à porta.

— Eles têm uma cafeteria. Vou tomar café e vamos sair do hotel quando eu voltar.

O cachorro não estava disposto a ficar sozinho. Ganiu em tom de súplica.

— Você está seguro aqui.

Abriu a porta com cuidado, esperando que Rocky se atirasse para fora.

Em vez de disparar para a liberdade, o cachorro sentou-se, pateticamente encolhido, e abaixou a cabeça.

Spencer saiu para a passagem coberta. Olhou para trás, na direção do quarto.

Rocky não se movera. De cabeça baixa, tremia.

Suspirando, Spencer voltou para o quarto e fechou a porta.

— Está bem, acabe de tomar o café e depois venha comigo.

Rocky observou, através dos supercílios peludos, o dono se sentar na poltrona. Caminhou até a vasilha, olhou para Spencer e depois com inquietação para a porta.

— Eu não vou a lugar algum.

Em vez de devorar a comida como de costume, Rocky comeu com uma delicadeza e um ritmo que nada tinham de caninos. Como se acreditasse que aquela seria sua última refeição, ele a saboreava.

Quando finalmente o animal mostrou-se satisfeito, Spencer lavou as vasilhas, enxugou-as e carregou a bagagem para o Explorer.

Em fevereiro, a temperatura em Las Vegas podia ser tão amena quanto num dia de fim de primavera, mas o deserto era também sujeito a um inverno inconstante, que tinha dentes afiados quando decidia morder. Naquela manhã de sexta-feira, o céu estava cinzento e a temperatura em torno dos 15 graus. Das montanhas a oeste soprava um vento tão frio quanto o coração de um crupiê.

Depois de arrumar a bagagem, visitaram um canto suficientemente privado de um estacionamento cheio de arbustos atrás do motel. Spencer ficou de guarda, de costas, os ombros encolhidos e as mãos enfiadas nos bolsos das calças, enquanto Rocky satisfazia as necessidades da natureza.

Com este difícil momento já ultrapassado, voltaram ao Explorer e Spencer dirigiu da ala sul para a ala norte do motel, onde a cafeteria estava localizada. Estacionou junto ao meio-fio, de frente para as amplas janelas de vidro.

Dentro do restaurante escolheu uma mesa perto da janela, em linha reta com o Explorer, que estava estacionado a menos de 10 metros. Rocky estava sentado o mais elevado que podia no assento do carro, observando o dono através do pára-brisa.

Spencer pediu ovos, batatas fritas, torradas e café. Enquanto comia, olhava com freqüência para o Explorer. Rocky não desviava os olhos dele.

Spencer acenou algumas vezes.

O cachorro gostava daquilo. Sacudia o rabo cada vez que Spencer mostrava notar sua presença. Numa dessas vezes, colocou as patas sobre o painel e comprimiu o nariz de encontro ao pára-brisa, sorrindo.

— O que foi que fizeram com você, amigo? O que foi que fizeram para que ficasse assim? – pensou Spencer em voz alta, enquanto tomava café e observava o cachorro que o contemplava com um olhar de adoração.

ROY MIRO DEIXOU Alfonse Johnson e os outros homens encarregados de vasculhar cada milímetro da cabana em Malibu enquanto voltava a Los Angeles. Com sorte, descobririam alguma coisa entre os pertences de Grant capaz de lançar alguma luz sobre sua psicologia, revelar um aspecto desconhecido de seu passado ou lhes fornecer uma pista sobre seu paradeiro.

Agentes no escritório no centro da cidade invadiam o sistema da companhia telefônica para descobrir o destino da chamada feita pelo computador de Grant, que provavelmente apagara todas as pistas. Teriam sorte se descobrissem, mesmo que na manhã seguinte, em que número e localização ele tinha recebido aquelas cinqüenta imagens transmitidas pela câmera de vídeo.

Dirigindo para o sul na Coast, em direção a Los Angeles, Roy colocou o telefone celular na modalidade viva-voz e telefonou para Kleck no condado de Orange.

Embora soasse fatigado, John Kleck atendeu com sua bela e intensa voz:

— Vou começar a odiar essa espertinha filha-da-puta – disse, referindo-se à mulher que fora Valerie Keene até abandonar o carro no Aeroporto John Wayne na quarta-feira e transformar-se outra vez em uma pessoa totalmente desconhecida.

Ao escutá-lo, Roy sentia dificuldade em imaginar o jovem agente magro e desengonçado, com aquela cara de truta assustada. Por causa da voz de baixo tonitruante, era mais fácil acreditar que Kleck era um cantor de rock alto e musculoso da era do *doo-wop*.*

Todos os relatórios enviados por Kleck soavam como se fossem da máxima importância, mesmo quando ele nada tinha a relatar. Como agora. Kleck e sua turma ainda não tinham a menor idéia sobre o paradeiro da mulher.

— Ampliamos a busca para agências de aluguel de carros em todo o condado. Verificamos também relatórios sobre carros roubados. Qualquer calhambeque furtado, a qualquer hora da última quarta-feira, vai para nossa lista de prioridades.

— Ela nunca roubou um carro antes – observou Roy.

— Por isso mesmo é que poderia fazê-lo dessa vez, para nos despistar. O que está me preocupando é que ela pode ter pegado uma carona. E aí será impossível acompanhar seu rastro.

— Se pegou uma carona, com todos os doidos que andam soltos por aí hoje em dia, não vamos precisar nos preocupar muito com ela. Provavelmente foi estuprada, assassinada, decapitada, estripada e esquartejada.

— Por mim, tudo bem. Só preciso de um pedaço qualquer de corpo para uma identificação positiva.

Depois da conversa com Kleck, embora a manhã ainda estivesse agradável, Roy estava convencido de que o dia só lhe traria más notícias.

---

*O estilo conhecido como *doo-wop* surgiu na década de 1950 nas ruas de Nova York e Filadélfia. O termo *doo-wop* refere-se aos sons que os cantores faziam com a boca imitando instrumentos musicais. (*N. do E.*)

Pensamentos negativos geralmente não eram sua especialidade. Detestava todas as pessoas que pensavam de modo negativo. Se muitas delas irradiassem pessimismo ao mesmo temo, poderiam distorcer a estrutura da realidade resultando em terremotos, furacões, desastres de trem, quedas de aviões, chuva ácida, surtos de câncer e um perigoso mau humor generalizado na população. Mas, ainda assim, não conseguia afastar seu próprio mau humor.

Procurando melhorar sua disposição, segurou o volante apenas com a mão esquerda até conseguir tirar o Tupperware com todo o cuidado, o tesouro de Guinevere, e colocá-lo no banco ao seu lado.

Cinco dedos maravilhosos. Unhas perfeitas, naturais, sem esmalte, cada qual dotada de uma meia-lua perfeita. E as mais belas 14 falanges que jamais vira: nenhuma delas media um milímetro a mais ou a menos do que o que poderia ser considerado o comprimento ideal. Ao longo do dorso da mão graciosamente arqueado, repuxando-se a pele: os cinco mais perfeitos metacarpos que ele jamais esperara ver. A pele estava pálida, mas sem qualquer mancha, tão suave quanto a cera derretida das velas acesas na própria mesa de rituais de Deus.

Dirigindo para leste, em direção ao centro da cidade, Roy deixava que seu olhar pousasse de vez em quando sobre o tesouro de Guinevere, e, a cada olhar roubado, sua disposição melhorava. Quando se aproximava do Parker Center, a sede administrativa do Departamento de Polícia de Los Angeles, estava radiante.

Com relutância, ao se deter num semáforo, devolveu a mão ao recipiente. Colocou aquele relicário e seu precioso conteúdo sob o banco do motorista.

Em Parker Center, depois de estacionar o carro no espaço reservado para visitantes, Roy entrou num elevador na garagem e usando suas credenciais do FBI subiu até o quinto andar. O encontro era com o capitão Harris Descoteaux, que o esperava em seu escritório.

De Malibu, Roy falara brevemente com Descoteaux e, portanto, não se surpreendeu ao constatar que o capitão era negro. Possuía aquela pele bela e brilhante, quase tão negra quanto a noite, que algumas pessoas originárias do Caribe possuem e, embora evidentemente já vivesse em Los Angeles há muitos anos, um leve sotaque das ilhas emprestava certa qualidade musical às palavras que pronunciava.

Vestindo calça azul-marinho, suspensório listrado, camisa branca e gravata azul com listras vermelhas na diagonal, Descoteaux tinha o porte, a dignidade e a seriedade de um juiz da Suprema Corte, embora as mangas estivessem enroladas e o casaco pendurado no encosto da cadeira.

Depois de apertar a mão de Roy, Harris Descoteaux indicou a única cadeira reservada aos visitantes e convidou-o a se sentar.

O pequeno escritório não fazia jus ao homem que o ocupava. Péssima ventilação. Mobiliário inferior.

Roy sentiu pena de Descoteaux. Nenhum funcionário do governo que ocupasse um cargo executivo, fosse ou não num órgão de segurança, deveria precisar trabalhar num lugar tão acanhado. O serviço público era uma vocação nobre, e Roy acreditava que aqueles que se dispunham a servir deveriam ser tratados com respeito, gratidão e generosidade.

Acomodando-se na cadeira por trás da mesa, Descoteaux disse:

– O FBI confirma sua identidade, mas não revela o caso em que está trabalhando.

Qualquer pergunta sobre Roy dirigida ao FBI teria sido encaminhada a Cassandra Solinko, uma influente assistente administrativa do diretor. Ela confirmaria a mentira (embora não por escrito) de que Roy era um agente do FBI; entretanto, não tinha permissão para discutir a natureza da sua investigação, pois não fazia a menor idéia do que ele andava fazendo.

Desconteaux franziu a testa:

– Motivos de segurança... um bocado vago.

Se Roy se metesse em encrenca, do tipo que inspira comissão de inquérito no Congresso e manchetes de jornal – Cassandra Solinko negaria sua alegação de pertencer ao FBI. Se não acreditassem nela e a intimassem a depor sobre o pouco que sabia sobre Roy e seu departamento anônimo, havia uma impressionante probabilidade estatística de que ela pudesse ser vítima de uma embolia cerebral fatal, de infarto fulminante do miocárdio ou de uma colisão, em alta velocidade, contra um dos pilares de uma ponte. Ela estava a par das conseqüências da colaboração.

– Desculpe, capitão Descoteaux, mas não posso ser mais específico.

Roy sofreria as mesmas conseqüências que a Sra. Solinko se estragasse tudo. O serviço público algumas vezes podia ser uma carreira brutalmente estressante, uma das razões pelas quais escritórios confortáveis, generosos pacotes de benefícios adicionais e mordomias virtualmente ilimitadas eram, na opinião de Roy, totalmente justificados.

Descoteaux não gostava de ser deixado no escuro. Trocando a testa franzida por um sorriso, e usando a entonação melódica das ilhas, afirmou:

– É difícil prestar auxílio sem conhecer todo o quadro.

Seria fácil sucumbir aos encantos de Descoteaux, tomar seus movimentos deliberadamente fluidos como languidez de uma alma tropical e, enganado por sua voz musical, ser levado a acreditar que ele era um homem frívolo.

Mas Roy viu a verdade nos olhos do capitão. Olhos enormes, negros e líquidos como tinta, tão diretos e penetrantes como os de um retrato pintado por Rembrandt. Seus olhos revelavam inteligência, paciência e curiosidade insaciável, que definiam o tipo de homem que representava a maior ameaça para alguém com um trabalho como o de Roy.

Devolvendo o sorriso de Descoteaux com um sorriso ainda mais doce, convencido de que seu adorável-sorriso-de-Papai-Noel era páreo para o encanto do Caribe, Roy afirmou:

– Na verdade, não preciso de ajuda, não em forma de serviços e suporte. Só preciso de um pouco de informação.

– Terei prazer em fornecê-la, se eu puder – disse o capitão.

A voltagem de seus dois sorrisos corrigira temporariamente o problema da iluminação insuficiente do exíguo escritório.

– Antes que o senhor fosse promovido para a administração central – disse Roy – creio que ocupava o cargo de capitão-de-divisão.

– É verdade. Comandei a Divisão Oeste de Los Angeles.

– O senhor se lembra de um jovem oficial que serviu sob seu comando durante pouco mais de um ano... Spencer Grant?

Os olhos de Descoteaux deixaram transparecer algum espanto.

– Sim, claro. Lembro-me de Spencer. Lembro-me dele muito bem.

— Ele era um bom policial?

— O melhor — afirmou Descoteaux sem hesitação. — Academia de Polícia, formado em criminologia, serviços especiais no Exército; ele tinha *conteúdo*.

— Um homem muito competente, então?

— Competência não é exatamente o termo adequado no caso de Spencer.

— E inteligente?

— Extremamente.

— Os dois seqüestradores que ele matou... foram tiros justificados?

— Puxa, claro! Justíssimos. Um dos bandidos era procurado por assassinato e o outro tinha três mandados de prisão por crime doloso. Os dois estavam armados. Atiraram nele. Spencer não tinha escolha. A comissão de inquérito inocentou-o tão rápido quanto Deus para permitir São Pedro entrar no céu.

— Mas mesmo assim ele não voltou às ruas.

— Ele não queria mais andar armado.

— Mas ele tinha servido no Exército americano.

Descoteaux concordou com um movimento de cabeça:

— Esteve em combate algumas vezes, na América Central e no Oriente Médio. Nunca tinha precisado matar e finalmente foi forçado a admitir para si mesmo que não faria bela carreira de serviços.

— Por causa da forma como se sentia em relação a matar.

— Não. Foi mais porque... Eu acho que nem sempre ele estava totalmente convencido de que as mortes eram justificadas, independente do que dissessem os políticos. Mas estou supondo. Não sei exatamente o que ele pensava.

— Um homem com problemas para usar um revólver contra um outro ser humano... é compreensível — disse Roy. — Mas o mesmo homem trocar o Exército pelo Departamento de Polícia, isso eu não entendo.

— Como policial, ele achou que teria mais controle sobre o momento de usar a arma. De qualquer forma, era seu sonho. E os sonhos custam a morrer.

— Seu sonho era ser um policial?

– Não necessariamente um policial. Apenas ser um bom sujeito de uniforme, arriscando a vida para ajudar as pessoas, salvando vidas, defendendo a lei.

– Jovem altruísta – afirmou Roy com uma ponta de sarcasmo.

– Temos alguns. De fato, há muitos assim, pelo menos no princípio. – Baixou os olhos para suas mãos negras como carvão, cruzadas sobre o grande mata-borrão verde sobre a mesa. – No caso de Spencer, elevados ideais o levaram ao Exército e em seguida à força policial... mas havia alguma coisa a mais. De algum modo... ajudando as pessoas de todas as formas possíveis a um policial, Spence estava tentando compreender a si próprio, fazer as pazes consigo mesmo.

– Então ele era psicologicamente perturbado?

– Não de uma forma que o impedisse de ser um bom policial.

– Ah, sim? Então o que ele estava tentando entender sobre si mesmo?

– Eu não sei. Alguma coisa antiga, acho.

– Antiga?

– No passado. O passado pesa sobre os ombros dele como se estivesse carregando uma pedra de uma tonelada.

– Alguma coisa a ver com a cicatriz?

– Acho que tem tudo a ver com ela.

Descoteaux desviou os olhos das mãos. Seus enormes olhos escuros estavam repletos de compaixão. Eram olhos excepcionais, expressivos. Se pertencessem a uma mulher, Roy poderia chegar a desejar possuí-los.

– Como foi que aconteceu a cicatriz?

– A única coisa que ele disse foi que tinha sofrido um acidente quando era criança. Acho que foi um acidente de carro. Na verdade, ele não queria falar sobre o assunto.

– Ele tinha amigos íntimos na polícia?

– Íntimos, não. Ele era um rapaz simpático, mas introspectivo.

– Um solitário – disse Roy, balançando a cabeça para mostrar que tinha entendido.

– Não. Não como você está querendo dizer. Nunca se meteu numa torre com um rifle, matando todos que aparecessem. As pessoas gostavam dele, e ele das pessoas. Ele era apenas reservado.

— Depois do tiroteio, ele preferiu trabalhar no escritório. Ele requereu transferência para a Força Especial Contra os Crimes de Informática.

— Não, *eles* vieram a *ele*. A maioria das pessoas se surpreenderia, mas acho que você sabe... temos oficiais formados em direito, psicologia e criminologia, como Spencer. Muitos vão à universidade não porque desejam mudar de carreira ou ser promovidos à administração. Querem continuar nas ruas. Gostam de seu trabalho, e acham que a educação superior os ajudará a desempenhar melhor suas funções. São comprometidos, dedicados. Só querem ser policiais, e eles...

— Admirável, estou certo. Embora alguns possam encará-los como reacionários fanáticos, incapazes de desistir do *poder* que a função de policial lhes confere.

Descoteaux piscou.

— Bem, de qualquer forma, se algum deles decide sair das ruas, não precisa acabar fazendo trabalho de escritório. O Departamento Administrativo, Negócios Internos, Divisão de Inteligência Contra o Crime Organizado, a maioria das divisões do Grupo de Serviços de Detetive, todos queriam Spencer. Ele escolheu a Força Especial.

— Por acaso ele tentou *conseguir* o interesse da Força Especial?

— Não, ele não precisou. Como eu já disse, eles vieram procurá-lo.

— Antes de ir para a Força Especial, ele já era um fanático por computadores?

— Fanático? – Desconteaux não conseguia mais disfarçar a impaciência. – Ele sabia usar computadores, mas não era obcecado por eles. Spence não era fanático por coisa alguma. Era um homem sólido, confiável, consistente.

— Exceto por... e estas são as suas palavras... ainda estar tentando chegar à autocompreensão, à paz interior.

— E todos não estamos? – disse o capitão em tom seco. Levantou-se e deu as costas a Roy, aproximando-se da janela estreita do lado da mesa. As palhetas da persiana estavam empoeiradas e por entre elas espreitou a cidade envolta numa nuvem de poluição.

Roy esperou. Era melhor deixar Descoteaux descarregar a raiva. O pobre homem bem que merecia. Seu escritório era terrivelmente apertado. Não tinha nem mesmo um banheiro particular.

Voltando-se novamente para Roy, o capitão disse:

— Eu não sei o que você pensa que Spencer fez. E não adianta eu perguntar.

— Segurança nacional — afirmou Roy com um ar presunçoso.

— Mas você está errado a respeito dele. Ele jamais se desviará do bom caminho.

— O que o faz ter tanta certeza disso?

— Ele vive num dilema terrível.

— Sobre o quê?

— Sobre o que é certo e o que é errado. Sobre o que ele faz, as decisões que toma. Silenciosamente, particularmente. Mas ele está sempre se torturando.

— E por acaso isso não acontece com todos nós? — perguntou Roy, levantando-se.

— Não. Não, atualmente. A maioria das pessoas acredita que tudo é relativo, inclusive a moralidade.

Roy não achava que Descoteaux fosse inclinado a apertos de mãos. Assim, limitou-se a dizer:

— Muito obrigado pelo seu tempo, capitão.

— Seja qual for o crime, Sr. Miro, o homem que está procurando é alguém de quem tenho a mais absoluta certeza de integridade.

— Vou me lembrar disso.

— Ninguém é tão perigoso quanto o homem que tem certeza de sua própria superioridade moral — afirmou Descoteaux, articulando bem as palavras.

— Tem toda a razão — retrucou Roy abrindo a porta.

— Uma pessoa como Spence — disse Descoteaux — não pode ser o inimigo. Na verdade, pessoas como ele são o único motivo de a maldita civilização ainda não ter desmoronado sobre nossas cabeças.

Passando para o corredor, Roy disse:

— Um bom dia para o senhor.

— O que quer que Spence decida fazer — disse Descoteaux com um inegável tom de beligerância —, aposto que vai estar do lado certo.

Roy fechou a porta do escritório atrás de si. Quando chegou aos elevadores, tinha decidido mandar matar Harris Descoteaux. Talvez ele mesmo se dispusesse a fazê-lo, logo que tivesse acertado as contas com Spencer Grant.

A caminho do carro, esfriou. Mais uma vez na rua, com o tesouro de Guinevere no banco do carro ao seu lado exercendo sua influência tranqüilizante, Roy recuperou controle suficiente para compreender que a execução sumária não era uma resposta apropriada para as insinuações insultuosas de Descoteaux. Tinha poderes para infligir a ele castigos piores do que a morte.

AS TRÊS ALAS do conjunto de apartamentos circundavam uma modesta piscina. O vento frio encrespava a água, criando uma marola que se quebrava de encontro aos ladrilhos azuis do fundo, e Spencer detectou o aroma de cloro ao atravessar o pátio.

O céu sombrio estava mais baixo do que na hora do café-da-manhã, como se fosse uma mortalha de cinzas caindo em direção à terra. As viçosas frondes das palmeiras açoitadas pelo vento farfalhavam e estalavam, parecendo emitir um aviso de tempestade.

Caminhando ao lado de Spencer, Rocky espirrou algumas vezes reagindo ao cheiro de cloro, mas sem se perturbar com as palmeiras que se agitavam. Nunca havia encontrado uma árvore que o amedrontasse. O que não significava que uma árvore demoníaca a este ponto não existisse. Quando estava num de seus estranhos humores, quando entrava em crise e pressentia um espírito maligno em ação em cada sombra, quando as circunstâncias eram *absolutamente certas*, provavelmente podia ser aterrorizado por uma plantinha murcha num vasinho.

De acordo com a informação que Valerie, então atendendo pelo nome de Hannah May Rainey, tinha fornecido para obter uma licença para trabalhar como carteadora num cassino, ela havia morado neste prédio. Apartamento 2-D.

Os apartamentos do segundo andar tinham uma varanda coberta, que dava para um pátio, e protegia a calçada em frente aos apartamentos do primeiro andar. No momento em que Spencer e Rocky começavam a subir as escadas de concreto, o vento fez estalar uma haste frouxa no corrimão de ferro corroída pela ferrugem.

Trouxera Rocky porque um cachorro engraçadinho ajudava a quebrar o gelo. As pessoas geralmente confiavam mais num homem que tivesse a confiança de um cachorro, bem como tendiam a se abrir e conversar mais facilmente com alguém que estivesse acompanhado por um animal de estimação simpático – mesmo que o estranho mostrasse um ar intenso e uma cicatriz da orelha ao queixo. Este era, em suma, o poder do charme canino.

O antigo apartamento de Hannah-Valerie ficava na ala central da estrutura em forma de U, no fundo do pátio. À direita da porta, havia uma ampla janela coberta por cortinas drapeadas. À esquerda, uma cozinha podia ser vista através de uma janela menor. O nome na placa acima da campainha era Traven.

Spencer tocou a campainha e esperou.

Sua maior esperança era que Valerie, na época, tivesse dividido o apartamento com alguém que ainda residisse ali. Ela tinha ficado no apartamento pelo menos quatro meses, o tempo em que havia trabalhado no Mirage. Naquele período, embora Valerie estivesse vivendo uma mentira da mesma forma que na Califórnia, alguém que dividisse o apartamento com ela talvez tivesse observado algo que permitisse a Spencer achar sua pista, de trás para a frente, a partir de Nevada, da mesma forma que Rosie lhe havia indicado o caminho de Santa Mônica para Las Vegas.

Tocou novamente a campainha.

Por mais estranho que fosse tentar encontrá-la procurando descobrir de onde ela viera, em vez de tentar saber para onde havia ido, a Spencer não restava outra alternativa. Não tinha como procurá-la a partir de sua fuga de Santa Mônica. Além disso, caminhando no sentido inverso, teria menos probabilidade de colidir com os agentes federais ou quem quer que fosse que a estivesse seguindo.

Apesar de ter ouvido a campainha tocar no interior do apartamento, resolveu bater na porta.

Desta vez obteve resposta, mas não de alguém que estivesse dentro do antigo apartamento de Valerie. Mais adiante, à direita, ao longo da varanda, a porta para o apartamento 2-E se abriu e uma mulher grisalha aparentando mais ou menos 70 anos botou a cabeça para fora e espreitou.

— Deseja alguma coisa?

— Estou procurando a Srta. Traven.

— Ah! Ela trabalha no primeiro turno no Caesars Palace. Ainda vai demorar muito para voltar.

A mulher atravessou a porta: era baixa, gorducha, com um rosto suave, usava sapatos ortopédicos, meias elásticas tão espessas quanto o couro de um dinossauro, um vestido amarelo e cinza e um casaco verde-bandeira.

— Bem, na verdade estou procurando por...

Rocky, escondido atrás de Spencer, arriscou enfiar a cabeça pelo lado das pernas do dono para dar uma olhada naquela alma de avó do apartamento 2-E, e a anciã começou a dar gritinhos de alegria quando o avistou. Embora cambaleasse muito mais do que andasse, atirou-se para fora do apartamento com a exuberância de uma criança que não conhecia o significado da palavra artrite. Balbuciando palavras desconexas, ela se aproximou numa velocidade que espantou Spencer e deixou Rocky apavorado. O cachorro latiu, a mulher se inclinou até ele com exclamações de adoração, o cachorro tentou subir pela perna direita de Spencer, como se quisesse esconder-se debaixo da jaqueta, a mulher gritou: "Lindinho, lindinho, lindinho", Rocky se jogou no chão da varanda num paroxismo de terror, enroscou-se como uma bola, cruzou as patas sobre os olhos e preparou-se para a morte violenta e inevitável.

A PERNA ESQUERDA de Bosley Donner deslizou do estribo de sua cadeira de rodas elétrica e arrastou-se pela calçada. Rindo, deixando que a cadeira rodasse até parar, Donner levantou a perna inerte com as duas mãos e colocou-a de volta no devido lugar.

Equipada com uma bateria de grande duração e um sistema de propulsão semelhante ao dos carrinhos usados nos campos de golfe, o transporte de Donner era capaz de velocidades consideravelmente mais elevadas do que as cadeiras de rodas elétricas comuns. Roy Miro o alcançou, arfando.

— Eu disse que esta jóia é capaz de *correr* – disse Donner.

— É, estou vendo. Impressionante.

Estavam no jardim da propriedade de Donner, em Bel Air, onde uma ampla faixa de concreto cor de tijolo tinha sido instalada para permitir que o proprietário deficiente físico pudesse alcançar todos os acessos. O caminho subia e descia repetidamente, passava por um túnel sob uma das pontas do pátio da piscina e serpenteava entre vários tipos de palmeiras e loureiros indianos. Evidentemente, Donner o projetara para ser sua montanha-russa particular.

— É ilegal, você sabe – disse Donner.

— Ilegal?

— É contra a lei modificar uma cadeira de rodas como eu fiz.

— Posso entender a razão.

— Pode? – Donner estava espantado. – Eu não. É a *minha* cadeira.

— Rodopiando como um doido por esta pista, você pode deixar de ser um paraplégico, para transformar-se num tetraplégico.

Donner sorriu e deu de ombros.

— Então eu faria com que ela fosse computadorizada e obedecesse a comandos de voz.

Com 32 anos de idade, Donner ficara paraplégico há oito, depois de ser atingido por um estilhaço na coluna durante uma ação policial no Oriente Médio envolvendo uma unidade do Exército americano em que ele servia. Era troncudo, bastante bronzeado, cabelos louros curtos e olhos cinza-azulados mais alegres até que os do próprio Roy. Se algum dia se sentira deprimido por sua deficiência, há muito a superara, ou talvez tivesse aprendido a escondê-la muito bem.

Roy não simpatizava com ele por causa de seu estilo de vida extravagante, da animação incômoda, da camisa havaiana escandalosa e por muitas outras razões menos definidas.

— Mas esse tipo de imprudência é socialmente responsável?

Donner franziu a testa confuso, mas seu rosto logo se iluminou.

— Ah! Você quer dizer que posso me transformar num peso para a sociedade. Puxa! De qualquer modo, eu nunca usaria a assistência médica fornecida pelo governo. Eles me mandariam para a sepultura em seis segundos. Olhe à sua volta, Sr. Miro. Posso pagar por tudo o que preciso. Vamos, quero lhe mostrar o templo. É uma maravilha!

Ganhando velocidade rapidamente, Donner afastou-se de Roy como um raio, descendo a colina por entre as sombras tênues das palmeiras e manchas de luz vermelho-dourada do sol.

Esforçando-se para esconder o aborrecimento, Roy o seguiu.

Depois de dar baixa no Exército, Donner tinha voltado a fazer uso de seu talento para desenhar personagens originais de histórias em quadrinhos. Seu portfólio lhe abrira as portas para um emprego numa empresa de cartões de saudações. Nas horas de folga, Donner elaborou uma história em quadrinhos comprada pelo primeiro jornal que a viu, e, em dois, anos ele era o mais famoso cartunista do país. Agora, através daqueles personagens adorados por todos, mas que Roy achava idiotas, Bosley Donner era uma indústria: best sellers, programas de tevê, camisetas, sua própria linha de cartões, propaganda de produtos, CDs e muito mais.

Ao final de um longo declive, um caminho pavimentado levava a um templo em estilo clássico, contornado por balaustradas. Cinco colunas se erguiam de um piso de granito, sustentando uma pesada cornija sob uma cúpula com um arremate em forma de esfera. A estrutura era cercada por arbustos, que floresciam em tons intensos de amarelo, vermelho, rosa e púrpura.

Donner empurrou sua cadeira para o centro do templo ao ar livre, banhado em sombras, à espera de Roy. Naquele cenário, poderia parecer uma figura misteriosa, mas seu corpo troncudo, rosto amplo, cabelo cortado à escovinha e a brilhante camisa havaiana combinavam para fazê-lo parecer com um dos personagens de seus próprios desenhos.

Entrando no templo, Roy disse:

– Você estava me falando sobre Spencer Grant.

– Estava? – retrucou Donner com um tom de ironia.

De fato, nos últimos 20 minutos, enquanto conduzia Roy para uma corrida pela sua propriedade, Donner dissera muita coisa sobre Spencer Grant, com quem havia servido nas Forças Especiais do Exército, mas na verdade nada comentara sobre a personalidade do homem nem havia mencionado qualquer detalhe importante de sua vida antes de entrar para o Exército.

— Eu gostava de Hollywood – afirmou Donner. – Ele era a pessoa mais silenciosa que já conheci, a mais educada, uma das mais inteligentes... e certamente a mais modesta. A última pessoa deste mundo capaz de se gabar e, quando estava de bom humor, conseguia ser muito divertido. Mas ele era muito controlado. Ninguém conseguiu conhecê-lo de verdade.

— Hollywood?

— Era assim que nós o chamávamos quando queríamos implicar. Ele adorava filmes antigos. Quer dizer, era praticamente obcecado por filmes antigos.

— Algum tipo de filme em particular?

— Filmes de suspense e dramas com heróis antiquados. Ele costumava dizer que os filmes atuais esqueceram os heróis de verdade.

— Como assim?

— Ele dizia que os heróis costumavam ter uma melhor noção do que é certo ou errado. Ele adorava *Intriga internacional*, *Interlúdio*, *O sol é para todos*, porque os heróis tinham princípios sólidos, morais e usavam mais a inteligência do que as armas.

— Atualmente – disse Roy – os filmes exibem uma dupla de policiais que mata metade da cidade só para agarrar o bandido...

— ... dizem palavrões, todo tipo de gíria...

— ... pulam na cama com qualquer mulher que conheceram há duas horas...

— ... e andam empinados de lá para cá, só para mostrar os músculos, cheios de si.

— Até que ele tinha razão. – Roy balançou a cabeça, assentindo.

— Seus artistas favoritos eram Cary Grant e Spencer Tracy e, é claro, todo mundo implicava com ele por causa disso.

Roy estava surpreso com o fato de suas opiniões sobre os filmes atuais estarem em perfeita concordância. O fato de ter a mesma opinião que um perigoso sociopata como Spencer Grant sobre *qualquer* assunto o perturbava. A preocupação fez com que não ouvisse bem a última frase de Donner.

— Desculpe, implicavam com quê?

— Bem, não era particularmente engraçado que Spencer Tracy e Cary Grant tivessem sido os artistas favoritos da mãe dele também, nem que ela o tivesse batizado com os nomes deles. Mas um cara como Hollywood, tão modesto e silencioso, tímido com as mulheres, um cara que não parecia *ter* um ego... bem, nós achávamos engraçado que ele se identificasse tanto com dois artistas de cinema, com os heróis que representavam. Quando começou o treinamento, só tinha 19 anos, mas, na verdade, parecia vinte anos mais velho do que todos nós. Ele só conseguia ser jovem quando estava assistindo a filmes antigos ou falando sobre eles.

Roy tinha a sensação de ter acabado de descobrir alguma coisa importante, mas não sabia exatamente o quê. Estava à beira de uma revelação, mas ainda não conseguia visualizar sua forma.

Uma brisa suave penetrou no interior do templo. Sobre o piso de granito, junto ao pé esquerdo de Roy, um besouro preto arrastava-se laboriosamente em direção a um destino desconhecido. Logo, como se sua voz viesse de outro mundo, Roy ouviu-se fazendo uma pergunta que não considerara antes.

— Você tem certeza de que a mãe dele escolheu seu nome por causa de Spencer Tracy e Cary Grant?

— Não é óbvio?

— É?

— Para mim, é.

— Ele *disse* que foi por isso que ela escolheu esses nomes?

— Acho que sim. Eu não me lembro. Deve ter dito.

A brisa suave murmurava, o besouro se arrastava e um calafrio de compreensão súbita percorreu o corpo de Roy.

— Você ainda não viu a cascata. É divina. Muito, muito bonita. Vamos lá, você precisa ver.

A cadeira elétrica emitiu um zumbido ao afastar-se do templo.

Roy voltou-se para olhar entre as colunas, enquanto Donner, imprudente, disparava, descendo por um caminho aberto entre as sombras refrescantes de uma ravina verdejante. As cores brilhantes da camisa havaiana pareciam faiscar quando ele passava veloz pelos raios do sol avermelhados entre as folhagens, e então ele desapareceu por entre as samambaias australianas.

Roy agora entendia o que tanto o aborrecia a respeito de Bosley Donner: o cartunista era por demais autoconfiante e independente. Mesmo deficiente, ele era absolutamente autocontrolado e auto-suficiente.

Pessoas como ele representavam um grave perigo para o sistema. Numa sociedade povoada por individualistas convictos, a manutenção da ordem pública era impossível. A fonte de poder do Estado está exatamente na dependência das pessoas, e se um enorme poder não estivesse nas mãos do Estado, o progresso e a manutenção da paz nas ruas não seriam possíveis.

Roy poderia ter seguido Donner e tê-lo eliminado em prol da estabilidade social, para evitar que outros seguissem seu exemplo, mas o risco de ser observado por testemunhas era muito grande. Alguns jardineiros estavam trabalhando na propriedade e a Sra. Donner ou algum dos empregados da casa poderiam chegar a uma das janelas no mais inconveniente dos momentos.

Ademais, trêmulo e excitado com aquilo que acreditava ser uma grande descoberta sobre Spencer Grant, Roy estava ansioso para confirmar sua suspeita.

Saiu do templo, andando com cuidado para não esmagar o besouro vagaroso, e caminhou na direção oposta à que Donner tomara. Rapidamente chegou aos níveis mais elevados do jardim, deu a volta em torno da casa e entrou no carro que estava estacionado na entrada circular.

Do envelope pardo que Melissa Wicklun lhe dera, retirou um dos retratos de Grant e colocou-o sobre o banco. Com exceção da cicatriz, aquele rosto, à primeira vista, parecia absolutamente comum. Mas agora estava certo de estar contemplando a face de um monstro.

Do mesmo envelope retirou a cópia impressa de um relatório que havia solicitado a Mamãe na noite anterior e que há apenas algumas horas, ainda no hotel, havia lido na tela de seu computador. Folheou o relatório até chegar à lista de nomes falsos sob os quais Grant pagava as contas dos serviços públicos.

Stewart Peck
Henry Holden
James Gable
John Humphrey
William Clark
Wayne Gregory
Robert Tracy

Roy retirou a caneta do bolso interno do paletó e rearranjou os nomes e sobrenomes, compondo uma outra lista:

Gregory Peck
William Holden
Clark Gable
James Stewart
John Wayne

Restavam, então, quatro nomes da lista original: Henry, Humphrey, Robert e Tracy.

Tracy, naturalmente, combinava com o primeiro nome do filho-da-mãe – Spencer. E com um objetivo que nem Mama nem Roy ainda tinham sido capazes de descobrir, aquele filho-da-puta, com a cicatriz na cara, provavelmente estava usando uma outra identidade falsa, que incorporava o nome Cary, o qual faltava na primeira lista, mas que era a combinação lógica para o seu sobrenome – Grant.

Sobravam, então, Henry, Humphrey e Robert.

Henry. Sem dúvida, Grant algumas vezes operava sob o nome de Fonda, talvez com o primeiro nome extraído de Burt Lancaster ou Gary Cooper.

Humphrey. Em algum lugar, em algum círculo social, Grant era conhecido como Sr. Bogart – ainda uma cortesia de um outro grande ator do passado.

Robert. Mais cedo ou mais tarde descobriria que Grant também usava os sobrenomes Mitchum e Montgomery.

Grant trocava de identidade com a mesma calma que as outras pessoas mudavam de camisa. Estavam procurando um fantasma.

Embora ainda não lhe fosse possível provar, Roy fora convencido de que o nome Spencer Grant era tão falso quanto os outros. Grant não era o sobrenome que aquele homem tinha herdado do pai, nem Spencer o nome de batismo que a mãe tinha dado a ele. Escolhia para si os nomes dos atores que representavam heróis à moda antiga.

Seu verdadeiro nome era um criptograma. Seu verdadeiro nome era mistério, sombra, fantasma, fumaça.

Roy pegou o retrato realçado pelo computador e estudou o rosto marcado pela cicatriz.

O criptograma de olhos escuros alistara-se no Exército sob o nome de Spencer Grant quando tinha apenas 18 anos. Que tipo de adolescente seria capaz de criar uma falsa identidade com credenciais convincentes e ser bem-sucedido? De que é que esse homem enigmático estivera fugindo desde a adolescência?

E, diabos, qual era o seu envolvimento com a mulher?

NO SOFÁ, Rocky estava deitado de costas, as quatro patas suspensas no ar, a cabeça no amplo colo de Theda Davidwitz, contemplando com deleite a mulher rechonchuda e grisalha. Theda coçava-lhe a barriga, o queixo, e o chamava de "benzinho", "lindinho", "olhinhos doces" e "chuchu". Contou-lhe que era o anjinho peludo preferido de Deus, o mais belo cão de toda a criação, divino, maravilhoso, gostoso, adorável, perfeito. Deu-lhe pedacinhos finos de presunto, que Rocky tirava de sua mão com uma delicadeza mais própria a uma duquesa do que a um cachorro.

Jogado numa poltrona estofada e enfeitada com colchas no encosto e nos braços, Spencer bebericava o delicioso café que Theda temperara com uma pitada de canela. Na mesa ao lado da poltrona havia um bule de porcelana com mais café e um prato repleto de biscoitos de chocolate feitos em casa. Ele polidamente havia recusado biscoitos ingleses, biscoitos de anis italianos, uma fatia de bolo de limão com coco, um sonho com recheio de amoras, biscoitos de gengibre, biscoitos amanteigados e bolinhos com passas; mas, derrotado pela perseverança hospitaleira de Theda, finalmente havia concordado em aceitar um biscoito de chocolate, recebendo uma dúzia, cada um do tamanho de um pires.

Nos intervalos entre as palavras amorosas para o cachorro e a insistência para que Spencer comesse outro biscoito, Theda revelara ter 76 anos e que seu marido – Bernie – morrera há 11. Ela e Bernie haviam posto dois filhos no mundo: Rachel e Robert. Robert – o menino mais maravilhoso deste mundo, cuidadoso e gentil – tinha servido no Vietnã e fora um *herói*, ganhando mais medalhas do que qualquer um poderia imaginar... mas morrera lá. Rachel – Oh! você deveria vê-la, tão linda! O retrato estava ali na prateleira, mas não lhe fazia justiça. – havia morrido num acidente de carro há 14 anos. Que coisa terrível sobreviver aos próprios filhos. Levava a pessoa a imaginar se Deus se importava com o que acontecia. Theda e Bernie tinham vivido a maior parte de sua vida de casados na Califórnia, onde Bernie trabalhara como contador e ela como professora primária. Quando se aposentaram, venderam a casa, levantando um bom capital, e se mudaram para Las Vegas não por serem jogadores, mas porque o preço dos imóveis era bem mais barato do que na Califórnia. Esta mesma razão levara milhares de aposentados a se mudarem para lá. Ela e Bernie tinham comprado à vista uma casinha e ainda conseguiram investir 60% do valor da venda da casa da Califórnia. Bernie tinha morrido três anos depois.

Ele havia sido o homem mais adorável, mais gentil e mais considerado deste mundo. Depois de sua morte, a casa ficara muito grande para uma viúva e, então, Theda a vendera e se mudara para o apartamento. Por dez anos tivera um cachorro – seu nome era Sparkle, nome que lhe assentava muito bem, e ele era um adorável *cocker spaniel*. Mas há dois meses Sparkle tivera o destino que espera a todos. Meu Deus! Como ela havia chorado! Como uma velha tola, derramara um dilúvio de lágrimas, mas ela amava Sparkle. Desde então, ocupava-se limpando, cozinhando, assistindo à televisão e jogando cartas com as amigas duas vezes por semana. Nunca tinha pensado em ter outro cachorro depois de Sparkle, pois certamente viveria menos do que ele e não queria morrer e deixar um pobre cão abandonado. Então vira Rocky, seu coração se derretera por ele, e agora estava certa de que precisava arranjar outro cachorro. Se conseguisse um na Sociedade Protetora, um vira-lata engraçadinho destinado a ser posto para dormir, então cada dia feliz que ela lhe desse seria mais do que ele teria tido sem ela. E quem sabe ainda *viveria* mais do que seu próximo animal de estimação, dando-lhe carinho até que a hora *dele* chegasse? Afinal, duas de suas amigas já estavam com mais de 80 anos e cada vez mais fortes.

Para agradá-la, Spencer aceitou uma terceira xícara de café e um outro imenso biscoito de chocolate.

Rocky foi bastante amável para aceitar mais fatias finíssimas de presunto e submeter-se a mais cócegas na barriga e no queixo. A intervalos, desviava os olhos na direção de Spencer, como se quisesse dizer: *Por que você não me contou nada sobre esta senhora há mais tempo?*

Spencer nunca tinha visto o cachorro daquele jeito. Sua cauda batia de um lado para o outro em movimentos tão vigorosos que chegavam a pôr em risco a integridade do estofamento.

– O que eu queria lhe perguntar – disse Spencer quando Theda fez uma pausa para respirar – é se a senhora conheceu uma jovem que morou no apartamento ao lado até novembro do ano passado. O nome dela era Hannah Rainey e ela...

À menção do nome de Hannah – que Spencer conhecia como Valerie – Theda atirou-se a um entusiástico monólogo, temperado por superlativos. Aquela moça, aquela jovem especial, tinha sido a melhor das vizinhas, tão delicada, com um coração de ouro! Hannah trabalhava no Mirage, era carteadora de vinte-e-um no turno da madrugada e dormia todos os dias até o início da tarde. Diversas vezes Theda e Hannah haviam feito suas refeições juntas, algumas vezes no apartamento de Theda; outras, no de Hannah. Em outubro, Theda caíra de cama com gripe e Hannah cuidara dela, fora sua enfermeira, como uma *filha*. Não, Hannah nunca falou sobre seu passado, nunca disse de onde veio, nunca falou de sua família, pois estava tentando esquecer alguma coisa terrível – o que era mais do que óbvio – e estava olhando sempre para a frente, nunca para trás. Durante algum tempo Theda imaginara que talvez fosse um marido violento, que ainda estivesse por aí à procura dela, e Hannah tivesse sido obrigada a abandonar a vida que levara para não ser morta. Hoje em dia ouvia-se tantos casos assim, o mundo estava de pernas para o ar, uma grande confusão, e só fazia piorar. Então a Delegacia de Combate às Drogas deu uma batida no apartamento de Hannah em novembro passado, às 11 horas, quando ela deveria estar profundamente adormecida, mas a moça havia desaparecido. Fez as malas e se mudou durante a noite, sem se despedir de sua amiga Theda, como se soubesse que seria encontrada. Os agentes federais ficaram furiosos e interrogaram Theda durante muito tempo, como se ela própria fosse uma grande criminosa, pelo amor de Deus! Eles disseram que Hannah Rainey era uma fugitiva da Justiça, membro de uma das mais bem-sucedidas quadrilhas de importação de cocaína do país e que havia matado dois agentes secretos durante uma operação malsucedida.

– Então ela era procurada por assassinato? – perguntou Spencer.

Secando o ar com sua mão manchada pela idade, e chutando o chão com tanta força que seu sapato ortopédico produziu um "tum" no assoalho, apesar do carpete, Theda Davidowitz exclamou:

– Conversa fiada!

EVE MARIE JAMMER trabalhava num cubículo sem janelas, quatro andares abaixo do térreo de uma torre de escritórios no centro da cidade de Las Vegas. Algumas vezes, ela se comparava ao Corcunda de Notre Dame na torre do sino, ou com o fantasma em seu reino solitário nos porões da Ópera de Paris, ou com o conde Drácula na solidão de sua cripta: uma figura envolta em mistério, dona de terríveis segredos. Esperava algum dia ser temida com mais intensidade e por um número maior de pessoas que todas aquelas que um dia temeram o corcunda, o fantasma e o conde, somados.

Ao contrário dos monstros no cinema, Eve Jammer não era fisicamente desfigurada. Tinha 33 anos, fora corista, era loura de olhos verdes de tirar o fôlego. Seu rosto fazia com que os homens se voltassem e acabassem batendo de encontro aos postes de iluminação. Seu corpo, maravilhosamente proporcional, existia apenas nos sonhos eróticos dos adolescentes.

Tinha consciência de sua beleza excepcional. Deleitava-se com ela, pois era uma fonte de poder, e Eve amava o poder acima de tudo.

Em seu reino, nas profundezas da terra, as paredes e o piso de concreto eram cinzentos, e as fileiras de luzes fluorescentes emitiam uma luz fria, que em nada realçavam sua beleza, mas ela continuava maravilhosa. Embora o local fosse aquecido, e embora ela ocasionalmente regulasse o termostato para 30 graus, a caverna de concreto resistia a todos os esforços para que se mantivesse quente, e Eve, muitas vezes, era obrigada a usar uma suéter para espantar a friagem. Sendo a única pessoa a trabalhar naquele escritório, compartilhava a sala apenas com algumas aranhas, nada bem-vindas, que nenhuma quantidade de inseticida era capaz de exterminar.

Naquela manhã de sexta-feira, do mês de fevereiro, Eve diligentemente vigiava as bancadas de gravadores nas prateleiras de metal que praticamente cobriam toda uma parede. Cento e vinte oito linhas de telefones particulares serviam ao seu *bunker* e, com exceção de duas, todas estavam conectadas aos gravadores, embora nem todos estivessem ativados. O departamento, naquele momento, tinha oito escutas operando em Las Vegas.

Os sofisticados dispositivos de gravação utilizavam CDs em vez de fitas, e todas as escutas telefônicas eram ativadas por voz, de modo que longos períodos de silêncio não acarretariam perda de espaço nos discos. Devido à enorme capacidade de armazenamento de dados fornecidos por aquele formato, raramente os discos precisavam ser trocados.

Apesar disso, Eve verificava a leitura digital que indicava a capacidade de gravação restante de cada equipamento e, embora existissem alarmes que disparariam se algum defeito ocorresse num dos dispositivos de gravação, testava cada unidade para se certificar que estava funcionando. Mesmo que um só disco ou uma única máquina deixasse de funcionar, o departamento poderia perder informações de valor incalculável: Las Vegas era o coração da economia paralela do país, o que significava ser um centro de atividade ilegal e conspiração política.

O jogo nos cassinos era essencialmente um empreendimento envolvendo dinheiro, e Las Vegas assemelhava-se a um enorme e iluminado navio de cruzeiro navegando em um oceano de moedas e cédulas. Dizia-se que mesmo os cassinos que pertenciam a conglomerados respeitáveis sonegavam de 15 a 30% de seus ganhos, que jamais apareciam em seus livros contábeis ou declarações de renda. Uma parte desse tesouro secreto circulava pela economia local.

E ainda havia as gorjetas. Dezenas de milhares de gratificações eram dadas por jogadores felizes aos carteadores e crupiês das roletas e ao pessoal que trabalhava nas mesas de dados, e a maioria dessas gratificações desaparecia nos bolsos profundos da cidade. Para obter um contrato de três ou cinco anos como maître das principais salas de show da maioria dos hotéis, o candidato tinha que pagar meio milhão de dólares em dinheiro – ou mais – àqueles que estavam em posição de conceder o contrato. Era a "chave mágica" que abria as portas das salas de show. Porém, as gorjetas oferecidas pelos turistas que procuravam obter melhores lugares para o show rapidamente faziam com que o investimento tivesse um excelente retorno.

As mais lindas garotas de programa, indicadas pela administração dos cassinos aos milionários, eram capazes de faturar meio milhão de dólares por ano, isento de impostos.

Freqüentemente casas eram compradas com notas de 100 dólares embrulhadas em sacolas de supermercado ou embaladas em caixas de isopor. Cada uma dessas vendas era realizada por intermédio de um contrato particular, sem envolver corretoras ou registro oficial de uma escritura, o que impedia qualquer autoridade fiscal de descobrir que o vendedor faturara um ganho de capital ou que o comprador adquirira o imóvel com recursos não declarados. Algumas das mais belas mansões na cidade haviam mudado de mãos três ou quatro vezes ao ano em duas décadas, mas o nome no registro de imóveis continuava sendo o do proprietário original, a quem todas as notificações oficiais eram enviadas, mesmo depois de sua morte.

A Receita Federal e inúmeros outros órgãos mantinham grandes escritórios em Las Vegas. Nada interessava ao governo tanto quanto o dinheiro, especialmente dinheiro do qual ele nunca tivesse abocanhado sua parte.

O enorme prédio acima dos domínios de Eve desprovido de janela era ocupado por um órgão que mantinha uma presença tão temida em Las Vegas quanto qualquer entidade governamental. Esperava-se que ela acreditasse trabalhar para uma operação secreta, porém legítima, do Serviço de Segurança Nacional, mas Eve sabia que não era verdade. Tratava-se de uma instituição anônima, que se dedicava a amplas e misteriosas tarefas, com uma estrutura intrincada, operando fora da lei, manipulando o Legislativo e o Judiciário (e talvez também o Executivo), atuando como juiz, júri e executor quando desejava, em suma, uma Gestapo discreta.

Eles haviam colocado Eve num dos cargos mais sensíveis no escritório de Las Vegas em parte devido à influência de seu pai. Contudo, confiaram-lhe também aquele estúdio de gravação subterrâneo por acreditarem que ela era estúpida demais para compreender as vantagens pessoais que poderia adquirir das informações nele contidas. Seu rosto era a expressão mais pura de todas as fantasias masculinas, suas pernas, as mais delgadas e eróticas que já pisaram os palcos de Las Vegas, seus seios eram enormes, eretos, num desafio. E, assim, eles pressupunham que sua inteligência era suficiente apenas para ocasionalmente trocar os CDs e, quando necessário, chamar um técnico para consertar alguma das máquinas.

Embora Eve tivesse desenvolvido uma excelente representação da típica "loura burra", era mais esperta que qualquer um dos maquiavélicos funcionários dos andares superiores. Durante os dois anos que trabalhara para o departamento, ouvira em segredo as gravações das conversas dos mais importantes donos de cassinos, chefões da Máfia, empresários e políticos que estivessem sob vigilância.

Ela havia lucrado obtendo detalhes de manipulações secretas de ações das empresas, o que lhe permitira comprar e vender ações de sua própria carteira de títulos sem qualquer risco. Estava bem-informada sobre as margens de apostas nos eventos esportivos nacionais sempre que eram manipulados para garantir lucros gigantescos para os cassinos. Normalmente, quando um lutador de boxe era pago para se deixar vencer, Eve apostava em seu oponente – por intermédio de uma casa de apostas em Reno, onde sua espantosa sorte não atrairia tanta atenção.

A maioria das pessoas vigiadas pelo departamento era suficientemente experiente e escolada para conhecer os riscos que representavam transações ilegais por telefone, e monitorava suas próprias linhas 24 horas por dia a fim de encontrar vestígios de escuta eletrônica. Alguns chegavam a utilizar dispositivos para mistura de sinais eletrônicos e, portanto, estavam todos arrogantemente convencidos de que suas comunicações não poderiam ser interceptadas.

Mas o departamento empregava tecnologia disponível apenas nas divisões internas do Pentágono. Nenhum equipamento de detecção existente poderia farejar o rastro eletrônico de seus dispositivos. Eve tinha certeza de que havia uma escuta não detectada na linha "segura" do agente especial encarregado do escritório do FBI em Las Vegas, e não teria se surpreendido se lhe contassem que uma cobertura igual estava em operação na linha telefônica do diretor do FBI em Washington.

Em dois anos, realizando uma série de pequenos lucros, sem ser percebida por ninguém, conseguira faturar mais de 5 milhões de dólares. Seu único grande golpe fora 1 milhão de dólares em dinheiro, destinado pela Máfia de Chicago ao suborno de um senador, membro de uma comissão especial a caminho de Las Vegas. Depois de apagar todas as pistas, destruindo o CD em que a conversa sobre o suborno fora gravada, Eve interceptou os dois mensageiros no elevador do hotel quando se dirigiam de uma suíte na cobertura para o hall. Traziam o dinheiro numa sacola de lona decorada com o rosto do Mickey Mouse. Grandalhões. Expressões impiedosas. Olhos frios. Camisas de seda italiana de estampas brilhantes sob os paletós de linho. Eve vasculhava sua bolsa de palha ao entrar no elevador, mas os dois bandidos só tinham olhos para seus seios, que repuxavam o decote profundo de sua suéter. Como poderiam ser mais rápidos do que as aparências indicavam, Eve não chegou a tirar o Korth 38mm da bolsa: simplesmente atirou através da trama de palha; dois tiros em cada um. A queda foi tão forte que o elevador chegou a estremecer, e então o dinheiro era dela.

A única coisa que lamentava em relação à operação foi o terceiro homem. Um sujeito baixo, ligeiramente calvo, bolsas sob os olhos, encolhendo-se num canto da cabine do elevador como se estivesse tentando ficar tão pequeno a ponto de passar despercebido. De acordo com o crachá que estava pendurado em seu paletó, ele estava ali para um congresso de dentistas e seu nome era Thurmon Stookey. O pobre-diabo era uma testemunha. Fazendo o elevador parar entre o 11º e o 12º andares, Eve deu-lhe dois tiros na cabeça, mas não gostou de ter de fazer aquilo.

Depois de recarregar o Korth e enfiar a bolsa de palha arruinada na sacola de lona junto com o dinheiro, desceu até o 9º andar. Estava preparada para atirar em quem quer que estivesse esperando o elevador, mas felizmente não havia ninguém. Minutos depois, estava fora do hotel, a caminho de casa, com 1 milhão de dólares e uma jeitosa sacola do Mickey Mouse.

Sentiu-se péssima em relação a Thurmon Stookey. Ele não deveria ter entrado naquele elevador. Lugar errado, na hora errada. Destino cego. A vida certamente era cheia de surpresas. Nos seus 33 anos, Eve Jammer matara apenas cinco pessoas e, dentre elas, Thurmon Stookey fora o único espectador inocente. Por isso, durante algum tempo, a expressão de seu rosto antes que ela o executasse, teimava em voltar-lhe à mente, e precisou de boa parte do dia para deixar de se sentir mal sobre o que acontecera àquele homem.

Dentro de um ano, não precisaria mais matar ninguém. Estaria em posição de mandar que outras pessoas fizessem as execuções em seu lugar.

Em breve, apesar de desconhecida da população em geral, Eve Jammer seria a pessoa mais temida do país e estaria a salvo de todos os inimigos. A fortuna que acumulava crescia em progressão geométrica, mas não era o dinheiro que faria com que se tornasse intocável. O poder *real* viria do verdadeiro tesouro de provas que incriminavam políticos, empresários e celebridades, que ela havia transmitido em alta velocidade, sob a forma de dados digitalizados supercompactados, dos discos de seu *bunker* para seu próprio dispositivo de gravação automático, por uma linha telefônica exclusiva, num bangalô em Boulder City, que alugara através de uma elaborada série de estratagemas e identidades falsas.

Esta, afinal, era a Era da Informação, que sucedera a Era do Serviço, que por sua vez substituira a Era Industrial. Lera tudo sobre o assunto nas revistas *Fortune*, *Forbes* e *Business Week*. O futuro era agora, e informação era sinônimo de riqueza.

Informação era poder.

Eve tinha acabado de examinar os oitenta gravadores ativos e agora começara a selecionar novo material a ser transmitido para Boulder City quando um sinal eletrônico sonoro alertou-a sobre um desenvolvimento importante numa das escutas.

Se ela estivesse fora do escritório, em casa ou em qualquer outro lugar, o computador a alertaria através de um bipe, e ela teria imediatamente voltado ao escritório. Eve não se importava com o plantão de 24 horas por dia. Preferia isso a ter assistentes trabalhando em dois outros turnos, pois simplesmente não confiava a *ninguém* as informações altamente sigilosas contidas nos CDs.

Uma luz vermelha intermitente permitiu que se aproximasse da máquina em questão e apertasse um botão para desligar o alarme.

Na parte da frente do gravador havia um rótulo contendo informações sobre a escuta. A primeira linha era o número de arquivo do caso. As próximas duas linhas indicavam o endereço no qual a escuta estava colocada. A quarta linha mostrava o nome da pessoa que estava sendo vigiada: THEDA DAVIDOWITZ.

A vigilância sobre a Sra. Davidowitz não era uma tarefa rotineira de escuta, em que todas as palavras de cada conversa eram gravadas. Afinal de contas, tratava-se de uma viúva idosa, uma proletária comum cujas atividades gerais não representavam qualquer ameaça para o sistema e, portanto, desprovidas de qualquer interesse para o departamento. Por puro acaso, a Sra. Davidowitz tivera uma amizade de curta duração com a mulher que, no momento, era a fugitiva mais procurada de toda a nação, e o interesse do departamento limitava-se apenas ao caso pouco provável de que ela recebesse um telefonema ou uma visita de sua amiga especial. Monitorar as tediosas conversas da velhota com suas amigas e vizinhas teria sido pura perda de tempo.

Em vez disso, o computador autônomo do *bunker*, responsável pelo controle de todos os gravadores, fora programado para monitorar o dispositivo de escuta na residência da Sra. Davidowitz continuamente e ativar o CD apenas se reconhecesse uma palavra-chave relacionada à fugitiva. A palavra-chave agora aparecia numa tela do gravador de tamanho reduzido: HANNAH.

Eve pressionou o botão marcado MONITOR e ouviu Theda Davidowitz falando com alguém em sua sala de estar do outro lado da cidade.

No local de cada telefone do apartamento da viúva o microfone padrão tinha sido substituído por um mais potente, capaz de captar não apenas palavras ditas durante uma conversa telefônica, mas qualquer coisa que fosse falada em qualquer um dos cômodos da casa, mesmo quando nenhum dos telefones estivesse em uso. Esta era uma variação de um dispositivo conhecido pela inteligência como um transmissor global.

O departamento usava transmissores globais consideravelmente mais aperfeiçoados do que aqueles que podiam ser encontrados normalmente no mercado. Esse tipo era capaz de operar 24 horas por dia sem comprometer o funcionamento do telefone em que estava escondido. A Sra. Davidowitz, portanto, sempre ouvia o sinal de discagem quando pegava o telefone, e as pessoas que tentavam telefonar para ela nunca eram frustradas pelo sinal de ocupado relacionado à operação do transmissor global.

Eve Jammer escutou pacientemente, enquanto a velha discursava sobre Hannah Rinney. Davidowitz, obviamente, estava falando *sobre* ela e não *com* sua amiga fugitiva. Quando a viúva fez uma pausa, uma voz que soava como a de um homem ainda jovem fez uma pergunta sobre Hannah. Antes de responder, chamou o visitante de "amorzinho, doce-de-coco, queridinho" e pediu-lhe: "Dê-me um beijinho, por favor, uma lambidinha, vamos... mostre a Theda que você a adora, queridinho, amorzinho adorado, muito bem, sacode esse rabinho e dá um beijinho e uma lambidinha na Theda."

— Jesus – disse Eva, torcendo o nariz com nojo. Davidowitz já estava perto dos 80 anos. Pela voz, o homem que estava com ela era quarenta ou cinquenta anos mais novo. Doente. Doente e pervertida. Para onde é que o mundo estava indo?

— UMA BARATA – disse Theda enquanto acariciava gentilmente a barriga de Rocky. – Grande. Mais ou menos 10 centímetros de comprimento, sem contar as antenas.

213

Depois que o grupo de oito agentes do DEA invadiu o apartamento de Hannah Rainey e descobriu que ela havia desaparecido, Theda e os outros vizinhos foram interrogados durante várias horas. Os agentes faziam as perguntas mais imbecis deste mundo, todos aqueles homenzarrões insistindo que Hannah era uma criminosa perigosa, quando qualquer pessoa que tivesse convivido com aquela jovem maravilhosa por mais de 5 minutos saberia imediatamente que ela era *incapaz* de vender drogas ou de assassinar agentes de polícia. Que absurdo total, absoluto e estúpido. Em seguida, não conseguindo nenhuma informação com os vizinhos, os agentes passaram horas revistando o apartamento de Hannah, procurando só Deus sabe o quê.

Mais tarde, na mesma noite, muito depois que os policiais de Keystone tinham partido – um bando de idiotas barulhentos –, Theda foi ao apartamento 2-D com a chave sobressalente que Hannah lhe dera. Em vez de arrombar a porta para entrar, o DEA tinha arrebentado o janelão da sala de estar que dava para a varanda e para o jardim. O proprietário mandara tapar a janela com folhas de compensado até que o vidraceiro pudesse consertá-la. Mas a porta da frente estava intacta, a fechadura não tinha sido trocada e assim Theda pôde entrar. O apartamento, diferente do de Theda, fora alugado mobiliado. Hannah sempre o mantivera organizado, cuidava da mobília como se fosse dela. Ela era uma moça cuidadosa e *atenciosa*, e Theda queria ver os estragos que os idiotas tinham feito para certificar-se de que o proprietário não culparia Hannah. Caso Hannah voltasse, Theda seria testemunha de seus dotes de dona de casa e de seu respeito pelos objetos do proprietário. Theda, por tudo quanto era mais sagrado, não permitiria que eles fizessem com que a querida amiga, além de ser julgada pelo assassinato de agentes de polícia, a quem obviamente nunca assassinara, fosse obrigada a pagar pelos danos. E, naturalmente, o apartamento estava todo revirado, os agentes eram uns verdadeiros porcos: apagaram os cigarros no piso da cozinha, derramaram o café que tinham trazido da lanchonete ao lado, não puxaram a descarga do vaso sanitário – se é que alguém pode acreditar numa coisa dessas, uma vez que todos já eram bem grandinhos e certamente tiveram mães para lhes ensinar *alguma coisa*. Entretanto, o mais esquisito era a barata que eles tinham desenhado numa das paredes do quarto com uma caneta *pilot*.

— Nem era bem desenhada, você sabe, mais ou menos o contorno de uma barata, mas dava para ver muito bem que era uma barata — disse Theda. — Um desenho feito com uma só linha, mas, de qualquer maneira, muito feio. O que será que aqueles idiotas estavam tentando fazer, desenhando nas paredes?

Spencer estava certo de que a própria Hannah-Valerie desenhara a barata — da mesma maneira que pregara a fotografia de uma barata arrancada de um livro na parede do bangalô de Santa Mônica. Sua intuição lhe dizia que a intenção era incomodar, irritar os homens que a procuravam, embora não pudesse imaginar qual seria o significado ou por que ela sabia que irritaria seus perseguidores.

Sentada à sua mesa no gabinete desprovido de janelas, Eve Jammer telefonou para o escritório de operações, lá em cima, no andar térreo da sede de Carver, Gunmann, Garrote & Hemlock em Las Vegas. O oficial de plantão da manhã era John Cottcole, e Eve alertou-o sobre o que se passava no apartamento de Theda Davidowitz.

Cottcole mostrou-se eletrizado com as notícias e foi incapaz de dissimular sua excitação. Começou a gritar ordens para as outras pessoas no escritório antes mesmo de desligar.

— Sra. Jammer — disse Cottcole —, vou querer uma cópia desse CD, todas as palavras, a senhora está entendendo?

— Claro — respondeu Eve, mas ele desligou antes mesmo que ela acabasse de responder.

Achavam que Eve não sabia quem havia sido Hannah Rainey antes de se tornar Hannah Rainey, mas ela conhecia a história toda. Sabia também que aquele caso lhe reservava uma fantástica oportunidade de apressar o crescimento de sua fortuna e de seu poder, mas ainda não decidira a melhor forma de explorá-lo.

Uma aranha gorda correu ligeira sobre a mesa. Eve desceu a mão espalmada com violência, esmagando o inseto.

Dirigindo de volta à cabana de Spencer Grant em Malibu, Roy abriu o Tupperware. Precisava de um estimulante que certamente a visão do tesouro de Guinevere lhe proporcionaria.

Ficou chocado e desanimado ao constatar uma mancha de descoloração azul-esverdeada-acastanhada que começava a se espalhar na pele entre o polegar e o indicador. Não esperava que o processo se iniciasse antes de algumas *horas*. Sentiu-se irracionalmente revoltado contra a mulher morta por ser tão frágil.

Embora afirmasse para si mesmo que a mancha de decomposição era pequena, que o restante da mão ainda era maravilhoso, que deveria concentrar-se mais na forma inalterada e perfeita do que na coloração, Roy não foi capaz de reacender a paixão que anteriormente sentira pelo tesouro de Guinevere. Na verdade, embora ainda não desprendesse qualquer odor repugnante, não era mais um tesouro: era apenas lixo.

Profundamente entristecido, colocou a tampa no recipiente de plástico.

Dirigiu por mais alguns quilômetros antes de sair da Pacific Coast e parar no estacionamento ao lado de um cais público. Com exceção de seu próprio sedã, o estacionamento estava totalmente vazio.

Levando consigo o Tupperware, saiu do carro, subiu os degraus que levavam ao píer e andou em direção à borda.

Seus passos faziam um ruído surdo sobre as pranchas de madeira. Sob as vigas, os amortecedores rolavam entre os pilares, rangendo.

O cais estava deserto. Nenhum pescador. Nenhum casal de namorados debruçado na amurada. Nenhum turista. Roy estava sozinho com seu tesouro em decomposição e seus pensamentos.

No fim do cais deteve-se por um momento, contemplando a imensidão da água brilhante e o céu azul que se encurvava até encontrá-la no distante horizonte. O céu estaria aqui amanhã e daqui a mil anos, e o mar rolaria pela eternidade, mas tudo mais passaria.

Lutou para evitar pensamentos negativos. Não era nada fácil.

Abriu o Tupperware e atirou aquele pedaço de lixo com cinco dedos no Pacífico, contemplando-o enquanto desapareceria banhado em raios de sol dourados que tocavam a crista das ondas.

Não estava preocupado com suas impressões digitais deixadas na pele pálida da mão decepada. Se os peixes não comessem até o último pedaço de Guinevere, a água salgada se encarregaria de eliminar totalmente todos os vestígios de seu toque.

Atirou também o Tupperware e a tampa no mar, embora fosse atingido por um forte sentimento de culpa assim que os objetos começavam a ser atraídos em direção às ondas. Geralmente era muito sensível quanto às questões ambientais. Nunca atirava lixo a esmo.

Não se preocupava com a mão, pois era um material orgânico, que se tornaria parte do oceano, sem alterá-lo.

Quanto ao plástico, no entanto, mais de trezentos anos seriam necessários para que se desintegrasse totalmente. E durante todo esse tempo as substâncias químicas tóxicas sangrariam dele para o oceano sofredor.

Deveria ter jogado o Tupperware numa das latas de lixo colocadas ao longo da amurada do cais.

Bem. Tarde demais. Afinal, era humano. Este era sempre o problema.

Durante algum tempo Roy permaneceu debruçado na amurada. Contemplou o céu e a água infinitos, meditando sobre a condição humana.

Em sua opinião, o fato mais triste do mundo era que os seres humanos, apesar de todos os seus esforços e desejos ardorosos, nunca poderiam alcançar a perfeição física, emocional ou intelectual. A espécie estava condenada à imperfeição. Debatia-se, para sempre mergulhada no desespero ou na tentativa de negar este fato.

Embora tivesse sido inegavelmente atraente, Guinevere só tivera uma coisa perfeita: as mãos.

Agora, até elas haviam desaparecido.

Assim mesmo, ela fora uma das afortunadas, pois a grande maioria das pessoas era imperfeita em *todos* os detalhes. E essas pessoas nunca experimentariam a segurança e o prazer advindos da posse de alguma feição perfeita.

Roy era abençoado por um sonho que se repetia duas ou três vezes por mês, e do qual acordava em estado de graça. No sonho, ele vasculhava o mundo em busca de mulheres como Guinevere, e de cada uma delas colhia a feição perfeita: desta, um par de orelhas tão belas que faziam com que as batidas de seu tolo coração, de tão rápidas, fossem quase dolorosas; da outra, os tornozelos mais maravilhosos que um homem pudesse imaginar; de outra ainda, os dentes esculturais e alvos como a neve de uma deusa. Roy guardava todos esses tesouros em jarras mágicas, onde absolutamente não se deterioravam, e após coletar todas as partes de uma mulher ideal, reunia-as criando a amante que sempre tinha desejado. Ela era tão radiosa que sua perfeição sobrenatural quase o cegava, e o seu mais leve toque levava-o ao mais puro êxtase.

Infelizmente, sempre despertava do paraíso de seus braços.

Na vida real nunca encontraria tal beleza. Os sonhos eram o único refúgio para um homem que só se contentaria com a perfeição.

Contemplando o céu e o mar. Um homem solitário na extremidade de um cais deserto. Imperfeito em todos os aspectos de seu próprio rosto e forma. Desejando desesperadamente o inatingível.

Sabia que era uma figura tão trágica quanto romântica. Muitos o chamavam de tolo, mas pelo menos ousava sonhar grande.

Suspirando, deu as costas ao mar indiferente e caminhou de volta ao carro no estacionamento.

Sentado ao volante, depois de ligar o motor, mas antes de engatar a marcha, Roy permitiu-se retirar a fotografia da carteira. Trazia-a consigo há mais de um ano e a examinava com freqüência. Na verdade, seu poder de fascinação era tanto que poderia passar metade do dia contemplando-a sonhadoramente, embevecido.

A foto era da mulher que recentemente havia usado o nome de Valerie Ann Keene. Qualquer pessoa a acharia atraente, talvez tão atraente quanto Guinevere.

Mas o que a tornava especial, contudo, o que despertava em Roy um sentimento de profunda reverência pelo poder divino que criara a humanidade, eram seus olhos perfeitos. Eram mais impressionantes e atraentes do que os do capitão Harris Descoteaux, do Departamento de Polícia de Los Angeles.

Límpidos, embora escuros; enormes e, no entanto, perfeitamente proporcionais ao seu rosto, enigmáticos, porém diretos, olhos que tinham contemplado o âmago de todos os mistérios. Olhos de uma alma sem pecados, mas, ao mesmo tempo, olhos de uma voluptuosa desavergonhada, ingênuos e diretos, olhos aos quais todos os engodos eram transparentes como vidro, cheios de espiritualidade e sexualidade e de total compreensão do destino.

Estava confiante de que na presença dela os olhos seriam ainda mais, e não menos, poderosos do que na fotografia. Vira outras fotos dela, várias fitas de vídeo, e cada imagem castigara seu coração com mais severidade do que a anterior.

Quando a encontrasse, ele a mataria em nome do departamento, de Thomas Summerton e de todos os outros bem-intencionados que se esforçavam em criar um país e um mundo melhores. Ela não merecia qualquer piedade. Exceto pelos olhos perfeitos, era uma mulher má.

Mas, depois que tivesse cumprido seu dever, arrancaria seus olhos. Ele os merecia. Por alguns breves momentos, aqueles olhos encantadores lhe trariam o conforto de que necessitava desesperadamente, num mundo que algumas vezes era por demais cruel e frio para que se pudesse suportar, demais até mesmo para uma pessoa com uma atitude tão positiva quanto a que ele nutria.

Quando Spencer finalmente conseguiu chegar à porta da frente do apartamento com Rocky nos braços (o cachorro talvez não saísse de livre e espontânea vontade), Theda enchera uma sacola de plástico com os dez biscoitos de chocolate que tinham sobrado no prato ao lado da poltrona e insistiu para que ele os levasse. Com andar trôpego, foi até a cozinha e voltou com uma torta de amora numa sacolinha de papel pardo e em seguida fez mais uma viagem para trazer duas fatias de bolo de limão com coco acondicionadas num Tupperware.

Spencer protestou apenas em relação ao bolo, pois não poderia devolver a embalagem.

— Bobagem — afirmou ela. — Não precisa devolver. Tenho o bastante para duas vidas. Durante anos não fiz outra coisa senão comprar e comprar, porque se pode guardar de tudo nos Tupperwares. Eles têm tantos usos... Mas já basta. Tenho mais do que o suficiente. Coma o bolo e jogue o recipiente fora. Aproveite!

Além de todas as delícias comestíveis, Spencer tinha conseguido duas informações sobre Hannah-Valerie. A primeira era a história de Theda sobre a imagem da barata na parede do quarto de Hannah, mas ele ainda não sabia muito bem que conclusão devia tirar daquilo. A segunda se referia a algo que Theda se recordava de ter ouvido Hannah dizer quando conversaram à vontade durante um jantar, alguns dias antes dela juntar suas coisas e sumir do mapa. Tinham conversado sobre os lugares em que sempre haviam sonhado viver, e, embora Theda não conseguisse se decidir entre o Havaí e a Inglaterra, Hannah tinha sido categórica ao afirmar que apenas a pequena cidade costeira de Carmel, na Califórnia, englobava toda a paz e beleza que era possível desejar.

Spencer supunha que Carmel era um tiro no escuro, mas no momento era sua melhor pista. Por um lado, ela não tinha ido direto para lá quando saíra de Las Vegas. Parara na área metropolitana de Los Angeles e tentara construir uma vida como Valerie Keene. Por outro lado, talvez agora, depois que seus misteriosos inimigos a encontraram duas vezes em cidades grandes, ela tivesse se decidido a experimentar para ver se eles a localizariam com a mesma facilidade numa comunidade muito menor.

Theda não tinha informado ao bando de imbecis ruidosos, rudes e quebradores de vidraças sobre a preferência de Hannah por Carmel. Talvez isso desse a Spencer alguma vantagem.

Ele não queria deixá-la a sós com as recordações do adorado marido, dos filhos há tanto tempo pranteados e da amiga desaparecida. Mas, agradecendo com efusão, atravessou a varanda e caminhou em direção às escadas que davam para o pátio.

O céu mesclado de cinza e preto e o vento cortante o surpreenderam, pois enquanto estivera no Mundo de Theda esquecera tudo o que existia além daquelas quatro paredes. As árvores ainda eram agitadas pelas lufadas de vento e o ar estava mais gelado do que antes.

Carregando um cachorro de 35 quilos, uma sacola de plástico cheia de biscoitos, uma torta de amora num saco de papel e um Tupperware com o bolo, achou as escadas pouco confortáveis. Assim mesmo, manteve-se agarrado a Rocky até o último degrau, pois não estava certo de que ele não dispararia escadaria acima, de volta ao Mundo de Theda, se o deixasse livre no patamar.

Quando Spencer finalmente soltou o cachorro, Rocky voltou-se e olhou com saudades para o topo da escadaria em direção àquele pequeno pedaço de paraíso canino.

– Hora de voltar à realidade – disse Spencer.

O cachorro ganiu. Spencer caminhou sob as árvores chicoteadas pelo vento em direção à entrada do condomínio. A meio caminho da piscina, olhou para trás. Rocky ainda estava debaixo das escadas.

– Ei, meu chapa.

Rocky o encarou.

– Afinal de contas, quem é o seu dono?

Uma expressão de culpa abateu-se sobre o cão, que finalmente veio andando devagar em direção a Spencer.

– Lassie nunca deixaria Timmy, nem mesmo pela *avó* do Todo-Poderoso.

Rocky espirrou, espirrou e espirrou novamente ante o aroma pungente do cloro.

– E se – continuou Spencer quando o cachorro emparelhou com ele – eu estivesse preso aqui, sob um trator capotado, incapaz de me salvar, ou quem sabe se eu estivesse sendo atacado por um urso raivoso?

Rocky ganiu como se pedisse desculpas.

– Aceitas – respondeu Spencer.

Uma vez na rua, novamente no Explorer, Spencer declarou:

– Na verdade, estou orgulhoso de você, camarada.

Rocky inclinou a cabeça.

Dando partida no motor, Spencer afirmou:

– Você está ficando cada dia mais sociável. Se eu não soubesse muito bem das coisas, pensaria que você andou colocando a mão na minha reserva de dinheiro para pagar algum terapeuta caríssimo em Beverly Hills.

Meio quarteirão adiante, um Chevy verde mofo virou a esquina em alta velocidade, pneus cantando e fumegando, e quase rolou como um carro envenenado e alterado para uma corrida maluca. Por milagre, conseguiu manter-se sobre as quatro rodas, acelerou em direção ao Explorer e freou ruidosamente junto ao meio-fio do outro lado da rua.

Spencer presumiu que o carro era dirigido por um bêbado ou por um garotão movido por alguma coisa mais forte do que um simples refrigerante – até que as portas se abriram violentamente e quatro homens, de um tipo que ele infelizmente reconhecia com muita facilidade, saltaram e correram em direção à entrada do pátio do condomínio.

Spencer soltou o freio de mão e engatou a marcha.

Um dos homens o avistou, apontou e gritou. Os quatro então voltaram-se na direção do Explorer.

– É melhor você se segurar bem, meu chapa.

Spencer pisou fundo no acelerador e o Explorer voou pela rua, para longe dos homens, em direção à esquina.

Ele ouviu tiros.

10

Uma bala atingiu o pára-choque traseiro do Explorer. Uma outra, com um silvo estridente, ricocheteou no metal. O tanque de combustível não explodiu. Os vidros não se estilhaçaram. Nenhum pneu furado. Spencer dobrou à direita em disparada, passando pela lanchonete, sentindo a caminhonete se desprender do chão, ameaçando capotar. Desfez o jogo e a borracha cantou no asfalto quando os pneus traseiros deslizaram em diagonal. Agora já estavam na rua lateral, fora do alcance dos pistoleiros, e Spencer acelerou.

Rocky, que temia, entre muitas outras coisas, a escuridão, o vento, os relâmpagos e os gatos, e que detestava que alguém olhasse enquanto fazia suas necessidades, não demonstrava qualquer temor com o tiroteio nem com a forma alucinada com que Spencer estava dirigindo. Mantinha-se ereto, as unhas cravadas no estofamento, sacudindo com o movimento da caminhonete, arfando e sorrindo.

Olhando de relance para o velocímetro, Spencer viu que estavam a 120 quilômetros por hora, numa área em que a velocidade máxima era 60. Acelerou.

No banco do carona, Rocky fez algo que nunca fizera antes: começou a balançar a cabeça para cima e para baixo, como se estivesse encorajando Spencer a aumentar ainda mais a velocidade, *simsimsim*.

– O caso é sério – advertiu Spencer.

Rocky arfou como se estivesse zombando do perigo.

– Eles deviam ter uma escuta no apartamento de Theda. *Simsimsim*.

– Gastando preciosos recursos monitorando *Theda*... e desde novembro do ano passado? Que *diabo* será que eles querem com Valerie? Quem é tão importante para merecer tudo isso?

Spencer olhou pelo retrovisor. Uma quadra e meia atrás deles o Chevy dobrou a esquina em frente à lanchonete.

Pretendera seguir por dois quarteirões antes de dobrar à esquerda, fora do campo de visão do inimigo, esperando que os dedos leves no gatilho do sedã verde-mofo pensassem que ele tinha entrado na primeira rua transversal e não na segunda. Agora, já estavam atrás dele outra vez. O Chevy encurtava a distância que os separava e era muito mais rápido do que parecia, um verdadeiro meteoro disfarçado, aparentando ser uma charanga velha do tipo que o governo designava para uso dos inspetores do Departamento de Agricultura e agentes do *bureau*.

Embora na mira do inimigo, Spencer, conforme planejado, dobrou à esquerda no final do segundo quarteirão. Desta vez entrou numa rua por onde ainda não tinha passado, fazendo uma curva aberta para evitar uma outra derrapada, sobrecarregar os pneus e perder um tempo precioso.

Assim mesmo, a velocidade era tão alta que fez com que o motorista de um Honda que se aproximava ficasse apavorado. O homem desviou abruptamente para a direita, subiu na calçada, bateu num hidrante e chocou-se com uma corrente que cercava um posto de gasolina abandonado.

Com o canto do olho, Spencer viu Rocky ser atirado de encontro à porta do carona, empurrado pela força centrífuga, embora continuasse balançando entusiasticamente a cabeça: *simsimsim*.

Lufadas de vento gelado atingiam com violência o Explorer, e densas nuvens de areia, que vinham de terras desertas à direita, rodopiavam sobre a rua.

Las Vegas crescera de forma irregular, espalhando-se por um vale deserto, e até mesmo os setores mais desenvolvidos tinham grandes extensões de terras áridas, que à primeira vista pareciam ser apenas lotes vazios – mas, na verdade, eram manifestações do deserto ameaçador, que esperava apenas por uma oportunidade para se expandir. Quando o vento soprava bem forte, o deserto aprisionado atirava para longe seu disfarce, lançando verdadeiras tempestades de areia sobre os bairros que o rodeavam.

Meio cego pela violenta tempestade de areia, com a poeira fustigando o pára-brisa, Spencer rezava por mais: mais vento, mais nuvens de poeira. Queria sumir como um navio fantasma que desaparece na neblina.

Olhou pelo retrovisor. Atrás dele, a visibilidade estava limitada a 20 ou 30 metros.

Começou a acelerar, mas reconsiderou. Na verdade, estava se atirando à tempestade seca numa velocidade suicida. A visibilidade à sua frente não era melhor do que atrás. Se encontrasse um veículo parado ou em baixa velocidade, ou se ele de repente atravessasse um cruzamento no sentido contrário ao do tráfego, a menor de suas preocupações seria os quatro maníacos homicidas na charanga federal envenenada.

Um dia, quando o eixo da Terra se deslocasse apenas a mais ínfima fração de um grau, ou quando, por misteriosas razões, as correntes de ar da troposfera subitamente se adensassem e ganhassem velocidade, sem sombra de dúvidas o vento e o deserto conspirariam para transformar Vegas num monte de ruínas e enterrariam o que dela restasse sob bilhões de metros cúbicos de areia alva e triunfante. Talvez aquele momento tivesse chegado.

Alguma coisa atingiu a traseira do Explorer, sacudindo Spencer. O retrovisor. O Chevy. Colado na traseira. A charanga federal perdeu um pouco de velocidade envolta pelas nuvens espiraladas de areia e em seguida saltou mais uma vez para a frente, atingindo a caminhonete, talvez tentando fazê-lo derrapar, talvez apenas para avisar que estavam ali.

Spencer estava consciente de que Rocky o encarava, e então olhou-o de frente.

O cachorro parecia estar dizendo: "Muito bem, e agora?"

Passaram pela última faixa de terra desabitada e explodiram na claridade silenciosa do ar sem areia. À luz fria da tempestade interrompida, qualquer esperança de escapulirem, como Lawrence da Arábia, nas dobras do manto de silicato do deserto, se desfez.

Logo adiante, havia um cruzamento. O sinal estava vermelho e o fluxo do tráfego vinha contra eles.

Spencer manteve o pé no acelerador, rezando por uma brecha no fluxo de carros, mas no último instante pisou fundo no pedal do freio para evitar o choque contra um ônibus. O Explorer pareceu elevar-se nas rodas dianteiras, e parou violentamente numa depressão cheia d'água, que marcava a borda do cruzamento.

Rocky latiu, escorregou do estofamento e caiu sob o porta-luvas.

Cuspindo rolos de fumaça pálida, o ônibus passou vagarosamente na mais próxima das quatro pistas.

Rocky deu meia-volta no espaço apertado em que se encontrava e sorriu para Spencer.

– Fica aí mesmo amigo, é mais seguro – disse Spencer.

Ignorando o conselho, o cachorro arrastou-se novamente para o banco, enquanto Spencer acelerava e entrava no tráfego no rastro malcheiroso do ônibus.

Ao dobrar à direita para ultrapassar o ônibus, Spencer viu, pelo retrovisor, o sedã verde-mofo saltando através da depressão no calçamento e deslizando para a rua suavemente, como se estivesse voando.

– O filho-da-mãe sabe dirigir.

Atrás dele, o Chevy apareceu contornando o ônibus. Aproximava-se depressa.

Spencer estava menos preocupado em perder o Chevy de vista do que com os tiros que poderiam atingi-lo novamente antes que pudesse escapar.

Era preciso que fossem doidos para atirar num carro em movimento, no tráfego, onde uma bala perdida poderia matar motoristas e pedestres inocentes. Não estavam em Chicago na violenta década de 1920, nem em Beirute ou Belfast, nem mesmo em Los Angeles, pelo amor de Deus!

Por outro lado, não tinham hesitado em atirar nele na rua em frente ao prédio de Theda. *Atirar* nele. Nenhuma pergunta primeiro. Ninguém lera seus direitos constitucionais. Puxa! Ninguém tinha feito o menor esforço para confirmar se ele era mesmo o homem que estavam procurando. A vontade de agarrá-lo era tanta que valia a pena arriscar matar o homem errado.

Pareciam convencidos de que ele descobrira alguma coisa de uma importância transcendental sobre Valerie e, portanto, precisava ser exterminado. Na verdade, sabia menos sobre o passado da mulher do que sobre o de Rocky.

Se o pegassem no tráfego e o matassem, exibiriam uma identidade, falsa ou legítima, de algum órgão federal, e ninguém os acusaria de assassinato. Afirmariam que Spencer era um fugitivo, armado e perigoso, um matador de policiais. Sem sombra de dúvida, produziriam um mandado de prisão, emitido depois do fato consumado e pós-datado, e plantariam em sua mão alguma arma que poderia ser de alguma forma relacionada a uma série de homicídios não solucionados.

Acelerou e atravessou um sinal que passava de amarelo a vermelho, com o Chevy colado atrás.

Se não o matassem ali mesmo, mas o ferissem e o levassem vivo, provavelmente o arrastariam para uma sala à prova de som e fariam uso de métodos criativos de interrogatório. Não dariam ouvidos a seus protestos e o matariam vagarosamente, pouco a pouco, numa vã tentativa de arrancar-lhe segredos que não possuía.

Ele não tinha arma, tinha apenas as mãos. E seu treinamento. E um cachorro.

– Estamos numa enrascada – disse a Rocky.

NA ACOLHEDORA COZINHA da cabana de Spencer em Malibu, Roy Miro, sentado sozinho na mesa de jantar, examinava quarenta fotografias. Seus homens as tinham encontrado numa caixa de sapatos na prateleira do armário no quarto. Trinta e nove estavam soltas e a quadragésima num envelope.

Seis fotos eram de um cachorro – vira-lata, marrom e preto, com uma orelha pendurada. Com certeza, era o animal para o qual Grant comprara um osso musical da empresa que vendia pelo correio e que, dois anos depois, ainda mantinha seu endereço no arquivo.

As 33 outras fotos eram da mesma mulher. Em algumas parecia ter uns 20 anos; em outras, trinta e poucos. Em uma delas: usando jeans e uma suéter estampada, decorando uma árvore de Natal. Em uma outra: vestido simples de verão, sapatos brancos, bolsa branca, sorrindo para a câmera, banhada em sol e sombra, em pé perto de uma árvore carregada de flores brancas. Em várias outras fotos ela escovava o pêlo de cavalos, montava a cavalo ou os alimentava com maçãs.

Alguma coisa nela perturbava Roy, mas ele não podia compreender o motivo.

Certamente, era uma mulher atraente, mas estava longe de poder despertar um entusiasmo fulminante. Embora tivesse um belo corpo, os cabelos fossem louros e os olhos azuis, não possuía qualquer traço excepcional que a fizesse merecedora de um lugar no panteão da verdadeira beleza.

Seu sorriso era a única coisa que realmente chamava a atenção. Era o elemento mais coerente em sua aparência em todas as fotos: quente, aberto, natural, um sorriso encantador, que nunca aparentava ser falso, que revelava um coração meigo.

O sorriso, entretanto, não era uma *feição*, o que era especialmente verdadeiro no caso daquela mulher, pois os lábios não eram particularmente voluptuosos, como os de Melissa Wicklun. Nada no contorno ou na largura de sua boca, nem no contorno da depressão supranasal, ou na forma de seus dentes, podia ser definido como intrigante e, menos ainda, como eletrizante. Seu sorriso era maior do que a soma das partes que o compunham, como o ofuscante reflexo da luz do sol na superfície sem atrativos de uma lagoa.

Não encontrava nela nada que desejasse possuir e, no entanto, ela o assombrava. Embora Roy duvidasse que pudesse tê-la encontrado algum dia, tinha a nítida sensação de que deveria saber quem era ela. Já vira aquele rosto em algum lugar.

Contemplando seu rosto, seu sorriso radiante, percebia uma terrível presença que sobre ela pairava, logo atrás das bordas da fotografia. Uma escuridão fria que descia sem que ela se apercebesse.

A mais recente das fotografias tinha pelo menos vinte anos e muitas, certamente, haviam sido reveladas há mais de três décadas. Até mesmo nas mais recentes as cores já estavam esmaecidas. As mais antigas conservavam apenas uma tênue sugestão de colorido, em cinza e branco, e estavam ligeiramente amareladas nas bordas.

Roy examinou o verso de cada fotografia, esperando encontrar algumas palavras de identificação, mas não havia nada. Nem mesmo um único nome ou data.

Duas das fotos mostravam a mulher e um menino. Roy estava tão mistificado por sua resposta emocional ao rosto da mulher, e tão fixado em descobrir por que ela lhe parecia tão familiar, que num primeiro momento não compreendeu que o menino era Spencer Grant. Quando finalmente estabeleceu a conexão, colocou as duas fotos lado a lado sobre a mesa.

Era Grant antes de sofrer o ferimento que provocara a cicatriz.

Neste caso, mais do que na maioria das pessoas, o rosto do homem refletia a criança de outrora.

Na primeira foto, ele devia ter 6 ou 7 anos, um menino magro de calção de banho, pingando água, em pé na borda da piscina. A mulher estava ao lado dele de maiô, fazendo gracinhas para a câmera: uma das mãos por trás da cabeça de Grant, com dois dedos levantados e afastados para parecer que ele tinha um par de chifres ou antenas.

Na segunda, a mulher e o menino estavam sentados a uma mesa de piquenique. O menino era um ano ou dois mais velho do que na primeira foto, vestia jeans, uma camiseta e um boné de beisebol. A mulher o abraçava, puxando-o contra si, entortando o boné.

Nas duas fotos, o sorriso da mulher era tão radioso quanto nas fotos em que o menino não aparecia. Mas, nessas, seu rosto estava iluminado também por uma expressão de afeto e amor. Roy teve a certeza de que encontrara a mãe de Spencer Grant.

Continuava intrigado, entretanto, com a razão pela qual a mulher lhe parecia familiar. Sobrenaturalmente familiar. Quanto mais contemplava os retratos dela, com ou sem o menino ao seu lado, mais certo ficava de que a conhecia e de que o contexto em que a vira anteriormente era profundamente perturbador, sombrio, estranho.

Voltou a atenção novamente para a foto em que a mãe e o filho estavam lado a lado na beira da piscina. No fundo, ao longe, havia um grande celeiro; embora a fotografia estivesse desbotada, alguns vestígios de tinta vermelha ainda eram visíveis nas paredes altas e vazias.

A mulher, o menino, o celeiro.

Em seu subconsciente, alguma lembrança deve ter despertado, pois subitamente um arrepio percorreu o couro cabeludo de Roy.

Um calafrio o fez estremecer.

Levantou os olhos da fotografia sobre a mesa da cozinha, desviando o olhar para as árvores visíveis através da janela, para o débil pontilhado traçado pelos raios de sol que atravessavam as fartas sombras, e buscou na memória um raio de luz semelhante aos que iluminavam a escuridão.

A mulher, o menino, o celeiro.

Por mais que se esforçasse, a revelação continuava a lhe escapar, embora um outro calafrio percorresse seus ossos.

O celeiro.

NAS RUAS RESIDENCIAIS onde cactos, iúcas e vigorosas oliveiras surgiam numa paisagem desértica, no estacionamento de um shopping, em uma área industrial, em um labirinto de um pátio de armazenagem repleto de galpões de alumínio corrugado, para além da pavimentação e atravessando um amplo parque, onde os galhos das palmeiras se agitavam e se contorciam num enlouquecido gesto de boas-vindas à tempestade que se aproxima, Spencer tentou em vão deixar para trás o Chevrolet que o perseguia.

Mais cedo ou mais tarde, cruzariam com uma patrulha da polícia. Assim que a polícia local fosse envolvida, a fuga de Spencer se tornaria ainda mais problemática.

Desorientado pelo caminho tortuoso que vinha fazendo para escapar de seus perseguidores, Spencer surpreendeu-se ao ver passar à sua direita, em disparada, um dos mais novos hotéis da cidade.

A avenida Las Vegas South estava pouco à frente. O sinal estava vermelho, mas Spencer decidiu apostar que estaria novamente verde quando chegasse até ele.

O Chevy continuava colado atrás. Se ele parasse, os miseráveis sairiam do carro e cercariam o Explorer, carregando mais armas do que os espinhos do próprio porco-espinho.

Duzentos metros para o cruzamento. Cento e cinqüenta.

O sinal ainda estava vermelho. O tráfego no sentido contrário não era tão pesado quanto seria mais ao norte ao longo do Las Vegas Strip, mas ainda assim havia bastante movimento.

Com o tempo se esgotando, Spencer reduziu ligeiramente a velocidade, o bastante apenas para permitir maior reflexo no momento da decisão, mas não o suficiente para estimular o motorista do Chevy a emparelhar com ele.

Cem metros, 75, 50.

A sorte não lhe sorria. Continuava apostando no verde, mas o sinal continuava dando vermelho.

Um caminhão-tanque se aproximava à esquerda do cruzamento, aproveitando a oportunidade rara de ganhar um pouco de velocidade no Strip, ultrapassando assim o limite estabelecido.

Rocky começou a balançar a cabeça para cima e para baixo.

Finalmente o motorista do caminhão viu o Explorer que se aproximava e tentou frear sem perder a direção.

— Calma, calma, vai dar certo — Spencer ouviu-se dizendo, quase cantando, como se estivesse loucamente determinado a definir a realidade com um pensamento positivo.

Nunca minta para o cachorro.

— Estamos numa encrenca danada, amigo — acrescentou, ao fazer uma curva aberta contornando a frente do caminhão que se aproximava.

O pânico fazia com que sua percepção ficasse em câmera lenta, e Spencer viu o gigantesco caminhão se aproximar, com os enormes pneus rolando e saltando, rolando e saltando, enquanto o apavorado motorista, com destreza, pisava tanto quanto podia nos freios. E agora o caminhão não estava mais se aproximando, já estava sobre eles, enorme, um mamute inexorável e inescapável, muito maior do que parecera um segundo atrás, avolumando-se cada vez mais, altíssimo, imenso. Deus do céu, parecia maior do que um avião, e ele nada mais era do que um verme sobre o asfalto. O Explorer começou a sair para a esquerda, como se fosse virar, e Spencer acertou a direção com uma leve guinada para a direita e uma pisada no freio. A energia da queda abortada foi, entretanto, canalizada para uma derrapagem, e a traseira saiu de lado provocando um guincho dos pneus artormentados. O volante girava de um lado para o outro em suas mãos úmidas de suor. Não conseguia mais controlar o Explorer e o caminhão de gasolina estava em cima deles, imenso como Deus, mas pelos menos eles estavam seguindo na direção certa, para longe do veículo, embora não com velocidade suficiente para fugir de seu alcance. Em seguida, o monstro de 16 rodas passou com um estrondo a apenas um centímetro do Explorer, uma parede curva de aço escovado que ao passar era apenas uma imagem turva, provocando uma lufada de vento que Spencer era capaz de jurar que tinha sentido, apesar das janelas totalmente cerradas.

O Explorer girou 360 graus, e continuou andando. Parou estremecendo, virado na direção contrária – e do outro lado do avenida – à do caminhão-tanque, que ainda estava passando.

O tráfego na direção sul, nas pistas em que Spencer havia derrapado, parou antes de atingi-lo, num coro de freios rangendo e buzinas estridentes.

Rocky mais uma vez estava no chão.

Spencer não sabia se o cachorro fora atirado novamente para fora do banco ou, se num súbito ataque de cautela, decidira descer em busca de proteção.

– Quieto! – gritou, ao ver que Rocky tentava voltar ao assento.

O roncar de um motor. Vinha da esquerda. Na direção do cruzamento. O Chevy. Deslizando por trás do caminhão-tanque, agora parado, em direção à lateral do Explorer.

Spencer pisou forte no acelerador. Os pneus giraram loucamente e a borracha arrancou uma lasca de asfalto. O Explorer disparou para o sul exatamente quando o Chevy passava chispando pelo pára-choque traseiro. Ouviu-se o guincho frio do metal beijando metal.

231

Tiros. Três ou quatro disparos. Nenhum deles aparentemente atingiu o Explorer.

Rocky continuou agarrado ao banco, com as unhas cravadas no estofamento, determinado a não cair desta vez.

Spencer saía do território de Las Vegas, o que era ao mesmo tempo bom e ruim. Bom, porque à medida que avançava em direção ao sul, para o deserto aberto e para a última entrada da interestadual 15, o risco de ser obrigado a parar por causa de um engarrafamento rapidamente diminuiria. Ruim, entretanto, porque, para além da floresta de hotéis, a paisagem deserta forneceria poucas rotas para uma fuga fácil, e muito menos lugares que pudessem servir de esconderijos. Na vastidão da paisagem aberta do Mojave, os mal-intencionados do Chevy poderiam ficar até uns 2 quilômetros para trás e ainda assim continuar vigiando-o.

Apesar de tudo, sair da cidade era a única opção de bom senso. O tumulto no cruzamento certamente atrairia a polícia.

Ao passar em alta velocidade pelo mais novo hotel-cassino da cidade – que tinha um parque de diversões que se estendia por vários quilômetros, o Spaceport Vegas –, sua única escolha foi eliminada. Do outro lado da avenida, a 150 metros, um carro que seguia na direção norte afastou-se do tráfego, saltou para o lado mais afastado da pista do meio, esmagou uma fileira de arbustos e passou para as pistas que levavam para o sul. Parou em um ângulo que bloqueava a passagem, pronto a atingir Spencer se ele tentasse se espremer por qualquer um dos lados.

Spencer parou a 20 metros do bloqueio.

O novo carro era um Chrysler, mas era tão semelhante ao Chevy que os dois carros poderiam bem ter nascido na mesma fábrica.

O motorista continuou ao volante do Chrysler, mas as portas se abriram e saíram homenzarrões mal-encarados.

O retrovisor revelava aquilo que Spencer já esperava: O Chevy também parara a 50 metros de distância, bloqueando a avenida. Outros homens também saíram do carro, e estavam armados.

À frente, os homens do Chrysler também portavam armas, o que absolutamente não o surpreendeu.

A ÚLTIMA FOTO tinha sido conservada num envelope, fechado com fita adesiva.

Por causa da sua forma e espessura, Roy, antes mesmo de abrir o envelope, sabia que se tratava de uma outra fotografia, embora maior do que um instantâneo. Ao retirar a fita, esperava encontrar um retrato de estúdio, uma lembrança de especial importância para Grant.

Era uma foto de estúdio, em preto-e-branco, é verdade, mas a imagem era a de um homem na faixa de 35 anos.

Por um estranho momento, para Roy não havia mais mata de eucaliptos além das janelas, nem mesmo uma janela. A própria cozinha desapareceu de sua percepção, até que nada mais existia exceto ele próprio e aquela única fotografia, com a qual se relacionava de forma ainda mais intensa do que com as da mulher.

Respirava com dificuldade.

Se alguém entrasse naquele momento para fazer alguma pergunta, ele certamente não conseguiria falar.

Sentia-se fora da realidade, como se estivesse com febre. Mas não estava febril. De fato, ele estava frio, mas não se sentia desconfortável: era o frio de um camaleão vigilante, fingindo ser rocha sobre rocha, numa manhã de outono; era um frio revigorante, que aguçava sua percepção, que contraía as engrenagens de sua mente e permitia que seus pensamentos girassem sem atrito. Seu coração não disparou como se estivesse com febre. Na verdade, o ritmo de seus batimentos cardíacos diminuiu, até que as pulsações fossem tão lentas como se estivesse dormindo, e por todo o seu corpo cada batida reverberava como a gravação do som do sino de uma catedral tocado a um quarto da velocidade normal: lento, solene, profundamente sonoro.

Obviamente, a fotografia tinha sido tirada por um profissional experiente, em estúdio, onde muita atenção fora dedicada à iluminação e à escolha da lente ideal. O modelo usava camisa branca aberta no pescoço e uma jaqueta de couro; fora fotografado da cintura para cima, com os braços cruzados sobre o peito, tendo ao fundo uma parede branca. Era um homem belíssimo, com os espessos cabelos escuros penteados para trás. A foto publicitária, de um tipo que geralmente se associa a jovens atores, obviamente pretendia ser glamourosa, mas ainda assim era muito boa, pois o modelo tinha um charme natural, uma aura de mistério e drama que o fotógrafo não precisou criar por intermédio da técnica.

O retrato era um estudo de luz e sombra, onde estas últimas predominavam. Sombras peculiares, criadas por objetos fora do quadro, pareciam dançar nas paredes, atraídas pelo homem, da mesma forma que a noite, deslizando pelo céu do entardecer, é atraída pelo terrível peso do sol poente.

Seu olhar direto e penetrante, o contorno firme da boca, as feições aristocráticas e até mesmo a postura – ilusoriamente casual – pareciam revelar um homem que nunca havia experimentado falta de confiança em si mesmo, depressão ou medo. Ele era mais do que simplesmente confiante e controlado. Na foto, o homem projetava uma arrogância sutil, porém inegável. Sua expressão parecia indicar que, sem exceção, encarava todos os outros seres humanos com ironia e desprezo.

E, ainda assim, era fantasticamente atraente, como se a inteligência e a experiência de que era dotado lhe dessem o direito de se sentir superior. Ao estudar a fotografia, Roy sentiu que ali estava um homem que poderia se transformar num amigo imprevisível e interessante. Com o olhar penetrante em meio às sombras, aquele indivíduo singular possuía um magnetismo animal que fazia com que sua expressão de desprezo se tornasse inofensiva. Na verdade, o ar de arrogância parecia *combinar* com ele, da mesma forma que caminhar com arrogância felina é essencial para que um leão seja realmente um leão.

Gradualmente, o feitiço que emanava da fotografia foi perdendo a intensidade, mas não desapareceu totalmente. A cozinha, da mesma maneira que a janela e os eucaliptos, voltou a se materializar.

Conhecia aquele homem. Já o vira antes.

Muito tempo atrás...

A familiaridade era parte do motivo pelo qual a fotografia o afetara daquela forma. Mas, da mesma maneira que ocorrera com a mulher, Roy não conseguia dar um nome ao rosto nem se recordar das circunstâncias em que anteriormente vira aquela pessoa.

Desejava que o fotógrafo tivesse permitido mais luz sobre o rosto do modelo, mas as sombras pareciam amar aquele homem de olhos escuros.

Roy colocou a fotografia sobre a mesa da cozinha, ao lado da foto da mãe e do filho na beira da piscina.

A mulher. O menino. O celeiro ao fundo. O homem nas sombras.

TOTALMENTE BLOQUEADO na avenida Las Vegas South, cercado por homens armados, Spencer buzinou com violência, girou o volante com força para a direita e pisou forte no acelerador. O Explorer projetou-se em direção ao parque de diversões, atirando Spencer e Rocky de encontro aos assentos como se fossem astronautas a caminho da lua.

A audácia dos pistoleiros provava que *eram* agentes federais, mesmo que utilizassem credenciais falsas para ocultar sua verdadeira identidade. Nunca teriam tido a coragem de armar uma emboscada numa rua de grande movimento, diante de testemunhas, a não ser que estivessem totalmente confiantes em sua autoridade sobre os policiais locais.

Na calçada em frente ao Spaceport Vegas, os pedestres que caminhavam de cassino em cassino rapidamente se dispersaram, e o Explorer passou voando por uma entrada reservada para ônibus, embora não houvesse nenhum ônibus à vista.

Talvez devido ao frio de fevereiro e à tempestade iminente, ou talvez por ainda ser meio-dia, o Spaceport Vegas não estava aberto. As bilheterias estavam fechadas e as montanhas-russas, bastante altas para serem vistas por trás dos muros do parque, tinham sido desligadas.

Mas, apesar de fechado, luzes de néon e aplicações futuristas de fibras óticas pulsavam e faiscavam nos muros de 10 metros, pintados como se fossem uma nave de guerra espacial, que cercavam o parque. Uma célula fotoelétrica provavelmente acendera as luzes, por ter contundido a escuridão provocada pela tempestade que se aproximava com o pôr-do-sol.

Por entre duas bilheterias em forma de foguete Spencer conduziu o Explorer em direção a um túnel de aço polido, de 25 metros de diâmetro, que penetrava no interior dos muros do parque. Em néon azul, as palavras TÚNEL DO TEMPO PARA O SPACEPORT VEGAS prometiam mais aventuras do que ele precisava.

Voou pela rampa suave, sem tocar nos freios, e mergulhou no tempo em alta velocidade.

A tubulação maciça tinha de 50 a 100 metros de comprimento. Tubos de néon azul brilhante enroscavam-se pelas paredes e pelo teto, piscando em rápida seqüência desde a entrada até a saída, criando uma ilusão de um funil de iluminação.

Em circunstâncias normais, os visitantes eram conduzidos até o interior do parque em bondinhos vagarosos, mas o efeito dos jatos de luz ofuscantes era mais eficaz em alta velocidade. Os olhos de Spencer latejavam e chegou quase a acreditar que fora, de fato, atirado numa era distante.

Rocky estava balançando a cabeça de novo.

– Nunca pensei que tivesse um cachorro que precisasse de velocidade – disse Spencer.

Disparou pelos confins do parque, onde as luzes não tinham sido ativadas como as do muro e do túnel. O caminho deserto e aparentemente interminável subia e descia, estreitava-se, alargava-se e estreitava-se novamente e, repetidamente, curvava-se sobre si mesmo.

O Spaceport Vegas oferecia montanhas-russas, bombardeiros de mergulho, rodas-gigantes, chicotes e outros recursos usados para sacudir as entranhas dos visitantes, todos enfeitados com maravilhosas fachadas representando cenas de ficção científica, desenhos berrantes e nomes variados: Trenó Luminoso para Ganimedes; Mergulho Hiperespacial; Inferno da Radiação Solar; Colisão de Asteróides; Trampolim da Transferência. O parque oferecia também aventuras num elaborado simulador de vôo e experiências de realidade virtual em prédios que exibiam uma arquitetura futurista ou alienígena: Planeta dos Homens Serpentes, Lua de Sangue, Vórtex, O Mundo da Morte. Em Guerras Robóticas, máquinas homicidas, dotadas de olhos rubros, guardavam a entrada. O portal para O Monstro Estelar assemelhava-se a um orifício brilhante numa das extremidades do trato digestivo de um Leviatã extraterrestre.

Sob o céu tristonho, varrido pelo vento gelado, com a luz acinzentada da tempestade sugando todas as cores, o futuro imaginado pelos criadores do Spaceport Vegas era absolutamente hostil.

Curiosamente, aos olhos de Spencer isso fazia com que o parque parecesse mais realista do que seus arquitetos jamais imaginaram. Alienígenas, máquinas e homens predadores estavam à espreita em todas as direções. Desastres cósmicos aguardavam o visitante em cada curva: A Explosão Solar, Choque com o Cometa, Abismo no Tempo, Big Bang, Terra Nua. O Fim do Mundo ficava no caminho principal na mesma avenida que oferecia uma aventura denominada Extinção. Podia-se contemplar as ameaçadoras atrações e acreditar que esse triste futuro – em sua essência, se não em suas especificidades – era bastante aterrador para que pudesse vir a ser o futuro que a sociedade contemporânea poderia criar para si própria.

Em busca de uma saída de serviço, Spencer dirigiu de forma imprudente ao longo das avenidas serpeantes, passando por entre as atrações. Várias vezes avistou de relance o Chevy e o Chrysler, embora nunca perigosamente próximos. Assemelhavam-se a tubarões nadando a distância, e cada vez que os avistava mergulhava a toda velocidade numa outra ramificação do labirinto do caminho principal.

Dobrando a esquina da Prisão Galática, passando pelo Palácio dos Parasitas, ultrapassando uma cortina de fícus e uma sebe de oleandros, carregados de flores vermelhas, que certamente pareciam sem graça em comparação com os arbustos que cresciam nos planetas da Nebulosa do Caranguejo, Spencer encontrou uma estrada de serviço com duas pistas, que marcava o fundo do parque. Seguiu por ela.

À esquerda, havia árvores alinhadas a espaços regulares, com uma cerca de 1,5 metro entre os troncos. À direita, em vez do muro iluminado pelas luzes de néon instaladas nas áreas públicas do parque, havia uma alta cerca de metal, arrematada por rolos de arame farpado, e para além dela um terreno recoberto por mirrados arbustos.

Dobrou uma esquina, e 50 metros à frente viu um portão de metal, sobre rodas, controlado por braços hidráulicos suspensos. O portão deslizaria, deixando o caminho livre, ao simples toque de um dispositivo de controle remoto – que Spencer não possuía.

Aumentou a velocidade. Ele precisava derrubar o portão.

Voltando ao seu habitual estado de prudência, o cachorro desceu do banco e se aninhou no chão, antes que para lá fosse lançado pelo impacto iminente.

– Neurótico, mas não estúpido – disse Spencer, em tom de aprovação.

Estava quase a meio caminho do portão quando o canto de seu olho esquerdo captou sinais de movimento. O Chrysler despontou entre dois fícus, arrancando um bom pedaço da cerca, e atirou-se sobre a estrada de serviço, em meio a uma chuva de folhas verdes e flores vermelhas. Cruzou atrás do Explorer e atingiu a cerca com tanta força que as correntes de metal foram arremessadas para longe, como se fossem farrapos.

Numa fração de segundo o Explorer atingiu o portão com força suficiente para amassar o capô, mas não conseguiu abri-lo. O impacto fez com que o cinto de segurança sobre o peito de Spencer provocasse uma sensação dolorosa, tirou-lhe a respiração, fez com que seus dentes se chocassem, sacudiu a mala do carro – mas não foi forte o suficiente para arrancar o portão. A barreira estava deformada, pendurada, meio caída, dela pendiam fios de arame farpado que lembravam trancinhas rastafári, mas continuava intacta.

Spencer engrenou a marcha à ré e atirou-se para trás como uma bala de canhão voltando ao cano, num mundo em que tudo ocorria em sentido contrário.

Os pistoleiros do Chrysler começavam a abrir as portas, saltando do carro, sacando as armas – até que viram o carro em marcha à ré, voltando na direção deles. Inverteram também seus movimentos, pulando para dentro do carro e fechando as portas.

O Explorer atingiu o sedã, e a colisão foi tão ruidosa que Spencer chegou a pensar que tinha exagerado e inutilizado a caminhonete. Mas, ao inverter a marcha, o Explorer andou para a frente. Nenhum pneu furado ou bloqueado por pára-lamas amassados. Nenhuma janela estilhaçada. Não sentia cheiro de gasolina, o que significava que o tanque continuava intacto. O Explorer ferido chacoalhava, estalava, tilintava e rangia, mas *andava* com força e graça.

O segundo impacto derrubou o portão. A caminhonete passou por cima do metal, afastando-se do Spaceport Vegas e seguindo em direção a uma enorme área de vegetação desértica, onde nenhum parque de diversões, hotel, cassino ou estacionamento tinha sido construído.

Acionando a tração nas quatro rodas, Spencer virou para leste, afastando-se do Strip em direção à interestadual 15.

Lembrou-se então de Rocky e olhou para o espaço em frente ao banco do carona. O cachorro estava enroscado, com os olhos cerrados, como se esperasse uma outra colisão.

– Está tudo bem, amigo.

Rocky continuou a fazer caretas antecipando mais um desastre.

– Pode confiar em mim.

Rocky abriu os olhos e voltou para o banco, onde o estofamento de vinil tinha sido arranhado e perfurado por suas unhas.

Sacolejando, atravessaram a área deserta e erodida e chegaram à base da superauto-estrada.

Uma encosta íngreme de cascalho elevava-se por 50 ou 60 metros até as pistas na direção leste-oeste. Ainda que ele pudesse encontrar alguma proteção no acostamento, fugir – e se salvar – certamente seria impossível naquela auto-estrada. As pessoas que o estavam procurando colocariam postos de vigilância em ambas as direções.

Após breve hesitação, prosseguiu para o sul, acompanhando a base da interestadual elevada.

Da direção leste, vinha vindo o Chevrolet verde-mofo, atravessando a areia branca e o granito rosa-acinzentado, parecendo uma miragem provocada pelo calor, embora fizesse frio. As dunas baixas e os trechos alagados o destroçariam. O Explorer era feito para enfrentar caminhos acidentados; o Chevrolet, não.

Spencer chegou ao leito seco de um rio, que a estrada cruzava sobre uma ponte de concreto. Dirigiu-se àquele declive, para o leito assoreado e macio, juncado de restos de madeira, onde as plantas mortas moviam-se sem cessar, como estranhas sombras num pesadelo.

Acompanhou o leito seco sob a interestadual pelo oeste, em direção ao Mojave inóspito.

O céu ameaçador, sombrio e rígido como granito para um sarcófago, flutuava a poucos metros de distância das montanhas de ferro. Planícies desoladas transformavam-se gradualmente em elevações mais estéreis, com coberturas cada vez mais reduzidas de algarobeiras murchas, tufos de grama seca e cactos.

Spencer saiu do arroio, mas continuou a acompanhar sua margem em direção aos picos distantes, tão desnudos quantos ossos muito antigos.

O Chevrolet não estava mais à vista.

Finalmente, quando teve certeza de que estava muito além do alcance de quaisquer equipes de vigilância postadas para vigiar o tráfego na interestadual, virou em direção ao sul e seguiu paralelo à auto-estrada. Sem a interestadual como ponto de referência, certamente se perderia. A poeira formava demônios espiralados, que rolavam pelo deserto e mascaravam as nuvens de pó que se elevavam atrás do Explorer.

Embora ainda não chovesse, os relâmpagos cortavam o céu. As sombras de formações de rochas baixas saltavam, caíam e novamente saltavam sobre o solo de alabastro.

O manto de coragem que envolvera Rocky caíra quando o Explorer diminuíra a velocidade. Novamente estava enroscado, encolhido, envolto em fria timidez. Periodicamente gania e olhava para o dono, em busca de segurança.

Fissuras chamejantes se abriam no céu.

ROY MIRO empurrou as perturbadoras fotografias para o lado e colocou sua pasta com o computador sobre a mesa da cozinha da cabana de Malibu. Ligou o computador na tomada da parede e estabeleceu conexão com Mama, em Virgínia.

Quando Spencer Grant se alistara no Exército dos Estados Unidos, com 18 anos, portanto há mais de 12 anos, certamente preenchera os formulários de praxe. Entre outras coisas, fora solicitado a fornecer informações sobre sua escolaridade, local de nascimento, nome do pai, nome de solteira da mãe e seu parente mais próximo.

O oficial encarregado do recrutamento certamente verificara a veracidade dessas informações básicas, que seriam revistas por um escalão superior antes que Grant iniciasse o serviço militar.

Se Spencer Grant era uma identidade falsa, o rapaz certamente enfrentara grandes dificuldades ao entrar para o Exército usando-a. Apesar de tudo, Roy estava convencido de que este não era o nome que constava da certidão de nascimento original de Grant, e estava decidido a descobrir o nome verdadeiro.

A pedido de Roy, Mama acessou os arquivos mortos do Departamento de Defesa sobre o pessoal que anteriormente pertencera ao Exército, e ela fez com que o formulário de informações básicas sobre Spencer Grant aparecesse na tela.

De acordo com os dados no formulário, o nome da mãe de Grant, por ele fornecido ao Exército, era Jennifer Corrine Porth, listada pelo recruta como "falecida".

O pai era declarado como "desconhecido".

Roy piscou surpreso diante da tela. DESCONHECIDO.

Aquilo era extraordinário. Grant, não satisfeito em se declarar bastardo, deixara implícito que a promiscuidade de sua mãe tornava impossível a identificação do homem que o gerara. Qualquer outra pessoa poderia ter mencionado um nome falso, um conveniente pai fictício, para poupar a si próprio e à finada mãe uma situação embaraçosa.

É claro que se o pai fosse desconhecido o sobrenome de Spencer deveria ser Porth. Portanto, ou sua mãe tomara emprestado de algum artista de cinema famoso o sobrenome "Grant", como Bosley Donner acreditava, ou dera ao filho o nome de algum dos homens de sua vida, mesmo sem estar certa de que fosse o pai da criança.

Ou o "desconhecido" era uma mentira, e o nome Spencer Grant apenas uma outra falsa identidade, talvez a primeira de muitas, que esse fantasma fabricara para si mesmo.

Por ocasião do alistamento, Grant, com a mãe já falecida e o pai desconhecido, indicara como parentes mais próximos Ethel Marie e George Daniel Porth, avós. Certamente, eram seus avós maternos, uma vez que o nome de solteira de sua mãe também era Porth.

Roy observou que o endereço de Ethel e George Porth, em São Francisco, era o mesmo endereço de Grant na época do alistamento. Aparentemente, os avós haviam acolhido o menino após a morte da mãe, quando quer que esta tivesse ocorrido.

Ethel e George Porth eram certamente as pessoas que conheciam, na íntegra, a história real de Spencer Grant. Presumindo-se, é claro, que fossem pessoas reais e não apenas nomes inventados para um formulário que o oficial de recrutamento deixara de verificar há 12 anos.

Roy solicitou uma cópia impressa do trecho relativo ao arquivo do serviço militar de Grant. Ainda que os Porth representassem uma boa pista, Roy não estava certo de que iria conseguir alguma informação em São Francisco que desse um pouco mais de substância a esse elusivo fantasma, que ele avistara pela primeira vez há menos de 48 horas, naquela noite chuvosa em Santa Mônica.

Tendo eliminado totalmente qualquer pista a seu respeito em todas as concessionárias de serviços públicos, arquivos dos impostos prediais e até mesmo nos arquivos da Fazenda Nacional, por que motivo teria Grant consentido que seu nome permanecesse nos arquivos do DVM, da Previdência Social, do DPLA e do Exército? Tinha chegado a adulterar esses registros, substituindo seu verdadeiro endereço por uma série de endereços falsos, mas poderia tê-los eliminado totalmente. Possuía os conhecimentos e a experiência necessária para fazê-lo e, portanto, tinha mantido sua presença em alguns bancos de dados por alguma razão específica.

Roy sentiu que, de alguma forma, estava fazendo o jogo de Grant, até mesmo por estar tentando reconstruir seu passado.

Frustrado, voltou a atenção mais uma vez para duas das quarenta fotografias que mais o tinham afetado. A mulher, o menino e o celeiro ao fundo. O homem nas sombras.

POR TODOS OS LADOS, o Explorer estava cercado de areia tão branca quanto ossos pulverizados, rochas vulcânicas cinzentas, encostas de argila despedaçadas por milhões de anos de calor, frio e tremores de terra. As poucas plantas à vista eram secas e quebradiças. Com exceção da poeira e da vegetação agitadas pelo vento, o único movimento era o rastejar de escorpiões, aranhas, escaravelhos, serpentes venenosas e criaturas de sangue frio ou sem sangue que cresciam naquela árida imensidão.

Fios e pontos prateados, criados pelos relâmpagos, faiscavam continuamente no céu, e nuvens espessas, negras como a noite, deixavam uma promessa de chuva. O bojo das nuvens era pesado. Com trovoadas estrondosas, a tempestade esforçava-se para ganhar vida.

Capturado entre a terra morta e o céu tempestuoso, Spencer, na medida do possível, acompanhou a rodovia interestadual a distância. Desviava-se apenas quando o relevo da região o exigia.

Rocky continuava sentado, com a cabeça abaixada, preferindo contemplar as próprias patas do que o dia tempestuoso. Seus flancos estremeciam à medida que as correntes de temor fluíam através de seu corpo, como eletricidade ao longo de um circuito fechado.

Num outro dia, num outro lugar e diante de uma outra tempestade, Spencer teria tagarelado constantemente para acalmar o cão. Neste momento, no entanto, seu estado de espírito tornava-se cada vez mais sombrio, acompanhando o anoitecer, e era capaz de focalizar apenas seu próprio tumulto interior.

Por aquela mulher, deixara para trás sua vida, com tudo que ela incluía. Abandonara o conforto sossegado da cabana, a beleza dos eucaliptos, a paz do *canyon* – e muito provavelmente nunca mais poderia retornar. Tornara-se um alvo e comprometera seu precioso anonimato.

Não se arrependia de nada – pois ainda alimentava a esperança de conquistar uma vida real, com algum tipo de significado e objetivo. Embora desejasse sinceramente ajudar a mulher, queria também ajudar a si mesmo.

Mas os riscos subitamente haviam aumentado. A morte e a exposição não eram os únicos riscos que precisaria enfrentar se continuasse a se envolver com os problemas de Valerie Keene. Mais cedo ou mais tarde, seria forçado a matar alguém. Não lhe dariam escolha.

Depois de escapar da invasão do bangalô em Santa Mônica na quarta-feira à noite, tinha evitado pensar sobre as mais perturbadoras implicações da extrema violência do grupo da SWAT. Agora relembrava os tiros dirigidos a alvos imaginários no interior da casa às escuras e os disparados em sua direção quando escalava o muro da propriedade.

Aquilo não era simplesmente a resposta de uns poucos agentes da lei intimados pela presa. Era uso excessivo e criminoso da força, prova de um órgão fora de controle e confiante de que não precisaria responder por quaisquer atrocidades cometidas.

Há pouco tempo, encontrara arrogância semelhante no comportamento imprudente dos homens que o ob igaram a fugir de Las Vegas.

Pensou sobre Louis Lee naquele elegante escritório, no subsolo do China Dream. O homem dissera que os governos, quando se tornavam grandes demais, muitas vezes deixavam de atuar de acordo com os códigos de justiça sob os quais tinham sido estabelecidos.

Todos os governos, até mesmo as democracias, mantinham o controle por meio da ameaça de violência e encarceramento. Quando, entretanto, a ameaça era dissociada das disposições legais, ainda que as intenções fossem as melhores possíveis, a linha divisória que separava o agente federal do malfeitor era extremamente tênue.

Se Spencer localizasse Valerie e descobrisse o motivo de sua fuga, ajudá-la não seria simplesmente uma questão de lançar mão de suas economias e contratar o melhor advogado na praça para representá-la. Ingenuamente, este havia sido seu nebuloso plano, nas poucas ocasiões em que tinha se preocupado em pensar sobre o que faria se a encontrasse.

Mas a violência desses inimigos eliminava uma solução em qualquer tribunal.

Forçado a escolher entre o uso da violência ou a fuga, preferiria sempre a fuga e o risco de ser atingido pelas costas por uma bala – pelo menos quando nenhuma outra vida além da sua estivesse em risco. Quando finalmente assumisse a responsabilidade pela vida dessa mulher, não poderia, entretanto, esperar que ela também se colocasse na mira de um revólver. Mais cedo ou mais tarde ele seria forçado a responder de modo agressivo à violência desses homens.

Meditando sombriamente sobre isso, Spencer rumou para o sul entre o deserto excessivamente sólido e o céu amorfo. A leste, mal se via a estrada distante, e nenhum caminho distinto abria-se à sua frente.

A chuva veio do leste em cataratas, com rara ferocidade para o Mojave, obstruindo totalmente a visão, um imponente maremoto cinza por trás do qual o deserto começou a desaparecer.

Spencer sentia o cheiro da chuva, apesar de ela ainda não os ter atingido. Um cheiro frio, úmido, tinto, de ozônio, inicialmente refrescante, mas em seguida estranho e profundamente gelado.

— Não é que eu me preocupe com o fato de ser ou não capaz de matar alguém se chegarmos a esse ponto — comentou, dirigindo-se ao cachorro enroscado no banco.

A muralha cinzenta corria em sua direção, a cada segundo mais veloz e parecendo trazer consigo uma ameaça maior que a de uma simples chuva. Era o futuro também, e tudo quanto temia descobrir sobre o passado.

— Já fiz isso antes. Posso fazer de novo se quiser.

Sobrepondo-se ao ronco do motor do Explorer, podia agora ouvir a chuva, como a pulsação de um milhão de corações.

— E se algum filho-da-puta merecer morrer, posso matá-lo sem sentir culpa ou remorso. Algumas vezes é necessário. É justo. Não tenho nenhum problema em relação a isso.

A chuva derramava-se sobre eles, ondulante como lenços de um mágico, trazendo mudanças criadas como num passe de mágica. A terra pálida escureceu assim que foi molhada. À luz peculiar da tempestade, a vegetação ressecada, mais marrom que verde, subitamente adquiriu um brilho verdejante; em segundos, as folhas e a grama seca pareceram inchar e adquirir espessas formas tropicais, embora tudo não passasse de ilusão.

Acionando os limpadores do pára-brisa e a tração nas quatro rodas, Spencer disse:

— O que me preocupa... o que me assusta... é que talvez eu mate algum filho-da-puta que mereça... algum lixo ambulante... e que *dessa vez* eu goste.

O aguaceiro certamente era tão cataclísmico quanto o que tinha obrigado Noé a enfrentar o Dilúvio, e o tamborilar da chuva sobre a caminhonete era ensurdecedor. Provavelmente o cachorro, atemorizado pela chuva, não podia ouvir as palavras do dono, mas Spencer usava a presença de Rocky como uma desculpa para reconhecer uma verdade que preferia não escutar, falando alto porque poderia mentir se falasse apenas consigo mesmo.

– Jamais gostei. Nunca me senti como um herói. Mas também não me deixava apavorado. Eu não vomitava nem perdia o sono. E então... se da próxima vez... ou na seguinte...?

Sob os trovões ameaçadores, na mortalha aveludada da chuva, aquele início de tarde tornara-se tão escuro quanto um crepúsculo. Conduzindo o veículo da escuridão para o mistério, acendeu os faróis, surpreso ao verificar que os dois tinham sobrevivido ao impacto contra o portão do parque de diversões.

A chuva que caía em linha reta sobre a terra era tanta que dissolvia e levava para longe o vendaval que anteriormente varrera o deserto com redemoinhos.

Chegaram ao leito seco de um rio cujas margens se elevavam suavemente. Sob a luz dos faróis, um riacho de água prateada, com alguns metros de largura e uns poucos centímetros de profundidade, cintilava ao longo do centro daquela depressão. Spencer atravessou o arroio, passando para um terreno mais alto na outra extremidade.

Quando o Explorer começava a subir para a outra margem, uma sucessão de relâmpagos iluminou o deserto, acompanhados pelo estrondo dos trovões que reverberavam no interior da caminhonete. A chuva começou a cair ainda mais forte do que antes. Forte como ele nunca tinha visto.

Segurando o volante com uma das mãos, Spencer acariciou a cabeça de Rocky. O cachorro estava assustado demais para olhar para cima em direção à mão que o afagava.

Não se afastaram mais do que uns 50 metros do primeiro arroio quando Spencer viu que a terra se movia diante deles. Rolava sinuosamente, como se enxames de serpentes gigantescas deslizassem logo abaixo da superfície do deserto. Quando conseguiu finalmente frear, os faróis revelaram uma explicação menos fantasiosa, porém não menos aterradora: a terra não se movia, mas um rio de águas fervilhantes e caudalosas corria de oeste para leste ao longo da planície suavemente ondulada, bloqueando a passagem para o sul.

O fundo desse novo arroio estava praticamente todo escondido. A água veloz já quase alcançava as margens.

Torrentes daquela proporção não poderiam ter surgido apenas quando a tempestade desabara sobre a planície, há apenas alguns minutos. Certamente, era água que descia das montanhas, onde a chuva caíra durante algum tempo e onde as encostas pedregosas, desprovidas de árvores, absorviam muito pouca água. O deserto raramente era castigado por aguaceiros daquela magnitude, mas em raras ocasiões, com rapidez espantosa, as inundações repentinas chegavam até mesmo às partes elevadas da rodovia interestadual ou corriam para as áreas baixas do agora distante Las Vegas Strip, arrastando os carros dos estacionamentos dos cassinos.

Spencer não podia calcular a profundidade da água. Podia ser 50 centímetros ou 2 metros.

Ainda que tivesse apenas 50 centímetros de profundidade, a água se movimentava com tal força que ele não se atreveria a atravessá-la. Antes que chegasse à metade do caminho, a caminhonete seria levantada e arrastada pela correnteza, rolando e sacudindo, como um destroço de um navio naufragado.

Ladeado por cataratas que impediam totalmente a passagem, Spencer não podia mais acompanhar o traçado da distante rodovia interestadual.

Começou a considerar parar ali mesmo, à espera de que a tempestade amainasse. Quando a chuva parasse, os arroios esvaziariam tão depressa quanto tinham enchido. Mas Spencer pressentia que a situação era mais perigosa do que parecia.

Abriu a porta, saiu no aguaceiro, e quando chegou até a frente do Explorer já estava ensopado. A chuva violenta martelava um frio profundo dentro dele.

O frio e a umidade contribuíam menos para seu desconforto do que o *ruído* inacreditável. O ronco opressivo da tempestade bloqueava todos os outros sons. O chacoalhar da chuva no deserto, o crepitar do rio e o bombardeio dos trovões combinavam-se para que o vasto Mojave se tornasse tão confiante e gerasse tanta claustrofobia quanto um barril tripulado por um aventureiro às bordas do Niágara.

Spencer queria ver se de fora conseguia ter uma visão melhor do fluxo de água, mas o exame mais detalhado o assustou. A cada momento, o nível da água subia, aproximando-se pouco a pouco das margens do rio e, dentro em pouco, inundaria a planície. Alguns pontos das margens começavam a ruir, sendo imediatamente dissolvidas na corrente lamacenta e arrastadas. À medida que erodia um canal mais amplo, o volume da corrente aumentava assustadoramente, ao mesmo tempo elevando-se e tornando-se maior. Spencer afastou-se do primeiro arroio e caminhou em direção ao segundo, ao sul da caminhonete. Atingiu-o mais cedo do que esperava. O arroio crescia e se expandia da mesma forma que o primeiro. Mais ou menos 50 metros separavam os dois arroios quando tinha começado a conduzir o Explorer entre eles, mas a distância agora não passava de 30 metros.

Trinta metros ainda era uma distância razoável. Spencer não conseguia acreditar que aquelas duas enxurradas fossem bastante poderosas para erodir toda aquela extensão e se fundir.

Subitamente, bem à frente de seus pés abriu-se uma fenda no solo. Um esgar longo e dentado. A terra sorria e um pedregulho de 10 metros de largura desabou da margem para a correnteza.

Spencer pulou para trás, fora de perigo. A terra ensopada à sua volta começava a tornar-se pastosa sob seus pés.

Uma tragédia parecia inevitável. Grandes porções do deserto eram constituídas de argila, rochas vulcânicas e quartzitos, mas tivera a infelicidade de ser apanhado por um aguaceiro enquanto viajava sobre um mar de areia. A não ser que houvesse uma espinha dorsal de rochas entre os dois arroios, a terra que os separava poderia ser arrastada pela água e toda a planície reconfigurada, dependendo do tempo que durasse uma tempestade como aquela.

O aguaceiro, inacreditavelmente violento, abruptamente se tornou ainda mais forte.

Spencer correu para o Explorer, atirou-se para dentro e bateu a porta. Tremendo e pingando água, conduziu a caminhonete em marcha à ré, afastando-o do arroio ao norte, temendo que a terra sob as rodas cedesse.

Rocky, com a cabeça ainda abaixada, lançou um olhar preocupado na direção do dono, por debaixo das pálpebras semicerradas.

– Vamos precisar passar entre os arroios, leste ou oeste – raciocinou Spencer em voz alta –, enquanto ainda existe alguma coisa sobre a qual se possa dirigir.

Os limpadores do pára-brisa não estavam dando conta das cascatas que deslizavam pelo vidro, e a paisagem turva pela chuva parecia afundar-se cada vez mais no falso crepúsculo. Tentou aumentar a velocidade dos limpadores; já estava no máximo.

– Não devemos prosseguir em direção às terras baixas. A água está ganhando velocidade. Provavelmente, inundará tudo lá.

Ligou o farol alto. A luz adicional não clareava nada: atingia e desviava-se das lantejoulas de chuva, de forma que o caminho à frente parecia obscurecido por uma sucessão de cortinas de contas espelhadas. Preferiu voltar ao farol baixo.

– Para o alto da colina o terreno é mais seguro. Deve ser mais rochoso.

O cachorro apenas tremeu.

– A distância entre os arroios provavelmente será maior.

Spencer engatou novamente a marcha, a planície elevava-se gradualmente para oeste em direção a uma zona obscura.

Como agulhas de luzes artificiais que costuravam o céu e a terra, ele se dirigiu para uma imensa escuridão.

SEGUINDO INSTRUÇÕES de Roy Miro, os agentes de São Francisco procuravam Ethel e George Porth, os avós maternos que tinham criado Spencer Grant após a morte da mãe. Enquanto isso, Roy dirigiu-se para o consultório do Dr. Nero Mondello em Beverly Hills.

Mondello era o mais famoso cirurgião plástico de uma comunidade onde a obra divina era revisada com mais freqüência do que em qualquer outro lugar do mundo, com exceção de Palm Springs e Palm Beach. Em um nariz duvidoso, ele era capaz de operar milagres equivalentes aos que Michelangelo realizara nos gigantescos blocos de mármores de carrara – embora os honorários de Mondello fossem substancialmente mais altos do que os do mestre italiano.

Concordara em alterar a agenda cheia para encontrar-se com Roy, pois acreditava estar auxiliando o FBI numa busca desesperada por um assassino em série bastante perigoso.

Encontraram-se na espaçosa sala do médico: chão de mármore branco, paredes e tetos brancos, castiçais de conchas brancas, dois quadros abstratos em molduras brancas: a única cor era o branco, e o artista produzia os efeitos unicamente por meio de densas camadas de pigmento. Duas cadeiras de vime branco, com almofadas de couro branco, ladeavam uma mesa de aço e vidro em frente a uma escrivaninha de madeira pintada de branco, contra um fundo de cortinas de seda branca.

Roy sentou-se numa das cadeiras trabalhadas, como um torrão de terra em toda aquela brancura, e pôs-se a imaginar qual seria a vista se as cortinas fossem abertas. Tinha a louca sensação que além da janela, no centro de Beverly Hills, jazia uma paisagem coberta de neve.

Exceto pelos retratos de Grant que Roy trouxera, o único objeto sobre a superfície polida da mesa era uma rosa vermelha, num vaso de cristal trabalhado. A flor era um certificado da possibilidade de perfeição – e chamava a atenção do visitante para o homem que se sentava logo atrás, à escrivaninha.

Alto, silencioso, bonito, quarentão, o Dr. Nero Mondello era o foco principal de seu reino incolor. Com seus espessos cabelos negros penteados para trás, tez morena e olhos com o mesmo tom negro-púrpura de ameixas maduras, o cirurgião causava um impacto quase tão forte quando o da manifestação de um espírito. Vestia um jaleco branco sobre uma camisa branca e gravata de seda vermelha. Em torno do visor de seu Rolex de ouro, diamantes idênticos faiscavam como se estivessem carregados de energia sobrenatural.

A sala e o homem não eram menos impressionantes por serem tão fragrantemente teatrais. Mondello dedicava-se a substituir a verdade da natureza por ilusões convincentes, e todos os bons mágicos eram teatrais.

Examinando a fotografia de Grant e o retrato gerado pelo computador, Mondello afirmou:

– Sim, este certamente foi um ferimento terrível, assustador.

– O que poderia tê-lo causado? – perguntou Roy.

Mondello abriu uma gaveta da escrivaninha, retirou uma lente de aumento com cabo de prata e examinou a fotografia mais atentamente.

Após alguns instantes, respondeu:

– Parece mais um corte que uma dilaceração e, portanto, deve ter sido produzido por um instrumento bem afiado.

– Uma faca? – perguntou Roy.

– Ou vidro. Mas a lâmina não era totalmente uniforme. Muito afiada, mas ligeiramente irregular, como vidro – ou uma lâmina serrilhada. Uma lâmina uniforme produziria um ferimento mais limpo e uma cicatriz mais estreita.

Observando Mondello debruçado sobre as fotografias, Roy percebeu que as feições do cirurgião eram tão refinadas e bem-proporcionadas que deveriam ser obra de um talentoso colega.

– Tecido cicatricial.

– Desculpe? – disse Roy.

– Tecido conjuntivo, que se contraiu, enrugou ou pregueou – disse Mondello sem tirar os olhos das fotos. – Embora esta seja bastante uniforme, considerando-se sua extensão. – Devolveu a lente de aumento à gaveta e arrematou: – Não posso lhe dizer muito mais. Exceto que não é uma cicatriz recente.

– Uma cirurgia poderia eliminá-la, enxertos de pele?

– Parcialmente, poderia tornar-se menos visível, apenas uma linha fina, um fio de descoloração.

– Dolorosa?

– Sim, mas isso aqui – mostrou a cicatriz na foto – não exigiria uma série de cirurgias ao longo de vários anos, como no caso de queimaduras.

O rosto de Mondello era excepcional porque as proporções eram tão precisas que parecia que o princípio estético que tinha orientado sua cirurgia não havia sido simplesmente a intuição de um artista, mas sim o rigor lógico de um matemático. O médico tinha refeito a si próprio com o mesmo controle que os grandes políticos aplicam à sociedade para transformar seus imperfeitos cidadãos em pessoas melhores. Roy há muito compreendera que os seres humanos eram tão profundamente imperfeitos que nenhuma sociedade poderia chegar a possuir uma justiça perfeita sem impor, de cima para baixo, um planejamento matematicamente rigoroso e firme orientação. E, no entanto, nunca havia percebido que sua paixão pela beleza ideal e seu desejo de justiça eram uma utopia.

Algumas vezes, Roy se surpreendia com sua capacidade intelectual.

— Por que – perguntou ele a Mondello – um homem viveria com essa cicatriz se ela pudesse ser eliminada? Isto é, eliminando-se a hipótese de não poder arcar com as despesas.

— Oh! O custo não seria um empecilho. Se o paciente não tivesse recursos e o governo se recusasse a pagar, ainda assim receberia tratamento. A maioria dos cirurgiões sempre dedica parte de seu tempo a obras assistenciais como esta.

— Então, por quê?

Mondello deu de ombros e empurrou as fotografias na direção de Roy.

— Talvez tenha medo da dor.

— Não acredito. Não esse homem.

— Ou medo de médicos, hospitais, instrumentos pontiagudos, anestesia. Existem inumeráveis fobias que impedem as pessoas de se submeterem a uma cirurgia.

— Esse homem não tem uma personalidade fóbica – afirmou Roy, devolvendo as fotografias ao envelope de papel pardo.

— Poderia ser culpa. Se sobreviveu a um acidente em que as outras pessoas envolvidas morreram, poderia ter o sentimento de culpa do sobrevivente. Especialmente se pessoas que ele amava tiverem morrido. Sente não ser melhor do que elas, e põe-se a imaginar por que foi poupado e elas, não. Sente-se culpado por estar vivo. Sofrer com a cicatriz é uma forma de expiar essa culpa.

Franzindo o cenho, Roy se levantou.

— Talvez.

— Tive pacientes com esse tipo de problema. Não desejavam se submeter a uma cirurgia porque a culpa do sobrevivente os fazia sentir que mereciam as cicatrizes.

— Isso não soa nada bem. Não para esse cara.

— Se ele não sofre de alguma fobia nem é dominado pelo sentimento de culpa dos sobreviventes – disse Mondello, contornando a mesa e acompanhando Roy até a porta –, então posso apostar que é um sentimento de culpa em relação a *alguma coisa*. Ele está se castigando com a cicatriz. Obrigando-se a recordar de alguma coisa que desejaria esquecer, mas que se sente obrigado a lembrar. Já vi isso antes também.

Enquanto o cirurgião falava, Roy estudava seu rosto, fascinado pela estrutura finamente esculpida. Imaginava até que ponto o efeito era alcançado através dos ossos reais e quanto dele se devia a implantes plásticos, mas sabia que não seria de bom-tom perguntar.

Já na porta, disse:

— Doutor, o senhor acredita em perfeição?

Parando com a mão sobre a maçaneta, Mondello pareceu confuso.

— Perfeição?

— Perfeição social e pessoal. Um mundo melhor.

— Bem... eu acredito em lutar sempre por ela.

— Ótimo – Roy sorriu. – Eu sabia que esta seria sua resposta.

— Mas eu não acredito que possamos alcançá-la.

O sorriso de Roy desapareceu.

— Ah! Mas algumas vezes eu já encontrei a perfeição. Não a perfeição no todo de alguma coisa, talvez, mas em partes.

Mondello sorriu com indulgência e sacudiu a cabeça.

— A idéia que um homem faz da perfeição pode representar o caos para outro. A visão de um homem da beleza perfeita é a noção de deformidade de um outro.

Roy não apreciava este tipo de conversa. A insinuação de que qualquer utopia era também inferno. Ansioso para convencer Mondello de que havia um ponto de vista alternativo, afirmou:

— Existe beleza perfeita na natureza.

— Sempre há alguma imperfeição. A natureza tem horror à simetria, à uniformidade, às linhas retas, à ordem... todas as coisas que associamos à beleza.

– Recentemente encontrei uma mulher com mãos perfeitas. Mãos sem defeito, sem uma única imperfeição, de formas perfeitas.

– Um cirurgião plástico observa a forma humana com um olhar mais crítico do que o das outras pessoas. Já vi muitas imperfeições, tenho certeza.

O tom de superioridade do médico irritava Roy, e ele disse:

– Eu gostaria de ter trazido aquelas mãos para você... uma delas, pelo menos. Se eu a tivesse trazido, se você a visse, teria concordado.

Subitamente, Roy compreendeu que estivera a um passo de revelar fatos que exigiriam a imediata execução do médico.

Temendo que sua agitação o levasse a cometer um outro erro ainda maior, Roy decidiu apressar-se a sair. Agradeceu a Mondello sua cooperação e deu as costas à sala branca.

No estacionamento do edifício de consultórios médicos o sol de fevereiro parecia mais branco do que dourado, um tanto áspero, e um canteiro de palmeiras criava sombras que pendiam para leste. A tarde começava a esfriar.

Ao girar a chave na ignição e dar partida no carro, Roy ouviu o bipe tocar. Verificou no visor das mensagens e viu um número com o prefixo do escritório de Los Angeles. Discou em seu telefone celular.

Tinham grandes novidades. Spencer Grant por pouco não fora apanhado em Las Vegas. Estava agora em fuga, através do deserto de Mojave. Um jatinho aguardava no aeroporto de Los Angeles para levar Roy até Nevada.

CONDUZINDO O EXPLORER através da encosta praticamente imperceptível entre os dois rios caudalosos, numa península encharcada, que se estreitava num ritmo regular, procurando alguma formação rochosa sobre a qual pudesse parar e esperar a tempestade amainar, Spencer enfrentava o problema de uma visibilidade cada vez menor. As nuvens eram tão espessas, tão negras, que era como se ele estivesse a alguns metros de profundidade sob o oceano. A chuva caía em proporções bíblicas, inutilizando os limpadores, e embora os faróis estivessem acesos, ele só tinha uma visão clara do terreno à sua frente por breves momentos.

Enormes relâmpagos rasgavam o céu. O espetáculo pirotécnico ofuscante intensificou-se até se transformar numa sucessão contínua de clarões, e trovões sacudiam o céu como se um anjo raivoso, aprisionado pela tempestade, testasse furiosamente a resistência de seus grilhões. Mesmo durante os clarões, a luz inconstante nada iluminava, enquanto verdadeiros enxames de sombras estroboscópicas dançavam na paisagem, aumentando a sensação de desalento e confusão.

Subitamente, à frente e a uns 200 metros a oeste, no nível do solo, como se viesse de uma outra dimensão, apareceu uma luz azul. Imediatamente, começou a deslizar para o sul em alta velocidade.

Spencer espreitou através da chuva e das sombras, tentando discernir a natureza e o tamanho da fonte de luz. Os detalhes continuaram obscuros.

O viajante azul desviou-se para leste, continuou durante alguns metros e desviou-se para norte, em direção ao Explorer. Esférico. Incandescente.

– Que droga é essa?

Spencer reduziu a velocidade do Explorer para observar melhor a fantasmagórica luminosidade.

Quando ainda estava a uns 100 metros dele, a coisa desviou-se abruptamente para oeste, em direção ao local onde aparecera pela primeira vez, foi perdendo intensidade, elevou-se, faiscou e sumiu.

Antes mesmo que a luz desaparecesse totalmente, Spencer, com o canto dos olhos, viu uma segunda forma luminosa. Estacou e olhou na direção oeste-noroeste.

O novo objeto – azul, pulsante – movia-se com rapidez espantosa, num trajeto irregular, que o trouxe mais perto antes que se desviasse para leste. Abruptamente, girou como um foguete descrevendo uma espiral e desapareceu.

Os dois objetos eram totalmente silenciosos, aparições misteriosas no deserto fustigado pela tempestade.

Um arrepio percorreu seus braços e sua nuca.

Nos últimos dias, embora geralmente fosse cético em relação a todas as coisas místicas, sentia que começava a se aventurar num campo desconhecido, sobrenatural. Em seu país, em sua época, a vida real transformara-se numa fantasia sombria, tão cheia de feitiçaria quanto qualquer romance sobre terras longínquas, onde magos governavam, dragões perambulavam e gigantes comiam crianças. Quarta-feira à noite ele atravessara um portal invisível que separava a realidade cotidiana de um outro lugar. Nesta nova realidade, Valerie era seu destino. Uma vez encontrada, ela seria a lente mágica que para sempre transformaria sua visão. Tudo quanto havia de misterioso se tornaria claro, mas as coisas há tanto tempo conhecidas e compreendidas se tornariam misteriosas.

Sentia tudo isso em seus ossos, como um homem afetado pela artrite sente a aproximação de uma tempestade antes que a primeira nuvem apareça no horizonte. Sentia, muito mais do que compreendia, e as aparições das duas esferas azuis pareciam confirmar que ele estava no caminho certo para encontrar Valerie, viajando para um lugar estranho, que o transformaria.

Olhou de relance para seu companheiro quadrúpede, esperando que Rocky estivesse olhando na direção em que a segunda luz havia desaparecido. Precisava de uma confirmação que não imaginara aquelas coisas, ainda que sua única confirmação viesse de um cão. Mas Rocky estava encolhido e estremecia de terror, a cabeça continuava abaixada e os olhos semicerrados.

À direita do Explorer, os relâmpagos eram refletidos pelas águas turbulentas. O rio estava muito mais próximo do que ele esperava. O arroio do lado direito alargara-se de forma espantosa nos últimos minutos.

Curvado sobre o volante, dirigiu-se para o novo ponto médio da faixa cada vez mais estreita de terreno sólido e conduziu o Explorer para a frente, em busca de rochas estáveis, imaginando se o misterioso Mojave ainda lhe reservara outras surpresas.

O terceiro enigma azul desceu veloz do céu, tão rápido e aprumado quanto um elevador expresso, a uns 150 metros adiante e à esquerda. O objeto interrompeu a descida e pairou logo acima do chão, girando rapidamente.

O coração de Spencer batia penosamente contra suas costelas. Aliviou a pressão sobre o acelerador. Estava dividido entre o espanto e o terror.

O objeto brilhante encaminhou-se diretamente para ele: tão grande quanto a caminhonete, nenhum detalhe podia ainda ser visto, silencioso, fantasmagórico, numa rota de colisão. Pisou forte no acelerador. A luz descreveu um movimento brusco para acompanhar o seu, dilatou, tornando-se ainda mais brilhante, e encheu o Explorer com uma luz azul brilhante. Para se tornar um alvo menor, virou à direita, freou bruscamente, colocando a traseira da caminhonete exatamente na direção do objeto que se aproximava. O choque não foi violento, mas provocou uma chuva de faíscas cor de safira, e centenas de arcos elétricos que se acendiam de um extremo a outro da caminhonete. Spencer estava enclausurado num fascinante globo de luz azul, que assobiava e estalava. E, então, ele descobriu o que era. Um dos mais raros fenômenos atmosféricos. Relâmpago circular. Não se tratava de uma entidade consciente, nem a força extraterrestre que quase chegara a imaginar, não pretendia caçá-lo nem seduzi-lo. Simplesmente era mais um elemento da tempestade, tão impessoal e rotineiro quanto um relâmpago comum, trovoada ou chuva.

Empoleirado sobre os quatro pneus, o Explorer estava a salvo. Tão logo a esfera explodiu sobre eles, sua energia começou a se dissipar. Assobiando e estalando rapidamente, foi adquirindo um tom azul cada vez mais pálido.

Seu coração havia pulsado com estranho júbilo, como se ele desesperadamente desejasse encontrar algo paranormal, ainda que hostil, em vez de retornar a uma vida desprovida de maravilhas. Embora raro, esse tipo de relâmpago era por demais natural para satisfazer às suas expectativas, e o desapontamento fez com que as batidas de seu coração voltassem a um ritmo praticamente normal.

A parte dianteira da caminhonete desceu perigosamente com um tranco, e a cabine inclinou-se para a frente. Quando o último dos arcos de eletricidade estalava da borda do farol esquerdo para o canto direito mais elevado do pára-brisa, a água suja borbulhou sobre o capô.

Em seu pânico, ao tentar fugir da esfera azul, Spencer avançara demais para a direita, ficando exatamente na beirada do arroio. As margens de areia macia começavam a ceder sob a caminhonete.

Mais uma vez seu coração disparou.

Engatou a marcha à ré e pisou *com cuidado* no acelerador. A caminhonete movimentou-se para trás, para cima da encosta que se desintegrava.

Um outro pedaço da margem cedeu. O Explorer inclinou-se ainda mais para a frente. A água cobriu o capô, chegando quase ao pára-brisa.

Spencer abandonou toda a prudência e acelerou com força. A caminhonete foi impulsionada e *pulou* para trás. Para fora da água. Os pneus se afundavam no terreno macio e encharcado. Inclinando-se para trás... para trás... quase na horizontal novamente.

O talude do arroio era por demais instável para resistir. As rodas que giravam com força desestabilizaram o terreno gelatinoso. Com o motor tremendo, os pneus girando loucamente na lama traiçoeira, o Explorer escorregou para dentro da enxurrada, protestando tão ruidosamente quanto um mastodonte, sendo sugado para dentro do poço de uma mina de alcatrão.

— Filho-da-puta! — Spencer inspirou profundamente e prendeu a respiração, como se fosse um colegial mergulhando numa lagoa.

A caminhonete deslocou a água ao seu redor, totalmente submersa.

Nervoso pelos sons e movimentos calamitosos, Rocky uivou desesperado, como se respondesse não apenas aos eventos atuais, mas aos terrores acumulados durante toda a sua acidentada vida.

O Explorer voltou à superfície, movendo-se como um navio em águas revoltas. As janelas estavam fechadas, impedindo que a água gelada entrasse, mas o motor estava morto.

A caminhonete foi levada pela correnteza, corcoveando e balançando, mantendo-se muito mais à tona do que Spencer esperara. A superfície da água batia de encontro a caminhonete a apenas alguns centímetros de sua janela lateral.

Foi invadido por uma sucessão de ruídos líquidos, uma tortura chinesa aquática: o crepitar oco da chuva no teto e o gorgolejar da enxurrada furiosa de encontro ao Explorer.

Sobrepondo-se a todos os sons que competiam entre si, um ruído sibilante, por ser claro em vez de abafado pelas superfícies de metal ou vidro, chamou a atenção de Spencer. O chocalhar de uma cascavel não poderia ter sido mais alarmante. Em algum lugar a água começava a penetrar na caminhonete.

A fissura não era catastrófica – era um gotejar e não um jorro. Mas cada litro de água que entrava empurrava a caminhonete mais para o fundo, até que afundasse totalmente. Depois iria rolar pelo leito do rio, empurrada, com o chassis se desmantelando, as janelas estilhaçando.

As duas portas da frente estavam bem fechadas. Não havia infiltração.

Enquanto a caminhonete fez uma série de curvas e mergulhou rio abaixo, Spencer, cujos movimentos eram prejudicados pelo cinto de segurança, virou-se para trás para verificar o estado do bagageiro. Todas as janelas estavam intactas. Na traseira da caminhonete não havia entrado água. O banco traseiro estava dobrado, impedindo a visão do piso sob ele, mas duvidava que a água estivesse entrando pelas portas traseiras.

Quando se voltou novamente para a frente, seus pés encontraram água.

Rocky ganiu e Spencer disse:

– Está tudo bem.

Não alarme o cão. Não minta, mas não o assuste.

Aquecimento. O motor estava morto, mas o aquecimento ainda funcionava. A água estava invadindo a caminhonete por meio dos respiradouros, Spencer desligou o sistema de aquecimento e fechou as entradas de ar. O chuvisco cessou.

À medida que a caminhonete, pendia para trás, os faróis iluminavam o céu atormentado e as torrentes mortais de chuva. A caminhonete deu uma guinada e os fachos de luz passaram a iluminar, desordenadamente, à esquerda e à direita, parecendo esculpir o talude do arroio. Matacões de terra despencavam na corrente suja, provocando esguichos de espuma perolada. Spencer desligou os faróis, e o mundo tom sobre tom, cinza sobre cinza era menos caótico.

Os limpadores do pára-brisa continuavam a funcionar com a energia da bateria. Não se preocupou em desligá-los. Precisava ver o que tinha pela frente da melhor forma possível.

Ele ficaria menos estressado – e não correria maiores riscos – se abaixasse a cabeça e fechasse os olhos, como Rocky, e esperasse que o destino fizesse dele o que bem entendesse. Há uma semana, poderia ter feito exatamente isto, mas agora espreitava ansiosamente à frente, com as mãos agarradas ao volante.

Ele se surpreendeu com a veemência de seu desejo de sobreviver. Até que chegasse ao The Red Door, não havia esperado nada demais da vida: apenas manter certo grau de dignidade e morrer sem humilhação.

Ervas empretecidas, restos espinhosos de cactos arrancados, tufos de grama que poderiam ser cabelos louros de mulheres afogadas e destroços pálidos deslizavam pelo rio junto com o Explorer, esbarrando e chocando-se de encontro a ele. Em meio a uma turbulência emocional equivalente ao tumulto do mundo natural, Spencer descobriu que vivera todos aqueles anos como se ele próprio fosse um destroço, mas que, afinal, estava *vivo*.

O curso d'água sofreu uma queda de 2 ou 3 metros, e a caminhonete navegou sobre uma catarata ruidosa, elevada no ar, com a dianteira pendendo para baixo, e mergulhou na água turbulenta, para uma escuridão abissal. Spencer inicialmente foi atirado para a frente, contra o volante, e depois para trás. Sua cabeça chocou-se de encontro à parte superior do banco. O Explorer não atingiu o fundo, voltou explosivamente à superfície e rolou rio abaixo.

Rocky ainda estava no banco do carona, encolhido e infeliz, com as unhas fincadas no estofamento.

Spencer gentilmente o acariciou e carinhosamente apertou a parte de trás do pescoço do animal.

Rocky não levantou a cabeça, mas voltou-se na direção do dono e rolou os olhos para espreitar através das pálpebras semicerradas.

A interestadual 15 estava a 1,5 quilômetro de distância. Spencer estava atônito com o fato de a caminhonete ter sido arrastada para tão longe num período tão curto. A correnteza era ainda mais rápida do que parecia.

A auto-estrada atravessava o arroio – geralmente um leito seco – sobre maciças colunas de concreto. Através do pára-brisa enlameado e da chuva forte, os pilares da ponte pareciam absurdamente numerosos, como se os engenheiros do governo tivessem projetado a estrutura com o objetivo principal de canalizar milhões de dólares para o sobrinho de algum senador que atuava no ramo de concretagem.

O vão central entre os pilares da ponte era bastante amplo para permitir a passagem de cinco caminhões lado a lado. Mas uma grande parte da enxurrada deslizava através dos vãos mais estreitos, entre as colunas, bem próximas umas das outras, das laterais do canal principal. O impacto contra os pilares da ponte seria mortal.

Corcoveando e mergulhando, deslizaram por uma série de corredeiras. A água batia de encontro às janelas. O rio ganhava velocidade. Muita velocidade.

Rocky estava tremendo com mais violência do que nunca e arfando penosamente.

– Calma, calma, amigo. É melhor não fazer xixi no banco. Está me ouvindo?

Na interestadual 15, os faróis das grandes carretas e dos carros moviam-se através do dia escurecido pela tempestade. Luzes de emergência lançavam fachos de luz vermelha sobre a chuva nos locais onde os motoristas haviam parado no acostamento para esperar que a tempestade amainasse.

A ponte espreitava ameaçadoramente à distância. Explodindo continuamente de encontro às colunas de concreto, o rio lançava verdadeiros lençóis de borrifo para o ar.

O caminhão atingira uma velocidade aterradora, *descendo* rio abaixo. Rolava violentamente para um lado e para o outro, e ondas sucessivas de náusea atingiam Spencer.

– É melhor não fazer xixi no banco – repetiu, mas desta vez não se dirigia apenas ao cão.

Colocou a mão sob a jaqueta de brim forrada de pêlo de carneiro, sob a camisa ensopada e retirou o medalhão de pedra-sabão verde que pendia de uma corrente dourada em seu pescoço. De um lado havia um entalhe representando a cabeça de um dragão. Do outro, um faisão igualmente estilizado.

Spencer recordava-se com nitidez do escritório elegante, desprovido de janelas, no subsolo do China Dream. O sorriso de Louis Lee. A gravata-borboleta, os suspensórios. A voz suave: *Algumas vezes ofereço um destes às pessoas que, a meu ver, necessitam dele.*

Sem retirar a corrente do pescoço, continuou segurando o medalhão. Apesar de achar seu comportamento infantil, continuou segurando-o com firmeza.

A 100 metros de distância, a ponte. O Explorer ia passar perigosamente perto da floresta de colunas à direita.

Faisões e dragões. Prosperidade e vida longa.

Lembrou-se da estátua de Quan Yin na porta da frente do restaurante. Serena, mas vigilante. Defendendo contra pessoas invejosas.

Depois de uma vida como a sua, o senhor ainda consegue acreditar?
Precisamos acreditar em alguma coisa Sr. Grant.

A 10 metros da ponte a caminhonete foi envolvida por correntes ferozes que a levantavam, deixavam-na cair, atiravam-na para o lado direito, rolavam-na de volta para o lado esquerdo e batiam ruidosamente de encontro às portas.

Navegando para longe da tempestade, em direção à sombra eclipsante da auto-estrada acima, passaram pela primeira coluna da ponte, na fileira imediatamente à direita. Passaram pela segunda, numa velocidade apavorante. O rio estava tão alto que o concreto do lado de baixo da ponte estava apenas a alguns centímetros da caminhonete. Aproximaram-se cada vez mais das colunas, deslizando velozmente perto da terceira, da quarta, e estavam mais próximos ainda.

Faisões e dragões. Faisões e dragões.

As correntes arrastaram a caminhonete para longe dos pilares de concreto e o lançaram num redemoinho que surgira de repente na superfície turbulenta, onde chafurdou na água imunda, já na altura do parapeito das janelas. O rio acenou com a possibilidade de uma passagem segura, empurrando-os como se estivessem num escorrega, numa longa queda – mas logo zombou do breve lampejo de esperança, levantando novamente a caminhonete e atirando-a, com o lado do carona para a frente, de encontro à coluna seguinte. A colisão foi tão sonora quanto o estouro de uma bomba, o metal rangeu alto, e Rocky uivou.

O impacto jogou Spencer para a esquerda, um movimento que o cinto de segurança não pôde impedir. Bateu com a cabeça na janela. Apesar de todos os outros clamores, Spencer ouviu o vidro temperado esfacelando-se em um milhão de rachaduras da grossura de um fio de cabelo, um som que se assemelhava ao de uma torrada bem tostada sendo esmagada com violência por um punho fechado.

Praguejando, levou a mão esquerda à cabeça. Não havia sangue, apenas um latejar rápido, em compasso com as batidas de seu coração.

A janela parecia um mosaico composto por milhares de minúsculas lascas de vidro, mantidas coesas pela película gelatinosa entre os dois vidros, que unidos formavam o painel.

Miraculosamente, as janelas do lado de Rocly estavam intactas. Mas a porta dianteira fora empurrada para dentro, e a água pingava ao longo da estrutura danificada.

Rocky levantou a cabeça, subitamente com medo de *não* olhar. Gemeu ao espreitar o rio selvagem, o teto baixo de concreto e a tristonha luz acinzentada da tempestade além da ponte.

– Droga, pode fazer xixi no banco se quiser.

A caminhonete entrou numa outra área pantanosa. Haviam percorrido dois terços do túnel.

Um filete sibilante de água esgueirava-se através de uma minúscula brecha na estrutura retorcida da porta. Rocky latiu ao ser respingado.

Quando a caminhonete foi atirada para dentro da passagem, não foi jogada de encontro às colunas. Pior que isso, o rio soergueu-se, como se estivesse correndo sobre uma obstrução no leito, e atirou o Explorer de encontro ao concreto debaixo da ponte.

Agarrando o volante com as duas mãos, determinado a não ser atirado para fora pela janela lateral, Spencer não estava preparado para a força da gravidade. Caiu de volta sobre o banco quando o teto foi dobrado para dentro, porém não com a necessária rapidez, e o atingiu violentamente no alto do crânio.

Faíscas de dor surgiram por trás de seus olhos e ao longo de sua espinha. O sangue escorria-lhe pelas faces. Lágrimas escaldantes. Seus olhos se turvaram.

O rio arrastou a caminhonete por debaixo do concreto da ponte e Spencer tentou endireitar-se no banco. O esforço o deixou tonto e deixou-se cair novamente, respirando com dificuldade.

Suas lágrimas logo escureceram, como se estivessem poluídas. A visão turva esmaeceu. Num instante, as lágrimas eram negras como tinta, e ele estava cego.

A perspectiva da cegueira o apavorava e o pânico abriu uma porta para a compreensão. Não estava cego, graças a Deus, *estava* desmaiando.

Tentou desesperadamente manter a consciência. Se desmaiasse, talvez nunca mais acordasse. Tentou equilibrar-se à beira de uma tonteira. Centenas de pontinhos cinzentos apareceram na escuridão, expandiram-se, formando elaboradas matrizes de luz e sombra, até que finalmente conseguiu enxergar o interior da caminhonete.

Endireitando-se no banco até onde o teto amassado permitia, quase desmaiou mais uma vez. Trêmulo, tocou o couro cabeludo que sangrava. O sangue pingava da ferida, mas não jorrava aos borbotões. Não era uma laceração mortal.

E então estavam novamente ao largo. A chuva castigava a caminhonete.

A bateria ainda resistia, os limpadores ainda deslizavam de encontro ao pára-brisa.

O Explorer valentemente balançou no centro do rio, mais largo do que nunca. Talvez já estivesse com 50 metros de largura. Encostando nas margens, quase transbordando. Só Deus poderia dizer qual era a profundidade. A água estava mais calma do que antes mas corria em alta velocidade.

Contemplando com inquietação a estrada líquida à sua frente, Rocky emitia sons angustiados. Não estava sacudindo a cabeça, não estava encantado com a velocidade, como nas ruas de Las Vegas. Não parecia confiar tanto na natureza quanto em seu dono.

– Muito bem, Sr. Rocky Amigão – disse Spencer com afeição, preocupado em descobrir se sua fala estava arrastada.

Apesar da preocupação de Rocky, Spencer não conseguia divisar quaisquer perigos fora do comum imediatamente à frente, nada igual à ponte. Durante alguns quilômetros a enxurrada pareceu continuar sua marcha sem encontrar obstáculos, até desaparecer na chuva, na névoa e na luz do sol filtrado pelas nuvens negras.

Planícies desérticas de ambos os lados, desoladas, mas exibindo alguma vegetação. Algarobeiras, tufos de grama rija. Do solo da planície afloravam algumas formações rochosas. Eram formações naturais, mas delineavam a estranha geometria das antigas estruturas druídicas.

Mais dor em sua cabeça. Uma escuridão irresistível flutuou atrás dos olhos de Spencer. Podia ter estado inconsciente um minuto ou uma hora. Não sonhou. Foi para uma escuridão imemorial.

Ao voltar a si, sentiu o ar fresco que acariciava sua testa, e a chuva fria que respingava seu rosto. Os sons do rio apresentavam-se com mais vigor que antes.

Por alguns instantes tentou imaginar por que os sons estavam tão mais audíveis. Seus pensamentos não estavam claros. Finalmente compreendeu que a janela lateral tinha desabado enquanto estivera inconsciente. Em seu colo havia inúmeros fragmentos pegajosos de vidro temperado.

A água no chão chegava aos seus tornozelos. Seus pés estavam dormentes de frio. Levantou-os até o pedal do freio e flexionou os dedos dentro dos sapatos encharcados. O Explorer estava mais afundado agora. A água chegava a apenas alguns centímetros da borda da janela. Embora corresse velozmente, o rio estava menos turbulento, talvez por estar mais largo. Se o arroio se estreitasse ou a topografia do terreno mudasse, o fluxo poderia tornar-se mais uma vez turbulento, penetrar na caminhonete e afundá-los.

Spencer estava bem consciente para saber que deveria ficar alarmado, mas só conseguiu sentir uma leve preocupação.

Tudo que desejava era dormir. Estava muito cansado. Exausto.

A cabeça rolou para o lado, para a direita, e Spencer viu o cachorro no banco do carona.

— Como vai você, peludo? — perguntou com voz pastosa, como se tivesse entornado uma cerveja atrás da outra.

Rocky levantou os olhos na direção do dono e voltou a contemplar o rio à sua frente.

— Não tenha medo, amigo. Ele vai vencer, se perceber que você está com medo. Não deixe o filho-da-mãe vencer. Não podemos deixar que ele vença. Precisamos encontrar Valerie. Antes dele. Ele está por aí... Sempre espreitando...

Com os pensamentos voltados para a mulher e uma profunda inquietude no coração, Spencer Grant foi carregado através do dia úmido, murmurando febrilmente, em busca de algo desconhecido, impossível de se conhecer. O cão vigilante sentava-se silenciosamente ao seu lado e a chuva martelava o teto amassado da caminhonete.

Talvez tivesse novamente desmaiado, talvez tivesse apenas fechado os olhos, mas quando seus pés escorregaram do pedal do freio e mergulharam na água, que agora já chegava até o meio de suas canelas, Spencer levantou a cabeça latejante e percebeu que os limpadores de pára-brisa estavam imóveis. A bateria estava morta. O rio estava tão rápido quanto um trem expresso e um pouco de turbulência novamente o agitava. A água lamacenta lambia a parte inferior da janela quebrada.

A alguns centímetros de distância, um rato morto flutuava na superfície das águas, acompanhando a caminhonete. Longo e esguio. Um olho vítreo, escancarado, encarando Spencer fixamente. O focinho contraído, deixando descobertos os dentes pontiagudos. A longa cauda, repugnante, estava rígida como arame, estranhamente enroscada e retorcida.

A visão do rato teve um efeito muito mais alarmante sobre Spencer do que a água na altura da janela. Dominado pelo temor arrepiante, característico dos pesadelos, que fazia disparar o coração, estava certo de que morreria se o rato fosse trazido pela água para dentro da caminhonete, pois não era apenas um rato. Era a morte. Era um grito na noite e um pio de coruja, uma lâmina reluzente e o cheiro de sangue quente, as catacumbas, o cheiro de cal e de alguma coisa ainda pior, era a porta que levava para longe da meninice e da inocência, a passagem para o inferno, a sala nos confins do nada, tudo isso na pele fria de um roedor morto. Se o tocasse, gritaria até que seus pulmões estourassem, e seu último suspiro seria escuridão.

Se pudesse encontrar um objeto com o qual pudesse tentar, através da janela, afastar aquela coisa sem precisar tocá-la! Mas estava fraco demais para tentar encontrar algo que servisse de aguilhão. Suas mãos jaziam no colo, com as palmas para cima, e até mesmo contrair os dedos exigia mais forças do que possuía.

Talvez os ferimentos de sua cabeça fossem mais extensos do que inicialmente calculara. Começou a imaginar se a paralisia já começava a rastejar pelo seu corpo. E se fosse verdade, será que fazia diferença?

Os relâmpagos traçavam cicatrizes no céu. Um reflexo brilhante transformou o tenebroso olho do rato num globo incandescente, que parecia lançar sobre Spencer um olhar ainda mais direto.

Teve a sensação de que sua fixação pelo rato o atrairia em sua direção, de que seu olhar horrorizado atuava como um magneto para aquele olho negro como ferro. Desviou o olhar. Para a frente. Para o rio.

Embora suasse profusamente, sentia ainda mais frio. Até mesmo a cicatriz estava fria. O calor escaldante desaparecera. Era a parte mais fria de seu corpo. Sua pele estava gelada, e a cicatriz parecia de aço.

Piscando para tirar dos olhos a água da chuva que penetrava em diagonal pela janela, Spencer observou o rio ganhar velocidade, fluindo veloz em direção à única característica interessante da paisagem totalmente tediosa das planícies em suave declive.

De norte a sul, através do Mojave, meio escondida pela névoa, uma formação rochosa elevava-se em alguns pontos até uma altitude de mais ou menos 50 metros, e em outros pontos atingia apenas pouco mais de 50 centímetros. Embora fosse parte do relevo geológico natural, a formação era curiosamente erodida, mostrando janelas escavadas pelo vento, e assemelhava-se às fortificações de uma imensa fortaleza erigida e destruída pela guerra milhares de anos antes dos primeiros registros históricos. Ao longo de algumas das partes mais altas da formação, formas de parapeitos desabados e ameias irregulares eram sugeridas. Em alguns lugares, a parede rochosa estava fendida de alto a baixo, como se um exército inimigo tivesse utilizado um aríete nesses locais.

267

Spencer concentrou-se na fantasia de um castelo antigo, superpondo-o às escarpas de rocha, para desviar sua atenção do rato morto que flutuava sob a janela quebrada ao seu lado.

Em sua confusão mental, inicialmente não estava preocupado com o fato de estar sendo arrastado pelo rio em direção às fortificações. Pouco a pouco, entretanto, compreendeu que o encontro iminente poderia mostrar-se tão devastador para a caminhonete quanto fora o brutal fliperama com a ponte. Se a corrente transportasse o Explorer através de um dos canais de drenagem e ao longo do rio, a estranha formação rochosa continuaria a ser apenas uma paisagem interessante. Mas se a caminhonete esbarrasse num daqueles pilares naturais...

A formação rochosa atravessava o arroio, mas em três lugares era atravessada pela correnteza. A maior das brechas tinha mais ou menos 100 metros de largura e estava à direita, emoldurada pela margem sul e por uma torre de rocha escura com 1,5 metro de largura e uns 15 de altura, que se elevava da superfície da água. A mais estreita das passagens, cuja largura não chegava a 1,5 metro, estava posicionada ao centro, entre a primeira torre e uma outra pilha de rochas de 2 metros de largura e 2,5 metros de altura. Entre *aquele* amontoado e a margem esquerda, onde as fortificações eram novamente bem altas e se estendiam ininterruptamente até bem longe, ao norte, estava a terceira passagem, que deveria ter aproximadamente 2 metros de largura.

— Vamos conseguir. — Spencer tentou mover o braço para acariciar o cachorro, mas não conseguiu.

Faltando ainda uns 100 metros para que atingissem as rochas, o Explorer parecia estar sendo empurrado velozmente para a maior das passagens no extremo sul.

Spencer não conseguia parar de olhar para a esquerda. Pela janela quebrada. Para o rato. Flutuando. Mais perto do que antes. A cauda rígida era malhada em preto-e-branco.

Uma recordação veio à tona: *ratos num lugar atulhado, olhos vermelhos odiosos nas sombras, ratos nas catacumbas, lá embaixo nas catacumbas, e logo à frente está o quarto nos confins do nada.*

Com um tremor de repulsa, olhou para a frente. O pára-brisa estava turvo de chuva, mas ainda assim podia ver demais. Tendo chegado a quase 30 metros do ponto onde o rio se dividia, a caminhonete não navegava mais em direção à passagem mais larga. Corria agora para a esquerda, em direção à passagem central, a mais perigosa das três.

O canal estreitou-se. A velocidade da água aumentou.

— Segura firme, amigo. Segura firme.

Spencer esperava ser arrastado abruptamente para a esquerda, para longe da passagem central, em direção à passagem norte. A 20 metros das comportas, o balanço lateral da caminhonete perdeu velocidade. Nunca chegaria até a passagem norte. Seguia veloz para o centro.

Quinze metros. Dez.

Iam precisar de sorte até mesmo para atravessar a passagem central. No momento, estavam com a velocidade de um foguete em direção a um pilar de 2 metros de altura, formado por rocha sólida, à direita da abertura.

Talvez apenas roçassem no pilar ou até mesmo conseguissem evitá-lo por alguns centímetros.

Estavam tão perto que Spencer não conseguia mais enxergar a base da torre de pedra à frente do Explorer.

— Por favor, meu Deus.

O pára-choque atingiu a rocha como se pretendesse fendê-la. O impacto foi tão violento que Rocky mais uma vez caiu no chão. O párachoque dianteiro desprendeu-se e voou para longe. O capô entortou como se fosse feito de latão. O pára-brisa implodiu, mas em vez de atingir Spencer a chuva de vidro temperado espalhou-se sobre o painel, em estilhaços aglutinados e cortantes.

Por um instante após a colisão o Explorer imobilizou-se na água, voltado na direção do fluxo da corrente. Mas as águas revoltas atingiram a lateral da caminhonete e começaram a empurrar a traseira, em curva, para a esquerda.

Spencer abriu os olhos e viu, sem poder acreditar, o Explorer posicionar-se transversalmente à corrente. A caminhonete jamais conseguiria atravessar o canal passando de lado entre as duas massas rochosas. A passagem era muito estreita. Ficaria ancorado, e o rio martelaria o lado do carona até conseguir inundar o interior, ou talvez uma tora de madeira fosse lançada sobre sua cabeça através da janela.

Estremecendo e entortando-se, a dianteira do Explorer atritava a rocha, penetrando mais e mais na passagem, enquanto a traseira continuava a fazer a curva para a esquerda. O rio empurrava com força o lado do carona, a água chegando na metade das janelas. Por sua vez, quando o lado do motorista foi empurrado em direção à estreita passagem, as águas se elevaram até o peitoril da janela. A traseira colidiu com o segundo pilar, e a água jorrou forte para dentro do Explorer, por cima de Spencer, carregando o rato morto, que tinha acompanhado a órbita da caminhonete.

O rato deslizou escorregadio pelas palmas de suas mãos, parando no banco, entre suas pernas. A cauda rígida atravessada sobre sua mão direita.

As catacumbas. Olhos ferozes vigiando nas sombras. O quarto, o quarto nos confins do nada.

Spencer tentou gritar, mas ouviu apenas um soluço fraco e abafado, como o de uma criança desesperadamente aterrorizada.

Provavelmente meio paralisado em conseqüência da pancada na cabeça, e sem dúvida alguma totalmente paralisado pelo medo, ainda conseguiu fazer um movimento espasmódico com as mãos, atirando o rato para fora do banco. O rato mergulhou numa poça de água lamacenta no chão. Agora estava fora de vista. Mas ainda estava ali. Ali embaixo. Flutuando entre suas pernas.

Não pense nisso.

Spencer estava tão tonto que parecia ter passado horas a fio num carrossel, e uma escuridão de casa mal-assombrada começava a se insinuar nas bordas de seu campo de visão.

Não estava mais soluçando. Repetia as mesmas duas palavras, num tom de voz rouco e angustiado: *Sinto muito, sinto muito, sinto muito.*

Em meio ao seu delírio, tinha consciência que não pedia desculpas nem ao cachorro nem a Valerie Keene, a quem ele agora nunca salvaria, mas à sua mãe, por tampouco a ter salvado. Estava morta há mais de vinte anos. Tinha só 8 anos quando ela morrera. Era pequeno demais para salvá-la, pequeno demais, na época, para que sentisse agora uma culpa tão avassaladora, mas as palavras "Sinto muito" jorravam de seus lábios.

O rio empurrava o Explorer cada vez mais para o interior da comporta, embora a caminhonete agora estivesse totalmente transversal ao fluxo das águas. Os pára-choques dianteiro e traseiro atritavam e chacoalhavam ao longo das paredes rochosas. O Ford torturado estalava: de ponta a ponta, tinha apenas alguns centímetros a menos do que a largura da passagem aplainada pela água através da qual esforçava-se para sair. O rio sacudia, arrancava, alternadamente atirava-o para a frente e o recolhia de volta, entortava-o nas extremidades para forçá-lo a avançar, relutante, um metro, um centímetro para a frente.

Ao mesmo tempo, gradualmente a tremenda força das correntes transversais elevou a caminhonete alguns centímetros. A água escura atirou-se de encontro ao lado do carona não mais alcançando a metade da janela, mas rodopiando na base dela.

Rocky continuou estoicamente abaixado no espaço entre o banco e o painel.

Quando Spencer, exclusivamente graças à sua força de vontade, conseguiu vencer a tonteira, viu que a crista de rochas que seccionava o arroio não era tão espessa quanto tinha imaginado. Da entrada à saída da comporta, aquele corredor de rocha deveria ter apenas um pouco mais de 1,5 metro.

O rio brutal empurrou o Explorer para o interior da passagem, e então, com um grito agudo de metal rasgado e um horrendo som de encalhe, a caminhonete estacou. Apenas mais um metro e o Explorer teria flutuado mais uma vez nas águas do rio, livre. Por tão pouco!

Agora que a caminhonete estava totalmente imobilizada, cedendo totalmente ao abraço da rocha, a chuva novamente era o som que melhor se ouvia no dia. Estava mais tempestuosa do que antes, embora caísse com a mesma intensidade. Talvez apenas *parecesse* mais ruidosa por que ele não suportava mais ouvi-la.

Rocky, infeliz e pingando, subira novamente no banco, saindo da água empoçada no chão.

— Sinto muito – disse Spencer.

Lutando contra o desespero e contra a escuridão insistente que lhe restringia a visão, incapaz de olhar nos olhos confiantes do cachorro,

Spencer voltou-se para a janela lateral, para o rio, que até então temera e odiara, mas que agora desejava abraçar.

O rio não estava mais ali.

Achou que estava tendo alucinações.

Ao longe, velada por torrentes de chuva, uma cadeia de montanhas definia o horizonte, e os picos mais altos estavam encobertos pelas nuvens. Não havia nenhum rio correndo de onde ele estava em direção àqueles picos distantes. Na verdade, aparentemente não havia nada entre a caminhonete e as montanhas. A paisagem assemelhava-se a um quadro em que o artista deixara a parte da frente da tela totalmente vazia.

Logo em seguida, como se estivesse sonhando, Spencer compreendeu que não tinha visto o que havia ali para se ver. Sua percepção tinha sido prejudicada tanto por suas expectativas quanto pela perturbação de seus sentidos. Afinal de contas, a tela do quadro não estava vazia. Bastava que Spencer alterasse o campo de visão, abaixando os olhos, para que pudesse enxergar o abismo de 300 metros em que o rio se projetava.

A crista de rochas erodidas que se prolongava por tantas milhas e que ele tinha acreditado que se estendia pelo solo plano do deserto era, na verdade, o parapeito irregular de um perigoso penhasco. Do seu lado, a planície arenosa havia sido erodida ao longo de milhões de anos até um nível mais baixo que o das rochas. Do outro lado, não havia uma outra planície, mas simplesmente a face nua da rocha, ao longo da qual o rio se precipitava com um bramido cataclísmico.

Ele também havia suposto que o crescente ruído da chuva era imaginário. Na verdade, o grande clamor vinha de um trio de cataratas que somadas atingiam uma largura de 20 metros, despencando de uma altura de cem andares até a superfície do vale lá embaixo.

Spencer não podia ver as cataratas espumantes porque o Explorer estava suspenso exatamente sobre elas. Faltavam-lhe forças para arrastar-se mais para perto da porta e debruçar-se na janela para olhar. Com a corrente empurrando com força o lado do carona de encontro à lateral passando sob a caminhonete e deslizando para longe, o

Explorer estava praticamente *pendurado* na mais estreita das três cataratas, sem que fosse lançado pela borda graças apenas às garras do torno formado pelas rochas.

Tentou imaginar como, em nome de Deus, conseguiria sair da caminhonete e do rio com vida. Em seguida abandonou toda e qualquer consideração sobre o desafio. Suas proporções solapavam o pouco de energia que lhe restava. Precisava primeiro descansar, para depois pensar.

Do lugar onde Spencer estava caído no banco do motorista, embora não pudesse ver o rio tornar-se vertical, podia enxergar o amplo vale lá embaixo e o curso serpeante da água, que voltava a fluir horizontalmente pelo terreno mais baixo. Aquela grande queda e o panorama inclinado ao fundo provocaram-lhe uma nova vertigem, e Spencer desviou o olhar para evitar perder a consciência.

Tarde demais. O movimento de um carrossel fantasma o dominou, e a visão sinuosa da rocha e da chuva transformou-se numa espiral de escuridão na qual mergulhou, girando, girando, para baixo e para longe

... e lá, na noite por trás do celeiro, ainda estou assustado com o anjo que desceu dos céus, mas que não passava de uma coruja. Inexplicavelmente, quando comprovo que a visão de minha mãe envolta em trajes celestiais e dotada de asas é uma fantasia, uma outra imagem avassaladora vem à minha mente: ensangüentada, encolhida, nua, morta numa vala, a 100 quilômetros de casa, como tinha sido encontrada há seis anos. Na verdade, nunca a vi daquela forma, nem mesmo numa fotografia de jornal, apenas ouvi uma descrição da cena feita por uns meninos na escola, filhos-da-mãe maldosos. E, no entanto, depois que a coruja desapareceu à luz do luar, não consigo reter a visão do anjo, embora tente, e não consigo afastar a imagem mental aterradora do cadáver maltratado, embora as duas imagens sejam produtos de minha imaginação e eu devesse ser capaz de controlá-las.

Com o peito e os pés nus, continuo caminhando para trás do celeiro, que há mais de 15 anos não é usado como celeiro. Este é um local que conheço bem, parte de minha vida, de minhas primeiras recordações –

mas, esta noite, ele parece diferente do celeiro que sempre conheci, transformado de alguma forma que não consigo definir, mas que me deixa inquieto.

Esta é uma noite estranha, mais estranha do que eu posso compreender. E sou um menino estranho, cheio de perguntas que nunca me atrevi a fazer a mim mesmo, procurando respostas na escuridão de julho quando as respostas estão dentro de mim, se eu as quiser procurar. Sou um menino estranho, que sente a distorção na linha de uma vida que tomou o caminho errado, mas que se convence de que a linha torta é, na verdade, real e reta. Sou um estranho menino que esconde segredos de si mesmo – e os esconde tão bem quanto o mundo esconde o segredo de seu significado.

Na noite fantasmagoricamente silenciosa, atrás do celeiro, caminho com cautela em direção à van Chevy que eu nunca vi antes. Não há ninguém ao volante nem no outro assento dianteiro. Quando coloco a mão sobre o capô, ele ainda conserva o calor do motor. O metal ainda está esfriando, produzindo alguns estalidos. Caminho ao longo do mural do arco-íris na lateral da van em direção à porta traseira, que está aberta.

Embora o interior do bagageiro esteja escuro, há luar suficiente, filtrado através do pára-brisa, para que eu possa verificar que ali também não há ninguém. Posso ver também que esta é uma van de apenas dois lugares, sem qualquer conforto adicional, embora o exterior personalizado me levasse a esperar um veículo de passeio luxuoso.

Continuo a pressentir alguma coisa funesta na van, além do simples fato de ela não pertencer a este lugar. Procurando um motivo para esta ameaça, debruçando na porta aberta, espreitando, desejando ter trazido uma lanterna, sou atingido pelo cheiro de urina. Alguém mijou na traseira da van. Estranho. Jesus. Naturalmente, talvez tenha sido apenas um cachorro que fez a sujeira, o que não é tão estranho assim, mas de qualquer forma é repugnante.

Prendendo a respiração, enrugando o nariz, afasto-me da porta e me agacho para ver melhor a placa. É do Colorado, e não de fora do estado.

Fico em pé.

Escuto. Silêncio.

O celeiro aguarda.

Como muitos celeiros em lugares onde neva, este tinha sido originalmente construído sem nenhuma janela. Mesmo após a radical modificação do interior, as únicas janelas são as duas do primeiro andar, para o lado sul, e quatro no segundo andar, deste lado. Estas quatro janelas acima de mim são altas e amplas para captar a luz do norte, da aurora ao entardecer.

As janelas estão escuras. O celeiro está silencioso.

Depois de contornar a van, passar para o outro lado e verificar que ali também não há ninguém, durante alguns segundos preciosos fico indeciso.

A distância, sob uma lua que com suas sombras e sua luz leitosa parece tanto esconder quanto revelar, posso ver que a porta norte está escancarada.

Em algum nível mais profundo talvez eu saiba o que devo fazer, o que preciso fazer. Mas a parte de mim que mantém segredos tão bem guardados insiste para que eu volte para a minha cama, esqueça o grito que me arrancou de um sonho onde aparecia minha mãe e que eu durma o restante da noite. De manhã, naturalmente precisarei continuar vivendo no sonho que fabriquei para mim mesmo, um prisioneiro desta vida de auto-ilusão, com a realidade e a verdade escondidas num bolso esquecido no fundo de minha mente. Talvez o pêlo deste bolso tenha se tornado demasiado para o tecido que o contém, e talvez as costuras nas bainhas tenham começado a se romper. Em algum nível profundo, talvez eu tenha decidido encerrar meu sonho acordado.

Ou talvez minha escolha seja predestinada, tendo menos a ver com minhas agonias subconscientes ou com minha consciência do que com a trilha de destino sobre a qual tenho viajado desde que nasci. Talvez a escolha seja uma ilusão, e talvez as únicas rotas que possamos tomar na vida sejam as traçadas num mapa no momento de nossa concepção. Imploro a Deus que o destino não seja feito de ferro, que possa ser flexionado e remodulado, que ele se curve ante o poder da misericórdia, da honestidade, da caridade e da virtude, pois, de outra forma, não poderei tolerar a pessoa que vou me tornar, as coisas que farei ou o fim que terei.

Naquela noite de julho, pingando suor, mas gelado, com 14 anos, à luz do luar, não estou pensando em nada disso: nenhum pensamento sombrio

sobre segredos ou destino. Naquela noite, sou levado muito mais pela emoção que pelo intelecto, pela pura intuição que pela razão, pela necessidade que pela curiosidade. Afinal de contas, tenho apenas 14 anos. Apenas 14.
    O celeiro aguarda.
    Chego à porta escancarada.
    Colo o ouvido na abertura entre a porta e o batente.
    Silêncio lá dentro.
    Empurro a porta para dentro. As dobradiças estão bem lubrificadas, meus pés estão nus, e entro tão silenciosamente quanto a escuridão que me dá as boas-vindas...

Spencer abriu os olhos do interior sombrio do celeiro em seu sonho para o interior sombrio do Explorer preso nas rochas, e compreendeu que a noite descera sobre o deserto. Havia estado inconsciente pelo menos durante cinco ou seis horas.

    Sua cabeça pendia para a frente e o queixo tocava o peito. Contemplou as palmas de suas mãos, suplicantes, brancas como giz.

    O rato estava no chão. Não podia vê-lo. Mas estava lá. Na escuridão. Flutuando.

    Não pense nisso.

    Não chovia mais. O tamborilar no teto tinha cessado.

    Estava com sede. A boca ressecada. A língua parecia grossa.

    A caminhonete sacudiu de leve. O rio estava tentando empurrá-la pelo abismo. Infernal rio incansável.

    Não. Esta não era a explicação. O rugido da catarata tinha desaparecido. A noite estava silenciosa. Sem trovoada. Sem relâmpagos. Os sons haviam desaparecido.

    Todo o corpo doía. Acima de tudo, a cabeça e o pescoço.

    Mal tinha forças para levantar os olhos de suas próprias mãos.

    Rocky tinha desaparecido.

    A porta do carona estava aberta.

    A caminhonete foi novamente sacudida. Chacoalhou e estalou.

    A mulher apareceu no fundo da porta aberta. Primeiro a cabeça, em seguida os ombros, como se estivesse levitando na enxurrada. Mas, a julgar pelo relativo silêncio, a enxurrada tinha passado.

Seus olhos estavam adaptados à escuridão e um luar frio brilhava entre nuvens esgarçadas, portanto, Spencer pôde reconhecê-la.

Numa voz seca como cinzas, mas pronunciando as palavras de forma absolutamente inteligível, disse:

— Oi!

— Oi para você – respondeu ela.

— Entre.

— Obrigada, acho que vou aceitar.

— Simpático de sua parte – disse ele.

— Você gosta deste lugar?

— Melhor do que no outro sonho.

A mulher entrou na caminhonete, que sacudiu ainda mais do que antes, raspando de encontro à rocha.

O movimento o perturbou não porque estivesse preocupado com a possibilidade de a caminhonete se desprender da rocha e cair, mas porque trazia de volta a vertigem. Temia ser atirado fora deste sonho e voltar ao pesadelo daquela noite de julho no Colorado.

Sentando-se no lugar que antes fora ocupado por Rocky, a mulher permaneceu imóvel por alguns instantes, esperando que o movimento da caminhonete parasse.

— Traiçoeira mesmo esta situação em que você se meteu.

— Relâmpago esférico – disse ele.

— Não entendi.

— Relâmpago esférico.

— Ah! Claro.

— Atirou a caminhonete no arroio.

— Por que não? – perguntou ela.

Era tão difícil pensar, expressar-se com clareza. Pensar provocava dor. Pensar provocava tonteiras.

— Pensei que fossem alienígenas – explicou ele.

— Alienígenas?

— É, homenzinhos de olhos enormes. Spielberg.

— Por que você pensaria que eram alienígenas?

— Porque você é maravilhosa – respondeu ele, embora as palavras não transmitissem exatamente o que queria dizer. Apesar da semi-escuridão, Spencer pôde perceber que o olhar que ela lhe lançou era peculiar. Esforçando-se para encontrar palavras mais adequadas e sentindo-se mais tonto ainda com o esforço, disse: – Coisas maravilhosas devem acontecer à sua volta... à sua volta o tempo todo.

– Claro, sou mesmo o centro de um verdadeiro *festival*.

– Você deve saber algo sensacional. E é por isso que eles estão atrás de você. Porque você sabe alguma coisa maravilhosa.

– Você andou ingerindo alguma droga?

– Duas aspirinas bem que seriam úteis. De qualquer forma... eles não estão atrás de você porque você é má.

– Não estão?

– Não. Porque você não é. Quer dizer, não é má.

Inclinando-se, ela colocou a mão em sua testa. Até mesmo o leve toque fez com que ele estremecesse de dor.

– Como você sabe que eu não sou uma má pessoa? – perguntou.

– Você foi gentil comigo.

– Talvez fosse só um disfarce.

Ela retirou uma lanterna da jaqueta, levantou a pálpebra esquerda dele e direcionou o facho de luz para o olho. A luz doía. Tudo doía. O ar frio doía em seu rosto. A dor acelerava a vertigem.

– Você foi boa para Theda.

– Talvez também fosse apenas um disfarce – disse ela, agora examinando o olho direito.

– Ninguém engana Theda.

– Por que não?

– Porque ela é sábia.

– Bem, isso é verdade.

– E ela faz biscoitos *enormes*.

Concluindo o exame dos olhos, ela inclinou a cabeça de Spencer para a frente, a fim de examinar o ferimento no alto da cabeça.

– Feio. Já coagulou, mas vai ser preciso limpar e costurar – disse.

– Ai!

– Quanto tempo você sangrou?

– Sonhos não provocam dor.

– Você acha que perdeu muito sangue?

– Está doendo.

– Porque você não está sonhando.

Spencer passou a língua sobre os lábios ressequidos. A língua estava seca.

– Sede.

– Já, já – respondeu ela, colocando dois dedos sob seu queixo e levantando a cabeça de Spencer novamente para trás.

Todos esses movimentos com a cabeça estavam fazendo com que ele ficasse perigosamente tonto, mas assim mesmo conseguiu dizer:

– Não estou sonhando? Você tem certeza?

– Absoluta – respondeu ela, tocando a palma direita de Spencer. – Você pode apertar minha mão?

– Sim.

– Aperte.

– Tudo bem.

– Agora.

– Ah! – disse ele fechando a mão em torno da dela.

– Nada mau – disse ela.

– Gostei.

– Um bom aperto. Provavelmente não há nenhuma lesão na coluna. Eu esperava o pior.

A mão dela era quente, forte. Ele disse:

– Tão bom.

Fechou os olhos. A escuridão interna ameaçou envolvê-lo. Abriu os olhos mais uma vez, antes que fosse tragado pelo sonho.

– Pode soltar a minha mão agora – disse ela.

– Não é um sonho não, é?

– Não é não.

Ela acendeu mais uma vez a lanterna e dirigiu o facho de luz para o espaço entre o banco que ele ocupava e o painel.

– Isso é muito estranho – disse ele.

Ela continuava a espreitar a escuridão à luz da lanterna.

– Se não é um sonho, deve ser uma alucinação.

Ela soltou a fivela que prendia o cinto de segurança.

— Tudo bem – disse ele.

— O que é que está bem? – perguntou ela, apagando a luz e colocando a lanterna de volta no bolso da jaqueta.

— Você ter feito xixi no banco.

Ela riu.

— Gosto de ouvir você rir.

Ela ainda estava rindo enquanto cuidadosamente o desprendia do cinto.

— Você nunca riu antes – disse Spencer.

— Bem, ultimamente não tenho rido muito – disse ela.

— Nunca riu antes. Mas também não latiu.

Ela riu novamente.

— Vou comprar um outro osso de couro cru para você.

— Você é muito gentil.

— Isso é muito interessante – disse ele.

— Certamente.

— Parece tão real.

— Para mim parece *irreal*.

Embora Spencer permanecesse quase totalmente passivo durante o processo, a retirada do cinto deixou-o tão tonto que ele via três mulheres, e cada uma das sombras no interior do carro foi também multiplicada por três, como imagens superpostas numa fotografia.

Temendo desmaiar novamente antes que conseguisse se expressar, Spencer disse em voz rouca e apressada:

— Você é mesmo um bom amigo, meu chapa, um amigo de verdade, perfeito.

— Bem, vamos ver no que vai dar.

— Você é o único amigo que eu tenho.

— Tudo bem, amigo, agora chegamos à parte mais complicada. Como é que eu vou conseguir tirar você deste monte de escombros se não consegue absolutamente ajudar a si próprio?

— Eu posso me ajudar.

— Acha que pode?

— Fiz parte da tropa de choque do Exército e fui policial.
— É, eu sei.
— Fiz curso de *tae kwon do*.
— Seria muito útil se estivéssemos sendo atacados por um bando de ninjas assassinos. Mas será que você pode me ajudar a arrancá-lo daqui?
— Um pouco.
— Acho que vamos precisar tentar.
— Tudo bem.
— Você consegue levantar as pernas e girar na minha direção?
— Não quero incomodar o rato.
— Tem um rato aqui?
— Já está morto, mas... sabe como é.
— Claro.
— Estou muito tonto.
— Então vamos esperar um minuto, descanse um pouco.
— Muito, muito tonto.
— Fique calmo.
— Adeus — disse ele, entregando-se ao redemoinho negro que o levava girando para bem longe. Por algum motivo, enquanto se afastava, pensou em Dorothy, Totó e Oz.

A porta dos fundos do celeiro dá para um corredor curto. Entro. Nenhuma luz. Nenhuma janela. O brilho verde das letras no visor do sistema de segurança — INABILITADO PARA ARMAR — na parede do lado direito fornece luz suficiente apenas para que eu possa ver que estou sozinho no corredor: não fecho a porta atrás de mim, deixo-a escancarada, como a encontrei.

Sob meus pés o piso parece negro, mas estou pisando em pinho polido. Do lado esquerdo há um banheiro e um quarto onde os suprimentos são armazenados. Os batentes dessas portas estão praticamente invisíveis na tênue luz esverdeada, semelhante à fantasmagórica iluminação de um sonho, muito menos semelhante a uma luz real do que a um vestígio de néon. À direita está a sala do arquivo. Adiante, no final do corredor, está a porta para a grande galeria do primeiro andar, onde uma escada em caracol leva ao estúdio do meu pai. Aquele aposento no andar de cima ocupa todo o segundo andar e é nele que estão as grandes janelas voltadas para o norte, sob as quais a van está estacionada lá fora.

Tento ouvir a escuridão do corredor.

Ela não fala nem respira.

O interruptor da luz fica à direita, mas não o toco.

Na escuridão preto-esverdeada, abro a porta do banheiro. Entro. Espero um som, uma sensação de movimento, um golpe. Nada.

O depósito de suprimentos também está vazio.

Caminho para o lado direito do corredor e abro a porta da sala do arquivo. Atravesso o limiar.

As lâmpadas fluorescentes no teto estão escuras, mas há uma outra luz, num lugar onde não deveria estar. Amarela e ocre. Tênue e estranha. Vem de uma fonte misteriosa na extremidade da sala.

Uma longa mesa de trabalho ocupa o centro daquele espaço retangular. Duas cadeiras. Gabinetes de arquivos ao longo de uma das longas paredes.

Meu coração bate tão forte que chega a sacudir os meus braços. Fecho os punhos e mantenho os braços colados ao longo do corpo, lutando para me controlar.

Decido voltar para casa, para a cama, para o sono.

E já estou do outro lado da sala do arquivo, embora não me recorde de ter dado um só passo naquela direção. Parece que atravessei aquele espaço num súbito acesso de sonambulismo. Chamado por alguém, alguma coisa. Como se respondesse a um poderoso comando hipnótico. A um chamado mudo, silencioso.

Estou em pé diante do armário de pinho que se estende do chão até o teto, em um canto ao lado da ampla sala. O armário possui três pares de portas altas e estreitas.

O par central está aberto.

Apenas prateleiras deveriam existir por trás destas portas. Nas prateleiras deveriam estar dispostas caixas repletas de antigos recibos de impostos, correspondências, e arquivos mortos, fora de uso, retirados dos gabinetes de metal ao longo da outra parede.

Esta noite, as prateleiras e seus conteúdos, juntamente com a parede do fundo do armário de pinho, foram empurradas para trás, para dentro de um esconderijo secreto por trás da sala do arquivo, um quarto escondido que nunca vi antes. A acre luz amarela vem de algum lugar atrás do armário.

Contemplo a essência de todas as fantasias pueris: a passagem secreta para um mundo de perigo e aventura, para as estrelas longínquas, para estrelas ainda mais longínquas, para o próprio centro da Terra, para terras de gigantes ou piratas, ou símios inteligentes, ou robôs, para o futuro distante ou para a era dos dinossauros. Eis aqui a escada para o mistério, um túnel através do qual poderei realizar feitos heróicos, uma passagem numa estranha rodovia para dimensões desconhecidas.

Durante alguns instantes, maravilho-me com o pensamento das viagens exóticas e mágicas descobertas que me aguardam. Mas o instinto rapidamente me diz que do outro lado desta passagem secreta há algo estranho e mais mortal do que qualquer mundo alienígena ou um calabouço de Morlock. Quero voltar para casa, para o meu quarto, para a proteção de meus lençóis, imediatamente, o mais depressa possível. O fascínio perverso do terror e do desconhecido me abandona, e, de repente, estou ansioso por deixar para trás este sonho que estou tendo acordado e voltar para os domínios menos ameaçadores encontrados na região mais escura do sono.

Embora não consiga me recordar de ter cruzado o limiar da porta, encontro-me dentro do grande armário em vez de estar correndo para casa, pela noite afora, ao luar, por entre as sombras das corujas. Pisco, e então descubro que avancei ainda mais, não dei um passo atrás e sim à frente, para dentro do esconderijo.

Parece um hall, 1,5 metro por 1,5. Piso de concreto. Paredes de blocos de concreto. Uma lâmpada nua pendendo de um bocal no teto.

Uma rápida investigação revela que a porta dos fundos do armário de pinho, com as prateleiras a ela presas, possui rodinhas escondidas. Foi empurrada para trás sobre trilhos.

À direita há uma porta que dá para fora do hall. Sob muitos aspectos, é uma porta comum. Pesada, a julgar pela aparência. Madeira de lei. Maçaneta de metal. Pintada de branco, e em alguns lugares a tinta está *amarelada pelo tempo. Entretanto, embora seja mais branca e amarelada do que qualquer outra coisa, esta noite ela não é uma porta branca ou amarela. Uma série de impressões de mãos sangrentas se eleva desde a área em torno da maçaneta até a parte superior da porta, e o brilho dessas impressões faz com que a cor do fundo perca totalmente a importância. Oito, 10, 12 ou mais impressões das mãos de uma mulher. Palmas e dedos abertos. Cada mão sobrepondo-se parcialmente à que a antecede. Algumas estão borradas. Outras, claras, como impressões nos arquivos policiais. Todas brilhantes, molhadas. Recentes. Estas imagens escarlates trazem à minha memória as asas estendidas de um pássaro que levanta vôo, fugindo pelo céu, num bater de asas atemorizado. Ao contemplá-las, fico fascinado, incapaz de respirar normalmente, com o coração disparado, pois as impressões das mãos transmitem a sensação insuportável do terror da mulher; desespero e resistência frenética à perspectiva de ser arrastada para além do hall de concreto cinza deste mundo secreto.*

Não posso continuar. Não posso. Não quero. Sou apenas um menino, descalço, desarmado, com medo, não estou pronto para a verdade.

Não me recordo de ter mexido a mão direita, mas ela agora repousa sobre a maçaneta de metal. Abro a porta vermelha.

Parte II
Rumo à origem do fluxo

Na estrada que escolhi,
um dia, andando, acordei,
atônito ao ver aonde havia chegado,
para onde estava indo, de onde vinha.

Este não é o caminho que imaginei.
Nem o caminho que desejei.
Não é o sonho que comprei,
é apenas uma febre do destino que peguei.

Em breve, ao chegar à encruzilhada,
tomarei uma outra estrada.
A chama do meu desejo ilumina meu caminho.
E é meu único guia.

Na estrada que escolhi,
um dia, andando, acordei.
Um dia, andando, acordei,
na estrada que escolhi.

– The Book of Counted Sorrows

11

Sexta-feira à tarde, depois de falar sobre a cicatriz de Spencer Grant com o Dr. Mondello, Roy Miro partiu do Aeroporto Internacional de Los Angeles a bordo do jatinho da agência, tendo em uma das mãos um copo de vinho e um prato de pistaches descascados no colo. Era o único passageiro, e esperava chegar a Las Vegas dentro de uma hora.

Poucos minutos antes que a aeronave atingisse seu destino, o vôo foi desviado para Flagstaff, Arizona. Enchentes inesperadas, provocadas pela pior tempestade a atingir Los Angeles na última década, tinham inundado as áreas baixas de Las Vegas. Além disso, os raios danificaram os sistemas eletrônicos essenciais, obrigando as autoridades a interromperem os serviços no Aeroporto Internacional de McCarran.

Quando o avião aterrissou em Flagstaff, a informação oficial era que o Aeroporto Internacional de McCarran reiniciaria as operações em duas horas. Assim, Roy permaneceu a bordo, para que não perdesse preciosos minutos retornando ao terminal quando o piloto avisasse que o McCarran estava operando outra vez.

Inicialmente, Roy utilizou o tempo de espera para conectar seu computador a Mama, em Virgínia, e recorrer às suas extensas conexões com vários bancos de dados para ensinar uma lição ao capitão Harris Descoteaux, o oficial da polícia de Los Angeles que o havia irritado naquele dia. Descoteaux não tinha demonstrado respeito suficiente pela autoridade superior. Logo, logo, além do leve sotaque do Caribe, sua voz adquiriria um novo tom de humildade.

Depois, Roy assistiu a um documentário em uma das três televisões instaladas na cabine dos passageiros no Learjet. O programa era sobre o Dr. Jack Kevorkian – apelidado pela mídia de Dr. Morte –, que escolhera como missão de vida auxiliar os pacientes em estágio terminal que manifestassem o desejo de cometer suicídio, embora estivesse sendo processado por isso.

Roy ficou maravilhado com o documentário. Várias vezes as lágrimas lhe vieram aos olhos. Mais ou menos no meio do programa, sentiu-se impelido a inclinar-se para a frente em sua poltrona e colocar a palma da mão na tela cada vez que Dr. Jack Kevorkian aparecia em close. Com a palma da mão sobre a abençoada imagem do médico, Roy podia *sentir* a pureza daquele homem, uma aura de santidade, uma sensação de força espiritual.

Num mundo justo, numa sociedade baseada na verdadeira justiça, Kevorkian teria sido deixado em paz. Roy ficou deprimido ao ouvir o relato do sofrimento daquele homem nas mãos das forças retrógradas.

Consolou-se, entretanto, com a certeza de que o dia em que um homem como Kevorkian nunca mais seria tratado como um pária não tardaria a chegar. Ele seria amado pela nação agradecida, que lhe ofereceria um consultório, instalações e um salário digno de sua contribuição para um mundo melhor.

O mundo estava tão cheio de sofrimento e injustiça que *qualquer* pessoa que solicitasse auxílio para cometer suicídio, doente terminal ou não, deveria ser ajudada. Roy estava convicto de que até mesmo àqueles que sofriam de doenças crônicas e não-terminais, inclusive os muitos idosos, deveria ser concedido o descanso eterno, se assim o desejassem.

Aqueles que não conseguissem entender os benefícios do suicídio também não deveriam ser abandonados. Deveriam ser submetidos à terapia, gratuitamente, até que fossem capazes de perceber a incomensurável beleza do presente que lhes era oferecido.

A mão sobre a tela. Kevorkian em *close-up*. *Sinta* a força.

Chegaria o dia em que os deficientes não sentiriam mais dor nem seriam submetidos a humilhações. O fim das cadeiras de rodas e muletas. Nada de cachorros-guia. Nada de aparelhos para audição, próteses em lugar dos membros ou sessões com especialistas em recuperação da fala. Apenas a paz do sono eterno.

O rosto do Dr. Jack Kevorkian enchia a tela. Sorrindo. Ah! Aquele sorriso!

Roy colocou ambas as mãos sobre a tela morna. Abriu seu coração e permitiu que o fabuloso sorriso fluísse para seu interior. Rompeu as cadeias que prendiam sua alma e deixou que a força espiritual do Dr. Kevorkian o elevasse.

Um dia a engenharia genética garantiria que apenas as crianças saudáveis nascessem. Um dia, todas seriam belas, fortes e saudáveis. Seriam *perfeitas*. Mas até que este dia chegasse achava necessário que se criasse um programa de assistência ao suicídio para recém-nascidos a quem faltasse o pleno uso dos cinco sentidos ou um membro. Neste aspecto, estava na frente até mesmo do Dr. Kevorkian.

Na verdade, quando seu árduo trabalho no departamento estivesse concluído, quando o país tivesse o governo compassivo que merecia e estivesse no limiar da utopia, Roy gostaria de passar o resto de sua vida servindo num programa de assistência ao suicídio para bebês. Não conseguia imaginar nada mas recompensador do que ter nos braços um bebê defeituoso no qual uma injeção letal estivesse sendo administrada, confortando a criança enquanto passava da carne imperfeita para um plano espiritual transcendental.

Seu coração encheu-se de amor pelos menos afortunados. Os paralíticos e os cegos, os aleijados e os doentes, os idosos, os deprimidos e os que tinham problemas de aprendizado.

Depois de duas horas pousado em Flagstaff, quando o McCarran reabriu para pouso e o jatinho partiu para uma segunda tentativa de aterrissar em Las Vegas, o documentário havia terminado. O sorriso de Kevorkian não estava mais na tela. Apesar disso, Roy permanecia num estado de graça que ele estava certo de que duraria pelo menos alguns dias.

O poder estava agora com ele. Não sofreria mais fracassos nem desilusões.

Durante o vôo recebeu um telefonema do agente encarregado de procurar Ethel e George Porth, os avós que tinham criado Spencer Grant depois da morte da mãe. De acordo com o registro de imóveis, os Porth tinham vendido a casa de São Francisco cujo endereço constava dos registros do alistamento militar de Grant há dez anos. Os compradores a revenderam sete anos depois, e os novos donos, que lá moravam há apenas três anos, nunca tinham ouvido falar nos Porth e não tinham nenhuma pista quanto ao seu paradeiro. O agente continuava a busca.

Roy estava plenamente confiante de que encontrariam os Porth. A maré virara a seu favor. *Sinta* o poder.

Quando o jatinho aterrissou em Las Vegas, a noite já caíra. Embora o céu estivesse encoberto, não chovia mais.

Um motorista engomadinho aguardava Roy no portão de embarque. Disse apenas que seu nome era Prock e que o carro o aguardava em frente ao terminal. De mau humor, caminhou rápido, esperando ser seguido, tão desinteressado em qualquer bate-papo quanto o mais rude e arrogante dos maîtres de Nova York.

Roy decidiu que era melhor achar engraçado do que se ofender.

O Chevrolet, sem qualquer identificação, estava estacionado numa área proibida, na zona de descarga. Embora Prock parecesse maior do que o carro que dirigia, de alguma forma conseguiu se acomodar.

O ar estava gelado, mas Roy achou-o revigorante.

Uma vez que Prock tinha deixado o aquecimento no máximo, o interior do Chevy estava sufocante, mas Roy optou por pensar que o calor era aconchegante.

Dirigiram-se para o centro da cidade muito acima do limite de velocidade.

Embora Prock desse preferência às ruas secundárias e se mantivesse afastado dos cassinos e hotéis de grande movimento, o brilho das luzes de néon que se enfileiravam nas avenidas refletia no bojo das nuvens. O céu vermelho-alaranjado-verde-amarelo, aos olhos de um jogador que acabara de perder o dinheiro das compras semanais, poderia parecer uma visão do inferno, mas Roy o considerava festivo.

Depois que deixou Roy no escritório central do departamento no centro da cidade, Prock levou sua bagagem para o hotel.

No quinto andar do arranha-céu, Bobby Dubois estava esperando. Dubois, o oficial de serviço naquela noite, era um texano alto e desengonçado, com olhos marrons cor de lama e cabelos de um tom que lembrava a poeira das pastagens, em quem as roupas caíam tão bem quanto artigos de segunda mão num espantalho. Embora fosse forte e troncudo, com a pele toda manchada, orelhas de Dumbo e dentes tão irregulares quanto as lápides de um cemitério numa cidade do Velho Oeste, sem qualquer feição que, por maior que fosse a boa vontade do observador, pudesse ser considerada perfeita, Dubois possuía um encanto de bom rapaz e uma simpatia que desviavam a atenção do fato dele ser uma verdadeira tragédia biológica.

Algumas vezes, Roy surpreendia-se com o fato de conseguir permanecer perto de Dubois por longos períodos e resistir ao impulso de cometer um assassinato de misericórdia.

– Aquele cara é um filho-da-puta bem esperto. Olha só como ele se atirou sobre o bloqueio na estrada e para dentro do parque de diversões – comentou Dubois enquanto acompanhava Roy pelo corredor do seu escritório até a sala da vigilância por satélite. – E aquele cachorro sacudindo a cabeça para baixo e para cima, para baixo e para cima, igual a um desses bonequinhos que as pessoas colam no vidro de trás dos carros. Aquele cachorro tem paralisia cerebral ou o quê?

– Eu não sei.

– Meu avô teve um cachorro que teve paralisia cerebral. O nome dele era Scooter, mas o apelido era Boomer, porque ele peidava sem parar. Quer dizer, o cachorro, claro, não meu avô.

– Claro – disse Roy quando chegavam à porta no fim do corredor.

– Boomer ficou doente no último ano de vida – disse Dubois com a mão na maçaneta. – Como ele era muito velho, ninguém se surpreendeu. Você precisava ver como o cachorro tremia. Um caso grave. Nem queira saber, quando ele levantava a perna para fazer xixi, com toda aquela tremedeira, todo mundo precisava sair correndo, você desejava sumir num esconderijo ou então estar num outro país naquela hora.

– Acho que ele deveria ter sido posto para dormir – disse Roy quando Dubois abriu a porta.

O texano seguiu Roy para dentro do centro de vigilância por satélite.

– Não. Boomer era um bom cachorro. Se acontecesse o inverso, aquele bom cachorro nunca seria capaz de pegar um revólver e botar meu avô para dormir.

Roy *estava* mesmo de bom humor. Poderia ter ouvido calmamente a conversa de Dubois durante horas a fio.

O centro de vigilância por satélite tinha 8 metros por 12. Apenas duas das 12 estações de trabalho no meio da sala estavam ocupadas, ambas monitoradas por mulheres que usavam fones de ouvido e murmuravam em microfones enquanto estudavam os dados que percorriam as telas de seus monitores de vídeo. Um terceiro técnico trabalhava numa mesa de luz, examinando vários negativos fotográficos com uma lente.

Uma das paredes mais longas estava quase toda ocupada por uma imensa tela, sobre a qual um mapa-múndi estava projetado. As formações de nuvens na atmosfera estavam superpostas ao mapa, e letras verdes indicavam as condições meteorológicas em todo o planeta.

Luzes vermelhas, azuis, brancas, amarelas e verdes piscavam sem cessar, revelando as posições atuais de dezenas de satélites. Muitas indicavam satélites de comunicações que se encarregavam da retransmissão, em microondas, de sinais de telefone, rádio e televisão. Outras indicavam satélites encarregados de mapeamento topográfico, exploração de petróleo, meteorologia, astronomia, espionagem internacional e vigilância doméstica, entre outras inúmeras tarefas.

Os proprietários desses satélites eram empresas estatais, órgãos governamentais e militares. Alguns pertenciam a outras nações ou empresas baseadas fora do território americano. Independente do proprietário ou origem, todos os satélites que apareciam na tela da parede podiam ser acessados e utilizados pelo departamento, e os operadores legítimos geralmente não percebiam que os sistemas tinham sido invadidos.

Aproximando-se de uma mesa de controle em forma de U em frente à grande tela, Bobby Dubois disse:

— O filho-da-puta atirou-se direto do parque de diversões para o deserto, e nossos rapazes não estavam equipados para correr atrás dele brincando de Lawrence da Arábia.

— Você mandou um helicóptero atrás dele?

— O tempo ficou ruim muito depressa. Chovia canivetes, como se todos os anjos no céu tivessem resolvido fazer xixi ao mesmo tempo.

Dubois apertou um botão no console e o mapa-múndi desapareceu da tela, dando lugar a uma imagem gerada por satélites dos estados de Oregon, Idaho, Califórnia e Nevada. Vistas da órbita, as fronteiras desses quatro estados pareceriam indistintas, e por isso eram contornadas por um traçado laranja.

— Imagem alimentada diretamente do satélite. Só três minutos de demora para a transmissão e a conversão do código digital novamente em imagens – afirmou Dubois.

Ao longo da região leste de Nevada e Idaho, vibrações de luz ondulavam nas nuvens. Roy sabia que estava diante da imagem dos relâmpagos vistos de cima da tempestade. Era estranhamente bela.

— Agora, a única turbulência está sobre a borda leste. A não ser por algumas chuvas esparsas aqui e ali, as coisas estão bem sossegadas em Oregon. Mas não vamos poder procurar o filho-da-puta pelo ar, nem mesmo com infravermelho. Vai ser a mesma coisa que tentar ver o fundo de um prato de ensopado de mariscos.

— Quanto tempo até que o céu fique limpo?

— Tem um vento danado soprando em altitudes mais elevadas, empurrando a tempestade para sudoeste, então provavelmente vamos ter uma visão clara de todo o Mojave antes de o sol nascer.

Um alvo, sentado ao sol brilhante e lendo um jornal, poderia ser filmado de um satélite com resolução bastante alta para que as manchetes fossem legíveis. Contudo, com tempo bom, na área deserta, despovoada, sem animais do tamanho de um homem, localizar e identificar um objeto em movimento do tamanho do Ford Explorer não seria fácil, porque o território a ser varrido era amplo demais. Mas poderia ser feito.

— Há bem poucas estradas pavimentadas nesta parte do estado. Temos equipes de tocaia em todas as direções, em todas as estradas e faixas asfaltadas. Interestadual 15, as federais 95 e 93 e as estaduais 146, 156, 158, 160, 166 e 169. Procurando um Ford Explorer que deve estar amassado na frente e atrás. Procurando um homem com um cachorro em qualquer veículo. Procurando um homem com uma grande cicatriz facial. Droga, esta parte do estado está tão bem trancada quanto a bunda de um mosquito.

— A não ser que ele tivesse saído do deserto e voltado à estrada antes que você pusesse seus homens lá.

— Nós fomos rápidos. De qualquer forma, numa tempestade tão forte quanto essa, ele não pode ter andado muito depressa. O fato é que ele teve muita sorte se não se atolou em algum lugar, tração nas quatro rodas ou não.

— Espero que você esteja certo.

— Aposto minha pica.

— E dizem que os naturais de Las Vegas não são grandes apostadores.

— Qual é a ligação dele com a mulher?

— Eu bem que gostaria de saber – disse Roy, contemplando os relâmpagos que deslizavam sob as nuvens da tempestade. – E essa fita da conversa entre Grant e a velha?

— Quer escutar?

— Quero.

— Começa quando ele disse pela primeira vez o nome Hannah Rainey.

— Vamos lá – disse Roy, afastando-se da tela na parede.

Pelo corredor, no elevador, até o último nível do subsolo do prédio, Dubois tagarelou sobre os melhores lugares em Las Vegas para se comer um *chili*, como se tivesse algum motivo para pensar que Roy se importava com isso.

— Tem esse lugar em Paradise Road, o *chili* é tão forte que dizem que algumas pessoas entraram em combustão espontânea depois de comê-lo; *bum*, acenderam como tochas.

O elevador atingiu o último nível do subsolo.

— Estamos falando de *chili* que faz você suar até nas unhas, que faz a barriga saltar como um termômetro de carne.

As portas se abriram.

Roy entrou na sala de concreto sem janelas.

Ao longo da parede ao fundo estavam dezenas de gravadores.

No meio da sala, levantando-se de perto de um computador, estava a mulher mais deslumbrante que Roy já vira. Loura de olhos verdes, bela a ponto de fazer perder a respiração. Tão bela que seu coração disparou, elevando violentamente sua pressão sangüínea até o limite de um risco de derrame. Tão bela que não havia palavras para descrevê-la – ou música doce o bastante para homenageá-la –, tão bela e tão incomparável que Roy não conseguia respirar ou falar. Tão radiosa que o cegava para o aspecto sombrio daquele *bunker*, e o deixava banhado em sua luz fulgurante.

A INUNDAÇÃO TINHA desaparecido por sobre o penhasco como água de banho escorrendo pelo ralo. O arroio não passava agora de uma enorme vala.

Até uma considerável profundidade, o solo era constituído principalmente de areia, e extremamente poroso, de forma que a água da chuva não empoçava. O aguaceiro rapidamente tinha sido filtrado para um lençol d'água profundo. A superfície tinha secado e tornara-se firme com a mesma rapidez com que o canal, anteriormente seco, transformara-se num rio veloz e espumante.

Apesar disso, antes que ela se arriscasse a levar o Range Rover para o canal, embora a máquina fosse tão segura quanto um tanque, tinha percorrido todo o caminho da margem do arroio erodido até o Explorer e verificado as condições do solo. Com a certeza de que o leito do rio fantasma não estava lamacento ou pouco firme e de que forneceria tração suficiente, tinha conduzido o Rover para aquele declive e dado marcha à ré entre as duas colunas de rocha até o Explorer suspenso.

Mesmo agora, depois de salvar o cachorro e colocá-lo na parte de trás do Rover e de desprender o cinto de Grant, estava espantada com a precária posição em que o Explore se detivera. Sentia-se tentada a inclinar-se sobre o homem inconsciente e olhar através do buraco que existia no lugar que tinha sido ocupado pela janela lateral. Mas mesmo que pudesse ver alguma coisa na escuridão, sabia que a visão não seria nada agradável.

A enchente tinha levantado a caminhonete mais de 2 metros acima do leito do arroio antes de atirá-la contra aquele torno de rochas, na beira do penhasco. Agora que o rio já tinha desaparecido, o Explorer estava ali, pendurado, com as quatro rodas no ar, como se estivesse preso pela pinça de um gigante.

Quando o avistara pela primeira vez, estacara como uma criança, de boca aberta e os olhos arregalados. Não estava menos espantada do que se tivesse visto um disco voador e sua tripulação extraterrestre.

Tivera certeza de que Grant tinha sido arrastado para fora do caminhão e carregado para a morte. Ou que estava morto lá dentro.

Para chegar até a caminhonete, tinha sido necessário dar marcha à ré para colocar o Rover exatamente sob ele, deixando as rodas traseiras desconfortavelmente próximas da borda do penhasco. Em seguida, ficara em pé sobre o teto, para que sua cabeça chegasse ao nível da parte de baixo da porta do Explorer, do lado do carona. Tinha conseguido alcançar a maçaneta e, apesar do ângulo desfavorável, abrira a porta.

A água jorrou para fora, mas foi o cachorro que a assustou. Gemendo, desesperado, enroscado no banco do carona, o animal a espreitara com um misto de alarme e anseio.

Ela não queria que ele pulasse para dentro do Rover, pois poderia escorregar naquela superfície lisa e quebrar uma das patas, ou simplesmente despencar e quebrar o pescoço.

Embora o animal não lhe parecesse capaz de executar quaisquer acrobacias caninas, tinha avisado a ele para ficar quieto onde estava. Desceu do teto do Rover, conduziu-o por alguns metros e deu meia-volta para direcionar os faróis para o solo sob o Explorer. Saltou outra vez do Rover e induziu o cachorro a pular para o leito arenoso do rio.

E *muita* indução tinha sido necessária. Parado na beirada do banco, o cão várias vezes se encheu de coragem para saltar. Mas, no último momento, virava a cabeça e se encolhia, como se estivesse encarando um abismo, e não um salto de alguns metros.

Finalmente, ela se lembrou da forma como Theda Davidowitz muitas vezes se dirigia a Sparkle, e tentou o mesmo tipo de abordagem:

– Vem, queridinho, vem para a mamãe, vem. Amorzinho, pequenino de olhos lindos.

Do carro, o cachorro levantou uma das orelhas e a encarou com profundo interesse.

– Vem cá, amorzinho, vem cá.

O cachorro começou a tremer de excitação.

– Vem para a mamãe. Vem, lindinho, vem.

O cachorro agachou-se no banco, com os músculos retesados, pronto para saltar.

– Vem dar um beijinho na mamãe, lindinho, vem.

Sentiu-se como uma perfeita idiota, mas o cachorro saltou. Atirou-se para fora da porta aberta do Explorer, desenhou um longo arco gracioso e caiu ereto sobre as quatro patas.

O animal estava tão espantado com sua própria agilidade e bravura que se virou para contemplar o Explorer e se sentou como se estivesse em estado de choque. Depois, caiu de lado, arfando.

Foi preciso carregá-lo até o Rover e deitá-lo no bagageiro logo atrás do banco da frente. Ele repetidamente olhou em sua direção e deu-lhe uma lambida na mão.

– Você é um cachorro estranho – disse ela, e o cachorro suspirou.

Voltara em seguida ao Rover, em marcha à ré colocara-o novamente sob o Explorer, e subira, encontrando Spencer Grant caído por cima do volante, semiconsciente.

Agora ele estava novamente inconsciente e murmurava alguma coisa para alguém num sonho. Ela pôs-se a imaginar como o tiraria do Explorer se ele não voltasse logo a si.

Tentou conversar com ele e sacudi-lo delicadamente, mas não conseguiu obter qualquer resposta. Ele estava encharcado e tremendo, portanto, não fazia qualquer sentido em apanhar um punhado de água para jogar em seu rosto.

Seus ferimentos precisavam ser tratados o mais depressa possível, mas aquele não era o motivo principal dela estar tão ansiosa para colocá-lo no Rover e ir embora dali. Pessoas perigosas o procuravam. Com os recursos que possuíam, apesar das dificuldades criadas pela tempestade e pelo terreno, eles o encontrariam, se ela não o levasse o quanto antes para um lugar seguro.

Grant resolveu o problema não apenas recobrando a consciência, mas virtualmente *explodindo* para fora do sono doentio. Com um gemido e um grito mudo, endireitou-se no banco, banhado em suor repentino, apesar de tremer de tal forma que seus dentes batiam.

Estavam frente a frente. Apenas alguns centímetros os separavam e, até mesmo na semi-escuridão, ela viu o horror que havia em seus olhos. Pior, havia um desespero tão profundo que causou um calafrio no fundo de seu próprio coração.

Ele falou com urgência, embora a exaustão e a sede tivessem reduzido sua voz a um mero cochicho rouco:

– *Ninguém sabe, ninguém sabe.*
– Está tudo bem.
– *Ninguém sabe, ninguém sabe.*
– Calma. Tudo vai dar certo.
– *Ninguém sabe* – insistiu ele, parecendo estar aprisionado entre o medo e o desgosto, entre o terror e as lágrimas.

Um desespero terrível refletia-se em sua voz torturada e em suas feições que ela chegou a perder a fala. Parecia totalmente inútil continuar a repetir palavras de conforto sem sentido para um homem a quem parecia ter sido concedida uma visão das almas torturadas no inferno.

Embora olhasse diretamente nos seus olhos, Spencer parecia estar olhando para alguém ou alguma coisa muito distante, e pronunciava palavras apressadas que mais pareciam ser dirigidas a si mesmo do que a ela: *É uma corrente, corrente de ferro, passa através de mim. Através do meu cérebro, meu coração, minhas entranhas, não posso escapar, não consigo me libertar.*

Ele a assustava. Ela tinha pensado que nunca mais se assustaria, pelo menos não com facilidade, e certamente não com meras palavras. Mas ele a apavorava.

– Vamos Spencer. Está bem? Preciso de sua ajuda para tirá-lo daqui.

O HOMEM MEIO gorducho, de olhos brilhantes, saiu do elevador com Bobby Dubois e entrou no subsolo sem janelas. Parou subitamente, e contemplou Eve da mesma forma que um homem esfomeado olharia para um prato de pêssegos com creme.

Eve Jammer estava acostumada com o poderoso efeito que exercia sobre os homens. Quando se apresentava num espetáculo de *topless* nos palcos de Las Vegas, era apenas uma beldade entre tantas outras – mas os olhos de todos os homens a seguiam, praticamente excluindo todas as mulheres, como se alguma coisa em seu rosto ou em seu corpo não fosse apenas mais atraente para os olhos, mas tão fascinante como o canto de uma sereia. Eve atraía os olhares dos homens da mesma forma que um hipnotizador habilidoso era capaz de capturar a mente do cliente balançando um medalhão de ouro numa corrente ou fazendo movimentos sinuosos com as mãos.

Até mesmo o pobre Thurmon Stookey – o dentista que tinha tido a má sorte de estar no mesmo elevador de hotel que os dois gorilas de quem Eve tinha roubado um milhão em dinheiro – tinha sido vulnerável aos seus encantos num momento em que o terror deveria tê-lo tornado incapaz de qualquer pensamento de natureza sexual. Com os dois bandidos mortos no chão do elevador e o Korth 38 milímetros apontado para seu rosto, Stookey deixara que seus olhos se desviassem do cano do revólver para a voluptuosa linha do decote revelada pela suéter cavada de Eve. A julgar pelo brilho que tinha surgido em seus olhos míopes exatamente quando ela acionava o gatilho, Eve calculou que o último pensamento do dentista não tinha sido *Deus me ajude*, mas *Que peitos!*

Homem algum tinha sido capaz de afetá-la da mesma forma que ela afetava a maioria dos homens. Na verdade, era capaz de aceitar ou rejeitar a maioria deles. Seu interesse era despertado apenas por aqueles de quem poderia extrair algum dinheiro ou com quem poderia aprender os truques que permitiam que se adquirisse e conservasse o poder. Seu objetivo máximo era ser extremamente rica e poderosa, não amada. Ser um objeto de temor, exercendo controle total, com poder de vida ou de morte sobre os outros: *aquilo* era infinitamente mais erótico do que o corpo de *qualquer* homem ou quaisquer técnicas sexuais jamais poderiam ser.

Mesmo assim, quando foi apresentada a Roy Miro, sentiu alguma coisa fora do comum. Um batimento irregular. Uma leve sensação de desorientação, que não era absolutamente desagradável.

Ao que ela sentia não se poderia dar o nome de desejo. Os desejos de Eve eram todos exaustivamente mapeados e rotulados, e a satisfação periódica de cada um deles era obtida com precisão matemática, num cronograma tao preciso quanto o mantido por um condutor de trem fascista. Não tinha tempo ou paciência para a espontaneidade nos negócios nem na vida particular; a repugnância que sentiria com a intrusão de uma paixão não planejada seria tão grande quanto a que a dominaria se fosse forçada a comer minhocas.

Indiscutivelmente, entretanto, sentiu *alguma coisa* desde o primeiro momento em que pôs os olhos em Roy Miro. E minuto a minuto, enquanto discutiam a fita Grant-Davidowitz e em seguida a escutavam, seu interesse aumentava. Um frêmito de antecipação incomum percorria seu corpo enquanto imaginava para onde os eventos a estariam levando.

Por mais que se esforçasse, não conseguia imaginar que qualidades naquele homem despertavam sua fascinação. Ele tinha uma aparência bastante agradável. Alegres olhos azuis, rosto de menino e um doce sorriso, mas não era belo no sentido usual da palavra. Tinha pelo menos 10 quilos de excesso de peso, era um pouco pálido e não aparentava ser rico. Vestia-se com menos elegância do que qualquer crente distribuindo publicações religiosas de porta em porta.

Diversas vezes Miro pediu que ela repetisse uma passagem da gravação Grant-Davidowitz, como se contivesse alguma pista que exigisse ponderação, mas Eve sabia que ele começava a ser afetado por ela e tinha perdido alguma coisa por falta de atenção.

Tanto para Eve quanto para Miro, Bobby Dubois tinha deixado de existir. Apesar de sua altura, de seu físico desajeitado, de seu falatório incessante, Dubois não despertava para eles maior interesse do que as paredes de concreto.

Quando todas as passagens da fita tinham sido ouvidas e repetidas, Miro apresentou algumas desculpas esfarrapadas para justificar que, no momento, nada poderia fazer a respeito de Grant, exceto esperar: esperar que ele aparecesse; esperar que as nuvens no céu desaparecessem para que a busca através do satélite pudesse começar; esperar que as equipes de busca que estavam em campo descobrissem algo, e esperar que agentes que investigavam outros aspectos do caso, em outras cidades, entrassem em contato com ele. E, então, perguntou se Eve estava livre para jantar.

Ela aceitou o convite com uma ausência de timidez que não lhe era nada característica. Tinha uma sensação crescente de que o que a atraía naquele homem era algum poder secreto que ele possuía, uma força oculta, e que poderia ser entrevista apenas na autoconfiança de seu sorriso descontraído, e naqueles olhos azuis que revelavam apenas divertimento, como se ele esperasse sempre rir por último.

Embora um dos carros do departamento tivesse sido designado para o serviço de Miro enquanto ele estivesse em Las Vegas, Roy embarcou no Honda de Eve para jantar num dos restaurantes preferidos dela, em Flamingo Road. Os reflexos de um mar de néon imitavam os movimentos de uma maré sobre as nuvens baixas, e a noite parecia repleta de magia.

Eve esperava conhecê-lo melhor durante o jantar e depois de alguns copos de vinho – e compreender, quando chegassem à sobremesa, por que ele a fascinava. Mas a conversa de Roy era equivalente à sua aparência: bastante agradável, mas longe de ser fascinante. Nada que ele disse ou fez, nenhum gesto, nenhum olhar contribuiu para que Eve compreendesse melhor a estranha atração que sentia por ele.

Quando deixaram o restaurante e atravessaram o estacionamento em direção ao carro, Eve estava se sentindo frustrada e confusa. Não sabia se deveria convidá-lo a ir ao seu apartamento ou não. Não estava interessada em sexo com ele. Não era exatamente este tipo de atração. Naturalmente, alguns homens revelavam suas verdadeiras naturezas durante o ato sexual: pelo que gostavam de fazer, como faziam, o que diziam e como atuavam, durante e depois. Mas ela não queria ir com ele para casa, fazer sexo, ficar toda suada, passar por toda a rotina enojante e, *ainda assim*, não entender o que é que a intrigava tanto nele.

Estava num dilema.

Foi então que, quando se aproximavam do carro, com o vento frio assobiando numa fileira de palmeiras ali perto e o ar perfumado com o aroma dos bifes grelhados que vinha do restaurante, Roy Miro fez a coisa mais inesperada e incrível que Eve já vira em 33 anos de experiências incríveis.

UMA ETERNIDADE depois de sair do Explorer e entrar no Range Rover – que poderia ter sido uma hora ou duas, 30 minutos, trinta dias e trinta noites, pelo que se lembrava –, Spencer acordou e viu as folhagens mortas que pareciam segui-los. Viu, também, as sombras das algarobeiras e cactos através da luz dos faróis.

Virou a cabeça para a esquerda, de encontro ao banco, e viu Valerie ao volante.

– Oi.
– Olá.
– Como é que você chegou aqui?
– É uma história muito complicada para você neste momento.
– Eu sou um cara complicado.
– Não duvido.
– Para onde estamos indo?
– Embora.
– Ótimo.
– Como é que você está se sentindo?
– Tonto.
– Não faça xixi no banco – disse ela, obviamente achando engraçado.
– Vou tentar.
– Ótimo.
– Onde está meu cachorro?
– Quem é que você pensa que está lambendo sua orelha?
– Ah!
– Está logo aí atrás de você.
– Olá, amigo.
– Qual é o nome dele?
– Rocky.
– Tá brincando.
– Sobre o quê?
– O nome. Não combina.
– Escolhi para que ele se sentisse mais confiante.
– Não está funcionando.

Viam-se estranhas formações rochosas, como templos de deuses esquecidos antes que os seres humanos fossem capazes de conceber a idéia do tempo e contar a passagem dos dias. Faziam nascer nele um misto de admiração e temor. Valerie conduzia o veículo com grande perícia, para a direita, para a esquerda, descendo uma colina, para uma vasta planície.

— Eu nunca soube qual era o verdadeiro nome dele.
— Nome verdadeiro?
— Quando era filhote. Antes de ir para o abrigo.
— Não era Rocky.
— Provavelmente não.
— E antes de Spencer?
— Ele nunca se chamou Spencer.
— Então você está bastante consciente para ser evasivo.
— Não muito. É o hábito. E o seu nome?
— Valerie Keene.
— Mentirosa.

Perdeu novamente os sentidos durante algum tempo. Quando voltou a si, ainda, estavam no deserto: areia e rochas, vegetação rasteira, escuridão cortada pela luz dos faróis.

— Valerie.
— O que foi?
— Qual é o seu nome verdadeiro?
— Bess.
— Bess o quê?
— Bess Baer.
— Soletre.
— B-A-E-R.
— Verdade?
— Neste momento é.
— O que isso significa?
— Significa isso mesmo.
— Quer dizer que este é o seu nome agora, depois de Valerie?
— E aí?
— Qual era o seu nome antes de Valerie?
— Hannah Rainey.
— Claro – disse ele, compreendendo que nem todas as suas engrenagens funcionavam como deviam.

— E antes disso?
— Gina Delucio.
— Era real?
— Dava-me a sensação de ser real.
— Foi este o nome que lhe deram ao nascer?
— Você quer saber se era o meu nome quando eu era filhote?
— Sim. Era este o seu nome quando você era filhote?
— Ninguém me chamou pelo nome que eu tinha quando era filhote desde que fui para o abrigo – disse ela.
— Muito engraçado.
— Você gosta de mulheres engraçadas?
— Sou obrigado.
— E então a mulher engraçada – disse ela como se estivesse lendo uma página impressa –, o cachorro covarde e o homem misterioso viajaram pelo deserto em busca de seus nomes reais.
— Em busca de um lugar para vomitar.
— Oh! Não!
— Oh! Sim!
Valerie pisou no freio e ele abriu com força a porta.
Mais tarde, quando acordou, ainda viajando pelo deserto escuro, ele disse:
— Estou com um gosto horrível na boca.
— Não duvido.
— Qual é o seu nome?
— Bess.
— Conversa fiada.
— Não. Baer. Bess Baer. Qual é o seu nome?
— Um índio amigo meu me chama de Kemosabe.
— Como se sente?
— Uma merda – ele respondeu.
— Bem, é isso que Kemosabe significa.
— Será que não vamos parar?
— Não enquanto o céu estiver encoberto pelas nuvens
— O que as nuvens têm com isso?
— Satélites.

— Você é a mulher mais estranha que eu conheci.
— E ainda não viu nada.
— Como é que você me encontrou?
— Talvez eu seja vidente.
— Você é vidente?
— Não.

Spencer suspirou e fechou os olhos. Do jeito que se sentia, seria fácil fazer de conta que estava num carrossel.

— *Eu* é que tinha que encontrar *você* – disse ele.
— Surpresa!
— Eu queria ajudar você.
— Obrigada.

Spencer deixou-se escorregar para longe do mundo dos acordados e então saiu da escuridão e abriu a porta vermelha. Havia ratos nas catacumbas.

ROY FEZ uma coisa doida. E mesmo enquanto o estava fazendo ficou atônito com o risco que estava correndo.

Decidiu que deveria ser ele mesmo diante de Eve Jammer. Seu eu verdadeiro. Seu eu profundamente comprometido, piedoso, amoroso, que nunca se revelava totalmente no funcionário insosso e burocrático que aparentava ser aos olhos de todos.

Roy estava disposto a enfrentar riscos com esta mulher estonteante porque pressentia que a mente dela era tão maravilhosa quanto o rosto e o corpo deslumbrantes. A mulher que existia nela, tão próxima à perfeição emocional e intelectual, o compreenderia como ninguém tinha sido capaz.

Durante o jantar, não haviam encontrado a chave que abriria a porta para suas almas e permitiria que se fundissem. Ao deixarem o restaurante, Roy estava preocupado que a oportunidade passasse e que o destino nunca se realizasse. Então, buscou forças no poder do Dr. Kevorkian, que recentemente absorvera da televisão, a bordo do jatinho. Descobriu a coragem para se revelar para Eve e forçar a realização de seu destino.

Atrás do restaurante, um Dodge azul estava parado três vagas para a direita do Honda de Eve. Um homem e uma mulher saltaram do carro, a caminho do jantar. Aparentavam ter cerca de 40 anos, e o homem estava numa cadeira de rodas. Saiu pela porta lateral da van, num elevador elétrico que ele mesmo operava.

O restante do estacionamento estava deserto.

Dirigindo-se a Eve, Roy disse:

— Venha comigo um instante. Venha cumprimentá-los

— O quê?

Roy caminhou em linha reta para o Dodge.

— Boa noite — disse ele enquanto levava a mão ao coldre no ombro por debaixo do paletó.

O casal encarou-o espantado e ambos responderam "Boa noite". Suas vozes revelaram um certo espanto, como se estivessem tentando se recordar de onde o conheciam.

— Compartilho sua dor — disse Roy, sacando a pistola.

Atirou na cabeça do homem.

O segundo tiro atingiu a mulher na garganta, mas não estava tudo acabado. A mulher caiu ao chão, contorcendo-se de forma grotesca.

Pisando no homem morto na cadeira, Roy dirigiu-se à mulher no chão e disse:

— Sinto muito — e atirou novamente.

O novo silenciador instalado na Beretta funcionou bem. Com o vento de fevereiro zunindo através dos galhos das palmeiras, nenhum dos três tiros poderia ter sido ouvido a mais de 2 metros de distância.

Roy voltou-se para Eve Jammer.

Começou a imaginar se teria sido impulsivo demais para um primeiro encontro.

— Tão triste a qualidade de vida que algumas pessoas são forçadas a suportar — disse ele.

Eve levantou os olhos dos corpos e seus olhos se encontraram com os de Roy. Não gritou nem falou uma palavra. Naturalmente, poderia estar em estado de choque. Mas ele não acreditava que fosse este o caso. Ela parecia querer entender.

— Não posso deixá-los assim. — Devolveu a arma ao coldre e calçou as luvas. — Eles têm direito à dignidade.

O controle remoto que operava o elevador da cadeira de rodas estava preso ao braço da cadeira. Roy apertou um botão e o cadáver do homem foi elevado do chão do estacionamento.

Entrou na van pelas portas dupla de correr, que tinham sido empurradas para um dos lados. Empurrou para dentro a cadeira de rodas.

Presumindo que o homem e a mulher fossem casados, Roy planejou a cena. A situação era tão pública que não lhe sobrava tempo para ser original. Precisaria repetir o que havia feito com os Bettonfield na quarta-feira à noite, em Beverly Hills.

Altos postes de iluminação estavam distribuídos pelo estacionamento, e através da porta aberta jorrava uma luz azulada, suficiente apenas para lhe permitir completar o trabalho.

Retirou o homem da cadeira de rodas e colocou-o no chão, com o rosto virado para cima. A van não era acarpetada e Roy sentiu remorso por precisar botar os cadáveres diretamente sobre o chão, mas não tinha qualquer acolchoado ou cobertor que pudesse usar para fazer com que o descanso eterno do casal fosse mais confortável.

Empurrou a cadeira para um canto, para que não ficasse no meio do caminho.

Fora da van, enquanto Eve observava, Roy levantou a mulher, levou-a para dentro do veículo e colocou-a ao lado do marido, com a mão direita dela sobre a mão esquerda dele.

Os olhos da mulher e um dos olhos do marido estavam abertos, e Roy ia fechá-los com seus dedos enluvados quando uma idéia melhor lhe ocorreu. Levantou a pálpebra fechada do homem e esperou para ver se ficaria aberta. Ficou. Virou a cabeça do homem para a esquerda e a da mulher para a direita, de forma que se olhassem diretamente nos olhos, para toda a eternidade, eternidade esta que agora compartilhava num reino muito melhor do que Las Vegas, Nevada, muito melhor do que qualquer lugar neste mundo desalentador e imperfeito.

Agachou-se por um momento ao lado dos cadáveres, admirando sua obra. A ternura expressa por suas posições o agradava enormemente. Estava claro que haviam se amado e estavam agora juntos para sempre, como quaisquer amantes gostariam de estar.

Eve Jammer estava em pé diante da porta aberta, contemplando o casal morto. Até mesmo o vento do deserto parecia ter consciência de sua excepcional beleza e amá-la, pois agitava seus cabelos dourados, que formavam maravilhosas cascatas. O vento parecia amar seus cabelos.

— É tão triste — disse Roy. — Que qualidade de vida poderiam ter, com ele aprisionado numa cadeira de rodas e ela presa a ele por laços de amor? Suas vidas eram tão limitadas pela enfermidade dele, seus futuros atrelados àquela maldita cadeira. Como estão melhor agora!

Sem pronunciar uma só palavra, Eve deu-lhe as costas e caminhou em direção ao Honda.

Roy saiu da van, e depois de lançar um último olhar sobre o casal apaixonado fechou a porta de correr.

Eve esperava sentada ao volante, com o motor funcionando. Se ele lhe inspirasse temor, teria partido sem ele, ou corrido de volta para o restaurante.

Roy entrou no Honda e afivelou o cinto de segurança.

Permaneceram em silêncio.

Obviamente, Eve intuía que ele não era um assassino, que havia praticado um ato moral, e que ele operava num plano muito mais elevado que o dos homens comuns. Seu silêncio refletia apenas a luta para traduzir sua intuição e conceitos intelectuais e, por intermédio deles, entendê-lo totalmente.

Roy tirou as luvas de couro e colocou-as de volta no bolso interno do paletó.

Eve conduziu o Honda para fora do estacionamento.

Durante algum tempo, ela rodou a esmo, passando por uma série de bairros residenciais, dirigindo por dirigir, sem destino.

Para Roy, as luzes de todas aquelas casas aconchegantes já não pareciam quentes e misteriosas, como haviam parecido em outras noites, de outros bairros, de outras cidades, quando havia atravessado ruas semelhantes àquelas sozinho. Agora, elas lhe pareciam apenas tristes: luzinhas insignificantes, que inadequadamente iluminavam as pobres vidas de pessoas que nunca experimentariam um compromisso apaixonado com um ideal, não do tipo que tanto enriquecia sua vida, pobres pessoas que, diferente dele, nunca se elevariam acima do rebanho, que nunca conheceriam a perfeição de uma relação transcendental com uma pessoa tão excepcional quanto Eve Jammer.

Quando o momento afinal lhe pareceu propício, ele disse:

– Anseio por um mundo melhor. Muito melhor, Eve. Muito, muito mais.

Ela não respondeu.

– Perfeição – disse ele em voz baixa, porém cheio de convicção –, perfeição em todas as coisas. Leis perfeitas e justiça perfeita. Beleza perfeita. Sonho com uma sociedade perfeita, onde todos gozem de boa saúde, perfeita igualdade, em que a economia funcione como uma máquina perfeitamente sintonizada, onde haja harmonia entre os homens e entre eles e a natureza. Onde jamais uma ofensa seja feita ou recebida. Onde todos os sonhos sejam perfeitamente racionais e considerados. Onde todos os sonhos se realizem.

Roy estava tão comovido com seu monólogo que no final sua voz se tornou pastosa e ele precisou lutar contra as lágrimas.

Eve continuou muda.

Ruas escuras. Janelas iluminadas. Casas pequenas, vidas pequenas. Tanta confusão, tanta tristeza, tantos anseios e alienação naquelas casas.

– Faço o que posso para criar um mundo ideal. Elimino alguns de seus elementos imperfeitos e empurro-os, milímetro por milímetro, em direção à perfeição. Oh! Não que eu ache que vou poder mudar o mundo. Não sozinho, não eu, e nem mesmo mil ou cem mil outros como eu. Mas acendo uma velinha sempre que posso, uma velinha após outra, vencendo a escuridão, uma pequena sombra de cada vez.

Estavam na zona leste, quase nos limites da cidade, uma zona mais alta e onde os bairros eram menos populosos. Ao chegarem a um cruzamento Eve de repente fez uma curva em U e retornou para o mar de luzes de onde haviam vindo.

– Você talvez ache que eu sou um sonhador – disse Roy. – Mas não sou o único. Eu acho que você também é uma sonhadora, Eve, ao seu próprio modo. Se você pudesse admitir ser uma sonhadora... talvez se todos os sonhadores admitissem e se unissem, o mundo um dia poderia caminhar unido.

O silêncio dela era agora profundo.

Roy atreveu-se a olhar para ela e achou-a ainda mais maravilhosa do que se recordava. Seu coração batia lento e pesado, pesado com o fardo da beleza dela.

Quando finalmente ela falou, a voz era trêmula.

– Você não tirou nada deles.

Não era o medo que fazia com que suas palavras fossem trêmulas enquanto percorriam o pescoço elegante e saíam de seus lábios polpudos. Era uma incrível excitação. E sua voz incerta, por sua vez, excitava Roy.

– Não, nada.

– Nem dinheiro da bolsa nem da carteira dele.

– Claro que não. Eu não tiro, Eve, eu dou.

– Eu nunca vi... – Eve parecia incapaz de encontrar palavras para descrever o que ele havia feito.

– Sim, eu sei – disse ele encantado, ao ver como a emocionara.

– ... nunca vi tal...

– Sim.

– ... nunca tal...

– Eu sei, querida, eu sei.

– ... tal *poder*! – disse ela.

Aquela não era a palavra que ele pensou que ela estivesse procurando. Mas foi pronunciada com tal paixão, permeada de tanta energia erótica, que não poderia se sentir desapontado por ela ainda não ter entendido o completo significado do ato que ele havia praticado.

– Estavam só saindo para jantar – disse ela excitada, dirigindo depressa demais e deixando de lado a prudência. – Só saindo para jantar, uma noite comum, nada especial, e – *bum!* – você acaba com eles. Assim, sem mais nem menos. Jesus! Elimina os dois e nem tira nada deles. E não foi sequer porque eles tivessem irritado você, ou qualquer coisa assim. Foi só por mim. Só por mim, para me mostrar quem você realmente *é*.

— Bem, por você, sim – disse ele. – Mas não só por você, Eve. Você não entende? Removi da criação duas vidas imperfeitas, empurrando o mundo um pouquinho mais em direção à perfeição. E, ao mesmo tempo, libertei aquelas duas pessoas tristes do peso desta vida cruel, deste mundo imperfeito, onde as coisas jamais poderiam ser como esperavam. Dei algo ao mundo e àquela pobre gente. Não houve perdedores.

— Você é como o vento – disse ela ofegante –, como um fantástico vento de tempestade, furacão, tornado, com a diferença que não há um meteorologista para avisar às pessoas que você está chegando. Você tem o poder da tempestade. Você é uma força da natureza – que ninguém sabe de onde veio, que aparece sem nenhuma razão. *Bang!*

Preocupado que ela não estivesse entendendo, Roy disse:

— Espere, espere um pouco, Eve, escute.

Ela estava tão excitada que não conseguia mais dirigir. Desviou o Honda na direção da calçada e pisou com tanta força no freio que Roy teria sido atirado contra o pára-brisa se o cinto não estivesse afivelado.

Empurrando a caixa de câmbio com força bastante para arrancá-la, Eve estacionou e voltou-se para Roy.

— Você é igualzinho a um terremoto. As pessoas podem estar andando por aí, despreocupadas, com o sol brilhando e os pássaros cantando... e num segundo o chão se abre e simplesmente as engole.

Riu com deleite. Era um riso infantil, encantador, musical e tão contagioso que Roy achou difícil não rir também.

Ele tomou as mãos dela entre as suas. Eram mãos elegantes, os dedos longos, de formas tão perfeitas quanto as de Guinevere. O toque daquelas mãos era mais do que qualquer homem poderia esperar.

Infelizmente, o rádio e o ulna, acima dos ossos carpais perfeitos de seu pulso, não tinham o supremo calibre dos ossos de suas mãos. Roy tomou cuidado para não olhá-los. Ou tocá-los.

— Eve, escute. Você precisa compreender. É importantíssimo.

Imediatamente ela se tornou solene, entendendo que haviam chegado ao ponto mais sério de sua relação. Era ainda mais bela sombria do que rindo.

— Você está certa. É um grande poder. O maior de todos os poderes, e é por isso que você precisa entender muito bem.

Embora a única luz do interior do carro viesse do painel, os olhos verdes de Eve brilhavam como se refletissem o sol de verão. Eram olhos maravilhosos, tão perfeitos e magnéticos quando os da mulher que ele havia procurado durante o último ano e cuja fotografia ele trazia na carteira.

A sobrancelha *esquerda* de Eve também era perfeita. Mas uma ligeira irregularidade maculava o arco superciliar direito, acima da pálpebra: infelizmente era um pouco mais proeminente que o esquerdo, apenas uma fração de milímetro, formado talvez com apenas mais meio grama de osso, mas, ainda assim, fora de equilíbrio, e não alcançava a perfeição do esquerdo.

Aquilo não tinha importância. Roy podia conviver com aquilo. Iria se concentrar apenas nos olhos angelicais sob as sobrancelhas, e em cada uma de suas incomparáveis mãos abaixo dos protuberantes rádio e ulna. Embora imperfeita, ela era a única mulher que ele tinha visto com mais de uma feição perfeita. Única, única, única. E seus tesouros não se limitavam às mãos e aos olhos.

— Diferente de qualquer outro poder, Eve, este não flui da ira — explicou Roy, desejando que aquela mulher preciosa compreendesse sua missão e seu eu mais profundo. — Não nasce do ódio, também. Não é o poder da ira, da inveja, amargura ou cobiça. Não é como o poder que algumas pessoas encontram na coragem ou na honra — ou podem adquirir através da fé em Deus. Ele transcende todos esses poderes. Você sabe o que é?

Ela estava embevecida, incapaz de falar. Apenas sacudiu a cabeça: não.

— Meu poder — disse Roy — é o poder da compaixão.

— Compaixão — murmurou ela.

— Compaixão. Se você tenta compreender as outras pessoas, sentir sua dor, realmente *conhecer* a angústia que existe em suas vidas, amá-las apesar de seus erros, é dominado por tal piedade, por uma piedade tão *intensa* que chega a ser intolerável e precisa ser aplacada. Nesse momento, você recorre ao incomensurável, ao inexaurível poder da compaixão. É preciso agir para remediar o sofrimento, para empurrar o mundo uma fração de milímetro em direção à perfeição.

– Compaixão – murmurou ela novamente, como se nunca tivesse ouvido a palavra antes, ou como se ele lhe tivesse mostrado uma definição totalmente nova.

Roy não conseguia desviar os olhos daquela boca enquanto ela repetia a palavra mais duas vezes. Os lábios eram divinos. Era impossível imaginar por que achara que os lábios de Melissa Wicklun eram perfeitos, pois os lábios de Eve faziam com que os de Melissa parecessem menos atraentes que os de um sapo leproso. Comparados a estes lábios, a ameixa mais madura pareceria uma passa seca e o morango mais doce pareceria azedo.

Brincando de Henry Higgins para sua Eliza Doolittle, Roy continuou a primeira aula de refinamento moral.

– Quando somos motivados apenas pela compaixão, quando nenhum lucro pessoal está envolvido, o ato torna-se *moral*, absolutamente moral, e não devemos absolutamente nenhuma explicação a ninguém, nunca. Quando o motivo de nossos atos é a compaixão, estamos livres para sempre da dúvida, e este é um poder sem igual.

– Qualquer ato – disse ela, tão subjugada pelo conceito que mal conseguia respirar o suficiente para que pudesse falar.

– Qualquer – garantiu ele.

Eve passou a língua sobre os lábios.

Ah! Meu Deus! A língua era tão delicada, com um brilho tão intrigante! Deslizou sobre seus lábios sensuais, e era tão perfeitamente esguia que sem se aperceber Roy deixou escapar um tênue suspiro de êxtase.

Lábios perfeitos. Língua perfeita. Se pelo menos seu queixo não fosse tragicamente carnudo. Outros poderiam achar que era o queixo de uma deusa, mas Roy tinha sido amaldiçoado com uma sensibilidade à imperfeição muito maior que a dos outros homens. Estava plenamente consciente do ínfimo excesso de gordura que dava ao seu queixo uma aparência *intumescida* quase imperceptível. Ia precisar concentrar-se em seus lábios e em sua língua, e não permitir que seu olhar se desviasse para baixo.

– Quantos você já matou?
– Quantos? Você quer dizer, como lá no restaurante?
– É. Quantos?
– Bem. Eu não costumo contar. Pareceria, não sei, orgulho. Eu não espero elogios. Não. Minha satisfação vem daquilo que eu sei que está certo. É uma satisfação muito íntima.
– Quantos? – insistiu ela. – Aproximadamente.
– Ah! Não sei. Ao longo dos anos uns duzentos, umas poucas centenas, mais ou menos isso.

Ela fechou os olhos e estremeceu.

– Quando você vai matá-los... e eles olham nos seus olhos segundos antes, você vê o medo?
– Sim, mas gostaria que não sentissem medo. Gostaria que pudessem entender que sei quanta angústia enfrentam. Que estou agindo por compaixão, que vai ser rápido e indolor.

Com os olhos fechados, desfalecendo, ela disse:

– Eles olham dentro dos seus olhos e veêm o poder que você tem sobre eles, a força de uma *tempestade*, e sentem medo.

Roy soltou a mão direita de Eve e apontou o dedo indicador para o osso plano do intercílio logo acima de seu perfeito nariz. Um nariz que fazia com que qualquer outro lindo nariz parecesse tão disforme quanto o "nariz" de uma casca de coco. Vagarosamente, moveu o dedo em direção ao rosto dela e disse:

– Você. Tem. A. Mais. Deslumbrante. Glabela. Que. Eu. Já. Vi.

Ao dizer a última palavra, tocou a glabela, a porção plana do osso frontal entre o impecável arco superciliar esquerdo e o proeminente arco superciliar direito, diretamente acima do nariz.

Embora com os olhos fechados, Eve não recuou surpreendida com o toque. Aparentemente, desenvolvera tal afinidade com ele, e tão depressa, que intuía cada uma de suas intenções e o seu mais leve movimento sem o auxílio da visão e sem precisar de seus outros quatro sentidos.

Roy retirou o dedo da glabela e disse:

– Você acredita em destino?
– Sim, *nós* somos o destino.

Ela abriu os olhos e disse:

– Vamos para o meu apartamento.

A caminho de casa, Eve violou dezenas de leis de trânsito. Roy não aprovava, mas absteve-se de criticar.

Eve morava numa pequena casa de dois andares, numa área de construções recentes onde praticamente todas as casas da rua eram idênticas.

Roy esperara encontrar glamour. Desapontado, comentou consigo mesmo que, embora divina, Eve era apenas mais uma burocrata horrivelmente mal remunerada.

Enquanto esperavam que a porta da garagem abrisse, Roy perguntou:

– Como é que uma mulher como você acabou indo trabalhar no departamento?

– Eu queria o emprego, e meu pai tinha bastante influência para conseguir – respondeu Eve, entrando com o carro na garagem.

– Quem é o seu pai?

– Um filho-da-puta podre. Eu o odeio. Não vamos falar nisso, Roy, por favor, não estrague o clima.

A última coisa no mundo que ele queria era estragar o clima.

Fora do carro, na porta entre a garagem e a casa, enquanto procurava as chaves na bolsa, Eve subitamente sentiu-se desajeitada e nervosa. Virou-se para ele e disse:

– Meu Deus! Não consigo parar de pensar sobre o que aconteceu... como você acabou com eles, como você calmamente andou até lá e acabou com eles. Que *poder* na maneira de fazer!

Ela estava virtualmente queimando de desejo. Roy podia sentir o calor que dela se desprendia, afugentando o frio de fevereiro da garagem.

– Você tem tanta coisa para me ensinar – disse ela.

A relação chegara a um ponto decisivo. Roy precisava explicar mais uma coisa sobre si próprio. Adiara trazer o assunto à baila, temeroso de que ela não entendesse esta peculiaridade com tanta facilidade quanto absorvera e aceitara o que ele tinha a dizer sobre o poder da compaixão. Mas não era possível adiar mais.

Enquanto Eve desviava novamente a atenção para a bolsa e finalmente conseguia achar o chaveiro, Roy disse:

— Eu quero ver você se despir.

— Sim, querido, sim – ela respondeu, e as chaves tilintaram ruidosamente, enquanto ela procurava a chave certa no chaveiro.

— Quero ver você completamente nua.

— Completamente, para você, sim.

— Preciso saber se o restante de você é tão perfeito quanto as partes que já vi.

— Você é um amor – respondeu Eve, enfiando apressadamente a chave na fechadura.

— Das solas dos seus pés à curvatura da sua coluna, da parte de trás das suas orelhas aos poros da pele em seu couro cabeludo. Quero ver cada pedacinho, nada escondido, nada, absolutamente nada.

Abrindo com força a porta, entrando apressadamente e acendendo a luz da cozinha, Eve murmurou:

— Você é demais! Tão *forte*! Cada orifício, querido, cada centímetro.

Enquanto ela atirava a bolsa e as chaves sobre a mesa da cozinha e começava a tirar o casaco, Roy a seguiu e disse:

— Mas isso não significa que *eu* queira me despir ou... ou qualquer coisa.

Aquilo a deteve. Olhou para ele sem entender.

— Eu quero ver e tocar em você, mas não vou tocar muito. Só um pouquinho, quando alguma coisa me parecer perfeita, para sentir se a pele é tão lisa e sedosa quanto aparenta, para testar a resistência, sentir se a tensão dos músculos é tão maravilhosa ao toque quanto aos olhos. Você não precisa me tocar. – E continuou apressadamente, temendo perdê-la. – Quero fazer amor com você, quero amar todas as partes perfeitas que existem em você, fazer um amor apaixonado com os meus olhos, com alguns toques, talvez, mas nada mais. Não quero estragar este amor fazendo... o que as outras pessoas fazem. Não quero aviltá-lo. Não preciso disso.

Ela o encarou durante tanto tempo que ele quase se virou e fugiu.

De repente, Eve soltou um gritinho estridente, e Roy deu um passo atrás, apavorado. Ofendida e humilhada, ela seria bem capaz de atirar-se sobre ele, arranhar seu rosto e arrancar seus olhos.

Mas, espantado, compreendeu que ela estava rindo. Sem qualquer sinal de crueldade. Não estava rindo dele. Estava rindo de pura alegria. Ela se abraçava e dava gritinhos como uma colegial, e seus sublimes olhos verdes brilhavam de alegria.

— Meu Deus! – disse Eve com voz trêmula. – Você é ainda melhor do que eu pensava, melhor do que eu jamais poderia esperar. Você é perfeito, Roy, perfeito.

Ele sorriu incerto, ainda não totalmente livre do temor de que ela o atacasse.

Eve agarrou-o pela mão direita, puxou-o pela cozinha, atravessou com ele a sala de jantar e, enquanto o arrastava, acendia as luzes e falava.

— Eu estava disposta... se você quisesse *aquilo*. Mas eu também não quero, aquele negócio de esfregar e apertar, todo aquele suor, me dá *nojo*, ter uma outra pessoa suando em cima de mim, ficar toda pegajosa com o suor de outra pessoa. Não agüento isso. Fico *doente*.

— Fluidos – acrescentou ele com nojo –, como é que pode haver alguma coisa *sexy* nos fluidos de outra pessoa, na troca de fluidos?

Com excitação crescente, puxando-o para um corredor, Eve continuou:

— Fluidos, meu Deus, não dá vontade de morrer, simplesmente *morrer*, com todos aqueles fluidos que estão envolvidos, tanta coisa *molhada*. Todos eles só querem lamber e chupar os meus seios, toda aquela saliva! É horrendo; e ainda enfiam a língua na minha boca.

— *Cuspe!* – disse ele, fazendo caretas. – O que há de erótico numa troca de cuspes? Meu Deus!

Chegaram à soleira do quarto. Ele a deteve às portas do paraíso que iriam criar juntos.

— Se eu a beijar – prometeu – será um beijo seco, seco como papel, como areia.

Eve tremia de excitação.

— Nada de língua – jurou ele. – Até os lábios devem estar secos.

— E nunca lábios nos lábios...

— porque até mesmo num beijo seco...

— estaríamos trocando...

— respiração por respiração...

317

— e a respiração é úmida...
— vapores dos pulmões — disse ele.

Com o coração dilatado de alegria, alegria tão doce que ele não sabia se conseguiria agüentar, Roy compreendeu que aquela esplêndida mulher era, na verdade, muito mais parecida com ele do que jamais ousara esperar quando saíra daquele elevador e a vira pela primeira vez. Eram duas vozes em perfeita harmonia, dois corações batendo em uníssono, duas almas que entoavam a mesma música, em enfática sintonia.

— Nenhum outro homem esteve neste quarto. Só você. Só você.

As paredes laterais à cama, bem como a área do teto diretamente acima dela, eram espelhadas. As demais paredes eram forradas de cetim azul-escuro, exatamente da mesma cor do carpete. Havia uma única cadeira a um canto, estofada de seda prateada. As duas janelas eram cobertas por persianas niqueladas. A cama era elegante e moderna, com estantes ao longo da cabeceira, gabinetes altos de ambos os lados e uma prateleira; a cama era pintada com várias camadas de laca azul-marinho, sobre a qual pontinhos luminosos brilhavam como estrelas. Sobre a cabeceira havia um outro espelho. Em vez de colcha, ela usava uma pele de raposa prateada. *Falsa*, afirmou ela quando ele expressou sua preocupação com os direitos dos animais indefesos — este era o objeto mais lustroso e brilhante que ele já vira.

Aqui estava o glamour pelo qual Roy tanto ansiara.

A iluminação computadorizada era ativada pela voz. Oferecia seis atmosferas distintas por meio de inteligentes combinações de *spots* de halógeno estrategicamente dispostos (com uma variedade de vidros coloridos), néon em três cores emoldurando os espelhos (que podiam ser acesas uma de cada luz, ou duas ou três ao mesmo tempo) e criativas aplicações de fibras óticas. Além disso, cada atmosfera poderia ser sutilmente regulada por um reostato ativado pela voz que respondia aos comandos de "aumentar" e "diminuir".

Quando Eve tocou um botão na cabeceira, as portas dos gabinetes altos que ficavam ao lado da cama zumbiram e desapareceram, deixando ver prateleiras repletas de vidros de loções e óleos perfumados, 10 ou 12 falos de borracha em vários tamanhos e cores, e uma coleção de brinquedos eróticos, operados a pilha ou manualmente, que provocavam espanto por seu design e complexidade.

Eve ligou a aparelhagem de som equipada com um carrossel para 100 CDs e regulou para escolha aleatória.

— Tem de tudo, de Rod Stewart a Metallica, Elton John, Garth Brooks, os Beatles, Bee Gees, Bruce Springsteen, Bob Seger, Screamin' Jay Hawkins, James Brown e os Famous Flames, e *Goldberg Variations* de Bach. É muito mais interessante quando se tem tantos tipos de música diferentes e nunca se sabe o que se vai ouvir em seguida.

Roy tirou o sobretudo, mas não o paletó, e puxou a poltrona, colocando-a ao lado da cama, próxima aos pés, para garantir uma visão gloriosa mas evitando, tanto quanto possível, provocar reflexos nos espelhos e estragar as múltiplas imagens da perfeição *dela*.

Sentou-se na poltrona e sorriu.

Eve estava em pé ao lado da cama, totalmente vestida, enquanto Elton John entoava uma canção sobre mãos que curam.

— Parece um sonho. Estar aqui, fazendo exatamente o que eu gosto de fazer, mas com alguém que possa me dar valor...

— Eu posso, de verdade.

— ... que me adore...

— Eu adoro você.

— ... capaz de entregar-se a mim...

— Sou seu.

— ... sem macular a beleza desta cena.

— Sem fluidos. Sem agarramento.

— De repente, estou me sentindo tão tímida quanto uma virgem.

— Eu seria capaz de contemplar você durante horas a fio, toda vestida.

Eve arrancou a blusa com tanta violência que os botões saltaram e o tecido rasgou. Num minuto estava completamente nua, e tudo aquilo que estava encoberto provou ter muito mais perfeição que imperfeição.

Deleitando-se com o suspiro de descrença encantada de Roy, ela afirmou:

— Você entende por que eu não gosto de fazer amor da maneira usual? E eu tenho a mim mesma, por que precisaria de mais alguém?

A partir daí, afastou-se dele e agiu como se ele não estivesse presente. Obviamente, estava encantada por saber que era capaz de mantê-lo totalmente em seu poder sem que jamais precisasse tocá-lo.

Ficou em pé diante do espelho, examinando-se ternamente de todos os ângulos, com ar sonhador, e o encantamento que demonstrava diante do que via excitava tanto Roy que sua respiração saía aos arrancos.

Quando finalmente foi para a cama, com Bruce Springsteen cantando sobre uísque e carros, ela atirou para longe a pele de raposa. Por um momento, Roy sentiu-se desapontado, pois desejara vê-la contorcendo-se sobre as peles lustrosas, fossem elas falsas ou verdadeiras. Mas ela puxou os lençóis, deixando à mostra um colchão de borracha negra que imediatamente o intrigou.

De uma das prateleiras dos armários abertos Eve retirou um frasco cintilante de óleo de âmbar, desatarraxou a tampa e derramou um pouco do líquido sobre o centro da cama. Uma fragrância sutil e atraente, tão leve e fresca como uma brisa de primavera, elevou-se da cama até as narinas de Roy: não era um aroma floral, mas de temperos – canela, gengibre e outros ingredientes mais exóticos.

Enquanto James Brown falava sobre desejo premente, Eve rolou para cima da cama, sentando-se sobre a poça de óleo. Untou as mãos e começou a passar a essência de âmbar sobre a pele sem mácula. Durante 15 minutos suas mãos se moveram, experientes, sobre cada curva e plano de seu corpo, demorando-se em cada sinuosidade complacente, em cada fenda sombria e misteriosa. Quase sempre havia perfeição em todas as partes do corpo que Eve tocava. Mas quando ela tocava qualquer parte de seu corpo que estivesse abaixo dos padrões de perfeição de Roy, consternando-o, ele focalizava as maravilhosas mãos, que eram perfeitas, pelo menos abaixo dos rádios e ulnas, onde o excesso de osso era aparente.

A visão de Eve sobre o colchão negro e brilhante, de seu corpo luxuriante dourado e rosa, escorregadio com um fluido satisfatoriamente puro e não de origem humana, elevara Roy a um plano espiritual nunca antes atingido, nem mesmo através de técnicas orientais secretas de meditação, nem mesmo quando um médium trouxera o espírito de sua mãe numa sessão mediúnica em Pacific Heights, nem mesmo com alucinógenos ou cristais vibratórios ou com a terapia administrada por uma inocente técnica de 22 anos uniformizada de escoteira. E a julgar pelo ritmo lento que adotara, Eve esperava passar algumas horas explorando seu maravilhoso eu.

Conseqüentemente, Roy fez alguma coisa inédita. Tirou o bipe do bolso, e já que não era possível desligar aquele modelo específico, abriu a placa de plástico na parte de trás e retirou as pilhas.

Por uma noite, seu país precisaria sobreviver sem ele, e a humanidade sofredora sem o seu defensor.

A DOR TROUXE Spencer de volta do sonho em preto-e-branco, de uma arquitetura surrealista e biologia mutante, mais perturbadora ainda pela falta de cor. Seu corpo todo era uma massa de dores crônicas, um latejar surdo e constante, mas foi a dor aguda no alto da cabeça que o arrancou de seu sono pouco natural.

Ainda era noite. Ou novamente noite. Não sabia exatamente.

Estava deitado de costas, sobre um colchão de ar, debaixo de um cobertor. Os ombros e a cabeça estavam elevados por um travesseiro e por mais alguma coisa que estava sob o travesseiro.

O suave sibilo e o brilho fantasmagórico característico de uma lanterna Coleman identificavam a fonte de luz em algum lugar atrás dele.

A luz bruxuleante revelava formações rochosas erodidas pelo tempo à direita e à esquerda. Diretamente à sua frente estendia-se uma faixa do que ele supunha ser o Mojave congelado pela noite, que os fachos de luz da lanterna não conseguiam derreter. Em cima, estendendo-se de uma rocha a outra, havia uma lona do tipo usado para camuflagem no deserto.

Uma outra forte pontada atravessou-lhe o crânio.

— Fique quieto – disse ela.

Spencer compreendeu que o travesseiro repousava sobre as pernas cruzadas dela e que a cabeça estava em seu colo.

— O que é que você está fazendo? – Assustou-se com a debilidade de sua própria voz.

— Costurando a laceração.
— Você não sabe fazer isso.
— Teima em ficar se abrindo e sangrando.
— Não sou uma colcha de retalhos.
— Pode-se saber o que você está querendo dizer com isso?
— Você não estudou medicina.
— Não?
— Estudou?
— Não. *Fique quieto*.
— Está doendo.
— Claro.
— Vai infeccionar.
— Eu raspei o cabelo neste lugar e depois esterilizei.
— Você raspou minha cabeça?
— Só um lugarzinho, em volta da ferida.
— Você tem *noção* do que está fazendo?
— Você quer dizer, em termos de barbear ou de fazer curativos?
— Os dois.
— Tenho alguns conhecimentos básicos.
— Ai! Droga!
— Se você vai se comportar assim como um bebê, vou ser obrigada a usar anestesia local em spray.
— Você tem isso? Por que não usou?
— Você já estava inconsciente mesmo.

Spencer fechou os olhos e caminhou por um lugar onde tudo era preto-e-branco, um lugar feito de ossos, sob um arco de caveiras, e então abriu novamente os olhos.

— Bem, agora não estou.
— Não está o quê?
— Inconsciente.
— Há meio minuto estava. Alguns minutos se passaram desde que falamos pela última vez. E você ficou apagado esse tempo todo. Estou acabando. Mais um ponto e pronto.
— Por que paramos?
— Você não estava agüentando bem a viagem.

– Claro que estava.

– Você precisava de tratamento. Agora precisa descansar. Além disso, as nuvens começaram a se dissipar depressa.

– Precisamos continuar. Pássaros madrugadores chegam primeiro aos tomates.

– Tomates? Interessante.

– Eu disse tomates? Por que você está tentando me confundir? – ele franziu as sobrancelhas.

– Porque é muito fácil. Pronto, o último ponto.

Spencer fechou os olhos, que pareciam estar cheios de areia. No sombrio mundo preto-e-branco, chacais e rostos humanos estavam espreitando as ruínas, cobertas de ervas daninhas, daquilo que um dia havia sido uma grande catedral. Podia ouvir crianças chorando nos quartos escondidos sob as ruínas.

Quando abriu os olhos, descobriu que estava deitado praticamente na horizontal. Sob sua cabeça havia agora apenas o travesseiro.

Valerie estava sentada no chão ao seu lado, observando-o. Os cabelos escuros emolduravam seu rosto e ela era bela à luz da lanterna.

– Você fica bonita à luz da lanterna.

– Daqui a pouco você vai me perguntar se sou Aquário ou Capricórnio.

– Que nada. Não me importo com isso.

Ela riu.

– Gosto do seu riso – disse ele.

Valerie sorriu, virou a cabeça e contemplou o deserto escuro.

– O que é que você gosta em mim? – perguntou ele.

– Gosto do seu cachorro.

– É um ótimo cachorro. O que mais?

Olhando novamente para ele, afirmou:

– Você tem olhos bonitos.

– Tenho?

– Olhos honestos.

– São? Eu antes também tinha um cabelo bonito. Agora foi todo raspado. Foi estragado.

– Barbeado. Só um lugarzinho.

— Barbeado e estragado. O que você está fazendo no deserto?

Valerie o contemplou em silêncio durante algum tempo e desviou os olhos sem responder.

Mas Spencer não ia desistir assim facilmente.

— O que você está fazendo aqui? Vou continuar perguntando até que você fique maluca de tanto me ouvir repetindo. O que você está fazendo aqui?

— Salvando sua pele.

— Resposta traiçoeira. Quer dizer, o que você estava fazendo aqui?

— Procurando você.

— Por quê?

— Porque você tem andado me procurando.

— Mas, pelo amor de Deus, como é que você me encontrou?

— Pelo tabuleiro de Ouija.

— Acho que não posso acreditar em nada do que você diz.

— Está certo. Cartas de tarô.

— Do que nós estamos fugindo?

Valerie deu de ombros. O deserto atraiu novamente sua atenção. Finalmente, respondeu:

— Da história, acho.

— Lá vem você de novo tentando me confundir.

— Especificamente, da barata.

— Estamos fugindo de uma barata?

— Apelido que eu dei a ele porque ele fica furioso.

Seu olhar deslizou de Valerie para a lona alguns metros acima deles.

— Por que o teto?

— Funde-se com o terreno e o material dispersa o calor, assim não vamos chamar muita atenção quando lá de cima usarem o infravermelho para nos achar.

— Lá de cima?

— Olhos no céu.

— Deus?

— Não, a barata.

— A barata tem olhos no céu?

— Ele e a turma dele.

Spencer pensou algum tempo sobre isso.

– Não tenho certeza se estou acordado ou sonhando.

– De vez em quando, eu também não.

No mundo preto-e-branco, o céu queimava seus olhos, e uma enorme coruja branca voava criando a imagem de um anjo na sombra do mar.

O DESEJO DE EVE era insaciável e sua energia inexaurível, como se cada espasmo de êxtase a eletrificasse em vez de enfraquecê-la. Depois de uma hora, parecia mais vital do que nunca, mais bela, brilhante.

Aos olhos cheios de adoração de Roy, aquele corpo incrível parecia ser esculpido e enrijecido pelo seu incessante e rítmico flexionar-contrair-flexionar, pelos seus movimentos convulsos da mesma forma que uma sessão de levantamento de peso enrijecia os músculos de um halterofilista. Após tantos anos de exploração de todas as formas possíveis de se satisfazer, ela adquirira uma flexibilidade que Roy julgava estar entre a de uma ginasta merecedora da medalha olímpica e a de uma contorcionista de circo, combinada à resistência de uma equipe de cachorros que puxam trenós no Alasca. Não havia qualquer dúvida de que uma sessão consigo mesma na cama exercitava todos os seus músculos, desde sua radiosa cabeça até os lindos tornozelos.

Independente dos espantosos nós em que ela se enroscava, independente das bizarras intimidades que tomava consigo mesma, nunca parecia grotesca ou absurda. Era sempre bela, vista de qualquer ângulo, mesmo nas posições mais improváveis. Era sempre leite e mel sobre a borracha negra, pêssegos e creme, fluida e lisa, a mais desejável das criaturas que já andara sobre a face da Terra.

Uma hora e meia depois, Roy estava convencido de que 60% dos traços daquela criatura eram perfeitos – corpo e face em conjunto –, perfeitos até mesmo de acordo com os mais exigentes padrões. Outros 35% não eram perfeitos, mas estavam tão próximos da *perfeição* que lhe partiam o coração, e apenas 5% eram comuns.

Nada em Eve – nem a menor linha, concavidade ou convexidade – era feio.

Roy tinha certeza de que se Eve não parasse logo de se satisfazer, perderia a consciência. Mas ao final da segunda hora ela aparentava mais apetite e capacidade do que quando começara. A força de sua sensualidade era tão grande que todas as músicas eram alteradas por aquela dança horizontal, dando a sensação de que todas elas, até mesmo Bach, tinham sido expressamente compostas como trilha sonora para um filme pornográfico. De tempos em tempos, ela gritava o número de uma nova disposição de luzes, dizendo para o reostato, "mais forte", "mais fraca", e sua escolha era sempre a que lhe dava a melhor aparência na posição em que se dobrava.

Excitava-a olhar-se nos espelhos. E olhar-se olhando-se no espelho. E olhar-se enquanto se olhava se olhando. A infinidade de imagens saltavam de lá para cá pelos espelhos em paredes opostas, fazendo-a acreditar que enchera o universo com réplicas de si mesma. Os espelhos pareciam mágicos, transmitindo toda a energia de cada reflexo de volta para sua pele dinâmica, sobrecarregando-a de poder, até que ela se transformava num motor de erotismo louro em disparada.

Em algum momento, durante a terceira hora, as baterias de alguns de seus brinquedos favoritos acabaram, as engrenagens ficaram imóveis em outros e ela, mais uma vez, entregou-se à perícia de suas mãos nuas. De fato, durante algum tempo, suas mãos pareciam ser entidades independentes dela, cada uma dotada de sua própria vida. O frenesi de luxúria era tal que não podiam se ocupar de uma única parte cada vez. Deslizavam sem cessar pelas amplas curvas de seu corpo, para cima, em torno, para baixo, massageando e beliscando, acariciando e afagando, um deleite após outro. Assemelhavam-se a esfomeados convidados para jantar diante de uma iguaria preparada especialmente para celebrar a iminência do Juízo Final, que dispunham de apenas alguns segundos para que pudessem se entupir antes que tudo fosse obliterado pela transformação do sol numa estrela nova.

Mas, naturalmente, o sol não se transformou numa estrela nova, e finalmente, embora de forma gradual, aquelas mãos sem par foram ficando mais e mais lentas, e finalmente se imobilizaram, e estavam saciadas. Da mesma forma que sua dona.

Durante algum tempo, depois que tudo acabou, Roy não conseguiu se levantar da poltrona. Não conseguia nem se recostar para trás. Estava dormente, paralisado, sentindo uma estranha sensação de formigamento em todas as extremidades.

Afinal, Eve levantou-se da cama e caminhou para o banheiro. Ao voltar, carregando duas toalhas felpudas – uma úmida e a outra seca –, seu corpo perdera o brilho do óleo. Com a toalha úmida ela removeu os resíduos brilhantes do colchão de borracha e em seguida enxugou-o cuidadosamente com a toalha seca. Recolocou o lençol de baixo que anteriormente retirara.

Roy juntou-se a ela na cama. Eve deitou-se de costas, com a cabeça apoiada num travesseiro. Ele se estirou ao seu lado, de costas, apoiando a cabeça no outro travesseiro. Ela estava gloriosamente nua, e ele continuava totalmente vestido, embora em algum momento durante a noite tivesse afrouxado um pouco a gravata.

Nenhum dos dois cometeu o erro de tentar comentar sobre o que haviam experimentado. Meras palavras não poderiam ter feito justiça à experiência e poderiam ter levado aquela odisséia quase religiosa a parecer de mau gosto. De qualquer forma, Roy já sabia que tinha sido bom para Eve; e para ele também. Tinha visto mais perfeição física humana naquelas poucas horas – e em *ação* – do que em toda a sua vida pregressa.

Depois de contemplar durante alguns minutos a imagem de sua amada no teto, enquanto ela também contemplava o reflexo dele, Roy começou a falar, e a noite entrou numa nova fase de comunhão, quase tão íntima, intensa e geradora de mudanças em suas vidas quanto a fase mais física que a precedera. Falou mais sobre o poder da compaixão, refinando para ela o conceito. Disse-lhe que a humanidade sempre havia ansiado pela perfeição. As pessoas eram capazes de resistir à dor insuportável, aceitar terríveis privações, suportar brutalidades selvagens, viver em constante e abjeto terror, se estivessem convencidas de que seus sofrimentos eram pedágios na estrada que levava à utopia, ao céu na Terra.

Uma pessoa motivada pela compaixão – e que estivesse também consciente da aceitação do sofrimento pelas massas – poderia mudar o mundo. Embora ele, Roy Miro dos alegres olhos azuis e sorriso de Papai Noel, não acreditasse possuir o carisma necessário para ser o líder dos líderes que iniciariam a nova cruzada pela perfeição, esperava ser um dos que serviriam àquela pessoa especial, e o serviria bem.

— Acendo as minhas velinhas. Uma de cada vez.

Durante horas a fio Roy falou, enquanto Eve fazia inúmeras perguntas e comentários perceptivos. Excitava-o ver como ela se entusiasmava com suas idéias quase tanto quanto se entusiasmara com seus brinquedos de pilha e com suas próprias mãos experientes.

Eve emocionou-se especialmente quando ele lhe explicou como uma sociedade esclarecida deveria expandir o trabalho do Dr. Kevorkian, caridosamente auxiliando na autodestruição não apenas das pessoas que buscavam o suicídio mas também das pobres almas profundamente deprimidas, oferecendo saídas fáceis não só aos doentes terminais, mas aos doentes crônicos, deficientes, aleijados, psicologicamente incapazes.

E quando Roy falou sobre seu conceito de um programa de assistência ao suicídio para bebês, para fornecer uma solução caridosa para os problemas daqueles que nascessem até mesmo com o menor dos defeitos capaz de afetar suas vidas, Eve deixou escapar alguns sons ofegantes, semelhantes aos que tinham escapado de seus lábios nos momentos de paixão mais intensa. Ela apertou as mãos contra os seios mais uma vez, embora desta vez apenas numa tentativa de aquietar as batidas violentas de seu coração.

Enquanto Eve enchia as mãos com os próprios seios, Roy não conseguia desviar os olhos da imagem dela que pairava acima dele. Por um momento ele pensou que iria chorar ante a visão daquele rosto e daquelas formas 60% perfeitos.

Em algum momento, antes da aurora, os orgasmos espirituais fizeram com que os dois mergulhassem no sono de uma forma que nenhum orgasmo físico seria capaz. Roy estava tão realizado que nem sonhou.

Horas mais tarde, Eve o acordou. Havia tomado banho e estava vestida para o dia de trabalho.

— Você nunca esteve mais radiosa

— Você mudou minha vida.

— E você a minha.

Embora estivesse atrasada para o trabalho em seu *bunker* de concreto, Eve levou-o em seu carro até o hotel, no Strip, onde Prock, o motorista taciturno da noite anterior, deixara a bagagem. Era sábado, mas Eve trabalhava sete dias por semana. Roy apreciava esse tipo de compromisso.

A manhã do deserto era brilhante e o céu azul, sereno.

No hotel, sob o pórtico da entrada, antes que Roy saltasse do carro, fizeram planos para se encontrarem muito em breve, para que experimentassem novamente os prazeres da noite que há pouco terminara.

Ele ficou em pé na entrada, olhando enquanto ela se afastava. Depois que ela desapareceu, ele entrou. Passou pela recepção, atravessou o cassino barulhento e tomou o elevador para o trigésimo sexto e último andar da torre principal.

Não se lembrava de ter colocado um pé diante do outro depois que saltara do carro. Pelo que sabia, podia bem ter flutuado até o elevador.

Nunca imaginara que ao procurar a cadela fugitiva e o homem da cicatriz encontraria a mais perfeita mulher do mundo. O destino era engraçado.

Quando as portas se abriram no trigésimo sexto andar, Roy entrou num longo corredor forrado com um carpete tom sobre tom, de parede a parede, feito sob encomenda. Amplo bastante para ser considerado uma galeria e não um corredor, o local era decorado com objetos de arte em estilo francês do início do século XIX e com alguns quadros do mesmo período, de qualidade razoável.

Este era um dos três andares originalmente projetados para abrigar as suítes de alto luxo oferecidas, como cortesia da casa, aos ricaços dispostos a apostar fortunas nos jogos lá embaixo. O trigésimo quinto e o trigésimo quarto andares ainda eram utilizados para esta função. Contudo, desde que o departamento comprara o estabelecimento pelo seu potencial de fabricação e lavagem de dinheiro, as suítes do último andar eram reservadas para a conveniência de agentes de alto nível de fora da cidade.

O trigésimo sexto andar dispunha de sua própria recepção, instalada num escritório aconchegante em frente ao elevador. Roy pegou a chave da suíte com o homem que estava de serviço, Henri, que nem mesmo levantou uma única sobrancelha diante do terno totalmente amassado do hóspede.

Com a chave na mão, a caminho de seus aposentos, assobiando de mansinho, Roy ansiava por uma chuveirada quente, barbear-se, e um lauto café-da-manhã servido no quarto. Mas, quando abriu a porta trabalhada e entrou na suíte, descobriu dois agentes locais à sua espera. Estavam num estado de profunda mas respeitosa consternação, e foi somente quando os viu que Roy se lembrou que o bipe estava num dos bolsos do paletó e as baterias no outro.

– Estamos procuramos você por toda parte desde as 4 horas – disse um deles.

– Localizamos o Explorer de Grant – disse o outro.

– Abandonado – disse o primeiro. – Montamos uma busca...

– ... embora ele possa estar morto...

– ... ou ter sido salvo...

– ... porque parece que alguém chegou lá antes de nós...

– ... de qualquer forma, encontramos outras marcas de pneus...

– ... e então não temos muito tempo, precisamos nos mexer.

Com sua imaginação, Roy viu Eve Jammer: dourada, rosa, brilhante de óleo, com os músculos retesados, contorcendo-se sobre a borracha negra, mais perfeita do que imperfeita. Esta imagem lhe serviria de sustento, por pior que fosse o dia.

SPENCER ACORDOU na sombra púrpura sob a lona de camuflagem, mas a luz que banhava o deserto diante dele era áspera e brilhante.

A luz incomodava seus olhos, forçando-o a entrefechá-los, embora aquela dor não pudesse ser comparada à dor de cabeça que atravessava sua testa de uma têmpora à outra, ligeiramente na diagonal. Luzes vermelhas giravam tão abrasivas quanto cata-ventos de lâminas de aço, e embora suspeitasse que o dia não estava especialmente quente, sentia-se quente também. Queimando.

Sede. A sensação era de que a língua estava inchada, grudada ao céu da boca. A garganta estava seca, áspera.

Continuava deitado num colchão de ar, com a cabeça apoiada num pequeno travesseiro, debaixo de um cobertor, apesar do calor insuportável, mas não estava mais só. A mulher estava enroscada de encontro ao seu lado direito, exercendo uma doce pressão contra seu flanco, quadril, coxa. De alguma forma, passara o braço em torno dela, sem encontrar qualquer objeção – *Sinal verde, Spencer, meu amigo!* – e agora deleitava-se ao senti-la sob sua mão: tão quente, esguia, macia como pelúcia.

Uma mulher de maciez incomum.

Virou a cabeça e viu Rocky.

– Oi, amigo.

Falar doía. Cada palavra era um espinho sendo arrancado de sua garganta. Sua própria voz ecoava de modo penetrante sua cabeça, como se passasse por amplificadores instalados em suas cavidades nasais.

O cachorro lambeu a orelha direita de Spencer.

Cochichando para poupar a garganta, Spencer disse:

– Sim, eu amo você também.

– Estou interrompendo alguma coisa – perguntou Valerie, ajoelhando-se do lado esquerdo.

– Nada demais, só um menino e um cachorro brincando.

– Como está se sentindo?

– Um horror.

– Você é alérgico a algum remédio?

– Detesto o gosto de antiácidos.

– Você é alérgico a antibióticos?

– Está tudo rodando.

– Você é alérgico a antibióticos?

– Morangos me dão cólicas.

– Você está delirando ou só se fazendo de difícil?

– As duas coisas.

Talvez tivesse perdido os sentidos por algum tempo, porque a próxima coisa de que teve conhecimento foi que ela estava lhe dando uma injeção no braço esquerdo. Sentiu o cheiro do álcool com o qual ela havia pincelado a região em cima da veia.

– Antibiótico?
– Morangos liquefeitos.

O cachorro não estava mais ao lado de Spencer. Estava sentado perto da mulher, observando com interesse a retirada da agulha do braço de seu dono.

– Estou com infecção?
– Talvez secundária. Não vou arriscar.
– Você é enfermeira?
– Nem médica nem enfermeira.
– E como é que você sabe o que tem que fazer?
– Ele me ensina – apontou para Rocky.
– Sempre brincando. Deve ser comediante.
– É, mas licenciada para aplicar injeções. Você acha que vai poder segurar um pouco de água no estômago?
– Que tal bacon com ovos?
– Água já me parece bastante difícil. Da última vez você cuspiu tudo.
– Nojento.
– Você pediu desculpas.
– Sou um cavalheiro.

Mesmo com a ajuda dela, precisou de todas as forças para sentar. Engasgou algumas vezes com a água, mas era suave e doce, e ele achou que ia conseguir mantê-la no estômago.

Depois que ela novamente o deitou, ele pediu:

– Diz a verdade.
– Se eu souber.
– Estou morrendo?
– Não.
– Temos uma regra – disse ele.
– Qual é?
– Nunca minta para o cachorro.

Ela desviou os olhos na direção de Rocky.

O cão sacudiu a cauda.

— Minta para si mesma. Minta para mim. Mas nunca para o cachorro.

— Em matéria de regras, esta parece de muito bom senso – disse ela.

— Então estou morrendo?

— Eu não sei.

— Assim está melhor – disse Spencer, e desmaiou.

ROY MIRO LEVOU 15 minutos para se barbear, escovar os dentes e tomar banho. Trocou de roupa. Vestiu calça cáqui folgada, uma suéter de algodão vermelha e uma jaqueta de veludo marrom. Não tinha tempo para tomar o café que tanto desejara. Henri, o recepcionista, providenciou-lhe dois *croissants* de chocolate com amêndoas numa sacola de papel branco e duas xícaras do melhor café colombiano numa garrafa térmica plástica descartável.

A um canto do estacionamento do hotel um helicóptero executivo Bell JetRanger aguardava Roy. Da mesma forma que no jatinho que o trouxera de Los Angeles, era a única pessoa na cabine de passageiros.

Durante o vôo para a descoberta no Mojave, Roy comeu os *croissants* e tomou o café preto enquanto usava o notebook para entrar em contato com Mama. Reviu os telefonemas da noite relacionados à investigação.

Nada importante. No sul da Califórnia, John Kleck não descobrira nenhuma pista que lhes pudesse indicar para onde tinha ido a mulher depois de abandonar o carro no aeroporto, em Orange County. Também não tinham sido bem-sucedidos na busca do número de telefone para o qual o sistema inteligentemente programado de Grant enviara por fax as fotos de Roy e de seus homens na cabana de Malibu.

A melhor das notícias, que não era grande coisa, vinha de São Francisco. O agente que procurava George e Ethel Porth – os avós que evidentemente tinham criado Spencer Grant após a morte de sua mãe – sabia agora que uma certidão de óbito tinha sido emitida dez anos atrás para Ethel Porth. Obviamente, aquele era o motivo que tinha levado o marido a vender a casa. George Porth também tinha morrido, há três anos. E agora que não podia mais ter esperanças de conversar com os Porth sobre o neto, o agente seguia outros caminhos de investigação.

Por intermédio de Mama, Roy enviou uma mensagem para o e-mail do agente em São Francisco, sugerindo que ele verificasse os registros da Vara de Órfãos e Sucessões, para descobrir se o neto tinha sido o herdeiro dos bens de Ethel Porth ou do marido. Talvez os Porth não conhecessem o neto como "Spencer Grant" e tivessem usado seu nome verdadeiro em seus testamentos. Se por algum motivo inexplicável tivessem auxiliado e acobertado o uso da falsa identidade para todos os propósitos, inclusive para o alistamento militar, poderiam, no entanto, ter mencionado seu verdadeiro nome ao dispor de seus bens.

Não era uma pista sensacional, mas valia a pena verificar.

Quando Roy estava desligando o computador, o piloto do JetRanger avisou-o, pelo alto-falante, que estavam a um minuto de seu destino.

Roy debruçou-se na janela ao lado do assento. Voavam paralelos a um grande arroio cujo leito corria praticamente em linha reta na direção leste.

O brilho do sol e da areia era intenso, Roy tirou os óculos escuros do bolso e colocou-os.

Mais adiante, três jipes, todos do departamento, estavam agrupados no meio do leito seco do rio. Oito homens esperavam ao lado dos veículos, e o olhar da maioria estava voltado para o helicóptero que se aproximava.

O JetRanger voou sobre os jipes e os agentes, e subitamente o nível do solo caiu 400 metros quando o helicóptero cortou o ar sobre a borda do precipício. O estômago de Roy caiu também, devido à brusca mudança de perspectiva e a alguma coisa que ele achava que tinha visto mas não conseguia acreditar.

Voando alto sobre o vale, o piloto deu uma volta para boreste, para que Roy pudesse ver melhor o lugar onde o arroio encontrava a borda do despenhadeiro. Usando as duas torres de rocha no meio do leito seco como eixo visual, descreveu uma curva de 360 graus. Roy pôde, então, observar o Explorer de todos os ângulos.

Tirou os óculos escuros. A caminhonete ainda estava ali, sob o brilho intenso da luz do dia. Colocou novamente os óculos quando o JetRanger deu a volta e aterrissou no arroio, próximo aos jipes.

Desembarcando do helicóptero, Roy foi recebido por Ted Tavelov, o agente encarregado do local. Tavelov era mais baixo e vinte anos mais velho do que Roy, esguio e queimado de sol. A pele era curtida como couro em conseqüência de todos os anos que passara ao ar livre no deserto. Usava botas de caubói, jeans, uma camisa de flanela azul e um chapéu de caubói. Embora o dia estivesse fresco, Tavelov não usava jaqueta, como se tivesse armazenado o calor do Mojave em sua pele curtida pelo sol e jamais voltaria a sentir frio.

Enquanto caminhavam em direção ao Explorer, o motor do helicóptero silenciou atrás deles. Os rotores chiaram mais um pouco e ficaram imóveis.

– Fui informado de que não há sinal do homem nem do cachorro – disse Roy.

– Não há nada ali, a não ser um rato morto.

– A água estava assim *tão* alta quando atirou a caminhonete entre as rochas?

– Estava. Em algum momento da tarde de ontem, no auge da tempestade.

– Talvez ele tenha sido carregado pela água, ou empurrado para as cataratas.

– Não, se o cinto de segurança estivesse afivelado.

– Bem, mais adiante, talvez ele tenha tentado nadar para a margem.

– O cara precisava ser muito burro para tentar nadar numa enxurrada, com a água se movendo como um trem expresso. Ele é um idiota?

– Não.

– Veja as pegadas aqui – disse Tavelov, apontando para as marcas de pneus no leito do rio. – Embora os ventos tenham sido fracos desde a tempestade, as pegadas já começaram a desaparecer. Mas ainda dá para ver que um carro desceu pela margem sul, parando debaixo do Explorer, e que provavelmente alguém ficou em pé no teto de seu veículo para chegar até lá.

– Quando o arroio teria secado o suficiente para permitir essa operação?

– O nível da água cai muito depressa quando a chuva pára. Mais ou menos às 19 ou 20 horas da noite passada.

Em pé, dentro da passagem entre as rochas, contemplando o Explorer, Roy declarou:

– Grant poderia ter descido e se afastado antes que o outro veículo chegasse aqui.

– A verdade é que dá para ver algumas pegadas indistintas que *não* pertencem ao primeiro grupo dos meus assistentes imbecis que andaram por aqui. E a julgar por essas pegadas, sou capaz de apostar que uma mulher dirigiu até aqui e o levou, e o cachorro também. E a bagagem dele.

Roy franziu o cenho:

– Uma mulher?

– Pelo tamanho de um dos conjuntos de pegadas, é fácil ver que são pegadas de um homem. Nem as mulheres muito grandes têm os pés tão grandes. O segundo conjunto é de pegadas menores, que poderiam ser de um menino de mais ou menos 13 anos. Mas duvido que algum menino estivesse dirigindo sozinho por aqui. Alguns homens pequenos poderiam usar esse tamanho de sapatos, mas não muitos. Então, provavelmente pertencem a uma mulher.

Se uma mulher tinha vindo em socorro de Grant, Roy era obrigado a perguntar a si próprio se ela seria *a* mulher, a fugitiva. Este fato levantava novamente a questão que o perturbava desde quarta-feira à noite: quem *era* Spencer Grant, que diabos tinha ele a ver com a mulher, que tipo de coringa era ele, será que ele colocaria em risco as operações e os exporia?

Na véspera, no *bunker* de Eve, escutando a gravação do CD, tinha ficado muito mais confuso do que informado. A julgar pelas perguntas e pelos poucos comentários que Grant conseguira inserir no monólogo de Davidowitz, ele sabia muito pouco sobre Hannah Rainey. Mas por misteriosas razões estava tentando aprender tudo que podia. Até então, Roy havia suposto que Grant e a mulher mantinham um tipo qualquer de relação íntima e a tarefa, então, era determinar a natureza dessa relação e avaliar a quantidade de informações que a mulher partilhara com Grant. Mas se o cara ainda não a conhecia, por que tinha estado no bangalô naquela noite chuvosa, e por que teria optado por fazer da tarefa de encontrá-la uma cruzada pessoal?

Roy não queria acreditar que a mulher tivesse aparecido ali, no arroio, pois acreditar nisso significaria ficar mais confuso ainda.

— Quer dizer que você está afirmando que ele telefonou do celular para alguém e ela veio até aqui para buscá-lo?

Tavelov não se abalou com o sarcasmo de Roy.

— Talvez algum rato do deserto, que goste de viver em lugares onde não há telefones nem eletricidade. Existem alguns. Embora nenhum que eu conheça num raio de 40 quilômetros. Ou, quem sabe, algum andarilho se divertindo.

— Debaixo de uma tempestade.

— A tempestade havia terminado. De qualquer maneira, o mundo está repleto de tolos.

— E seja lá quem for, simplesmente deu de cara com o Explorer. Neste vasto deserto.

Tavelov deu de ombros.

— Encontramos a caminhonete, seu trabalho é interpretar.

Caminhando de volta à comporta de paredes rochosas e contemplando a margem distante do rio, Roy perguntou:

— Seja lá quem for, veio do sul e foi para o sul. Dá para seguir as marcas de pneus?

— É, dá, mais ou menos uns 200 metros. Depois só aqui e ali. Depois, desaparecem. Em alguns lugares foram apagadas pelo vento. Em outros, o solo é duro demais para ficar marcado.

— Bem, vamos procurar mais adiante, para ver se as pegadas aparecem de novo.

— Já tentamos. Enquanto esperávamos.

Tavelov acentuou a palavra "esperávamos".

— Meu *pager* estava quebrado e eu não sabia.

— A pé e de helicóptero, demos uma boa olhada em todas as direções no sul da margem. Chegamos a 5 quilômetros para leste, 6 para o sul e 6 para oeste.

— Bem, amplie a busca. Vá além de 6 quilômetros e veja se consegue descobrir a trilha de novo.

— Pura perda de tempo.

Roy pensou em Eve e na forma como a vira na noite anterior, a lembrança deu-lhe forças para permanecer calmo, para sorrir e para dizer, num tom agradável que lhe era característico:

— Provavelmente vai ser perda de tempo, mas acho que devemos tentar de qualquer jeito.

— O vento está aumentando.

— Talvez.

— Definitivamente aumentando. Vai apagar tudo.

Perfeição sobre o colchão negro.

— Então vamos tentar chegar na frente do vento. Traga mais homens, ou outro helicóptero, *16 quilômetros*. Em cada direção.

SPENCER NÃO ESTAVA acordado, mas também não estava dormindo. Caminhava como um bêbado sobre a linha divisória que separa os dois estados.

Escutou-se murmurando. Não conseguia entender muito bem o que estava dizendo. Mas estava sempre dominado por uma urgência febril, certo de que havia alguma coisa muito importante que precisava dizer a alguém, embora não conseguisse lembrar que informação vital era essa e a quem deveria transmiti-la.

Ocasionalmente ele abria os olhos. Visão turva. Piscava. Não conseguia ver o bastante para ter certeza se era dia ou se a luz vinha da lanterna Coleman.

Valerie estava sempre lá. Bem perto para que ele tivesse certeza, apesar da dificuldade de visão, que era ela. Algumas vezes, ela passava um pano úmido em seu rosto; outras, trocava as compressas frias sobre sua testa; outras, apenas os observava. Embora não pudesse ver claramente a expressão de seu rosto, pressentia que ela estava preocupada.

Uma vez, quando emergiu de sua escuridão pessoal e olhou através das poças que brilhavam em suas órbitas, Valerie estava de costas, fazendo alguma coisa. Atrás dele, mais adiante, sob a lona de camuflagem, o motor do Rover funcionava em marcha lenta. Ouviu um outro som familiar: o ruído suave, mas inconfundível, do tec-tec-tec de dedos experientes voando sobre o teclado de um computador. Esquisito.

De vez em quando ela lhe dirigia a palavra. Estes eram os momentos em que ele focalizava melhor a mente e conseguia murmurar algo meio compreensível, embora continuasse indo e voltando.

Uma vez veio a si e se ouviu perguntando:

– ... como é que você me encontrou lá... lá... longe... entre o nada e o lugar nenhum?

– Intruso no seu Explorer.

– Barata?

– Outro tipo de intruso.

– Aranha?

– Eletrônico.

– Escuta clandestina na minha caminhonete?

– É, fui eu que coloquei.

– Como... quer dizer... uma coisa que transmite? – perguntou ele.

– Igualzinho a uma coisa que transmite.

– Por quê?

– Porque você me seguiu até em casa.

– Quando?

– Terça-feira à noite. Não adianta negar.

– Claro. Na noite em que nos conhecemos.

– Você faz com que até pareça romântico.

– Para mim foi.

Valerie silenciou durante algum tempo. Finalmente perguntou:

– Você não está brincando, está?

– Gostei de você imediatamente.

– Você vem até o The Red Door, conversa comigo, parecendo mais um cliente delicado, e me segue.

O significado das revelações dela começava a penetrar de forma gradual em sua mente, e vagarosamente o espanto começou a tomar conta de Spencer.

– Você sabia?

– Você foi esperto. Mas se eu não fosse capaz de perceber sempre que estou sendo seguida, estaria morta há muito tempo.

– O transmissor? Como?

— Como coloquei? Saí pela porta dos fundos, enquanto você estava sentado na caminhonete do outro lado da rua. Fiz uma ligação direta no carro de alguém a uma quadra dali e voltei à minha rua, estacionando a um quarteirão de distância. Esperei até que você fosse embora. E então segui o Explorer.

— Você *me* seguiu?
— É bom para manter a forma.
— Seguiu-me até Malibu?
— Segui até Malibu.
— E eu não vi.
— Bem, você não estava esperando ser seguindo.
— Jesus!
— Pulei a cerca e esperei até que todas as luzes se apagassem na cabana.
— Jesus!
— Prendi o transmissor no chassi da caminhonete e dei um jeito na fiação para que puxasse corrente da bateria.
— E assim, por acaso, você tinha um transmissor.
— Você se surpreenderia se soubesse as coisas que eu tenho.
— Talvez não me surpreenda mais.

Embora Spencer não quisesse deixá-la, Valerie foi ficando turva e desapareceu nas sombras. Spencer, mais uma vez, deslizou para a escuridão interna.

Mais tarde, veio à tona novamente, pois ela tremeluzia em frente a ele. Ele ouviu a si próprio dizendo, amuado:

— Você colocou um transmissor na minha caminhonete.
— Eu precisava saber quem você era e por que estava me seguindo. Eu sabia que você não era *um deles*.

Ele disse debilmente:

— Homens da barata.
— Isso mesmo.
— Eu podia bem ser um deles.
— Não, porque não esfacelou os meus miolos na primeira vez que esteve bem perto.
— Eles não gostam de você, não é?

— Não muito. E então fiquei imaginando quem você poderia ser.
— Agora você sabe.
— Não de verdade. Você é um mistério, Spencer Grant.
— *Eu*, um mistério! – ele riu. A dor martelava sua cabeça quando ria, mas continuou rindo mesmo assim.
— A não ser que você tenha um nome para mim.
— Claro. Mas não será mais real do que todos os que você tem para mim.
— É real.
— Claro.
— Nome legal. Spencer Grant. Garantido.
— Talvez. Mas quem era você antes de ser um tira, antes de ir para a UCLA, muito antes de se alistar no Exército?
— Você sabe tudo sobre mim.
— Tudo, não. Só o que você deixou nos registros, só aquilo que você queria que os outros soubessem. Quando me seguiu, você me assustou, e então comecei a investigar.
— Você saiu do bangalô por minha causa.
— Eu não sabia quem você era. Mas achei que se você tinha sido capaz de me encontrar, eles também seriam. Outra vez.
— E encontraram.
— No dia seguinte.
— Então, além de assustar, eu também salvei você.
— É, podemos encarar assim.
— Sem mim, você estaria lá.
— Talvez.
— Quando o grupo da SWAT chegou.
— Provavelmente.
— Parece que tinha que ser assim.
— Mas o que é que *você* estava fazendo lá?
— Bem...
— Na minha casa.
— Você não estava mais lá.
— E então?
— Não era mais sua casa.

— Você sabia que não era mais minha casa quando entrou lá?

As implicações das revelações que ela fazia sobressaltavam-no. Piscou furiosamente, tentando em vão ver com clareza seu rosto.

— Jesus, se você colocou um dispositivo de escuta na minha caminhonete...

— O quê?

— Você estava me seguindo quarta-feira à noite?

— É. Descobrindo o que você pretendia.

— Desde Malibu.

— Até o The Red Door.

— De volta à sua casa, em Santa Mônica?

— Eu não estava *lá dentro* como você.

— Mas você viu o ataque.

— De longe. Não mude de assunto.

— Que assunto? – perguntou ele, genuinamente confuso.

— Você ia me explicar por que arrombou minha casa na quarta-feira à noite – lembrou ela. Não estava zangada. A voz não soava cortante. Spencer teria se sentido melhor se ela estivesse furiosa com ele.

— Você... você não apareceu para trabalhar.

— E então arrombou minha casa?

— Não arrombei.

— Será que eu esqueci que mandei um convite?

— A porta estava destrancada.

— Para você, qualquer porta destrancada é um convite?

— Eu estava... preocupado.

— Sim, preocupado. Fale a verdade. O que você estava procurando na minha casa naquela noite?

— Eu estava...

— Estava o quê?

— Eu precisava...

— De quê? Precisava de quê na minha casa?

Spencer não tinha certeza se estava morrendo em conseqüência dos ferimentos ou da vergonha. Fosse lá como fosse, desmaiou.

O Bell JetRanger transportou Roy Miro do leito seco do rio no deserto aberto direto para a pista de aterrissagem no teto do arranha-céu do departamento em Las Vegas. Enquanto no Mojave uma busca por terra e ar estava sendo conduzida para encontrar a mulher e o veículo que levara Spencer Grant para longe do que restava do seu Explorer, Roy passou a tarde de sábado no quinto andar do centro de vigilância por satélite.

Enquanto trabalhava, comeu um substancial almoço, para compensar a falta do lauto café-da-manhã que havia sonhado. Além disso, mais tarde, quando fosse novamente para casa com Eve, precisaria de toda a energia que fosse capaz de acumular.

Na noite anterior, quando Bobby Dubois trouxera Roy para aquele mesmo lugar, a sala estava silenciosa, operando com um número mínimo de funcionários. Agora, havia técnicos diante de todos os computadores e de cada pedacinho de equipamento, e em toda a grande sala ouvia-se o rumor de conversas.

Provavelmente, o veículo que estavam procurando tinha viajado a noite inteira, cobrindo considerável distância, apesar do terreno pouco favorável. Grant e a mulher poderiam ter conseguido se afastar o bastante para pegar uma estrada além dos postos de vigilância que o departamento havia colocado em todas as estradas da região sul do estado, e se isso fosse verdade, teriam escorregado novamente através das redes.

Por outro lado, talvez não tivessem ido para longe. Poderiam ter se atrasado. Quem sabe por uma falha mecânica?

Talvez Grant tivesse se ferido no Explorer. Ted Tavelov informara que o banco estava manchado de sangue, que não parecia ser sangue do rato morto. Se Grant estivesse em mal estado, talvez *não tivesse conseguido* viajar para longe.

Roy estava determinado a pensar positivo. O mundo é exatamente aquilo que você faz dele – ou tenta fazer dele. Toda sua vida estava comprometida com esta filosofia.

De todos os satélites disponíveis em órbitas geossíncronas que os mantinham continuamente posicionados sobre as regiões oeste e sudoeste dos Estados Unidos três eram capazes do grau de vigilância máxima que Roy Miro desejava realizar sobre Nevada e os estados vizinhos. Um desses três postos de observação especiais era controlado pela Delegacia de Combate às Drogas. O outro pertencia ao Departamento de Proteção Ambiental. O terceiro era um empreendimento militar oficialmente compartilhado pelo Exército, Marinha, Força Aérea, Fuzileiros e Guarda Costeira, mas, na verdade, estava sob o punho de ferro do controle do gabinete do chefe do Estado-maior.

Sem discussão. O satélite do Departamento de Proteção Ambiental – DPA.

A Delegacia de Combate às Drogas, apesar da dedicação de seus agentes e, sobretudo, por causa de políticos metidos, falhara muito no cumprimento de sua missão. E os serviços militares, nos anos anteriores ao fim da Guerra Fria, estavam confusos quanto aos seus objetivos, com as verbas reduzidas, moribundos.

Em contraste, o DPA, para um órgão governamental, cumpria sua missão de forma inédita, em parte por não haver um elemento criminoso bem organizado ou grupo de interesse que a ele se opusesse, e em parte por seus funcionários serem motivados por um feroz desejo de salvar o mundo. O DPA cooperava de forma tão bem-sucedida com o Departamento de Justiça que um cidadão que, inadvertidamente, contaminasse uma área sob proteção governamental estava arriscado a passar mais tempo na prisão do que um gângster dopado que matasse um trabalhador, uma mulher grávida, duas freiras e um gato, enquanto roubava 40 dólares e uma barra de chocolate.

Conseqüentemente, uma vez que o sucesso do departamento gerava um aumento nas verbas e maior acesso a financiamentos paralelos, o DPA possuía o melhor hardware, de equipamentos para escritório a satélites de vigilância. Se fosse possível a algum órgão federal obter controle independente de armas nucleares, esse órgão seria o DPA, embora, de todos, fosse o que menos probabilidade tinha de usá-las – com exceção, talvez, uma questão de disputa com o Departamento do Interior.

Portanto, para encontrar Spencer e a mulher, o departamento estava usando o satélite de vigilância do DPA, o Earthguard 3, numa órbita geossíncrona sobre a região oeste dos Estados Unidos. Para obter uso total e inconteste desse recurso, Mama se infiltrara nos computadores do DPA e introduzira dados falsos, indicando que o sistema do Earthguard 3 sofrera um colapso total. Os cientistas nas instalações dedicadas ao rastreamento dos satélites tinham imediatamente montando uma campanha para diagnosticar os males do Earthguard 3, utilizando técnicas de testagem telemecânica de longa distância. Mama, entretanto, secretamente interceptara todos os comandos enviados àquele pacote de sofisticados dispositivos eletrônicos orçado em 8 milhões de dólares, e continuaria a fazê-lo até que o departamento não precisasse mais do Earthguard 3, quando, então, ela permitiria que ele começasse novamente a operar on-line para o DPA.

Do espaço, o departamento podia agora conduzir uma completa inspeção visual sobre vários estados. Podia focalizar até mesmo um padrão de busca de um metro quadrado por um metro quadrado, caso a necessidade extrema de monitorar um veículo ou uma pessoa surgisse.

O Earthguard 3 também fornecia dois métodos de vigilância noturna altamente sofisticados. Utilizando o infravermelho orientado por contornos, era capaz de diferenciar um veículo de fontes estacionárias de calor irradiado pela própria mobilidade do alvo e por sua assinatura térmica distinta. O sistema era capaz também de utilizar uma variação da tecnologia de visão noturna Star Tron para ampliar a luz ambiente por um fator de 18 mil, proporcionando tanta visibilidade à paisagem noturna quanto a que existia num dia nublado, embora num tom monocromático fantasmagórico.

Todas as imagens eram automaticamente processadas por um programa específico para realçá-las no satélite antes da codificação e transmissão. E, por ocasião do recebimento na central de controle em Las Vegas, um programa do mesmo tipo, mas altamente sofisticado, seria rodado na versão de última geração do supercomputador Cray, aperfeiçoando ainda mais a imagem de vídeo de alta definição antes de projetá-la na tela instalada na parede. Caso a imagem precisasse ser ainda melhorada, cada quadro poderia ser sujeito a procedimentos adicionais de realce sob a supervisão de técnicos talentosos.

A eficácia da vigilância do satélite, fosse através do infravermelho, visão noturna ou fotografia telescópica comum, variava de acordo com o território monitorado. De um modo geral, quanto mais populosa a área, menos bem-sucedida era uma operação que partisse na busca de alvos com dimensões tão reduzidas quanto um homem ou um veículo, pois havia um excesso de objetos em movimento e de fontes de calor que impedia que a classificação e a análise fossem precisas e completadas em tempo hábil. As pequenas cidades se prestavam melhor à observação do que as grandes; as áreas rurais, melhor do que as pequenas cidades, e o monitoramento de estradas descampadas eram melhores do que o das ruas de uma área metropolitana.

Se tivesse havido um atraso na fuga de Spencer Grant e da mulher, conforme Roy esperava, ainda estariam em território ideal para que fossem localizados e rastreados pelo Earthguard 3. Deserto inóspito, despovoado.

Durante toda a tarde de sábado, à medida que iam sendo localizados os veículos, suspeitos eram estudados e eliminados ou mantidos numa lista de observação até que fosse possível determinar, com exatidão, se os ocupantes se enquadravam ou não no perfil do grupo de fugitivos: mulher, homem, cão.

Após longas horas de observação da grande tela na parede, Roy estava impressionado com a *perfeição* daquela parte do mundo vista por satélite. Todas as cores eram suaves e esmaecidas, todas as formas pareciam harmoniosas.

A ilusão da perfeição era mais convincente quando o Earthguard rastreava áreas mais amplas e, portanto, usava o menor grau de ampliação. Era *mais* convincente quando a imagem era em infravermelho. Quanto menos sinais de civilização humana podia detectar, mais próximo à perfeição lhe parecia estar o planeta.

Talvez os extremistas que insistiam que a população da Terra precisava ser reduzida em 90%, por qualquer meio, para salvar o planeta, tivessem alguma razão. Que qualidade de vida poderia haver num mundo totalmente devastado pela civilização?

Se um programa de redução de população como esse fosse algum dia instituído, Roy sentiria profunda satisfação em colaborar na sua implementação, embora o trabalho pudesse ser exaustivo e, com freqüência, sem recompensas.

O dia chegava ao fim sem que a busca por terra ou por ar trouxesse qualquer informação sobre os fugitivos. Ao cair da noite, a caça foi suspensa até o alvorecer, e o Earthguard 3, com toda a sua tecnologia, não tivera mais sucesso do que os homens a pé e as tripulações dos helicópteros, embora ele pelo menos pudesse continuar a busca durante a noite.

Roy continuou na central de vigilância por satélite até as 20 horas, quando, então, saiu com Eve Jammer para jantar num restaurante armênio. Diante de uma deliciosa salada e uma soberba costeleta de carneiro, discutiram o conceito de uma redução da população rápida e eficiente. Imaginaram formas pelas quais poderia ser realizada sem os indesejáveis efeitos colaterais, como a radiação nuclear e motins incontroláveis nas ruas. Conceberam *vários* métodos para determinar os 10% da população que mereceriam sobreviver para executar uma versão aperfeiçoada e menos caótica da saga humana. Rascunharam possíveis símbolos para o movimento a favor da redução da população, compuseram inspirados slogans e debateram o design dos uniformes. Estavam num estado de extrema excitação quando finalmente deixaram o restaurante para se dirigir ao apartamento de Eve. Seriam bem capazes de executar qualquer policial tolo o bastante para fazê-los parar por estarem dirigindo a 110 quilômetros por hora numa área residencial e de hospitais.

As paredes manchadas e sombreadas tinham rostos. Rostos estranhos, embutidos, expressões torturadas. Bocas abertas clamavam por misericórdia sem que seus gritos jamais fossem atendidos. Mãos. Mãos que se estendiam. Silenciosamente suplicantes. Quadros fantasmagoricamente brancos, mostrando em alguns lugares listras cinzentas e cor de ferrugem, e em outros manchas marrons e amarelas. Rostos e corpos lado a lado, alguns membros superpostos, mas sempre numa postura suplicante, com expressões de súplica desesperada: implorando, pedindo, rezando.

– *Ninguém sabe... ninguém sabe...*
– Spencer? Spencer, você está me escutando?

A voz de Valerie ecoava através de um túnel, enquanto Spencer vagava em algum lugar entre a vigília e o sono verdadeiro, entre a negação e a aceitação, entre um inferno e outro.

— Calma, calma, não se assuste, você está sonhando.

— Não. Está vendo? Está vendo? Aqui nas catacumbas, aqui, nas catacumbas.

— Você pode sair daí. É só um sonho.

Spencer ouviu sua própria voz perdendo força, passando de um grito estridente a um mero sussurro:

— Oh, meu Deus! Oh, meu Deus! *Oh, meu Deus!*

— Spencer, você está escutando? Segure minha mão. Estou aqui com você.

— Eles tinham tanto medo, medo, absolutamente sós e com medo. Está vendo como estão com medo? Sozinho, ninguém escuta, ninguém, ninguém nunca soube, tanto medo. Oh! Jesus, Jesus, me ajude, Jesus.

— Segura minha mão. Isso mesmo. Estou aqui com você. Você não está mais sozinho Spencer.

Ele se agarrou àquela mão quente, e de alguma forma ela o conduziu para longe dos rostos cegos e pálidos, dos gritos silenciosos.

Pela força daquela mão, Spencer flutuou mais leve que o ar, elevou-se, atravessou a escuridão e a porta vermelha. Não a porta manchada pelas impressões das mãos sobre a tinta branca envelhecida. Esta porta era inteiramente vermelha, seca, coberta por uma camada de poeira. Abriu-se para uma luz azul-safira, balcões e cadeiras negras com bordas de aço polido, paredes espelhadas. O palco da orquestra estava deserto. Pessoas bebiam em silêncio em algumas das mesas. Vestindo calça jeans e uma jaqueta de camurça, em vez da saia aberta do lado e da suéter preta, ela estava sentada num banco do bar, ao seu lado, porque os clientes eram poucos. Ele estava deitado num colchão de ar, suando, mas sentindo-se gelado, e ela sentada num banco alto, mas estavam no mesmo nível, de mãos dadas, conversando à vontade, como se fossem velhos amigos, com o silvo da lanterna Coleman ao fundo.

Sabia que estava delirando. Não se importava. Ela era tão bonita!

— Por que você foi à minha casa quarta-feira à noite?
— Eu já não disse?
— Não. Você fica evitando dar uma resposta.
— Eu precisava saber mais sobre você.
— Por quê?
— Você me odeia?
— Claro que não. Eu só quero compreender.
— Fui até sua casa, granadas de fragmentação entrando pelas janelas.
— Você poderia ter ido embora quando viu que tipo de pessoa eu era.
— Não, não posso deixar você morrer numa vala a 80 quilômetros de casa.
— O quê?
— Ou nas catacumbas.
— Depois que você descobriu que eu era um problema, por que continuou?
— Já falei. Eu gostei de você desde a primeira vez que a vi.
— Mas foi na terça-feira. Eu era uma estranha para você!
— Eu quero...
— O quê?
— Eu quero... uma vida.
— Você não tem vida?
— Uma vida... com esperança.

O bar dissolveu-se e a luz azul transformou-se num tom amarelado. As paredes manchadas e sombrias tinham rostos. Rostos brancos, máscaras de morte, bocas abertas num terror mudo, implorando silenciosamente.

Uma aranha seguiu o fio da eletricidade que pendia do teto em anéis e sua sombra exagerada correu sobre os rostos manchados dos inocentes.

Mais tarde, de novo no bar, ele afirmou:
— Você é uma boa pessoa.
— Você não pode ter certeza.
— Theda.
— Theda acha que todo mundo é bom.

– Estava muito doente. Você tomou conta dela.
– Só durante algumas semanas.
– Dia e noite.
– Não foi nada demais.
– E agora eu.
– Você ainda não está bem.
– Quanto mais conheço você, melhor você é.
– Diabo! Talvez eu seja uma santa.
– Não, só uma boa pessoa. Sarcástica demais para uma santa.

Ela riu e disse:

– Não consigo não gostar de você, Spencer Grant.
– Ótimo. Estamos nos conhecendo.
– É isso que você está fazendo?

Impulsivamente, Spencer disse:

– Eu amo você.

Valerie permaneceu silenciosa por tanto tempo que Spencer achou que perdera mais uma vez os sentidos.

– Você está delirando.
– Não sobre isso.
– Vou mudar a compressa da sua testa.
– Eu amo você.
– É melhor ficar quieto e descansar.
– Sempre amarei você.
– Fique quieto, homem estranho – disse Valerie, num tom que Spencer acreditava e esperava ser de afeição. – Fique quieto e descanse.
– Sempre – repetiu ele.

Tendo confessado que a esperança que buscava era ela, Spencer estava tão aliviado que mergulhou numa escuridão totalmente desprovida de catacumbas.

Muito, muito mais tarde, sem saber ao certo se estava acordado ou dormindo, numa luz incerta que poderia ser da aurora, do crepúsculo, do brilho da lâmpada ou da fria luminosidade sem fonte de um sonho, Spencer surpreendeu-se ao se ouvir dizer "Michael".

– Ah, você voltou – disse ela.
– Michael.

— Aqui não tem ninguém com este nome.
— Você precisa saber sobre ele.
— Muito bem. Pode contar.

Ele gostaria de poder vê-la. Havia apenas luz e sombra, nem mesmo uma forma turva.

— Você precisa saber se... se é que vai ficar comigo – disse ele.
— Pode contar.
— Não me odeie quando souber.
— Não costumo odiar com facilidade. Confie em mim, Spencer. Confie e fale comigo. Quem é Michael?

Sua voz era frágil:
— Morreu aos 14 anos.
— Michael era seu amigo?
— Era eu. Ele morreu aos 14 anos... mas só foi enterrado aos 16.
— Michael era você?
— Perambulou morto-vivo durante dois anos, e então passou a ser Spencer.
— Qual era o sobrenome de Michael?

Spencer sabia que deveria estar acordado e não sonhando, porque nunca se sentira tão mal num sonho. A necessidade de revelar não podia mais ser reprimida, mas a revelação era uma verdadeira agonia. Seu coração batia forte, rápido, como se estivesse sendo atravessado por segredos tão dolorosos quanto agulhadas.

— Seu sobrenome... era o nome do diabo.
— E qual era o nome do diabo?

Spencer tentava falar mas não conseguia.

— Qual era o nome do diabo? – perguntou ela outra vez.
— Ackblom – respondeu ele, cuspindo as sílabas odiadas.
— Ackblom? E por que é o nome do diabo?
— Você não se lembra? Você nunca ouviu falar?
— Acho que você vai precisar me contar.
— Antes de Michael ser Spencer ele tinha um pai. Como os outros meninos... ele tinha um pai... mas não era como os outros pais. O nome de seu pai era... era... Steven. Steven Ackblom. O artista.
— Oh, meu Deus!

— Não tenha medo de mim — suplicou Spencer, sua voz entrecortada e desesperada.

— Você é o menino?

— Não me odeie.

— Você é aquele menino.

— Não me odeie.

— Por que eu odiaria?

— Porque... eu sou o menino.

— O menino foi um herói – disse ela.

— Não.

— Sim, você foi.

— Eu não pude salvá-las.

— Mas salvou todas aos outras que poderiam ter vindo depois.

O som de sua própria voz o enregelava mais do que a chuva fria durante a tempestade.

— Não pude salvá-las.

— Está tudo bem.

— Não pude salvá-las.

Sentiu a mão em seu rosto. Sobre a cicatriz. Acariciando a linha escaldante do seu estigma.

SÁBADO À NOITE, empoleirado na beirada da cadeira no quarto de Eve Jammer, Roy Miro viu amostras de perfeição que até mesmo o mais bem equipado satélite de vigilância não poderia ter-lhe mostrado.

Desta vez, Eve não puxou os lençóis de cetim para deixar à mostra o colchão de borracha e não usou óleos perfumados. Produziu um novo e ainda mais estranho conjunto de brincadeiras. E embora Roy se surpreendesse ao descobrir que isso ainda era possível, Eve atingiu o êxtase e gerou nele um impacto erótico ainda maior que na noite anterior.

Depois de uma noite inteira catalogando as perfeições de Eve, Roy necessitou de toda a sua paciência para o dia imperfeito que se seguiu.

Durante a manhã e a tarde de domingo, vigilância por satélite, helicópteros e equipes de busca por terra não foram mais bem-sucedidas na localização dos fugitivos que no sábado.

Agentes em Carmel, na Califórnia – enviados depois da revelação que Theda Davidowitz fizera a Grant de que para "Hannah Rainey" aquele era o lugar ideal para se viver –, aproximavam as delícias da beleza natural e a refrescante névoa de inverno. Da mulher, entretanto, nem sinal.

Do condado de Orange, John Kleck emitiu um outro relatório em tom pomposo, comunicando que não encontrara mais nenhuma pista.

Em São Francisco, o agente que estivera no encalço dos Porth, apenas para descobrir que estavam mortos há anos, conseguira acesso aos registros de inventários e havia descoberto que os bens de Ethel Porth tinham passado integralmente para George. Os bens de George tinham sido herdados pelo neto deles – Spencer Grant, de Malibu, Califórnia, descendente da filha única dos Porth, Jennifer. Não encontrara nada que indicasse que Grant tivesse tido um outro nome ou que seu pai não fosse desconhecido.

De um canto da central de controle de vigilância por satélite Roy falou ao telefone com Thomas Summerton. Embora fosse domingo, Summerton estava em seu escritório, em Washington, e não em sua mansão em Virgínia. Preocupado como sempre com a segurança, tratou a chamada de Roy como se fosse engano, e telefonou de volta, mais tarde, de uma linha absolutamente sigilosa, utilizando um dispositivo misturador de sons.

– Uma confusão danada no Arizona – disse Summerton. Estava furioso.

Roy não sabia sobre o que seu chefe estava falando.

– Um ativista rico e estúpido acha que pode salvar o mundo. Viu o noticiário?

– Estava ocupado demais.

– O estúpido conseguiu provas que me deixariam muito mal em relação ao caso do Texas no ano passado. Andou sondando algumas pessoas sobre a melhor maneira de revelar a história. Então, íamos acabar com ele rápido, providenciando provas de tráfico de drogas em sua propriedade.

– A disposição sobre o confisco de bens?

– É. Confiscar tudo. Quando a família não tiver o que comer e ele não tiver dinheiro para pagar um advogado decente, acabará cedendo. Geralmente cedem. Mas a operação não deu certo.

Geralmente cedem, pensou Roy com desânimo. Mas não disse o que estava pensando. Sabia que Summerton não apreciaria a franqueza. Aquele pensamento fora um magnífico exemplo de vergonhoso pensamento negativo.

– E agora um agente do FBI está morto, lá no Arizona.

– De verdade ou uma farsa, como eu.

– De verdade. A mulher e o filho do ativista idiota estão mortos no jardim também, e ele está negociando do jardim, e assim não podemos esconder os corpos das câmeras de tevê. De qualquer forma, um vizinho gravou tudo.

– O cara matou a mulher e o filho?

– Eu bem que gostaria. Mas talvez eu ainda consiga fazer com que pareça isso.

– Mesmo com a gravação?

– Você está nesse negócio há bastante tempo para saber que provas fotográficas em geral não colam. Lembra do vídeo do Rodney King? Diabo, e o filme de Zapruder do assassinato do Kennedy? – Summerton suspirou. – Acho bom você ter boas notícias para mim, Roy, alguma coisa para me alegrar.

Ser o braço-direito de Summerton estava se tornando cansativo. Roy bem que gostaria de relatar *algum* progresso no caso em que estava trabalhando.

– Bem – disse Summerton antes de desligar –, neste momento, nenhuma notícia me soa como boa notícia.

Mais tarde, antes de deixar os escritórios de Las Vegas no domingo à noite, Roy decidiu pedir a Mama que usasse o Nexis e outros serviços de busca de dados para descobrir "Jennifer Corrine Porth" em todos os bancos de dados dos veículos de comunicação oferecidos em várias redes de informação, e que fizesse um relatório pela manhã. Edições dos últimos 15 a 20 anos dos principais jornais, incluindo o *New York Times*, eram eletronicamente armazenadas e estavam disponíveis para pesquisas on-line. Numa busca anterior através desses recursos, Mama descobrira o nome "Spencer Grant" relacionado apenas à morte de dois seqüestradores em Los Angeles há alguns anos. Mas poderia ter mais sorte com o nome da mãe.

Se a morte de Jennifer Corrine Porth tivesse despertado alguma atenção – ou se ela tivesse algum prestígio na área de negócios, no governo, ou no meio artístico –, sua morte teria sido noticiada pelos principais jornais; e se Mama localizasse alguma reportagem ou algum obituário longo, talvez uma importante referência ao único filho de Jennifer pudesse ser encontrada.

Roy obstinadamente se aferrava ao pensamento positivo. Estava confiante de que Mama encontraria uma referência a Jennifer e solucionaria o mistério.

A mulher. O menino. O celeiro ao fundo. O homem nas sombras.

Não precisava tirar as fotografias do envelope para recordar-se dessas imagens com toda a clareza. As imagens desafiavam sua memória, pois sabia que já vira aquelas pessoas antes. Há muito tempo. Em algum contexto fascinante.

Domingo à noite, Eve ajudou Roy a manter o bom humor e os pensamentos numa trilha positiva. Consciente de ser adorada e de que a adoração de Roy lhe garantia poder total sobre ele, levou seu próprio corpo a um frenesi que Roy nunca vira antes.

Parte daquele inesquecível terceiro encontro Roy passou sentado sobre a tampa fechada da privada, assistindo Eve provar que um banho de chuveiro pode ser tão estimulante para os jogos eróticos quanto qualquer cama recoberta de peles, lençóis de cetim ou borracha.

O fato de alguém ter pensado em inventar e fabricar muitos dos brinquedos de borracha que existiam em sua coleção o deixava atônito. Aqueles dispositivos eram muito bem projetados, flexíveis, quase reais e perfeitos do ponto de vista *biológico* em seu pulsar a pilha – ou manual –, misteriosos e excitantes em sua complexidade serpenteante, nodosa e macia. Roy foi capaz de identificar-se com eles como se fossem extensões do corpo – parte humana, parte máquina – que algumas vezes ele habitava em sonhos. Quando Eve manuseava aqueles brinquedos, Roy tinha a sensação de que aquelas mãos perfeitas estavam acariciando partes de sua própria anatomia por controle remoto.

Envolta em vapor, sob a água quente e a espuma do sabão perfumado, Eve parecia ser 90% perfeita, em vez de apenas 60%. Era tão irreal quanto uma mulher idealizada por um artista num quadro.

Nada poderia ter sido mais gratificante para Roy do que assistir a Eve estimular metodicamente uma característica anatômica de cada vez, usando, em cada caso, um dispositivo que se assemelhava a um órgão amputado, mas que funcionava como um superamante do futuro. Roy conseguiu concentrar-se de tal forma que a própria Eve deixou de existir, e cada encontro sensual no grande boxe do chuveiro – com prateleira e barras de apoio – ocorria entre uma perfeita parte do corpo e seu análogo desprovido de carne: geometria erótica, física do desejo, um estudo na dinâmica dos fluidos da luxúria insaciável. A experiência não era maculada por personalidades ou qualquer outra característica ou associação humana. Roy foi transportado ao mais extraordinário êxtase de prazer voyeurista, tão intenso que chegou quase a gritar de dor provocada pela sua alegria.

SPENCER ACORDOU quando o sol já estava acima das montanhas a leste. A luz tinha um reflexo de cobre, e as longas sombras da manhã derramavam-se para oeste, atravessando todo o deserto de cada afloramento rochoso e vegetação retorcida.

Sua visão tinha voltado ao normal. Os olhos não ardiam mais à luz do sol.

Além da borda da sombra fornecida pela lona, Valerie estava sentada no chão, de costas para ele, fazendo alguma coisa que ele não podia ver.

Também de costas para Spencer, Rocky estava sentado ao lado de Valerie.

Havia o ruído de um motor em marcha lenta. Spencer encontrou forças para levantar a cabeça e voltá-la em direção ao som. O Rand Rover. Atrás dele, ao fundo do nicho recoberto pela lona. Um fio amarelo saía da porta aberta do lado do motorista até Valerie.

Spencer sentia-se muito mal, mas grato pela melhora em seu estado desde a última vez que perdera os sentidos. Já não parecia que sua cabeça ia explodir; a dor de cabeça transformara-se num surdo latejar sobre o olho direito. Boca seca. Lábios rachados. Mas a garganta já não estava quente e dolorida.

Um dia genuinamente quente. O calor não era produzido pela febre, pois sua testa estava fresca. Afastou o cobertor.

Bocejou, espreguiçou-se – e gemeu. Os músculos estavam doloridos, mas depois de tudo que tinha passado era natural.

Alertado pelo gemido de Spencer, Rocky correu para ele. O cão estava sorrindo, tremendo e sacudindo a cauda, num verdadeiro frenesi de satisfação ao ver seu dono acordado.

Spencer suportou as entusiásticas lambidas no rosto antes de conseguir segurá-lo pela coleira e obrigá-lo a manter a língua a uma certa distância.

Olhando por cima do ombro, Valerie cumprimentou-o:
– Bom dia.

Estava ainda mais bonita à luz do sol do que à luz da lâmpada.

Spencer quase disse alto o quanto ela lhe parecia linda, mas sentia-se embaraçado por uma vaga recordação de ter falado demais durante o período em que havia ficado fora de controle. Suspeitava que além de ter revelado segredos que preferiria ter mantido, tinha sido absolutamente franco em relação aos sentimentos que nutria por ela, tão ingênuo quanto um cachorrinho apaixonado.

Sentando-se e negando ao cachorro mais uma lambida em seu rosto, Spencer disse:
– Sem querer ofender, amigo, mas você está fedendo demais.

Ajoelhou-se, ficou em pé e tentou equilibrar-se.
– Tonto? – perguntou Valerie.
– Não. Já passou.
– Ótimo. Acho que você teve uma concussão grave. Como você já deixou bem claro, não sou médica. Mas tenho alguns livros.
– Só estou um pouco fraco. Com fome. Para falar a verdade, morrendo de fome.
– Este é um bom sinal, acho.

Agora que Rocky não estava mais tão perto, Spencer percebeu que o cachorro não estava fedendo. Ele próprio era o causador do mau cheiro: o aroma úmido da lama do rio e o azedume de vários suores febris.

Valerie voltou ao trabalho.

Tomando cuidado para não ficar contra o vento e tentando evitar que o cachorro brincalhão o fizesse tropeçar, Spencer caminhou devagar até a borda do espaço coberto pela lona para ver o que ela estava fazendo.

Sobre um pedaço de plástico que cobria o chão havia um computador. Não era um notebook, mas um PC completo com um estabilizador entre a unidade lógica e o monitor. O teclado estava no colo dela.

Era fantástico ver uma estação de trabalho tão elaborada atirada no meio de uma paisagem primitiva que tinha permanecido praticamente intacta durante centenas de milhares se não de milhões de anos.

– Quantos megabytes?

– Mega não, giga. Dez gigabytes.

– Você precisa de tudo isso?

– Alguns dos programas que eu uso são bem complexos. Tomam muito espaço no disco.

O fio laranja que vinha do Rover estava acoplado à unidade lógica. Um outro fio da mesma cor saía da parte de trás da unidade lógica para um dispositivo de aparência peculiar, colocado em plena luz do sol, a 2 metros da linha de sombras do esconderijo de lona. Parecia um *frisbee* invertido, com uma borda inclinada, em vez de curva. Por baixo, no centro, estava fixado a uma junta esférica, que por sua vez estava fixada num braço de metal com alguns centímetros de comprimento, que desaparecia numa caixa cinza medindo mais ou menos um metro quadrado e 10 centímetros de profundidade.

Trabalhando no teclado, Valerie respondeu à pergunta antes mesmo que fosse formulada:

– Uma conexão com um satélite.

– Você está falando com alienígenas? – perguntou ele.

– Neste momento com o computador do d-d-d – respondeu Valerie, fazendo uma pausa para estudar os dados que rolavam na tela.

– DDD?

– Departamento de Defesa.

Spencer agachou-se.

– Você é agente governamental?

– Eu não disse que estava falando com o computador do Departamento de Defesa com permissão deles nem, para falar a verdade, que eles sabem disso. Eu fiz a conexão com um satélite de uma companhia telefônica, acessei uma de suas linhas reservadas para testagem de sistemas e telefonei para o computador inviolável do DDD, em Arlington, em Virgínia.

– Inviolável...

– Máxima segurança.

– Aposto que você não conseguiu esse número na lista telefônica.

– O número do telefone não é a parte mais difícil. O mais difícil é conseguir os códigos operacionais que permitem usar o sistema. Sem eles, fazer a conexão não adiantaria nada.

– E você tem esses códigos?

– Há 14 meses tenho acesso livre ao Departamento de Defesa. – Os dedos dela voavam novamente sobre o teclado. – O mais difícil de obter é o código de acesso para o programa com o qual eles periodicamente mudam *todos* os outros códigos de acesso. Mas se você não tiver *esse* maldito, não vai poder se manter atualizado, a não ser que de vez em quando receba um convite.

– Então, há 14 meses, você, por acaso, encontrou todos esses números, que por coincidência estavam rabiscados na parede de um banheiro qualquer.

– Três pessoas que eu amava deram suas vidas por esses códigos.

Esta resposta, embora dada num tom que não era mais grave do que qualquer outro tom que Valerie tivesse usado, tinha um peso emocional que emudeceu Spencer, deixando-o pensativo durante algum tempo.

Um lagarto de pelo menos 25 centímetros de comprimento – marrom, manchado de preto e dourado – passou para um recôncavo sobre uma rocha em busca de sol e arrastou-se pela areia morna. Ao deparar com Valerie, imobilizou-se e contemplou-a. Seus olhos verde-prateados eram protuberantes, com as pálpebras empapuçadas.

Rocky também viu o lagarto e bateu em retirada, escondendo-se atrás do dono.

Spencer descobriu-se sorrindo para o réptil, embora não tivesse muita certeza da razão pela qual deveria estar tão feliz com seu aparecimento. Percebeu então que estava acariciando o medalhão de pedra-sabão que trazia pendurado no peito e compreendeu. Louis Lee. Faisões e dragões. Prosperidade e longa vida.

Três pessoas que eu amava deram suas vidas por esses códigos.

O sorriso de Spencer desapareceu.

— Quem é você?

Em vez de responder, ela disse:

— Nos últimos cinco dias tentei saber tudo o que pude sobre você. E não foi muito. Você praticamente conseguiu apagar qualquer vestígio de sua existência. Assim, tenho o direito de fazer a mesma pergunta: quem é você?

— Apenas alguém que dá valor a sua própria privacidade — respondeu ele, dando de ombros.

— Claro. E eu sou uma cidadã consciente e interessada, não muito diferente de você.

— Com a diferença de que eu não sei como invadi o sistema do Departamento de Defesa.

— Você alterou os registros do serviço militar.

— Esse é um banco de dados de fácil acesso comparado ao gigante que você está invadindo neste exato momento. Afinal, o que você está procurando?

— O Departamento de Defesa rastreia todos os satélites em órbita: civis, governamentais, militares, tanto domésticos quanto estrangeiros. Estou buscando todos os satélites capazes de vigiar este cantinho do mundo e de nos encontrar se começarmos a nos mexer.

— E eu que pensei que aquela conversa sobre olhos no céu era parte de um sonho.

— Você se surpreenderia se soubesse o que tem lá em cima. "Surpreso" é uma palavra modesta. Quanto à vigilância, provavelmente existem de dois a seis satélites em órbita com essa capacidade sobre os estados do Oeste e do Sudoeste.

— E o que vai acontecer quando você descobrir?

— O Departamento de Defesa terá seus códigos de acesso. Vou fazer um *link* para cada satélite, investigar os programas atuais e ver se algum deles está nos procurando.

— Esta aterradora senhora aqui anda bisbilhotando nos satélites – disse Spencer, dirigindo-se a Rocky, mas o cachorro parecia menos impressionado que o dono, como se os caninos se dedicassem a falcatruas deste tipo há séculos. – Não acho que o termo *hacker* seja adequado para você – disse Spencer, outra vez se dirigindo a Valerie.

— Bem... que nome eles davam a pessoas como eu quando você estava naquela Força Especial?

— Eu acho que eles nunca imaginaram que *existia* gente como você.

— Ora, estamos aqui.

— Você acha mesmo que eles usariam satélites para nos caçar? Quer dizer, não somos assim tão importantes... somos?

— Eles acham que eu sou. E você está deixando todo mundo maluco. Não conseguem entender onde é que você se encaixa. Até descobrirem o que você quer, vão imaginar que é tão perigoso quanto eu, talvez até mais. O desconhecido, você, do ponto de vista deles, é sempre mais assustador.

Spencer meditou alguns segundos.

— Quem são essas pessoas?

— Talvez seja melhor você não saber.

Spencer abriu a boca para responder, mas permaneceu em silêncio. Não queria discutir. Pelo menos por enquanto. Primeiro precisava se lavar e comer alguma coisa.

Sem interromper seu trabalho, Valerie explicou que as garrafas plásticas com água, uma bacia, esponjas, o sabonete líquido e uma toalha limpa estavam guardados no bagageiro do Rover.

— Não desperdice muita água. É para bebermos se precisarmos ficar aqui mais alguns dias.

Rocky seguiu o dono até a caminhonete, olhando nervosamente para trás, para o lagarto ao sol.

Spencer descobriu que Valerie tinha resgatado seus pertences do Explorer. Além de tomar banho, pôde, então, barbear-se e trocar de roupa. Sentiu-se refrescado, e já não sentia o odor do próprio corpo. Contudo, não conseguiu lavar a cabeça tão bem quanto gostaria, pois o couro cabeludo estava muito sensível em toda a parte de cima, e não só em torno da laceração.

O Rover era uma caminhonete semelhante a um caminhão, como o Explorer, e estava repleto de suprimentos no bagageiro e no banco de trás. A comida estava exatamente onde qualquer pessoa organizada a colocaria: em caixas e recipientes térmicos podendo ser facilmente alcançada tanto do banco do motorista quanto do carona.

A maioria das provisões era enlatada e engarrafada, com exceção de algumas caixas de biscoitos. Spencer estava faminto demais para cozinhar e escolheu duas latinhas de salsichas tipo Viena, dois pacotinhos de biscoitos de queijo e uma lata de compota de pêras para apenas uma pessoa.

Numa das caixas de isopor, também facilmente alcançáveis dos bancos dianteiros, encontrou armas. Uma pistola SIG 9 milímetros e uma Micro Uzi que parecia ter sido ilegalmente convertida para disparo automático. Havia também munição extra para as duas armas.

Ele observou as armas, e em seguida voltou-se para olhar pela janela para a mulher sentada ao computador, a alguns metros de distância.

Spencer não tinha a menor dúvida de que Valerie possuía grande habilidade para fazer muitas coisas. Parecia tão bem preparada para qualquer contingência que poderia servir como modelo não só para os escoteiros, mas também para os que pretendiam sobreviver ao Juízo Final. Era inteligente, divertida, audaciosa, corajosa, agradável aos olhos à luz da lanterna, do sol ou sob qualquer outra iluminação. Sem dúvida alguma, era experiente também no uso da pistola e da metralhadora, pois, prática como era, se não o fosse, não as teria consigo. Simplesmente não desperdiçaria espaço com ferramentas que não poderia utilizar, e não se arriscaria a sujeitar-se às penalidades pela posse de uma Uzi totalmente automática, a não ser que fosse capaz e estivesse totalmente disposta a utilizá-la.

Spencer pôs-se a imaginar se já havia sido forçada a atirar em outro ser humano. Esperava que não, e esperava também que ela nunca fosse obrigada a chegar a tais extremos. Infelizmente, entretanto, a vida parecia só lhe oferecer extremos.

Abriu a lata de salsichas pelo anel na tampa. Resistindo ao impulso de devorar o conteúdo numa única e enorme mordida, comeu uma das pequenas salsichas e depois outra. Nada tivera antes um sabor como aquele. Colocou a terceira salsicha na boca e caminhou em direção a Valerie.

Rocky dançava e gania ao seu lado, implorando seu quinhão.

– É meu! – disse Spencer.

Embora se agachasse ao lado de Valerie, não lhe dirigiu a palavra. Ela parecia especialmente concentrada nos dados que enchiam a tela.

O lagarto continuava ao sol, alerta e pronto para disparar, no mesmo lugar há meia hora. Um filhote de dinossauro.

Spencer abriu uma segunda lata de salsichas, deu duas ao cachorro, e estava acabando a última quando Valerie fez um movimento súbito.

– Puxa! Que merda!

O lagarto desapareceu sob a rocha de onde viera.

Spencer entreviu uma palavra que piscava na tela: LOCKON.

Valerie desligou o computador num gesto rápido.

Imediatamente antes de a tela escurecer Spencer viu duas outras palavras piscarem sob a primeira: TRACE BACK.

Valerie pôs-se em pé num salto, arrancou os dois fios do computador e correu para a antena de microondas no sol.

– Carrega tudo depressa para o Rover!

Pondo-se de pé, Spencer perguntou:

– O que está acontecendo?

– Estão usando um satélite do Departamento de Proteção Ambiental.

Com a antena de microondas na mão, Valerie voltou-se para ele.

– E estão rodando um maldito programa de segurança. Fixa-se sobre qualquer sinal invasivo e rastreia de onde veio. Preciso de ajuda para empacotar. Anda, droga, *anda*!

Spencer equilibrou o teclado sobre o monitor e deslocou toda a estação de trabalho, inclusive o plástico que havia sob ela. Seguindo Valerie até o Rover, com os músculos doloridos protestando contra a exigência de pressa, exclamou:
– Eles nos encontraram?
– Malditos!
– Quem sabe você desligou a tempo?
– Não.
– Como vão ter certeza de que somos nós?
– Vão saber.
– Foi só um sinal de microondas, não havia impressões digitais.
– Eles estão vindo – insistiu ela.

DOMINGO À NOITE, a terceira noite que passavam juntos, Eve Jammer e Roy Miro iniciaram seu encontro apaixonado, mas totalmente isento de contato, mais cedo do que nas noites anteriores. Assim, embora a sessão fosse a mais longa e mais ardente até aquela data, foi concluída antes da meia-noite. Em seguida, deitaram castamente lado a lado na cama dela, sob a luz de néon suave e indireta, protegidos pelos olhos amorosos do reflexo do outro no espelho do teto. Eve estava tão nua quanto no dia em que chegara ao mundo, e Roy completamente vestido. Com o decorrer do tempo, mergulharam num profundo sono reparador.

Roy levara uma valise preparada para uma noite, e pôde preparar-se para o trabalho pela manhã sem precisar voltar à suíte de seu hotel, no Strip. Preferiu tomar banho no banheiro de hóspedes do que no de Eve, pois não se sentia inclinado a se despir e revelar suas muitas imperfeições, os artelhos curtos, os joelhos ossudos, a pança, as sardas e as duas verrugas no peito. Além disso, nenhum dos dois queria entrar no chuveiro depois do outro. Se ele ficasse em pé nos ladrilhos molhados pela água do banho dela, ou vice-versa... bem, de uma forma sutil, porém perturbadora, o ato violaria a relação satisfatoriamente seca, isenta de trocas de fluidos, que haviam estabelecido e com a qual se deleitavam.

Supunha que algumas pessoas diriam que eram malucos. Mas qualquer um que estivesse verdadeiramente apaixonado compreenderia.

Não precisando passar pelo hotel, Roy chegou à sala de comunicações de satélites cedo, na segunda-feira. Quando entrou, percebeu imediatamente que alguma coisa excitante havia acontecido há apenas alguns momentos. Várias pessoas estavam reunidas no fundo da sala, contemplando a tela na parede, e o murmúrio da conversa soava positivo.

Ken Hyckman, o agente de serviço da manhã, exibia um largo sorriso. Obviamente ansioso em ser o primeiro a transmitir as boas-novas, fez sinal para que Roy fosse até o console em forma de U.

Hyckman era um tipo alto, moderadamente atraente e enxuto. Aparentava ter ido trabalhar no departamento depois de uma tentativa de fazer carreira como âncora num noticiário para televisão.

Segundo Eve, Hyckman tentara cantá-la várias vezes, mas ela sempre lhe dera gelo. Se Roy achasse que Ken Hyckman representava qualquer tipo de ameaça para Eve, teria estourado os miolos do filho-da-mãe ali mesmo, e ao diabo com as consequências. Mas considerável paz de espírito lhe vinha do conhecimento de que se apaixonara por uma mulher que sabia tomar conta de si mesma.

– Nós os encontramos! – anunciou Hyckman, enquanto Roy se aproximava do console de controle. – Ela se conectou ao Earthguard para verificar se a vigilância estava ativada.

– Como você sabe que é ela?

– É o *estilo* dela.

– Bom, todo mundo sabe que ela é audaciosa – disse Roy. – Mas espero que você esteja se baseando em algo além do instinto.

– Bem, o link veio de um descampado. Quem mais poderia ser? – perguntou Hyckman, apontando para a parede.

O panorama orbital mostrado na tela era uma vista simples, realçada e telescópica, que incluía as metades sul de Nevada e Utah, e o terço norte do Arizona. Las Vegas estava no canto inferior esquerdo. Os três anéis vermelhos e os dois brancos de um alvo marcavam a posição remota a partir da qual a conexão fora iniciada.

– Cento e setenta e dois quilômetros, norte-noroeste de Las Vegas, em trechos planos do deserto a noroeste de Pahroc Summit e a noroeste de Oak Springs Summit. Nos confins do deserto, como eu disse – explicou Hyckman.

— Estamos usando um satélite do DPA – lembrou Roy. – Poderia ter sido um funcionário do DPA tentando uma conexão para obter uma vista aérea de seu posto de trabalho. Ou uma análise espectrográfica do terreno. Ou cem mil outras coisas.

— Funcionário do DPA? No meio do deserto? Naquele descampado? – perguntou Hyckman, que parecia emperrado naquela palavra como se estivesse repetindo os versos de uma antiga canção que o obcecasse. "Descampado."

— Por mais estranho que pareça – disse Roy com um sorriso amável que atenuava seu sarcasmo –, muitas pesquisas ambientais são feitas em campo, em pleno *meio ambiente*, e você ficaria espantado se eu lhe dissesse que grande parte do planeta é constituída por terras, no meio do nada.

— Pode ser. Mas se fosse alguém autorizado, um cientista ou qualquer outra pessoa, por que cortar o contato com tanta pressa?

— É, *este* é o primeiro pedaço de carne que você ofereceu até agora. Mas não é o bastante para nutrir uma certeza – disse Roy.

Hyckman pareceu atônito.

— O quê?

Em vez de explicar, Roy perguntou:

— O que há com o alvo. Os alvos sempre são marcados por uma cruz branca.

Sorridente, encantado consigo mesmo, Hyckman afirmou:

— Achei que seria mais interessante, dá um toque divertido.

— Parece videogame.

— Obrigado – agradeceu Hyckman, interpretando a ironia como um cumprimento.

— Fator de ampliação – disse Roy –, que altitude essa vista representa?

— Quatro mil e duzentos metros.

— Muito alto. Traga-nos para 1.050.

— Iniciamos o processo – afirmou Hyckman, apontando para algumas das pessoas que trabalhavam nos computadores no centro da sala.

Uma voz suave de mulher fez-se ouvir através do sistema de alto-falante da central de controle: "*Vista com maior ampliação será agora apresentada.*"

O TERRENO, se não era assustador pelo menos era muito acidentado, mas Valerie dirigia como se estivesse sobre a pista lisa de asfalto de uma auto-estrada. O Rover, torturado, saltava e mergulhava, sacudia e balançava, pinoteava e estremecia, atravessando as terras inóspitas, chacoalhando e chiando como se a qualquer momento fosse explodir como as molas e engrenagens superdistendidas do mecanismo de um relógio de brinquedo.

Spencer ocupava o banco do carona, com a pistola SIG 9 milímetros em uma das mãos. A Micro Uzi estava no chão, entre seus pés.

Rocky estava sentado atrás deles, no pequeno espaço entre as costas do banco e a montanha de coisas que enchia o bagageiro até a porta traseira. A orelha sã do cachorro estava levantada, pois ele estava interessado naquele caminho acidentado, a outra sacudia como um farrapo.

– Será que não podemos ir mais devagar? – perguntou Spencer precisando elevar a voz para se fazer ouvir sobre o tumulto: o ronco do motor e o barulho dos pneus atravessando a ravina cheia d'água.

Valerie inclinou-se sobre o volante, olhou para o céu, virou a cabeça para um lado e para o outro.

– Vasto e azul. Desgraça, nenhuma nuvem. Eu esperava que não precisássemos fugir até que houvesse nuvens novamente.

– E faz diferença? E o infravermelho usado para vigilância do qual você estava falando? Ele não pode ver através das nuvens?

Olhando para a frente mais uma vez, enquanto o Rover abria caminho pela ravina, Valerie continuou:

– Aquilo é uma ameaça quando estamos parados, num descampado, a única fonte de calor por muitas milhas. Mas não adianta muito para eles quando estamos em movimento. Especialmente quando estivermos numa estrada com outros carros, onde não podem analisar o sinal de calor do Rover e distingui-la no tráfego.

A parte superior da parede da ravina provou ser uma encosta suave, sobre a qual se atiraram em disparada, com velocidade suficiente para se elevarem no ar por um segundo ou dois. Desabaram, no primeiro momento apenas com os pneus da frente, sobre um longo e gradual declive de argila cinza-preto-rosa.

Os pneus arrancavam lascas de argila que atingiam o fundo do caminhão, e Valerie precisou gritar para ser ouvida acima do ruído, mais forte que uma violenta chuva de granizo:

— Com o céu assim, temos muito mais com que nos preocupar do que com o infravermelho. Eles podem nos ver a olho nu.

— Você acha que já nos viram?

— Pode apostar que já estão nos *procurando* – disse ela, e o som de sua voz era pouco mais que um sussurro por causa do metralhar dos fragmentos de argila que os atingia por baixo.

— Olhos no céu – comentou Spencer, mais para si mesmo do que para ela.

O mundo parecia estar de cabeça para baixo: o céu azul tornara-se a habitação dos demônios.

Valerie gritou:

— Sim, já estão procurando. E, com certeza, não vai levar muito tempo até nos avistarem, considerando-se que, com exceção das cobras e dos coelhos, somos o único objeto em movimento, pelo menos num raio de 8 quilômetros em qualquer direção.

O Rover saiu do terreno de xistos para um solo mais macio, e tal foi o alívio com a súbita diminuição do barulho que os ruídos habituais, incômodos anteriormente, agora soavam como a música de um quarteto de cordas.

— Merda! Só fiz a conexão para confirmar que não havia vigilância. Não podia imaginar que eles ainda estivessem lá, empatando um satélite pelo terceiro dia. E nunca pensei que estivessem travando os sinais de entrada.

— Três dias?

— É, provavelmente começaram a vigilância antes do amanhecer no sábado, logo que a tempestade passou e o céu clareou. Droga! Eles nos querem muito mais do que eu pensava.

— Que dia é hoje?

— Segunda.

— Pensei que fosse domingo.

— Você ficou morto para o mundo mais tempo do que pensa. Desde uma hora qualquer na sexta-feira à tarde.

Mesmo que tivesse passado da inconsciência para o sono na noite anterior, passara sem os sentidos de 48 a 60 horas. E uma vez que ele valorizava tanto o autocontrole, a idéia de um delírio tão prolongado lhe dava vertigens.

Lembrava-se de algumas das coisas que dissera quando estava fora de si e pôs-se a imaginar o que mais teria dito a ela que não conseguia se lembrar.

Olhando novamente para o céu, Valerie afirmou:

– Eu *odeio* esses filhos-da-puta!

– Quem são eles? – perguntou ele, mais uma vez.

– Você não vai querer saber – respondeu ela, como antes. – Assim que souber, será um homem morto.

– Parece que há grandes chances de eu já ser um homem morto. E, com certeza, não quero que eles acabem comigo sem nunca saber quem eram.

Valerie meditou sobre isso enquanto subia uma outra colina; longa, desta vez.

– Muito bem. Faz sentido. Mais tarde. Agora preciso me concentrar em nos tirar dessa enrascada.

– Tem uma saída?

– Entre pouco provável e nenhuma, mas é uma saída.

– Achei que com aquele satélite eles iam nos achar a qualquer momento.

– Vão achar. Mas o lugar mais próximo onde os filhos-da-mãe têm alguém provavelmente é Las Vegas, a 165 quilômetros daqui, talvez até mais. Foi a distância que eu percorri sexta-feira à noite, antes de decidir que continuar em movimento estava fazendo você ficar pior. Temos pelo menos duas horas até que reúnam um grupo de ataque e voem até aqui, duas horas e meia no máximo.

– Para fazer o quê?

– Para desaparecer mais uma vez – respondeu ela meio impaciente.

– Como é que nós vamos desaparecer se estão nos espionando lá do espaço sideral, pelo amor de Deus?

– Cara, *isso* está com cheiro de paranóia – ela disse.

— Não é paranóia, é o que eles estão fazendo!

— Eu sei. Eu sei. Mas parece coisa de doido. — E adotando uma voz parecida com a do Pateta nos desenhos da Disney, continuou: — Nos espionando do espaço, homenzinhos de chapéus pontudos, com armas que disparam raios, vão roubar nossas mulheres, destruir o mundo.

Por trás deles, Rocky latiu suavemente, intrigado com a voz do Pateta.

Abandonando a voz caricata, concluiu:

— Estamos ou não estamos vivendo numa era fodida? Puxa! Se estamos!

Enquanto alcançavam e ultrapassavam o ponto mais alto da longa colina, dando ao amortecedor mais trabalho árduo, Spencer disse:

— Às vezes eu penso que conheço você, e no minuto seguinte fico achando que absolutamente não conheço.

— Bom. Isso o mantém alerta. Você precisa estar alerta.

— De repente parece que você está achando engraçado.

— Ah! Algumas vezes não consigo mesmo *perceber* o humor. Igualzinho a você agora. Mas vivemos no parque de diversões de Deus. Se levarmos tudo muito a sério, vamos ficar malucos. De certa forma, tudo é engraçado, até o sangue e a morte. Você não acha?

— Não. Não acho não.

— Mas, então, como é que consegue sobreviver? — perguntou ela, abandonando o tom irreverente e falando com absoluta seriedade.

— Não tem sido fácil.

O topo da colina era plano e amplo e exibia mais vegetação rasteira do que haviam encontrado até agora. Mas Valerie não diminuiu a pressão sobre o acelerador, e o Rover esmagou tudo que apareceu em seu caminho.

— Como é que vamos desaparecer se estão nos espionando do espaço?

— Enganando-os.

— Como?

— Com algumas manobras inteligentes.

— Por exemplo?

— Ainda não sei.

Ele não desistia:

— Quando é que você vai saber?

— Espero que antes que as duas horas acabem – disse, franzindo a testa para o velocímetro. – Parece que já andamos 9 quilômetros.

— Parece que foram 100. Se eu continuar sacolejando assim, minha dor de cabeça vai voltar pior.

A descida do amplo topo da colina não era abrupta, dissolvia-se num declive longo, coberto por grama alta, tão seca, pálida e translúcida quanto asas de insetos. Lá embaixo estavam duas pistas de asfalto: uma em direção a leste e a outra em direção ao oeste.

— O que é aquilo? – perguntou Spencer.

— A velha rodovia federal 93.

— Como você sabia que ela estava lá? Como?

— Ou bem estudei um mapa enquanto você estava apagado ou sou uma vidente e tanto.

— Provavelmente as duas coisas – respondeu ele, porque novamente ela o surpreendera.

UMA VEZ QUE a vista de uma altura de 1.500 metros não fornecia resolução adequada de objetos com as dimensões de um carro no nível do solo, Roy solicitou que o sistema focalizasse de uma altura de 300 metros.

Visando maior clareza, o alto grau de ampliação exigia mais do que a quantidade habitual de realce das imagens. O processamento adicional da transmissão enviada pelo Earthguard exigia tanto da capacidade do computador que todo e qualquer outro trabalho precisou ser interrompido para deixar o Cray livre para executar essa tarefa urgente. De outra forma, mais alguns minutos de atraso teriam ocorrido entre o recebimento de uma imagem e sua projeção na central de controle.

Menos de um minuto se passou antes que a voz feminina, quase sussurrada, novamente anunciasse pelo alto-falante: "*Veículo suspeito divisado.*"

Ken Hyckman correu do console de controle para as duas fileiras de computadores, cada um deles com seu técnico. Num segundo, voltou pueril e radiante.

– Nós a encontramos.

– Ainda não podemos ter certeza – preveniu Roy.

– É ela sim – afirmou Hyckman excitado, virando-se para sorrir para a tela na parede. – Que outro veículo estaria lá, em movimento, na mesma área onde alguém tentou uma conexão?

– Ainda poderia ser um cientista do DPA.

– Que de repente saiu correndo?

– Talvez esteja apenas se movimentando.

– Movimentando-se *bem* depressa para o terreno.

– Ora, lá não há limite de velocidade.

– Muita coincidência. É ela.

– Veremos.

Com uma ondulação, começando à esquerda e caminhando para a direita ao longo da tela, a imagem se alterou. A nova vista deslocou-se, embaçou, deslocou-se, embaçou, clareou, deslocou-se, embaçou, clareou novamente – e estavam olhando de uma altura de 300 metros para o solo irregular.

Um veículo cujo tipo e marca não podiam ser identificados, obviamente capaz de viajar fora das estradas, corria sobre um tabuleiro de solo coberto por vegetação rasteira. Visto daquela altitude, ainda era um objeto infinitamente pequeno.

– Focalize a partir de 150 metros – Roy ordenou.

"Vista de maior ampliação será agora apresentada."

Após um breve intervalo, a imagem na tela ondulou novamente da esquerda para a direita. A imagem embaçou, deslocou-se, embaçou, clareou.

O Earthguard 3 não estava diretamente sobre o alvo móvel, mas numa órbita geossincrônica para leste e para o norte. A observação do alvo, portanto, era feita em ângulo, o que exigia processamento automatizado adicional da imagem para eliminar as distorções causadas pela perspectiva. O resultado, entretanto, era uma imagem que incluía não só as formas retangulares da capota e do capô, mas uma visão extremamente angular de uma das laterais do veículo.

Embora Roy soubesse que um elemento de distorção ainda persistisse, estava quase convencido de que podia ver alguns pontos mais brilhantes luzindo naquela sombra veloz, que poderiam ser as janelas do lado do motorista refletindo o sol da manhã.

Quando o veículo suspeito atingiu o topo da colina e começou a descer por um longo declive, Roy semicerrou os olhos, focalizando um ponto mais à frente das possíveis janelas, e se perguntou se a mulher, de fato, esperava ser descoberta do outro lado de um painel de vidro coberto pelo sol. Será que finalmente a encontrara?

O alvo se aproximava de uma estrada.

– Que estrada é aquela? Depressa. Identificação superposta. Rápido – gritou Roy.

Hyckman pressionou uma tecla no console e falou no microfone.

Na parede, no momento em que o suspeito dobrava para leste, entrando numa auto-estrada de duas pistas, a tela mostrou a identificação de alguns aspectos topográficos e a rodovia federal 93.

Quando Valerie não hesitou antes de dobrar para leste na estrada, a pergunta de Spencer foi:

– Por que não para oeste?

– Por que nessa direção só tem as terras áridas de Nevada. A primeira cidade fica a 300 quilômetros. Chama-se Warm Springs, mas é tão pequena que bem poderia ser Warm *Spit*. Nunca chegaríamos até lá. Terras solitárias, desertas. Existem mil lugares onde poderiam nos atacar no caminho e ninguém veria o que aconteceu. Simplesmente desapareceríamos da face da Terra.

– E aonde estamos indo?

– Alguns quilômetros até Caliente, mais alguns até Panaca...

– Também não parecem nomes de metrópoles.

– Então atravessamos a fronteira de Utah. Modena, Newcastle... não são exatamente cidades que nunca dormem. Mas depois de Newcastle há Cedar City.

– Maiorzinha.

— Quatorze mil pessoas, mais ou menos – disse ela. – O que talvez seja o suficiente para nos dar uma chance de escapar da vigilância durante algum tempo, sair do Rover e entrar numa outra coisa qualquer.

A estrada de duas pistas estava cheia de lombadas e buracos que não tinham sido tampados. Ao longo dos dois acostamentos, a pavimentação se deteriorava. Como corrida de obstáculos, não representava qualquer desafio para o Rover – embora após as sacudidelas da viagem sobre o caminho de terra Spencer desejasse que o veículo tivesse molas acolchoadas e amortecedores de choques.

Independente das condições da estrada, Valerie continuou com a pressão sobre o acelerador, mantendo uma velocidade punitiva, se não imprudente.

— Espero que essa pavimentação melhore logo – disse Spencer.

— Pelo que eu vi no mapa, provavelmente ficará pior depois de Panaca. Dali em diante, até Cedar City, só há estradinhas estaduais.

— Qual é a distância até Cedar City?

— Mais ou menos 180 quilômetros – respondeu ela, como se isso não fosse uma má notícia.

Spencer não podia acreditar.

— Você deve estar brincando. Mesmo com sorte, em estradas como essa, ou piores, vamos precisar de duas horas para chegar até lá.

— Estamos a 105 agora.

— Mas parece 270. – A voz dele tremeu quando os pneus estremeceram sobre uma área da pavimentação estriada como veludo.

Com a voz vibrando também, Valerie respondeu:

— Espero que você não tenha hemorróidas.

— Não vamos conseguir manter essa velocidade todo o tempo. Vamos entrar em Cedar City com o esquadrão da morte colado no rabo.

Valerie deu de ombros.

— Aposto que as pessoas de lá estão precisando de aventuras. Já faz muito tempo desde o último festival de verão de Shakespeare.

A PEDIDO DE ROY, nova ampliação fora feita para fornecer uma visão equivalente à que teriam se estivessem realmente a 60 metros acima do alvo. O processo de realçar as imagens tornava-se mais difícil a cada incremento na ampliação mas, felizmente, havia capacidade adicional na unidade lógica para evitar mais atrasos no processamento.

A escala na tela da parede era tantas vezes maior do que antes que o alvo rapidamente progredia ao longo da largura da tela, desaparecendo na borda do lado direito, mas reaparecendo à esquerda quando o Earthguard projetava um novo segmento de território imediatamente a leste daquele de onde o alvo desaparecera.

O caminhão corria para leste e não para o sul, como antes. Assim, o ângulo agora revelava uma parte do pára-brisa sobre o qual luz do sol e sombras dançavam.

"Perfil do alvo identificado como um modelo recente de Range Rover."

Roy Miro contemplava a tela na parede, tentando decidir se apostava que o veículo suspeito continha, se não o homem da cicatriz, pelo menos a mulher.

Ocasionalmente divisava formas escuras no interior do Rover, mas não podia identificá-las. Não conseguia nem mesmo ver o bastante para distinguir quantas pessoas estavam dentro daquela maldita coisa, ou de que sexo eram.

Uma ampliação ainda maior exigiria longas e tediosas sessões de realce. Quando pudessem obter uma visão mais detalhada do interior do veículo, o motorista já teria conseguido alcançar – e se perder – em qualquer uma de pelo menos meia dúzia de cidades grandes.

Se enviasse homens e equipamentos para fazer parar o Range Rover, apenas para descobrir que os ocupantes eram pessoas inocentes, eliminaria qualquer possibilidade de agarrar a mulher. Enquanto estivesse distraído, ela poderia sair do esconderijo, deslizar para o Arizona ou de volta à Califórnia.

"Velocidade do alvo: 117 quilômetros por hora."

Para justificar a perseguição ao Rover, muitas pressuposições precisavam ser feitas, com bem poucas provas ou nenhuma – para apoiá-las: que Spencer Grant sobrevivera quando seu Explorer fora arrastado por uma enxurrada, que, de alguma forma, fora capaz de avisar a mulher onde estava; que ela fora ao seu encontro no deserto e que fugiram juntos no carro dela; que a mulher, consciente de que o departamento poderia localizá-la, tivesse posto o pé na estrada no sábado, antes que as nuvens se dissipassem; que esta manhã ela saíra do esconderijo, conectara os satélites de vigilância para determinar se alguém ainda estava procurando especificamente por ela, fora surpreendida pelo programa que acompanhava o sinal de volta à origem, e que há apenas alguns minutos começara a correr para salvar a vida.

Esta era uma série de pressuposições bastante longa para fazer com que Roy se sentisse desconfortável.

"*Velocidade do alvo: 121 quilômetros por hora.*"

— Depressa demais para as estradas da área – afirmou Hyckman. — É ela, e está assustada.

No sábado e domingo, o Earthguard descobrira 216 veículos suspeitos na área delimitada de busca, a maioria dos quais dedicava-se a uma ou outra forma de lazer fora das estradas. Os motoristas e passageiros foram observados toda vez que saíam de seus veículos, seja pelo satélite ou por helicópteros sobrevoando a área, e nenhum deles era Grant ou a mulher. Nessa lista de alarmes falsos, este poderia ser o de número 217.

"*Velocidade do alvo: 124 quilômetros por hora.*"

Por outro lado, este era o melhor suspeito que aparecera em dois dias de busca.

E desde sexta-feira à tarde, em Flagstaff, no Arizona, trazia consigo o poder de Kevorkian. Trouxera-o até Eve e mudara sua vida. Deveria confiar nele para orientar suas decisões.

Fechou os olhos, respirou fundo várias vezes e disse:

— Vamos reunir um grupo e sair atrás deles.

— Sim! – Ken Hyckman sacudia o punho fechado no ar numa aborrecida expressão de entusiasmo adolescente.

— Doze homens, totalmente equipados para um ataque. Partindo dentro de 15 minutos, ou menos. Providencie transporte saindo do terraço para não perdermos tempo. Dois grandes helicópteros executivos.

— Num minuto – prometeu Hyckman.

— Providencie para que todos entendam que, assim que for vista, a mulher deve ser eliminada.

– Claro.
– Com extremo dano.
Hyckman acenou com a cabeça, concordando.
– Não lhe dêem qualquer chance... *nenhuma chance*... de escapar novamente. Mas precisamos pegar Grant vivo, para interrogatório, para descobrir onde ele se encaixa em tudo isso, para quem o filho-da-puta está trabalhando.
– Para fornecer a qualidade de visão do satélite que você vai precisar no campo – disse Hyckman – vamos precisar reprogramar o Earthguard para alterar temporariamente sua órbita, fixando-o especificamente sobre o Rover.
– Faça isso.

12

Naquela manhã de segunda-feira, em fevereiro, o capitão Harris Descoteaux, do Departamento de Polícia de Los Angeles, não teria se surpreendido se descobrisse que morrera na sexta-feira anterior e que desde então estivera no inferno. Numerosos demônios espertos, maliciosos e hábeis precisariam ter devotado todo o seu tempo e energias para lhe infligirem todos os ultrajes que sofrera.

Às 23h30 de sexta-feira, enquanto Harris fazia amor com a esposa, Jessica, e as filhas Willa e Ondine dormiam ou assistiam à televisão em seus quartos, uma Força Especial do Esquadrão de Armas e Táticas do FBI, numa operação conjunta do FBI e da Delegacia de Combate às Drogas, invadiu a residência dos Descoteaux, numa rua sossegada, em Burbank. O ataque foi executado com a determinação feroz e impiedosa que qualquer esquadrão dos Fuzileiros Navais dos Estados Unidos demonstra em qualquer combate, em qualquer guerra da história do país.

Por todos os lados da casa, com uma sincronização digna de ser invejada pelo mais exigente dos regentes de orquestra sinfônica, granadas de gás entorpecente foram lançadas pelas janelas. Os estampidos instantaneamente desorientaram Harris, Jessica e suas filhas, prejudicando temporariamente as funções de seus nervos motores.

As portas da frente e dos fundos foram arrombadas, enquanto até mesmo as estatuetas de porcelana desabavam e os quadros chacoalhavam de encontro às paredes em resposta àquelas ondas de choque. Homens pesadamente armados, usando capacetes pretos e coletes à prova de balas, invadiram a residência dos Descoteaux e se dispersaram como uma avalanche pelos quartos.

Num segundo, sob a suave e romântica luz âmbar, Harris estava nos braços da esposa, ainda embalado pelos momentos de amor. No momento seguinte, com a paixão transformada em terror, tropeçava pelo quarto à luz irritantemente *suave* da cabeceira, nu e confuso. O quarto parecia rolar como um barril gigante num parque de diversões, suas pernas tremiam e os joelhos teimavam em se dobrar.

Embora meio ensurdecido pelo estampido, ouviu vozes de homens que gritavam em algum outro lugar dentro da casa: "FBI! FBI! FBI!" As vozes estridentes não lhe pareciam reconfortantes. Ainda estonteado pela granada, não conseguia atinar com o significado desta sigla.

Lembrou-se da mesa-de-cabeceira. O revólver. Carregado.

Não se lembrava de ter aberto a gaveta. Subitamente o gesto parecia exigir inteligência sobre-humana e a destreza de um malabarista.

De repente, o quarto estava repleto de homens tão altos como jogadores profissionais de futebol, gritando de uma só vez. Forçaram Harris a se deitar de bruços no chão, com as mãos sobre a cabeça.

As idéias clarearam. Lembrou-se do que queria dizer FBI. O terror e a confusão não se evaporaram, mas foram reduzidos a medo e espanto.

Um helicóptero roncava em posição sobre a casa. Faróis de busca varriam o jardim. Acima do furioso roncar dos rotores um som frio fez com que Harris pensasse que o sangue havia se transformado em gelo em suas veias: as filhas, gritando enquanto as portas de seus quartos eram arrombadas.

Era profundamente humilhante ser obrigado e permanecer nu no chão, enquanto Jessica era arrancada, também nua, da cama. Obrigaram-na a ficar em pé num canto, tendo apenas as mãos para cobrir sua nudez, enquanto revistavam a cama à procura de armas. Depois de uma eternidade, atiraram-lhe um cobertor e ela se enrolou nele.

Afinal, consentiram que Harris se sentasse na beirada da cama, ainda nu e queimando de humilhação. Apresentaram o mandado de busca, e ele se surpreendeu ao ver seu nome e endereço. Pensara que tinham invadido a casa errada. Explicou que era capitão do DPLA, mas eles já sabiam e não se abalaram.

Finalmente consentiram que Harris vestisse um conjunto de moletom cinza e, junto com Jessica, foi arrastado até a sala.

Ondine e Willa estavam encolhidas no sofá, abraçadas, buscando conforto emocional. As meninas tentaram correr para os pais, mas foram impedidas por oficiais que ordenaram que permanecessem sentadas.

Ondine tinha 13 anos e Willa 14. As duas meninas tinham herdado a beleza da mãe. Ondine estava vestida para dormir e usava calcinha e uma camiseta com o rosto de um cantor de *rap* estampado. Willa vestia uma camiseta sem mangas, calça curta de pijama e meias amarelas que chegavam até os joelhos.

Alguns oficiais olhavam para as meninas de uma maneira que não deveria absolutamente ser permitida. Harris pediu consentimento para que as filhas vestissem robes, mas foi ignorado. Enquanto Jessica era levada para uma poltrona, Harris foi ladeado por dois homens, que tentaram arrastá-lo para fora da sala.

Quando novamente pediu que as meninas vestissem os robes e mais uma vez foi ignorado, afastou-se bruscamente dos que o acompanhavam, indignado. Sua indignação foi interpretada como resistência. Foi atingido no estômago com a coronha de um fuzil de combate, atirado ao chão de joelhos e algemado.

Na garagem, um homem, que se identificou como agente Gurland, estava próximo à bancada das ferramentas, examinando 100 quilos de cocaína – embalados em sacos plásticos – no valor de milhões de dólares. Harris contemplou a cena com total descrença e temor crescente, enquanto lhe diziam que a coca fora encontrada em sua garagem.

— Sou inocente. Sou um policial. Isso é armação. Isso é maluquice!

Gurland mecanicamente recitou os direitos constitucionais.

Harris estava indignado pela indiferença a tudo que dizia. Sua raiva e frustração lhe valeram mais algumas brutalidades enquanto era escoltado para fora da casa, para um carro estacionado junto ao meio-fio. Ao longo da rua, os vizinhos tinham saído para os jardins e varandas para assistir.

Foi levado a uma prisão federal, onde lhe permitiram telefonar para seu advogado – que era seu irmão, Darius.

Por ser um policial e, portanto, correndo perigo se fosse encarcerado com criminosos que odiavam a polícia, esperava ficar isolado, mas foi atirado numa cela onde havia seis homens esperando julgamento por crimes que iam de transporte ilegal de drogas entre estados até o assassinato a machadadas de um agente federal.

Todos afirmavam estar sendo injustamente acusados. Embora alguns *obviamente* tivessem cara de bandidos, o capitão surpreendeu-se quase acreditando em seus protestos de inocência.

Às 2h30 de sábado, sentado em frente a Harris, do outro lado de uma mesa de fórmica descascada numa sala reservada para conferências advogado-cliente, Darius afirmou:

– Isso é merda pura! Cheira muito mal. *Fede*! Você é o homem mais honesto que conheci, reto como uma flecha desde criança. Foi difícil para um irmão mais novo tentar se comparar a você. Você é um *santo* canonizado, é isso que você é. Qualquer um que diga que você é um traficante de cocaína é idiota ou mentiroso. Olhe, não se preocupe com isso, nem por um minuto, um segundo, um nanossegundo. Você tem um passado exemplar, sem uma única mancha, a ficha de um verdadeiro santo. Vamos conseguir uma fiança baixa, e no fim vamos convencer a todos eles que isso é um engano ou uma conspiração. Escute, eu juro que nunca vai chegar a julgamento, sobre a sepultura de nossa mãe, eu juro.

Darius era cinco anos mais novo que Harris, mas a semelhança entre eles era tanta que pareciam gêmeos. Era tão brilhante quanto hipercinético, um excelente advogado criminal. Se Darius estava dizendo que não havia razão para se preocupar, Harris tentaria não se preocupar.

– Escute, se for uma conspiração – disse Darius –, quem está por trás dela? Quem foi o verme que armou isso? Por quê? Que tipo de inimigos você arranjou?

– Não consigo pensar em nenhum. Nenhum capaz disso.

– É pura merda. Logo, logo, vão estar rastejando, se desculpando, os idiotas, bestas ignorantes. Estou *fulo*. Até mesmo os santos arranjam inimigos, Harris.

– Não consigo pensar em ninguém.

– Talvez *especialmente* os santos arranjam inimigos.

Menos de oito horas depois, logo depois das 10 horas de sábado, ao lado do irmão, Harris foi levado perante um juiz, que decidiu mantê-lo sob custódia, aguardando julgamento. O promotor federal exigiu uma fiança de 10 milhões de dólares, mas Darius pleiteou que Harris fosse solto sob o regime de liberdade provisória. A fiança foi estabelecida em 500 mil dólares, e foi considerada aceitável por Darius, pois Harris seria libertado se depositasse 10% do valor e apresentasse um fiador para os outros 90%.

Harris e Jéssica tinham 75 mil dólares em ações e contas de poupança. Uma vez que ele não tinha qualquer intenção de fugir, o dinheiro seria devolvido por ocasião do julgamento.

A situação não era ideal, mas, antes que eles pudessem começar a estruturar uma contra-ofensiva legal para conseguir que o caso fosse arquivado, Harris precisava estar em liberdade e escapar ao extraordinário perigo enfrentado por um policial na cadeia. Finalmente os eventos pareciam caminhar na direção certa.

Sete horas depois, às 17 horas de domingo, Harris foi retirado da cela e levado à sala de conferências, onde Darius novamente o esperava – com más notícias. O FBI persuadira um juiz de que existia causa provável para concluir que a residência dos Descoteaux fora utilizada para fins ilegais, permitindo, assim, a aplicação imediata dos estatutos federais de confisco de bens. O FBI e o DEA, então, adquiriram o direito de retenção sobre a casa e seus pertences.

Para proteger os interesses do governo, agentes federais despejaram Jessica, Willa e Ondine, permitindo-lhes apenas empacotar algumas roupas. As fechaduras foram trocadas e, pelo menos até o momento, havia guardas postados na propriedade.

— Muito bem, talvez não viole tecnicamente a recente decisão da Suprema Corte sobre o confisco, mas, com certeza, viola o *espírito* da lei. Em primeiro lugar, a Suprema Corte diz que agora é preciso que o proprietário seja notificado da intenção de confisco – disse Darius.

— Intenção de confiscar? – repetiu Harris, confuso.

— Claro, eles vão dizer que entregaram a notificação junto com a ordem de despejo, e é verdade. Mas a Suprema Corte explicita que deve haver um intervalo decente entre a notificação e o despejo.

Harris não estava entendendo.

— Despejaram Jessica e as meninas?

— Não se preocupe com elas. Estão comigo e Bonnie. Estão bem.

— Como é que podem despejá-las?

— Até que a Suprema Corte legisle sobre outros aspectos das leis do confisco, se é que algum dia vai fazer isso, o despejo pode ocorrer antes da audiência, o que é injusto. Injusto? Jesus, é mais do que injusto, é arbitrário. Pelo menos você tem direito a uma audiência, o que até agora não era obrigatório. Dentro de dez dias você vai comparecer perante um juiz, que vai ouvir seus argumentos contra o confisco.

— É a minha casa.

— Isso não é argumento. Vamos precisar produzir alguma coisa melhor do que isso.

— Mas é a minha casa.

— Preciso falar a verdade. A audiência não quer dizer grande coisa. Os federais vão usar todos os truques possíveis para que o juiz designado tenha uma história prévia de aplicação das leis do confisco. Vou tentar impedir que isso aconteça, e conseguir um juiz que ainda se lembre que isso deveria ser uma democracia. Mas a verdade é que, em 99% das vezes, os federais conseguem do juiz o que querem. Vamos ter uma audiência, mas a decisão, com certeza, vai ser contra nós e a favor do confisco.

Harris encontrava dificuldade em absorver o horror do que o irmão lhe dizia. Sacudindo a cabeça, afirmou:

— Eles não podem tirar minha família da casa. Não fui condenado por crime algum.

— Você é um tira. Deve saber como as leis do confisco funcionam. Estão nos livros há dez anos e se tornam mais abrangentes a cada dia.

— Sou tira, sim, mas não promotor. Eu pego os bandidos e a promotoria decide as leis que vão ser aplicadas.

— Então esta vai ser uma desagradável lição. Olha... de acordo com as leis do confisco, você não precisa ser condenado para perder seus bens.

— Eles podem confiscar meus bens, mesmo que eu seja declarado inocente?

Harris estava certo de estar tendo um pesadelo baseado em algum conto de Kafka que lera na faculdade.

— Harris, escute bem. É melhor esquecer tudo sobre condenação ou absolvição. *Eles podem confiscar tudo sem acusar você de crime algum.* Sem levar você ao tribunal. Claro, você *foi* acusado, o que dá a eles um pretexto ainda maior.

— Espere, espere. Como foi que isso aconteceu?

— Se houver prova de qualquer natureza de que a propriedade foi usada para fins ilegais, *mesmo sem o seu conhecimento*, esta é causa suficiente para um confisco. Não é lindo? Para perder sua propriedade você nem precisa saber.

— Não, quero dizer, *como isso aconteceu na América?*

— A guerra contra as drogas. Foi para isso que as leis do confisco foram feitas. Atingir duro os traficantes, quebrá-los.

Darius estava menos exuberante do que na visita anterior naquela manhã. Sua natureza hipercinética era expressa mais pelos movimentos incessantes do que pelo usual fluxo contínuo de palavras.

Harris estava tão alarmado com a mudança que se operara no irmão quanto pelo que estava ouvindo.

— A prova, a cocaína, foi *plantada*.

— Você sabe, eu sei. Mas o tribunal vai querer ver você provar antes de anular o decreto para o confisco dos seus bens.

— Ou seja, sou culpado até provar que sou inocente.

– É assim que as leis do confisco funcionam. Mas pelo menos você foi acusado de um crime. Vai comparecer perante um tribunal. Ao provar num julgamento que é inocente, indiretamente terá a oportunidade de provar que o confisco foi injustificado. Espero de todo o coração que não retirem as acusações.

Harris piscou, surpreso:

– Você espera que eles *não* retirem as acusações?

– Sem acusações não tem julgamento. E então a melhor chance que você vai ter de recuperar sua casa é na audiência que eu mencionei.

– Minha *melhor* chance? Nessa audiência de mentira?

– Não é exatamente de mentira. Só perante o juiz *deles*.

– E qual é a diferença?

Darius balançou a cabeça com desânimo.

– Não muita. Uma vez que o confisco seja aprovado na audiência, se você não tiver um julgamento onde possa se defender, vai precisar processar o FBI e a Delegacia de Combate às Drogas para anular o confisco. Isso seria uma batalha dura. Os advogados do governo tentariam todo o tempo fazer com que o caso fosse arquivado – até que encontrassem um tribunal a favor deles. Mesmo que você conseguisse que um júri ou um juiz anulasse o decreto do confisco, o governo apelaria e apelaria para tentar cansar você.

– Mas se eles retirarem as acusações contra mim, como é que assim mesmo poderiam ficar com a minha casa?

Harris compreendia o que o irmão lhe dissera, simplesmente o que não entendia era a lógica ou a justiça que pudesse haver naquilo tudo.

– Como eu expliquei – continuou Darius pacientemente –, basta que eles mostrem alguma prova de que a *propriedade* foi usada para fins ilegais, e não que você ou alguém da sua família estivesse envolvido na atividade.

– Mas quem é que eles alegarão que estava guardando cocaína lá?

Darius suspirou.

– Não precisam apontar ninguém.

Atônito, relutando em finalmente aceitar a monstruosidade daquilo tudo, Harris disse:

— Podem confiscar minha casa alegando que alguém estava traficando drogas a partir dela, mas não precisam apontar um suspeito?

— Desde que tenham provas, sim.

— Mas as provas foram plantadas lá!

— Como já expliquei, você vai precisar provar isso diante de um tribunal.

— Mas se não me acusarem de um crime eu poderia jamais conseguir chegar a um tribunal com uma ação iniciada por mim.

— Certo. – Darius sorriu sem humor. – Agora você está vendo por que eu peço a Deus que eles não retirem as acusações. Agora você está entendendo as regras.

— Regras? – disse Harris. – Não são regras. É tudo uma *loucura*.

Precisava levantar-se e andar de lá para cá, para dissipar uma súbita e sombria energia que enchia seu ser. Quando já ia se levantando, foi forçado a sentar-se novamente, como se estivesse sobre os efeitos de mais uma granada de gás estupefaciente.

— Você está bem?

— Mas essas leis supostamente visavam só os grandes traficantes, das redes de narcotráfico, a Máfia.

— Claro. Pessoas que poderiam converter propriedades em dinheiro, fugir do país antes de irem a julgamento. Essa era a intenção original quando as leis foram promulgadas. Mas agora existem duzentas infrações federais, e não só infrações envolvendo drogas, que permitem o confisco de bens sem julgamento, e foram usadas cinqüenta mil vezes no ano passado.

— Cinqüenta mil vezes!

— Estão se tornando uma das principais fontes de financiamento para a aplicação da lei. Uma vez liquidados, 80% dos bens confiscados vão para os órgãos de polícia envolvidos no caso e 20% para o promotor.

Ficaram em silêncio. O relógio antigo na parede tiquetaqueava suavemente. O som trouxe à mente a imagem de uma bomba-relógio, e Harris sentiu-se como se estivesse, de fato, sentado sobre um dispositivo explosivo desse tipo.

Não menos furioso do que antes, mas controlando melhor sua ira, finalmente conseguiu falar:

— Eles vão vender minha casa, não vão?

— Bem, pelo menos este é um confisco federal. Se fosse executado de acordo com as leis da Califórnia, estaria vendida dez dias depois da audiência. Os federais nos dão mais tempo.

— Vão vender!

— Escute, vamos fazer tudo que pudermos para anular o decreto...

A voz de Darius perdeu a intensidade e ele não se sentia mais capaz de encarar o irmão nos olhos. Finalmente, conseguiu dizer:

— E mesmo que os bens sejam liquidados, se você conseguir anular o decreto, vai receber indenização – embora não pelos custos relacionados ao confisco.

— Mas posso dizer adeus à minha casa. Posso receber dinheiro de volta, mas não minha casa. E não posso voltar lá enquanto isso tudo durar.

— Existe uma legislação no Congresso prevendo a reforma dessas leis.

— Reforma? E por que não anular completamente?

— Não. O governo gosta demais dessas leis. E as reformas propostas não vão muito longe e ainda não ganharam muito apoio.

— Despejaram minha família! – exclamou Harris, ainda dominado pelo espanto.

— Harris, estou me sentindo horrível. Vou fazer tudo que puder, vou brigar como um leão, juro, mas eu gostaria de poder fazer *mais*.

Harris tinha os punhos fechados sobre a mesa.

— Nada disso é culpa sua, irmãozinho. Você não escreveu as leis. Vamos agüentar. De alguma forma, vamos agüentar. O mais importante agora é pagar a fiança, para que eu possa sair daqui.

Darius colocou as mãos negras como carvão sobre os olhos e pressionou-os de leve, como se tentasse expulsar o desânimo. Como Harris, não dormira na noite anterior.

— Isso vai demorar até segunda-feira. Vou ao banco logo de manhã...

— Não, não. Você não precisa usar seu dinheiro para a fiança. Nós temos o dinheiro. Jessica não contou? Nosso banco abre aos sábados.

– Ela me disse, mas...

– Não está aberto agora, mas estava até pouco tempo. Meu Deus, eu queria tanto sair hoje!

Retirando as mãos do rosto, os olhos de Darius encontraram os do irmão com relutância.

– Harris, eles bloquearam suas contas bancárias também.

– Mas eles não podem fazer isso! – exclamou Harris com raiva, mas sem convicção. – Podem?

– Poupança, conta corrente, tudo. Conta conjunta com Jessie, em seu nome ou apenas no nome dela. Estão alegando que o dinheiro é lucro ilegal do tráfico de drogas, até mesmo o fundo de pensão.

Harris sentia-se como se tivesse levado um soco na cara. Uma estranha dormência começou a espalhar-se pelo seu corpo.

– Darius, eu não posso... não posso deixar que você pague a fiança. Não 50 mil dólares. Temos ações.

– A carteira de ações está bloqueada também, para confisco iminente.

Harris olhou para o relógio. O ponteiro dos minutos movimentou-se no mostrador. O som da bomba-relógio parecia cada vez mais alto.

Esticando o braço sobre a mesa da sala de conferências e colocando-a sobre a mão do irmão, Darius afirmou:

– Irmão, eu juro que vamos sair disso juntos.

– Com tudo bloqueado... não temos nada, a não ser o dinheiro na minha carteira e na bolsa de Jessie. Jesus! Talvez só na bolsa dela. Minha carteira está na mesa-de-cabeceira, em casa, se ela não levou quando... quando fizeram com que ela e as meninas saíssem.

– E assim eu e Bonnie vamos pagar a fiança, e não vamos discutir o assunto.

Tic... tic... tic...

Todo o rosto de Harris estava dormente. A nuca estava dormente, e a pele encrespada pelos arrepios. Dormente e frio.

Darius apertou as mãos do irmão mais uma vez e, finalmente, recostou-se na cadeira.

— Como é que eu e Jessica vamos alugar uma casa se não pudermos fazer o depósito obrigatório exigido pelas imobiliárias?

— Enquanto tudo isso não acabar, vocês vão ficar comigo e Bonnie. Isso já está decidido.

— Sua casa não é tão grande assim. Não tem lugar para mais quatro.

— Jessie e as meninas já estão conosco. Você é só mais um. Claro, vai ficar apertado, mas vai dar tudo certo. Ninguém vai se importar com um pouquinho de aperto. Somos uma família, estamos juntos nisso.

— Mas isso talvez leve meses. Meu Deus! Pode levar *anos*, não pode?

Tic... tic... tic...

Mais tarde, quando Darius já ia sair, pediu:

— Quero que você pense muito sobre inimigos, Harris. Isso não é só um grande erro. Esse negócio precisou de planejamento, esperteza, contatos. Em algum lugar, você tem um inimigo esperto e poderoso, quer saiba disso ou não. Pense sobre isso. Lembrar de algum nome vai me ajudar.

Sábado à noite, Harris compartilhou uma cela sem janelas com dois acusados de assassinato e com um estuprador que se vangloriava de atacar mulheres em dez estados. Dormiu mal.

Domingo à noite dormiu melhor apenas porque estava absolutamente exausto. Foi atormentado por sonhos. Eram todos pesadelos, e em cada um deles, mais cedo ou mais tarde, havia um relógio tiquetaqueando.

Segunda-feira, ao raiar do dia, ansiava pela liberdade. Detestava obrigar Darius e Bonnie a empatar tanto dinheiro com sua fiança. Claro que não tinha qualquer intenção de fugir da jurisdição, e eles não perderiam o dinheiro. E ele tinha desenvolvido uma claustrofobia na prisão que, se continuasse a piorar, em breve seria intolerável.

Embora a situação fosse terrível, inimaginável, nervosamente encontrou algum consolo na certeza de que o pior já tinha passado. Havia sido despojado de tudo, ou seria em breve. Estava no fundo do poço. Apesar da longa luta que o aguardava, nada lhe restava senão subir.

Era segunda-feira. Cedo.

Em Caliente, Nevada, a auto-estrada federal fazia um ângulo para norte, mas em Panaca entraram numa rodovia estadual que se dirigia para leste, em direção à fronteira do Utah. A rodovia rural levou-os para terras mais altas, que pareciam recém-saídas do caldeirão da criação, quase pré-mesozóicas, apesar de recobertas por pinheiros e arbustos.

Por mais incrível que parecesse, Spencer estava totalmente convencido, pelo temor de Valerie, da vigilância por satélite. O céu estava totalmente azul, nenhuma monstruosa presença mecânica pairando no ar como numa cena de *Guerra nas Estrelas*, mas ele se sentia desconfortavelmente consciente de estar sendo vigiado, quilômetro após quilômetro.

Independente do olho espião no céu e dos matadores profissionais que poderiam estar a caminho de Utah para interceptá-los, Spencer estava faminto. Duas latinhas de salsichas tipo Viena não tinham sido o bastante para satisfazer seu apetite. Comeu os biscoitos de queijo e tomou uma Coca-Cola.

Atrás dos bancos dianteiros, sentado ereto sobre os flancos magros, Rocky parecia estar tão entusiasmado com a forma pela qual Valerie conduzia o Rover que nem se interessou pelos biscoitos de queijo. Mostrava um sorriso amplo. A cabeça sacudia para cima e para baixo, para cima e para baixo.

— O que é que há com o cachorro? – perguntou ela.

— Ele está gostando do jeito que você dirige. Precisa de velocidade.

— É mesmo? Mas ele parece um cãozinho tão amedrontado a maior parte do tempo.

— Eu também só descobri agora esse negócio da velocidade.

— Por que ele tem tanto medo de tudo?

— Eu o peguei num abrigo. E antes de ir para lá ele foi muito maltratado. Não sei o que aconteceu no passado.

— Bem, acho ótimo ver que ele está se divertindo tanto.

A cabeça de Rocky balançou entusiasticamente para cima e para baixo.

Enquanto as sombras das árvores se projetavam sobre a rodovia, Spencer comentou:

— Eu também não sei nada sobre o seu passado.

Em vez de responder, Valerie diminuiu a velocidade, mas Spencer insistiu:

— Do que você está fugindo? Agora eles são meus inimigos também. Tenho direito de saber.

Valerie contemplava atentamente a rodovia.

— Eles não têm nome.

— O quê? Uma sociedade secreta de assassinos fanáticos, como num velho romance de Fu Manchu?

— Mais ou menos. É um órgão governamental anônimo, financiado com dinheiro que deveria ser investido em outros programas, e também por centenas de milhões de dólares arrecadados por intermédio das leis do confisco de bens. Originalmente, foi projetado para acobertar os atos ilegais e operações malsucedidas dos departamentos e órgãos governamentais, desde os Correios até o FBI. Uma válvula de escape política.

— Um esquadrão independente com a tarefa de acobertar.

— Então, se um repórter ou qualquer outra pessoa descobrisse provas de que alguém acobertara o fracasso, por exemplo, de um caso que o FBI investigara, ninguém no FBI poderia ser acusado. O grupo independente acoberta o FBI e, assim, eles nunca precisam destruir provas, subornar juízes, intimidar testemunhas. Nunca precisam sujar as mãos. Os culpados são misteriosos e anônimos. Não há nenhuma prova de que são funcionários do governo.

O céu ainda estava azul e sem uma única nuvem, mas o dia parecia ter perdido sua luminosidade.

— Este conceito tem paranóia suficiente para dois ou três filmes do Oliver Stone – disse Spencer.

— Stone vê a sombra do opressor, mas não entende de onde ela vem. Ora, até mesmo o agente comum do FBI não sabe que o departamento existe. Ele opera numa esfera muito alta.

— Em que esfera?

— Os funcionários de mais alto nível se reportam a Thomas Summerton.

— Eu deveria conhecer este nome?

— Ele é rico por conta própria. Imensamente capaz de arrecadar fundos para objetivos políticos e intermediador de mamatas. Atualmente, é o segundo homem na Procuradoria Geral de Justiça da República.

— De onde?

— Do Reino de Oz... o que você acha? – disse Valerie com impaciência. – Vice-procurador-geral dos Estados Unidos.

— Você deve estar brincando.

— Procure num almanaque. Leia os jornais.

— Não estou querendo dizer que você está brincando sobre o cargo que ele ocupa. Estou falando sobre o envolvimento numa conspiração como essa.

— Tenho certeza. Eu *o* conheço. Pessoalmente.

— Mas na posição que ele ocupa é a segunda pessoa mais poderosa no Departamento de Justiça. O próximo elo da cadeia depois dele...

— É de arrepiar, não é?

— E você está dizendo que o procurador-geral sabe disso?

Valerie sacudiu a cabeça.

— Não sei. Espero que não. Nunca vi nenhuma prova. Mas já não excluo mais ninguém.

Adiante, na pista em direção a oeste, um Chevrolet cinza apareceu no alto de uma colina e veio na direção deles. Spencer não gostou da aparência dele. De acordo com o cronograma de Valerie, ainda não estavam correndo perigo imediato por causa das duas horas de vantagem. Mas ela poderia estar errada. Talvez o departamento não precisasse trazer os capangas de Las Vegas num avião. Talvez já tivessem agentes na área.

Colocou a mão sobre a pistola SIG 9 milímetros que estava em seu colo.

Quando o Chevy passou pelo Rover, o motorista lançou-lhes um olhar de reconhecimento atônito. Era grande. Mais ou menos 40 anos. Um rosto largo, de expressão dura. Os olhos se dilataram, e a boca se abriu para falar com um outro homem que estava na perua e, em seguida, saíram do campo de visão.

Spencer voltou-se no banco para olhar para trás. Contudo, por causa de Rocky e da meia tonelada de coisas que transportavam, não conseguiu enxergar através da janela traseira. Olhou pelo retrovisor e observou a van desaparecendo a oeste, atrás deles. As luzes de freio não se acenderam. Não estava dando meia-volta para seguir o Rover.

Aliviado, compreendeu que o olhar de espanto do motorista nada tinha a ver com reconhecimento. O homem simplesmente ficara atônito com a velocidade em que estavam. O velocímetro indicava que Valerie estava fazendo 130 quilômetros por hora, 30 acima do limite legal de velocidade, e 15 ou 20 a mais do que as condições da rodovia permitiam.

O coração de Spencer batia forte, mas não pela forma como ela estava dirigindo.

Valerie olhou-o nos olhos novamente. Estava plenamente consciente do medo que o dominara.

– Eu avisei que você não ia querer saber quem eles são. – Voltou a atenção para a estrada. – Dá uma certa tremedeira, não dá?

– Tremedeira não é bem a palavra, sinto como se...

– Tivesse tomado um banho de sorvete? – sugeriu ela.

– Até *isso* você acha engraçado?

– Em certo aspecto, sim.

– Eu não. Jesus! Se o procurador-geral sabe, então o próximo na cadeia é o...

– Presidente dos Estados Unidos.

– Não sei o que é pior: que o presidente e o procurador-geral sancionem um órgão como esse que você descreveu... ou que ele opere num nível tão alto *sem* o conhecimento deles. Porque, se eles não sabem, e descobrem...

– Estão fritos.

– E se não sabem, as pessoas que estão governando o país não são as que elegemos.

– Não sei se vai tão alto até o procurador-geral. E não tenho nenhuma pista sobre o envolvimento da Casa Branca. Espero que não. Mas...

– Mas você agora não descarta nenhuma possibilidade.

— Não depois do que eu passei. Hoje em dia, não confio realmente em ninguém, a não ser em Deus e em mim mesma. Ultimamente, não tenho tanta certeza a respeito de Deus.

LÁ EMBAIXO, onde o departamento escutava Las Vegas com uma multiplicidade de ouvidos secretos, Roy Miro despediu-se de Eve Jammer.

Sem lágrimas, queixas de estarem sendo separados e possivelmente nunca mais se verem. Estavam confiantes de que se encontrariam novamente em breve. Roy ainda estava energizado pelo poder espiritual de Kevorkian, e sentia-se praticamente imortal. Por sua vez, Eve parecia nunca ter compreendido que *poderia* morrer, nem que qualquer coisa que ela verdadeiramente desejasse – como Roy – lhe pudesse ser negada.

Estavam em pé, bens próximos. Roy colocou a pasta sobre a mesa para que pudesse tomar aquelas mãos impecáveis nas suas e disse:

— Vou tentar voltar esta noite, mas não posso garantir.

— Vou sentir sua falta – respondeu Eve com voz rouca. – Mas se você não puder voltar, vou fazer alguma coisa para me lembrar de você. Alguma coisa que me faça lembrar como você é excitante e me faça desejar ainda mais tê-lo de volta.

— O quê? Diga-me o que você vai fazer para que eu possa levar a imagem comigo, uma imagem de você para fazer com que o tempo passe depressa.

Ele próprio estava surpreso com seu desempenho nessa conversa amorosa. Sempre soube que era um romântico incurável, mas nunca tivera certeza de que saberia como agir se um dia encontrasse uma mulher que atingisse seus padrões.

— Não quero dizer agora – respondeu Eve em tom brincalhão. – Quero que você sonhe, pense, imagine. Porque, quando você voltar e eu contar, *então* teremos a noite mais excitante que já tivemos até agora.

O calor que emanava de Eve era incrível. Roy desejava apenas fechar os olhos e derreter em seu calor.

Beijou-a no rosto. Seus lábios estavam ressecados pelo ar do deserto, e a pele dela quente. Aquele foi um delicioso beijo seco.

Afastar-se dela foi uma verdadeira agonia. Quando o elevador chegou e as portas se abriram, Roy olhou para trás.

Eve tinha um dos pés no chão e o outro levantado. No chão de concreto havia uma aranha negra.

– Querida, não!

Eve o encarou confusa.

– Uma aranha é uma criação *perfeita*, a Mãe Natureza em seu melhor dia. Tecelã de maravilhosas teias. Uma máquina de matar perfeitamente criada. Sua espécie já estava aqui muito antes que o primeiro homem pisasse a face da Terra. Merece viver em paz.

– Não gosto muito delas – disse ela, fazendo o mais lindo biquinho que Roy já vira.

– Quando eu voltar, vamos examinar uma juntos, com uma lente de aumento – prometeu ele. – Você vai ver como ela é perfeita, compacta, eficiente e funcional. Uma vez que eu mostre a você como os aracnídeos são perfeitos, você nunca mais os verá com os mesmos olhos. Vai adorá-los.

– Bem – disse Eve com relutância –, está certo. E cuidadosamente passou por cima da aranha sem pisá-la.

Cheio de amor, Roy foi de elevador até o último andar do arranha-céu e subiu uma escadaria até o telhado.

Oito dos 12 homens da força-tarefa já estavam a bordo do primeiro helicóptero executivo, que com um crepitar dos rotores elevou-se para o céu, para cima e para longe.

O segundo helicóptero, idêntico ao primeiro, pairava no ar do lado norte do prédio. Quando a pista de aterrissagem ficou vazia, o helicóptero desceu para recolher os quatro outros homens, todos em trajes civis, mas carregando mochilas repletas de armamentos.

Roy foi o último a embarcar e sentou-se no fundo da cabine. O assento do outro lado do corredor e os dois na fileira da frente estavam vazios.

Enquanto a aeronave levantava vôo, Roy abriu a pasta e ligou o computador e os cabos de transmissão nas tomadas da parede do fundo da cabine. Retirou o telefone celular da estação de trabalho e colocou-o no banco do outro lado do corredor. Não precisava mais dele. Usava agora o sistema de comunicações do helicóptero. À direita da tela apareceu um teclado telefônico. Fez uma ligação para Mama, em Virgínia, identificando-se como "Pooh", forneceu a impressão digital do polegar e acessou a central de vigilância por satélite no escritório do departamento em Las Vegas.

Uma versão em miniatura da visão na tela da parede da central de vigilância apareceu no monitor de Roy. A velocidade do Range Rover era imprudente, o que era forte indicação de que a mulher estava por trás do volante. Passara por Panaca, Nevada, e corria veloz em direção à fronteira do Utah.

— ERA FATAL QUE algo como esse departamento aparecesse mais cedo ou mais tarde – disse Valerie, enquanto se aproximavam da fronteira de Utah. – Por insistir em conseguir um mundo perfeito, abrimos as portas ao fascismo.

— Não tenho certeza se entendi.

Spencer não estava certo de que desejava mesmo entender. Valerie falava com uma convicção inquietante.

— Tantas leis foram feitas, por tantos idealistas com conceitos antagônicos de utopia, que ninguém consegue passar um só dia sem infringir um monte delas.

— Espera-se que os policiais apliquem milhares de leis – concordou Spencer –, mais do que conseguem decorar.

— E, assim, acabam perdendo o sentido de sua verdadeira missão. Perdem o foco. Você viu isso acontecer quando era da polícia, não viu?

— Claro, vi muitas controvérsias sobre operações de inteligência do Departamento de Polícia de Los Angeles cujo alvo eram grupos legítimos de cidadãos.

— Porque aqueles grupos em particular, naquele momento em particular, estavam do lado *errado* de questões sensíveis. O governo politizou todos os aspectos da vida, inclusive os órgãos policiais, e todos nós vamos sofrer com isso, independente de nossas opiniões políticas.

— A maioria dos policiais é legal.

— Sei disso. Mas me diga uma coisa: hoje em dia, os policiais que chegam ao topo do sistema... geralmente não são os melhores, são os politicamente astutos, os grandes politiqueiros. São puxa-sacos que sabem muito bem como lidar com um senador, um deputado, um prefeito, um vereador, e ativistas políticos de todas as cores.

— Quem sabe sempre foi assim?

— Não. Provavelmente nunca mais vamos ver homens como Elliot Ness no comando, mas havia muitos como ele. Os policiais costumavam respeitar o distintivo que usavam. É assim agora?

Spencer nem precisou dar uma resposta.

Valerie continuou:

— Agora, são os policiais politizados que estabelecem agendas e distribuem recursos. E no nível federal é ainda pior. Gastam-se fortunas na caça a infratores de leis de redação vaga contra crimes de ódio, pornografia, falhas na rotulação de produtos, assédio sexual. Não me entenda mal. Eu adoraria ver o mundo livre de todos os fanáticos, dos que se dedicam à pornografia, poluição, vendedores de óleo de cobra, de todos os filhos-da-mãe que assediam mulheres. Mas, ao mesmo tempo, estamos convivendo com índices mais altos de assassinato, estupro e roubo que os de qualquer outra sociedade na história.

Quanto mais apaixonado era o tom de Valerie, mais depressa ela dirigia.

Spencer fazia caretas cada vez que desviava os olhos do rosto de Valerie para a rodovia sobre a qual voavam. Se ela perdesse o controle, se derrapassem e voassem para fora do asfalto sobre os arbustos, não precisariam mais se preocupar com os esquadrões que vinham de Las Vegas.

Atrás deles, Rocky estava esfuziante.

— As ruas não são seguras. Em alguns lugares as pessoas não estão seguras nem mesmo em suas casas. Os órgãos policiais federais perderam o foco. E, quando perdem o foco, cometem erros e precisam escapar dos escândalos para salvar a pele dos políticos, policiais políticos, e também dos que foram eleitos.

— E é aí que entra esse departamento sem nome.

— Para varrer a sujeira para debaixo do tapete, para que nenhum político precise deixar suas digitais na vassoura – afirmou Valerie com amargura.

Atravessaram a fronteira de Utah.

AINDA ESTAVAM dentro dos limites de Las Vegas, com apenas alguns minutos de vôo, quando o co-piloto encaminhou-se para a parte de trás da cabine de passageiros. Trazia um telefone seguro, com um misturador de sons embutido, que ele ligou e entregou a Roy.

O telefone era equipado com fones de ouvido, o que deixava as mãos de Roy livres. A cabine era fortemente isolada, e a qualidade dos fones de ouvido, grandes como pires, era tão alta que nenhum barulho vindo do rotor ou do motor chegava aos seus ouvidos, embora pudesse sentir as vibrações de ambos através do assento.

Gary Duvall – o agente no norte da Califórnia designado para investigar o assunto Ethel e George Porth – estava ao telefone. Mas não na Califórnia. Estava agora em Denver, Colorado.

A pressuposição inicial de que os Porth já viviam em São Francisco quando sua filha tinha morrido e o neto viera morar com eles revelara ser falsa.

Duvall tinha finalmente localizado um dos antigos vizinhos dos Porth, em São Francisco, que se lembrava de que Ethel e George haviam mudado para São Francisco vindos de Denver. Na época, a filha já estava morta há muito tempo, e o neto, Spencer, tinha 16 anos.

— Há muito tempo? – perguntou Roy em tom de dúvida. – Mas eu pensei que a mãe do rapaz tivesse morrido quando ele tinha 14 anos, no mesmo acidente de carro que provocou a cicatriz.

— Não. Não houve acidente de carro.

Duvall havia descoberto um segredo, e obviamente era uma dessas pessoas que adora segredos. O tom de voz infantil, do tipo "Eu sei alguma coisa que você não sabe", indicava que ele parcelaria suas informações, para saborear cada pequena revelação.

Suspirando, Roy se recostou no banco.

— Vamos lá.

— Peguei um avião para Denver, para ver se os Porth tinham vendido a casa de lá no mesmo ano em que haviam comprado a de São Francisco. Tinham vendido. Então, tentei descobrir algum vizinho em Denver que se lembrasse deles. Nenhum problema. Encontrei uma porção. As pessoas aqui não se mudam tanto quanto na Califórnia. E eles se lembram do menino dos Porth porque o que aconteceu foi inacreditável.

Suspirando novamente, Roy abriu o envelope pardo com as fotos que havia encontrado na caixa de sapatos da casa de Spencer Grant, em Malibu.

— A mãe, Jennifer, morreu quando o menino tinha 8 anos. E não foi num acidente.

Roy tirou as fotos do envelope. A primeira era um instantâneo tirado quando ela tinha mais ou menos 20 anos. Usava um vestido simples de verão, estava banhada em sol e sombras, em pé ao lado de uma árvore cujos galhos estavam repletos de flores brancas.

— Jenny praticava equitação – informou Duvall, e Roy lembrou-se das outras fotografias com os cavalos. — Montava e criava. Na noite em que morreu, tinha ido a uma reunião da associação de criadores da região.

— Foi em Denver, perto de Denver?

— Não, os pais é que moravam em Denver. Jenny morava em Vail, num pequeno rancho nos arredores de Vail, no Colorado. Ela foi à reunião da associação de criadores, mas nunca mais voltou para casa.

A segunda fotografia era de Jennifer com o filho na mesa de piquenique. Estava abraçada ao menino. O boné de beisebol estava torto.

— O carro foi encontrado abandonado. Houve uma grande busca, mas ela não estava em nenhum lugar perto de casa. Uma semana depois alguém finalmente descobriu seu corpo numa vala, a mais de 80 quilômetros de Vail.

Assim como quando estava sentado na mesa da cozinha da cabana de Malibu na sexta-feira pela manhã examinando pela primeira vez as fotografias, Roy foi dominado por uma sensação opressiva de que o rosto da mulher lhe era familiar. Cada palavra dita por Duvall conduzia Roy para mais perto do esclarecimento que lhe escapara há três dias.

A voz de Duvall agora soava através dos fones com uma suavidade estranha, sedutora:

– Foi encontrada nua, torturada, molestada. Naquela época, foi o assassinato mais selvagem de que se tinha notícia. Até mesmo hoje em dia, que já vimos de tudo, os detalhes são bem capazes de dar pesadelos.

A terceira foto mostrava Jennifer e o menino na beira da piscina. Ela tinha uma das mãos por trás da cabeça do filho, fazendo chifrinhos com dois dedos. O celeiro parecia ameaçador ao fundo.

– Todas as indicações eram de que ela tinha sido vítima de algum passante – contou Duvall, pingando os detalhes em gotas ainda menores à medida que seu frasco de segredos se esvaziava. – Um sociopata. Alguém com um carro, mas sem endereço permanente, vagueando pelas auto-estradas interestaduais. Era uma síndrome relativamente nova há vinte anos, mas a polícia já vira bastantes casos e era capaz de reconhecê-los: um assassino em série à solta, sem laços familiares ou comunitários, um peixe fora d'água.

A mulher. O menino. O celeiro ao fundo.

Roy virou a quarta e última fotografia.

O homem nas sombras. Aquele olhar penetrante.

– O nome do menino não era Spencer. Era Michael – revelou Gary Duvall.

A fotografia de estúdio em preto-e-branco do homem com trinta e tantos anos era tristonha: um estudo em contrastes, luz do sol e sombras. Sombras peculiares, causadas por objetos invisíveis, pareciam se movimentar pela parede, atraídas pelo modelo, como se aquele fosse um homem que comandasse a noite e seus poderes.

– O nome do menino era Michael...

– Ackblom. – Roy finalmente foi capaz de reconhecer o homem da fotografia, apesar das sombras que escondiam metade de seu rosto. – Michael Ackblom. Seu pai era Steven Ackblom, o pintor. O assassino.

– Isso mesmo – afirmou Duvall, parecendo desapontado por não ter sido capaz de manter o segredo por mais um ou dois segundos.

– Ajude minha memória. Quantos corpos foram encontrados, afinal?

— Quarenta e um – disse Duvall. – E eles sempre acharam que havia mais em algum lugar.

— "Eram tão belas em sua dor, que pareciam anjos ao morrer" – citou Roy.

— Você lembra disso? – disse Duvall com surpresa.

— Foi a única coisa que Ackblom disse no tribunal.

— Foi a única coisa que ele disse aos policiais, ao seu advogado ou a qualquer outra pessoa. Não achava ter feito nada errado, mas reconhecia por que a sociedade o condenava. Portanto, declarou-se culpado, confessou e aceitou a sentença.

— "Eram tão belas em sua dor, que pareciam anjos ao morrer" – murmurou Roy.

ENQUANTO O ROVER corria em disparada, o sol brilhava através das sempre-vivas, que faiscavam e cintilavam sobre o pára-brisa. Para Spencer, o jogo ágil de luz e sombra era tão frenético e desorientador quanto o pulsar de uma lâmpada estroboscópica num cabaré escurecido.

Mesmo quando fechava os olhos para proteger-se da agressão, percebia que estava mais perturbado pela associação que cada clarão brilhante desencadeava em sua memória do que pela própria luz do sol. Sua imaginação fazia com que cada cintilação e brilho fosse o reluzir do aço frio na escuridão das catacumbas.

A forma pela qual o passado permanecia vivo no presente, e como a luta para esquecer representava um estímulo para a recordação, nunca deixava de espantá-lo e incomodá-lo.

Acompanhando o contorno da cicatriz com o dedo, disse:

— Quero um exemplo. Alguns escândalos que esse órgão anônimo conseguiu esconder.

Valerie hesitou.

— David Koresh. Fazenda do ramo davidiano. Waco, Texas.

As palavras dela o assustaram, levando-o a abrir os olhos apesar da intensidade do brilho da luz do sol e das sombras escuras como sangue. Encarou-a com espanto.

— Koresh era um maníaco!

— Para mim, não quer dizer nada. Não vou discordar que o mundo está muito melhor sem ele.

— Nem eu.

— Mas se o Departamento de Controle do Álcool, Tabaco e Armas de Fogo (ATF na sigla em inglês) queria botar as mãos nele, poderia tê-lo apanhado num bar em Waco, onde ele sempre ia escutar uma banda de que gostava... e *então* eles podiam ter entrado na fazenda, uma vez que ele estava fora do caminho, em vez de invadir o lugar com um grupo da SWAT. Havia crianças lá, pelo amor de Deus!

— Crianças em perigo – ele lembrou a ela.

— Claro. Foram queimadas vivas.

— Golpe baixo – disse ele em tom acusador, fazendo o papel do advogado do diabo.

— O governo nunca apareceu com as armas ilegais. No julgamento, alegaram ter encontrado revólveres convertidos em armas automáticas, mas havia muitas divergências. A polícia do Texas recuperou só dois revólveres para cada membro da seita... todos registrados. O Texas é um estado com muitas armas. Dezessete milhões de pessoas, mais de sessenta milhões de armas, quatro por habitante. As pessoas da seita tinham a metade dos revólveres que existem numa residência média do Texas.

— Muito bem. Tudo isso estava nos jornais. E as histórias de maus-tratos em relação às crianças acabou não dando em nada. Isso foi contado, ainda que não tenha sido muito divulgado. Foi uma tragédia tanto para aquelas crianças mortas quanto para o ATF. Mas o que esse departamento afinal acobertou? Para o governo, foi um caso feio. Chamou a atenção do público. Parece que não se deram bem ao tentar fazer com que o ATF ficasse numa boa posição aos olhos do público.

— Ah, mas foram brilhantes ao esconder o aspecto mais explosivo do caso. Um elemento do ATF leal a Tom Summerton, e não ao atual diretor, planejou usar Koresh como um teste para a aplicação das leis do confisco de bens a organização religiosas.

A medida que Utah deslizava sob as rodas do Rover, e se aproximavam de Modena, Spencer continuava a tocar a cicatriz com o dedo enquanto meditava sobre aquelas revelações.

As árvores tornavam-se mais raras. Os pinheiros e arbustos estavam distantes demais da rodovia para lançar sombras sobre o asfalto, e a dança das espadas que a luz do sol executava terminou. Mas Spencer observou que Valerie tinha os olhos semicerrados e ocasionalmente estremecia, como se fosse ameaçada pelas lâminas das próprias recordações.

Atrás deles, Rocky parecia totalmente indiferente ao tom grave da conversa. Fossem quais fossem as desvantagens, a condição canina possuía também muitas vantagens.

Finalmente, Spencer disse:

— Grupos religiosos como alvo para o confisco de bens, mesmo no caso de figuras marginais como Koresh, é uma bomba e tanto. Mostra total desprezo pela Constituição.

— Existem muitos cultos e seitas hoje em dia cujos bens chegam a milhões de dólares. Aquele ministro coreano... reverendo Moon? Aposto que sua Igreja possui centenas de milhões de dólares em território americano. Se qualquer organização religiosa estiver envolvida em atividade ilegal, a isenção de impostos é revogada. E então, se o ATF ou o FBI tiverem algum direito à penhora dos bens, serão os primeiros a agarrar tudo, na frente até da Receita Federal.

— Um fluxo contínuo de dinheiro para comprar mais brinquedos e melhor mobiliário para os escritórios dos órgãos envolvidos – disse Spencer – e ajudar a manter esse departamento anônimo. Até fazer com que cresça. Enquanto muitas das forças policiais locais... os caras que precisam enfrentar o crime de verdade, gangues de rua, assassinato, estupro... têm tão poucas verbas que não podem nem dar um aumento de salário ou comprar novos equipamentos.

Enquanto Modena passava num piscar de olhos, Valerie disse:

— E as normas para prestação de contas previstas nas leis federais e estaduais do confisco são fracas. O acompanhamento dos bens confiscados não é bom e, então, uma certa porcentagem desaparece nos bolsos de alguns funcionários envolvidos.

— Roubo legalizado.

— Nunca são apanhados. Portanto, parece mesmo legalizado. De qualquer jeito, o contato de Summerton no ATF planejou plantar drogas, registros falsos de grandes vendas de drogas e muitas armas ilegais no Centro Mount Carmel, a propriedade de Koresh, depois do sucesso do primeiro ataque.

– Mas o primeiro ataque falhou.

– Koresh era mais instável do que eles pensavam. Assim, agentes inocentes do ATF foram mortos. E crianças inocentes também. Virou um circo para os meios de comunicação. Com todo mundo olhando, os capangas de Summerton não puderem plantar as drogas e as armas. A operação foi abandonada, mas havia um rastro de papel dentro do ATF: memorandos secretos, relatórios, arquivos que precisavam ser eliminados rapidamente. Algumas *pessoas* também foram eliminadas. Pessoas que sabiam demais e podiam abrir a boca.

– Você está dizendo que esse departamento sem nome fez a limpeza.

– Não estou *dizendo*. Eles *fizeram*.

– E onde é que você entra em tudo isso? Como é que conhece Summerton?

Valerie mordeu os lábios e parecia estar pensando seriamente sobre o quanto iria revelar.

– Quem é você, Valerie Keene? Quem é você, Hannah Rainey? Quem é você, Bess Baer?

– Quem é *você*, Spencer Grant? – perguntou em tom de raiva, mas a raiva era fingida.

– A não ser que eu esteja muito enganado quando eu estava delirando, eu disse um nome, um nome verdadeiro e real, ontem ou anteontem.

Valerie hesitou, concordou com a cabeça, mas manteve os olhos fixos na estrada.

Spencer descobriu que o tom de sua voz era cada vez mais baixo até se tornar quase tão suave quanto um murmúrio, e embora não conseguisse se obrigar a falar mais alto, sabia que ela estava escutando todas as palavras que dizia.

– Michael Ackblom. É um nome que odeio mais da metade da minha vida. Há 14 anos não é mais meu nome legal, desde que meus avós me ajudaram a pedir a um tribunal que ele fosse mudado. E desde o dia em que o juiz concordou com a mudança, é um nome que nunca mais pronunciei, nem uma vez, durante todo esse tempo. Até que contei a você.

Emudeceu.

Valerie continuou em silêncio, como se soubesse que, apesar da pausa, ele ainda não havia terminado.

As coisas que Spencer precisava contar eram mais fáceis de dizer num delírio onde a censura desaparece, como quando lhe fizera as primeiras revelações. Agora se sentia inibido por uma reserva que resultava menos da timidez do que de uma clara percepção de ser um homem marcado e que ela merecia alguém melhor do que ele.

— E mesmo que eu não estivesse delirando, eu teria contado, mais cedo ou mais tarde. Porque não quero ter segredos para você.

Como às vezes era difícil dizer as coisas que precisavam ser ditas com maior profundidade e urgência. Se lhe fosse dada a oportunidade, não teria escolhido aquele momento ou local para dizer todas aquelas coisas: uma estrada solitária em Utah, vigiado e perseguido, voando em direção à morte ou para uma abençoada e inesperada liberdade; de qualquer forma para o desconhecido. A vida, entretanto, escolhia a seqüência dos acontecimentos, sem consultar aqueles que os viviam. E, no fim, a dor de abrir o coração era sempre mais suportável do que o preço do silêncio.

Respirou fundo.

— O que estou tentando dizer... é tão presunçoso. Pior. É tolo, ridículo. Pelo amor de Deus, não consigo nem descrever o que sinto por você porque não encontro as palavras. Pode ser que não existam palavras para isso. Mas sei que o que sinto é maravilhoso, estranho, diferente de qualquer coisa que eu esperei sentir, diferente de qualquer coisa que se *espera* que as pessoas sintam.

Valerie continuou concentrada na estrada, permitindo, assim, que Spencer olhasse para ela enquanto falava. O brilho dos cabelos escuros, a delicadeza do perfil e a força das belas mãos bronzeadas pelo sol sobre o volante o encorajavam a continuar. Se ela o tivesse olhado nos olhos naquele momento, talvez ele se sentisse intimidado demais para expressar tudo quanto desejava dizer.

— Mais doido ainda é que não posso dizer *por que* sinto tudo isso por você. Simplesmente existe. Dentro de mim. É um sentimento que surgiu de repente. Num momento não existia... no outro estava lá, como se sempre tivesse estado. Como se *você* sempre tivesse estado lá, ou como se eu tivesse passado a vida inteira esperando que você estivesse lá.

Quanto mais numerosas e rápidas eram as palavras que pronunciava, mais ele temia não achar as palavras *certas*. Pelo menos ela parecia saber que não deveria responder, ou pior, encorajá-lo. Ele se equilibrava de forma tão precária na corda bamba da revelação que o menor golpe, mesmo que não fosse intencional, o faria despencar.

— Eu não sei. Sou tão sem jeito para isso. O problema é que quando se trata disso, quando se trata de emoção, só tenho 14 anos. Estou congelado na adolescência, tão inarticulado quanto um menino em relação a esse tipo de coisa. E se eu não puder explicar o que sinto ou por que sinto, como posso esperar que você algum dia sinta alguma coisa em resposta? Jesus, eu estava certo: "presunçoso" é a palavra errada. Tolo é melhor.

Spencer bateu mais uma vez em retirada para a proteção do silêncio. Mas não ousou permanecer por muito tempo em silêncio porque logo, logo perderia a coragem de rompê-lo.

— Tolo ou não, preciso da esperança agora, e vou me agarrar a ela até que você me diga para desistir. Vou falar sobre Michael Ackblom, o menino que um dia existiu. Vou contar tudo quanto você quiser saber, tudo quanto você suportar ouvir. Nenhum segredo. Esse é o fim dos segredos. Aqui, agora, deste momento em diante, não haverá segredos. Seja o que for que vamos ter juntos, se é que poderemos ter alguma coisa, precisa ser honesto, verdadeiro, limpo, brilhante como nunca vi antes.

A velocidade do Rover diminuíra enquanto ele falava.

Seu último silêncio não era apenas outra pausa entre tentativas penosas de se expressar, e Valerie parecia estar consciente disso. Olhou para ele. Seus adoráveis olhos escuros brilhavam com o mesmo calor e a mesma bondade que ele havia visto no The Red Door há menos de uma semana, quando a encontrara pela primeira vez.

Quando o calor ameaçou transformar-se em lágrimas, Valerie desviou novamente a atenção para a estrada.

Desde que a encontrara novamente, sexta-feira à noite no arroio, ele ainda não tinha visto aquele espírito excepcionalmente aberto e bondoso. Por necessidade, tinha sido mascarado pela dúvida, pela precaução. Depois que ele a seguira, ela perdera a confiança. A vida a ensinara a ser cínica, a suspeitar dos outros, da mesma forma que o ensinara a temer aquilo que poderia um dia encontrar escondido e esperando dentro de si próprio.

Valerie percebeu que diminuíra a velocidade. Pisou fundo no acelerador, e o Rover saltou para a frente.

Spencer esperava.

Árvores próximas à estrada mais uma vez. Estiletes de luz faiscavam sobre o vidro, derramando velozes chuvas de sombras atrás deles.

– Meu nome é Eleanor. As pessoas costumavam me chamar de Ellie. Ellie Summerton.

– Não... é filha dele?

– Não, Graças a Deus. Nora. Meu nome de solteira era Golding. Eleanor Golding. Fui casada com o filho de Tom, o único filho, Danny Summerton. Danny agora está morto. Morto há 14 meses. – A raiva e a tristeza lutavam para dominar sua voz, e algumas vezes o equilíbrio da luta se alterava em meio a uma palavra, prolongando-a, distorcendo-a. – Algumas vezes parece que ele morreu há uma semana, e outras é como se uma eternidade tivesse se passado. Danny sabia demais, e ia falar. Eles o mataram para silenciá-lo.

– Summerton... matou o próprio filho?

A voz dela era tão fria que a ira parecia ter definitivamente vencido o chamado insistente da tristeza.

– Ele é ainda pior do que isso. Mandou alguém fazer o serviço. Meu pai e minha mãe também foram mortos... só por que estavam no caminho na hora em que os homens do departamento foram atrás de Danny.

Sua voz estava mais fria do que nunca, e seu rosto era muito mais branco do que pálido. Nos seus dias de policial, Spencer vira rostos tão brancos quanto os de Ellie, mas todos eram rostos entrevistos em necrotérios.

— Eu estava lá. Escapei. Tive sorte. É isso que venho dizendo a mim mesma desde então. Sorte.

— ... MAS MICHAEL não teve mais paz, mesmo depois que foi para Denver morar com os avós, os Porth – continuou Gary Duvall. – Todos os meninos na escola conheciam o nome Ackblom. Um nome pouco comum. O pai era um artista famoso antes mesmo de se tornar um famoso assassino, matou a esposa e 41 outras mulheres. Além disso, o retrato do menino tinha aparecido em todos os jornais. O menino herói. Era objeto de infindável curiosidade. Todo mundo olhava. E cada vez que parecia que a mídia ia deixá-lo em paz, havia um outro surto de interesse, e começavam a caçá-lo novamente, embora fosse apenas um menino, pelo amor de Deus!

— Jornalistas – disse Roy com desprezo. – Você sabe como eles são. Filhos-da-puta frios. Só a reportagem interessa. Não têm compaixão.

— O menino havia passado por um inferno igual, a notoriedade indesejada, quando tinha 8 anos e o corpo da mãe foi encontrado numa vala. Dessa vez estava sendo destruído. Os avós eram aposentados, podiam viver em qualquer lugar, e então, depois de dois anos, decidiram tirar Michael do Colorado. Uma nova cidade, um novo estado, um novo começo. Foi isso que disseram aos vizinhos, mas não disseram a ninguém para onde iam. Deixaram tudo para trás, inclusive os amigos, para o bem do menino. Devem ter calculado que era a única chance que ele tinha de construir uma vida normal.

— Uma nova cidade, um novo estado e até um novo nome – comentou Roy. – O nome foi mudado legalmente, não foi?

— Aqui em Denver, antes de se mudarem. Considerando as circunstâncias, os autos do processo da mudança de nome estão selados, claro.

— Claro.

— Mas eu consegui rever. Michael Steven Ackblom tornou-se Spencer Grant, nenhum outro nome ou inicial. Uma escolha estranha. Parece ter sido um nome que o próprio menino inventou, mas não sei onde é que ele foi descobrir.

— Em filmes antigos, que ele gostava.
— Como é?
— Bom trabalho. Obrigado.

Roy tocou um botão para desligar, mas não retirou os fones do ouvido.

Contemplou a fotografia de Steven Ackblom. O homem nas sombras.

Motores, rotores, desejos poderosos e simpatia pelo demônio vibravam nas veias de Roy. Estremeceu com um calafrio que não era totalmente desagradável.

Elas eram tão belas em sua dor que pareciam anjos ao morrer.

AQUI E ALI, na escuridão sob as árvores, onde as sombras mantinham o sol afastado a maior parte do dia, remendos de neve branca brilhavam como ossos na carcaça da Terra.

O verdadeiro deserto tinha ficado para trás. O inverno chegara até esta área, fora expulso por um degelo precoce e sem dúvida voltaria antes da verdadeira primavera. Agora o céu estava azul, num dia em que Spencer teria dado as boas-vindas ao vento gelado e às densas espirais de neve que cegassem todos os olhos no céu.

— Danny era um brilhante programador de software. Era fanático por computadores desde o tempo de escola. Eu também. Desde a oitava série vivi e respirei computadores. Nos encontramos na faculdade. Foi o fato de eu ser uma *hacker*... naquele mundo quase todo masculino... que atraiu Danny.

Spencer recordou-se da aparência de Ellie sentada na areia do deserto, ao sol da manhã, debruçada sobre um computador, conectando-se a satélites, a eficiência espantosa, os olhos límpidos iluminados pelo prazer que sentia ao se saber tão competente, com uma mecha de cabelos, como a asa de uma graúna, de encontro ao rosto.

O que quer que ela acreditasse, o fato de ser *hacker* não tinha sido a única coisa que atraíra Danny. Era sedutora por muitas razões, mas acima de tudo porque parecia, sempre, mais *viva* do que a maioria das pessoas.

Com a atenção voltada para a estrada, obviamente encontrava dificuldade em tratar o passado com indiferença e estava lutando para não se perder nele.

– Depois da pós-graduação, Danny recebeu muitas ofertas de trabalho, mas o pai insistiu para que ele fosse trabalhar no Departamento de Controle do Álcool, Tabaco e Armas de Fogo. Naquela época, antes de passar para o Departamento de Justiça, Thomas Summerton era diretor do ATF.

– Mas no tempo de um outro presidente.

– Ah, no caso de Tom, não faz muita diferença quem está no poder em Washington, qualquer partido, de esquerda ou direita. Ele é sempre nomeado para um cargo importante naquilo que ele chama, rindo, de "serviço público". Há vinte anos, herdou mais de 1 bilhão de dólares, que agora já devem ser 2, e fez enormes doações a ambos os partidos. É bastante esperto para se posicionar como apartidário. Um homem de Estado; não um político. Um homem que sabe como conseguir as coisas sem os entraves de um compromisso ideológico, que só quer construir um mundo melhor.

– Uma fachada difícil de manter.

– Fácil para ele. Porque não acredita em nada. Exceto em si mesmo e no poder. Poder é seu alimento, sua bebida, seu amor e sexo. A emoção está em *usar* o poder e não em tentar alcançar os ideais aos quais este poder servir. Em Washington, a ânsia pelo poder mantém o diabo ocupado comprando almas, mas Tom é tão ambicioso que certamente conseguiu um preço fenomenal pela sua.

Respondendo à fúria que sua voz deixava entrever, Spencer perguntou?

– Você sempre o odiou?

– Sim – respondeu Ellie sem hesitar. – Eu desprezava o nojento filho-da-puta. Não queria que Danny trabalhasse no ATF, porque ele era inocente demais, ingênuo, facilmente manobrado pelo pai.

– O que é que ele fazia lá?

– Desenvolveu o sistema de computador, o software, depois batizado de Mama. Deveria ser o maior e melhor banco de dados anticrime do mundo, um sistema capaz de processar bilhões de bytes numa velocidade recorde, conectando os órgãos policiais federais, estaduais e locais com facilidade, eliminando esforços repetidos e finalmente dando aos bonzinhos uma vantagem.

— Comovente.

— Não é? E Mama acabou sendo espantosa. Mas Tom nunca teve a intenção que ela servisse a qualquer setor legítimo do governo. Ele usou recursos do ATF para desenvolvê-la, mas sua intenção sempre foi fazer com que Mama fosse o centro vital de seu departamento anônimo.

— E Danny percebeu o que estava acontecendo?

— Talvez tenha percebido, mas não quis admitir. Continuou lá.

— Quanto tempo?

— Tempo demais – respondeu ela com tristeza. – Até que o papai saiu do ATF e foi para o Departamento de Justiça, um ano depois que Mama e o departamento tinham sido criados. Mas, com o tempo, acabou aceitando que o único objetivo de Mama era permitir que o governo *cometesse* crimes sem ser apanhado. Foi consumido pela raiva e pelo desgosto.

— E quando quis sair, não deixaram.

— Nós não percebemos que era impossível sair. Quer dizer, Tom é um verdadeiro monte de merda ambulante, mas era o *pai* de Danny. E Danny seu único filho. A mãe de Danny morreu quando ele era pequeno. Teve câncer. Assim, parecia que Danny era tudo que Tom possuía.

Após a violenta morte de sua própria mãe, Spencer e seu pai também tinham se aproximado. Ou pelo menos assim parecera. Até uma certa noite de julho.

— Então ficou claro... esse trabalho com o departamento era obrigatoriamente vitalício.

— Como ser advogado da Máfia.

— A única forma de escapar era vir a público, estourar todo o negócio sujo. Secretamente, Danny preparou seu próprio arquivo sobre o software de Mama e as histórias dos acobertamentos em que o departamento estava envolvido.

— Vocês perceberam o perigo?

— Num determinado nível. Mas, no fundo, eu acho que nós dois, em graus diferentes, tínhamos dificuldade em acreditar que Tom mandaria matar Danny. Nós tínhamos 28 anos, pelo amor de Deus! A morte era um conceito abstrato para nós. Aos 28 anos, quem realmente acredita que um dia vai morrer?

— E então o esquadrão apareceu.

— Não foi um grupo da SWAT. Foi muito mais sutil. Três homens, na noite do Dia de Ação de Graças. No ano retrasado. Na casa de meus pais, em Connecticut. Meu pai é... era médico. A vida de um médico, especialmente numa cidade pequena, não lhe pertence. Nem mesmo no Dia de Ação de Graças. Então... quase no fim do jantar, eu estava na cozinha... me preparando para trazer a torta de abóbora... quando a campainha tocou...

Dessa vez, Spencer não quis olhar para aquele lindo rosto... Fechou os olhos.

Ellie respirou fundo e continuou:

— A cozinha ficava no final do corredor que vinha da sala. Empurrei a porta de vaivém para ver quem era o visitante, na hora em que minha mãe abriu... a porta da frente.

Spencer esperou que ela continuasse em seu próprio ritmo. Se suas pressuposições estivessem corretas, esta era a primeira vez que ela descrevia os crimes a alguém desde que aquela porta havia sido aberta, há 14 meses. De lá para cá, estivera fugindo, incapaz de confiar em qualquer outro ser humano e evitando colocar em risco a vida de pessoas inocentes envolvendo-as em sua tragédia pessoal.

— Dois homens na porta da frente. Nada de especial na aparência deles. Poderiam ser pacientes de papai. O primeiro vestia um paletó xadrez. Disse alguma coisa para mamãe e entrou, empurrando-a, com um revólver na mão. Não ouvi um só tiro. Silenciador. Mas vi... um esguicho de sangue... e a parte de trás da cabeça dela explodindo.

Com os olhos fechados novamente para não ver o rosto de Ellie, Spencer visualizava com clareza a sala em Connecticut e o horror que ela descrevia.

— Papai e Danny estavam na sala de jantar. Eu gritei: "Fujam depressa!" Mas eu sabia que era o departamento. Não saí pela porta dos fundos. Instinto, talvez. Eu teria sido morta na varanda. Corri para a lavanderia, ao lado da cozinha, da lavanderia para a garagem, e de lá saí por uma porta lateral. A casa tem um grande jardim, muita grama, mas eu cheguei até a cerca que separa nossa casa da dos Doyle. Já estava quase saltando sobre ela, quando uma bala ricocheteou no ferro. O tiro vinha de trás da nossa casa. Mais um silenciador. Nenhum som, a não ser o da bala atingindo o ferro. Eu estava apavorada. Corri pelo jardim dos Doyle. Não havia ninguém em casa. Estavam fora, na casa de um dos filhos, passando o feriado. As janelas estavam escuras. Corri pelo portão, para a St. George's Wood. É uma igreja presbiteriana, circundada por uma mata de pinheiros e sicômoros. Corri. Parei perto das árvores. Olhei para trás. Pensei que algum deles vinha atrás de mim. Mas estava sozinha. Acho que eu tinha sido muito rápida e talvez não quisessem me caçar em público, brandindo as armas. E foi então que a neve começou a cair, *naquela hora*, flocos grandes...

Por trás dos olhos fechados, Spencer podia vê-la naquela noite distante, naquele lugar longínquo: sozinha na escuridão, sem casaco, tremendo, sem fôlego, aterrorizada. Abruptamente, torrentes de flocos brancos caíam em espirais entre os galhos nus dos sicômoros, e o momento fez parecer que a súbita mudança no tempo tinha o significado de um presságio.

– Havia alguma coisa estranha no ar... alguma coisa fantasmagórica... – disse Ellie, confirmando o que Spencer pressentiu que ela havia experimentado e que ele próprio poderia ter sentido nas mesmas circunstâncias. – Eu não sei... não posso explicar... a neve parecia uma cortina descendo, uma estranha cortina, o final de um ato, o final de *alguma coisa*. Eu sabia que estavam todos mortos. Não só minha mãe. Mas papai e Danny também.

Sua voz tremeu de desgosto. Ao falar pela primeira vez sobre os assassinatos, ela havia reaberto as cicatrizes que tinham se formado sobre a dor crua, como ele previra.

Com relutância, Spencer abriu os olhos e fitou Valerie. Estava mais que pálida. Lágrimas brilhavam em seus olhos, mas as faces ainda estavam secas.

— Quer que eu dirija?

— Não. Melhor eu continuar. Sou obrigada a me manter aqui e agora... e não lá.

Uma placa de sinalização indicava que estavam a 16 quilômetros da cidade de Newcastle.

Pela janela, Spencer olhou para uma paisagem que parecia desolada, apesar das muitas árvores, e sombria, a despeito do brilho do sol.

— Então, na rua, atrás das árvores, um carro passou com estrondo, depressa mesmo. Cheguei perto de um poste de iluminação e pude ver o homem no banco do carona, o que estava de paletó xadrez, o motorista e um outro, no banco de trás. Três ao todo. Depois que passaram, corri pelas árvores em direção à rua, ia gritar por socorro, chamar a polícia, mas parei. Eu sabia quem tinha feito aquilo... o departamento... Tom. Mas não tinha provas.

— E os arquivos de Danny?

— Em Washington. Uma caixa de CDs escondida em nosso apartamento, uma outra caixa num cofre de banco. Eu sabia que Tom já devia estar com as duas, ou então não teria demonstrado tanta audácia. Se eu fosse à polícia, se eu aparecesse em qualquer lugar, Tom ia me pegar. Mais cedo ou mais tarde. E faria com que parecesse um acidente ou suicídio. Assim, voltei para casa. Passei por St. George's Wood, cheguei ao portão da casa dos Doyle e pulei a cerca de ferro, para nossa casa. Quase não consegui me obrigar a entrar na cozinha... no corredor... para minha mãe na sala. Mesmo depois de todo esse tempo, quando tento imaginar o rosto da minha mãe, não consigo vê-lo sem o ferimento, o sangue, os ossos distorcidos pelas balas. Os filhos-da-puta não me deixaram nem uma recordação limpa do rosto de minha mãe... só aquela *coisa* sangrenta, horrorosa.

Durante alguns segundos Ellie sentiu-se incapaz de continuar.

Consciente de sua angústia, Rocky gemeu baixinho. Não estava mais sacudindo a cabeça e sorrindo. Enroscara-se no exíguo espaço que ocupava, com a cabeça abaixada e as duas orelhas penduradas. Seu amor pela velocidade fora suplantado por sua sensibilidade à dor da mulher.

A 4 quilômetros de Newcastle, Ellie, finalmente, continuou:

– E na sala de jantar, Danny e papai estavam mortos, com vários tiros na cabeça, não para que tivessem certeza que estavam mortos... mas por pura selvageria. Fui obrigada... a tocar os corpos, tirar o dinheiro das carteiras. Eu ia precisar de cada dólar que conseguisse encontrar. Vasculhei a bolsa da minha mãe, a caixa de jóias. Abri o cofre no escritório de papai, tirei a coleção de moedas. Jesus, me senti como um ladrão. Pior do que um ladrão... um violador de túmulos. Não arrumei minha mala, fui embora com a roupa do corpo, em parte porque eu estava com medo que os assassinos voltassem. Mas também porque... estava tudo tão silencioso naquela casa, só eu e os corpos, e a neve caindo do lado de fora, tão *silencioso*, como se além de Danny, meu pai e minha mãe, o mundo inteiro estivesse morto, o final de tudo, e eu fosse o único sobrevivente, estava só.

Newcastle era uma repetição de Modena. Pequena. Isolada. Não oferecia um lugar onde pudessem se esconder de pessoas que encaravam o mundo com superioridade, como se fossem deuses.

– Fugi no nosso Honda, meu e de Danny, mas sabia que dentro de algumas horas precisaria me livrar dele. Quando Tom percebesse que eu não tinha ido à polícia, todo o departamento estaria me procurando, e teria uma descrição do carro e o número da placa.

Spencer olhou novamente para ela. Os olhos não estavam mais lacrimejantes. A dor tinha sido reprimida pelo peso de um ódio feroz.

– O que a polícia achou que tinha acontecido naquela casa, a Danny e seus pais? Onde acharam que você estava? Não estou falando do pessoal de Summerton, mas da polícia de *verdade* – disse Spencer.

– Acho que Tom pretendia fazer parecer que um grupo organizado de terroristas nos matara como uma forma de punir a ele próprio. Puxa! Isso lhe angariaria tanta simpatia! E usaria a simpatia para conseguir mais poder dentro do Departamento de Justiça.

– Mas com você desaparecida não podiam plantar as provas falsas, porque você podia aparecer e refutá-las.

– É. Mais tarde a mídia decidiu que Danny e meus pais... sabe como é, um desses atos deploráveis de violência insensata que acontecem com freqüência, blablablá. Terrível, blablablá, mas foi uma história que só durou três dias. Quanto a mim... obviamente tinha sido raptada, estuprada e assassinada, e meu corpo deixado em algum lugar onde ninguém o encontraria.

— Isso foi há 14 meses? E ainda estão atrás de você? – perguntou ele.

— Eles não sabem que eu tenho alguns códigos importantes. Coisas que eu e Danny decoramos... um bocado de informação. Não tenho provas materiais contra eles, mas *sei* tudo sobre eles, o que me torna bastante perigosa. Enquanto viver, Tom nunca vai desistir.

COMO UMA GRANDE vespa negra, o helicóptero voou sobre as áreas desérticas de Nevada.

Roy ainda tinha na cabeça os enormes fones de ouvido, bloqueando o barulho do motor e do rotor, para se concentrar na fotografia de Steven Ackblom. O som mais audível naquele reino particular eram as batidas lentas e sonoras de seu coração.

Quando a obra secreta de Ackblom fora exposta, Roy tinha apenas 16 anos e ainda estava confuso sobre o significado da vida e sobre o seu lugar no mundo. Era atraído por coisas belas: os quadros de Childe Hassam e tantos outros, música clássica, mobiliário francês antigo, porcelana chinesa, poesia lírica. Era sempre um menino feliz quando estava em seu quarto, com Beethoven ou Bach no estéreo, admirando fotografias coloridas num livro sobre ovos Fabergé, prata Paul Storr, porcelanas da Dinastia Sung. Da mesma forma, sentia-se feliz ao vaguear sozinho num museu de arte. Raramente se sentia bem junto às pessoas, embora desejasse desesperadamente ter amigos e ser amado. Em seu coração expansivo, mas retraído, o jovem Roy estava convencido de que nascera para prestar uma importante contribuição ao mundo, e sabia que quando descobrisse qual seria essa contribuição seria muito admirado e amado. Mas aos 16 anos, fustigado pela impaciência da juventude, sentia-se imensamente frustrado pela necessidade de esperar por esse objetivo e pela revelação de seu destino.

Ficara fascinado pelos relatos dos jornais sobre a tragédia dos Ackblom, porque no mistério da vida dupla do artista percebera uma solução para sua profunda confusão interior. Adquirira dois livros com fotografias coloridas da obra de Ackblom – e sua reação às obras fora muito forte. Embora os quadros de Ackblom fossem belos, até mesmo enobrecedores, o entusiasmo de Roy não fora despertado apenas pelos quadros em si. Tinha sido afetado pela luta interior do artista, que podia ser entrevista nos quadros e que ele julgava ser semelhante à sua.

Basicamente, Steven Ackblom estava preocupado com dois temas e produzira dois tipos de quadros.

Embora somente por volta dos 35 anos tivesse sido bastante obsessivo para produzir uma enorme quantidade de obras, parte das quais naturezas-mortas de excepcional beleza. Frutas, vegetais, pedras, flores, cascalho, o conteúdo de uma caixa de costura, botões, ferramentas, placas, uma coleção de garrafas antigas, tampas de garrafas – objetos humildes e nobres eram exibidos com uma quantidade considerável de detalhes, de forma tão realista que chegavam a parecer tridimensionais. Na verdade, cada item atingia uma hiper-realidade, parecendo ser mais real do que o objeto que servira de modelo e possuindo uma beleza irreal. Ackblom nunca recorria à beleza forçada do sentimentalismo ou do romantismo desenfreado; sua visão era sempre convincente, comovente, e algumas vezes capaz de fazer perder a respiração.

Os temas dos demais quadros eram pessoas: retratos de uma única pessoa ou de grupos incluindo de três a sete modelos. Em sua maioria, eram mais rostos do que corpos inteiros, mas quando pintava os modelos de corpo inteiro, estavam sempre nus. Algumas vezes, os homens, mulheres e crianças de Ackblom eram etereamente belos na superfície, embora sua beleza fosse sempre maculada por uma sutil e terrível pressão interior, como se algum espírito monstruoso os possuísse e pudesse, a qualquer momento, explodir através de suas frágeis carnes. Essa pressão distorcia uma feição aqui e ali, não de forma dramática, mas o bastante para lhes roubar a perfeita beleza. Algumas vezes, o artista retratava indivíduos feios – ou até mesmo grotescos –, em cujo interior havia também uma incrível pressão, embora o efeito fosse alterar uma feição aqui e ali para dar a idéia de beleza perfeita. Suas aparências malconformadas eram ainda mais aterrorizantes por receberem, em alguns pontos, o toque delicado da graça. Como conseqüência do conflito entre as realidades interna e externa, as pessoas, nos dois tipos de retratos, eram fantasticamente expressivas, embora suas expressões fossem mais misteriosas e obsessivas que qualquer outra que animasse os rostos de seres humanos reais.

De posse desses retratos, a mídia rapidamente havia chegado à mais óbvia das interpretações. Afirmaram que o artista, ele próprio um belo homem, pintando seus próprios demônios, havia soltado um grito de socorro ou de aviso em relação à sua própria natureza.

Embora tivesse apenas 16 anos, Roy Miro compreendera que os quadros de Ackblom não eram sobre o artista, mas sobre o mundo como ele o percebia. Ackblom não precisava gritar por socorro nem alertar ninguém, pois não se via como demoníaco. Vista como um todo, o que sua arte dizia era que nenhum ser humano jamais poderia alcançar a beleza perfeita que existe até nos mais humildes objetos do mundo inanimado.

As grandes obras de Ackblom ajudaram o jovem Roy a compreender por que se deleitava em estar só com as obras artísticas de seres humanos, embora tantas vezes se sentisse infeliz na companhia dos próprios seres humanos. Nenhuma obra de arte poderia ser perfeita, pois fora criada por uma mão humana imperfeita e, no entanto, a arte era a destilação daquilo que havia de melhor na humanidade. Portanto, as obras de arte estavam mais próximas da perfeição que seus criadores.

Preferir o inanimado sobre os seres vivos era correto. Era aceitável valorizar mais a arte do que as pessoas.

Esta tinha sido a primeira lição que aprendera com Steven Ackblom.

Desejando saber mais sobre o homem, Roy descobrira que o artista, de modo nada surpreendente, era extremamente reservado e raramente fazia qualquer declaração para publicação. Roy conseguiu encontrar duas entrevistas. Numa delas, Ackblom falava com sentimento e compaixão sobre a miséria da condição humana. Uma citação parecia destacar-se do texto: "O amor é a mais humana das emoções porque o amor é confuso. E de todas as coisas que somos capazes de sentir em nossas mentes e corpos, a dor aguda é a mais pura, porque elimina tudo mais que existe em nossa percepção e nos focaliza ao máximo."

Ackblom se declarara culpado pelos assassinatos de sua esposa e de 41 outras mulheres, em vez de enfrentar um longo julgamento do qual não poderia sair vitorioso. No tribunal, ao fazer sua declaração, o pintor havia enojado e irritado o juiz ao comentar sobre suas 42 vítimas: "Eram tão belas em sua dor, que pareciam anjos ao morrer."

Roy começou a compreender o que Ackblom fizera naqueles quartos sob o celeiro. Ao submeter suas vítimas à tortura, o artista tentava direcioná-las para um momento de perfeição, quando por um breve instante brilhariam – embora ainda vivas – com uma beleza semelhante à dos objetos inanimados.

Pureza e beleza eram a mesma coisa. Linhas puras, formas puras, luz pura, cor pura, som puro, emoção pura, pensamento puro, fé pura, ideais puros. Os seres humanos, entretanto, só eram capazes de atingir a pureza, em qualquer pensamento ou atividade, diante de circunstâncias extremas – o que fazia com que a condição humana fosse digna de pena.

Esta tinha sido a segunda lição que aprendera com Steven Ackblom.

Durante alguns anos, a piedade sincera que Roy sentia pela humanidade se intensificou e amadureceu. Um dia, logo após seu vigésimo aniversário, como um botão subitamente desabrocha transformando-se numa linda rosa, sua piedade transformou-se em compaixão. Considerava esta emoção mais pura do que a anterior. A piedade muitas vezes acarretava um sutil elemento de repugnância pelo objeto ou uma sensação de superioridade por parte da pessoa que sente piedade de outra. Mas a compaixão era impoluta, cristalina, pungente empatia com os outros, uma compreensão perfeita dos sofrimentos.

Guiado pela compaixão, atuando em freqüentes oportunidades para transformar o mundo num lugar melhor, confiante na pureza de sua motivação, Roy tornara-se ainda mais esclarecido do que Steven Ackblom. Havia descoberto seu destino.

Agora, 13 anos depois, sentado no helicóptero executivo que o transportava para Utah, Roy sorriu para a fotografia do artista banhado em sombras.

Engraçado como a vida parecia conectar todas as coisas. Um momento esquecido ou a lembrança fugidia de um rosto no passado podia tornar-se novamente importante.

O artista nunca havia sido uma figura tão importante na vida de Roy a ponto de ser chamado de mentor ou mesmo de inspiração. Roy nunca acreditara que Ackblom fosse louco, como a mídia o retratava. Considerava-o apenas mal orientado. A melhor resposta à desesperadora condição humana não era conceder um momento de beleza pura a cada alma imperfeita através da elevação provocada pela dor aguda. Este era um triunfo pateticamente efêmero. A melhor resposta era identificar os que mais precisavam ser libertados, e então, com dignidade, compaixão e rapidez caridosa, libertá-los de sua imperfeita condição humana.

Mas, apesar disso, o artista, sem o saber, ensinara algumas verdades vitais a um jovem confuso, num momento crucial. Embora Steven Ackblom fosse uma figura mal orientada e trágica, Roy tinha para com ele uma dívida.

Era irônico – e um intrigante exemplo de justiça cósmica – que Roy fosse a pessoa encarregada de libertar do mundo o filho perturbado e mal agradecido que traíra Ackblom. A busca do artista pela perfeição humana fora mal orientada, mas, na opinião de Roy, bem-intencionada. O triste mundo em que viviam se aproximaria mais um milímetro de um estado ideal uma vez que Michael (agora Spencer) fosse removido. E a justiça pura parecia exigir que Spencer fosse removido somente depois de ser submetido à dor aguda e prolongada, de uma forma que fizesse jus ao pai visionário.

Enquanto Roy tirava os fones de ouvido, escutou o piloto anunciando pelo sistema de alto-falantes de bordo. "... de acordo com o controle em Las Vegas, considerando-se a velocidade atual do alvo, estamos aproximadamente a 16 minutos do encontro. Dezesseis minutos do alvo."

UM CÉU AZUL como vidro.

Vinte quilômetros para Cedar City.

Começavam a encontrar mais tráfego na estrada de duas pistas. Ellie usava a buzina para que os veículos mais lentos saíssem do caminho. Quando os motoristas eram teimosos, ela assumia os mais incríveis riscos para ultrapassar em zonas proibidas e até mesmo fazendo a ultrapassagem pela direita, quando o acostamento da estrada era bastante largo.

A velocidade diminuiu em conseqüência da interferência do tráfego, mas a necessidade de maior imprudência fazia com que a velocidade parecesse ainda maior. Spencer agarrou-se às bordas do assento. Atrás, Rocky estava sacudindo a cabeça de novo.

— Até mesmo sem provas – disse Spencer – você poderia ter procurado a imprensa. Poderia botá-los na pista certa, fazer com que Summerton ficasse na defensiva...

— Tentei, duas vezes. Na primeira foi uma repórter do *New York Times*. Contatei o computador no escritório dela, tive uma conversa on-line e marquei um encontro num restaurante indiano. Deixei bem claro que se ela entrasse em contato com alguém, fosse lá quem fosse, minha vida e a dela não valeriam um centavo. Cheguei lá quatro horas antes, observei o lugar do telhado de um prédio do outro lado da rua usando binóculos, para ter certeza que ela vinha sozinha e não havia nenhuma armadilha. Imaginei fazê-la esperar, entrar meia hora mais tarde, ficar examinando a rua mais algum tempo. Mas 15 minutos depois que ela chegou... o restaurante voou pelos ares. A polícia disse que foi uma explosão de gás.

— E a repórter?

— Morreu. Junto com mais 14 pessoas.

— Meu Deus!

— Depois, uma semana mais tarde, um cara do *Washington Post* ficou de me encontrar num parque público. Instalei-me com um celular num outro telhado com vista para o local, mas de onde eu não podia ser vista. Marquei para seis horas depois. Uma hora e meia já havia se passado quando um caminhão do departamento de águas estacionou perto do parque. Os trabalhadores abriram um bueiro, colocaram alguns cones de segurança e cavaletes com luzes de aviso.

— Mas não eram do serviço de águas.

— Eu tinha comigo, lá no telhado, um scanner de banda múltipla funcionando com baterias. Peguei a freqüência que estavam usando para coordenar a falsa turma de trabalhadores numa caminhonete de entregas do outro lado do parque.

– Puxa, você é demais!

– Eles tinham três agentes no parque, também. Um fingindo ser um vendedor ambulante e dois disfarçados de empregados do parque fazendo manutenção. Então chegou a hora e o repórter apareceu, caminhou até o monumento onde eu disse que estaria... e o filho-da-puta também estava carregando um microfone. Ouvi enquanto conversava com eles dizendo que não estava me vendo em lugar nenhum, e perguntando o que deveria fazer. Eles estavam tentando acalmá-lo, mandavam ficar frio, esperar. O verme, com certeza, estava no bolso de Summerton, e deve ter telefonado logo depois que falou comigo.

Quando chegaram a 15 quilômetros de Cedar City, entraram atrás de uma caminhonete Dodge trafegando 10 quilômetros abaixo da velocidade permitida. Na janela de trás viam-se dois fuzis pendurados numa trave.

O motorista da caminhonete deixou que Ellie buzinasse algum tempo, teimoso como uma mula, insistindo em não deixar que ela passasse.

– O que há com esse idiota – gritou Ellie fumegando. Buzinou outra vez, mas ele continuava a se fazer de surdo. – Ele nem sabe quem nós somos, podíamos ter alguém morrendo aqui, precisando chegar depressa a um hospital.

– Droga, nesse mundo em que vivemos, podíamos ser uma dupla de drogados lunáticos tentando arrumar confusão.

O homem na caminhonete não se deixou comover nem pelo medo nem pela compaixão. Finalmente, respondeu à buzina abrindo a janela e fazendo um gesto obsceno.

No momento era impossível passar pela esquerda. A visibilidade era limitada e eles podiam muito bem *ver* que a estrada estava tomada por um fluxo contínuo de tráfego na contramão.

Spencer consultou o relógio. Restavam apenas 15 minutos das duas horas da margem de segurança que Ellie estimara. Mas o homem na caminhonete parecia ter todo o tempo do mundo.

– Idiota – disse Ellie, e virou bruscamente o Rover para a direita, tentando ultrapassar o veículo lento pelo acostamento.

Quando emparelhou com o Dodge, ele acelerou para ficar na mesma velocidade. Duas vezes Ellie pisou no acelerador, duas vezes o Rover pulou para a frente e duas vezes a caminhonete acompanhou a velocidade.

O outro motorista repetidamente desviava os olhos da estrada para encará-los com raiva. Sob o boné de beisebol, seu rosto revelava a inteligência de uma pá.

Estava claro que pretendia acompanhar a velocidade de Ellie até que o acostamento se tornasse estreito demais e ela fosse forçada a ficar para trás.

O *cara-de-pau* não sabia com que tipo de mulher estava lidando, é claro, mas ela não demorou a demonstrar. Desviou o Rover para a esquerda, atingindo a caminhonete com força suficiente para assustar o motorista, obrigando-o a tirar o pé do acelerador. A caminhonete perdeu velocidade. O Rover adiantou-se veloz. O *cara-de-pau* pisou novamente no acelerador, mas já era tarde demais. Ellie jogou o Rover para dentro da estrada, entrando na frente do Dodge.

Quando o Rover balançou para a direita e depois para a esquerda, Rocky latiu surpreso e caiu de lado. Conseguiu sentar-se novamente e arfou de uma forma que poderia ser de embaraço ou deleite.

Spencer olhou para o relógio.

– Você acha que eles vão chamar a polícia local antes de chegar?

– Não. Vão tentar manter a polícia local de fora.

– Então, o que nós estamos procurando?

– Se voarem de Las Vegas... ou de qualquer outro lugar... acho que vão chegar de helicóptero. Maior capacidade de manobra. Maior flexibilidade. Com o rastreamento do satélite, podem localizar o Rover, cair diretamente sobre nós e, se tiverem oportunidade, nos explodir para fora da estrada.

Inclinando-se para a frente, Spencer olhou pelo pára-brisa em direção ao céu azul ameaçador.

Atrás dele, uma buzina tocou forte.

– Droga – disse Ellie, olhando pelo retrovisor.

Olhando pelo espelho lateral do seu lado, Spencer viu que o Dodge emparelhara com eles. O motorista, furioso, apertava a buzina da mesma forma que Ellie havia feito um pouco antes.

– Não precisamos disso agora.

– Muito bem – disse Spencer. – Vamos ver se ele aceita um cheque em branco valendo um tiroteio. Se sobrevivermos ao departamento, voltaremos para que ele tenha uma chance de nos dar uma boa pancada.

– Acha que ele vai topar?

– Soa bem razoável.

Apertando o pedal mais forte do que nunca, Ellie conseguiu olhar de relance para Spencer e sorrir.

– Você está aprendendo.

– É contagioso.

Aqui e ali, espalhados ao longo da estrada, havia estabelecimentos comerciais e residências. Não era bem Cedar City ainda, mas definitivamente tinham chegado à civilização.

O idiota no Dodge tocava a buzina com tal entusiasmo que cada buzinada certamente fazia com que vibrações lhe subissem pelas virilhas.

NA TELA DO COMPUTADOR estava a vista do Earthguard, descomunalmente ampliada e realçada, vigiando a rodovia estadual a oeste de Cedar City.

O Ranger Rover executava uma louca acrobacia atrás da outra. Sentado ao fundo no helicóptero, Roy estava encantado com o espetáculo, que parecia uma cena de um filme de ação, embora assistido de um ângulo monótono.

Ninguém dirige nessa velocidade, costurando de uma pista para a outra, algumas vezes totalmente na contramão, a não ser que estivesse bêbado ou sendo perseguido. Aquele motorista não estava bêbado. Não havia nada de descuidado na maneira pela qual o Rover estava sendo conduzido. Era uma condução violenta, endiabrada, mas muito habilidosa. E, a julgar pelas aparências, o Rover não estava sendo perseguido.

Roy finalmente se convencera de que a mulher estava atrás do volante daquele veículo. Depois de se assustar com o satélite que acompanhara a varredura até a fonte, nunca se acomodaria com a idéia de que não havia nenhum carro em disparada colado à sua traseira. Ela sabia que eles estariam esperando mais adiante com um bloqueio na estrada ou que viriam pelo ar. Antes que qualquer uma dessas hipóteses se materializasse, ela estava tentando entrar numa cidade, onde poderia se misturar ao tráfego pesado e desaparecer.

Cedar City não era nem de longe tão grande para fornecer-lhe as oportunidades que precisava. Evidentemente, ela subestimara a capacidade e a clareza da vigilância a partir de uma órbita.

Na parte da frente da cabine de passageiros do helicóptero quatro policiais da força de ataque verificavam suas armas. Distribuíram munição extra pelos bolsos dos uniformes.

Traje civil era o uniforme escolhido para a missão. Queriam chegar, acabar com a mulher, pegar Grant e desaparecer antes que a força policial de Cedar City aparecesse. Se chegassem a se envolver com os locais, precisariam enganá-los, e esse tipo de embuste envolvia o risco de cometerem erros e de serem desmascarados, especialmente quando não tinham nenhuma idéia do quanto Grant sabia e do que poderia dizer se os policiais insistissem em falar com ele. Além disso, lidar com a polícia local era muito, muito demorado. Os dois helicópteros estavam marcados com números falsos para despistar os observadores, e desde que os homens não usassem qualquer tipo de roupa ou equipamento que os identificasse, as testemunhas teriam muito pouco ou nada para contar mais tarde à polícia.

Cada membro do esquadrão, inclusive Roy, era protegido por um colete à prova de balas sob as roupas e portava uma identificação da Delegacia de Combate às Drogas que poderia ser rapidamente apresentada para, se necessário, aplacar as autoridades locais. Se tivessem sorte, estariam no ar três minutos depois de tocarem o solo, com Spencer Grant sob custódia, com o corpo da mulher, mas sem nenhum homem ferido.

A mulher estava acabada. Ainda respirava, o coração ainda batia, mas, na realidade, clinicamente morta.

No computador no colo de Roy, o Earthguard 3 mostrou que o alvo reduzia drasticamente a velocidade. O Rover passou então por um outro veículo, talvez uma caminhonete, no acostamento da estrada. A caminhonete aumentou também a velocidade e, subitamente, parecia que lá embaixo uma corrida maluca começara.

O piloto anunciou que estavam a cinco minutos do alvo.

Cedar City.

Havia muito tráfego para que a fuga fosse facilitada e pouco para permitir que se misturassem e confundissem o Earthguard. Além disso, o fato de estarem em ruas ladeadas por meios-fios, em vez da estrada com amplos acostamentos, era também uma desvantagem. E os sinais de trânsito. E aquele idiota na caminhonete insistentemente martelando, martelando a buzina.

Ellie virou à direita num cruzamento, examinando em desespero os dois lados da rua. Lanchonetes. Postos de gasolina. Lojas de conveniência. Não sabia exatamente o que estava procurando. Sabia apenas que reconheceria quando visse: um lugar ou situação de que poderiam tirar vantagem.

Ela imaginou que teria tempo para examinar o território e descobrir uma forma de esconder o Rover: um bosque com uma densa cobertura de copas, um grande estacionamento, qualquer lugar em que pudessem se evadir dos olhos no céu e deixar o Rover sem que fossem apanhados. Poderiam então comprar ou surripiar outro meio de transporte e, da órbita, não poderiam mais ser distinguidos dos outros veículos na estrada.

Ela achava que, certamente, faria jus a uma cama de pregos no inferno se matasse o idiota na caminhonete Dodge, mas quem sabe a satisfação valeria a pena? Ele continuava martelando a buzina como um macaco confuso e irado, determinado a apertar aquela coisa infernal até que ela parasse de berrar para ele.

Ele também tentava passar por eles em cada brecha no tráfego que vinha na contramão, mas Ellie jogava o Rover para bloqueá-lo. Como o lado do carona da caminhonete estava muito arranhado e amassado em conseqüência do encontrão com o Rover, o homem provavelmente achava que nada tinha a perder ao emparelhar com ela e empurrá-la para o meio-fio.

Ellie não podia deixar que isso acontecesse. O tempo rapidamente se esgotava. Minutos preciosos seriam perdidos para enfrentar aquele macaco.

— Diz que não é — gritou Spencer tentando fazer-se ouvir por cima do estardalhaço da buzina.

— Não é o quê?

Compreendeu então que ele apontava para o pára-brisa. Alguma coisa no céu. A sudoeste. Dois grandes helicópteros executivos. Um deles atrás e à esquerda do outro. Ambos eram negros. As carcaças polidas e as janelas reluziam como se estivessem revestidas de gelo, e o sol da manhã brilhava nos rotores em movimento. As duas aeronaves eram semelhantes a grandes insetos de um filme de ficção científica dos anos 1950 sobre os perigos da radiação nuclear. Menos de 4 quilômetros.

Ellie viu a entrada de um shopping center em forma de U logo adiante, à esquerda. Seguindo seu instinto, acelerou, fez uma curva acentuada para a esquerda através de uma brecha no tráfego e entrou numa curta estrada de acesso que levava ao grande estacionamento.

Junto à sua orelha direita o cachorro arfava agitado e o som era incrivelmente semelhante ao de um riso suave: *Heh-heh-heh-heh-heh-heh-heh!*

Spencer ainda precisava gritar, pois o tocador de buzina continuava colado atrás deles.

— O que é que nós estamos fazendo?
— Vamos procurar outra condução.
— Assim, no descampado?
— Única escolha.
— Vão nos ver fazer a troca.
— Vamos criar uma diversão.
— Como?
— Estou pensando.

— Eu temia isso.

Com um levíssimo toque no pedal do freio, virou à direita e disparou na direção sul sobre o asfalto do estacionamento, em vez de se aproximar das lojas, a leste.

A caminhonete continuava grudada neles.

A sudoeste no céu os dois helicópteros não podiam estar a mais de 1.500 metros. Tinham alterado o curso para seguir o Range Rover e, enquanto se aproximavam, desciam.

A principal loja no complexo em forma de U era um supermercado no centro da ala intermediária. Para além da fachada e das portas de vidro o interior cavernoso brilhava à luz fria de lâmpadas fluorescentes. Nas laterais do supermercado havia lojas que vendiam roupas, livros, discos e comidas naturais. Outras lojas menores ocupavam as duas últimas alas.

Ainda era tão cedo que a maioria das lojas ainda estava abrindo. Só o supermercado já estava funcionando. Por isso, além dos vinte ou trinta carros estacionados em frente ao ponto comercial central, e deles próprios, havia muito poucos carros no estacionamento.

— Me dá a pistola – disse Ellie com um tom de urgência na voz. – Põe aqui no meu colo.

Spencer deu a ela a SIG e pegou a Uzi no chão entre seus pés.

Ao sul, aparentemente não havia qualquer oportunidade de "criar, uma diversão". Ellie fez uma curva fechada em U e voltou para o norte, em direção ao centro do estacionamento.

A manobra surpreendeu de tal forma o macaco da caminhonete que ele derrapou e quase capotou em sua ansiedade de continuar atrás dela. Enquanto, afinal, conseguia recuperar o controle, parou de buzinar.

O cachorro continuava a arfar: *Heh-heh-heh-heh-heh!*

Ellie continuou paralela à rua em que vinham quando avistara o shopping center, mantendo-se longe das lojas.

— Alguma coisa que você precise levar?
— Só minha mala.
— Não vai precisar. Já tirei o dinheiro.
— O quê?
— Os 50 mil no fundo falso.

— Você encontrou o dinheiro?
— Encontrei.
— Tirou da mala?
— Está bem ali na sacola de lona atrás do meu banco. Junto com o meu *laptop* e umas outras coisas.
— Você encontrou o meu dinheiro?
— Vamos falar sobre isso mais tarde.
— Pode apostar.

O primata no Dodge estava atrás dela mais uma vez, buzinando, mas não tão perto quanto antes. A sudoeste, os helicópteros estavam a menos de 700 metros e a apenas 200 metros do chão, descendo em ângulo.

— Está vendo a sacola que eu falei? – perguntou Ellie.

Spencer olhou atrás do banco.

— Estou, atrás de Rocky.

Depois de bater no Dodge, Ellie não estava certa de que a porta se abriria com facilidade. Não tinha a menor vontade de lutar com a sacola e a porta ao mesmo tempo.

— Leva com você quando pararmos.
— Vamos parar?
— Ah, vamos sim!

Uma última curva. Forte para a esquerda. O Rover entrou numa das passagens centrais do estacionamento. Levava diretamente para leste, para a frente do supermercado. Ao se aproximar do prédio, Ellie começou a buzinar e manteve a buzina pressionada, fazendo ainda mais barulho do que o primata atrás dela.

— Ah, não! – gemeu Spencer quando começou a compreender.
— Manobra de diversão! – gritou Ellie.
— Isso é uma loucura!
— Não há escolha.
— Ainda assim é maluquice.

Ao longo da entrada do supermercado bandeirolas anunciando produtos estavam coladas às vidraças, oferecendo Coca-Cola, batatas, papel higiênico e sais para suavizar a água de uso doméstico. A maioria estava na parte superior das vidraças. Por entre os cartazes, Ellie podia ver as caixas. Na luz fluorescente, alguns empregados e uns poucos clientes olhavam para fora, alertados pelas buzinas estridentes. Enquanto ela vinha em disparada na direção deles, os pequenos rostos ovais pareciam tão luminosamente brancos quanto máscaras pintadas de arlequins. Uma mulher correu, dando exemplo aos outros, que se dispersaram em busca de segurança.

Ela rogava a Deus que todos pudessem sair a tempo do caminho. Não tinha nenhuma intenção de atingir observadores inocentes. Mas também não queria ser atingida pelas balas dos homens que saltariam daqueles dois helicópteros.

Mate ou morra.

O Rover avançava veloz, mas a velocidade diminuíra. O truque era ter velocidade bastante para saltar o meio-fio, cair no amplo passeio em frente ao supermercado e passar através da parede de vidro e de todas as mercadorias que atrás dela estavam empilhadas até a altura da cintura de um homem. Com velocidade excessiva, o impacto sobre as caixas seria mortal.

– Vamos conseguir. – E Ellie, lembrando-se então de nunca mentir para o cachorro, corrigiu. – Provavelmente!

Sobrepondo-se às buzinas e ao som dos motores, ela de repente escutou o ronco dos helicópteros. Ou, mais do que ouvir, sentiu as ondas formadas pelos rotores. Deviam estar exatamente em cima do estacionamento.

Os pneus dianteiros atingiram o meio-fio, o Range Rover saltou, Rocky latiu, e Ellie simultaneamente soltou a buzina e tirou o pé do acelerador. Pisou nos freios quando os pneus tocaram o concreto. O passeio não parecia tão demorado enquanto o Rover derrapava a 80 quilômetros por hora, acompanhado pelo chiado da borracha quente e agonizante sobre a pavimentação. Nada demorado, para falar a verdade. Não era mesmo *tão* longe. A percepção da imagem do Rover refletida nos vidros foi seguida imediatamente por cascatas de vidro, que caíam tilintando como massas de gelo despedaçadas. Mergulharam através de caixotes de madeira sobre os quais estavam empilhadas sacas de 25 quilos de batatas ou outra droga qualquer, e finalmente atiraram-se no final de uma das passagens para as caixas registradoras.

Painéis de fibra de vidro se romperam, o aço inoxidável do balcão das verduras entortou-se como se fosse apenas uma folha de alumínio, a correia de borracha para transportar os produtos partiu-se em duas e pulou fora do trilho, enroscando-se no ar como um verme gigante, e a caixa registradora quase foi parar no chão. O impacto não foi tão forte quanto Ellie temia, e como se estivessem celebrando a aterrissagem segura, alegres lenços de sacos plásticos transparentes, com um floreio, voaram por um breve instante, como se tivessem saído dos bolsos de um mágico invisível.

– Tudo bem? – perguntou ela, desafivelando o cinto de segurança.
– Da próxima vez eu dirijo.

Ellie tentou abrir a porta do seu lado que protestou, rangendo e chiando, mas nem a batida no Dodge nem a entrada explosiva no mercado tinham emperrado o trinco. Agarrando a SIG 9 milímetros presa entre suas coxas, Ellie atirou-se para fora do Rover.

Spencer já saíra pelo outro lado.

O ruído dos helicópteros enchia a manhã.

Os dois helicópteros apareceram na tela do computador quando ultrapassaram os limites da área de vigilância do Earthguard. Roy estava na segunda aeronave, estudando a parte de cima da máquina fotografada da órbita, maravilhando-se com as estranhas possibilidades do mundo moderno.

Uma vez que o piloto abordava ao alvo em linha reta, as portas do helicóptero não permitiam que Roy visse coisa alguma. Continuou observando a tela do computador, acompanhando o Range Rover, enquanto ele lutava para evitar a caminhonete e ziguezagueava no centro do estacionamento. Enquanto a caminhonete tentava voltar para ganhar velocidade, depois de fazer uma curva em U de mau jeito, o Rover desviou-se em direção ao prédio central do complexo, que, a julgar pelo tamanho, era um supermercado ou uma loja de departamentos. Só no último minuto Roy compreendeu que o Rover ia se atirar contra o prédio. Quando atingiu o supermercado, Roy pensou que ia vê-lo voar pelos ares numa massa de metal achatado e retorcido.

Mas o Rover desapareceu, fundiu-se com o prédio. Com horror, percebeu que a caminhonete tinha passado pela entrada ou através de uma parede de vidro e que os ocupantes tinham sobrevivido.

Levantou a pasta aberta do colo, colocando-a no chão da cabine e, alarmado, pôs-se de pé num salto. Não parou para executar os procedimentos de segurança, não desconectou nem desligou o computador, simplesmente pulou por cima dele e correu para a cabine do piloto.

Pelo que havia visto na tela, sabia que os dois helicópteros já haviam cruzado os fios de eletricidade da rua. Estavam acima do estacionamento, reduzindo a velocidade para aterrissar, voando a uma velocidade de 3 ou 4 quilômetros por hora, quase pairando. Estavam *tão* perto da maldita mulher e agora a tinham perdido de vista.

Uma vez fora da vista, rapidamente poderia estar fora de alcance também. Novamente desaparecida. Não. Intolerável.

Armados e prontos para a ação, os quatro agentes já estavam de pé e bloqueavam a passagem para a saída.

– Saiam da frente, saiam da frente!

Roy abriu caminho em direção ao final da passagem, passou por uma porta com violência e debruçou-se na entrada da apertada cabine de comando.

O piloto estava totalmente concentrado em evitar os postes de iluminação e os carros estacionados enquanto fazia com que o JetRanger descesse com suavidade em direção ao asfalto, mas o segundo homem, que desempenhava as funções de co-piloto e navegador, voltou-se para a porta quando Roy entrou.

– Ela entrou no maldito prédio – disse Roy enquanto olhava através do pára-brisa para o vidro estilhaçado na frente do supermercado.

– Doida mesmo – concordou o piloto, sorrindo.

Muitos carros estavam estacionados no asfalto, impedindo que os helicópteros descessem exatamente em frente ao supermercado. Desviavam-se em direção a extremidades opostas do prédio, um para o norte e outro para o sul.

Apontando para o primeiro helicóptero, que trazia oito agentes, Roy disse:

– Não, não. Diga a ele que eu quero que vá por cima do prédio, atrás, aqui não, todos os oito homens em posição atrás, parando todas as pessoas que estiverem a pé – disse Roy, apontando para a primeira aeronave, com o reforço completo de oito agentes.

O piloto já entrara em contato com o piloto da outra aeronave. Enquanto pairava a 8 metros do chão, repetia as ordens de Roy no microfone.

– Vão tentar passar pelo mercado e sair por trás – gritou Roy, tentando controlar a raiva e manter a calma. Respirar profundamente. Inspirar o pálido vapor cor de pêssego da abençoada tranqüilidade. Expirar a névoa verde-bílis da raiva, tensão e estresse.

O helicóptero pairava muito baixo para que Roy pudesse ver por cima do telhado do mercado. Da vista mostrada pelo Earthguard na tela do computador lembrava-se o que havia atrás dos shopping center: uma ampla passagem de serviço, uma parede de blocos de concreto e, logo depois, um condomínio com muitas árvores. Árvores e casas. Muitos lugares convenientes para que ela se escondesse, muitos veículos para serem roubados.

Ao norte, quando o primeiro JetRanger preparava-se para tocar o chão do estacionamento e despejar os homens, o piloto recebeu a mensagem de Roy. O rotor adquiriu velocidade e a aeronave começou a elevar-se no ar mais uma vez.

Pêssego para dentro. Verde para fora.

UM TAPETE DE BOLINHAS marrons caíra das sacas de 25 quilos e foram esmagadas sob as botas de Spencer quando ele saiu do Rover e correu entre as duas caixas registradoras carregando a sacola de lona pelas alças. A outra mão estava agarrada à Uzi.

Olhou para a esquerda. Ellie estava paralela a ele, na outra passagem para a caixa registradora mais próxima.

– Lá atrás – ela correu em direção aos fundos do supermercado.

Começando a correr atrás dela, Spencer lembrou-se de Rocky. O cachorro saíra do Rover atrás dele. Onde estaria o Sr. Rocky?

Deteve-se, deu meia-volta, deu dois passos para trás e viu o desventurado cão na passagem para a caixa registradora por onde ele mesmo passara. Rocky estava comendo as rodelinhas marrons esmagadas pelas botas do dono. Ração de cachorro. Vinte e cinco quilos, ou mais.

— Rocky!

Rocky olhou para cima e abanou o rabo.

— Vamos!

Rocky nem mesmo pareceu considerar a ordem. Agarrou mais algumas rodelinhas, mastigando-as com deleite.

— Rocky!

O cachorro encarou-o novamente, uma orelha para cima e outra para baixo, o rabo peludo batendo de encontro ao balcão da caixa registradora.

Em seu tom de voz mais severo, Spencer gritou:

— *É meu!*

Arrependido mas obediente e um pouco envergonhado, Rocky trotou para longe da comida. Quando viu Ellie, que se detivera a meio caminho da longa passagem para esperá-los, começou a correr. Ellie retomou a fuga e Rocky passou radiante em disparada ao seu lado, sem se dar conta de que corriam para salvar suas vidas.

Ao final da passagem, três homens apareceram correndo e se detiveram quando viram Ellie, Spencer, o cachorro e as armas. Dois deles usavam uniformes brancos e tinham seus nomes bordados no bolso – eram empregados do supermercado. O terceiro, vestido como todas as outras pessoas, tinha nas mãos uma bisnaga de pão francês, e certamente era um cliente.

Com vivacidade e flexibilidade mais apropriada a um gato, Rocky transformou o avanço em disparada numa retirada imediata. Dando meia-volta, com o rabo entre as pernas e a barriga quase no chão, arrastou-se para trás, procurando a proteção do dono.

Os homens estavam assustados; não estavam agressivos. Mas imobilizaram-se, bloqueando a passagem.

— *Para trás!* – gritou Spencer.

Mirando o teto, sublinhou a exigência com uma rajada da Uzi, estourando uma lâmpada fluorescente e provocando uma chuva de vidros e ladrilhos despedaçados.

Aterrorizados, os três homens se afastaram.

Ao fundo, entre caixas de leite e geladeiras com produtos fatiados, havia uma porta de vaivém. Ellie atirou-se para a porta, com Spencer e Rocky logo atrás. Estavam num corredor curto, ao longo do qual haviam várias salas. O ruído dos helicópteros chegava abafado.

Ao final do corredor, entraram correndo numa sala cavernosa, que se estendia ao longo de toda a largura do prédio: paredes de concreto, luzes fluorescentes, teto de ripas. Uma área no centro da sala estava aberta, mas havia mercadorias embaladas em caixotes, formando pilhas altas dos dois lados. Eram estoques de produtos, de xampus a verduras frescas.

Spencer viu alguns empregados que os observavam com desconfiança por entre as pilhas de mercadorias.

Diretamente à frente, por trás da área de trabalho aberta, havia uma enorme porta de metal, que uma vez aberta permitia a passagem dos caminhões para a descarga. Do lado direito da área de descarga havia uma porta do tamanho de um homem. Correram para ela, abriram e saíram para a passagem de serviço de 10 metros de largura.

Ninguém à vista.

Havia uma marquise, que se estendia ao longo da parede e se projetava até quase o meio da passagem. Seu objetivo era permitir que os caminhões estacionassem para descarregar ao abrigo das intempéries. Servia também como proteção.

A manhã estava surpreendentemente fria. Embora a temperatura no mercado e no depósito fosse baixa, Spencer não estava preparado para a friagem lá fora. A temperatura provavelmente não passava dos 10 graus. Em pouco mais de duas horas de viagem em louca velocidade tinham vindo das bordas do deserto para altitudes mais elevadas e um clima totalmente diferente.

Spencer não via qualquer sentido em seguir a passagem de serviço pois dariam a volta na estrutura em forma de U e sairiam no estacionamento.

Ao fundo, o shopping center era cercado por uma parede que o separava de seus vizinhos: blocos de concreto, pintados de branco, revestidos de tijolos. Até uma altura de um metro poderia ser escalada, mas 2 metros, nem pensar. A sacola de lona poderia ser facilmente atirada para o outro lado, mas era simplesmente impossível levantar um cachorro de 35 quilos, jogá-lo para o outro lado e rezar por uma aterrissagem feliz.

Na frente do supermercado o ronco do rotor de pelo menos um dos helicópteros mudou. O barulho das pás aumentou. Estava vindo em direção aos fundos do prédio.

Ellie atirou-se para a direita, ao longo da parte de trás do supermercado protegida pela marquise. Spencer sabia o que ela pretendia. Tinham uma única esperança. Seguiu-a.

No limite da marquise, que marcava o fim do supermercado, Ellie se deteve. Adiante havia apenas a parte da parede dos fundos do shopping que pertencia às lojas vizinhas.

Ellie olhou séria para Rocky:

– Colado na parede, colado – disse dirigindo-se ao cachorro como se ele pudesse entender.

Talvez pudesse. Ellie correu para o sol, seguindo seu próprio conselho, e Rocky trotou entre ela e Spencer, mantendo-se rente à parede dos fundos do shopping.

Spencer não sabia se a vigilância do satélite era bastante precisa para diferenciar entre eles e a estrutura. Não sabia se a marquise no telhado principal, lá no alto, fornecia proteção. Mas, ainda que a estratégia de Ellie fosse sábia, Spencer sentia-se *vigiado*.

O matraquear do helicóptero aumentou. A julgar pelo som, estava no ar e fora do estacionamento, começando a sobrevoar o telhado.

Ao sul do supermercado o primeiro estabelecimento era uma tinturaria. Pregada na porta de entrada dos empregados havia uma placa pequena com o nome da loja. Trancada.

O céu se enchera de sons apocalípticos.

Ao lado da tinturaria havia uma loja de cartões Hallmark. A porta de serviço estava destrancada. Ellie abriu-a com violência.

ROY MIRO DEBRUÇOU-SE na porta da cabine para observar enquanto o outro helicóptero se elevava acima do prédio, pairava por um momento e, em seguida, passava por cima do telhado em direção aos fundos do supermercado.

Apontando para uma área vazia ao sul do supermercado, Roy gritou para seu próprio piloto:

— Lá, bem em frente à Hallmark, quero descer lá.

Enquanto o piloto descia os últimos 4 metros e manobrava para o local indicado para a aterrissagem, Roy juntou-se aos quatro agentes na porta da cabine dos passageiros. Respirando profundamente. Pêssego para dentro. Verde para fora.

. Tirou a Beretta do coldre no ombro, o silenciador ainda estava instalado na arma. Retirou-o e deixou-o cair num bolso interno do paletó. Com toda a atenção que estavam atraindo esta não era uma operação clandestina, que exigisse silenciadores. E a pistola, agora sem a distorção na trajetória provocada pelo silenciador, permitiria maior precisão.

Tocaram o solo.

Um dos agentes empurrou a porta e saíram rapidamente, um de cada vez, para a ventania provocada pelas pás do rotor.

ENQUANTO SEGUIA ELLIE e Rocky através da porta para a sala dos fundos da loja de cartões, Spencer olhou para cima na direção do estrondo. Delineado contra o céu azul gelado, exatamente em cima deles, apareceram primeiro as bordas externas do rotor, cortando o ar seco de Utah. Em seguida, a antena no nariz do helicóptero apareceu. Quando a borda dianteira da corrente descendente o atingia, entrou e fechou a porta atrás de si.

Do outro lado da porta havia um trinco. Embora o primeiro alvo do esquadrão fosse os fundos do supermercado, Spencer fechou o trinco.

Estavam num depósito sem janelas e estreito, que cheirava a purificador de ar com perfume de rosas. Ellie abriu a porta seguinte antes que Spencer acabasse de fechar a primeira. Além do depósito, havia um escritório com lâmpadas fluorescentes no teto. Duas mesas. Um computador. Arquivos.

Duas outras portas. Uma delas estava entreaberta e dava para um lavabo: privada e pia. A outra ligava o escritório à loja.

A loja, longa e estreita, estava praticamente toda tomada por grandes mostruários, onde havia cartões, carrosséis com mais cartões, papel para presente, quebra-cabeças, brinquedos de pelúcia, velas decorativas e outros objetos de decoração. A promoção do momento era para o Dia dos Namorados, e havia uma abundância de flâmulas e pôsteres decorativos, cheios de corações e flores.

O ar festivo daquele lugar era um lembrete inquietante de que, independente do que acontecesse a Spencer, Ellie e Rocky nos próximos minutos, o mundo continuaria a girar, indiferente. Se fossem mortos a tiros na loja, seus corpos seriam arrastados para longe, o sangue seria lavado do tapete e o purificador de ar com perfume de rosas seria utilizado em generosas quantidades, outros artigos seriam postos à venda e o movimento dos namorados chegando para comprar cartões continuaria inalterado.

Duas funcionárias estavam em pé na vitrine que dava para a frente do prédio, de costas. Assistiam ao que se passava no estacionamento.

Ellie encaminhou-se para elas.

Seguindo-a, Spencer subitamente pôs-se a imaginar se ela pretendia fazer reféns. A idéia não lhe agradava. Não agradava nada! Jesus, não! Esse pessoal do departamento, como ela havia descrito e ele vira em ação, não hesitaria em matar um refém, ainda que se tratasse de uma mulher ou uma criança, para chegar ao alvo – especialmente logo no início de uma operação, quando as testemunhas estavam totalmente confusas e os repórteres ainda não haviam chegado com suas câmeras.

Não queria sangue inocente em suas mãos.

Claro, não poderiam simplesmente esperar na Hallmark até que o pessoal do departamento partisse. Quando não fossem encontrados no supermercado, a busca certamente se estenderia pelas lojas adjacentes. A melhor chance que tinham de escapar era fugir pela porta da frente da loja, enquanto a atenção do esquadrão continuava voltada para o supermercado, chegar até um carro qualquer e fazer uma ligação direta. Uma chance muito pequena! Tão delgada quanto papel, tão delgada quanto a própria esperança. Mas era tudo o que tinham, melhor do que reféns, e então agarrou-se a ela.

Com a aterrissagem do helicóptero, a loja de cartões era atingida pelo ronco dos motores e pelo martelar das pás do rotor, se estivessem sob uma montanha-russa num parque de diversões o barulho não seria maior. As flâmulas do Dia dos Namorados tremulavam no alto. Centenas de chaveiros soltaram-se dos ganchos que ficavam sobre um dos balcões. Uma coleção de moldurinhas ornamentadas chacoalhava de encontro à prateleira de vidro onde estavam. Até as paredes da loja pareciam ressoar como tambores.

O estrondo era tão alucinante que Spencer começou a temer pela segurança do shopping. Provavelmente, era de construção barata, da pior espécie, uma vez que um único helicóptero era capaz de provocar tal reverberação nas paredes.

Estavam quase chegando à frente da loja, a 3 metros das mulheres à janela, quando o motivo para o horrendo tumulto tornou-se óbvio. O segundo helicóptero pousou diante da loja, um pouco além do passeio coberto, no estacionamento. A loja estava espremida entre as máquinas, sacudida por duplas vibrações.

Ellie deteve-se ao avistar o helicóptero.

Rocky parecia menos preocupado com a barulheira do que com um pôster de Beethoven – o são-bernardo, astro de cinema, não o compositor – e desviou-se dele procurando refúgio atrás das pernas de Ellie.

As duas mulheres na vitrine ainda não haviam percebido que tinham companhia. Estavam lado a lado, conversando agitadas, e embora as vozes se elevassem por cima do clamor das máquinas, as palavras eram ininteligíveis para Spencer.

Ao postar-se ao lado de Ellie, encarando com temor o helicóptero, viu uma porta se abrir na fuselagem. Homens armados saltaram, um após o outro, para o asfalto. O primeiro deles empunhava uma metralhadora maior do que a Micro Uzi de Spencer. O segundo tinha um fuzil automático. O terceiro carregava um par de fuzis lança-granadas, sem dúvida alguma equipados com granadas de fragmentação, de gás estupefaciente ou lacrimogêneo. O quarto homem carregava também uma metralhadora e o quinto apenas uma pistola.

O quinto homem foi o último, e era diferente dos quatro mastodontes que o precederam. Mais baixo, gordo. Mantinha a pistola contra um dos lados do corpo, apontada para o chão, e corria sem a mesma graça atlética de seus companheiros.

Nenhum dos cinco se aproximou da loja de cartões. Dispararam em direção à frente do supermercado, desaparecendo rapidamente.

O motor do helicóptero estava em marcha lenta. As pás ainda giravam, embora com menor velocidade. O esquadrão esperava entrar e sair depressa.

– Senhoras – disse Ellie.

As mulheres não escutaram. Estavam por demais envolvidas em sua própria conversa e o barulho dos helicópteros ainda era considerável.

Ellie levantou a voz:

– *Senhoras, que droga!*

Espantadas, com os olhos arregalados, elas se voltaram.

Ellie não apontou a SIG 9 milímetros na direção delas, mas certificou-se de que a vissem bem.

– Afastem-se da janela, venham para cá.

Elas hesitaram, olharam uma para a outra, e ambas para a pistola.

– Não quero machucar ninguém. – Ellie parecia absolutamente sincera. – Mas vou fazer exatamente o que tiver que fazer se não *vierem para cá neste exato momento*!

As mulheres afastaram-se das vitrines, uma mais lenta do que a outra, lançando um olhar furtivo para a porta de entrada.

– Nem pense – avisou Ellie. – Vai levar um tiro nas costas e, se Deus quiser, se não morrer, vai ficar na cadeira de rodas para sempre. Assim, isso, muito bem, venha cá.

Spencer afastou-se e Rocky escondeu-se atrás dele, enquanto Ellie conduzia as mulheres assustadas ao longo da passagem. Já no meio da loja, mandou que as mulheres se deitassem de bruços, uma atrás da outra, as cabeças voltadas para a parede dos fundos.

– Se alguma de vocês olhar para cima nos próximos 15 minutos, mato as duas.

Spencer não sabia se ela estava sendo tão sincera desta vez como quando lhes dissera que não *gostaria* de machucá-las, mas o tom de sua voz era convincente. Se ele estivesse no lugar de uma daquelas mulheres, não teria levantado a cabeça para olhar em volta até a Páscoa, pelo menos.

Voltando-se para ele, Ellie disse:

– O piloto ainda está no helicóptero.

Spencer deu alguns passos em direção à frente da loja. Através da janela lateral da cabine viu um dos homens da tripulação, provavelmente o co-piloto.

– Dois deles, tenho certeza.

– Não participam do ataque? – perguntou Ellie.

– Não, claro que não. São pilotos, não são pistoleiros.

Ellie caminhou até a porta e olhou em direção à frente do supermercado.

– Vai ter que ser. Não temos tempo para pensar. Vai ter que ser.

Spencer nem precisou perguntar sobre o que ela estava falando. Ela era uma sobrevivente por instinto, com 14 árduos meses de combate de experiências e *ele* se recordava bem do que o serviço nas tropas de choque lhe ensinara sobre estratégia, sobre perder tempo pensando. Não podiam voltar por onde tinham vindo. Não podiam ficar na loja também. Mais cedo ou mais tarde seria revistada. Não podiam mais conseguir um carro no estacionamento, porque os carros estavam parados na frente do helicóptero e eles seriam vistos pela tripulação. Só restava uma opção. Uma terrível e desesperada opção, que exigia coragem, audácia e uma certa dose de fatalismo ou uma enorme autoconfiança insensata. Os dois estavam prontos.

– Leve isso – disse Spencer, enquanto passava a Ellie a sacola de lona e a Uzi.

Tirou a pistola das mãos dela e enfiou-a sob o cós da calça jeans, de encontro à barriga.

– Acho que vai ser preciso – disse Ellie.

– É uma corrida de alguns segundos no máximo, até menos para ele, mas não podemos nos arriscar que de repente ele congele.

Spencer agachou-se, levantou Rocky nos braços, carregando-o como se fosse uma criança.

Rocky não sabia se devia sacudir o rabo ou ficar com medo, se estavam se divertindo ou se estavam em apuros. Obviamente, estava à beira de uma sobrecarga sensorial e, nessas condições, geralmente ficava todo mole e tremendo ou então disparava num frenesi de terror.

Ellie abriu a porta para examinar a frente do supermercado.

Lançando um olhar para as duas mulheres no chão, Spencer viu que elas estavam obedecendo às instruções recebidas.

— Agora – disse Ellie, passando para o lado de fora e segurando a porta aberta para que ele passasse.

Spencer passou de lado para não bater com a cabeça de Rocky de encontro ao batente. Ao pisar no passeio coberto do shopping, lançou um olhar em direção ao mercado. Todos os pistoleiros, com exceção de um, tinham entrado. Um mastodonte armado com uma metralhadora estava do lado de fora, olhando na direção contrária.

No helicóptero, o co-piloto não estava olhando pela janela, mas para baixo, para alguma coisa em seu colo.

Quase convencido de que Rocky pesava pelo menos 300 e não 30 quilos, Spencer correu para a porta aberta na fuselagem do helicóptero. Era uma corrida de apenas uns 6 metros, mesmo que se somasse a extensão do passeio, mas aqueles foram os 6 metros mais longos do universo, um truque da física, uma fantasmagórica anomalia científica, uma bizarra distorção na textura da criação, estirando-se cada vez mais à sua frente enquanto corria, e então já estava lá, empurrando o cachorro para dentro, e pulando para o helicóptero.

Ellie estava colada atrás, com uma mochila. Deixou cair a sacola de lona assim que atravessou a porta, mas continuou agarrada à Uzi.

A não ser que houvesse alguém agachado atrás de um dos assentos, a cabine de passageiros estava vazia. Por medida de segurança, Ellie caminhou ao longo da passagem, olhando para a esquerda e para a direita.

Spencer caminhou para a porta da cabine e abriu-a exatamente a tempo de encostar a pistola no rosto do co-piloto, que começava a se levantar.

— Decole – disse Spencer, dirigindo-se ao piloto.

Os dois homens pareceram ainda mais surpresos do que as mulheres na loja de cartões.

— Levante... *agora*! Ou então vou fazer voar os miolos desse cretino por aquela janela e depois os *seus*! — Spencer gritou com força respingando saliva sobre os tripulantes e sentiu as veias em suas têmporas se dilatarem como os bíceps de um halterofilista.

Achou que soara tão aterrorizante quanto Ellie.

Imediatamente adiante da porta de vidro estilhaçada, ao lado do Range Rover amassado, de pé num monte de ração para cachorros, Roy e três agentes tinham armas apontadas para um homem de cara achatada, olhos negros como carvão e tão frios quanto os de uma víbora. O homem estava agarrado com as duas mãos a um fuzil semi-automático e, embora não estivesse apontando para ninguém, parecia bastante malévolo e raivoso para usá-lo até mesmo contra o Menino Jesus.

Era o motorista da caminhonete. Seu Dodge jazia abandonado no estacionamento, com uma das portas abertas. Entrara – quem sabe? – em busca de vingança, ou para brincar de herói.

— Solte a arma — repetiu Roy pela terceira vez.

— Quem foi que disse?

— Quem foi que disse?

— Isso mesmo.

— Você por acaso é débil mental? Será que estou falando com um *completo* idiota? Você está vendo quatro caras apontando armamento pesado para você e não consegue compreender a lógica de largar esse fuzil?

— Vocês são tiras ou o quê? — perguntou o homem com olhos de víbora.

Roy queria acabar com ele. Sem qualquer formalidade. O cara era estúpido demais para continuar vivendo. Estaria muito melhor morto. Um caso triste. A sociedade também estaria muito melhor sem ele. Acabar com ele, ali mesmo, agora, e então encontrar a mulher e Grant.

O único problema era que o sonho de Roy de uma missão de três minutos, entrar e sair, antes que os locais barulhentos aparecessem, não era mais viável. A operação fora por água abaixo quando a odiosa mulher entrara com o caminhão mercado adentro, e estava indo de mal a pior. Estava se tornando amarga. Iam precisar lidar com os tiras de Cedar City, e isso ia ser mais difícil se um dos moradores do local, que juraram proteger, estivesse estirado morto sobre um monte de ração para cães de raça.

Como precisariam trabalhar com os locais, era melhor mostrar logo um distintivo para esse trouxa. De um bolso interno do paletó retirou a carteira de identificação, abriu-a e exibiu as falsas credenciais – Delegacia de Combate às Drogas.

– Ah, bom – disse o homem. – Agora está bem.

Abaixou a arma, colocando-a no chão, e chegou até a levar a mão ao boné para levantá-lo, aparentando sincero respeito.

– Vá se sentar na traseira do seu caminhão. Dentro não. Do lado de fora, atrás da cabine. Espere lá. Se tentar fugir, aquele cara lá fora com a metralhadora corta as suas pernas na altura dos joelhos.

– Sim, senhor.

Com convincente solenidade, tocou novamente no boné, e atravessou a parede danificada da loja.

Roy quase se voltou e atirou nele pelas costas.

Pêssego para dentro. Verde para fora.

– Espalhem-se na frente da loja e esperem de olhos abertos.

O grupo que vinha dos fundos daria uma busca exaustiva no supermercado, expulsando Grant e a mulher de qualquer esconderijo que tivessem arranjado. Os fugitivos seriam levados para a frente e forçados a se render ou morrer sob uma verdadeira chuva de tiros.

A mulher, é claro, seria morta, mesmo que tentasse se render. Não iam se arriscar mais com ela.

– Empregados e clientes vão entrar – gritou Roy para os três homens, enquanto eles tomavam posição no fundo da loja. – Não deixem *ninguém* sair. Levem todos para o escritório do gerente. Mesmo aqueles que vocês acharem que não têm nenhuma semelhança com a dupla que estamos procurando, segurem. Até mesmo o papa, segurem!

Do lado de fora, o motor do helicóptero saiu da marcha lenta, acelerando com enorme estrondo. As pás giravam, giravam.

O que estava acontecendo?

O agente postado na frente do mercado olhava em direção à loja de cartões, perto de onde o helicóptero estava decolando.

– O que ele está fazendo? – perguntou Roy.

– Decolando.

– Por quê?

– Deve estar indo a algum lugar.

Outro débil mental. Fique calmo. Pêssego para dentro. Verde para fora.

– Quem foi que mandou ele sair de posição, quem foi que mandou decolar? – perguntou Roy.

A resposta surgiu bem clara antes mesmo que acabasse de pronunciar as palavras. Não tinha a menor idéia de *como* era possível, mas sabia por que o helicóptero estava decolando e quem estava lá dentro.

Enfiou a Beretta no coldre de ombro, arrancou a metralhadora das mãos do agente surpreso e correu em direção ao helicóptero que subia. Pretendia perfurar os tanques de combustível, atirando o helicóptero ao chão.

Levantando a arma, já com o dedo no gatilho, Roy compreendeu que nunca iria conseguir explicar suas ações de forma satisfatória a um policial caxias de Utah, sem qualquer consideração pela ambigüidade moral da aplicação da lei pelos órgãos federais. Atirar no seu próprio helicóptero. Colocar em risco a vida da tripulação. Destruir equipamento caríssimo do governo. Talvez fazer com que se arrebentasse sobre lojas onde havia gente. Jorros enormes e ferozes de combustível de avião derramando-se sobre tudo e todos que estivessem no caminho. Respeitáveis comerciantes de Cedar City transformados em tochas humanas, correndo em círculos em uma manhã de fevereiro, ardendo, gritando. Seria tudo muito colorido e excitante, e a prisão da mulher seria muito mais importante que a vida de vários espectadores, mas explicar a catástrofe seria tão difícil quanto tentar explicar os mais importantes princípios da física nuclear ao idiota que estava sentado na traseira da caminhonete Dodge.

E havia pelo menos 50% de chance de o chefe de polícia ser um mórmon ortodoxo, que nunca provara uma só gota de álcool, nunca fumara e que não estaria sintonizado com os conceitos de dinheiro isento de impostos e da conivência entre a polícia e o departamento. Um mórmon.

Com relutância, Roy abaixou a metralhadora.

O helicóptero decolou rapidamente.

– Por que Utah? – gritou furiosamente na direção dos fugitivos que não podia ver, mas que *tinha a certeza* de estarem frustrantemente próximos.

Pêssego para dentro. Verde para fora.

Precisava acalmar-se. Pensar cosmicamente.

A situação se resolveria a seu favor. Ainda tinha o segundo helicóptero, que podia ser usado na perseguição. E seria muito mais fácil para o Earthguard 3 rastrear o JetRanger, pois o helicóptero era maior que o caminhão e viajava bem acima de qualquer vegetação protetora e da interferência do tráfego terrestre.

Lá no alto, a aeronave seqüestrada seguiu para leste, sobre o telhado da loja de cartões.

NA CABINE DE PASSAGEIROS, Ellie estava agachada ao lado da abertura na fuselagem, encostada ao batente da porta, e olhava para o telhado do shopping center sob ela. Meu Deus! Os batimentos de seu coração faziam tanto barulho quanto as pás do rotor. Estava aterrorizada com a idéia de o helicóptero inclinar-se ou sacudir, fazendo-a cair.

Durante os últimos 14 meses, aprendera mais sobre si mesma que nos 28 anos anteriores. Em primeiro lugar, até o momento em que as três pessoas que mais amava lhe tinham sido roubadas numa única noite sangrenta, não estivera consciente da imensidão de seu amor pela vida, sua alegria em *estar* viva. Diante de tantas mortes, com sua própria existência constantemente ameaçada, Ellie agora saboreava o calor de cada dia cheio de sol e o vento gelado de todas as tempestades, ervas daninhas e flores, o doce e o amargo. Nunca tivera tanta consciência de seu amor pela liberdade, sua *necessidade* de liberdade, como quando fora forçada a lutar para conservá-la. E nesses 14 meses espantara-se ao descobrir que tinha coragem para caminhar nas bordas de precipícios, saltar sobre os abismos e sorrir para o rosto do diabo.

Espantara-se também ao verificar que jamais perderia a esperança, que era apenas uma dos muitos fugitivos num mundo ameaçado pela implosão, todos perpetuamente à beira de um abismo negro e resistindo à poderosa gravidade. E ainda espantar-se com a quantidade de medo que podia tolerar e ainda assim prosperar.

Um dia, claro, se espantaria diante de uma morte súbita. Talvez hoje. Debruçada sobre o batente da porta aberta na fuselagem. Morta por uma bala ou por uma longa queda.

Cruzaram por cima do prédio e voaram sobre a passagem de serviço. O outro helicóptero estava lá, estacionado atrás da loja de cartões. Não se viam pistoleiros nas proximidades da aeronave. Evidentemente, tinham saído e corrido para os fundos do supermercado.

Com Spencer dando ordens ao piloto, pairaram em posição tempo suficiente para que Ellie disparasse a Uzi sobre a cauda do helicóptero no chão. A arma continha dois pentes, soldados em ângulo, com uma capacidade para quarenta tiros – descontando-se os poucos que Spencer disparara no teto do supermercado. Esvaziou os dois pentes, colocou os sobressalentes, e esvaziou-os também. As balas destruíram o estabilizador horizontal, danificaram o rotor da cauda, que também foi perfurada, inutilizando o helicóptero.

Não viu sinais de que seu ataque tivesse sido respondido com fogo contrário. Os atiradores designados para cobrir os fundos do mercado provavelmente estavam surpreendidos e confusos demais para que soubessem o que fazer.

Além disso, todo o ataque ao helicóptero estacionado levara apenas vinte segundos. Ellie colocou a Uzi sobre o chão da cabine e fechou a porta. O piloto, seguindo instruções de Spencer, imediatamente os levou para o norte em alta velocidade.

Rocky estava agachado entre dois assentos, observando-a atentamente. Não estava tão exuberante como antes, desde que fugiram do acampamento em Nevada ao raiar do dia. Voltara a cair em seu ciclo normal de inquietação e timidez.

– Está tudo bem, garotão.

Rocky não escondeu sua descrença.

— Claro que podia ser muito pior.

Rocky ganiu.

— Coitadinho.

Com as duas orelhas caídas, sacudido por tremores, Rocky era o retrato da infelicidade.

— Como é que posso dizer alguma coisa para que você se sinta melhor – perguntou ela ao cachorro – se não é permitido mentir para você?

Da porta da cabine, Spencer falou:

— Essa é uma avaliação bem pessimista da nossa situação, considerando-se do que acabamos de escapar.

— Ainda não saímos dessa.

— Bom, tem uma coisa que eu sempre digo ao Sr. Rocky quando ele tem uma crise de depressão. Algo que me ajuda também, embora eu não possa dizer se funciona para ele.

— O que é?

— Você precisa lembrar que, aconteça o que acontecer, é a vida, todos temos que passar por ela.

13

Segunda-feira pela manhã, com a fiança paga, quando atravessava o estacionamento a caminho do BMW de seu irmão, Harris Descoteaux parou duas vezes para levantar o rosto em direção ao sol. Deliciava-se com seu calor. Lera uma vez que pessoas negras, até mesmo as mais retintas como ele, poderiam ter câncer de pele em conseqüência da excessiva exposição ao sol. Ser negro não era uma garantia absoluta contra o melanoma. Ser negro, claro, não era garantia contra qualquer infortúnio, pelo contrário, e assim o melanoma teria que esperar na fila com todos os outros horrores que poderiam lhe acontecer. Depois de 48 horas na cadeia, onde era mais difícil conseguir luz do sol do que uma dose de heroína, seu desejo era ficar ali até que sua pele estivesse coberta de bolhas, até que os ossos derretessem, até se transformar num gigantesco melanoma pulsante. *Qualquer coisa* era melhor do que estar trancafiado numa prisão sombria. Inspirou profundamente, porque o aroma do ar saturado de poluição de Los Angeles era muito suave. Como o suco de alguma fruta exótica. O aroma da liberdade. Desejava estirar-se, correr, saltar, girar, rolar e dar cambalhotas – mas havia algumas coisas que um homem de 44 anos simplesmente não fazia, por mais inebriante que pudesse ser a liberdade.

No carro, enquanto Darius dava partida no motor, Harris tocou com uma das mãos em seu braço, imobilizando-o por um momento.

– Darius, nunca esquecerei o que você fez por mim, o que ainda está fazendo.

– Ora, não é nada.

– Claro que é.

– Você teria feito o mesmo por mim.

– Acho que sim. Espero que sim.

– Lá vem você de novo, manipulando sua santidade, se envolvendo no manto da modéstia. Puxa, tudo o que sei sobre como fazer as coisas certas aprendi com você. Então, o que eu fiz é a mesma coisa que você faria.

Harris sorriu e tocou de leve o ombro do irmão.

– Amo você, irmãozinho.

– Amo você, irmão mais velho.

Darius morava em Westwood, e do centro da cidade o percurso podia ser feito em trinta minutos, como numa manhã de segunda-feira depois da hora do *rush*, ou levar mais do que o dobro disso. Era sempre um tiro incerto. Podiam escolher ir pela avenida Wilshire, atravessando a cidade, ou pela auto-estrada Santa Mônica. Darius escolheu Wilshire, porque algumas vezes a hora do *rush* nunca terminava na auto-estrada, o que a transformava num inferno.

Durante algum tempo, Harris sentiu-se bem, usufruindo a liberdade, apesar do pesadelo jurídico que o aguardava; contudo, à medida que se aproximavam da avenida Fairfax, começou a se sentir mal. O primeiro sintoma foi uma leve e perturbadora tonteira, uma estranha convicção de que a cidade girava lentamente enquanto a atravessavam. A sensação ia e voltava, mas a cada tonteira o coração disparava e cada acesso era mais forte que o outro. Quando seu coração, durante meio minuto, bateu mais vezes do que o de um beija-flor assustado, Harris foi dominado pela estranha preocupação de que não estava recebendo oxigênio suficiente. Quando tentou respirar fundo, descobriu que mal podia respirar.

A princípio achou que o carro estava abafado, sufocante, quente demais. Não queria que o irmão – que estava ao telefone, tratando de negócios – percebesse seu mal-estar e então, de modo casual, remexeu nos controles da ventilação, até que conseguiu direcionar um jato de ar fresco para o rosto. A ventilação não ajudou. O ar não estava abafado, estava *espesso*, como os pesados vapores de alguma coisa inodora, mas tóxica.

Resistiu à cidade que girava em torno do BMW, seu coração prestes a estourar durante os acessos de taquicardia, ao ar tão espesso que mal podia inalar, à opressiva intensidade da luz que o forçava a semicerrar os olhos para se proteger do sol que há poucos minutos tanto prazer lhe dera, à sensação de que um peso esmagador pairava sobre ele – mas num determinado momento foi dominado por uma náusea tão forte que o obrigou a gritar para que o irmão parasse junto ao meio-fio. Estavam atravessando a avenida Robertson. Darius acendeu as luzes de emergência, saiu depressa do tráfego no primeiro cruzamento e parou numa área de estacionamento proibido.

Harris abriu com força a porta, debruçou-se para fora e vomitou violentamente. Não comera nada do que lhe ofereceram do café-da-manhã da cadeia e assim foi sacudido apenas por acessos de náusea seca, mas não menos angustiantes e cansativos.

A crise passou. Deixou-se cair de volta no assento, fechou a porta e em seguida os olhos. Estava tremendo.

– Você está bem? – perguntou Darius, preocupado. – Harris? Harris, o que você tem?

Uma vez passada a crise, Harris compreendeu ter sido vítima de nada mais nada menos que um ataque de claustrofobia, infinitamente pior do que os acessos de pânico que o atormentaram enquanto esteve por trás das grades.

– Harris? Fale comigo.

— Estou na prisão, irmãozinho.

— Estamos juntos nisso, lembra? Juntos, somos mais fortes do que o mundo inteiro, sempre seremos.

— Estou na prisão.

— Escute, essas acusações são merda pura. Você foi apanhado numa armadilha. Nada disso vai colar. Você pode levar muita gente com você. Nunca mais vai passar um só dia na cadeia.

Harris abriu os olhos. A luz do sol já não lhe parecia dolorosamente brilhante. Na verdade, o dia de fevereiro parecia ter escurecido, acompanhando seu estado de espírito.

— Nunca roubei em toda a minha vida. Nunca trapaceei. Paguei todos os empréstimos que pedi. Trabalhei horas extras quase todas as semanas desde que entrei para a polícia. Andei na linha e... ouça bem irmãozinho... nem sempre foi fácil. Às vezes, eu me sentia cansado, saturado, tentado a encontrar uma saída fácil. Já tive dinheiro de suborno à mão, a sensação era boa, mas não tive coragem para colocá-lo no bolso. Foi por pouco. Sim, muito mais do que você possa imaginar. E mulheres também... estavam ali, à disposição, e poderia muito bem ter esquecido a Jessica enquanto estava com elas e talvez eu a tivesse enganado se as oportunidades tivessem sido apenas um pouquinho mais fáceis. Sei que existe em mim potencial para fazer essas coisas...

— Harris...

— Estou dizendo, tenho um demônio em mim, igualzinho a todas as outras pessoas, alguns desejos que me assustam. Mesmo que eu não seja levado por eles, só *ter* esses desejos me deixa, às vezes, louco de medo. Mas sempre andei na linha, em linha reta. Uma linha filha-da-puta, reta como uma seta, afiada como uma navalha, que corta fundo quando se anda muito tempo sobre ela. Você está sempre sangrando sobre essa linha, e algumas vezes imagina por que simplesmente não chegar para o lado e andar na grama fresca. Mas eu sempre quis ser um homem do qual nossa mãe pudesse se orgulhar. Queria brilhar aos seus olhos também, irmãozinho, aos olhos da minha mulher e das minhas filhas. Eu amo vocês tanto, tanto, nunca quis que nenhum de vocês conhecesse o que há de feio em mim.

— A mesma feiúra que há em todos nós, Harris. Todos nós. E, então, por que é que você está fazendo isso consigo mesmo?

— Se andei na linha, por mais dura que seja, e se alguma coisa como essa pode acontecer *a mim*, pode então acontecer a qualquer um.

Darius encarou o irmão com perplexidade. Obviamente esforçava-se para entender a angústia de Harris, mas estava apenas a meio caminho de fazê-lo.

— Irmãozinho, tenho certeza de que você vai me livrar das acusações. Não vou passar mais nenhuma noite na prisão. Mas você explicou as leis do confisco de bens, e muito bem explicado, ficou tudo claro *demais*. Eles precisam *provar* que sou um traficante para me botar de volta na cadeia, e nunca vão conseguir fazer isso por que é tudo uma invenção. Mas não precisam provar coisa alguma para ficar com minha casa, minhas contas bancárias. Basta apresentarem "motivo razoável" para afirmar que a casa foi usada para atividades ilegais, e vão dizer que as drogas plantadas são motivo razoável, mesmo que as drogas não *provem* nada.

— Tem aquela reforma das leis no Congresso...

— Andando devagar.

— Bom, nunca se sabe. Se algum tipo de reforma passar, talvez até mesmo condicionem o confisco à condenação.

— Você pode garantir que vou ter minha casa de volta?

— Com a ficha limpa e os anos de serviço que você tem...

Harris interrompeu gentilmente:

— Darius, de acordo com a lei atual, você pode *garantir* que vou ter minha casa de volta?

Darius encarou-o em silêncio. O brilho das lágrimas embaçava-lhe os olhos e não conseguiu sustentar o olhar do irmão. Era um advogado, e era sua tarefa obter justiça para o irmão mais velho. Estava esmagado pela verdade de que não possuía qualquer poder para garantir um mínimo de eqüidade.

— Se pode acontecer comigo, pode acontecer com qualquer um. Da próxima vez pode ser você. Pode acontecer com as minhas filhas algum dia. Darius... talvez eu consiga *alguma* coisa de volta dos filhos-da-mãe, vamos dizer, uns 80%, uma vez que todos os meus custos sejam deduzidos. E talvez eu consiga arrumar de novo minha vida, começar de novo. Mas como é que vou ter certeza de que não vai mais me acontecer nada?

Contendo as lágrimas, Darius encarou-o novamente, chocado.

– Não, isso não é possível. Isso é absurdo, nunca aconteceu...

– Por que não pode acontecer de novo? Se já aconteceu uma vez, por que não duas?

Darius não respondeu.

– Se minha casa não é realmente *minha* casa, se minhas contas no banco não são realmente *minhas*, se podem levar o que quiserem sem provar nada, o que vai impedir que recomecem? Você entende? Estou na prisão, irmãozinho. Talvez nunca mais me veja por trás das grades, mas estou num outro tipo de prisão e nunca mais vou ficar livre. A prisão das expectativas. A prisão do medo. A prisão da dúvida, da desconfiança.

Darius levou a mão à testa, pressionou e puxou os cabelos da sobrancelha, como se quisesse extrair de sua mente a compreensão que Harris impunha.

O indicador das luzes de emergência do carro piscavam ritmicamente, sincronizadas num som suave e penetrante, como um alarme avisando a crise na vida de Harris.

– Quando comecei a entender – disse Harris –, algumas quadras lá atrás, foi que comecei a ver a enrascada em que estou. Uma enrascada em que ninguém deveria estar de acordo com as regras, e comecei a me sentir... esmagado... eu me senti tão claustrofóbico que fiquei enjoado.

Darius tirou a mão da sobrancelha. Parecia perdido.

– Não sei o que dizer.

– Acho que ninguém pode dizer nada.

Durante algum tempo, ficaram em silêncio, com o tráfego da avenida Wilshire sibilando ao passar por eles, com a cidade tão iluminada e atarefada ao seu redor, com a verdadeira escuridão da vida moderna invisível entre as sombras das palmeiras e entradas de lojas sombreadas pelas marquises.

– Vamos para casa.

O percurso até Westwood foi feito em silêncio. A casa de Darius era construída em estilo colonial, tijolos e estuque, mostrando um pórtico adornado por colunas. O terreno espaçoso exibia velhos fícus de galhos maciços, mas graciosos em sua generosa extensão, e as raízes datavam do tempo da Los Angeles de Jean Harlow, Mae West e W. C. Fields, talvez até de bem antes.

Para Darius e Bonnie, ter conquistado um lugar como aquele no mundo era uma grande realização, considerando-se a humildade de suas origens. Dos dois irmãos Descoteaux, Darius tivera o maior sucesso financeiro.

Quando o BMW entrou no caminho da garagem, Harris foi dominado pelo remorso de que seus problemas inevitavelmente obscureceriam o bem merecido orgulho e prazer de Darius com a casa em Westwood e com tudo mais que ele e Bonnie tinham adquirido ou realizado. Que orgulho em suas lutas e que prazer com suas realizações poderia sobreviver intacto ao compreenderem que suas posições eram mantidas apenas pelas boas graças de reis loucos, que poderiam tudo confiscar a seu bel-prazer ou enviar uma delegação de cafajestes, sob o escudo protetor do monarca, para destruir e queimar? Esta linda casa era apenas cinza esperando o fogo, e quando Darius e Bonnie contemplassem seu belo lar, seriam perturbados por um levíssimo aroma de fumaça, pelo gosto amargo de sonhos queimados.

Jessica encontrou-os na porta, abraçou Harris com ferocidade e chorou em seu ombro. Se a apertasse mais, ele a teria machucado. Ela, as meninas, seu irmão e sua cunhada eram tudo que lhe restava agora. Não fora apenas despojado de suas posses. Perdera também sua fé, outrora forte, no sistema de leis e justiça que o inspirara e sustentara durante toda a vida adulta. Daquele momento em diante, não confiaria em nada, a não ser em si mesmo e nas poucas pessoas que lhe eram mais próximas. Segurança, se é que ela existia, não poderia ser comprada, seria um presente a ser dado apenas pela família e pelos amigos.

Bonnie levara Ondine e Willa ao shopping para comprar algumas roupas novas.

– Eu deveria ter ido junto, mas não pude – disse Jessica, enxugando as lágrimas no canto dos olhos. Nunca aparentara tanta fragilidade. – Ainda estou... ainda estou... tremendo. Harris, quando eles vieram no sábado com... a notificação do confisco, quando nos fizeram sair, cada uma de nós só teve o direito de levar uma mala, roupas e objetos pessoais, mais nada... jóias, nada.

– É um abuso absurdo de poder – afirmou Darius com raiva e palpável frustração.

– E ficaram lá, vigiando o que nós pegávamos – Jessica contou a Harris. – Aqueles homens... ali, de pé, enquanto as meninas abriam as gavetas da cômoda para pegar as roupas de baixo, sutiãs... – Aquela lembrança trouxe à sua voz um rugido de ultraje, expondo uma fragilidade emocional que não lhe era nada característica e que assustara Harris. – Foi *horrível*! Eram tão arrogantes! Eu estava só esperando um dos filhos-da-puta me tocar, para tentar me apressar, colocando a mão no meu braço, ou qualquer coisa, porque eu ia dar um chute tão forte no saco que ele ia passar o resto da vida usando vestidos e saltos altos.

Harris surpreendeu-se com seu próprio riso.

Darius riu também.

Jessica acrescentou:

– Eu daria sim.

– Eu sei – afirmou Harris. – Sei que daria.

– Não vejo nada de engraçado.

– Nem eu, querida, mas é.

– Talvez você tenha colhões para ver o humor – disse Darius.

Aquilo fez Harris rir outra vez.

Sacudindo a cabeça com espanto diante do inexplicável comportamento dos homens, em geral e especialmente daqueles dois, Jessica foi para a cozinha, onde preparava os ingredientes para duas de suas famosas tortas de maçã. Eles a acompanharam.

Harris observou-a descascar uma maçã. As mãos estavam tremendo.

– As meninas não deveriam estar na escola? Podem esperar até o fim de semana para comprar roupa – disse ele.

Jessica e Darius trocaram um olhar, e ele explicou:

– Achamos melhor que elas não fossem à escola pelo menos por uma semana. Até que as notícias nos jornais não sejam tão... recentes.

Aquilo era algo em que Harris não pensara: seu nome e fotografia nos jornais, manchetes sobre um policial traficante, os apresentadores das redes de televisão conduzindo alegremente os debates sobre sua escabrosa vida criminosa. Ondine e Willa seriam obrigadas a suportar grandes humilhações quando voltassem à escola, fosse amanhã ou na próxima semana ou daqui um mês. *Ei, será que o seu pai pode me vender um grama de cocaína pura? Quanto é que o seu velho cobra para arranjar uma passagem? O seu pai só vende drogas ou será que ele pode arranjar uma prostituta para mim?*

Quem quer que fossem seus misteriosos inimigos, quem quer que tivesse feito isso com ele, eles certamente sabiam que não só ele seria destruído, mas sua família também. Embora Harris nada mais soubesse sobre eles, tinha certeza de que eram totalmente desprovidos de piedade e implacáveis como serpentes.

Do telefone na mesa da cozinha fez uma chamada que gostaria de evitar – para Carl Falkenberg, seu chefe em Parker Center. Estava preparado para usar os dias acumulados de descanso e férias, de forma a não voltar ao trabalho por três semanas, na esperança de que a conspiração contra si miraculosamente se desfizesse nesse intervalo. Mas, como temera, estava suspenso por tempo indefinido, embora com vencimentos. Carl parecia compreensivo, embora demonstrasse uma reserva nada característica, como se estivesse respondendo a cada pergunta a partir de uma lista de respostas selecionadas cuidadosamente. Mesmo que as acusações contra Harris fossem um dia retiradas ou se um julgamento resultasse num veredicto de inocência, haveria uma investigação paralela conduzida pela Divisão de Assuntos Internos do DPLA, e se as conclusões o desacreditassem, seria demitido independente do resultado do julgamento pelo tribunal federal. Conseqüentemente, Carl estava se protegendo.

Harris desligou, sentou-se à mesa da cozinha, e em voz baixa relatou o conteúdo essencial da conversa a Jessica e Darius. Tinha plena consciência de que sua voz soava inquietantemente oca, mas não conseguia voltar ao normal.

– Pelo menos é uma suspensão com vencimentos – comentou Jessica.

– Eram obrigados a continuar me pagando ou arranjariam problemas com a União – Harris explicou. – Não foi nenhum presente.

Darius fez café, e enquanto Jessica preparava as tortas, ele e Harris ficaram na cozinha, para que os três pudessem discutir opções legais e estratégias. Embora a situação fosse complicada, fazia bem falar sobre ação, contra-ataque.

Mas os golpes continuaram a atingi-los.

Nem mesmo meia hora se passara quando Carl telefonou para informar a Harris que a Receita Federal enviara ao DPLA uma notificação oficial exigindo a retenção de seu salário "contra possível sonegação de impostos sobre lucros com tráfico de drogas". Embora sua suspensão fosse com vencimentos, o salário semanal seria retido até que sua inocência ou culpa fosse determinada por um tribunal.

Voltando à mesa e sentando-se mais uma vez diante do irmão, Harris lhes deu as últimas notícias. Sua voz agora não revelava qualquer sentimento ou emoção, parecendo sair de uma máquina falante.

Darius pulou da cadeira furioso.

– Absurdo! Isso não é direito, não cola, de jeito nenhum, juro que não. Ninguém provou *nada*! Vamos conseguir a revogação dessa ordem. Vamos começar agora. Pode levar alguns dias, mas vou fazer com que eles engulam aquela maldita folha de papel. Harris, juro que vamos fazer com que eles a engulam.

Saiu da cozinha e seguiu para seu escritório.

Por uma longa espiral de segundos Harris e Jessica simplesmente olharam um para o outro. Nenhum dos dois pronunciou uma única palavra. Estavam casados há tanto tempo que algumas vezes um já sabia o que o outro estava pensando.

Jessica voltou mais uma vez a atenção para a massa da torta na fôrma, que começara a dobrar ao longo da borda com o polegar e o indicador. Desde que Harris voltara, o tremor das mãos dela era muito perceptível. Agora os tremores tinham desaparecido. As mãos estavam firmes. Ele tinha a terrível sensação de que a firmeza era o resultado de uma triste resignação diante da imbatível superioridade das forças desconhecidas levantadas contra eles.

Ele olhou pela janela ao lado da mesa. Os raios de sol atravessavam os ramos de fícus. As flores que brotam das prímulas inglesas estavam quase fosforescentes. O jardim era extenso, luxuosamente bem projetado, com uma piscina no centro de um átrio ladrilhado. Para qualquer sonhador, qualquer um que estivesse passando por privações, aquele jardim era um símbolo perfeito de sucesso. Uma imagem altamente instigante. Mas Harris Descoteaux sabia o que aquilo realmente significava. Mais uma cela na prisão.

Enquanto o JetRanger voava para o norte, Ellie sentou-se num dos dois assentos na última fileira da cabine dos passageiros. Colocou a pasta aberta no colo e trabalhou no computador que nela estava embutido. Ainda estava encantada com sua boa sorte. Assim que entrara no helicóptero e verificara a cabine para certificar-se de que não havia ninguém do departamento escondido, antes mesmo da decolagem, descobrira o computador no chão, no final da passagem. Reconhecera-o imediatamente como sendo o tipo de hardware desenvolvido pelo departamento, porque muitas vezes olhara por trás do ombro de Danny enquanto ele projetava softwares específicos para aquele tipo de máquinas. Percebeu que o computador estava on-line, mas estivera ocupada demais para verificar de perto até que decolaram e ela desabilitou o segundo JetRanger. Em segurança, no ar, viajando para o norte em direção a Salt Lake City, Ellie voltou ao computador e espantou-se quando compreendeu que a imagem na tela era uma vista do shopping center de onde tinham acabado de escapar, enviada por satélite. Se o departamento temporariamente seqüestrara o Earthguard 3 do DPA para procurá-los, isso só poderia ter sido feito a partir do onipotente sistema de computador na matriz, Mama. Só Mama tinha tal capacidade. O computador abandonado no helicóptero estava on-line com Mama, com a própria megaputa.

Se tivesse encontrado o computador desligado, não poderia fazer a conexão com Mama, pois para isso era necessário uma impressão digital. O software não fora projetado por Danny, mas ele assistira a uma demonstração e lhe contara, animado como uma criança diante do melhor brinquedo do mundo. Uma vez que sua impressão digital não estava entre as aprovadas, o hardware lhe teria sido inútil.

Spencer caminhou em sua direção, com Rocky trotando logo atrás, e Ellie levantou os olhos da tela, surpresa.

– Você não devia estar apontando um revólver para a tripulação?

– Tirei os fones de ouvido para eles não poderem usar o rádio. Não têm nenhuma arma lá, e, mesmo que tivessem um arsenal, não iam poder usar. São pilotos, não são bandidos nem assassinos. Mas eles acham que *nós* é que somos os bandidos, bandidos *insanos* e cordiais.

– Bem, eles também sabem que precisamos deles para fazer este caixote voar.

Enquanto Ellie voltava ao trabalho no computador, Spencer pegou o telefone celular que alguém abandonara no último assento do lado direito. Sentou-se do outro lado da passagem em frente dela.

– Bem, veja – disse ele –, eles acham que sei manter esta batedeira de ovos no ar se alguma coisa acontecer com eles.

– E você sabe? – perguntou ela, sem desviar a atenção da tela, mantendo os dedos ocupados sobre o teclado.

– Não. Mas quando eu estava na Força Especial, aprendi muito sobre helicópteros... principalmente sobre sabotagem, colocar armadilhas e explosivos. Reconheço todos os instrumentos de vôo, sei todos os nomes. Fui bem convincente. Na verdade provavelmente acham que a única razão de ainda estarem vivos é o fato de eu não estar com vontade de arrastar os corpos para jogar lá fora e me sentar no sangue deles.

– E se trancarem a porta da cabine?

– Quebrei a fechadura. E eles não têm nada lá que sirva para manter a porta fechada.

– Você é bom mesmo nisso.

– Ora, nem tanto. O que é que você achou aí?

Enquanto trabalhava, Ellie contou-lhe sobre a boa sorte que tinham tido.

– Tudo está saindo às mil maravilhas – disse Spencer apenas com um leve tom de sarcasmo. – O que você está fazendo?

— Através de Mama, fiz a conexão com o Earthguard, o satélite do DPA que estavam usando para nos caçar. Consegui chegar ao âmago do sistema operacional. Até o nível de gerenciamento de programa.

Spencer assobiou com admiração.

— Olhe, até o Sr. Rocky está impressionado.

Ellie olhou para cima e viu que Rocky estava sorrindo. Sua cauda balançava para lá e para cá esbarrando nos assentos dos dois lados da passagem.

— Você vai detonar um satélite de 100 milhões de dólares, fazer virar lixo espacial?

— Só por um tempo. Imobilizar por umas seis horas. Depois, eles não vão ter a menor idéia de onde começar a nos procurar.

— Ora, vá em frente, liquide com ele de vez.

— Quando o departamento não está usando o satélite para merdas como essa, ele pode até servir para alguma coisa.

— Então, afinal de contas, você tem consciência cívica.

— Bom, já fui bandeirante. Isso fica no sangue, como uma doença.

— Então, provavelmente, você não vai querer sair comigo esta noite e pichar uns viadutos por aí.

— Pronto! – exclamou ela e apertou a tecla ENTER. Examinou os dados que apareciam na tela e sorriu. – O Earthguard está desligado para uma soneca de seis horas. Só um radar agora pode nos achar. Você tem certeza de que estamos indo mesmo para o norte, alto o bastante para que os radares não possam nos pegar, como eu pedi?

— Os meninos lá na frente prometeram.

— Perfeito.

— O que você fazia antes disso tudo? – ele perguntou.

— Programadora *free lance*, especializada em videogames.

— Você criava videogames?

— É.

— Claro que sim.

— Estou falando sério.

— Não, você não entendeu. Eu quis dizer, *claro que sim*. É óbvio. E agora você está num videogame real.

— Do jeito que o mundo vai, todo mundo um dia estará vivendo um grande videogame, e com certeza não vai ser um daqueles divertidos. Nada parecido com "Super Mario Brothers". Provavelmente, será mais parecido com "Mortal Kombat".

— Agora que você desabilitou um satélite de 100 milhões de dólares, o que vai acontecer?

Enquanto conversavam, Ellie continuava prestando atenção na tela. Saíra do Earthguard, de volta a Mama. Estava chamando *menus*, um atrás do outro, fazendo leitura dinâmica.

— Estou dando uma olhada para ver qual é o maior estrago que eu posso fazer.

— Você se importa de fazer alguma coisa para mim primeiro?

— Diz o que é enquanto vou bisbilhotando por aqui.

Ele contou sobre a armadilha que havia instalado na cabana para o caso de alguém entrar enquanto estivesse fora. E foi a vez dela assobiar de admiração.

— Puxa! Eu queria ver a cara deles quando descobriram o que estava acontecendo. E o que aconteceu com as fotografias digitalizadas quando saíram de Malibu?

— Foram transmitidas para o computador central da Pacific Bell, precedidas por um código que ativou um programa que criei antes e enterrei lá. O programa permitia que as fotos fossem recebidas e então retransmitidas para o computador central da Illinois Bell, onde enterrei um outro programinha, que despertou em resposta ao código de acesso especial e recebeu as fotos vindas da Pacific Bell.

— Você acha que o departamento não seguiu os rastros até lá?

— Bom, para a Pacific Bell, com certeza. Mas depois que o meu programinha mandou as fotos para Chicago, ele apagou todos os vestígios da chamada, e se autodestruiu.

— Algumas vezes um programa de autodestruição pode ser reconstruído e examinado. Então veriam as instruções para eliminar os vestígios da chamada para Illinois Bell.

— Nesse caso, não. Era um programa lindamente autodestrutivo e que ficou totalmente destruído, garanto. Quando se desmantelou, levou consigo um bloco respeitável do sistema da Pacific Bell.

Ellie interrompeu a investigação urgente nos programas de Mama para encará-lo.

— Que tamanho quer dizer "respeitável"?

— Mais ou menos trinta mil pessoas devem ter ficado sem telefone duas ou três horas antes que os sistemas de *back-up* ficassem on-line.

— Você nunca foi escoteiro.

— Bem, nunca me deram chance.

— Você aprendeu um bocado sobre crimes de informática enquanto trabalhou na Força Especial.

— Eu era um empregado diligente.

— Mais do que aprendeu sobre helicópteros, com certeza. Então você acha que essas fotos ainda estão esperando no computador da Chicago Bell?

— Vou ditar a rotina e vamos descobrir. Quem sabe dar uma olhada nas caras de alguns daqueles bandidos serve para futura referência? O que você acha?

— Acho ótimo. O que tenho de fazer?

Três minutos depois a primeira fotografia apareceu na tela do computador. Spencer inclinou-se sobre a passagem estreita e ela enviesou a pasta para que ele pudesse ver a tela.

— Essa é a minha sala de estar.

— Você não está muito interessado em decoração, está?

— Meu estilo favorito é o "Arrumado Primitivo".

— Parece mais com "Final do Período Monastério".

Dois homens em trajes de combate moviam-se depressa pela sala e a velocidade fez com que a imagem ficasse turva.

— Barra de espaço – disse Spencer.

Ellie tocou na barra de espaço e a próxima fotografia apareceu na tela. Examinaram os dez primeiros instantâneos em menos de um minuto. Alguns mostravam uma imagem clara de um ou dois rostos. Mas era difícil descobrir a real aparência de um homem usando um capacete de combate com uma presilha no queixo.

— Vamos passar rápido até encontrar alguma coisa nova.

Ellie tocou na barra de espaço várias vezes, fazendo rolar as fotos na tela, até que chegaram a de número 31. Um novo homem apareceu, e não estava usando uniforme de combate.

— Filho-da-puta — disse Spencer.

— Acho que sim — ela concordou.

— Vamos ver a 32.

Ellie tocou na barra de espaço.

— Bom.

— É.

— Trinta e três.

Barra de espaço.

— Não tem dúvida — disse ela.

Barra de espaço. Trinta e quatro.

Barra de espaço. Trinta e cinco.

Barra de espaço. Trinta e seis.

O mesmo homem aparecia em todas as fotos, andando pela sala na cabana de Malibu. Era o último dos cinco homens que saltaram do helicóptero em frente à loja Hallmark pouco tempo atrás.

— O mais esquisito — comentou Ellie — é que aposto que estamos olhando para o retrato dele no computador dele.

— Você provavelmente está sentada na cadeira dele.

— No helicóptero dele.

— Puxa, ele deve estar furioso — disse Spencer.

Rapidamente examinaram o restante das fotografias. Aquele sujeito meio papudo, com cara de bonzinho, aparecia em todas elas até que ele mesmo colara, com saliva, um pedaço de papel na lente da câmera.

— Não vou esquecer a cara dele, mas eu queria uma impressora para termos uma cópia.

— Esse computador tem uma impressora embutida — disse Ellie, indicando uma abertura na lateral da pasta. — Acho que aqui deve ter mais ou menos cinqüenta folhas de papel A-4. Acho que foi isso que Danny me disse uma vez.

— Só preciso de uma.

— Duas. Uma para mim.

Escolheram a melhor das fotos do inimigo de aparência benigna e fizeram duas cópias.

— Você nunca viu esse cara antes? — perguntou Spencer.

— Nunca.

— Bem, acho que ainda vamos ver esse sujeito de novo.

Ellie fechou o sistema da Illinois Bell e voltou aos *menus* aparentemente infindáveis de Mama. A profundidade e a amplitude das capacidades da megaputa realmente faziam-na parecer onipotente e onisciente.

De volta à sua poltrona, Spencer disse:

— Será que você consegue fazer com que Mama sofra um derrame fatal?

Sacudindo a cabeça, Ellie respondeu:

— Não. Há muitas redundâncias embutidas nela para isso.

— Quem sabe um nariz quebrado?

— Acho que sim.

Ellie tinha consciência de que ele a observava enquanto trabalhava.

— Você já quebrou muitos?

— Narizes? Eu?

— Corações.

Ela se espantou ao sentir o rubor que lhe inundava as faces.

— Eu não.

— Poderia. Fácil.

Ela não respondeu.

— O cachorro está escutando – disse ele.

— O quê?

— Você só pode falar a verdade.

— Não sou nenhuma modelo.

— Acho você bonita.

— Eu gostaria de um nariz melhor.

— Compro um para você, se quiser.

— Vou pensar no caso.

— Mas só vai ser diferente. Não melhor.

— Você é um homem estranho.

— Além disso, eu não estava falando de aparência.

Ela não respondeu, continuou remexendo em Mama.

— Mesmo que eu fosse cego, e nunca tivesse visto seu rosto, eu já conheço você o suficiente para que pudesse partir eu coração.

Quando ela finalmente conseguiu respirar, disse:

– Logo que desistirem do Earthguard vão tentar arranjar um outro satélite e nos encontrar. Está na hora de ficar abaixo do alcance dos radares e mudar de curso. É melhor você ir falar com os meninos.

Depois de uma ligeira hesitação, que poderia significar um desapontamento por ela não ter respondido da forma como ele havia esperado quando expusera seus sentimentos, Spencer perguntou:

– Para onde vamos?

– Tão perto da fronteira do Colorado quanto esta banheira nos levar.

– Vou descobrir quanto temos de combustível. Mas por que Colorado?

– Porque Denver é a primeira grande cidade mais próxima. E se pudermos chegar a uma grande cidade, entro em contato com pessoas que podem nos ajudar.

– Precisamos de ajuda?

– Você não anda prestando atenção?

– Eu tenho uma história no Colorado – disse Spencer, e o mal-estar em sua voz era evidente.

– Sei disso.

– Uma história e tanto.

– Faz diferença?

– Talvez. – O tom de voz não era mais romântico. – Acho que não deveria. É só um lugar...

Ellie olhou-o nos olhos.

– Está muito quente para nós. Precisamos encontrar pessoas que nos escondam até esfriar.

– Você conhece gente assim?

– Há pouco tempo. Sempre estive só. Mas ultimamente... as coisas mudaram.

– Quem são?

– Por enquanto basta você saber que são boas pessoas.

– É, então acho que vamos para Denver.

MÓRMONS, MÓRMONS em toda parte, uma verdadeira epidemia de mórmons, policiais mórmons de uniformes bem passados, barbeados, olhos brilhantes e de fala macia demais, tão excessivamente polidos que Roy Miro pôs-se a imaginar se não era tudo representação. Mórmons à esquerda, mórmons à direita, autoridades locais, e todos eles eficientes e certinhos demais para que suas investigações pudessem ser sabotadas ou deixassem toda a bagunça ser coberta com uma piscadela e um tapinha nas costas. O que mais incomodava Roy nesses mórmons era que eles o despojavam de sua vantagem habitual, pois, no meio deles, seus modos afáveis nada tinham de incomum. Sua polidez empalidecia em comparação à deles. Seu sorriso largo e rápido era apenas mais um em meio a uma verdadeira nevasca de sorrisos cheios de dentes notavelmente mais brancos do que os seus. Inundaram o shopping center e o supermercado, esses mórmons, fazendo perguntas tão educadas, armados de livrinhos e canetas Bic e olhares diretos, e Roy nunca podia ter certeza de que estavam acreditando na história que contara nem se tinham sido convencidos por suas impecáveis credenciais falsas.

Por mais que tentasse, não conseguia imaginar como cair nas graças de policiais mórmons. Perguntava a si próprio se reagiriam bem e se abririam, caso ele lhes dissesse que adorava o coro do tabernáculo. Na verdade, não gostava nem desgostava, mas tinha a impressão de que eles saberiam que ele estava mentindo só para conquistá-los. O mesmo valia para os Osmond, a mais famosa família mórmon dedicada ao show business. Roy não gostava nem desgostava de sua música ou de sua dança; eram talentosos, mas não faziam seu gênero. Marie Osmond tinha pernas *perfeitas*, pernas que ele poderia passar horas beijando e afagando, pernas de encontro às quais ele desejaria esmagar um punhado de suaves rosas vermelhas, mas tinha certeza de que esses mórmons não eram policiais do tipo que adere com alegria a uma conversa desse teor.

Tinha certeza de que nem todos os policiais eram mórmons. As leis da igualdade de oportunidades garantiam uma força policial diversificada. Se ele conseguisse descobrir quais deles não eram mórmons talvez fosse capaz de estabelecer um relacionamento com as rodas da investigação e pudesse cair fora depressa. Mas era impossível distinguir os não-mórmons dos mórmons, pois eles tinham adotado seus costumes, modos e maneirismos. Os não-mórmons – fossem lá quem fossem os filhos-da-puta – eram polidos, engomados, bem-arrumados, sóbrios, exibindo dentes irritantemente bem escovados, dos quais todas as manchas reveladoras de nicotina tinham sido removidas. Um dos oficiais era um negro de nome Hargrave, e Roy tinha absoluta certeza de ter encontrado pelo menos um tira para quem os ensinamentos de Brigham Young não eram mais importantes do que os de Kali, a forma malévola da Deusa Mãe hindu, mas Hargrave acabou se mostrando o mais mórmon dos mórmons que já trilhara o caminho mórmon. Hargrave tinha a carteira cheia de retratos da mulher e dos nove filhos, inclusive dos dois que atualmente estavam em missões religiosas em cantos esquálidos do Brasil e de Tonga.

Finalmente, a situação tornou-se para Roy tão assustadora quanto frustrante. Sentia-se como se estivesse em meio ao filme *Vampiros de almas*.

Antes que os carros de patrulha da cidade e do condado começassem a chegar – todos brilhantes e bem conservados – Roy usara o telefone seguro no helicóptero avariado para ordenar que mais dois JetRangers levantassem vôo de Las Vegas, mas o departamento tinha apenas mais um naquele escritório para enviar-lhe.

– Jesus – dissera Ken Hyckman –, você está usando os helicópteros como se fossem lenços de papel.

A perseguição contra Grant e a mulher continuaria com apenas nove dos 12 homens; este era o número máximo de homens que poderiam ser espremidos dentro da nova aeronave.

Embora o JetRanger avariado não pudesse ser reparado para estar em condições de decolar de trás da loja Hallmark antes de pelo menos 36 horas, o novo helicóptero já estava fora de Las Vegas, a caminho de Cedar City. O Earthguard estava em vias de ser redirecionado para procurar a aeronave roubada. Tinham sofrido uma derrota, era indiscutível, mas a situação não representava um desastre irreparável. Uma batalha perdida – *mais* uma batalha perdida – não significava que tivessem perdido a guerra.

Roy não conseguia se acalmar inalando o pálido vapor pêssego da tranqüilidade e exalando o vapor verde-bílis da raiva e da frustração. Não conseguia encontrar qualquer conforto em nenhuma das técnicas de meditação que durante anos funcionaram de forma tão confiável. Uma única coisa mantinha sua raiva contraproducente sob controle: pensar em Eve Jammer no esplendor de todos os seus gloriosos 60% de perfeição. Nua. Coberta de óleo. Contorcendo-se. Esplendor louro sobre a borracha negra.

O novo helicóptero só chegaria a Cedar City após o meio-dia, mas Roy estava certo de ser capaz de dar duro nos mórmons até lá. Sob seus olhos vigilantes, perambulava entre eles, respondia a todas as suas perguntas vezes sem conta, examinava o conteúdo do Rover, rotulava tudo quanto havia no veículo para confisco, e durante todo o tempo sua mente estava repleta de imagens de Eve satisfazendo-se com suas mãos perfeitas e com uma variedade de dispositivos projetados para os sexualmente obcecados e cujo gênio criativo ultrapassava os de Thomas Edison e Albert Einstein combinados.

Em pé ao lado do balcão de uma das caixas do supermercado, examinando o computador e a caixa de arquivos contendo vinte CDs de software retirados do banco de trás do Range Rover, Roy lembrou-se de Mama. Durante um minuto de desesperada negação tentou iludir-se, forçando-se a acreditar que desligara ou desconectara o computador na pasta antes de sair do helicóptero. Não adiantou. Ele podia ver a imagem que aparecia na tela no momento em que colocara a pasta sob o assento, e correra para a cabine: a vista do shopping center enviada pelo satélite.

— Que *merda*! — exclamou, e todos os tiras mórmons que o ouviram estremeceram em uníssono.

Roy correu para os fundos do supermercado, passou pelo depósito, saiu pela porta dos fundos e correu, em meio aos agentes e policiais, até o helicóptero avariado, onde poderia usar o telefone seguro equipado com o dispositivo misturador de sons.

Telefonou para Las Vegas e alcançou Ken Hyckman na central de vigilância por satélite.

— Estamos com problemas...

Antes mesmo de Roy começar a explicar, Hyckman disse com a solenidade pomposa de um âncora na televisão:

– Estamos com problemas aqui. O computador a bordo do Earthguard pifou. Inexplicavelmente, saiu do ar, estamos trabalhando nele, mas...

Roy interrompeu, pois sabia que a mulher tinha usado o seu computador para silenciar o Earthguard.

– Ken, escute, o computador que eu uso em campo estava naquele helicóptero roubado, e on-line com Mama.

– Merda! – gritou Ken Hyckman, mas na central de vigilância por satélite não havia tiras mórmons para estremecer.

– É preciso entrar em contato com Mama e fazer com que ela corte minha unidade e bloqueie, para que a maldita mulher nunca mais possa ter acesso. *Nunca.*

O JETRANGER voou ruidoso atravessando Utah, sempre que possível a 100 metros do chão para evitar ser detectado pelos radares.

Rocky continuou perto de Ellie depois que Spencer foi para a cabine vigiar novamente a tripulação. Ela estava concentrada demais, procurando aprender tudo quanto pudesse sobre as capacidades de Mama, para acariciar ou mesmo dirigir algumas palavras ao cachorro. O fato de ter sua companhia sem oferecer qualquer recompensa era uma prova de que ele aprendera a confiar nela e de que a aprovava.

Não faria diferença se ela tivesse despedaçado a tela e usado o tempo para fazer um bom afago por trás das orelhas do cão, pois, antes mesmo que pudesse fazer qualquer coisa, os dados na tela desapareceram e foram substituídos por um campo azul, onde só se via uma pergunta piscando em letras vermelhas: QUEM ESTÁ AÍ?

Esse desenvolvimento não a surpreendeu. Esperara ser cortada muito antes de poder provocar qualquer dano a Mama. O sistema era projetado com elaboradas redundâncias, proteções contra a entrada de *hackers* e vacinas contra vírus. Descobrir uma rota que a levasse até o nível de gerenciamento de programa em Mama, onde uma grande destruição poderia ser criada, exigiria não só horas, mas dias de diligente busca. Ellie tivera a sorte de dispor do tempo necessário para silenciar o Earthguard, pois nunca teria obtido controle total do satélite sem o auxílio de Mama. Além de usar Mama, tentar dar-lhe um soco no nariz fora um exagero. Contudo, por mais que o empreendimento estivesse condenado ao fracasso, Ellie sentira-se obrigada a tentar.

Não havendo resposta à pergunta em letras vermelhas, a tela ficou vazia, passando de azul a cinza. Parecia morta. Ellie sabia que não adiantava tentar restabelecer contato com Mama.

Desligou o computador, colocou-o no chão e estendeu o braço para acariciar o cachorro, que se chegou mais a ela balançando o rabo. Ao inclinar-se para acariciá-lo, notou que havia um envelope pardo no chão, meio escondido sob o assento.

Depois de afagar o animal durante um ou dois minutos, Ellie pegou o envelope. Continha quatro fotos.

Reconheceu Spencer, apesar da pouca idade que tinha nas fotografias. Embora o homem fosse reconhecível no menino, ele perdera mais do que a juventude desde o dia em que as fotos haviam sido tiradas. Mais do que a inocência. Mais do que o efervescente espírito bem evidente no sorriso e na linguagem corporal da criança. A vida roubara-lhe também uma inefável qualidade, e a perda não era menos evidente por ser inexprimível.

Ellie estudou o rosto da mulher nas duas fotos que a mostravam junto com Spencer, e convenceu-se de que eram mãe e filho. Se as aparências não enganavam, e neste caso ela intuía que não, a mãe de Spencer havia sido uma pessoa gentil, de voz macia, carinhosa, dotada de um senso de humor juvenil.

Numa terceira foto, a mãe era mais nova do que nas duas outras em que aparecia com Spencer. Devia ter uns 20 anos, estava em pé diante de uma árvore carregada de flores brancas. Parecia radiosamente inocente, não propriamente ingênua, mas preservada e sem cinismo. Talvez Ellie estivesse vendo demais numa foto, mas percebia na mãe de Spencer uma vulnerabilidade tão pungente que subitamente seus olhos se encheram de lágrimas.

Piscando, mordendo o lábio inferior, determinada a não chorar, finalmente foi forçada a enxugar os olhos com as costas da mão. Não era apenas a perda que Spencer sofrera que a comovia. Ao olhar para a mulher com o vestido de verão, pensou em sua própria mãe, que lhe fora roubada com tanta brutalidade.

Ellie estava à beira de um mar de recordações, mas não podia se banhar no conforto que ofereciam. Independente da inocência, cada onda de lembranças quebrava-se na mesma praia sombria. O rosto de sua mãe, em cada momento recapturado do passado, lhe aparecia como o vira na morte: sangrento, despedaçado pelos tiros, com um olhar fixo tão cheio de horror dando a impressão de que no penúltimo momento a pobre mulher tivera uma visão do outro mundo e só avistara um frio e imenso vazio.

Estremecendo, Ellie desviou os olhos da fotografia para a janela ao lado do assento. O céu azul parecia tão ameaçador quanto um mar gelado, e logo abaixo da aeronave, que voava em reduzida altitude, passava a imagem turva das rochas, da vegetação e das obras humanas.

Quando teve certeza de já ter recuperado o controle de suas emoções, Ellie olhou novamente para a fotografia da mulher num vestido de verão – e em seguida para a última das quatro fotografias. Observara traços da mãe no filho, mas viu uma semelhança muito maior entre Spencer e o homem envolto em sombras na quarta fotografia. Sabia que era o pai dele, embora não reconhecesse o infame artista.

A semelhança, entretanto, limitava-se aos cabelos escuros, olhos ainda mais escuros, à forma do queixo, e algumas outras características. No rosto de Spencer não havia a arrogância e o potencial para a crueldade que faziam com que seu pai parecesse tão frio e distante.

Ou talvez visse essas coisas em Steven Ackblom apenas por saber que estava diante de um monstro. Se tivesse visto a foto sem sequer suspeitar quem era o homem, ou se o encontrasse numa festa ou na rua, talvez nada nele o fizesse parecer mais ameaçador do que Spencer ou qualquer outro homem.

Ellie arrependeu-se imediatamente deste pensamento, pois ele a encorajava a imaginar que o homem bom e gentil que via em Spencer era uma ilusão ou, na melhor das hipóteses, apenas parte da realidade. De alguma forma, para sua própria surpresa, compreendeu que não queria duvidar de Spencer Grant. Ao contrário, estava ansiosa para acreditar nele, como não acreditara em nada ou em ninguém por muito tempo.

Mesmo que eu fosse cego, e nunca tivesse visto seu rosto, eu já conheço você o suficiente para que pudesse partir meu coração.

Estas palavras tinham sido tão sinceras, uma revelação tão espontânea de seus sentimentos e de sua vulnerabilidade, que por alguns instantes perdera a fala. Mas não tivera a coragem de lhe dar qualquer motivo para acreditar que poderia ser capaz de retribuir seus sentimentos.

Danny estava morto há 14 meses e, em sua opinião, era um período de luto demasiadamente breve. Tocar um outro homem assim tão depressa, gostar, amar, parecia-lhe uma traição ao *primeiro* homem que amara, e ainda amaria, com exclusão de qualquer outro, se ainda estivesse vivo.

Por outro lado, 14 meses de solidão, de qualquer ângulo que fossem medidos, representavam uma eternidade.

Para ser honesta, precisava admitir que sua reticência era fruto da preocupação com a propriedade ou impropriedade de um período de luto de 14 meses. Por melhor e mais amoroso que Danny tivesse sido, nunca teria conseguido abrir direta e completamente seu coração como Spencer o fizera repetidamente desde que ela o arrancara do leito seco de um rio no deserto. Não que Danny não fosse romântico, mas seus sentimentos eram expressos de forma menos direta, através de presentes e gentilezas, e não em palavras, como se as palavras "Eu te amo" pudessem lançar uma maldição sobre a relação. Não estava acostumada com a poesia rude de um homem como Spencer, quando lhe abrira o coração, e também não tinha certeza de seus sentimentos a esse respeito.

Isso era mentira. Apreciava. Mais do que apreciava. Em seu coração endurecido, surpreendeu-se por ainda encontrar uma área sensível, que além de reagir às declarações de amor de Spencer ansiava por mais. Essa ânsia assemelhava-se à profunda sede de um viajante no deserto e compreendia agora que aquela era uma sede que havia sentido durante toda sua vida.

Sua relutância em corresponder a Spencer não era motivada por achar que pouco tempo havia transcorrido desde a morte de Danny, mas por pressentir que o primeiro amor de sua vida poderia vir a não ser o maior. Descobrir novamente a capacidade de amar parecia-lhe uma traição a Danny. Pior do que isso – rejeição cruel –, amar um outro homem *mais* do que amara o marido assassinado.

Talvez isso nunca acontecesse. Se abrisse o coração a esse homem ainda misterioso, talvez descobrisse, afinal, que o lugar que ele ocupava em seu coração nunca seria igual àquele onde Danny vivia e viveria para sempre.

Ao levar tão longe sua lealdade a Danny, supunha estar permitindo que um sentimento honesto degenerasse em sentimentalismo piegas. Certamente, ninguém nasce para amar apenas uma vez, mesmo que o destino conduzisse esse amor a uma morte precoce. Se as regras que controlam a criação fossem tão severas, Deus teria construído um universo frio e triste. Certamente, o amor e todas as emoções, sob um determinado aspecto, assemelhavam-se aos músculos: tornando-se mais fortes com o exercício, atrofiando se não fossem usados. Amar Danny poderia ter-lhe dado a força emocional, após sua morte, para amar Spencer ainda mais.

E para ser justa com Danny, ele fora criado por um pai insensível e por uma mãe volúvel, *socialite*, em cujos braços gelados aprendera a ser contido e reservado. Ele lhe dera tudo quanto estava ao seu alcance, em seus braços fora feliz e afortunada. Tão feliz, na verdade, que subitamente não conseguia imaginar passar o resto de sua vida sem procurar em outro alguém o dom que Danny tinha sido o primeiro a lhe conceder.

Quantas mulheres eram capazes de afetar um homem de tal forma que após uma única conversa ele desistisse de sua confortável existência e arriscasse loucamente a vida só para estar com ela? Sentia-se muito mais do que simplesmente mistificada e vaidosa com o compromisso que Spencer demonstrara. Sentia-se especial, tola, imprudente como uma colegial. Sentia-se relutantemente encantada.

Franzindo o cenho, examinou mais uma vez a fotografia de Steven Ackblom.

Sabia que o compromisso de Spencer para com ela poderia resultar mais da obsessão do que do amor. No filho de um selvagem assassino em série qualquer sinal de obsessão poderia ser razoavelmente encarado como causa para preocupação, um reflexo da loucura do pai.

Ellie recolocou as quatro fotografias no envelope e fechou-o com o clipe de metal.

Tinha a firme convicção de que – sob todos os aspectos – Spencer *não* herdara nada do pai. Não representava mais perigo para ela do que Rocky. Durante três noites no deserto, enquanto o escutava murmurar durante o delírio, entre suas periódicas subidas a um frágil estado de consciência, não ouvira nada que a fizesse suspeitar que ele fosse a semente podre de uma semente podre.

Na verdade, mesmo se Spencer representasse perigo, em matéria de ameaça não se comparava ao departamento, que ainda estava lá fora, à espreita.

O que Ellie realmente precisava era preocupar-se em manter os bandidos do departamento afastados tempo suficiente para que ela pudesse descobrir e usufruir de quaisquer conexões emocionais que pudessem evoluir entre ela e aquele homem complexo e enigmático. O próprio Spencer admitira ter segredos ainda não revelados. Mais por ele do que por ela, esses segredos precisariam ser desvendados antes que qualquer futuro juntos lhes fosse possível. Pois, até que acertasse contas com o passado, ele não teria a paz de espírito e a auto-estima necessárias para que o amor florescesse.

Olhou novamente para o céu.

Voavam sobre Utah naquela veloz máquina negra, estranhos em sua própria terra, deixando para trás o sol, viajando em direção ao horizonte do qual, dali a algumas horas, a noite viria.

HARRIS DESCOTEAUX tomou banho no banheiro de hóspedes marrom e cinza da casa de seu irmão, em Westwood, mas o cheiro da cadeia, que acreditava sentir em seu corpo, não podia ser extirpado. Jessica, antes de ser expulsa de casa, tinha colocado três mudas de roupa para ele na mala. Daquele restrito guarda-roupa, Harris escolheu o tênis

Nike, calça de veludo cinza e uma camisa de malha de mangas compridas verde-escura.

Quando disse à mulher que ia dar uma volta, ela pediu que esperasse até que as tortas estivessem prontas para colocar no forno e poder acompanhá-lo. Darius, em atividade no telefone do escritório, sugeriu que ele saísse meia hora mais tarde para que pudessem fazer a caminhada juntos. Harris pressentiu que estavam preocupados com seu desânimo. Achavam que ele não devia ficar sozinho.

Ele os tranqüilizou de que não tinha qualquer intenção de se atirar diante de um caminhão, que precisava de exercício depois de um fim de semana na cela e que desejava também ficar sozinho para pensar. Tomou emprestado uma das jaquetas de couro de Darius penduradas no *closet* da entrada e saiu na fria manhã de fevereiro.

As ruas residenciais de Westwood eram cheias de ladeiras. Depois de andar alguns quarteirões, Harris compreendeu que o fim de semana na cela *enrijecera* mesmo seus músculos e que precisava alongá-los.

Não dissera a verdade quando afirmara precisar ficar sozinho para pensar. Queria mesmo era *parar* de pensar. Desde o ataque à sua casa na sexta-feira à noite, estava bastante confuso. E aqueles pensamentos haviam levado apenas a lugares sombrios em seu próprio interior.

Até mesmo o pouco que tinha dormido não lhe servira de alívio, pois havia sonhado com homens sem rostos, usando uniformes pretos e botas reluzentes de cano alto. Nos pesadelos, esses homens prendiam Ondine, Willa e Jessica com coleiras e trelas, como se estivessem lidando com cachorros, e as levavam, deixando Harris sozinho.

Da mesma forma que o sono, a companhia de Jessica e Darius não significava uma fuga das preocupações. Seu irmão trabalhava sem cessar no caso ou então pensava alto sobre estratégias legais ofensivas e defensivas e Jessica – da mesma forma que as meninas quando voltassem das compras – era uma lembrança constante de que falhara para com sua família. Nenhuma delas diria qualquer coisa a esse respeito, é claro, e ele sabia que o pensamento jamais lhes passaria pela cabeça. Ele nada fizera para merecer a catástrofe que sobre eles se abatera. Contudo, embora inocente, culpava-se. Em algum lugar, num determinado momento ou ocasião, fizera um inimigo cuja retribuição era psicoticamente desproporcional à ofensa praticada. Se pelo menos tivesse feito uma única coisa diferente, evitado uma declaração ou ato ofensivo, talvez nada disso tivesse acontecido. Quando pensava em Jessica e nas meninas, a culpa inadvertida e inevitável parecia-lhe um pecado cada vez maior.

Embora existissem apenas em seus sonhos, os homens que usavam botas começavam, sob um aspecto muito real, a lhe negar o conforto representado pela presença de sua família, sem que para isso fosse necessário prendê-la com coleiras e arrastá-la para longe. A raiva e a frustração que sentia ante sua impotência e diante de sua sensação de culpa transformaram-se nos tijolos e argamassas de uma parede que o separava daqueles que amava; e essa barreira, com o tempo, provavelmente se tornaria mais espessa e mais alta.

Assim, caminhou sozinho pelas ruas tortuosas e colinas de Westwood. Palmeiras, fícus e pinheiros mantinham o bairro nas imediações da Califórnia verde até mesmo em fevereiro, mas aqui e ali havia também sicômoros, bordos e bétulas que estavam despojados de suas folhas pelo inverno. Harris concentrava-se principalmente nos interessantes padrões desenhados pela luz do sol e pelas sombras das árvores, que alternadamente animavam e decoravam as calçadas à sua frente. Tentou usá-los para induzir um estado de hipnose auto-imposto, em que todos os pensamentos eram banidos, exceto a percepção da necessidade de continuar colocando um pé adiante do outro.

Teve algum sucesso com esse jogo. Numa espécie de transe, estava apenas superficialmente consciente do Toyota azul-safira que acabava de passar e que subitamente, engasgando e morrendo, encostou no meio-fio e parou quase um quarteirão adiante. Um homem saiu do carro e abriu o capô, mas Harris continuou concentrado na tapeçaria de sol e sombras em que pisava. Quando Harris passou em frente ao Toyota, o estranho interrompeu o exame do motor e dirigiu-se a ele.

— Senhor? Posso lhe dar alguma coisa para pensar?

Harris deu mais alguns passos antes de compreender que o homem estava falando com ele. Detendo-se, dando meia-volta e saindo do seu transe hipnótico auto-induzido, respondeu:

— Desculpe?

O estranho era um negro alto, que aparentava ter quase 30 anos. Era tão magro quanto um adolescente de 14 anos, com aparência intensa e sombria de um velho que já vira demais e carregava consigo um desgosto muito grande. Vestia calça preta, suéter preta de gola alta e uma jaqueta também preta, dando a impressão de que desejava projetar uma imagem ameaçadora. Mas se essa era sua intenção, o efeito era anulado pelos óculos com grossas lentes de vidro e uma voz que, embora profunda, era aveludada e atraente como a de Mel Tormé.

– Posso lhe dar alguma coisa para pensar? – perguntou novamente, continuando em seguida sem esperar a resposta. – O que aconteceu ao senhor não poderia acontecer a um deputado ou senador dos Estados Unidos.

A rua estava estranhamente silenciosa para uma área tão metropolitana quanto aquela. A luz do sol parecia ter, de repente, adquirido uma aparência bem diferente. O brilho que lançava sobre as superfícies curvas do Toyota davam a Harris a impressão de pouco natural.

– A maioria das pessoas não sabe disso, mas há décadas os políticos isentaram os membros atuais e futuros do Congresso americano do cumprimento à maioria das leis que promulgam. O confisco de bens é um exemplo. Se a polícia pegar um senador vendendo cocaína em seu Cadillac, na porta de uma escola, o carro não vai poder ser confiscado, como sua casa foi.

Harris experimentava o sentimento peculiar de que se hipnotizara tão bem que o homem alto e todo de preto era uma aparição num sonho induzido pelo transe.

– O senhor poderia processá-lo por tráfico de drogas se conseguir uma condenação. Mas, a menos que os outros políticos cassassem seu mandato e o expulsassem do Congresso e, ao mesmo tempo, providenciassem a anulação de sua imunidade, não seria possível confiscar os bens por tráfico de drogas ou sob a acusação de ter cometido qualquer outra das duzentas infrações nas quais eles se baseavam para confiscar os seus bens.

– Quem é você?

Ignorando a pergunta, o estranho continuou, naquela voz suave:

— Os políticos não pagam a previdência social. Possuem seus próprios fundos de aposentadoria. E não lançam mão deles para financiar outros programas, como fazem com o dinheiro da previdência social. As aposentadorias *deles* estão a salvo.

Harris olhou com ansiedade em torno para ver se alguém estava observando, que outros veículos e homens poderiam estar acompanhando aquele homem. Embora o estranho não fosse ameaçador, a situação subitamente pareceu sinistra. Achava que era uma armadilha, como se o objetivo da conversa fosse levá-lo a fazer alguma declaração sediciosa pela qual pudesse ser preso, processado e condenado.

Era um temor absurdo. A liberdade da palavra ainda estava bem garantida. Não havia na sociedade quem mais aberta e furiosamente manifestasse suas opiniões que seus compatriotas. Os últimos acontecimentos, com certeza, tinham dado origem a uma paranóia que precisava controlar.

Mas assim mesmo continuou com medo de falar.

— Eles isentam a si próprios dos planos de saúde que querem empurrar pela nossa goela abaixo, e daqui a pouco vamos precisar esperar meses por uma operação de vesícula. Mas eles recebem toda a assistência que precisam, bastando, para tanto, apenas pedir. De alguma forma, nos permitimos ser governados pelos mais cobiçosos e mais invejosos que existem entre nós.

Harris encontrou coragem para falar, mas apenas para repetir a pergunta que fizera anteriormente:

— Quem é você? O que você quer?

— Só quero lhe dar alguma coisa para pensar até a próxima vez – disse o estranho, afastando-se e fechando o capô do Toyota azul.

Sentindo-se mais corajoso agora que as costas do outro estavam voltadas para si, Harris desceu da calçada e segurou o homem pelo braço:

— Olhe aqui...

— Preciso ir. Pelo que sei, não estamos sendo vigiados. As chances são de uma para mil. Mas com a tecnologia moderna nunca se pode estar 100% certo. Até agora, aos olhos de um observador, você apenas começou a conversar com um estranho com problemas no carro, ofereceu ajuda. Mas se ficarmos mais tempo conversando, vão querer se aproximar e acionar seus microfones direcionais.

Caminhou para a porta do Toyota.

Atônito, Harris perguntou:

— Mas o que quer dizer isso tudo?

— Seja paciente, Sr. Descoteaux. Deixe-se levar pela corrente, deslize pela crista das ondas e logo irá descobrir.

— Que ondas?

Abrindo a porta do carro, o estranho mostrou o primeiro sorriso desde que começara a falar.

— Bem, eu acho... microondas, ondas de luz, ondas do futuro.

Entrou no carro, deu partida no motor e afastou-se, deixando Harris mais atônito do que nunca.

Que *diabo* tinha acontecido?

Harris Descoteaux olhou ao redor e observou a vizinhança, mas não havia nada estranho. Céu e terra. Casas e árvores. Gramados e calçadas. Luz e sombras. Mas na textura do dia, reluzindo de forma sombria na mais profunda tessitura da trama, havia traços de infelicidade que antes ali não existiam.

ROY MIRO NO IMPÉRIO dos Mórmons. Depois de lidar com a polícia de Cedar City e com os representantes do xerife do condado durante algumas horas, Roy havia experimentado gentileza suficiente que duraria alguns meses. Compreendia o valor de um sorriso, da cortesia e da permanente simpatia, pois ele mesmo utilizava uma abordagem desarmante em seu trabalho. Mas os policiais mórmons usavam-na ao extremo. Começou a ansiar pela indiferença de Los Angeles, o duro egoísmo de Las Vegas, até mesmo a rispidez e a insanidade de Nova York.

Seu estado de espírito não se tornou mais brilhante com as notícias do silêncio do Earthguard. Ficara ainda mais irritado quando soubera que o helicóptero roubado voara a uma altitude tão baixa que as duas instalações militares que o vigiavam (em resposta a solicitações urgentes do departamento e que acreditavam provenientes da Delegacia de Combate às Drogas) o haviam perdido. Não tinham conseguido restabelecer o contato. Os fugitivos haviam desaparecido e apenas Deus e dois pilotos seqüestrados sabiam onde estavam

Roy temia a hora de apresentar seu relatório a Tom Summerton.

O helicóptero que substituiria o JetRanger tinha chegada prevista para dali a vinte minutos, mas ele não sabia o que fazer com ele. Estacioná-lo no shopping center e ficar lá, esperando que alguém avistasse os fugitivos? Poderia muito bem ainda estar ali quando chegasse novamente a hora de fazer as compras de Natal. E, além disso, os policiais mórmons, constantemente, trariam café e sonhos, e ficariam por ali para ajudá-lo a passar o tempo.

Todos os horrores da gentileza contínua lhe foram poupados quando Gary Duvall telefonou mais uma vez do Colorado e fez com que a investigação retomasse seu curso normal. A chamada foi recebida no telefone de segurança equipado com o misturador de sons a bordo do helicóptero danificado.

Roy sentou-se no fundo da cabine e colocou os fones de ouvido.

– Não está nada fácil encontrar você – disse Duvall.

– Tivemos complicações aqui – resumiu Roy. – Você ainda está no Colorado? Pensei que já estaria de volta a São Francisco a essa hora.

– Fiquei interessado no caso Ackblom. Sempre fui fascinado por esses assassinos em série. Dahmer, Bundy e aquele cara, o Ed Gein, há muitos anos. Coisa de doido. Fiquei tentando imaginar por que diabos o filho de um assassino deles teria se envolvido com essa mulher.

– Estamos todos querendo saber.

Como antes, Duvall ia pagar, fosse lá o que fosse que tivesse descoberto, em pequenas prestações.

– Já que estava tão perto, decidi dar um pulo de Denver a Vail e investigar o rancho onde tudo aconteceu. Vôo rápido. Acho que demorou mais para embarcar e desembarcar do que para chegar até lá.

– Você está aí agora?

– No rancho? Não. Acabei de chegar. Mas ainda estou em Vail e espere até eu contar o que foi que descobri.

— Acho que vou ser obrigado.
— O quê?
— Vou ser obrigada a esperar.

Não entendendo o sarcasmo ou simplesmente o ignorando, Duvall começou:

— Tenho duas *enchiladas*, deliciosas, recheadas de informações para você. A primeira: o que você acha que aconteceu no rancho depois que levaram todos os corpos e Ackblom foi condenado à prisão perpétua?

— Virou convento das carmelitas.

— Onde foi que você ouviu isso? — perguntou Duvall, sem perceber que a resposta de Roy pretendia ser engraçada. — Não tem nenhuma freira lá. Há um casal morando na fazenda, Paul e Anita Dresmund. Já estão lá há anos. Todo mundo em Vail acha que são donos daquele lugar, e eles não contradizem. Estão agora com mais ou menos 55 anos, mas têm a aparência e o estilo de pessoas que se aposentaram aos 40... o que é exatamente o que eles dizem... ou nunca trabalharam, vivendo sempre de herança. São perfeitos para o trabalho.

— Que trabalho?
— Caseiros.
— A quem pertence?
— Isso é que é o mais esquisito.
— Claro, claro.

— Parte do trabalho dos Dresmund é fingir que são os donos e não contar a ninguém que são caseiros pagos. Gostam de esquiar, viver bem, e, para eles, viver num lugar com aquela reputação não faz a menor diferença. E, assim, ficaram de boca fechada.

— Mas abriram para você?

— É, você sabe, as pessoas levam as credenciais do FBI e umas ameaças de processo criminal com acusações bem exageradas muito a sério. De qualquer modo, até mais ou menos um ano e meio atrás eram pagos por um advogado em Denver.

— Você tem o nome?

— Bentley Lingerhold. Mas acho que não vale a pena se incomodar com ele. Até um ano e meio atrás os cheques eram assinados pelo fundo Vail Memorial Trust, autenticados pelo advogado. Eu estava com o meu computador de campo, entrei em contato com Mama, e pedi para ela descobrir o tal fundo. É uma entidade falecida, mas ainda tem registros. Era administrada por uma outra entidade, que ainda existe, a Spencer Grant Living Trust.

– Meu Deus! – disse Roy.
– Um espanto, não é?
– O filho é que é o dono da propriedade?
– Sim. E ele controla através de outras companhias. Há um ano e meio, a posse da fazenda passou do Vail Memorial Trust, que essencialmente pertencia ao filho, para uma companhia estrangeira, nas ilhas Caimã. Aquele paraíso no Caribe que...
– Eu sei, eu sei.
– Desde que isso aconteceu, os cheques dos Dresmund são assinados por alguma coisa que se chama Vanishment International. Através de Mama, consegui entrar no sistema do banco a que a conta pertence. Não consegui descobrir o saldo nem chamar registros de transações, mas *consegui* descobrir que a Vanishment é controlada por uma *holding* baseada na Suíça: Amelia Earhart Enterprises.

Roy agitou-se no assento, desejando ter consigo uma caneta e um bloco para anotar todos os detalhes.

– Os avós, George e Ethel Porth, fundaram o Vail Memorial Trust há mais de 15 anos, mais ou menos seis meses depois que o caso Ackblom explodiu. Foi usado para que pudessem administrar a propriedade de longe, para que não vissem seus nomes envolvidos.
– Por que eles não venderam o lugar?
– Não tenho a menor idéia. De qualquer maneira, um ano depois criaram a Spencer Grant Living Trust para o rapaz, aqui em Denver, por intermédio desse Bentley Lingerhod, logo depois que o garoto trocou legalmente de nome. Ao mesmo tempo, encarregaram *essa* fundação de administrar o Vail Memorial Trust. Mas a Vanishment International só foi criada há um ano e meio, muito tempo depois da morte dos avós. Então, dá para imaginar que foi criada pelo próprio Grant e que ele tirou todos os seus bens dos Estados Unidos.

— Mais ou menos na mesma época em que começou a eliminar seu nome da maioria dos registros públicos — matutou Roy. — Muito bem, quando você fala de fundações e empresas fora do país, deve estar falando de dinheiro alto, não é?

— Alto.

— De onde veio? Quer dizer, eu sei que o pai era famoso...

— Depois que o velho se declarou culpado de todos aqueles assassinatos, você sabe o que aconteceu com ele?

— Conta.

— Aceitou a condenação de prisão perpétua num hospital psiquiátrico para criminosos. Nenhuma possibilidade de condicional. Não discutiu nem apelou. O cara ficou muito calmo desde que foi preso até o fim do processo. Nenhum acesso de fúria, nenhuma manifestação de arrependimento.

— Não adiantava. Ele sabia que não tinha defesa. Não era doido.

— Não era? — perguntou Duvall com surpresa.

— Quer dizer, não era irracional, balbuciante, delirante ou qualquer coisa assim. Sabia que não ia se livrar. Estava só sendo realista.

— Acho que sim. De qualquer modo, os avós entraram com uma ação para que o menino fosse declarado proprietário legal dos bens do pai. O tribunal, a pedido dos Porth, dividiu os bens, exceto a fazenda, entre o menino e os parentes mais próximos das vítimas, nos casos em que houvesse marido ou filhos ainda vivos. Quer adivinhar quanto é que foi dividido?

— Não — disse Roy. Olhou pela janela e viu dois tiras locais andando perto da aeronave e examinando-a.

Duvall nem hesitou diante do "Não" de Roy e começou imediatamente a dar outros detalhes.

— Bem, o dinheiro veio das vendas dos quadros da coleção particular de Ackblom de trabalhos de outros artistas, mas principalmente da venda de alguns de seus próprios quadros, que ele sempre se recusara a colocar à venda. Mais ou menos 29 milhões de dólares.

— *Livre* de impostos?

— Veja, com a publicidade, o valor dos quadros dele disparou. Parece engraçado, mas todo mundo queria pendurar um quadro dele em casa, mesmo sabendo o que ele tinha feito. E você pode achar que o valor caiu logo. Mas houve um verdadeiro frenesi no mercado de arte. E os preços subiram até o céu.

Roy lembrava-se das fotos coloridas das obras de Ackblom que examinara quando criança, na época que a história tornou-se pública, e não conseguia entender muito bem o que é que Duvall estava tentando dizer. Os quadros de Ackblom eram maravilhosos. Se Roy tivesse podido pagar teria decorado sua própria casa com dezenas de telas do artista.

— Os preços continuaram a subir todos esses anos, embora mais devagar. A família deveria ter guardado alguns desses quadros. Bom, o fato é que o menino acabou ficando com 14 milhões de dólares. A não ser que viva escondido no mato, esse total deve ter crescido bastante depois de todos esses anos.

Roy pensou na cabana da Malibu, na mobília barata e nas paredes desprovidas de obras de arte.

— Não vive bem, não.

— É mesmo? Mas o pai também não vivia tão bem quanto podia. Recusava-se a ter uma casa maior, não queria empregados morando lá. Só uma arrumadeira e um capataz, que saíam no fim da tarde. Ackblom dizia que precisava manter sua vida o mais simples possível para preservar sua energia criativa. — George Duvall riu. — Claro que o que ele queria é que ninguém andasse por lá à noite para descobrir os joguinhos que ele gostava de fazer no subsolo do celeiro.

Andando mais uma vez ao lado do helicóptero, os policiais mórmons olharam para cima, para Roy, na janela.

Acenou.

Acenaram de volta e sorriram.

— Mas — continuou Duvall — é um milagre que a mulher não tenha descoberto antes. Ele já andava experimentando aquele "desempenho artístico" há quatro anos quando ela bancou a espertinha.

— Ela não era artista.

— O quê?

— Ela não teve visão bastante para antecipar. Sem a visão para antecipar... ela não teria suspeitado se não tivesse boas razões.

483

— Não estou entendendo nada. Quatro anos, faz favor!

E mais seis até que o menino descobrisse. Dez anos, 42 vítimas, um pouco mais de quatro por ano.

Os números, pensou Roy, não eram tão impressionantes assim. Os fatores que levaram Steven Ackblom a entrar para o livro dos recordes foram a fama *antes* que sua vida secreta fosse descoberta, a posição de respeito na sua comunidade, seu status como pai de família (a maioria dos assassinos seriais é composta de solitários) e o seu desejo de aplicar seu talento excepcional à arte da tortura para auxiliar seus modelos a atingir um momento de perfeita beleza.

— Mas — indagou Roy mais uma vez — por que o filho ia querer conservar aquela propriedade? Com todas aquelas associações? Quis trocar de nome. Por que não se livrar da fazenda também?

— Estranho, não?

— E se o filho não quis, por que não os avós? Por que não venderam se eram os tutores legais? Por que não tomaram essa decisão por ele? A filha foi morta lá... o normal seria que não quisessem ter nada com aquele lugar.

— Tem alguma coisa lá — disse Duvall.

— O que você quer dizer?

— Alguma explicação. Alguma razão. Seja lá o que for, é uma loucura.

— Esse casal de caseiros...

— Paul e Anita Dresmund.

— ... disseram se o Grant de vez em quando aparece?

— Não. Pelo menos ninguém com uma cicatriz igual àquela foi visto por lá.

— Quem é que controla o trabalho deles?

— Até um ano e meio atrás, só viram duas pessoas do Vail Memorial Trust. Esse advogado, Lingerhold, ou um de seus sócios vinha duas vezes por ano só para ver se a fazenda estava sendo conservada, se os Dresmund estavam merecendo o salário e se estavam gastando o fundo de reserva em manutenção realmente necessária.

— E agora?

— Desde que a Vanishment International é a dona do lugar, ninguém aparece. Meu Deus! Eu ia adorar descobrir quanto é que ele tem acumulado na Amelia Earhart Enterprises, mas você sabe que nunca vamos arrancar isso dos suíços.

Nos últimos anos, a Suíça começara a se preocupar com o grande número de casos em que as autoridades americanas procuraram pôr as mãos em contas suíças pertencentes a cidadãos americanos, invocando as normas do confisco de bens, sem provas da atividade criminosa. Ou suíços cada vez mais encaravam essas leis como ferramentas de repressão política disfarçada e a cada mês furtavam-se mais em fornecer a tradicional cooperação em casos de crimes.

— Qual é o outro *taco*?

— O quê?

— Você disse que tinha dois *tacos* para mim.

— *Enchiladas*. Duas *enchiladas* de informação.

— Bem, estou com fome – disse Roy em tom agradável. Estava orgulhoso de sua paciência, depois de todos os testes a que fora sujeitada pelos policiais mórmons. — Por que você não esquenta logo a segunda *enchilada*?

Gary Duvall serviu-o, e era tão saborosa quanto prometera.

Assim que desligou, Roy telefonou para o escritório em Las Vegas e falou com Ken Hyckman, que logo concluiria seu turno da manhã.

— Ken, onde está aquele JetRanger?

— A 10 minutos de você.

— Vou mandar o helicóptero de volta com a maioria dos meus homens.

— Você está desistindo?

— Você sabe que nós perdemos contato com eles pelo radar.

— Certo.

— Desapareceram, e não vamos encontrá-los dessa forma. Mas tenho uma outra pista. Boa. E estou tratando de me agarrar a ela. Preciso de um jato.

— Merda!

— Eu não disse que precisava ouvir um palavrãozinho.

— Desculpe.

— Que tal o Lear que me trouxe na sexta-feira à noite?
— Ainda está aqui. Abastecido e pronto.
— Tem algum lugar por aqui que ele possa aterrissar, uma base militar onde eu possa embarcar?
— Vou ver – respondeu Hyckman colocando a ligação na espera.

Enquanto esperava, Roy pensou em Eve Jammer. Não ia poder voltar a Las Vegas naquela noite. Pôs-se a pensar o que sua doçura loura faria para lembrar-se dele e mantê-lo em seu coração. Ele falara sobre alguma coisa especial. Provavelmente ensaiaria novas posições, se é que ainda havia alguma, e tentaria brinquedos eróticos que nunca usara antes, para preparar uma experiência que o deixasse mais trêmulo e sem fôlego do que nunca. Quando tentou imaginar como seriam esses brinquedos eróticos, sentiu-se girar, e a boca ficou seca como areia, o que era o ideal.

Ken Hyckman voltou à linha.

— Podemos aterrissar o Lear aí mesmo em Cedar City.
— Essa titica pode receber um Lear?
— Brian Head, 43 quilômetros a leste.
— Quem?
— Quem, não. O quê. Estação de esqui de primeira classe, casas caras no alto da montanha. Muita gente rica e várias companhias são donas de condomínios em Brian Head. Trazem os jatos para Cedar City e vão de carro até lá. Não é exatamente igual ao O'Hare ou ao Los Angeles International. Não tem bares, bancas, nem carrosséis de bagagem, mas a pista é boa para aterrissagens longas.
— A tripulação está esperando no Lear?
— Claro. Vão decolar do McCarran às 13 horas e vão direto para você.
— Ótimo. Vou pedir a um dos gendarmes sorridentes para me levar até a pista.
— Quem?
— Um dos amáveis guardas da rainha – explicou Roy. Estava mais uma vez de excelente humor.
— Acho que esse telefone está embaralhando as coisas que você diz.
— Um dos tiras mórmons.

Não entendendo o que Roy queria dizer, ou decidindo que não precisava entender, Hyckman continuou:

– Vão preparar um plano de vôo para você. Para onde você vai?
– Denver.

Encolhida no último assento do lado direito, Ellie cochilou umas duas horas. Em seus 14 meses como fugitiva tinha aprendido a deixar de lado medos e preocupações e dormir sempre que pudesse.

Logo depois de acordar, enquanto se espreguiçava e bocejava, Spencer voltou de uma prolongada visita à tripulação. Sentou-se em frente a ela.

Enquanto Rocky se enroscava a seus pés, Spencer comentou:

– Mais boas notícias. Os meninos lá na frente disseram que essa é uma batedeira de ovos totalmente feita de encomenda. Primeiro, os motores são mais potentes, para poder transportar mais carga, o que permitiu a instalação de enormes tanques auxiliares de combustível. Ela tem muito mais alcance do que o modelo normal. Eles têm certeza que podemos atravessar a fronteira e passar por Grand Junction antes que haja algum perigo de o combustível acabar, se quisermos ir tão longe assim.

– Quanto mais longe, melhor – disse ela. – Mas não diretamente para Grand Junction ou em volta dela. Não vamos querer que um bando de curiosos nos veja. Melhor em algum outro lugar, mas não pode ser longe demais porque precisamos arranjar transporte.

– Só vamos chegar à área de Grand Junction mais ou menos meia hora antes do pôr-do-sol. Agora são 14 horas. Quer dizer, 15 horas pelo fuso horário daqui. Ainda dá tempo de pegar um mapa e escolher uma área para descer.

Ela apontou para a sacola de lona no banco da frente.

– Olha, sobre os seus 50 mil dólares...

Spencer levantou uma das mãos para silenciá-la.

– Só me assustei porque você descobriu. Só isso. Você tinha todo o direito e todos os motivos para revistar minha bagagem depois que me encontrou no deserto. Você não tinha a menor idéia do que eu estava querendo atrás de você. Na verdade, eu não ficaria surpreso se você ainda não tivesse entendido.

— Você sempre anda com esse tipo de troco?

— Mais ou menos um ano atrás comecei a guardar dinheiro e moedas de ouro em cofres de bancos da Califórnia, Nevada, Arizona. Abri também contas de poupança em várias cidades, com nomes e identidades falsas. O restante, mandei para fora do país.

— Por quê?

— Para eu poder me mexer depressa.

— Você esperava alguma coisa como essa?

— Não. Eu simplesmente não estava gostando do que estava acontecendo naquela Força Especial contra crimes de informática. Eles me ensinaram tudo sobre computadores, inclusive acesso à informação que representa a essência da liberdade. E o que eles queriam mesmo fazer era restringir todas as formas possíveis de acesso.

Representando o advogado do diabo, Ellie respondeu:

— Eu pensei que a intenção fosse impedir que os *hackers* usassem computadores para roubar e talvez evitar o vandalismo nos bancos de dados.

— E estou de acordo com esse tipo de controle do crime. Mas eles querem pôr o dedo em *todo mundo*. A maioria das autoridades hoje em dia... viola a privacidade todo o tempo, pescando informações nos bancos de dados. Todo mundo; da Receita Federal até o Serviço de Naturalização e Imigração. Até o Departamento de Gestão de Terras, pelo amor de Deus! Todos estão ajudando a financiar essa Força Especial regional com verbas especiais, e me deixaram assustado.

— Você está vendo um novo mundo nascer....

— ... como um trem de carga descarrilado...

— ... e não está gostando disso...

— ... acho que não quero ter nada a ver com isso.

— Você se encara como um *punk* cibernético ou como um fora-da-lei on-line?

— Nada disso. Só um sobrevivente.

— Foi por isso que andou apagando todos os vestígios de você mesmo nos registros públicos... um pequeno seguro para sobrevivência?

Nenhuma sombra deslizou sobre ele, mas suas feições pareceram escurecer. Estava abatido, o que era compreensível, considerando-se as experiências penosas dos últimos dias. Mas agora tinha os olhos fundos, parecia mais magro e mais velho do que era.

– No princípio eu estava só... me preparando para partir. – Suspirou e passou a mão no rosto. – Isso pode parecer estranho. Mas mudar o meu nome de Michael Ackblom para Spencer Grant não foi o bastante. Mudar do Colorado, começar uma nova vida... nada disso foi o bastante. Eu não conseguia esquecer quem era... filho de quem eu era. Então, decidi extirpar minha existência, com muito cuidado e método, até que não houvesse mais nenhum registro no mundo de que eu existia, fosse com que nome fosse. Esse poder me foi dado pelo que eu aprendi sobre computadores.

– E então? Depois que você não existisse mais?

– Isso é que eu nunca consegui imaginar direito. E então? O que eu ia fazer? Sumir de verdade? Suicídio?

– Não, isso não combina com você.

O pensamento a incomodou.

– Não, eu não. Nunca pensei em botar o cano de um revólver na boca ou qualquer coisa assim. Eu tinha uma obrigação para com Rocky. Precisava estar aqui por causa dele.

Largado no chão, o cachorro levantou a cabeça ao ouvir seu nome e balançou a cauda.

– Então, depois de algum tempo, mesmo não sabendo o que eu ia fazer, decidi que ainda assim era vantajoso continuar invisível. Como você diz, por causa desse novo mundo que está surgindo, esse maravilhoso mundo novo de tecnologia, com todas as suas bênçãos... e maldições.

– Por que você deixou seu arquivo do DVM e os registros militares parcialmente intactos? Há muito tempo que podiam ter sido apagados.

Spencer sorriu.

– Eu acho que quis ser esperto demais. Achei que bastava mudar o endereço, e alguns detalhes importantes, para que não servisse para mais nada. Mas se eles ficassem lá eu sempre podia voltar e descobrir se tinha alguém me procurando.

— Você deixou os registros minados?

— Mais ou menos. Enterrei uns programinhas naqueles computadores, bem fundo. Cada vez que alguém pede os meus registros do DVM ou do serviço militar sem usar um código que eu implantei, o sistema acrescenta um asterisco no final da última frase no arquivo. Eu pretendia verificar uma ou duas vezes por semana e, caso eu encontrasse algum asterisco, saberia que alguém estava me investigando... bem, então seria hora de sair da cabana em Malibu e cair fora.

— Cair fora para onde?

— Qualquer lugar. Cair fora e continuar em movimento.

— Paranóico – disse ela.

— Muito paranóico.

Ellie riu silenciosamente. Spencer também.

— Quando saí da Força Especial, eu sabia que, do jeito como o mundo está mudando, todos vão ter alguém espionando, mais cedo ou mais tarde. E a maioria das pessoas, a maior parte do tempo, vai desejar nunca poder ser encontrada.

Ellie consultou o relógio.

— Vamos olhar aquele mapa agora?

— Lá na frente tem um monte.

Ellie observou-o andando para a porta da cabine. Os ombros estavam caídos, o andar era obviamente cansado, e aparentava estar ainda um pouco enrijecido pelos dias de imobilidade.

Subitamente Ellie sentiu-se gelada, dominada pela sensação de que Grant não ia sair vivo disso tudo com ela, que de alguma forma morreria na noite seguinte. O mau presságio talvez não fosse forte o bastante para ser classificado como uma premonição explícita, mas era mais forte que um mero palpite.

A possibilidade de perdê-lo a deixou doente de medo. Soube então que seus sentimentos por ele eram bem mais fortes do que gostaria de admitir.

Quando Spencer voltou com o mapa, perguntou:

— O que você tem?

— Nada. Por quê?

— Parece que viu um fantasma.

— Estou cansada, só isso, e esfomeada.

— Na fome eu posso dar um jeito.

Sentando-se novamente do outro lado da passagem, tirou dos bolsos da jaqueta de brim forrada de pêlo de carneiro quatro barras de chocolate.

— Onde você arranjou isso?

— Os meninos lá na frente têm uma merendeira. Ficaram felizes em dividir. São mesmo uns caras legais.

— Sobretudo com um revólver na cabeça.

— Especialmente.

Profundamente interessado ao sentir o aroma do chocolate, Rocky sentou-se e levantou a orelha sã.

— Nossos – disse Spencer em tom firme. – Quando descermos e estivermos de volta à estrada vamos parar para comprar comida de verdade para você, alguma coisa mais saudável do que isso.

O cachorro lambeu os beiços.

— Olha, irmão. *Eu* não parei no supermercado para comer os destroços como você. Se eu não comer isso aqui tudinho, vou desmaiar. Agora deite e esqueça, ok?

Rocky bocejou, olhou em volta com pretenso desinteresse e estirou-se novamente no chão.

— Vocês dois têm uma ligação incrível.

— É, somos gêmeos siameses, separados no nascimento. Você não podia saber disso, é claro, porque ele fez muitas cirurgias plásticas.

Ellie não conseguia desviar os olhos de seu rosto. Alguma coisa mais que o cansaço estava visível. Via nele a sombra da morte certa.

Desconcertantemente perceptivo e alerta quanto aos estados de espírito de Ellie, Spencer perguntou:

— O que foi?

— Obrigada pelo chocolate.

— Se eu pudesse, teria sido filé mignon.

Spencer desdobrou o mapa, esticou-o entre os assentos e estudou o território em torno de Grand Junction, Colorado, junto com Ellie.

Por duas vezes ela levantou os olhos para ele e cada olhar fez com que seu coração disparasse de temor. Via com clareza o crânio sob a pele, a promessa da sepultura, geralmente tão bem escondida pela máscara da vida.

Sentia-se ignorante, supersticiosa, como uma criança tola. Outras explicações eram possíveis além dos presságios, maus pressentimentos e imagens psíquicas de tragédia que estava por vir. Talvez, depois daquela noite de Ação de Graças, quando Danny e seus pais lhe foram roubados para sempre, estivesse destinada a sentir esse temor todas as vezes que atravessasse a linha entre gostar das pessoas e amá-las.

ROY ATERRISSOU NO STAPLETON International Airport, Denver, a bordo do Learjet, depois de uma espera de 20 minutos. O escritório local do departamento designara dois agentes para trabalhar com ele, como solicitara pelo telefone durante o vôo. Os dois homens – Burt Rink e Oliver Fordyce – estavam esperando na pista quando o Lear taxiou. Usavam sobretudos escuros, ternos azul-marinho, gravatas escuras, camisas brancas e sapatos pretos com solas de borracha e não de couro. Tudo exatamente como Roy pedira.

Rink e Fordyce tinham uma muda de roupa para Roy que era virtualmente idêntica às suas próprias. Uma vez que tomara banho e se barbeara a bordo do Lear, faltava apenas trocar de roupa antes de deixar o avião e passar para a limusine Chrysler preta que o esperava sob as escadas do avião.

O dia estava gelado, o céu claro como um mar do Ártico e mais profundo. Havia pingentes de gelo nos beirais dos telhados dos prédios, e montes de neve marcavam os limites distantes das pistas de decolagem.

Stapleton ficava no extremo leste da cidade e a visita à Dra. Sabrina Palma ocorreria do outro lado, a oeste. Roy teria insistido numa escolta policial, alegando algum pretexto, mas não desejava chamar atenção sobre seu grupo além do estritamente necessário.

– Está marcado para as 16h30 – confirmou Fordyce enquanto ele e Rink acomodavam-se no banco traseiro da limusine, de frente para o outro banco ocupado por Roy. – Vamos chegar com uns poucos minutos de antecedência.

O motorista fora instruído a não perder tempo. Aceleraram e afastaram-se do Learjet como se *tivessem* uma escolta policial.

– Vocês estão com as credenciais do Serviço Secreto?

Dos bolsos dos paletós, Rink e Fordyce retiraram as carteiras e as abriram, deixando à mostra vários cartões de identificação com suas fotografias e distintivos autênticos. O nome de Rink para aquele encontro era Sidney Eugene Tarkenton. Fordyce era Lawrence Albert Olmeyer.

Roy retirou sua própria identidade do envelope que continha vários documentos. Seu nome era J. Robert Cotter.

– Vamos gravar bem quem somos. Lembrem-se de usar esses nomes durante a conversa. Não espero que vocês precisem falar muito – talvez não precisem dizer nada. Eu vou conduzir a conversa. Vocês estão indo para dar à coisa toda um ar de realismo. Vão entrar no escritório da Dra. Palma atrás de mim e vão se colocar à esquerda e à direita da porta. Fiquem em pé, com os pés afastados alguns centímetros, braços abaixados diante do corpo, com uma das mãos sobre a outra. Quando eu apresentar vocês à doutora, dirão: "Doutora", e cumprimentarão com a cabeça; ou então "Muito prazer!", cumprimentando com a cabeça. Estóicos todo o tempo. Como os guardas do Palácio de Buckingham. Olhando diretamente para a frente. Nada de se remexer. Se forem convidados a sentar, respondam educadamente: "Não, obrigado, doutora." É, eu sei que é ridículo, mas é assim que as pessoas estão acostumadas a ver os agentes secretos no cinema. Portanto, qualquer indicação de que vocês são seres humanos vai despertar suspeitas nela. Está entendido, Sidney?

– Sim senhor.

– Entendeu, Lawrence?

– Prefiro Larry – declarou Oliver Fordyce.

– Você entendeu Larry?

– Sim, senhor.

– Muito bem.

Roy tirou os outros documentos do envelope, examinou-os e deu-se por satisfeito.

Estava assumindo um dos maiores riscos de sua carreira, mas sentia-se absolutamente calmo. Não estava designando agentes para procurar os fugitivos em Salt Lake City ou em qualquer outro lugar diretamente ao norte de Cedar City, porque tinha certeza de que o vôo naquela direção tinha sido um estratagema. É claro que o curso fora alterado depois que começaram a voar a uma altitude abaixo do teto do radar. Duvidava que fossem para oeste, de volta a Nevada, porque as grandes áreas desertas nesse estado ofereciam reduzida cobertura. Sobravam então o leste e o sul. Depois que recebera as duas *enchiladas* de informação oferecidas por Gary Duvall, Roy revira cuidadosamente tudo que sabia sobre Spencer Grant e concluíra que era capaz de prever a direção em que o homem – e com sorte, a mulher – prosseguiriam. Leste-noroeste. Ademais, adivinhara *exatamente* onde Grant acabaria chegando ao final daquela trajetória leste-nordeste, até mesmo com mais confiança do que poderia dispor para localizar o curso de uma bala saindo do cano de um fuzil. Roy estava calmo porque confiava em sua capacidade de raciocínio lógico e também porque estava certo que, neste caso em especial, da mesma forma que o sangue corria em suas veias, o destino caminhava a seu lado.

– O grupo que pedi ontem está a caminho de Vail? – perguntou.
– Doze homens – respondeu Fordyce.
Consultando o relógio, Rink disse:
– A essa hora devem estar se encontrando com Duvall.

Durante 16 anos Michael Ackblom, aliás Spencer Grant, negara o profundo desejo de voltar àquele lugar, reprimindo a necessidade, resistindo ao poderoso ímã do passado. Mas, consciente ou inconscientemente, sempre soubera que os antigos fantasmas precisariam ser visitados mais cedo ou mais tarde. De outra forma, teria vendido a propriedade para se ver livre daquela lembrança tangível de uma época que desejava esquecer, da mesma forma que tinha desprezado seu nome, trocando-o por outro. Conservara a propriedade pela mesma razão pela qual nunca procurara uma cirurgia para minimizar sua cicatriz. *Ele está se castigando com a cicatriz*, dissera o Dr. Mondello, em seu consultório branco-sobre-o-branco em Beverly Hills. *Obrigando-se a recordar alguma coisa que desejaria esquecer, mas que se sente obrigado a lembrar.* Enquanto Grant vivesse na Califórnia seguindo uma rotina diária livre de pressões, talvez fosse capaz de resistir indefinidamente ao chamado daquele matadouro no Colorado. Mas agora estava fugindo para salvar sua vida e sob tremenda pressão, e chegara suficientemente perto de seu antigo lar para permitir que o canto de sereia do passado se tornasse irresistível.

Spencer Grant tinha assuntos pendentes na fazenda em Vail e só duas pessoas no mundo tinham conhecimento deles.

Além dos vidros escuros das janelas da limusine, na tarde de inverno que rapidamente findava, a moderna cidade de Denver tinha uma aparência fumacenta e de contornos tão vagos quanto os de ruínas antigas recobertas de hera e envoltas em musgo.

A OESTE DE GRAND JUNCTION, no Colorado National Monument, o JetRanger aterrissou numa bacia erodida entre formações de rochas vermelhas e colinas baixas, recobertas por zímboros e pinheiros. Uma película de neve seca, com menos de 2 centímetros de espessura, era agitada pelo vento, formando nuvens cristalinas.

A 20 metros dali, uma cortina verde-escura, formada pelas árvores, servia de fundo para o brilhante perfil de um Ford Bronco. Em pé junto à porta traseira, um esquiador observava o helicóptero.

Spencer permaneceu junto à tripulação, enquanto Ellie saíra para conversar com o homem do caminhão. Com o motor do JetRanger desligado e as pás do rotor paradas, a bacia, cercada por rochas e árvores, estava tão silenciosa quanto uma catedral deserta. Não se ouvia um único som, a não ser o dos pés dela sobre a terra congelada recoberta de neve.

Ao aproximar-se do Bronco, viu que um tripé com uma câmera e vários outros equipamentos fotográficos estavam espalhados sobre a porta traseira abaixada.

O fotógrafo, barbado e furioso, fumegava pelas narinas como se fosse explodir.

— Vocês estragaram minha foto. Aquele manto de neve intocado, deitado aos pés daquela rocha ereta, feroz. Um contraste maravilhoso, dramático! E agora está tudo *perdido*.

Ellie olhou em direção às formações rochosas atrás do helicóptero. Ainda tinham um aspecto feroz, um vitral vermelho brilhante sob os raios do sol que começava a se pôr, e ainda estavam eretas. Mas quanto à neve, ele estava certo, não era mais intocada.

— Desculpe.

— Desculpas não vão consertar nada.

Ellie observou as pegadas em torno do Bronco e constatou que todas eram dele. Estava sozinho.

— Afinal, o que vocês estão fazendo aqui? Existem restrições ao barulho nesta área. Esta é uma reserva para conservação da vida natural.

— Então coopere e conserve a sua – disse Ellie, sacando a SIG 9 milímetros da jaqueta de couro.

De volta ao JetRanger, enquanto Ellie empunhava a pistola e a Micro Uzi, Spencer cortou tiras do estofamento e usou-as para amarrar os pulsos de cada um dos três homens aos braços das poltronas dos passageiros em que os fizera sentar.

— Não vou amordaçá-los. Provavelmente ninguém vai ouvir vocês gritarem.

— Vamos morrer congelados – gemeu o piloto.

— Vocês vão levar uma meia hora para soltar os braços, mais meia hora ou 45 minutos para andar até a estrada que vimos quando viemos para cá. Não vai dar tempo para congelar.

— Só para garantir – Ellie assegurou a eles –, logo que chegarmos a uma cidade vamos telefonar para a polícia e dizer que vocês estão aqui.

O crepúsculo chegara e as estrelas começavam a aparecer na cor profunda púrpura do céu a leste, que se curvava para tocar o horizonte.

Enquanto Spencer dirigia o Bronco, Rocky, acomodado no bagageiro por trás do banco, resfolegava no ouvido de Ellie. Encontraram o caminho para a estrada sem qualquer dificuldade. A rota estava claramente marcada pelas marcas de pneus na neve que o caminhão havia deixado em sua viagem para a pitoresca bacia.

— Por que é que você disse a eles que ia telefonar para a polícia? – quis saber Spencer.

— Você quer que eles congelem?

— Acho que não dá para isso.

— Não quero arriscar.

— Sim, mas hoje em dia é possível, talvez pouco provável... mas possível... que qualquer chamada que você faça para o departamento de polícia seja recebida numa linha que exija identificação do autor da chamada. Talvez não seja possível meramente discar 911. O fato é que numa cidade pequena como Grand Junction, com poucos crimes nas ruas e poucas despesas, é muito provável que tenham dinheiro para gastar em sistemas de comunicação complicados, cheios de campainhas e assobios. Você telefona e imediatamente ficam sabendo de onde vem a chamada. Aparece na tela diante da telefonista da polícia. E vão saber em que direção nós fomos, a estrada por onde saímos de Grand Junction.

— Eu sei. Mas não vamos deixar que seja assim tão fácil para eles – afirmou Ellie, e explicou o que estava planejando.

— Gosto disso.

O Hospital Penitenciário de Rocky Mountain fora construído durante a Grande Depressão, sob os auspícios do Departamento de Projetos e Obras, e tinha uma aparência tão sólida e formidável quanto as próprias montanhas. Era um prédio baixo e comprido, com janelas pequenas e gradeadas até mesmo na ala da administração. As paredes eram revestidas de granito quase tão escuro quanto ferro, e um granito ainda mais escuro fora utilizado para os parapeitos, batentes das portas e janelas e cornijas entalhadas. Tudo aquilo sob os frontões de um sótão e um telhado de ardósia negra.

Roy Miro achou que o efeito geral era tão deprimente quanto sinistro. Sem hipérboles, a estrutura parecia meditar ameaçadoramente no alto da colina, como se fosse um ser vivo. Envolta nas sombras daquele final de tarde, lançadas pelas encostas íngremes que se elevavam atrás da prisão, as janelas estavam banhadas por uma luz amarelo-ocre que poderia ter sido refletida através de corredores conectados às masmorras de algum demônio que vivia sob as montanhas Rochosas.

Aproximando-se da prisão na limusine, parando diante dela e caminhando pelos corredores públicos até o escritório da Dra. Palma, Roy sentiu-se cheio de compaixão por aquelas pobres almas trancafiadas sob aquele monte de rochas. Sofria também pelos pobres carcereiros que, para cuidar dos doentes mentais, eram forçados a passar tanto tempo em tais circunstâncias. Se tivesse poderes para isso, teria selado todas as janelas e entradas de ar, com todos os internos e atendentes lá dentro, e os libertaria com uma dose de algum gás letal de ação suave.

A sala de espera e o escritório da Dra. Sabrina Palma eram tão luxuosos e exuberantemente mobiliados que, em contraste com o prédio que os circundava, pareciam pertencer não somente a um outro lugar mais famoso – como uma cobertura em Nova York ou uma mansão em Palm Beach –, mas a uma outra era. A impressão era a de um buraco no tempo onde o restante da prisão parecia existir. Sofás e cadeiras eram peças estofadas em sedas douradas a prateadas. Mesas e espelhos também eram legítimos exemplares de J. Robert Scott, executados numa variedade de madeiras exóticas, todas branqueadas ou pintadas de branco. O carpete espesso, com certeza, era da autoria de Edward Fields. No centro do escritório interno havia uma mesa Monteverde & Young maciça, em forma de um crescente lunar que deveria ter custado pelo menos 40 mil dólares.

Roy nunca vira um escritório de um funcionário público semelhante àquele, nem mesmo nos mais altos círculos oficiais em Washington. Imediatamente soube como interpretar aquilo tudo e percebeu que tinha à mão uma espada para manter erguida sobre a cabeça da Dra. Palma, caso ela oferecesse qualquer resistência.

Sabrina Palma era a diretora da equipe médica da prisão. Em virtude da instalação ser tanto uma prisão quanto um hospital, exercia as funções equivalentes às de um carcereiro em qualquer penitenciária comum. E sua aparência era tão espetacular quanto seu escritório. Cabelos negros. Olhos verdes. Pele tão pálida e lisa quanto uma poça de leite. Quarenta e poucos anos, alta, esbelta, mas bem contornada. Usava um conjunto de malha preta com uma blusa de seda branca.

Depois de se identificar, Roy apresentou o agente Olmeyer.

– Prazer em conhecê-la, doutora.

– ... e o agente Tarkenton.

– Doutora.

Convidou-os a sentar.

— Não, obrigado, doutora – disse Olmeyer, tomando posição junto à porta que conectava a sala de espera ao escritório. Roy adiantou-se para uma das maravilhosas cadeiras em frente à mesa da Dra. Palma, enquanto ela dava a volta para sentar-se no seu trono de couro lustroso. Sentou-se sob uma cascata de luz âmbar indireta, que fez sua pele pálida brilhar como se fosse iluminada por um fogo interno.

— Estou aqui para tratar de um assunto da máxima importância – informou Roy no tom mais amável que pôde. – Acreditamos, não, estarmos certos, que o filho de um de seus presos está seguindo o presidente dos Estados Unidos e pretende assassiná-lo.

Quando ela ouviu o nome do pretenso assassino e foi posta a par da identidade do seu pai, Sabrina Palma levantou as sobrancelhas. Depois de examinar os documentos que Roy tirou do envelope branco, e depois de ouvir o que se esperava dela, desculpou-se e dirigiu-se à sala de espera para dar alguns telefonemas urgentes.

Roy esperou sem se levantar.

Além das estreitas janelas, espalhadas na planície lá embaixo, as luzes de Denver brilhavam e cintilavam.

Olhou para o relógio. Naquele momento, do outro lado das Rochosas, Duvall e seus 12 homens já deveriam ter desaparecido na noite que acabava de chegar. Precisavam estar prontos para o caso de os viajantes chegarem muito antes do esperado.

O MANTO DA NOITE cobrira totalmente o crepúsculo quando chegaram aos limites de Grand Junction.

Com uma população de mais de 35 mil habitantes, a cidade era grande a ponto de atrasá-los. Mas Ellie tinha uma lanterna e o mapa que trouxera do helicóptero, e encontrou o caminho mais simples.

A dois terços do caminho em torno da cidade, num conjunto de cinemas, pararam para procurar um outro veículo. Aparentemente nenhuma das sessões estava no fim ou no início, pois não havia espectadores chegando ou saindo. O amplo estacionamento estava repleto de carros, mas sem ninguém.

— Vê se você consegue achar um Explorer ou um jipe – disse Ellie quando Spencer abriu a porta do Bronco, deixando entrar uma lufada de ar gelado. – Alguma coisa assim. É mais conveniente.

— Ladrões não podem ser exigentes.

— Precisam ser.

Spencer saltou do carro, ela se sentou ao volante e comentou:

— Se você não for exigente, não é um ladrão, é um lixeiro.

Enquanto Ellie andava vagarosamente numa das passagens acompanhando-o, Spencer passava com segurança de carro em carro, tentando as portas. Cada vez que encontrava uma delas aberta inclinava-se para o interior para verificar se as chaves estavam na ignição, por trás do pára-sol ou sob o banco do motorista.

Observando o dono através da janela lateral do Bronco, Rocky ganiu como se estivesse preocupado.

— Perigoso, sim – disse Ellie. – Não posso mentir para o cachorro. Mas não tão perigoso quanto dirigir através da parede de vidro de um supermercado com helicópteros cheios de bandidos colados atrás. Você precisa manter as coisas em perspectiva.

O décimo quarto carro que Spencer tentou era uma picape Chevy preta, com uma ampla cabine equipada com banco dianteiro e traseiro. Entrou, fechou a porta, deu partida no motor e deu marcha à ré para sair do estacionamento.

Ellie estacionou o Bronco na vaga antes ocupada pela Chevy. Bastaram 15 segundos para transferir as armas, a sacola de lona e o cachorro para a picape. Então estavam novamente a caminho.

Na zona leste da cidade começaram a procurar um motel que aparentasse ser de construção recente. Os quartos nos motéis mais antigos não ofereciam recursos para o uso de computadores.

Num motel que parecia bem novo para que a cerimônia de inauguração tivesse ocorrido há poucas horas, Ellie deixou Spencer e Rocky na picape enquanto se dirigia à recepção para perguntar se as acomodações permitiriam o uso de sua máquina. "Preciso enviar um relatório ao meu escritório, em Cleveland, pela manhã." Todos os quartos possuíam a fiação necessária. Usando pela primeira vez sua identidade como Bess Baer, alugou um quarto de casal e pagou adiantado, em dinheiro.

– Quando é que vamos poder voltar à estrada? – perguntou Spencer.

– No máximo em 40 minutos, talvez meia hora – prometeu ela.

– Estamos a quilômetros do lugar onde roubamos a picape, mas tenho um mau pressentimento sobre ficar muito tempo por aqui.

– Você não é o único.

Ellie não pôde deixar de notar a decoração do quarto enquanto tirava o notebook de Spencer da sacola de lona, colocava-o numa mesa perto de várias tomadas e plugues facilmente acessíveis e concentrava-se para entrar em ação. Tapete xadrez azul e preto. Cortinas listradas de azul e amarelo. Colcha xadrez verde e azul. Papel de parede azul e amarelo num padrão que parecia uma camuflagem do Exército para um planeta alienígena.

– Enquanto você está trabalhando, vou levar Rocky para fazer as necessidades. Deve estar pronto para estourar.

– Não parece estar nervoso.

– Ele ficaria muito embaraçado se alguém notasse.

Na porta, voltou-se para ela.

– Eu vi umas lanchonetes do outro lado da rua. Vou até lá comprar uns sanduíches e umas outras coisas, parece que vem bem a calhar.

– Mas compre bastante – disse ela.

Enquanto Spencer e o cachorro estavam fora, Ellie acessou o computador central da AT&T, no qual há muito tempo conseguira penetrar e explorar a fundo. Através das ligações da AT&T em todo o país pudera, no passado, abrir caminho para os computadores de várias companhias telefônicas regionais em todos os cantos do país, embora nunca tivesse tentado entrar no sistema do Colorado. Para um *hacker*, da mesma forma que para um pianista ou um ginasta olímpico, treinamento e prática representavam a chave do sucesso, e Ellie era extremamente bem treinada e experiente.

Quando Spencer e Rocky voltaram, 25 minutos depois, Ellie já estava inserida no sistema regional, rolando velozmente na tela uma lista sem fim de números de telefones públicos com os correspondentes endereços, dispostos condado por condado. Decidiu-se por um telefone num posto de gasolina em Montrose, Colorado, a uns 100 quilômetros ao sul de Grand Junction.

Manipulando o principal sistema de computação na companhia regional, telefonou para a polícia de Grand Junction, roteando a chamada do quarto do motel através do telefone público de um posto de gasolina em Montrose. Discou o número de emergência, não o telefone principal da polícia, para ter certeza que o endereço da origem da chamada apareceria na tela em frente à telefonista.

– Polícia de Grand Junction.

Ellie começou sem qualquer preâmbulo.

– Nós seqüestramos um helicóptero JetRanger em Cedar City, Utah, hoje cedo.

Quando a telefonista tentou interromper com perguntas que facilitariam a elaboração de um relatório padrão, Ellie a interrompeu aos gritos:

– Cala a boca! Cala a boca! Só vou dizer isso mais uma vez. Portanto, é melhor escutar, ou então pessoas vão morrer. – Sorriu para Spencer, que estava abrindo as sacolas com a comida deliciosamente perfumada sobre a mesinha. – O helicóptero aterrissou na área do Colorado National Monument, com a tripulação a bordo. Não estão feridos, mas estão amarrados. Se precisarem passar a noite lá, vão morrer congelados. Vou descrever o lugar da aterrissagem só uma vez. É melhor tomar nota dos detalhes direitinho se quiser salvar aquelas vidas.

Forneceu instruções e desligou.

Duas coisas tinham sido realizadas. Os três homens no JetRanger seriam encontrados logo e o Departamento de Polícia de Grand Junction tinha um endereço em Montrose, 90 quilômetros ao sul, de onde a chamada fora feita, indicando que Ellie e Spencer ou iam fugir pela rodovia federal 50, em direção a Pueblo, ou continuar para o sul, na 550, para Durango. Várias estradas estaduais poderiam ser tomadas a partir dessas duas artérias principais, fornecendo possibilidades bastante numerosas para manter os grupos de busca do departamento muito ocupados. Enquanto isso, ela, Spencer e Rocky estariam indo para Denver pela interestadual 70.

A Dra. Sabrina Palma estava sendo difícil, o que não surpreendia Roy. Antes de chegar à prisão, esperara objeções aos seus planos por motivos médicos, de segurança e políticos. No momento em que viu o escritório da Dra. Palma, teve a certeza de que vitais considerações financeiras pesariam mais contra ele que todos os argumentos genuinamente éticos que ela pudesse ter apresentado.

— Não posso imaginar quaisquer circunstâncias relacionadas à ameaça contra o presidente dos Estados Unidos que possam exigir a remoção de Steven Ackblom desta prisão – disse ela secamente. Embora estivesse de volta à formidável cadeira de couro, sua postura não era mais relaxada, sentava-se na borda com os braços sobre a mesa em forma de meia-lua. As mãos de unhas bem tratadas ou se fechavam sobre o mataborrão ou brincavam com os enfeites de cristal de Lalique – animaizinhos, peixes coloridos, arrumados ao lado do mataborrão. — Ele é um indivíduo extremamente perigoso, um homem absolutamente arrogante e egoísta, que nunca cooperaria com o senhor, ainda que houvesse alguma coisa que pudesse fazer para ajudá-lo a encontrar o filho, embora eu não possa imaginar o quê.

A resposta de Roy foi simpática como sempre.

— Dra. Palma, com o devido respeito, não é a senhora que vai imaginar ou ser informada da forma pela qual esperamos a colaboração dele. Esse é um assunto urgente, de segurança nacional. Não tenho permissão para discutir quaisquer detalhes com a senhora, por mais que eu queira.

— Esse homem é maléfico, Sr. Cotter.

— Conheço bem sua história.

— O senhor não está me entendendo...

Roy interrompeu com delicadeza, apontando para um dos documentos sobre a mesa.

— A senhora leu a ordem judicial, assinada por um juiz da Suprema Corte do Colorado, colocando Steven Ackblom sob minha custódia temporária.

— Sim, mas...

— Presumo que quando a senhora saiu da sala para dar uns telefonemas, um deles foi para confirmar essa assinatura.

— Sim, e é legítima. Ele ainda estava no gabinete e confirmou pessoalmente.

De fato, era uma assinatura real. Aquele juiz estava na folha de pagamento do departamento.

Sabrina Palma não estava satisfeita.

— Mas o que é que um juiz sabe sobre um mal como esse? O que é que ele sabe sobre esse homem em particular?

Colocando um outro documento sobre a mesa, Roy afirmou:

— E posso concluir que a senhora confirmou a autenticidade da carta do meu chefe, o secretário do Tesouro? A senhora telefonou para Washington?

— Mas não consegui falar com ele.

— Ele é um homem muito ocupado, é claro, mas deve ter havido um assistente....

— Sim — concordou de má vontade a doutora. — Falei com um dos assistentes, que verificou a ordem.

A assinatura do secretário do Tesouro fora forjada. O assistente, mais um entre tantos serviçais, era simpatizante do departamento. Sem dúvida, ainda estaria no gabinete do secretário, depois da hora do expediente, esperando outra chamada para o número de telefone particular que Roy dera a Sabrina Palma caso ela resolvesse telefonar outra vez.

Apontando para o documento sobre a mesa, Roy perguntou:

— E esta ordem do procurador-geral?

— Telefonei para ele.

— Acho que a senhora conhece o Sr. Summerton.

— Sim. Encontrei-o numa conferência sobre a alegação de insanidade e seus efeitos sobre a saúde do sistema judiciário. Seis meses atrás.

— Acho que o Sr. Summerton foi persuasivo.

— Muito. Olhe, Sr. Cotter, fiz uma chamada para o gabinete do governador, e se pudermos esperar até...

— Temo que não tenhamos tempo para esperar. Como lhe disse, a vida do presidente dos Estados Unidos está em risco.

— Esse é um preso excepcional...

— Dra. Palma – disse Roy. Sua voz agora era fria como aço, embora continuasse a sorrir. – A senhora não precisa se preocupar em perder sua galinha dos ovos de ouro. Juro que ele estará de volta aos seus cuidados em 24 horas.

Os olhos verdes o encaravam irados, mas ela não respondeu.

— Eu não sabia que Steven Ackblom continuou a pintar desde que foi preso – disse ele.

A Dra. Palma olhou de relance para os homens na porta, que mantinham suas posturas convincentemente rígidas de agentes do Serviço Secreto, e então voltou-se para Roy.

— Ele trabalha muito pouco. Uma ou duas obras por ano. Não mais.

— Que, no preço atual, valem milhões.

— Não há nada de antiético acontecendo aqui, Sr. Cotter.

— Nunca pensei isso – afirmou Roy em tom inocente.

— De livre e espontânea vontade, sem sofrer qualquer tipo de coerção, o Sr. Ackblom transfere os direitos de cada um de seus novos quadros para esta instituição, depois que se cansa de tê-los pendurados na cela. O produto da venda é usado para complementar as verbas que nos são alocadas pelo estado do Colorado. E hoje em dia, com essa economia, geralmente as verbas estaduais para todos os tipos de operações penitenciárias são escassas, como se os internos não merecessem assistência adequada.

Roy acariciou com suavidade e apreciação, *amorosamente*, o tampo de vidro da mesa de 40 mil dólares.

— Sim, tenho certeza que sem a pequena ajuda dada pela arte de Ackblom as coisas aqui seriam bem diferentes.

Ela, mais uma vez, manteve o silêncio.

— Diga-me, doutora, além de dois ou três grandes quadros que Ackblom produz anualmente ele deve brincar com sua arte para passar o tempo nesta sepultura. Talvez faça alguns esboços, estudos a lápis, rabiscos que nem vale a pena ele transferir para esta instituição? A senhora sabe o que estou querendo dizer: rabiscos insignificantes, estudos preliminares, cada um deles valendo 10 ou 20 mil dólares, do tipo que se leva para casa para pendurar nas paredes do banheiro? Ou, quem sabe, incinerar com o resto do lixo?

O ódio da doutora era tão intenso que Roy não teria se surpreendido se o rubor que aflorou no seu rosto fosse bastante quente para fazer com que aquela pele branca como a neve explodisse em chamas, como se não fosse uma pele, mas papel inflamável usado pelos mágicos.

— Adoro seu relógio – continuou ele, indicando o Piaget no pulso delgado. As bordas do visor eram enfeitadas com diamantes e esmeraldas alternadamente.

O quarto documento sobre a mesa era uma ordem de transferência que reconhecia a autoridade legal de Roy – por instrução da Suprema Corte do Colorado – para receber Ackblom para custódia temporária. Roy a assinara na limusine e a Dra. Palma assinou-a também.

Encantado, Roy exclamou:

— Ackblom toma alguma medicação, algum antipsicótico, que precisaremos continuar a dar?

Ela o encarou novamente com olhar direto, mas a preocupação tomara o lugar da raiva.

— Nenhum antipsicótico. Ele não precisa. Não é psicótico de acordo com nenhuma das definições atuais do termo, Sr. Cotter. Estou tentando, da melhor forma que posso, fazê-lo compreender que esse homem não apresenta nenhum dos clássicos sinais de psicose. Ele é exatamente a criatura menos bem definida... um sociopata, sim. Mas um sociopata apenas por suas ações, pelo que sabemos que fez, e não por qualquer coisa que faça ou diga acreditar. Submeta-o a qualquer teste que quiser e ele passará. Um sujeito absolutamente normal, bem ajustado, equilibrado, nem mesmo acentuadamente neurótico...

— Ouvi dizer que foi um prisioneiro modelo todos esses anos.

— Isso não quer dizer nada. É isso que estou tentando lhe dizer. Olhe, sou médica e psiquiatra. Mas ao longo dos anos, a partir de minhas observações e experiência, perdi a fé na psiquiatria. Freud e Jung eram cheios de merda – disse ela. Esta palavra crua teve um efeito chocante, vinda de uma mulher tão elegante. – Suas teorias sobre o funcionamento da mente humana não valem nada, são exercícios de autojustificação, filosofias elaboradas apenas para desculpar seus próprios desejos. Ninguém sabe como a mente funciona. Mesmo que possamos administrar uma droga para corrigir um problema mental, sabemos apenas que *aquela* droga é eficaz, e não *por quê*. E, no caso de Ackblom, o comportamento não é provocado nem por um problema fisiológico nem por qualquer problema psicológico.

– A senhora não sente compaixão?

Ela se inclinou sobre a mesa, olhando-o com intensidade.

– Estou lhe dizendo, Sr. Cotter, *existe* maldade no mundo. O mal existe sem causa, sem racionalização. O mal não surge do trauma ou de maus-tratos ou de privações. Steven Ackblom é, em minha opinião, o melhor exemplo do mal. É sadio, absolutamente sadio. Conhece perfeitamente a diferença entre certo e errado. Optou por fazer coisas monstruosas, sabendo que eram monstruosas, ainda que não sentisse qualquer compulsão psicológica para fazê-las.

– A senhora não tem compaixão pelo seu paciente?

– Ele não é meu paciente, Sr. Cotter. É meu prisioneiro.

– Seja lá como for que a senhora decida classificá-lo, ele não merece compaixão... um homem que cai de tal altura?

– Ele merece levar um tiro na cabeça e ser enterrado como indigente – afirmou ela com rudeza. Não era mais atraente. Parecia uma bruxa, cabelos negros, pálida, olhos verdes como os de certos gatos. – Mas porque o Sr. Ackblom se declarou culpado e porque era mais fácil enviá-lo a esta prisão, o estado apoiou a ficção de que ele era um homem doente.

De todas as pessoas que Roy encontrara em sua vida agitada, detestara poucas e odiara menos ainda. Para quase todas as pessoas encontrara compaixão em seu coração, independente das falhas e das personalidades. Mas ele simplesmente desprezava a Dra. Palma.

Quando houvesse tempo livre em sua agenda tão ocupada, ele se encarregaria de providenciar para a Dra. Palma um tratamento que faria o que oferecera a Harris Descoteaux parecer misericordioso.

– Ainda que a senhora não consiga sentir qualquer compaixão pelo Steven Ackblom que matou aquelas pessoas – disse Roy, levantando-se –, creio que deveria sentir alguma pelo Steven Ackblom que tem sido tão generoso com a senhora.

– Ele é o mal. Não merece compaixão. Use-o o quanto precisar e devolva-o.

– Bem, talvez a senhora saiba alguma coisa sobre o *mal*, doutora.

– As vantagens que eu tenho tirado daqui – disse ela com frieza. – É um pecado, Sr. Cotter. Eu sei. E de uma forma ou de outra pagarei por ele. Mas existe uma diferença entre um ato pecaminoso, que se origina da fraqueza, e aquele que é puro mal. Sou capaz de reconhecer a diferença.

– Que bom para a senhora – respondeu Roy, e começou a reunir os papéis que estavam em cima da mesa.

SENTARAM-SE NA CAMA do motel, mastigando os sanduíches do Burger King, batatas fritas e cookies de chocolate. A comida de Rocky foi colocada no chão, sobre uma sacola de papel rasgada.

A manhã no deserto, há apenas algumas horas, parecia uma eternidade no passado. Ellie e Spencer tinham aprendido a se conhecer tão bem que se sentiam perfeitamente confortáveis, comendo em silêncio, perfeitamente à vontade.

Contudo, Ellie surpreendeu-se quando, já ao final da apressada refeição, Spencer expressou o desejo de parar na fazenda perto de Vail, no caminho que eles fariam para Denver. E "surpresa" não era bem a palavra para descrever o que sentiu quando soube que o lugar ainda lhe pertencia.

– Acho que sempre soube que um dia seria obrigado a voltar – disse Spencer sem coragem para encará-la.

Colocou de lado o que restava do seu jantar e sentou-se sobre a cama. Botou as mãos sobre o joelho direito e começou a contemplá-las como se fossem mais misteriosas do que artefatos da Atlântida perdida.

– A princípio – continuou – meus avós conservaram o lugar porque não queriam que alguém comprasse e fizesse dele uma atração para turistas. Ou que os meios de comunicação entrassem naquelas salas subterrâneas para escrever mais histórias mórbidas. Os corpos tinham sido removidos e tudo estava limpo, mas ainda era *o lugar* e podia atrair o interesse da mídia. Depois que comecei a terapia, que durou mais ou menos um ano, o terapeuta achou que deveríamos conservar a propriedade até que eu estivesse pronto para voltar.

– Por quê? Por que voltar?

Spencer hesitou, depois respondeu:

– Porque parte daquela noite ainda é um vazio para mim. Nunca consegui me lembrar do que aconteceu no final, depois que eu atirei nele...

– O que está dizendo? Você atirou nele, correu para pedir socorro e pronto.

– Não.

– O quê?

Spencer sacudiu a cabeça, ainda contemplando as mãos. Mãos imóveis, como mãos talhadas em mármore, repousando sobre seu joelho.

Finalmente disse:

– É isso que preciso descobrir. Preciso voltar lá, e descobrir. Porque, se eu não descobrir, nunca mais vou estar bem comigo mesmo... nem vou servir de nada para você.

– Você não pode voltar lá. Não com o departamento atrás de você.

– Eles não vão nos procurar lá. Não podem ter descoberto quem eu fui. Quem eu sou. Michael. Não podem saber disso.

– Acho que podem – disse ela.

Ellie levantou-se e tirou da sacola de lona o envelope que continha as fotografias que encontrara no chão da cabine do JetRanger, escondido sob sua poltrona. Entregou-o a ele.

– Encontraram estas fotos numa caixa de sapatos na minha cabana – disse ele. – Provavelmente pegaram só para referência. Você não reconheceria meu pai. Ninguém reconheceria. Não por essa foto.

– Você não pode ter certeza.

– De qualquer jeito, não sou dono da propriedade sob qualquer identidade que possam associar comigo, mesmo que de alguma forma cheguem aos autos selados do tribunal e descubram que troquei meu nome de Ackblom para Grant. Oficialmente, ela pertence a uma companhia estrangeira.

— O departamento é muito engenhoso, Spencer.

Levantando os olhos das mãos, encontrou os olhos dela.

— Tudo bem. Estou pronto a acreditar que eles sejam espertos o bastante para descobrir tudo, mas com o tempo. Sem dúvida, não tão depressa. Isso quer dizer que tenho uma razão a mais para ir até lá esta noite. Quando é que vou ter outra oportunidade depois que formos para Denver e seja lá para onde mais depois disso? Quando eu puder voltar novamente a Vail, talvez eles já tenham descoberto que ainda sou o dono da propriedade. E então nunca mais vou poder voltar para acabar com isso. Passamos por Vail no caminho para Denver. Ao lado da interestadual 70.

— Eu sei — disse ela com voz trêmula, lembrando-se daquele momento no helicóptero, em algum lugar sobre Utah, quando pressentira que talvez ele não sobrevivesse àquela noite para partilhar com ela a manhã.

— Se você não quiser ir, podemos dar um jeito. Mas... mesmo se eu pudesse ter certeza de que o departamento nunca descobriria tudo a respeito daquele lugar, eu precisaria voltar lá esta noite. Ellie, se eu não voltar agora, quando estou com coragem para encarar, talvez nunca mais a encontre. Dessa vez, levou 16 anos.

Ellie permaneceu silenciosa por algum tempo, contemplando suas próprias mãos. Depois, levantou-se e foi até o computador, que ainda estava conectado.

Spencer a seguiu.

— O que você está fazendo?

— Qual é o endereço da fazenda?

O endereço que Spencer forneceu era rural, diferente dos endereços urbanos com nomes de ruas. Ela pediu que repetisse.

— Mas por quê? O que está fazendo?

— Qual é o nome da companhia estrangeira?

— Vanishment International.

— Tá brincando!

— Não.

— Este é o nome que consta do registro de imóveis agora, Vanishment International? É assim que deve constar dos registros fiscais?

— É.

Spencer puxou uma cadeira para perto dela e sentou-se, enquanto Rocky veio farejando para ver se ainda havia comida.

— Ellie, você quer falar?

— Vou tentar entrar nos registros de propriedades. Preciso encontrar um mapa, se eu conseguir. Preciso descobrir as coordenadas geográficas exatas do lugar.

— Isso tudo quer dizer alguma coisa?

— Pelo amor de Deus! Se nós vamos até lá, se vamos nos arriscar desse jeito, vamos com o armamento mais pesado que pudermos. Vamos precisar nos defender contra qualquer coisa.

— Do que está falando?

— É muito complicado. Depois eu explico. Agora preciso de silêncio.

Suas mãos ágeis faziam mágicas no teclado. Spencer observava a tela, enquanto Ellie passava de Grand Junction para o computador do tribunal em Vail. E então começou a descascar a cebola do sistema de dados do condado, camada por camada.

USANDO ROUPAS LIGEIRAMENTE folgadas fornecidas pelo departamento e um paletó idêntico aos de seus três companheiros, acorrentado e algemado, o famoso e infame Steven Ackblom sentou-se ao lado de Roy na limusine.

O artista estava com 53 anos, mas parecia ser apenas alguns anos mais velho que quando aparecera nas primeiras páginas dos jornais, onde os amantes do sensacionalismo o apelidaram de Vampiro de Vail, Louco das Montanhas e o Michelangelo Psicótico. Embora alguns fios grisalhos aparecessem agora em suas têmporas, o cabelo continuava preto e brilhante, não apresentando qualquer sinal de calvície. O belo rosto era incrivelmente conservado e jovem, e não havia rugas em sua testa. Suaves linhas de expressão que desciam da borda externa de suas narinas e dos cantos dos olhos mostravam leques de pequenas rugas. Mas nada disso o envelhecia. Na verdade, a impressão que se tinha é que ele enfrentara poucos aborrecimentos e usufruía de muitas distrações.

Como na fotografia que Roy encontrara na cabana em Malibu e como em todas as outras fotos que apareceram nos jornais e revistas há 16 anos, os olhos de Steven Ackblom eram sua feição mais marcante. Contudo, a arrogância que Roy percebera mesmo nas fotos sombrias dos jornais desaparecera, dando lugar a uma tranqüila autoconfiança. Da mesma forma, a ameaça que podia ser lida em qualquer fotografia, quando se conhecia as façanhas do homem, não estava absolutamente visível em pessoa. Seu olhar era direto e claro, mas não ameaçador. Roy sentira-se surpreso e satisfeito ao descobrir uma gentileza fora do comum nos olhos de Ackblom e uma pungente empatia, em virtude da qual era fácil concluir que ele era uma pessoa de considerável sabedoria, capaz de profunda e completa compreensão da condição humana.

Mesmo sob a iluminação estranha e adequada da limusine, que vinha das luzes embutidas sob os assentos e lâmpadas de baixa voltagem junto às portas, Ackblom era uma presença notável – embora de uma forma que a imprensa, ávida de sensacionalismo, fora incapaz de descobrir. Estava silencioso, mas sua taciturnidade nada tinha de inarticulada ou desatenta. Ao contrário, seu silêncio falava mais do que os mais rebuscados exercícios de oratória dos outros homens, e estava sempre vigilante e alerta. Movimentava-se pouco; nunca se agitava. Ocasionalmente, quando acompanhava um comentário com um gesto, o movimento de suas mãos algemadas era tão parcimonioso que a corrente entre seus punhos quase não tilintava. Sua imobilidade não era rígida, e sim relaxada; não havia abandono, mas força domesticada. Era impossível sentar ao seu lado e não perceber que era dotado de tremenda inteligência: ele praticamente zumbia, como se sua mente fosse uma máquina dinâmica bastante onipotente para mover mundos e alterar o cosmos.

Em todos os seus 33 anos, Roy Miro tinha encontrado apenas duas pessoas cuja mera presença física gerara nele um simulacro de amor. A primeira tinha sido Eve Jammer. A segunda era Steven Ackblom. As duas na mesma semana. Neste fevereiro cheio de maravilhas, o destino de fato se tornara seu manto e seu companheiro. Estava ao lado de Steven Ackblom, sentindo-se discretamente enfeitiçado. Desejava desesperadamente fazer com que o artista percebesse que ele, Roy Miro, era uma pessoa capaz de profundos *insights* e excepcionais realizações.

Rink e Fordyce (Tarkenton e Olmeyer tinham deixado de existir ao deixarem o escritório da Dra. Palma) pareciam não estar tão encantados por Ackblom quanto Roy – se é que estavam de alguma forma encantados. Sentados no banco em frente, aparentavam não estar interessados no que o artista tinha para dizer. Fordyce fechava os olhos durante longos períodos, como se estivesse meditando. Rink olhava para fora, embora não pudesse enxergar absolutamente nada através dos vidros escuros. Nas raras ocasiões em que um gesto de Ackblom provocava um tilintar das algemas, e nas ocasiões ainda mais raras em que movia os pés o suficiente para sacudir as algemas que conectavam seus tornozelos, os olhos de Fordyce abriam-se de repente, como os olhos mecânicos de uma boneca, e a cabeça de Rink desviava-se da noite que ele não avistava para o artista. Exceto por esses movimentos, não pareciam dar qualquer atenção ao artista.

De forma deprimente, era patente que Rink e Fordyce formaram suas opiniões sobre Ackblom baseados nas idiotices veiculadas pela imprensa, e não a partir do que eles próprios podiam observar. Essa estupidez não era surpresa, claro. Rink e Fordyce não eram homens de idéias, mas de ação. Não eram homens de paixões, mas sim de desejos crus. O departamento precisava de gente assim, embora lamentavelmente desprovidos de visão, pobres criaturas com incríveis limitações que um dia fariam com que o mundo se aproximasse mais alguns milímetros da perfeição ao deixá-lo.

– Na época, eu era jovem, só dois anos mais velho que seu filho, mas compreendi o que o senhor estava tentando realizar.

– E o que era? – perguntou Ackblom. Era uma bela voz de tenor cujo timbre suave indicava que poderia ter feito carreira como cantor, se tivesse desejado.

Roy explicou suas teorias sobre a obra do artista: que aqueles retratos fantasmagóricos e fascinantes não falavam sobre os odiosos desejos das pessoas avolumando-se como a pressão numa caldeira sob suas belas superfícies, mas eram feitos para que fossem encarados *com* as naturezas-mortas e, em conjunto, eram uma declaração sobre o desejo – e a luta – pela perfeição.

– E se o seu trabalho com modelos vivos levou-os a alcançar uma beleza perfeita, nem que apenas por um breve momento antes de morrerem, seus crimes não foram crimes, mas sim atos de caridade, atos de profunda compaixão, porque muito poucas pessoas neste mundo conhecerão um dia um momento de perfeição. Através de tortura, o senhor proporcionou àquelas 41 mulheres, e à sua mulher também, eu suponho, uma experiência transcendental. Se tivessem vivido, um dia lhe teriam agradecido.

Roy falava com sinceridade, embora anteriormente tivesse acreditado que Ackblom havia errado nos meios através dos quais buscara o cálice da perfeição. Aquilo tinha sido antes de conhecer o homem. Agora, ele se sentia envergonhado de ter desastrosamente subestimado o talento e a aguçada percepção do artista.

No banco em frente, nem Rink nem Fordyce demonstravam qualquer interesse nas palavras de Roy. Em seu serviço no departamento já tinham ouvido tantas mentiras fantásticas, todas tão bem contadas, que indubitavelmente achavam que o chefe estava apenas fazendo um jogo com Ackblom, espertamente manipulando um louco, a fim de que ele cooperasse o necessário para garantir o sucesso da operação atual. Roy estava na posição estimulante e singular de ser capaz de expressar seus mais profundos sentimentos, pois sabia que Ackblom o compreenderia perfeitamente, enquanto Rink e Fordyce pensariam que ele se dedicava a jogos maquiavélicos.

Roy não se deixou levar a ponto de revelar seu compromisso pessoal para com o tratamento piedoso dos casos mais tristes que encontrava em suas viagens. Histórias como as dos Bettonfield, em Beverly Hills, Chester e Guinevere, em Burbank, e o paraplégico e a esposa do lado de fora do restaurante, em Vegas, poderiam, até mesmo para Rink e Fordyce, parecer muito específicas em matéria de detalhes para serem fábulas inventadas para ganhar a confiança do artista.

— O mundo seria um lugar infinitamente melhor – declarou Roy, restringindo suas observações a conceitos gerais seguros – se o rebanho da humanidade fosse reduzido. Eliminar primeiro os espécimes mais imperfeitos. Sempre trabalhando de baixo para cima. Até que restassem apenas as pessoas que mais se aproximassem dos padrões ideais para que os cidadãos fossem capazes de construir uma sociedade mais pacífica e mais esclarecida. O senhor concorda?

— O processo seria certamente fascinante – respondeu Ackblom.

Roy tomou o comentário como aprovação.

— Seria, não é mesmo?

— Supondo-se sempre que se esteja no comitê dos eliminadores – disse o artista – e não entre os que vão ser julgados.

— Claro, isso nem é preciso dizer.

Ackblom agraciou-o com um sorriso.

— Então, como seria divertido!

Dirigiam pelas montanhas na interestadual 70, em vez de voar para Vail. A viagem levaria menos de duas horas. Voltar por Denver da prisão até Stapleton, esperar a liberação do vôo e fazer a viagem de avião levaria mais tempo. Ademais, a limusine era mais íntima e sossegada que o jato, dando a Roy a oportunidade de passar mais momentos íntimos e de qualidade com o artista do que seria possível se estivessem viajando no Lear.

Gradualmente, quilômetro após quilômetro, Roy Miro começou a entender por que Steven Ackblom o afetava tão poderosamente quanto Eve. Embora o artista fosse um belo homem, nada em sua aparência física poderia ser classificado como um traço perfeito. Mas Roy pressentia que, de alguma forma, ele *era* perfeito. Uma luminosidade. Uma sutil harmonia. Vibrações tranqüilizantes. Em algum recanto do seu ser, Ackblom era imaculado. No momento, a perfeita qualidade ou virtude do artista continuava sendo desafiadoramente misteriosa, mas Roy estava certo que a descobriria até chegarem à fazenda, em Vail.

A limusine atravessou montanhas cada vez mais altas, através de florestas primitivas incrustadas de neve, subindo à luz prateada do luar que as janelas escuras reduziam a imagens enfumaçadas. Os pneus zumbiam.

Enquanto Spencer conduzia a picape roubada para leste na interestadual 70, para longe de Grand Junction, Ellie, encolhida no banco, trabalhava febrilmente no notebook que ela conectara ao acendedor de cigarros. O computador estava sobre um travesseiro surrupiado do motel. Periodicamente ela consultava uma cópia impressa do mapa e outras informações que obtivera sobre a fazenda.

— O que você está fazendo? — perguntou novamente Spencer.
— Cálculos.
— Que cálculos?
— Psiu. Rocky está dormindo no banco de trás.

Da sacola de lona ela tirara CDs com programas e os instalara na máquina. Evidentemente, tinham sido programados por ela mesma, adaptados para este notebook enquanto ele delirava por mais de dois dias no Mojave. Quando lhe perguntara por que fizera um *backup* do seu próprio computador — que agora estava perdido com o Rover —, neste sistema bem diferente, Ellie respondera:

— Já fui bandeirante, lembra? Precisamos estar sempre preparados.

Ele não tinha nenhuma idéia o que aquele programa permitia que ela fizesse. Fórmulas e gráficos rolavam na tela. Globos terrestres holográficos giravam ao seu comando e deles ela extraía áreas para ampliação e para um exame mais detalhado.

Vail estava a apenas três horas de distância. Spencer desejava que pudessem usar o tempo para conversar, para mais descobertas recíprocas. Três horas era tão pouco tempo... especialmente se fossem as últimas três horas que passariam juntos.

14

Ao retornar para casa de sua caminhada pelas acidentadas ruas de Westwood, Harris Descoteaux não mencionou o encontro com o homem alto do Toyota azul. Primeiro, parecia um sonho. Improvável. Depois, ele não chegara a uma conclusão se aquele estranho era um amigo ou um inimigo. Não queria alarmar Darius ou Jessica.

Mais tarde, naquele dia, depois que Ondine e Willa voltaram do shopping com a tia e que o filho dele com Bonnie, Martin, voltou da escola, Darius decidiu que todos estavam precisando se divertir um pouco. Insistiu em amontoar todos – sete pessoas – num microônibus VW, que com tanto carinho ele reformara com suas próprias mãos, para irem ao cinema e depois jantar no Hamlet Gardens.

Harris e Jessica não queriam ir ao cinema ou jantar em restaurantes quando cada dólar gasto lhes era emprestado. Nem mesmo Ondine e Willa, com a facilidade de recuperação de qualquer adolescente, estavam refeitas do trauma provocado pelo ataque da SWAT na sexta-feira ou da expulsão de sua própria casa por policiais federais.

Darius mantinha-se irredutível quanto ao fato de que um cinema e um jantar no Hamlet Gardens eram exatamente os remédios certos para os seus males. E a persistência era uma das qualidades que o tornavam um advogado excepcional.

E assim, às 18h15 de segunda-feira, Harris estava no cinema juntamente com uma multidão barulhenta, sem conseguir entender o humor das cenas que todos achavam cômicas, e sucumbindo a um novo ataque de claustrofobia. A escuridão. Tanta gente dentro de uma sala. O calor do corpo da multidão. Ele se sentia mal. Não conseguia respirar fundo e estava levemente tonto. Temia que logo ocorresse o pior e cochichou para Jessica que precisava ir ao banheiro. Diante de sua preocupação, deu-lhe um tapinha no braço, sorriu, tranqüilizando-a, e depois saiu.

O banheiro masculino estava vazio. E em um dos quatro lavatórios Harris abriu a torneira de água fria, curvou-se sobre a pia e jogou água no rosto várias vezes, tentando se refrescar do calor da sala de projeções e afastar a tontura.

O barulho da água corrente impediu que ele ouvisse outro homem entrar. Ao levantar a vista, ele não se encontrava mais sozinho.

Aparentando 30 anos, asiático, usando mocassim, jeans e uma suéter azul-escura, o estranho ficou em pé duas pias adiante, penteando os cabelos. Seu olhar cruzou com o de Harris pelo espelho e ele sorriu.

– Senhor, posso dar-lhe algo para pensar?

Harris reconheceu a pergunta como exatamente a mesma que o homem alto do Toyota azul havia inicialmente lhe dirigido. Assustado, ele recuou da pia com tanta rapidez que se chocou contra a porta de mola de um dos toaletes. Ele cambaleou, quase caiu, mas se segurou na lateral sem dobradiça do umbral para se equilibrar.

– Durante algum tempo a economia japonesa se aqueceu tanto que deu ao mundo a idéia que talvez grandes governos e grandes empresas devam trabalhar em perfeita sintonia.

– Quem é você? – perguntou Harris, dessa vez reagindo mais depressa do que ao primeiro homem.

Ignorando a pergunta, o sorridente estranho disse:

– Assim, agora ouvimos falar nas políticas da indústria nacional. As grandes empresas e o governo fecham negócios todos os dias. Incentive meus programas e aumente meu poder, diz o político, e eu garantirei o seu lucro.

– Que importância tem isso para mim?

– Calma, Sr. Descoteaux.

– Mas...

– Os membros do sindicato são prejudicados porque o governo conspira com seus patrões. O pequeno empresário é prejudicado, todos aqueles que são muito pequenos para jogar na liga de 100 bilhões de dólares. Agora, o secretario de Defesa quer utilizar os militares como uma arma de política econômica.

Harris voltou à pia, onde deixara a torneira de água fria aberta. Fechou-a.

– Uma aliança empresariado-governo, reforçada pelas políticas militar e civil... um dia, a isso se deu o nome de fascismo. Veremos o fascismo nos dias de hoje, Sr. Descoteaux? Ou se trata de algo novo que não mereça preocupação?

Harris tremia. Percebeu que seu rosto e suas mãos estavam pingando e arrancou toalhas de papel do toalheiro.

— E se for algo novo, Sr. Descoteaux, será bom? Talvez. Talvez passemos por um período de ajuste e, portanto, tudo será maravilhoso. — Balançou a cabeça em tom de afirmação, sorrindo, como se estivesse considerando a possibilidade. — Ou talvez essa novidade venha a ser um novo tipo de inferno.

— Não me importa nada disso – disse Harris, aborrecido. — Não sou político.

— O senhor não precisa ser político. Para se proteger, basta estar informado.

— Olhe aqui, seja lá quem você for, só quero minha casa de volta. Quero minha vida como era antes. Quero que tudo continue exatamente do jeito que era.

— Isso nunca acontecerá, Sr. Descoteaux.

— Por que está acontecendo isso comigo?

— O senhor leu os romances de Philip K. Dick, Sr. Descoteaux?

— De quem? Não.

Mais do que nunca, Harris se sentia como se tivesse cruzado os territórios do País das Maravilhas.

O estranho balançou a cabeça com pesar.

— O mundo futurista sobre o qual o Sr. Dick escreveu é o mundo no qual estamos ingressando. É um lugar assustador, esse mundo dicksiano. Mais do que nunca, as pessoas precisam de amigos.

— Você é amigo? – perguntou Harris. – Quem são vocês?

— Tenha calma e pense no que eu disse.

O homem dirigiu-se para a porta.

Harris fez menção de detê-lo, mas mudou de idéia. Pouco depois, estava sozinho. De repente, suas vísceras se contorceram. Afinal, não mentira para Jessica: realmente precisava usar o banheiro.

APROXIMANDO-SE DE VAIL, no alto das montanhas Rochosas, Roy Miro usou o telefone da limusine para chamar o número da unidade celular que Gary Duvall lhe dera anteriormente.

— Nada ainda? — perguntou ele.
— Nenhum sinal deles ainda — respondeu Duvall.
— Estamos quase chegando.
— Você acha mesmo que eles vão aparecer?

O JetRanger roubado e sua tripulação tinham sido encontrados no Colorado National Monument. Um telefonema da mulher para a polícia de Grand Junction tinha sido rastreado para Montrose, indicando que ela e Spencer Grant fugiam para o sul, em direção a Durango. Roy não acreditou. Sabia que era possível ocultar a origem das ligações telefônicas com o auxílio de um computador. Não acreditava em ligação rastreada, mas no poder do passado; no ponto de encontro do passado com o presente, ele encontraria os fugitivos.

— Eles virão. As forças cósmicas estão conosco hoje.
— Forças cósmicas? — disse Duvall, como se estivesse contando uma piada.
— Eles virão — repetiu Roy e desligou.

Sentado ao lado de Roy, Steven Ackblom estava calado e sereno.
— Estaremos lá dentro de alguns minutos — disse-lhe Roy.
Ackblom sorriu.
— Nada como nossa própria casa.

SPENCER JÁ DIRIGIRA aproximadamente uma hora e meia quando Ellie desligou o computador e o retirou da tomada do isqueiro. Uma gota de suor pontilhava sua testa, embora o interior do caminhão não estivesse demasiadamente aquecido.

— Só Deus sabe se estou montando uma boa defesa ou planejando um duplo suicídio — disse ela. — Das duas uma. Mas agora cabe a nós usar, se precisarmos.
— Usar o quê?
— Não vou contar — disse ela com objetividade. — Vai levar muito tempo. Além disso, você ia tentar me dissuadir, o que seria uma perda de tempo. Conheço os argumentos contrários e não os aceito.
— Assim a discussão fica muito mais fácil, quando um só manipula os dois lados da questão.

Ellie continuou sóbria.

— Se as coisas piorarem ainda mais, não vou ter escolha, a não ser usar, independente de parecer insensato.

Rocky acordara um pouco antes no banco de trás e Spencer dirigiu-se a ele:

— Amigão, você não está confuso aí atrás, está?

— Pode perguntar qualquer coisa, mas não *isso*. Se eu falar, e até se eu pensar muito nisso, vou ficar com muito medo de usar quando chegar a hora, *se* chegar. Tomara que não precise.

Spencer nunca a vira balbuciar antes. Normalmente, mantinha o autocontrole. Agora ela começava a assustá-lo.

Arfando, Rocky enfiou a cabeça entre os dois bancos da frente. Uma orelha em pé, a outra caída: refeito e interessado.

— Não pensei que você estivesse confuso – Spencer contou a ele. – Quanto a mim, estou duas vezes mais atordoado do que um vagalume que se debate para se desvencilhar de um velho pote de maionese. Mas acho que formas superiores de inteligência, como a espécie canina, não teriam nenhum problema em descobrir do que é que ela está falando.

Ellie olhou fixamente para a estrada à frente, esfregando distraidamente o queixo com a mão direita.

Ela tinha dito que ele poderia lhe fazer qualquer pergunta exceto *aquilo*, fosse lá o que *aquilo* pudesse ser. Então, ele aproveitou para fazer outras perguntas.

— Onde Bess Baer ia se fixar até eu estragar as coisas? Para onde você ia naquele Rover para construir uma vida nova?

— Não ia me fixar novamente – respondeu ela, provando que estava ouvindo. – Desisti disso. Mais cedo ou mais tarde eles acabam me encontrando se eu demorar muito em um lugar. Gastei muito dinheiro, meu e algum de amigos, para comprar aquele Rover e o equipamento que há nele. Com isso, calculo que eu possa continuar me deslocando para ir a qualquer lugar.

— Eu compro o Rover.

— Não era isso que eu estava querendo.

— Eu sei. Mas o que é meu é seu mesmo.

— Ah, sim? Quando foi isso?

— Nada de condições – disse ele.

— Gosto de pagar ao meu modo.
— Não adianta discutir o assunto.
— O que você diz é definitivo, não é?
— Não. O que o cachorro diz é definitivo.
— Isso foi decisão de Rocky?
— Ele cuida de todas as minhas finanças

Rocky riu. Gostou de ouvir seu nome.

— Por ser idéia do Rocky – disse ela –, vou pensar.
— Por que chama Summerton de barata? Por que isso o incomoda tanto?
— Tom tem fobia a insetos. A todo tipo de inseto. Até mesmo uma mosca o incomoda. Mas ele fica particularmente nervoso com baratas. Quando vê uma... e houve uma epidemia no ATF quando ele estava lá... ele se descontrola. É algo quase cômico. Como em um desenho animado, quando um elefante descobre um rato. De qualquer modo, algumas semanas depois... depois que Danny e os meus pais estavam mortos, e depois que desisti de tentar abordar os repórteres com o que eu sabia, liguei para o velho Tom em seu escritório no Ministério da Justiça, chamei-o de um telefone público no centro de Chicago.

— Nossa!

— A mais particular de todas as linhas particulares, a que ele mesmo atende. Surpreendi-o. Ele tentou bancar o inocente, deixar que eu falasse naquele telefone até ficar exausta. Eu disse que ele não deveria ter tanto medo de baratas, já que ele era uma barata. Disse-lhe que um dia o esmagaria com os pés, o mataria. E eu estava falando sério. Um dia, de alguma forma, vou mandá-lo diretamente para o inferno.

Spencer olhou-a de relance. Ela encarava a noite à sua frente, ainda meditando. Esbelta, tão agradável aos olhos e de certo modo tão delicada quanto uma flor, ela era, no entanto, tão feroz e dura quanto qualquer soldado das Forças Especiais que Spencer havia conhecido.

Ele a amava incondicionalmente, sem reservas, sem qualificação, com uma paixão incomensurável, amava cada traço de seu rosto, amava sua voz, amava sua peculiar vitalidade, amava a bondade de seu coração e a agilidade de seu raciocínio, amava-a com tanta pureza e intensidade que às vezes, quando a olhava, o silêncio parecia envolver o mundo. Rezava para que ela fosse uma moça favorecida pelo destino, fadada a ter uma vida longa, porque, se morresse antes dele, não lhe restaria nenhuma esperança, nenhuma.

Ele continuou dirigindo para leste, noite adentro, passou por Rifle, Silt, Newcastle e Glenwood Springs. A auto-estrada interestadual freqüentemente seguia os leitos de *canyons* profundos e estreitos, com barrancos íngremes de rochas superpostas. Durante o dia, era uma das paisagens mais deslumbrantes do planeta. Na escuridão de fevereiro, aquelas muralhas verticais de rocha se aglutinavam, tornando-se monólitos negros que lhe negavam a opção de ir para a esquerda ou para a direita e o obrigavam a seguir em direção a maiores altitudes, rumo a terríveis confrontos, tão inevitáveis que pareciam ter estado à espera para se revelar desde antes da existência do universo. Do piso daquela fenda havia somente uma faixa do céu à vista, salpicada por algumas estrelas, como se o céu não pudesse acolher mais almas e logo estivesse fechando para sempre suas portas.

ROY APERTOU UM BOTÃO no descanso de braço. A seu lado, a janela do carro se abaixou ronronando.

— Está como você se lembra? – perguntou ao artista.

Ao saírem da estrada de duas pistas, Ackblom se inclinou para olhar para fora.

Na frente da propriedade uma neve ininterrupta cobria o cercado que circundava o estábulo. Nos últimos 22 anos, desde a morte de Jennifer, nenhum cavalo lá estivera, já que os cavalos eram uma paixão sua, não de seu marido. A cerca estava bem conservada e tão branca que mal era visível contra o fundo dos campos congelados.

A entrada nua era ladeada por paredes de neve que chegavam à altura da cintura, construídas por um arado. O seu curso era sinuoso.

A pedido de Steven Ackblom, o motorista parou na casa, em vez de prosseguir diretamente para o celeiro.

Roy levantou a janela, enquanto Fordyce tirava as correntes que prendiam os tornozelos do artista. Depois as algemas. Roy não queria que seu convidado sofresse a humilhação adicional daquelas algemas.

Em sua viagem pelas montanhas, ele e o artista tinham travado uma relação mais profunda do que imaginara possível durante um contato tão curto. Mais do que as algemas e os grilhões, o respeito mútuo entre os dois certamente garantia a total cooperação de Ackblom.

Ele e o artista saltaram da limusine, deixando Rink, Fordyce e o motorista esperando. Não havia vento naquela noite, mas o ar estava gelado.

Assim como os campos cercados, a relva estava branca e ligeiramente iluminada pela luz prateada da meia-lua. Os arbustos de sempre-vivas estavam incrustados de neve, seus galhos cobertos de gelo, um bordo desgastado pelo inverno lançava tênue sombra lunar sobre o jardim.

A casa vitoriana de dois andares era branca com venezianas verdes. Uma grande varanda se estendia de uma ponta à outra, e a balaustrada que a contornava era branca sob um corrimão verde. Uma cornija marcava a transição das paredes para o telhado e uma franja de pequenos pingentes de gelo pendia do beiral.

As janelas estavam todas escuras. Os Dresmund tinham cooperado com Duvall. Durante a noite, eles ficariam em Vail, talvez curiosos sobre os eventos na fazenda, mas vendendo seu esquecimento pelo preço de um jantar em um restaurante quatro estrelas, champanhe, morangos cultivados em estufa cobertos com chocolate e uma relaxante noite na suíte de um hotel de luxo. Mais tarde, com Grant morto e sem nenhuma tarefa de zelador a ser cumprida, eles se arrependeriam desse mau negócio.

Duvall e os 12 homens sob sua supervisão estavam espalhados discretamente por toda a propriedade. Roy não conseguia perceber onde estavam escondidos.

– Isso aqui é ótimo na primavera – disse Steven Ackblom, falando não com aparente pesar, mas como se estivesse recordando as ensolaradas manhãs de maio, as agradáveis noites estreladas e o canto dos grilos.

– Isso aqui é ótimo nesta época também – disse Roy.

– É, não é? – Com um sorriso que talvez fosse melancólico, Ackblom virou-se para poder contemplar toda a propriedade. – Eu fui feliz aqui.

— É fácil ver por quê.

O artista suspirou:

— O prazer quase sempre é um visitante, mas a dor nos persegue cruelmente.

— Como?

— Keats – explicou Ackblom.

— Ah. Sinto muito se estar aqui o deprime.

— Não, não. Não se preocupe com isso. Isso nem sequer me deprime. Por natureza, sou à prova de depressão. E rever este lugar... é um doce pesar, um pesar que vale a pena sentir.

Entraram na limusine e foram conduzidos até o celeiro atrás da casa.

NA PEQUENA CIDADE de Eagle, a oeste de Vail, pararam para abastecer. Em um minimercado adjacente ao posto de gasolina Ellie adquiriu dois tubos de cola SuperBonder, todo o estoque da loja.

— Por que SuperBonder? – perguntou Spencer quando ela retornou às bombas onde ele pagava o frentista.

— Porque é muito mais difícil encontrar ferramentas e produtos de soldagem.

— Bem, é claro que é – disse ele, como se soubesse sobre o que ela estava falando.

Ellie continuou impassível. Sua reserva de sorrisos se esgotara.

— Espero que não esteja frio a ponto de a cola endurecer.

— Posso saber o que você vai fazer com SuperBonder?

— Colar uma coisa.

— Bom, isso é lógico.

Ellie se acomodou no banco de trás com Rocky.

Seguindo suas instruções, Spencer passou com a picape pela área de serviço da oficina em direção à extremidade do posto. Estacionou ao lado de um monte de neve com uns 20 centímetros de altura.

Esquivando-se da língua amiga do cão, Ellie destravou a pequena janela corrediça que separava a cabine do bagageiro e abriu a parte móvel apenas alguns centímetros. Da mochila de lona tirou o último dos objetos mais importantes que decidira salvar quando o sinal de rastreamento de Earthguard a obrigara a abandonar o Range Rover. Um longo fio elétrico alaranjado. Um adaptador que transformava qualquer isqueiro de carro ou de caminhão em duas tomadas elétricas que poderiam fornecer corrente quando o motor estivesse em funcionamento. Finalmente, lá estava a unidade compacta para conexão, com braço móvel automático de rastreamento e um receptor desmontável em forma de *frisbee*.

Novamente do lado de fora, Spencer abaixou a porta traseira e eles subiram na carroceria vazia da picape. Ellie usou a maior parte da SuperBonder para fixar o transceptor de microondas ao compartimento de carga de metal pintado.

– Sabe – disse ele –, um ou dois pingos normalmente resolvem.

– Preciso ter certeza que não vai se soltar com um movimento forte e começar a escorregar de um lado para o outro. Tem que ficar parado.

– Depois dessa quantidade de cola, você provavelmente vai precisar de um pequeno artefato nuclear para retirá-lo.

Com o pescoço empinado de curiosidade, Rocky os observava pela janela traseira.

O adesivo demorou mais do que o normal para colar. Talvez Ellie tivesse usado cola em excesso ou talvez estivesse frio demais. Em 10 minutos, no entanto, o transceptor de microondas estava firmemente preso à carroceria do caminhão.

Ellie abriu totalmente o receptor desmontável de 45 centímetros e ligou uma ponta do fio à base do transceptor. Depois, enfiou os dedos numa estreita abertura que deixara na janela traseira, abriu mais a vidraça e passou o fio pelo banco traseiro.

Rocky empurrava o nariz na janela e lambia as mãos de Ellie enquanto ela trabalhava.

Quando o fio entre o aparelho e a janela estava esticado, mas não retesado, ela empurrou o nariz de Rocky para o lado e fechou a janela o máximo que o fio permitia.

– Vamos rastrear alguém por satélite? – perguntou Spencer quando pularam da traseira da caminhonete.

– Informação é poder – disse ela.

Levantando a porta traseira, ele disse:
— Bem, é claro que sim.
— E eu tenho um conhecimento sólido.
— Eu não duvidaria disso.
Voltaram para a picape.

Ellie puxou o fio do banco traseiro, conectou-o a uma das duas tomadas no adaptador do isqueiro e o *notebook* na outra.

— Ok, próxima parada... Vail – disse ela em um tom sinistro.

Spencer ligou o motor.

EXCITADA DEMAIS PARA DIRIGIR, Eve Jammer corria pela noite de Las Vegas procurando uma oportunidade de se tornar a mulher totalmente realizada que Roy a ensinara a ser.

Passando por um bar de segunda classe onde letreiros de néon piscavam anunciando dançarinas nuas, Eve viu um sujeito de meia-idade e olhar tristonho saindo pela porta da frente. Era calvo, tinha uns 25 quilos de excesso de peso e dobras na pele do rosto de fazer inveja a um *shar-pei*. Seus ombros estavam desenxabidos de cansaço. Com as mãos nos bolsos do casaco e a cabeça baixa, ele se arrastava em direção ao estacionamento adjacente ao bar, apenas parcialmente ocupado.

Eve passou por ele, entrou no estacionamento e procurou uma vaga. Pela janela lateral ela o observou se aproximando. O homem arrastava os pés como se estivesse deprimido demais para combater a gravidade além do estritamente necessário.

Pôs-se a imaginar como era a vida dele. Velho demais, sem atrativos, excessivamente gordo, socialmente desajeitado, pobre demais para merecer os favores de uma moça como as que ele tanto desejava. Voltava para casa depois de algumas cervejas, para uma cama solitária, depois de passar algumas horas observando maravilhosas jovens, de corpos rijos, longas pernas e fartos seios que ele nunca poderia possuir. Frustrado, deprimido. Dolorosamente solitário.

Eve sentiu-se invadida de piedade por aquele homem, para quem a vida fora tão injusta. Saltou do carro e se aproximou quando ele chegava a um sujo Pontiac de dez anos.

— Com licença – disse ela.

Ele se virou, e seus olhos se arregalaram ao vê-la.

— Você estava aqui outra noite – disse ela, em tom de afirmação.

— Bem... sim, semana passada – disse ele. Ele não se conteve em olhá-la rapidamente, provavelmente não percebeu ter lambido os beiços.

— Eu o vi – disse ela, fingindo timidez. – Eu... eu não tive coragem de cumprimentá-lo.

Boquiaberto e incrédulo, ele ainda estava cauteloso, não acreditando que uma mulher como ela estivesse se aproximando dele.

— O fato é que – disse ela – você se parece exatamente com o meu pai. – O que era mentira.

— Verdade?

Ele já estava menos cauteloso agora que ela mencionara o pai, mas havia também uma esperança menos patética em seus olhos.

— Ah, exatamente como ele – disse ela. – E... e o caso é... o caso é que... espero que você não me ache estranha... mas a questão é... os únicos homens com quem consigo fazer, com quem consigo ir para a cama e ser quente... são os homens que parecem com o meu pai.

Ao perceber que havia tido a sorte de cair numa cama mais emocionante do que qualquer outra em que havia se deitado em suas fantasias inundadas de testosterona, o papudo Romeu endireitou os ombros, botou o peito para fora e um sorriso de puro encantamento fez com que parecesse dez anos mais jovem, embora nada menos parecido com um *shar-pei*.

Naquele momento transcendental, quando o pobre homem, sem dúvida, se sentia mais vivo e feliz que há semanas, meses, talvez anos, Eve sacou da bolsa uma Beretta equipada com silenciador e lhe deu três tiros.

Na bolsa havia também uma Polaroid. Embora preocupada que um carro pudesse entrar no estacionamento e que outros clientes saíssem do bar, tirou três fotos do homem morto, deitado ao lado do seu Pontiac.

Dirigindo para casa, Eve pensou no benefício que fizera: ajudar aquele querido homem a encontrar uma saída para sua vida imperfeita, libertando-o da rejeição, da depressão, da solidão e do desespero.

Seus olhos lacrimejavam. Não soluçava, nem estava tão emocionada a ponto de se tornar perigosa ao volante. Choramingava baixinho, embora em seu coração a compaixão fosse poderosa e profunda.

Choramingou durante todo o caminho para casa, entrando na garagem, atravessando a casa, entrando no quarto, onde ela arrumou as fotos no tripé noturno, para que Roy visse quando voltasse do Colorado um ou dois dias depois – e então algo engraçado aconteceu. Profundamente emocionada pelo que fizera, por mais copiosas e verdadeiras que fossem suas lágrimas, contudo, seus olhos de repente se secaram e ela se sentiu incrivelmente *excitada*.

NA JANELA COM O ARTISTA, Roy viu a limusine retornar à estrada e se distanciar. Ela voltaria depois que o drama da noite tivesse acabado.

Eles estavam sentados no compartimento da frente do celeiro remodelado. A escuridão só era amenizada pelo luar que entrava pelas janelas e pela luminosidade verde da tela do painel do sistema de segurança próximo à porta da frente. Com os números que Gary Duvall obtivera dos Dresmund, Roy desligara o alarme quando eles entraram, religando-o depois. Não havia detectores de movimento, somente contatos magnéticos em cada porta e janela, de modo que ele e o artista podiam se movimentar com mais liberdade sem acionar o sistema.

Essa grande sala do primeiro andar anteriormente fora uma galeria particular, onde Steven havia exibido suas pinturas preferidas. Agora, o quarto estava vazio e qualquer barulho, por mais insignificante que fosse, extraía das frias paredes um eco surdo. Dezesseis anos haviam se passado desde que a arte do grande homem adornara o local.

Roy sabia que esse era um momento que ele se recordaria com excepcional clareza para o restante da vida, assim como se lembraria da *exata* expressão de deslumbramento no rosto de Eve quando ele deu paz àquele homem e àquela mulher no estacionamento do restaurante. Embora o grau de imperfeição da humanidade garantisse que o constante drama humano seria sempre uma tragédia, havia momentos de experiência transcendente, como esse, que faziam com que a vida valesse a pena.

Infelizmente, a maioria das pessoas era demasiadamente tímida para aproveitar o dia e descobrir a sensação dessa transcendência. A timidez, no entanto, nunca fora um dos defeitos de Roy.

A revelação de sua compassiva cruzada proporcionara a Roy todas as glórias do quarto de Eve, e ele decidira que deveria ser novamente invocada. Durante o trajeto pelas montanhas, ele percebera que Steven era perfeito como poucos – embora a natureza de sua perfeição fosse mais sutil do que a devastadora beleza de Eve, mais pressentida do que vista, intrigante, misteriosa. Por instinto, Roy sabia que entre Steven e ele havia uma simpatia até maior do que entre ele e Eve. Poderia surgir uma verdadeira amizade entre eles se ele se revelasse para o artista com a mesma franqueza com que o fizera para o caro coração em Las Vegas.

Em pé próximo à janela enluarada, na galeria escura e vazia, Roy Miro começou a explicar, com gostosa humildade, como ele colocara seus ideais em prática de forma que até mesmo o departamento, apesar de sua disposição em ser ousado, teria sido demasiadamente tímido para endossar. Enquanto o artista ouvia, Roy esperava que os fugitivos não viessem naquela noite ou na noite seguinte, antes que ele e Steven tivessem estado juntos tempo suficiente para consolidar a amizade que certamente estava fadada a enriquecer suas vidas.

DO LADO DE FORA do Hamlet Gardens, em Westwood, o porteiro uniformizado trouxe o microônibus VW de Darius do estacionamento e levou-o para a entrada, onde as duas famílias Descoteaux esperavam, logo após o jantar.

Harris estava um pouco atrás e quando se preparava para entrar no carro uma mulher tocou em seu ombro:

– Senhor, posso dar-lhe alguma coisa para pensar?

Desta vez ele não se surpreendeu. Não recuou como havia feito no banheiro dos homens do cinema. Voltando-se, viu uma ruiva atraente, de saltos altos, usando um longo casaco verde-escuro que realçava sua pele e um chapéu elegante de abas largas colocado num ângulo audacioso. Parecia estar a caminho de uma boate.

— Será maravilhoso se a nova ordem mundial for a paz, prosperidade e democracia, mas o futuro talvez seja menos atraente, mais parecido com a Idade das Trevas, se a Idade das Trevas tivesse tido todas essas maravilhosas formas de entretenimento *high-tech* para torná-la mais suportável. Mas acho que o senhor vai concordar... que ser capaz de pegar os filmes mais recentes em vídeo não compensa a escravidão.

— O que você quer de mim?

— Ajudá-lo. Mas é preciso que o senhor queira a ajuda, precisa reconhecer que precisa dela e precisa estar pronto para fazer o que for necessário.

Dentro do microônibus sua família o encarava com curiosidade e preocupação.

— Não sou um revolucionário atirador de bombas.

— Nem nós – disse ela. – Bombas e revólveres são instrumentos que só devem ser usados como último recurso. O conhecimento deve ser a primeira e mais importante das armas da resistência.

— Que conhecimento eu tenho que possa interessar?

— Para começar – disse ela –, o conhecimento da fragilidade da sua liberdade na situação atual. Isso dá ao senhor um tipo de atitude que nós valorizamos.

O porteiro, embora não pudesse ouvir a conversa, os encarava de forma estranha.

Do bolso do casaco a mulher tirou um pedaço de papel, que continha três palavras e um número de telefone, e mostrou-o a Harris. Quando ele estendeu a mão para pegá-lo, ela o reteve com firmeza.

— Não, Sr. Descoteaux. Prefiro que o senhor decore.

O número fora escolhido para ser facilmente memorizável e as palavras não lhe causaram também qualquer dificuldade.

Enquanto Harris tinha os olhos voltados para o papel, a mulher declarou:

— O responsável pelo que lhe aconteceu chama-se Roy Miro.

Lembrava-se do nome mas não sabia onde o tinha ouvido.

— Ele foi visitá-lo fingindo ser do FBI – disse ela.

— O cara que estava procurando Spencer! — exclamou Harris, desviando os olhos do papel. Estava furioso, agora que o inimigo invisível tinha um rosto. — Mas que diabo eu fiz a ele? Nós discordamos sobre um oficial que me serviu há muito tempo. Só isso! — Então ele ouviu o restante da revelação. — Fingindo ser do FBI? Mas ele era. Verifiquei depois que ele marcou o encontro.

— Raramente são o que aparentam.

— Eles? Quem são *eles*?

— Quem sempre foram em todas as eras. Desculpe – disse sorrindo. – Neste momento só tenho tempo para ser inescrutável.

— Vou conseguir minha casa de volta – afirmou ele com firmeza, embora não se sentisse tão confiante quanto soava.

— Não, não vai. E mesmo que o protesto público fosse forte o bastante para que essas leis fossem abolidas, outras seriam feitas, dando-lhes meios para arruinar quem quiserem. O problema não é uma lei. Essas pessoas são tão fanáticas pelo poder que querem ensinar a todo mundo como viver, o que pensar, ler e sentir.

— Como é que eu chego até Roy Miro?

— Não vai conseguir. Está acobertado demais para que consiga expô-lo.

— Mas...

— Não estou aqui para lhe dizer como agarrar Roy Miro. Estou aqui para avisá-lo que o senhor não deve voltar à casa de seu irmão esta noite.

Uma sensação de frio percorreu sua espinha, chegando até a nuca numa progressão rápida e metódica. Um calafrio diferente de todos os que sentira até agora.

— O que vai acontecer agora?

— Seu sofrimento ainda não acabou. Nunca vai acabar se o senhor deixar que eles façam o que quiserem. Será condenado pelo assassinato de dois traficantes, a mulher de um deles e a namorada do outro e três criancinhas. Suas impressões foram encontradas em objetos na casa onde foram mortos a tiros.

— Mas eu não matei ninguém!

O porteiro ouviu o suficiente daquela exclamação.

Darius estava saindo do microônibus para ver o que estava acontecendo.

— Os objetos com as impressões digitais foram tiradas da sua casa e plantados na cena do crime. A história provavelmente será que o senhor eliminou dois competidores que tentaram invadir seu território e liquidou a mulher, a namorada e as crianças só para dar uma lição aos outros traficantes.

O coração de Harris batia com tanta força que para ele não seria surpresa se seu peito estremecesse a cada batida. Em vez de circular sangue quente, parecia estar bombeando Freon líquido ao longo do seu corpo. Sentia-se mais gelado do que um morto.

O medo fez com que regredisse para a vulnerabilidade e o desamparo da infância. Escutou-se buscando conforto na fé de sua mãe, uma fé que abandonara ao longo dos anos, mas para a qual neste momento se voltava com uma sinceridade que o surpreendeu.

— Jesus Cristo, ajude-me.

— Talvez Ele o escute – respondeu a mulher, enquanto Darius se aproximava. – Mas, enquanto isso, estamos prontos para ajudar também. Se o senhor for esperto, vai telefonar para este número, usar as três palavras da senha e continuar sua vida em vez de caminhar para a morte.

— O que está acontecendo, Harris?

A mulher recolocou o pedaço de papel no bolso do casaco.

— Mas é esse o problema. Como é que vou continuar minha vida depois de tudo que me aconteceu?

— O senhor pode – disse ela –, embora não vá mais ser Harris Descoteaux.

Sorriu, cumprimentou Darius com a cabeça e se afastou.

Harris observou-a enquanto se afastava, dominado mais uma vez por aquele sentimento de aqui-estamos-nós-no-reino-de-Oz.

NO PASSADO AQUELAS TERRAS haviam sido belas. Quando era um menino e tinha outro nome, Spencer amara a fazenda especialmente no inverno, envolta em branco. Durante o dia, transformava-se num império de fortalezas, túneis e ladeiras brancas construídos com carinho e paciência. Nas noites límpidas, o céu das montanhas Rochosas era mais profundo que a eternidade, uma profundidade que ia além dos limites da imaginação, e a luz das estrelas brilhava nos pingentes de gelo.

Voltando após um exílio que durara uma eternidade, nada encontrou que lhe fosse agradável aos olhos. Encostas, curvas, as construções, as árvores eram idênticas às daquele passado distante, exceto pelo fato de os pinheiros e os bordos estarem mais altos. Por mais inalterada que estivesse, a fazenda parecia-lhe agora o lugar mais feio que vira em toda a sua vida, mesmo envolta em seu manto de inverno. Eram terras sem doçura, e a geometria precisa dos campos e colinas fora desenhada expressamente para ofender os olhos, como a arquitetura do inferno. As árvores eram apenas espécimes comuns, mas pareciam-lhe deformadas e retorcidas pela doença, nutridas com os horrores das catacumbas que se insinuaram no solo e dali para suas raízes. Os prédios – estábulos, casa, celeiro – eram cascos sem graça, ameaçadores e assombrados, as janelas pareciam ameaçadoras sepulturas abertas.

Com o coração batendo forte, Spencer estacionou diante da casa. A boca estava tão seca e a garganta tão contraída que mal podia engolir. A porta da picape se abriu oferecendo a resistência de um portal maciço de um cofre de banco.

Ellie continuou na caminhonete com o computador no colo. Se encontrassem problemas, ela estava on-line e pronta para executar o estranho propósito para o qual se preparara. Através do transceptor de ondas curtas, estabelecera uma conexão com um satélite e dali para um sistema que ela não havia explicado para Spencer. Informação que poderia estar em qualquer lugar seria sinônimo de poder, como ela afirmara, mas Spencer não conseguia imaginar de que forma a informação os protegeria das balas, se o departamento estivesse próximo ou à espera deles.

Como se fosse um mergulhador em águas profundas, aprisionado em trajes de borracha e capacete de aço, sob a pressão de milhares de toneladas de água, subiu os degraus, atravessou a varanda e deteve-se diante da porta. Tocou a campainha.

Ouviu o tilintar lá dentro, as mesmas cinco notas que indicavam a chegada de um visitante quando era menino e morava ali e, ao escutá-las, foi obrigado a lutar contra o impulso de fugir. Era um adulto agora, e os fantasmas que aterrorizavam crianças deveriam ter perdido todo e qualquer poder sobre ele. Mas, de forma irracional, Spencer temia que o chamado da campainha fosse atendido por sua mãe, nua como fora encontrada na vala, revelando todos os seus ferimentos.

Conseguiu encontrar a força de vontade para expulsar a imagem mental do cadáver. Tocou mais uma vez a campainha.

A noite estava tão silenciosa que sua sensação era de que se conseguisse se concentrar poderia escutar os vermes se retorcendo no subsolo, abaixo da camada de terra congelada.

Quando ninguém respondeu ao segundo chamado, Spencer retirou a chave de reserva do esconderijo sobre o batente da porta. Os Dresmund tinham sido instruídos para deixá-la ali, para o caso de um dia o proprietário precisar. As fechaduras da casa e do celeiro eram idênticas. Com o metal gelado agarrando-se à pele de seus dedos, voltou depressa para a picape.

O caminho se dividia em dois. Um levava à porta da frente do celeiro e o outro passava pelos fundos. Optou pelo segundo.

– Devo entrar da mesma maneira que entrei naquela noite – disse ele para Ellie. – Pela porta dos fundos. Recriar o momento.

Estacionaram exatamente onde a van com a lateral enfeitada por um mural estivera numa escuridão do passado. O veículo era de seu pai, vira-o pela primeira vez naquela noite porque era sempre mantido fora da propriedade e registrado sob um nome falso. Era o veículo usado para a caça, no qual Steven Ackblom viajava para vários lugares distantes para tocaiar e capturar as mulheres destinadas a se tornar residentes permanentes de suas catacumbas. A maior parte das vezes ele conduzira o veículo para a propriedade apenas quando a mulher e o filho estavam fora, na casa dos sogros ou em exposições de cavalos – ainda que em raras ocasiões, quando seus desejos ocultos eram mais fortes do que sua precaução.

Ellie queria ficar na picape, deixar o motor funcionando e manter o computador no colo, com os dedos sobre as teclas, pronta para responder a qualquer provocação.

Spencer não conseguia imaginar o que ela poderia fazer, se estivesse sendo atacada, para forçar uma retirada dos bandidos. Mas ela parecia convicta e já a conhecia o bastante para ter certeza de que o plano, por mais peculiar que fosse, certamente não seria frívolo.

– Eles não estão aqui. Ninguém está nos esperando. Se estivessem, já estariam em cima de nós.

– Eu não sei...

– Para lembrar o que aconteceu durante aqueles minutos, vou precisar descer... para aquele lugar. Rocky não é companhia suficiente, e não tenho vergonha de dizer que não vou ter coragem de ir sozinho.

Ellie concordou com a cabeça e, enquanto examinava o campo e as colinas banhados pela luz do luar atrás do celeiro, afirmou:

– Nem deveria. Se eu fosse você, nunca teria tido coragem de chegar até aqui. Eu teria passado longe, sem olhar para trás.

– Não tem ninguém.

– Tudo bem. – Seus dedos deslizaram velozes pelo teclado e Ellie desconectou-se do computador que estivera invadindo. A tela escureceu. – Vamos.

Spencer apagou os faróis e desligou o motor.

Levou a pistola e Ellie a metralhadora.

Saíram do caminhão, Rocky insistia em saltar atrás deles. Estava tremendo, atingido pelo estado de espírito do dono, temendo acompanhá-los, mas igualmente temeroso de ficar para trás.

Tremendo com mais força que o cachorro, Spencer espreitou o céu. A noite estava tão clara e estrelada quanto naquela noite de julho. Mas, desta vez, as catarratas de luar não revelaram nenhuma coruja ou anjo.

NA GALERIA ESCURA onde Roy falara sobre muitas coisas e o artista escutara com interesse cada vez maior e respeito gratificante, o roncar do motor da caminhonete que se aproximava temporariamente interrompeu a troca de confidências.

Para evitar o risco de serem vistos, afastaram-se da janela, mas ainda podiam ver o caminho da entrada.

Em vez de parar em frente ao celeiro, a picape continuou, dando a volta para os fundos.

– Eu o trouxe aqui – disse Roy – porque preciso saber a razão de seu filho estar envolvido com essa mulher. Ele surgiu do nada. Não sabemos o que ele quer. Seu envolvimento transmite uma sensação de organização. Isso nos preocupa. Há algum tempo suspeitamos que exista uma organização, de elos frágeis, pretendendo desfazer nosso trabalho e se isso for possível, para nos dar dores de cabeça imagináveis. Pode ser que ele esteja envolvido com um grupo desse tipo. Se é que existe. Talvez esteja ajudando a mulher. De qualquer forma, considerando-se o treinamento militar de Spencer... desculpe, de Michael, e seu patente estado de espírito espartano, não creio que seja possível desarmá-lo através dos métodos normais de interrogatório, não importando quanta dor possa estar envolvida.

– Ele é um rapaz cheio de força de vontade – concordou Ackblom.

– Mas se o *senhor* o interrogar, vai conseguir.

– Pode ser que você esteja certo – disse Steven. – É bastante perceptivo.

– E me daria também uma oportunidade de corrigir uma injustiça.

– E qual?

– Bem, naturalmente, a injustiça de um filho que trai o pai.

– Ah! E além de corrigir a injustiça posso ficar com a mulher? – perguntou Steven.

Roy pensou naqueles olhos adoráveis, tão diretos e desafiadores. Ele os cobiçara durante 14 meses. Mas estaria disposto a ceder, em troca da possibilidade de testemunhar o que um gênio criativo da estatura de Steven Ackblom poderia realizar quando lhe fosse permitido usar carne viva como meio de expressão.

Antecipando a chegada dos visitantes, agora cochichavam.

– Parece justo, mas eu quero assistir.

– Você compreende que o que eu farei com ela será... extremo.

– Os tímidos nunca chegam à transcendência.

– Esta é uma grande verdade – concordou Ackblom.
– Eram tão belas em sua dor que ao morrerem pareciam anjos – citou Roy.
– E você quer ver essa beleza breve e perfeita.
– Sim.

Da parte mais afastada do prédio veio o som de um trinco. Uma pausa. O ranger de dobradiças.

DARIUS FREOU NO SINAL. Dirigia para leste, e morava a duas quadras daquele sinal, mas não ligou a seta.

Em frente ao microônibus, do outro lado do cruzamento, estavam quatro caminhões do tipo usado pelas redes de televisão com elaboradas antenas no teto. Dois estacionados à esquerda, dois à direita, banhados pela luz de sódio amarelada dos postes de iluminação. Um pertencia à KNBC, uma subsidiária local da rede nacional, um dos outros exibia as iniciais KTLA, Canal 5, a estação independente com o maior índice de audiência para seus noticiários em Los Angeles. Harris não conseguiu distinguir as letras nos outros caminhões, mas calculou que pertencessem às estações afiliadas da ABC ou da CBS em Los Angeles. Atrás dos caminhões alguns carros estavam estacionados, e além dos ocupantes dos veículos várias outras pessoas andavam de lá para cá, conversando.

A voz de Darius adquiriu um tom de sarcasmo e ira.
– Vai dar uma história e tanto.
– Ainda não – disse Harris de forma sinistra. – É melhor passar bem ao lado deles, devagar para não chamar a atenção.

Em vez de dobrar à esquerda, a caminho de casa, Darius fez o que o irmão pediu, afastando o rosto da janela.

Ao passar pelos repórteres, Harry se curvou fingindo que mexia no rádio e afastando seu rosto da janela.

– Passaram a informação para eles, mas pediram que ficassem distantes até que me prendessem. Alguém quer ter certeza de que vou ser filmado por todas as câmeras sendo arrastado para fora de casa algemado. Se chegarem ao ponto de usar um esquadrão da SWAT, pouco antes de arrombarem a porta os caminhões vão ser avisados para que se aproximem.

Atrás de Harris, no banco do meio, Ondine debruçou-se para a frente.

– Papai, quer dizer que eles estão lá para filmar *você*?
– Aposto que sim, querida.
– Filhos-da-puta.
– São só repórteres fazendo seu trabalho.

Willa, emocionalmente mais frágil do que a irmã, começou a chorar.

– Ondine está certa – concordou Bonnie. – Filhos-da-puta miseráveis.

Lá de trás, do fundo do microônibus, Martin disse:

– Puxa, que loucura! Tio Harris, eles estão atrás de você como se você fosse o Michael Jackson.

– Já passamos por eles – avisou Darius para que Harris pudesse sentar-se novamente ereto.

– A polícia deve achar que estamos em casa por causa do modo que o sistema de alarme lida com as luzes da casa – afirmou Bonnie.

– Esse sistema é programado para simular vários cenários – explicou Darius. – Cada noite produz um cenário diferente: desliga lâmpadas num quarto, depois no outro, liga os rádios, televisões, imitando um padrão de atividade real. Foi projetado para convencer os ladrões. Nunca esperei me sentir feliz por ele ser capaz de enganar a polícia.

Bonnie perguntou:

– E agora?

Harris colocou as mãos em frente às passagens de ar quente. Não conseguia aquecer-se.

– Vamos continuar rodando por aí mais um pouco, para eu poder pensar.

Tinham rodado durante 15 minutos na avenida Bel Air quando Harris se decidiu a contar sobre o homem que o abordara enquanto caminhava, sobre o outro no banheiro dos homens no cinema e a mulher de casaco verde. Mesmo antes de verem as vans das redes de televisão, todos tinham encarado o aviso daquela mulher com a seriedade exigida pelos acontecimentos dos últimos dias. Mas acreditavam que seria possível passar pela casa, deixar Bonnie e Martin e voltar 10 minutos depois para pegá-los, junto com as roupas que Ondine e

Willa tinham comprado no shopping e os poucos pertences que Jessica e as meninas tinham conseguido tirar da casa quando foram despejados no sábado. Mas isso fizera com que seguissem por um outro caminho, o que lhes dera a oportunidade de ver as vans, e compreender que o aviso era ainda mais urgente do que tinham pensado.

Darius dirigiu-se para a avenida Wilshire e dobrou para leste, em direção a Santa Mônica e o mar.

– Quando eu for acusado do assassinato premeditado de sete pessoas, inclusive três crianças – pensou Harris em voz alta –, tenho certeza que o promotor vai pedir homicídio em primeiro grau, circunstâncias especiais.

Darius respondeu:

– Fiança está fora de questão. Vão dizer que há risco de fuga.

– Mesmo que permitam uma fiança, não vamos ter como arranjar o dinheiro – comentou Jessica de seu lugar no banco de trás, ao lado de Martin.

– O calendário dos tribunais está repleto – comentou Darius. – Há tantas leis hoje em dia; setenta mil páginas saíram do Congresso no ano passado. Tantos acusados, tantos recursos. A maioria dos casos anda com a velocidade de icebergs. Meu Deus, Harris, você vai ficar na cadeia um ano, talvez dois, esperando julgamento...

– Esse é um tempo perdido para sempre – disse Jessica com raiva –, mesmo que o júri diga que ele é inocente.

Ondine e Willa começaram a chorar.

Harris recordou-se com nitidez dos acessos de claustrofobia que o tinham incapacitado.

– Nunca sobreviverei a seis meses, não há a menor chance. Acho que não agüento nem um mês.

Dando a volta na cidade, onde milhões de luzes brilhantes pareciam inadequadas para espantar a escuridão, discutiram as opções e, no final, compreenderam que *não havia* opções. Não havia escolha senão fugir. Mas sem dinheiro ou uma identidade não iria muito longe antes que fosse encontrado e preso. A única esperança, portanto, era o grupo misterioso ao qual a ruiva do casaco verde e os outros dois homens pertenciam, embora Harris soubesse muito pouco sobre eles para poder se sentir confortável entregando-lhes seu futuro.

Jessica, Ondine e Willa opunham-se firmemente a se separarem dele. Temiam que a separação fosse permanente e, portanto, descartaram a hipótese de uma fuga solitária. Ele tinha certeza que elas estavam certas. Além disso, também não desejava separar-se delas, pois suspeitava que se tornariam alvos fáceis em sua ausência.

Olhando para trás, para o fundo do microônibus, olhando, além dos rostos escuros de suas filhas, o de sua cunhada, Harris encontrou os olhos da esposa, sentada ao lado de Martin.

– Não acredito que tenhamos chegado a isso.
– O que importa é que estamos juntos.
– Tudo quanto eu trabalhei duro para conseguir...
– Já se foi.
– ... começar de novo aos 44 anos...
– Melhor do que morrer aos 44 – disse Jessica.
– Você é uma verdadeira combatente – respondeu Harris com amor.

Jessica sorriu.

– Bom, poderia ter sido um terremoto, a casa desabada e nós todos soterrados – sorriu Jessica.

Harris voltou-se para Ondine e Willa. As lágrimas tinham estancado. Estavam abaladas, mas em seus olhos via-se uma nova luz de desafio.

– Todos os amigos que tinham na escola...
– Apenas crianças. – Ondine lutava para não dar importância à perda dos amigos e confidentes, o que para uma adolescente seria o mais difícil numa mudança tão abrupta. – Só um monte de crianças tolas.
– E – acrescentou Willa – você é nosso pai.

Pela primeira vez desde que o pesadelo começara, Harris sentiu que as lágrimas lhe afloravam aos olhos.

– Então está resolvido – declarou Jessica. – Darius, comece a procurar um telefone público.

Encontraram um num shopping center, em frente a uma pizzaria.

Harris perguntou se Darius tinha moeda, saltou do microônibus e caminhou para o telefone.

Pelas janelas da pizzaria viu pessoas comendo, bebendo cerveja e conversando. Um grupo numa mesa maior parecia estar se divertindo enormemente; as risadas eram audíveis apesar da música ambiente. Nenhuma daquelas pessoas parecia se dar conta de que o mundo, recentemente, virara de cabeça para baixo e de fora para dentro.

Harris foi atingido por uma inveja tão intensa que sua vontade foi destroçar as vidraças, atirar-se para dentro do restaurante, derrubar as mesas, atirar longe a comida e os canecos de cerveja e gritar com todas aquelas pessoas até que suas ilusões sobre segurança e normalidade estivessem despedaçadas em milhares de pedaços da mesma forma que as suas. Sua amargura era tal que, a não ser pela esposa e pelas filhas, se estivesse enfrentando essa nova vida assustadora sozinho, poderia mesmo chegar a isso. Não era a felicidade daquelas pessoas que ele invejava; era a abençoada ignorância que ansiava por recuperar, embora em seu íntimo soubesse que o conhecimento não se apaga.

Tirou o telefone do gancho e depositou as moedas. Durante um segundo aterrador ouviu o sinal de discar, incapaz de lembrar-se do número escrito no papel nas mãos da ruiva. E então recuperou a memória e pressionou os botões no teclado, com as mãos tremendo tanto que chegou a temer ter discado o número errado.

Na terceira vez que o telefone tocou uma voz de homem atendeu com um simples "Alô?".

– Preciso de ajuda – disse Harris e lembrou-se de que não tinha se identificado. – Desculpe... meu nome é Descoteaux... Harris Descoteaux. Alguém de seu grupo me disse para telefonar para este número e vocês me ajudariam, que estavam prontos a ajudar.

Depois de hesitar, o homem do outro lado da linha disse:

– Se você tem este número, e se o obteve honestamente, deve então conhecer o protocolo.

– Protocolo?

Não houve resposta.

Por um momento, Harris entrou em pânico, temendo que o homem desligasse e se afastasse do fone, e nunca mais pudesse ser encontrado.

Não conseguia entender o que esperavam dele, até que se lembrou das três palavras impressas no papel embaixo do número de telefone. A mulher lhe dissera para memorizá-las.
– Faisões e dragões.

NO TECLADO DO SISTEMA de segurança, no estreito corredor nos fundos do celeiro, Spencer digitou os números que desligavam o alarme. Os Dresmund tinham sido instruídos para não alterar os códigos, a fim de que o proprietário não encontrasse qualquer dificuldade se decidisse voltar num momento em que estivessem ausentes. Quando Spencer teclou o último dígito, no mostrador luminoso as palavras ARMADO E ACIONADO foram substituídas por PRONTO PARA ARMAR.

Ele havia trazido uma lanterna da picape, e direcionou o facho para a parede do lado esquerdo.

– Lavabo, toalete e pia – disse ele a Ellie. Além da primeira porta havia uma outra. – Esse é o depósito menor. – No final do corredor, o facho de luz iluminou uma terceira porta. – Ali era a galeria aberta aos colecionadores mais ricos. Na galeria tem uma escada que dá para o estúdio no segundo andar. – Girou a lanterna para o lado direito do corredor, onde havia apenas uma porta. Estava aberta. – Essa era a sala do arquivo.

Poderia ter acendido as luzes fluorescentes. Contudo, 16 anos atrás entrara no escuro, guiado apenas pelo brilho das letras verdes no mostrador do sistema de segurança. Intuitivamente, sabia que a melhor chance de se lembrar de tudo quanto reprimira durante tanto tempo era recriar, tanto quanto possível, as circunstâncias daquela noite. Na época, o celeiro possuía um sistema de condicionamento de ar, e esta noite o aquecimento não estava forte, de modo que a friagem da noite de inverno fazia com que a temperatura fosse muito semelhante à daquela noite. A luz forte das lâmpadas fluorescentes no teto alterariam drasticamente o ambiente. Como tentava obter uma reconstrução fiel, até mesmo a lanterna traria uma sensação de segurança, mas Spencer não tinha coragem de prosseguir na mesma escuridão profunda em que caminhara aos 14 anos.

Rocky ganiu e arranhou a porta dos fundos que Ellie acabara de fechar. Estava tremendo e infeliz. De um modo geral, e por motivos que Spencer nunca seria capaz de determinar, os problemas de Rocky em relação à escuridão limitavam-se ao mundo exterior. Normalmente dentro de casa convivia bem com o escuro, embora algumas vezes fosse necessária uma luz noturna para espantar um caso grave de tremedeira.

— Coitadinho – disse Ellie.

A luz da lanterna era mais forte que a de qualquer luz noturna e suficiente para o conforto de Rocky. Mas ele tremia tanto que parecia que suas costelas podiam tocar xilofone uma de encontro à outra.

— Está tudo bem, amigo. O que você está pressentindo é alguma coisa do passado, que já acabou há muito tempo. Não há nada aqui agora para temer.

Sem se convencer, o cachorro arranhou a porta.

— Devo deixá-lo sair? – Ellie perguntou.

— Não. Ele vai ver que já é noite e começará a arranhar a porta querendo entrar.

Direcionando novamente a lanterna para a porta da sala do arquivo, Spencer teve certeza de que seu tumulto interior era a fonte do desconforto do cachorro. Rocky era extremamente perceptivo em relação aos seus estados de espírito. Tentou acalmar-se. Afinal de contas, o que dissera ao cachorro era verdade. A aura de malignidade que se agarrava a estas paredes era um resíduo do horror do passado, e não havia nada para temer.

Por outro lado, o que era verdade para o cachorro não servia para Spencer. Ele ainda *vivia* parcialmente no passado, prisioneiro da memória. Na verdade, era atingido com muito mais força pelo que não conseguia se lembrar do que pelas claras recordações. As lembranças que teimosamente se recusava a encarar constituíam o mais profundo dos poços de alcatrão. Os acontecimentos de 16 anos atrás não poderiam afetar Rocky, mas para Spencer continham potencial para envolvê-lo, fazer com que submergisse e destruí-lo.

Começou a contar a Ellie sobre a coruja, o arco-íris e a faca. O som de sua própria voz o apavorava. Cada palavra parecia um dos elos de uma corrente que arrasta uma montanha-russa sobre os trilhos inexoravelmente em direção ao alto da primeira colina e pela qual a cabeça de uma gárgula era arrastada para a escuridão cheia de fantasmas de uma casa mal-assombrada. As correntes transportadoras sempre funcionam numa única direção, e uma vez iniciada a viagem, mesmo que uma seção dos trilhos desabasse à frente ou que um incêndio avassalador irrompesse na mais profunda das câmeras da casa mal-assombrada, não havia como voltar atrás.

– Naquele verão, e por muitos verões antes dele, dormi sem ar-condicionado. A casa tinha água quente, e um silencioso sistema de irradiação de calor no inverno que não me incomodava. Mas o sussurro, o chiado do ar sendo forçado pelas aberturas na grade do ar-condicionado e o zumbido do compressor ecoando nos dutos me incomodavam... Não, "incomodavam" não é a palavra certa. Eles me *assustavam*. Eu tinha medo que o barulho do ar-condicionado mascarasse algum som na noite... um som ao qual eu deveria responder... ou morrer.

– Que som?

– Eu não sabia. Era só medo. Um medo infantil. Pelo menos era o que eu pensava. Tinha vergonha dele. Mas era por isso que minha janela estava aberta quando ouvi o grito. Tentei me convencer de que era só uma coruja ou a presa de uma coruja, ao longe, na noite escura. Mas... era tão desesperado, tão débil e cheio de temor... tão humano...

Mais depressa do que de hábito quando se confessava a estranhos ou ao cachorro, Spencer recontou sua jornada naquela noite de julho: saindo da casa silenciosa, atravessando a grama recoberta pela falsa geada de luar, até o canto do celeiro e a visitação da coruja, para a van, onde o cheiro de urina saía pela porta aberta, até o corredor, onde agora estavam.

– E então abri a porta da sala do arquivo – disse ele.

Abriu-a mais uma vez e atravessou o limiar.

Ellie o seguiu.

No corredor escuro de onde tinham vindo Rocky ainda estava ganindo e arranhando a porta dos fundos, tentando sair.

Spencer fez o facho de luz da lanterna girar em torno da sala do arquivo. A longa mesa de trabalho desaparecera, da mesma forma que as duas cadeiras. Os arquivos também tinham sido removidos.

Os armários de madeira nodosa ainda estavam na extremidade mais afastada da sala, cobrindo a parede de alto a baixo, do teto ao chão. Neles haviam três pares de portas altas e estreitas.

Apontou a lanterna para as portas centrais e disse:

— Estavam abertas, uma estranha luz bem fraca vinha da abertura lá de dentro do gabinete, que estava escuro. — Sentiu uma nova tensão em sua própria voz. — Meu coração estava batendo tanto que chegava a sacudir meus braços. Fechei os punhos e mantive os braços colados ao corpo, tentado me controlar. Eu queria correr, dar meia-volta e correr de volta para a cama e esquecer tudo.

Embora falasse sobre o que sentira na ocasião, poderia facilmente estar expressando seus sentimentos do presente.

Abriu as portas centrais de pinho nodoso. As dobradiças fora de uso rangeram. Spencer iluminou o armário e tateou ao longo das prateleiras vazias.

— Quatro trincos mantêm a parede do fundo em posição.

Seu pai escondera os trincos atrás de tiras de estuque removíveis inteligentemente projetadas. Spencer encontrou as quatro: uma à esquerda, na parte de trás da última prateleira, outra para a direita; a terceira à esquerda, na parte de trás da penúltima prateleira, e a última à direita.

Atrás dele, Rocky entrou devagar na sala do arquivo, com as unhas tilintando sobre o chão de pinho polido.

— Está tudo bem, cachorrinho, fique perto de nós dois.

Entregando a lanterna a Ellie, Spencer empurrou as prateleiras. O fundo do armário rolou para dentro, para a escuridão, enquanto as rodinhas chiavam de encontro aos velhos trilhos de metal.

Passou da base da estrutura do armário para o espaço anteriormente ocupado pelas minúsculas prateleiras. Em pé, dentro do armário, empurrou a parede do fundo para dentro de um vestíbulo que havia no seu interior.

As palmas de suas mãos estavam úmidas. Enxugou-as na calça jeans.

Pegando novamente a lanterna, passou para o quarto de 12 metros quadrados que havia atrás do armário. Uma corrente pendia da lâmpada no teto. Puxou-a e foi recompensado com uma luz tão sulfurosa quanto a de sua recordação daquela noite no passado.

Chão de concreto. Paredes de blocos de concreto. Como em seus sonhos.

Ellie fechou as portas de pinho nodoso, fechando-se no armário, e seguiu-o com Rocky para o quarto acanhado.

— Naquela noite, fiquei lá na sala do arquivo, olhando através da abertura no fundo do armário, e tive muita vontade de fugir. Eu achei que começava a correr... mas, quando me dei conta, estava dentro do armário. Disse para mim mesmo: "Corra, corra, saia daqui depressa." Mas logo depois eu já estava do outro lado do armário, neste quarto, sem ter consciência de ter dado um só passo. Era como se... como se... eu estivesse num transe... por mais que eu quisesse, não podia voltar atrás.

— É uma lâmpada amarela, dessas que atraem insetos – disse ela –, colocadas do lado de fora no verão. – Ellie parecia achar este fato curioso.

— Claro. Para afastar os mosquitos. Nunca funcionam muito bem. E não sei por que ele a usou aqui, em vez de uma lâmpada comum.

— Talvez fosse a única à mão na ocasião.

— Não. Nunca. Não ele. Deve ter achado que havia alguma coisa de mais estético na luz amarela, mais adequado a seus propósitos. Vivia uma vida cuidadosamente planejada. Em tudo que ele fazia a estética era antes cuidadosamente planejada. Desde as roupas que usava até a maneira de preparar um sanduíche. Esse é um dos motivos que faz com que as coisas que ele fez aqui sejam tão horríveis... um planejamento tão longo e cuidadoso.

Spencer percebeu que acompanhava o contorno da cicatriz com os dedos da mão direita enquanto segurava a lanterna com a esquerda. Abaixou a mão e tocou a pistola SIG 9 milímetros enfiada na correia, de encontro ao ventre, mas não a sacou.

— Como é que sua mãe podia não saber de nada sobre este lugar? — perguntou Ellie, olhando para cima e em torno do pequeno quarto.

— A fazenda já era dele antes de se casarem. Deve ter reformado o celeiro antes que ela o visse. Esta era uma parte da área que se transformou na sala do arquivo. Ele mesmo instalou aqueles armários de pinho, para esconder este espaço, depois que os construtores foram embora, para que não soubessem que o acesso ao porão tinha sido bloqueado. Por último, ele trouxe alguém para colocar os pisos de pinho em todo o restante.

A Micro Uzi estava com uma tira para que pudesse ser transportada ao ombro. Ellie colocou-a no ombro, aparentemente para que pudesse apertar os dois braços de encontro ao próprio corpo.

— Ele estava planejando o que fez... planejando antes mesmo de se casar com sua mãe, antes de você nascer?

O nojo que sentia era tão pesado quanto a friagem no ar. Spencer esperava apenas que ela fosse capaz de absorver todas as revelações que os aguardavam sem deixar que a repulsa fosse transferida do pai para o filho. Desesperadamente, rezava para que aos seus olhos continuasse limpo, sem mácula.

Via-se com nojo cada vez que encontrava em si mesmo a mais inocente semelhança com seu pai. Algumas vezes, ao se olhar no espelho, Spencer se recordava dos cabelos igualmente escuros de seu pai e desviava os olhos, estremecendo enojado.

— Talvez não soubesse exatamente para que precisava de um lugar secreto. Espero que isso seja verdade. Espero que tenha se casado com minha mãe e me concebido antes de ser dominado por qualquer desejo como... como os que ele satisfazia aqui. Mas acho que ele, no fundo, sabia para que ia precisar destas salas aqui embaixo. Apenas ainda não estava pronto para usá-las. Do mesmo modo que acontecia quanto tinha alguma idéia para um quadro. Às vezes pensava sobre ela durante anos, antes de começar a pintar.

A pele de Ellie parecia amarelada à luz daquela lâmpada, mas Spencer sabia que estava tão pálida quanto ossos descorados pelo tempo. Olhava para a porta fechada que dava para as escadas do porão. Inclinando a cabeça naquela direção, ela perguntou:

— Ele achava que aquilo, lá embaixo, era parte do seu trabalho?

— Ninguém sabe ao certo. Foi isso que ele deixou implícito. Mas pode ser que estivesse só brincando com os policiais e psiquiatras, só se divertindo. Era um homem muito inteligente, capaz de manipular as pessoas com facilidade. Gostava disso. Quem sabe, no fundo, o que se passava dentro dele?

— Mas quando foi que ele começou... esse trabalho?

— Cinco anos depois que se casaram. Eu tinha só 4 anos e ela precisou de mais quatro para descobrir... e morrer. A polícia calculou, identificando... o que restava das vítimas mais antigas.

Rocky dera a volta e se aproximara da entrada do porão. Farejava pensativo e infeliz na fresta entre a porta e o batente.

— Algumas vezes – disse Spencer –, no meio da noite, quando eu não consigo dormir, fico pensando que ele me punha no colo, brincava comigo no chão quando eu tinha 4 ou 5 anos... alisava meu cabelo... – A voz embargou de emoção. Respirou fundo e se forçou a continuar. Ele tinha vindo àquele lugar para ir até o fim, para acabar com aquilo de uma vez. – Tocava-me com aquelas mãos... aquelas mãos, depois que as mesmas mãos... sob o celeiro... tinham feito aquelas coisas horríveis.

— Oh! – murmurou Ellie, como se sentisse uma repentina pontada de dor.

Spencer esperava que aquilo que via em seus olhos fosse compreensão do que ele havia carregado consigo durante todos aqueles anos e compaixão – não repulsa.

— Fico doente em pensar... que o meu pai um dia me tocou. Pior... fico pensando que ele talvez tivesse deixado um cadáver recente lá na escuridão, uma mulher morta, como ele deve ter saído destas catacumbas com o cheiro do sangue ainda em sua memória, saído daquele lugar e entrado em casa... subido... para o quarto de minha mãe... para os seus braços... tocando-a...

— Oh! Meu Deus – disse Ellie.

Ellie fechou os olhos, como se não pudesse encará-lo.

Spencer sabia ser parte do horror, ainda que fosse inocente. Estava tão inexoravelmente associado à monstruosa brutalidade de seu pai que as pessoas não eram capazes de saber quem ele era e olhá-lo sem que imaginassem o jovem Michael em meio à corrupção daquele matadouro. Através das cavidades de seu coração, a mesma quantidade de desespero e sangue era bombeado.

Ellie abriu então os olhos, lágrimas brilhavam em suas pestanas. Levou a mão à cicatriz e tocou-o tão ternamente quanto ele jamais havia sido tocado. Com apenas algumas palavras deixou claro que, para ela, ele estava isento de qualquer mancha.

– Meu Deus, sinto muito.

Ainda que vivesse 100 anos, Spencer sabia que nunca a amaria tanto quanto naquele instante. A carícia terna, naquele momento, tinha sido o maior ato de bondade que já vira. Desejava apenas ter tanta certeza de sua inocência quanto Ellie. Precisava recapturar os momentos perdidos que tinha vindo buscar. Mas implorava piedade a Deus e à falecida mãe, pois temia descobrir ser, sob todos os aspectos, o filho de seu pai.

Ellie lhe dera força para enfrentar o que quer que fosse que ainda o esperasse. Antes que a coragem desaparecesse, voltou-se para a entrada do porão.

Rocky olhou-o e ganiu. Spencer abaixou-se e o afagou.

A porta estava muito mais manchada pela sujeira do que da última vez que a vira. A pintura tinha rachado em vários lugares.

– Estava fechada, mas era diferente. Alguém deve ter lavado as manchas. As mãos.

– Mãos?

– Da maçaneta até o meio da porta... 10 ou 12 impressões superpostas deixadas pelas mãos de uma mulher, com os dedos abertos... como as asas de um pássaro... sangue fresco, ainda molhado, tão vermelho.

À medida que passava as mãos sobre a porta, viu as impressões sangrentas reaparecerem, brilhantes. Pareciam tão reais quanto naquela noite distante, mas sabia que eram apenas os pássaros da lembrança mais uma vez alçando vôo em sua mente, visíveis para ele, não para Ellie.

— Sou hipnotizado por elas, não consigo desviar os olhos, porque me transmitem uma sensação insuportável do terror da mulher... desespero... resistência frenética a ser forçada a passar daqui para o mundo... secreto... o mundo secreto lá embaixo.

Percebeu que tinha encostado a mão na maçaneta, gelada sob sua palma. Um tremor pareceu fazer com que anos se desprendessem de sua voz, até que aos seus próprios ouvidos ela soou muito mais jovem:

— Olhando para o sangue... sabendo que ela precisa de ajuda... precisa da minha ajuda... mas não consigo continuar. Não consigo. Jesus! Não vou. Sou só um menino, pelo amor de Deus. Descalço, desarmado, com medo, não estou pronto para a verdade. Mas de alguma forma, ali em pé, por mais aterrorizado que esteja... de alguma forma finalmente abro a porta vermelha...

— Spencer.

O tom de surpresa e a entonação dela ao pronunciar seu nome fizeram com que Spencer se desprendesse do passado e se voltasse para ela, alarmado; ainda estavam sozinhos.

— Terça-feira à noite – disse ela –, quando estava procurando um bar... por que você parou no lugar onde eu trabalhava?

— Foi o primeiro que apareceu.

— Só isso?

— Nunca tinha ido lá antes. Eu sempre precisava de um lugar novo.

— Mas o nome.

Spencer contemplou-a sem entender.

— A porta vermelha, *The Red Door*.

— Meu Deus!

A ligação lhe escapara até aquele momento.

— Você chamou esta porta de vermelha.

— Por... causa de todo o sangue, das impressões sangrentas.

Durante 16 anos tinha procurado coragem para voltar ao pesadelo que o aguardava do outro lado daquela porta. Quando vira o bar naquela noite chuvosa em Santa Mônica, com a entrada pintada de vermelho e o nome sobre ela em néon – THE RED DOOR –, não poderia simplesmente ter passado sem parar. A oportunidade de abrir uma porta simbólica, num momento em que ainda não havia encontrado forças para voltar ao Colorado e abrir a outra porta vermelha – a única que importava –, exercera uma atração irresistível sobre seu subconsciente, ainda que ele não estivesse consciente das implicações. E ao passar por aquela porta simbólica havia chegado a este pequeno quarto do outro lado do armário de pinho, onde precisava apenas girar a maçaneta de latão que teimava em não se aquecer em sua mão, abrir a porta real e descer para as catacumbas, onde, há 16 anos, deixara uma parte de si.

Sua vida era um trem em alta velocidade, deslizando sobre os trilhos paralelos da livre escolha e do destino. Embora o destino parecesse ter entortado o trilho da escolha para trazê-lo a este lugar, neste momento ele precisava acreditar que, esta noite, a escolha entortaria o trilho do destino e o levaria para um futuro que não estivesse alinhado exatamente em linha reta com o seu passado. De outra forma, descobriria ser fundamentalmente o filho de seu pai, e este era o destino com o qual não se sentia capaz de conviver: fim da linha.

Girou a maçaneta.

Rocky afastou-se, deixando livre o caminho.

Spencer abriu a porta.

A luz amarelada do quartinho revelava os primeiros degraus de uma escada de concreto que descia para a escuridão.

Levantando o braço para a direita na soleira da porta, encontrou o interruptor e acendeu a luz do porão. Era azul. Ele não sabia por que a cor azul tinha sido escolhida. Sua incapacidade de pensar em sintonia com o pai e compreender esses detalhes estranhos parecia confirmar que não havia qualquer coisa em comum entre ele e aquele homem detestável.

Descendo as escadas para o porão, apagou a lanterna. De agora em diante o caminho teria a mesma iluminação daquele mês de julho – e de todos os julhos que se prolongaram em seus sonhos e que fora obrigado a suportar. Rocky veio logo atrás, e em seguida Ellie.

A câmara subterrânea não era exatamente do mesmo tamanho que o celeiro em cima. A caldeira e o aquecedor de água estavam num compartimento no andar de cima, e o porão parecia absolutamente vazio. Sob a luz azul, as paredes de concreto e o chão pareciam feitos de aço.

— Aqui? – perguntou Ellie.

— Não. Aqui ele guardava as fotos e as fitas de vídeo.

— Não...

— Sim. Delas... da forma que morreram. Do que fez com elas, passo a passo.

— Meu Deus!

Spencer deu a volta no porão, vendo exatamente o que tinha visto naquela noite da porta vermelha.

— Os arquivos e um laboratório de fotografia estavam escondidos por uma cortina preta aqui no fundo. Havia uma televisão sobre um suporte de metal preto. E um videocassete. Em frente à televisão havia uma única cadeira. Aqui. Não era nada confortável. Linhas retas, madeira pintada de verde, da cor de uma maçã ácida. Sem estofamento. E uma mesinha redonda ao lado, onde ele colocava o copo quando estava bebendo. A mesa era pintada de cor púrpura. A tinta da cadeira era fosca, mas a mesa era brilhante, laqueada. O copo era de cristal finamente talhado e a luz azul cintilava sobre os entalhes.

— Onde ele... – Ellie vislumbrou a porta, rente à parede e pintada da mesma cor, refletindo a luz azul da mesma forma que o concreto, quase invisível. – Ali?

— Sim. – Sua voz adquirira um tom ainda mais suave e mais distante do que o grito que o arrancara do sono naquela noite de julho.

A sensação era de que os minutos não passavam, mas se desfaziam como terreno instável sob seus pés.

Ellie aproximou-se. Tomou a mão direita de Spencer entre as suas.

— Vamos acabar com isso logo e sair daqui depressa.

Ele concordou com a cabeça. Não confiava em sua voz.

Deixou cair a mão de Ellie e abriu a pesada porta cinza. Não havia fechadura deste lado.

Naquela noite de julho, quando Spencer chegou a este ponto, o pai estava acorrentando a mulher no matadouro e ainda não tinha voltado. Por isso, a porta estava destrancada. Sem dúvida, quando a vítima estivesse acorrentada, o artista voltaria ao quartinho para fechar as portas de pinho do armário; então, do quarto secreto, empurraria a porta de volta para o lugar, trancaria a porta de cima, no patamar da escada para o celeiro, e fecharia esta porta por dentro. Só então voltaria à sua prisioneira no matadouro, confiante de que nenhum grito, por mais estridente que fosse, poderia chegar ao celeiro lá em cima nem ao mundo exterior.

Spencer atravessou a soleira de concreto. Havia uma caixa de fusíveis fixada à parede de alvenaria, de onde saía um conduíte de metal, que desaparecia nas sombras. Ligou a chave e vários pequenos pontos de luz se acenderam, suspensos num fio enrolado que pendia do teto, estirado em direção a uma passagem curva.

Ellie sussurrou:

— *Spencer, espere!*

Quando Spencer olhou para trás, para o primeiro porão, viu que Rocky havia voltado aos primeiros degraus da escada. Tremendo visivelmente, o cão olhava em direção ao quartinho atrás dos armários da sala do arquivo. Uma orelha caída, como sempre, mas a outra em pé. A cauda não estava enrolada entre as pernas. Estava reta no chão, mas não abanava.

Spencer voltou ao porão, puxou a pistola da correia.

Arrancando a Uzi do ombro e apontando-a com as duas mãos, Ellie passou pelo cachorro, subindo as escadas. Subiu devagar, escutando.

Spencer caminhou com o mesmo cuidado para perto de Rocky.

NO QUARTINHO, O ARTISTA E ROY tinham ficado ao lado da porta aberta, ambos com as costas contra a parede, escutando os movimentos do casal lá embaixo. As escadas conferiam um tom oco às vozes que subiam em espiral, mas as palavras eram claras.

Roy esperara ouvir alguma coisa que explicasse a conexão do homem com a mulher, pelo menos uma migalha de informação sobre a suspeitada conspiração contra o departamento e a organização secreta que mencionara a Steven na galeria há alguns minutos. Mas eles falavam apenas da famosa noite há 16 anos.

Steven parecia divertir-se em espionar aquela conversa especial. Por duas vezes virara o rosto para sorrir para Roy, e uma vez levou um dedo aos lábios como se estivesse avisando para que Roy ficasse bem quieto.

Havia algo de endiabrado no artista, um ar brincalhão que fazia dele um bom companheiro. Roy desejava não precisar devolver Steven à prisão, mas não conseguia imaginar, no delicado clima da política atual do país, uma forma de libertar, aberta ou clandestinamente, o artista. A Dra. Sabrina Palma teria de volta seu benfeitor. O máximo que Roy podia esperar era encontrar mais razões plausíveis para, ocasionalmente, visitar Steven, ou até mesmo obter custódia temporária para consultas em outras operações de campo.

Quando a mulher sussurrava – *Spencer, espere!* – Roy imediatamente se dera conta que o cachorro farejara a presença deles. Não tinham feito qualquer ruído. Só podia ser o maldito cachorro.

Roy considerou passar à frente do artista e atirar na cabeça da primeira pessoa que aparecesse no alto da escada, mas poderia ser Grant. Não queria acabar com Grant antes de obter algumas respostas. E se fosse a mulher que morresse ali mesmo, Steven não estaria tão motivado para arrancar informações de seu filho como se soubesse que poderia levá-la a um estado de angélica beleza.

Pêssego para dentro. Verde para fora.

Pior: presumindo-se que o casal lá embaixo ainda estivesse armado com a metralhadora que eles haviam usado para destruir o estabilizador do helicóptero em Cedar City, e presumindo-se que o primeiro que chegasse à porta estaria armado com ela, o risco de uma confrontação era grande demais. Se Roy errasse na tentativa de atingir um dos dois na cabeça, a conseqüente rajada de balas da metralhadora reduziria a pedaços Steven e ele próprio.

O melhor caminho parecia ser a discrição.

Roy tocou o ombro do artista e fez um gesto para que ele o seguisse. Não poderiam chegar rapidamente à parte de trás do armário, que estava aberta, e atravessar pelas portas para a sala do outro lado, pois seria necessário passar em frente às escadas do porão. Mesmo que nenhum daqueles dois lá embaixo os visse, a passagem pelo centro da sala, diretamente sob a luz amarelada, certamente faria com que suas sombras os traíssem. Em vez disso, passaram rente à parede, afastando-se da porta e indo em direção ao estreito espaço atrás da parede do fundo do armário, que Grant e a mulher tinham rolado nos trilhos para dentro do quarto e deslocado. Aquela seção móvel media 1,40 metro de altura e mais de 80 centímetros de largura. Havia um espaço de alguns centímetros que serviria como esconderijo entre a seção móvel e a parede de concreto. Em pé num ângulo entre eles e a porta do porão, obtinham cobertura apenas suficiente.

Se Grant ou a mulher ou ambos entrassem no quartinho e engatinhassem no buraco aberto na parede dos fundos do armário, Roy poderia então debruçar-se em seu esconderijo e atirar num deles, ou em ambos, pelas costas, preferindo feri-los em vez de matá-los.

Se viessem investigar o acanhado espaço atrás do interior deslocado do armário, ainda poderia tentar acertar um tiro na cabeça antes que abrissem fogo.

Pêssego para dentro. Verde para fora.

Escutou atentamente, empunhando a pistola na mão direita com o cano voltado para o teto.

Ouviu o ruído sorrateiro de um sapato sobre o concreto. Alguém havia chegado ao topo das escadas.

SPENCER PERMANECEU embaixo das escadas. Desejava que Ellie tivesse permitido que ele subisse em seu lugar.

Quando faltavam apenas três degraus para o topo, ela se deteve talvez meio minuto, à espreita, e em seguida continuou até o patamar no alto da escada. Ficou lá por um instante, sua silhueta desenhada no retângulo de luz amarelada que vinha da sala no andar de cima e emoldurada pela luz azul refletida lá debaixo, era como uma figura rígida num quadro futurista.

Spencer percebeu que Rocky tinha perdido o interesse no que se passava lá em cima e se afastara. Estava do outro lado do porão, junto à porta cinzenta aberta.

Lá em cima, Ellie cruzou o limiar e parou na entrada do quartinho. Olhou para a direita e para a esquerda, procurando escutar.

No porão, Spencer olhou novamente para Rocky. Uma orelha levantada, cabeça inclinada, tremendo, o cachorro contemplava com desânimo a passagem que levava às catacumbas e ao coração do terror.

Dirigindo-se a Ellie, Spencer disse:

— Parece que o peludo aqui está tendo um acesso grave de tremedeira.

Do quarto, Ellie olhou para baixo.

Atrás dele, Rocky ganiu.

— Agora ele está na outra porta, pronto para fazer xixi se eu não continuar olhando para ele.

— Parece tudo bem aqui — disse Ellie, recomeçando a descer as escadas.

— Ele está assustado com este lugar, é só isso. O meu amigo aqui se assusta com facilidade em quase todos os lugares. Desta vez, claro, tem motivos de sobra.

Destravou a pistola, colocando-a novamente sob o cós da calça.

— E ele não é o único que está com medo — afirmou Ellie, colocando a metralhadora de volta no ombro. — Vamos acabar com isso.

Spencer mais uma vez atravessou o limiar do porão para o mundo subterrâneo, e a cada passo para a frente caminhava de volta ao passado.

Deixaram o microônibus VW na rua para a qual o homem no telefone havia direcionado Harris. Darius, Bonnie e Martin acompanharam Harris, Jessica e as meninas. Juntos atravessaram o parque e caminharam em direção à praia a alguns metros dali.

Não se via ninguém sob os globos de luz dos postes de iluminação, mas risos fantasmagóricos vinham da escuridão. Sobrepondo-se ao barulho das ondas, Harris ouviu vozes, fragmentadas e estranhas, de todos os lados, longe e perto. Uma mulher que soava como se estivesse dopada com alguma coisa dizia: "Puxa, meu bem, que gatão você é, que gatão!" O riso estridente de um homem soou no meio da noite em algum lugar, longe da mulher invisível. Um outro homem, provavelmente um velho, pelo som da voz, soluçava tristemente. E ainda uma outra voz de homem, cheia de juventude, repetia as mesmas três palavras, como se estivesse recitando um mantra: "Olhos e línguas, olhos e línguas..." Harris tinha a sensação de estar conduzindo sua família por algum hospício ao ar livre, por uma casa que tivesse como teto apenas os galhos das palmeiras e o céu noturno.

Vagabundos e desabrigados viviam em meio aos arbustos mais viçosos, em caixotes de papelão forrados com jornais e cobertores velhos. À luz do sol, os banhistas tomavam conta da praia, que ficava repleta de surfistas, amantes de skate e sonhadores de falsos sonhos, e os verdadeiros residentes vagueavam pelas ruas para fazer a ronda das latas de lixo e pedir esmolas, dispersando-se em direção a vários destinos que só eles conheciam. Mas à noite o parque mais uma vez lhes pertencia, e os gramados, os bancos e os campos de handebol tornavam-se tão perigosos quanto qualquer outro lugar do planeta. Na escuridão, almas perdidas aventuraram-se de seus esconderijos para caçar umas às outras. Muito provavelmente caçariam também os visitantes incautos, que incorretamente presumissem que o parque era de domínio público a qualquer hora do dia.

Não era lugar para mulheres e crianças – na verdade, era pouco seguro até para homens armados –, mas era o único caminho rápido para a areia e para a base do velho cais. Nas escadas do cais, alguém estaria à espera e os levaria dali para a nova vida que tão cegamente abraçavam.

Tinham previsto uma espera, mas quando se aproximaram da estrutura escura um homem saiu das sombras entre os pilares que ainda estavam acima da linha da maré e juntou-se a eles ao pé das escadas.

Mesmo sem iluminação, com apenas a luz ambiente fornecida pela grande cidade que abraçava a costa, Harris reconheceu o homem que vinha ao seu encontro. O asiático de suéter, que encontrara no banheiro dos homens no cinema em Westwood.

– Faisões e dragões – disse o homem, como se não estivesse certo de que Harris fosse capaz de diferençar um asiático de outro.

– Sim, conheço você.

– Você foi instruído para vir só – advertiu o contato, mas sua voz não soou irada.

– Queríamos nos despedir – disse Darius – e não sabíamos... queríamos saber... como poderemos entrar em contato com eles depois que partirem.

– Não poderão – disse o homem de suéter. – Por mais difícil que isso possa ser, é preciso aceitar que, provavelmente, nunca mais se encontrarão.

No microônibus, antes que Harris telefonasse da pizzaria e enquanto se dirigiam para o parque, tinham discutido a probabilidade de uma separação permanente. Por um momento, ninguém pôde falar. Olharam-se num estado de negação que se assemelhava à paralisia.

O homem de suéter se afastou alguns passos para que tivessem alguma privacidade, mas advertiu:

– Temos pouco tempo.

Embora Harris tivesse perdido a casa, suas contas bancárias, seu emprego e tudo mais, com exceção das roupas que vestia, essas perdas agora não tinham mais importância. Direitos de propriedade, ele aprendera através de amarga experiência, constituíam a essência dos direitos civis, mas o roubo de cada centavo de suas posses não produzia a décima – nem a *centésima* – parte do impacto da perda dos entes queridos. O roubo de seu lar e de suas economias era um duro golpe, mas essa perda abria uma ferida interna, como se lhe estivessem cortando um pedaço do coração. A dor era de uma magnitude incomensuravelmente maior e de uma qualidade inexprimível.

Disseram adeus com menos palavras do que Harris jamais imaginaria ser possível – pois não havia palavras adequadas. Abraçaram-se com força, reconhecendo que se separavam até que se reencontrassem em alguma praia, num outro mundo. A mãe acreditara nessa outra praia longínqua e benigna. Desde a infância, porém, pouco a pouco tinham se afastado da fé que ela neles estimulara. Mas naquele terrível momento, naquele lugar, descobriram-se mais uma vez cheios de fé. Harris abraçou Bonnie com força, depois Martin, e por último o irmão, que se afastava de Jessica em lágrimas. Abraçou Darius e beijou-o nas duas faces. Havia perdido a conta dos anos que tinham se passado desde a última vez que beijara o irmão, pois há muito se consideravam adultos demais para isso. Agora punha em dúvida as tolas regras que constituíam sua noção de comportamento maduro, pois com um único beijo dizia-se tudo quanto precisava ser dito.

Quando finalmente conseguiu separar-se de Darius, as ondas sacudiam os pilares do cais, rugindo mais forte do que as batidas do coração do próprio Harris. Desejando que houvesse mais luz na escuridão, estudou o rosto do irmão pela última vez, tentando desesperadamente imobilizá-lo em sua memória, pois partia sem levar sequer uma fotografia.

– Está na hora – avisou o homem de suéter.
– Talvez nem tudo esteja perdido – disse Darius.
– Podemos rezar.
– Talvez o mundo recupere o bom senso.
– Tome cuidado quando atravessar de volta o parque.
– Estamos a salvo. Não tem ninguém lá mais perigoso do que eu. Sou advogado, lembra?

O riso de Harris soou perigosamente semelhante a um soluço.

Em vez de dizer adeus, disse com simplicidade:
– Irmãozinho.

Darius acenou com a cabeça. Por um instante pareceu que ele não conseguiria pronunciar nada mais. Mas, então, balbuciou:
– Irmão mais velho.

Jessica e Bonnie se separaram, ambas enxugando os olhos em lenços de papel.

As meninas se afastaram de Martin.

O homem de suéter levou uma parte da família Descoteaux para o sul, pela praia, enquanto o restante dos Descoteaux os contemplava do cais. A relva era tão pálida quanto um caminho de sonho. A espuma fosforescente das ondas dissolvia-se na areia com um murmúrio sussurrante que lembrava vozes urgentes trazendo avisos incompreensíveis das sombras de um pesadelo.

Três vezes Harris voltou-se para olhar a outra família Descoteaux, mas depois não teve coragem para olhar outra vez.

Continuaram caminhando em direção ao sul pela praia mesmo depois de atingirem o final do parque. Passaram por alguns restaurantes, todos fechados naquela segunda-feira à noite, em seguida por um hotel, alguns condomínios e residências à beira da praia, alegremente iluminadas, nas quais a vida ainda era vivida sem qualquer percepção da escuridão vindoura.

Andaram 2 quilômetros, talvez 3, e chegaram a um outro restaurante. Naquele, as luzes estavam acesas, mas as grandes janelas eram altas demais para que Harris pudesse ver se havia clientes jantando. O homem de suéter os conduziu para fora do gramado para o estacionamento em frente ao estabelecimento. Entraram num *trailer* residencial verde e branco, que fazia com que os carros à sua volta parecessem anões.

— Por que meu irmão não pôde nos trazer até aqui?

— Não seria uma boa idéia ele conhecer este veículo nem o número da placa. Para segurança dele mesmo.

Seguiram o estranho e entraram na cozinha do *trailer*, depois de passarem por uma porta lateral aberta logo depois da carroceria.

Uma mulher asiática, aparentando cinqüenta e poucos anos, usando calça preta e uma blusa chinesa vermelha, estava em pé ao lado da mesa de jantar, esperando-os. Seu rosto era incrivelmente suave e o sorriso amável.

— É um grande prazer tê-los aqui – disse ela, como se estivesse recebendo uma visita social. – Temos sete lugares, portanto, há espaço bastante para nós cinco. Vamos poder conversar no caminho e temos muitas coisas para discutir.

Sentaram-se em torno da mesa. O homem de suéter sentara-se ao volante e dera partida no motor.

— Chamem-me de Mary – disse a mulher asiática. – É melhor que não conheçam meu verdadeiro nome.

Harris havia pensado em manter-se em silêncio, mas não era muito talentoso quando se tratava de enganar.

— Acho que a estou reconhecendo, e tenho certeza que minha mulher também.

— Sim – confirmou Jessica.

— Já estivemos várias vezes em seu restaurante – afirmou Harris –, em West Hollywood. Na maioria das vezes, a senhora ou o seu marido recebiam os clientes na porta da frente.

Ela concordou com a cabeça e sorriu.

— Estou lisonjeada que o senhor tenha sido capaz de me reconhecer... bem, digamos, fora do contexto.

— A senhora e seu marido foram tão encantadores – afirmou Jessica. – É difícil esquecer.

— Gostaram do jantar?
— Sempre maravilhoso.
— Muito obrigada. É muito gentil de sua parte. Nós tentamos. Mas ainda não tive o prazer de conhecer suas encantadoras filhas, embora saiba o nome delas. – Estendeu o braço por cima da mesa para apertar a mão de cada uma das meninas. – Ondine, Willa, meu nome é Mae Lee. É um prazer conhecer as duas, e quero que não tenham medo. Estão em boas mãos agora.

O *trailer* saiu do estacionamento do restaurante para a rua e afastou-se.

— Para onde estamos indo? – perguntou Willa.
— Primeiro, para fora da Califórnia. Para Las Vegas. Existem muitos *trailers* como este na estrada para Las Vegas. Somos apenas mais um. Lá os deixarei e serão acompanhados por outra pessoa. O retrato do seu pai vai estar em todos os jornais por algum tempo, e enquanto estiverem contando mentiras sobre ele vocês estarão num lugar sossegado e seguro. Vão precisar alterar suas aparências o máximo possível e aprender o que poderão fazer para ajudar a outras pessoas na mesma situação que vocês. Terão novos nomes e sobrenomes. Novos penteados. O Sr. Descoteaux talvez possa deixar crescer a barba e certamente precisará trabalhar com um bom especialista em voz para perder seu sotaque do Caribe, por mais agradável que ele seja. Sim, muitas mudanças vão acontecer, mas vocês se divertirão muito mais do que possam imaginar. E haverá também trabalho importante. O mundo não acabou, Ondine. Não acabou, Willa. Está apenas passando sob uma nuvem negra. Existem coisas que precisam ser feitas para garantir que a nuvem não nos engula. E prometo que isso não acontecerá. Agora, antes de começarmos, posso servir-lhes chá, café, vinho, cerveja ou quem sabe um refrigerante?

... COM O PEITO NU E DESCALÇO, sentindo mais frio, apesar da noite quente de julho, estou em pé diante do quarto da luz azul. Passei pela cadeira verde e pela mesa púrpura, antes da porta, determinado a abandonar essa estranha busca e correr de volta para a noite de verão, onde

um menino talvez possa tornar-se novamente um menino, onde a verdade que não sei que conheço pode permanecer desconhecida para sempre.

Num piscar de olhos, entretanto, como se fosse transportado pelo poder de um feitiço mágico, saí da sala azul e cheguei a um lugar que deve ser o porão de um antigo celeiro que provavelmente se erguera num lugar adjacente ao que este celeiro agora ocupa. Enquanto o prédio do antigo celeiro foi demolido, a terra aplanada e a grama plantada no local, os porões foram deixados intactos e conectados à câmara mais profunda do novo celeiro.

Estou mais uma vez sendo arrastado contra a vontade. Ou pelo menos acho que estou. Mas embora estremeça de medo de alguma força sombria que me atrai, é minha própria necessidade interna de saber que me arrasta. Eu a reprimi desde a noite em que minha mãe morreu.

Estou num corredor curvo, de 1,5 metro de largura. Um fio elétrico corre pelo centro do teto abobadado. Lâmpadas fracas, como as de uma árvore de Natal, estão colocadas a intervalos de 20 centímetros. As grossas paredes de tijolos vermelhos e pretos estão úmidas e escorregadias. Em alguns lugares, os tijolos estão remendados e a massa branca de gesso que os cobre está manchada, lisa e tão engordurada quanto a gordura que recobre um pedaço de carne.

Detenho-me na passagem curva, escutando as batidas do meu coração, tentando ouvir algum som vindo dos cômodos lá na frente, procurando alguma pista sobre o que poderá estar à minha espera, em busca de ouvir algum som dos cômodos que deixei para trás para ver se ouço uma voz que me chame de volta ao mundo seguro lá em cima. Mas não escuto qualquer som, nem à frente nem atrás, apenas meu coração, e embora eu não queira dar ouvidos às coisas que ele diz, tenho a sensação de que ele reúne todas as respostas. No fundo do meu coração, sei que a verdade sobre a minha adorada mãe está à espera lá adiante e que o que ficou para trás é um mundo que para mim nunca mais será o mesmo, um mundo que quando dele me afastei mudou para sempre, e para pior.

O piso é de pedra. O frio é tanto que poderia ser gelo o que tenho sob meus pés. Há uma rampa íngreme, mas ampla, que permitiria que se empurrasse um carrinho de mão para cima sem que se ficasse cansado, ou para baixo sem perder o controle.

Através da pedra gelada caminho descalço e amedrontado, contorno a curva e entro numa sala de 6 metros de comprimento por 2,5 de largura. O chão aqui é plano, a descida acabou. Teto baixo, achatado. As lâmpadas brancas de árvore de Natal continuam a ser a única fonte de luz. Este lugar deve ter sido um porão onde se guardavam frutas antes que a luz elétrica chegasse até a fazenda, cheio de batatas de agosto e maçãs de setembro, bastante profundo para ser fresco no verão e acima de zero no inverno. Talvez existissem prateleiras repletas de vidros de compotas caseiras e talvez vegetais fossem também armazenados aqui, em quantidade suficiente para três estações, embora as prateleiras há muito tenham desaparecido.

O que quer que o cômodo tenha sido antigamente, agora está completamente diferente, e eu estou, de repente, congelado no chão, sem poder me mover. Toda uma parede e metade da outra estão ocupadas por murais de figuras humanas em tamanho real, esculpidas em gesso branco e circundadas por gesso também, formando um fundo de gesso, como se tentassem escapar da parede. Mulheres adultas, mas também meninas de até 10 anos. Vinte, trinta, talvez quarenta delas. Todas nuas. Algumas em seus próprios nichos, outras em grupos de duas ou três, postas lado a lado, aqui e ali com os braços superpostos. Com ironia, algumas ele dispôs como se estivessem de mãos dadas em busca de conforto para seu terror. Não suporto olhar para suas expressões. Gritando, implorando, desesperadas, contorcendo-se e sofrendo, contorcidas por um medo impossível de medir e por uma dor inimaginável. Sem exceção, as posturas são humilhantes. Muitas vezes as mãos estão erguidas num gesto defensivo ou estendidas em súplica, ou cruzadas sobre os seios ou sobre os órgãos genitais. Aqui uma mulher espreita entre os dedos afastados da mão que se cola ao rosto num gesto defensivo. Implorando, rezando, representariam um horror insustentável se fossem apenas o que me pareceram inicialmente, apenas esculturas, somente a expressão de uma mente deformada e doentia. Mas é pior, e até mesmo nas sombras que as envolvem sou transfixado, congelado, por seus olhares vazios. O rosto da Medusa era tão horrendo que transformava aqueles que a viam em pedra, mas estes rostos não são assim. São petrificantes por serem todas mulheres que poderiam ter sido mães como a minha, jovens que poderiam ter sido minhas irmãs, fosse eu bastante afortunado para ter irmãs, todas elas pessoas amadas por alguém e que amaram, que sentiram o sol sobre os seus rostos e o frescor da chuva, que riram e sonharam com o futuro, preocuparam-se e alimentaram esperanças. Transformam-me em pedra por causa da humanidade comum que com elas partilho, porque posso sentir seu terror e comover-me com ele. Suas expressões torturadas são tão pungentes que sua dor se torna a minha dor, suas mortes, a minha morte. E a sensação de abandono e terrível solidão de seus últimos momentos é o abandono e a solidão que sinto agora.

A visão é intolerável, mas sou compelido a olhar, porque, embora tenha só 14 anos, apenas 14, sei que o que sofreram merece testemunho e piedade, e raiva, essas mães que poderiam ter sido minhas, essas irmãs que poderiam ter sido minhas irmãs, vítimas como eu.

O material parece ser modelado, gesso esculpido. Mas o gesso é apenas o material usado para preservação, material que registra suas expressões torturadas e posturas suplicantes – que não são verdadeiras posturas e expressões na morte, mas arranjos cruéis feitos depois. Até mesmo nas sombras misericordiosas e sob os frios arcos de luz esbranquiçada vejo lugares onde o gesso está descolorado pela ação de substâncias inimagináveis que vazam: cinzentas, marrons e verde-amarelado, uma pátina biológica através da qual se pode datar as figuras nos murais.

O cheiro é indescritível, menos por ser repelente do que por sua complexidade, embora seja bem repulsivo para me deixar enjoado. Mais tarde, ficou-se sabendo que ele usara uma poção de feiticeiro, uma mistura de compostos químicos, numa tentativa de preservar os corpos no interior dos sarcófagos de gesso. E, até certo ponto, fora bem-sucedido, embora alguma decomposição tivesse ocorrido. O fedor subjacente é igual ao que existe sob os gramados dos cemitérios. A lividez dos caixões muito tempo depois que as pessoas lançaram um último olhar em seu interior e desceram as tampas. Mas é mascarado por aromas pungentes, como o da amônia, e suaves, como o de limões. É amargo, azedo e doce – e tão estranho que apenas o nauseante fedor, mesmo sem as figuras fantasmagóricas, poderia fazer meu coração disparar e gelar meu sangue como os rios em janeiro.

Na parede inacabada, há um nicho preparado para um novo corpo. Ele já talhou os tijolos e os empilhou de um lado do buraco. Já abriu uma cavidade na terra, além da parede, e levou para longe o entulho. Alinhadas junto à cavidade, estão sacas de 25 quilos de mistura de gesso seco, um longo misturador de madeira revestido de aço, duas latas de selante à base de alcatrão, ferramentas de pedreiro e de escultor, uma pilha de pinos de madeira, rolos de arame e outros itens que não consigo distinguir.

Ele está pronto. Precisa apenas da mulher que se tornará a próxima figura no mural. Mas ele já a tem, claro, pois foi ela que perdeu o controle da bexiga na banco de trás da van com o arco-íris. Suas mãos deixaram o bando de pássaros ensangüentados na porta do quartinho.

Alguma coisa se move, rápida e furtiva, para fora do furo recente na parede, entre as ferramentas e suprimentos, através das sombras e dos recortes de luz pálida como a neve. Imobiliza-se ao dar comigo, da mesma forma que me imobilizei ante as mulheres martirizadas nas paredes. É um rato, mas não é um rato como os outros. O crânio é deformado e um olho mais baixo que o outro, a boca puxada num permanente sorriso retorcido. Um outro rato corre veloz atrás do primeiro e também se imobiliza ao me ver, mas não antes de se levantar nas patas traseiras. Ele também é uma criatura sem igual, repleto de excrescências de ossos e cartilagens, sem qualquer semelhança com o primeiro rato, e com um nariz demasiado amplo para o focinho estreito. São membros da família de animais daninhos que sobrevivem nas catacumbas, abrindo túneis por trás dos murais, alimentando-se em parte de coisas saturadas de preservativos químicos. A cada ano uma nova geração de sua espécie produz mais formas mutantes do que no ano anterior. Neste momento sua paralisia se desfaz, enquanto eu não posso desfazer a minha, e correm de volta ao buraco de onde vieram.

Dezesseis anos depois, aquela longa câmara era um pouco diferente do que fora naquela longa noite de corujas e ratos. O gesso fora arrancado e removido. As vítimas tinham sido retiradas dos nichos nas paredes. Entre as colunas de tijolos vermelho-escuros que o pai de Spencer deixara como suportes a terra escura estava exposta. A polícia e os legistas, que durante semanas trabalharam naquela sala, tinham acrescentado traves verticais entre algumas das colunas de tijolos, como se não confiassem nos suportes que Steven Ackblom considerara suficientes.

O ar fresco e seco agora tinha um aroma de pedra e solo, mas era um cheiro limpo. O miasma pungente de produtos químicos e o fedor da decomposição biológica tinham desaparecido.

De pé novamente naquele longo aposento, com Ellie e o cachorro ao seu lado, Spencer recordava-se nitidamente do temor que o aleijara aos 14 anos. Mas o medo não era o sentimento mais forte – o que o surpreendia. Horror e nojo tinham seu papel também, mas não tão importantes quanto a cólera feroz. Piedade dos mortos. Compaixão por aqueles que os amaram. Culpa por não ter podido salvar ninguém.

Uma sensação de perda também, pela vida que poderia ter tido, mas que nunca conhecera. E nunca conheceria.

Acima de tudo, o que o dominava era uma sensação de reverência, como a que poderia ter sentido em qualquer lugar onde inocentes tivessem perecido: do Calvário a Dachau, a Babi Yar, aos campos anônimos onde Stálin enterrara milhões, aos quartos onde vivera Jeffrey Dahmer, às câmaras de tortura da Inquisição.

O solo de qualquer matadouro não é santificado pelos assassinos que ali praticam seus crimes. Embora muitas vezes achem que são exaltados, são como os vermes que vivem no estrume, e nenhum verme é capaz de transformar um centímetro quadrado de solo em terra sagrada.

Sagradas são as vítimas, pois cada uma delas morre em lugar de alguém que o destino permitiu que vivesse. E embora muitas possam morrer em lugar de outrem sem saber ou sem desejar, o sacrifício não é menos sagrado pelo fato de o destino ter escolhido os que sobreviveriam.

Se houvessem velas naquelas catacumbas agora limpas, Spencer gostaria de acendê-las e contemplar suas chamas até que elas o cegassem. Se houvesse um altar, ele se ajoelharia para rezar aos seus pés. Se oferecendo sua própria vida pudesse trazer de volta as 41 mulheres e sua mãe, ou qualquer uma delas, não teria hesitado em livrar este mundo de sua presença na esperança de acordar num outro.

Mas só o que podia fazer era honrar os mortos em silêncio, nunca esquecendo os detalhes de sua passagem final por este mundo. Seu dever era ser a testemunha. Recusando-se a lembrar, ele desonraria todas as pessoas que morreram em seu lugar. O preço do esquecimento seria sua alma.

Ao descrever aquelas catacumbas como tinham sido há tanto tempo atrás, chegando afinal ao grito da mulher que o despertara de seu terror paralisante, subitamente não se sentiu incapaz de prosseguir. Continuou a falar, ou pelo menos achou que continuou, mas então compreendeu que as palavras morriam em seus lábios. Movimentava os lábios, mas a voz era apenas o silêncio que ele lançava sobre o cômodo silencioso.

Finalmente, um grito de angústia agudo, alto, infantil saiu de seus lábios. Muito semelhante ao grito que o arrancara da cama naquela noite de julho e àquele que, mais tarde, o arrancara de sua paralisia. Enterrou o rosto nas mãos e ficou em pé, tremendo em sua dor intensa demais para permitir chorar ou soluçar, esperando a crise passar.

Ellie estava consciente de que nenhum afago ou palavra poderia consolá-lo.

Em sua gloriosa inocência canina, Rocky acreditava que qualquer tristeza pudesse ser aliviada pelo balançar do rabo, um roçar ou uma lambida afetuosa. Roçou o flanco de encontro às pernas do dono, sacudiu o rabo e afastou-se confuso quando nenhum de seus truques funcionou.

Spencer descobriu-se novamente falando, quase tão inesperadamente quanto se descobrira incapaz de falar um minuto atrás.

— Escutei o grito da mulher vindo lá do final das catacumbas. Tão fraco que mal podia ser considerado um grito. Era mais um lamento para Deus.

Olhou na direção da última porta no final das catacumbas. Ellie e Rocky continuavam do seu lado.

— Enquanto eu passava pelas mulheres mortas nestas paredes, lembrei-me de alguma coisa que acontecera seis anos antes, quanto eu tinha 8 anos – um outro grito. Minha mãe. Naquela noite de primavera, eu acordei com fome e saí da cama para comer alguma coisa. Na lata da cozinha tinha biscoitos de chocolate. Estava sonhando com eles. Desci. As luzes estavam acesas em alguns cômodos. Pensei que fosse encontrar minha mãe e meu pai no caminho. Mas não os vi.

Spencer parou diante da porta negra no final das catacumbas. Para ele, eram catacumbas, e sempre seriam, mesmo que os corpos tivessem sido desenterrados e levados.

Ellie e Rocky pararam ao seu lado.

– A cozinha estava escura. Eu ia pegar quantos biscoitos pudesse carregar, mais do que jamais me deixariam comer de uma só vez. Estava abrindo a lata quando ouvi um grito. Lá fora. Atrás da casa. Fui para a janela ao lado da mesa. Afastei a cortina. Minha mãe estava na grama. Correndo para casa de volta do celeiro. Ele... ele estava atrás dela. Agarrou-a no pátio. Ao lado da piscina. Virou-a com brutalidade. Bateu nela. No rosto. Ela gritou de novo. Ele a atingiu. Bateu, bateu e bateu. Mais e mais. Tão depressa! Minha mãe. Socando o rosto dela. Ela caiu. Ele chutou-lhe a cabeça. Ela ficou imóvel. Tão depressa. Acabou tudo tão depressa. Ele olhou em direção à casa. Não podia me ver na cozinha escura, na fresta entre as cortinas. Levantou-a. Levou-a para o celeiro. Fiquei na janela mais algum tempo. Então pus os biscoitos de volta na lata. Coloquei a tampa. Voltei para cima. Entrei na cama. Puxei as cobertas.

– E não se lembrou de nada durante seis anos?

Spencer sacudiu a cabeça.

– Enterrei tudo. Era por isso que eu não conseguia dormir com o ar-condicionado ligado. Lá no fundo, num lugar desconhecido para mim, eu temia que ele viesse me buscar durante a noite, e eu não escutasse por causa do barulho.

– E então naquela noite, todos aqueles anos depois, a janela aberta, um outro grito...

– Ele me atingiu mais profundamente do que eu poderia compreender, arrancou-me da cama, para o celeiro, lá para baixo. E enquanto eu estava andando em direção a essa porta negra, em direção ao grito...

Ellie levou a mão para tocar a maçaneta da porta, para abri-la, mas ele a deteve.

– Ainda não, ainda não estou pronto para entrar aí.

... *descalço sobre a pedra fria, eu me aproximo da porta preta, cheio de temor do que vi esta noite, mas também de terror pelo que vi quando tinha 8 anos, que estava reprimindo desde então, mas que veio à tona jorrando de dentro de mim. Estou num estado que vai muito além do terror. Não há palavras para descrever o que sinto. Estou diante da porta negra, tão negra e brilhante como um céu sem lua refletido na face cega de um lago. Estou quase tão confuso quanto aterrorizado, pois me parece que tenho ao mesmo tempo 8 e 14 anos, que estou abrindo a porta para salvar não só a mulher que desenhou os pássaros ensangüentados na porta do quartinho, mas também minha mãe. O tempo passado e o tempo presente se confundem, fundem-se, e entro no abatedouro.*

Entro no espaço profundo, noite infinita à minha volta. O teto é negro como carvão para combinar com as paredes, as paredes para combinar com o chão, o chão que parece um escorrega para o inferno. Uma mulher nua, semiconsciente, com os lábios rachados e sangrando, rolando a cabeça em desesperada negativa, está algemada a um bloco de aço polido, que parece flutuar no negrume, pois os suportes são negros também. Uma única luz. Diretamente sobre a mesa. Numa luminária preta. Flutua no vazio, lançando sombras sobre o aço, como um objeto celestial ou o cruel raio de luz de um inquisidor que se assemelha a um deus. Meu pai está vestido de preto. Apenas seu rosto e suas mãos estão visíveis, como se tivessem sido amputados, mas continuassem vivos por conta própria, como se fossem uma aparição lutando para se completar. Ele está extraindo uma brilhante seringa hipodérmica do nada – na verdade, de uma gaveta sob o bloco de aço, uma gaveta invisível na escuridão-sobre-a-escuridão.

Grito, "Não, não, não", quando me atiro sobre ele, e a seringa cai de volta no nada de onde veio, eu o empurro para trás, para trás, para além da mesa, para fora do foco de luz, para o mais negro dos infinitos, até que atingimos a parede final do universo. Estou gritando, socando, mas tenho 14 anos e sou magro, e ele está na flor da idade, musculoso, poderoso. Chuto, mas estou descalço. Ele me levanta sem grande esforço, gira comigo flutuando no espaço, me atira de costas de encontro à escuridão áspera, tirando-me o fôlego, me atira de novo. Dor na espinha. Uma outra escuridão dentro de mim, mais profunda que o abismo à minha volta.

Mas a mulher grita outra vez, e sua voz me ajuda a resistir à escuridão interior, ainda que não possa resistir à força mais poderosa de meu pai.

Então ele me aperta com seu corpo de encontro à parede, mantendo-me no ar com as mãos, seu rosto ameaçador diante do meu, mechas de cabelos negros caindo sobre a testa, olhos tão negros que parecem ser furos através dos quais vejo a escuridão que existe atrás dele. "Não tenha medo, não tenha medo, não tenha medo, menino. Meu menino, eu não vou machucar você. Você é meu sangue, minha semente, minha criação, meu bebê. Nunca farei mal a você. Está bem? Você está entendendo? Escute, filho, meu menino, meu doce menino, meu doce Mikey, você escutou? Estou contente por que você está aqui. Tinha que acontecer mais cedo ou mais tarde. Mais cedo é melhor. Meu doce menino. Eu sei por que você está aqui, sei por que você veio."

Estou atônito e desorientado por causa da perfeita negritude daquele quarto, por causa dos horrores nas catacumbas, por estar sendo levantado e atirado contra a parede. No meu estado, sua voz é tão acalentadora quanto apavorante, estranhamente sedutora, quase me convenço de que ele não me fará mal. De alguma forma, devo ter entendido mal as coisas que vi. Ele continua a falar daquela forma hipnótica, as palavras jorrando, não me dando oportunidade de pensar, Jesus, minha cabeça gira, ele me apertando contra a parede, o rosto como uma grande lua acima de mim.

"Eu sei por que você veio. Eu sei o que você é. Sei por que você está aqui. Você é meu sangue, minha semente, meu filho, não é mais diferente de mim do que meu reflexo num espelho. Você está escutando, Mikey, meu menino? Eu sei o que você é, por que você veio, por que você está aqui, o que você precisa. O que você precisa. Eu sei, eu sei. Você também sabe. Você sabia quando atravessou a porta e a viu na mesa, viu os seios, viu entre suas pernas abertas. Você sabia, sim, ah, sim, sabia, desejava, você sabia, sabia o que queria, o que você precisa, o que você é. E está tudo bem Mikey, meu menino. Está tudo bem, o que você é, o que eu sou. Foi assim que nascemos, é nosso destino ser assim."

Logo estamos diante da mesa, e não tenho certeza de como cheguei ali, a mulher estirada à minha frente e meu pai fazendo pressão contra as minhas costas, empurrando-me de encontro à mesa. Segura com violência meu punho direito, empurra minha mão para os seios dela, deslizando-a ao longo do corpo nu. Ela está semiconsciente. Abre os olhos. Estou olhando dentro dos seus olhos, suplicando para que ela entenda, enquanto ele força minha mão por toda parte, todo o tempo falando, falando, dizendo que eu posso fazer o que quiser com ela, que está tudo bem, que eu nasci para aquilo, e que ela está ali apenas para ser o que eu precisar que ela seja.

Consegui sair do transe o bastante para lutar, rápida e ferozmente. Rápido demais, feroz de menos. O braço dele está em volta do meu pescoço, sufocando-me, empurrando-me para a mesa com seu corpo, sufocando-me com o braço esquerdo, sufocando, o gosto de sangue na minha boca, até que me sinto novamente fraco. Ele sabe quando deve diminuir a pressão antes que eu desmaie, porque ele não quer que eu desmaie. Tem outros planos. Deixo-me cair de encontro a ele, estou soluçando, as lágrimas caindo sobre a pele nua da mulher algemada.

Ele solta minha mão direita. Mal tenho forças para afastá-la da mulher: barulho de metal. Ao meu lado. Olho. Uma de suas mãos decapitadas. Remexendo nos instrumentos prateados que flutuam no vazio. Ele retira um bisturi do conjunto flutuante de pinças, fórceps, agulhas e lâminas. Segura minha mão, empurra para dentro dela o bisturi, dobra sua mão sobre a minha, esmagando minhas articulações, forçando-me a segurar o bisturi. Sob nós, a mulher vê nossas mãos e o aço brilhante, e nos suplica que não lhe façamos mal.

"*Eu sei o que você é. Eu sei o que você é, meu doce menino, meu bebê. Seja exatamente aquilo que você é, não resista. Você acha que ela está bonita agora? Acha que ela é a coisa mais bela que já viu? Espere até nós mostrarmos para ela como ser ainda mais bonita. Deixe o papai mostrar o que você é, o que você precisa, o que você gosta. Deixa eu mostrar como é divertido ser o que você é. Escute, Mikey, escute agora, o mesmo rio escuro corre em nossos corações. Escute, e vai poder ouvir, aquele rio profundo e escuro, correndo e rugindo, rápido e poderoso, rugindo. Comigo agora, comigo, deixe o rio levar você. Fique comigo agora e levante a lâmina bem alto. Está vendo como ela brilha? Ela precisa ver também, veja como ela vê, como não tem olhos para mais nada. Brilhando alto nas nossas mãos. Sinta o poder que temos sobre ela, sobre todos os fracos e tolos que nunca podem compreender. Venha comigo, levante alto...*"

Um de seus braços está frouxo em torno do meu pescoço, minha mão direita agarrada na dele, e então meu braço esquerdo está livre. Em vez de tentar agarrá-lo ou dar uma cotovelada, o que não vai funcionar, afundo minha mão naquela lâmina de aço. O horror e o desespero me invadem. Com aquela mão e todo o meu corpo empurro a mim mesmo para longe da mesa. Em seguida com as pernas. Em seguida os pés. Chutando a mesa com os dois pés. Atirando-me contra o filho-da-mãe, desequilibrando-o. Ele tropeça, ainda apertando a mão com que eu seguro o bisturi, tentando apertar o braço em torno do meu pescoço. Mas cai para trás e eu por cima dele. O bisturi cai na escuridão. O peso do meu corpo na queda faz com que ele perca o fôlego. Estou livre. Livre. Arrasto-me pelo chão preto. A porta. Minha mão direita está doendo. Sei que não posso ajudar a mulher: mas posso trazer ajuda. A polícia. Alguém. Para que ela possa ser salva. Passo através da porta, estou em pé, tropeçando, abrindo os braços para manter o equilíbrio, corro pelas catacumbas, correndo, correndo, passando pelas mulheres brancas imóveis, tentando gritar. Minha garganta está sangrando por dentro. Está ardendo. Minha voz é apenas um sussurro. Não há ninguém na fazenda para me ouvir. Só eu e a mulher nua. Mas estou correndo, correndo, gritando num sussurro, mas não há ninguém para escutar.

A expressão no rosto de Ellie partiu o coração de Spencer.

— Eu não devia ter trazido você aqui, não devia fazer você passar por tudo isso.

Ela parecia cinza à luz das lâmpadas brancas.

— Não, isso era o que você precisava fazer. Se eu já tive dúvidas, não tenho mais nenhuma agora. Você não podia continuar para sempre com... tudo isso.

— Mas é isso que vou ter que fazer. Continuar para sempre. E não sei agora por que achei que poderia ter uma vida. Não tenho o direito de fazer você carregar esse peso comigo.

— Você pode continuar e ter uma vida... desde que se lembre de tudo. E acho que agora sei o que você não consegue lembrar, onde aqueles minutos perdidos se encaixam.

Spencer não tinha coragem para olhá-la nos olhos. Olhou para Rocky, sentado em atitude de profundo desalento, a cabeça abaixada, orelhas caídas, tremendo. E em seguida olhou para a porta preta. O que quer que encontrasse do outro lado decidiria se teria ou não um futuro com Ellie. Talvez não tivesse futuro.

— Eu não tentei correr de volta para a casa – continuou ele voltando às recordações daquela noite distante. – Ele me pegaria antes que eu chegasse lá, antes que eu pudesse usar o telefone. Em vez disso, fui para o quartinho, atravessei o armário, corri pela sala do arquivo e dobrei à direita em direção à frente do prédio, para a galeria. Quando cheguei às escadas que levavam ao estúdio, escutei-o vir pela escuridão atrás de mim. Eu sabia que ele tinha um revólver na última gaveta da mesa. Tinha visto num dia em que ele mandara pegar alguma coisa lá. Entrei no estúdio, apertei o interruptor da luz, passei pelos cavaletes, armários de suprimentos, para o canto mais afastado. A mesa tinha a forma de um L, pulei sobre ela, caí sobre a cadeira, consegui abrir a gaveta. O revólver estava lá. Eu não sabia como usar, se havia uma trava. Minha mão direita latejava. Mal conseguia segurar a maldita coisa com as duas mãos. Ele tinha subido as escadas, estava entrando no estúdio, vinha me buscar, e então apontei e puxei o gatilho. Era um revólver. Não havia trava de segurança. O recuo quase me atirou ao chão.

— E você atirou nele.

— Ainda não. Devo ter desviado o revólver na hora de atirar, e não atingi o alvo. A bala tirou uma lasca do teto. Mas eu continuei agarrado ao revólver e ele parou de andar na minha direção. Pelo menos já não vinha tão depressa. Mas estava tão calmo, Ellie, tão calmo. Como se nada tivesse acontecido, simplesmente o meu papai, o meu velho e querido papai, um pouco zangado comigo, mas dizendo que tudo ia dar certo, tentando me enfeitiçar com a fala macia como fizera na sala escura. Tão sincero. Tão hipnótico. E tão *seguro* de que ia funcionar desde que eu lhe desse tempo para isso.

Ellie disse:

— Mas ele não sabia que você o vira espancar sua mãe e levá-la de volta para o celeiro seis anos antes. Ele poderia ter facilmente imaginado que quando se recuperasse do pânico você seria capaz de associar a morte dela aos quartos secretos... mas até lá ele achava que haveria tempo para fazer sua cabeça.

Spencer contemplou a porta negra.

– É, talvez tenha sido isso o que pensou. Eu não sei. Ele me disse que ser como ele era conhecer o sentido da vida, a verdadeira plenitude da vida, sem limites ou regras. Afirmou que eu gostaria das coisas que ia me ensinar a fazer. Disse que eu já começara a gostar lá naquela sala escura, que o medo me impedira de gostar, mas que eu aprenderia que era certo ter aquele tipo de distração.

– Mas você não gostou. Ficou enojado.

– Ele afirmou que eu gostei, que ele pôde ver que eu tinha gostado. Eu possuía seus genes, ele repetiu, que corriam através do meu coração como um rio. O rio do destino que compartilhávamos, o rio sombrio de nossos corações. Quando se aproximou da mesa, tão perto que não era possível errar, atirei. O impacto fez com que ele literalmente voasse. O jato de sangue foi horrível. Eu tinha certeza que estava morto, mas a verdade é que até aquela noite nunca tinha visto muito sangue, e um pouco me parecia muito. Ele caiu no chão, rolou de bruços, e lá ficou, muito quieto. Corri para fora do estúdio, de volta para cá...

A porta preta aguardava.

Ellie ficou em silêncio durante algum tempo. Ele não conseguia falar.

Depois, Ellie disse:

– E naquele quarto, com a mulher... são esses os minutos que você não consegue se lembrar.

A porta. Spencer pensou que deveria ter mandado encher os antigos porões de explosivos e destruí-los. Cheios de terra. Selados para sempre. Não deveria ter consentido que aquela porta se abrisse mais uma vez.

Pronunciando as palavras com dificuldade, ele continuou:

– Quando voltei aqui, precisei carregar o revólver na mão esquerda por causa da maneira como ele havia apertado a minha mão direita, esmagando as articulações umas contra as outras. Estava latejando, doendo. Mas... não era só dor. Eu ainda sentia.

Olhou para a mão. Podia vê-la como era naquela noite, muito menor, a mão de um menino de 14 anos.

— Eu ainda sentia... a suavidade da pele da mulher, quando ele forçara minha mão a tocar seu corpo. Sentia o contorno dos seus seios, a firmeza e o volume. O ventre liso. A aspereza dos pêlos públicos... o calor dela. Todas aquelas sensações ainda estavam na minha mão, como uma dor real.

— Mas você era apenas um menino — disse Ellie sem mostrar qualquer repugnância. — Era a primeira vez que via uma mulher despida, a primeira vez que você tocava uma mulher. Meu Deus, Spencer, em circunstâncias sobrecarregadas como aquelas, não apenas apavorantes, mas violentamente emocionais, tão confusas, um momento tão *primitivo*, tocar nela certamente produziu um tremendo impacto em você, em todos os níveis. Seu pai sabia disso. Ele era um filho-da-puta esperto. Tentou usar seu tumulto interior para manipular você. Mas aquilo não *significou* nada.

Ela era por demais compreensiva e capaz de perdoar. Neste mundo cruel, o preço que aqueles que são exageradamente compreensivos pagam é um preço por demais extorsivo.

— Então voltei, atravessando as catacumbas, no meio dos mortos nas paredes, com a lembrança do sangue do meu pai, e *ainda* sentia os seus seios de encontro à minha mão. A lembrança vívida da flexibilidade dos seus mamilos contra a palma da minha mão...

— Não faça isso com você mesmo.

— Nunca minta para o cachorro — disse Spencer, dessa vez sem qualquer vestígio de humor, mas com uma amargura e uma cólera que o assustavam.

Seu coração encheu-se de uma fúria mais tenebrosa que a porta diante de si. Assim como naquela noite de julho não conseguira expulsar de sua mão a lembrança do calor, das formas e texturas voluptuosas do corpo nu da mulher, agora era totalmente incapaz de vencer a cólera. Uma cólera que não tinha um alvo certo, e por isso paulatinamente crescera em seu subconsciente durante 16 anos. Nunca soube ao certo se era dirigida contra o pai, ou contra si próprio. Na ausência de um alvo, negara a existência da raiva, reprimira-a. Agora, condensada na mais pura ira destilada, ela o corroía como um ácido.

— ... com a vívida lembrança da sensação provocada pelos seus mamilos na palma da minha mão – continuou ele, numa voz que tremia de cólera e temor –, voltei aqui. A esta porta. Abria-a. Entrei no quarto preto... E em seguida só me lembro de estar *saindo* dali, a porta se fechando atrás de mim...

... descalço, caminhando pelas catacumbas, com um vácuo em minha memória mais escuro que o quarto que deixei para trás, sem ter certeza de onde estive nem do que aconteceu. Passando pelas mulheres nas paredes. Mulheres. Meninas. Mães. Irmãs. Os gritos silenciosos. Gritos perpétuos. Onde está Deus? Será que Deus se importa? Por que as abandonou aqui? Por que me abandonou? A sombra ampliada de uma aranha desliza sobre seus rostos de gesso, sobre a sombra do fio de eletricidade. Enquanto estou passando pelo novo nicho na parede, o nicho preparado para a mulher no quarto preto, dele surge meu pai, surge da terra escura, manchado de sangue, cambaleando, gemendo em agonia, mas tão depressa, depressa como a aranha. O brilho quente de uma lâmina nas trevas. Faca. Às vezes ele pinta naturezas-mortas onde há facas, fazendo-as brilhar como se fossem relíquias sagradas. Relâmpago do aço, relâmpago de dor no meu rosto. Deixo cair o revólver. Levo as mãos ao rosto. Há um pedaço de pele pendurado. Os dentes expostos tocam minha mão, como um sorriso no lado aberto do meu rosto. E ele desfere mais um golpe. Erra. Cai. Está fraco demais para se levantar. Começo a me afastar dele, empurro a pele do rosto para o lugar, sangue escorrendo entre os meus dedos, correndo pela minha garganta. Estou tentando colar os pedaços do meu rosto. Oh! Meu Deus, tentando segurar o meu rosto colado e correndo, correndo. Atrás de mim ele está fraco demais para se levantar do chão, mas ainda consegue gritar: "Você a matou, você a matou, garotinho, você gostou, você a matou?"

Spencer ainda não conseguia olhar diretamente para Ellie e talvez nunca mais conseguisse encará-la diretamente. Mas com o canto dos olhos pôde ver que ela chorava, silenciosamente. Chorava por ele, os olhos inundados de lágrimas, o rosto brilhando.

Era incapaz de chorar por si mesmo. Nunca conseguira derrubar as barreiras e expurgar sua dor. Não sabia se merecia lágrimas; fossem dela, suas ou de qualquer outra pessoa. A única coisa que sentia agora era cólera, que ainda não tinha um alvo definido.

— A polícia encontrou a mulher morta no quarto preto.

— Spencer, *ele* a matou. — A voz de Ellie tremia. — Claro que foi ele. A polícia disse que foi ele. Você era o menino herói.

Contemplando a porta preta, Spencer sacudiu a cabeça:

— Quando foi que ele a matou, Ellie? *Quando?* Ele largou o bisturi quando caímos no chão. Então eu corri, e ele correu atrás de mim.

— Mas lá havia muitos outros bisturis, outros instrumentos cortantes na gaveta. Você mesmo disse. Ele agarrou um e a matou. Só levou alguns segundos. O filho-da-mãe sabia que você não ia longe, ia ser fácil achar você. E estava tão excitado depois da luta que não agüentava esperar, *tremendo* de excitação, e precisava matá-la naquele momento, rápida e brutalmente.

— Depois, ele está lá no chão, depois que me cortou, e eu estou fugindo, e ele gritando, perguntando se a matei, se eu gostei de matar.

— Ele sabia. Ele *sabia* que ela já estava morta antes de você entrar no quarto outra vez. Talvez fosse louco e talvez não, mas tinha certeza de que pior do que ele nunca houve. Você não está entendendo? Ele não tinha conseguido converter você às práticas dele, também não tinha conseguido eliminar você, portanto, a única coisa que lhe restava era arruinar sua vida tanto quanto pudesse. Por isso ele plantou aquela semente de dúvida na sua mente. Você era um menino, meio cego de terror e pânico, confuso, e ele sabia muito bem como você estava se sentindo. Ele compreendia e usou isso contra você, só por um doentio prazer.

Por mais da metade de sua vida Spencer tentara se convencer do cenário que ela agora descrevia. Mas o vazio em sua memória permanecia. A amnésia continuada parecia uma prova de que a verdade era diferente daquela que ele desesperadamente desejava.

— Vá embora — disse com voz espessa. — Corra para a caminhonete, fuja daqui, vá para Denver. Eu não devia ter trazido você até aqui. Não posso pedir que você vá mais longe comigo.

– Estou aqui, não vou embora.
– Estou falando sério. Vá embora.
– De jeito nenhum.
– Vá. Leve o cachorro.
– Não.

Rocky estava ganindo, tremendo, esfregando-se de encontro a uma coluna de tijolos escuros como sangue, no pior estado de angústia que Spencer já vira.

– Leve o cachorro. Ele gosta de você.

– Eu não vou. – Através das lágrimas, Ellie continuou: – Esta é a *minha* decisão, droga, e você não pode decidir por mim.

Spencer virou-se para ela, agarrou-a pela jaqueta de couro, quase levantando-a do chão, desesperadamente tentando fazê-la entender. Apesar da cólera, do desespero e do autodesprezo, afinal conseguiu olhá-la nos olhos mais uma vez.

– Pelo amor de Deus! Depois de tudo que você viu e ouviu, você não entende? Deixei parte de mim mesmo naquele quarto, naquele matadouro onde ele abatia as vítimas. Deixei alguma coisa sem a qual não posso viver. O que pode ser? Alguma coisa *pior* que as catacumbas, *pior* que todo o resto. Deve ser pior porque eu me lembrei de todo o resto! Se eu voltar lá e me lembrar do que fiz com ela, nunca mais vou poder esquecer, não vou mais poder me esconder. Esta é uma recordação... como fogo. Vai me queimar. O que quer que sobre, o que quer que não seja queimado, não será mais *eu*, Ellie, não depois que eu souber o que fiz com ela. E, então, com quem você vai estar aqui? *Sozinha* aqui neste maldito lugar?

Ellie levantou a mão e com os dedos acompanhou a linha da cicatriz, embora ele tentasse afastá-la.

– Mesmo se eu fosse cega e nunca tivesse visto seu rosto, já conheço você o bastante para que pudesse partir meu coração.

– Ellie, não.
– Não vou embora.
– Ellie, por favor.
– Não.

Spencer não conseguia tampouco canalizar sua raiva para ela, especialmente não para ela. Soltou-a. Ficou imóvel. Os braços pendentes ao lado do corpo. Quatorze anos novamente. O ultraje o enfraquecia. Sentia-se perdido. Aterrorizado.

Ellie levou a mão à maçaneta.

— Espere — disse ele. Tirou a pistola SIG 9 milímetros do cós da calça, destravou o dispositivo de segurança, colocou uma bala e entregou-lhe a arma. — É melhor você ficar com as duas armas. — Ellie começou a objetar, mas ele a interrompeu. — Mantenha a pistola na sua mão. Não fique muito perto de mim lá dentro.

— Spencer, o que quer que você se lembre não vai transformar você no seu pai, nunca, não importa o que seja.

— Como é que você sabe disso? Passei 16 anos procurando, remexendo, tentando decifrar essa lembrança, mas ela não vem. Mas se vier...

Ellie engatou a trava de segurança da pistola.

— Ellie...

— Eu não quero que ela dispare por acaso.

— Meu pai lutou comigo no chão, me fez cócegas e caretas engraçadas quando eu era pequeno. Jogou bola comigo. E quando eu quis desenvolver meu talento para o desenho ele pacientemente me ensinou as técnicas. Mas antes e depois... ele vinha aqui, o mesmo homem, e torturava mulheres, meninas, hora após hora, em alguns casos durante vários dias. Movia-se com toda a facilidade entre este mundo e o outro lá em cima.

— Eu não vou ficar com uma arma engatilhada, apontar uma arma para você, como se eu estivesse com medo que você seja algum tipo de monstro, quando sei muito bem que não é. Por favor, Spencer. Por favor, não me peça. Vamos acabar logo com isso.

No profundo silêncio no fundo das catacumbas Spencer precisou de alguns momentos para se preparar. Não havia qualquer movimento no longo aposento. Nenhum rato, malformado ou não, habitava aquele lugar. Os Dresmund tinham recebido instruções para erradicá-los com veneno.

Spencer abriu a porta preta.

Acendeu a luz.

Hesitou no limiar e entrou.

Por mais desconfortável que se sentisse, o cachorro seguiu-o para dentro do quarto. Talvez temesse ficar sozinho nas catacumbas. Ou talvez seu total desconforto *fosse* uma reação ao estado de espírito do dono. Nesse caso, sabia que sua companhia era necessária. Colou-se a Spencer.

Ellie entrou por último e fechou a porta atrás dela.

O matadouro era tão desorientador quanto naquela outra noite, na noite dos bisturis e das facas. A mesa de aço inoxidável desaparecera. O quarto estava vazio. A escuridão total não permitia um só ponto de referência. Assim, por um instante, o quarto pareceu não ser maior que um caixão, mas, no momento seguinte, aparentou ser infinitamente maior do que era. A única luz era a lâmpada rigidamente direcionada que havia na luminária no teto preto.

Os Dresmund tinham recebido ordens para manter todas as luzes em bom estado. Não foram instruídos para manter limpo o matadouro, mas apesar disso apenas uma delgada película de poeira cobria as paredes, com certeza porque o quarto não era ventilado e permanecia sempre fechado.

Era uma cápsula do tempo, selada há 16 anos, que não continha objetos que recordassem épocas passadas, mas apenas lembranças perdidas.

O impacto daquele lugar foi ainda mais forte do que Spencer havia esperado. Ele podia ver o brilho do bisturi como se estivesse pendurado no ar naquele exato momento.

... descalço, carregando o revólver com a mão esquerda, saio correndo do estúdio onde atirei no meu pai, passo pela abertura no fundo do armário para um mundo que em nada se assemelha aos que existem atrás dos guarda-roupas nos livros de C. S. Lewis, percorro as catacumbas, não me atrevendo a olhar nem para a esquerda nem para a direita, porque aquelas mulheres mortas parecem estar tentando se desprender do gesso. Sou dominado pelo terror louco de que talvez consigam se soltar, como se o gesso ainda estivesse úmido, correr atrás de mim,

arrastar-me para uma das paredes com elas. Sou o filho de meu pai e mereço sufocar em gesso frio e úmido, mereço que o gesso seja derramado pelas minhas narinas, pela minha garganta, até que eu esteja exatamente igual a uma das figuras nos murais, sem respirar, um paraíso para os ratos. Meu coração bate tão forte que cada batida escurece rápida e levemente minha visão, como se a ondulação da pressão sangüínea fosse arrebentar os vasos que existem no fundo dos meus olhos. Sinto cada batimento em minha mão direita, também. A dor nas minhas articulações é latejante, surda, três pequenos corações em cada dedo. Mas amo a dor. Quero mais dor. De volta ao quartinho e descendo as escadas para o quarto com a luz azul, bato repetidamente com o revólver nas articulações inchadas daquela mão. Agora, nas catacumbas, golpeio com força, para expulsar todos os outros sentimentos, para que só me reste a dor. Porque... porque, como a dor, Jesus amado, ainda sinto na mão a suavidade da pele da mulher. As curvas cheias e a resistência morna de seus seios, mamilos inchados de encontro à minha palma. O ventre liso, a rigidez dos músculos enquanto ela se debate presa nas algemas. O calor escorregadio e lubrificado para dentro do qual ele força os meus dedos contra a minha vontade, contra seus olhos horrivelmente aturdidos. Seus olhos não se desprendem dos meus. Suplicando com os olhos. O sofrimento em seus olhos. Mas a mão traidora tem seu próprio sentido de memória, resistente, e me deixa enojado. Todas as sensações na minha mão fazem com que eu me sinta enojado, e alguns dos sentimentos em meu coração também. Sinto tanto nojo, tanto desprezo por mim mesmo! Mas existem outros sentimentos também – emoções impuras, condizentes com a excitação daquela mão odiosa. E na porta do quarto negro eu me detenho, me encosto na parede, e vomito. Suando. Tremendo, com calafrios. Quando me afasto da sujeira, tendo purgado apenas o estômago, forço-me a agarrar a maçaneta com a mão machucada, fazendo com que a dor suba violentamente pelo meu antebraço enquanto impetuosamente abro a porta. E estou dentro do quarto preto outra vez.

Não olhe para ela. Não. Não! Não olhe para ela nua. Não tem o direito de olhar para ela nua. Isso pode ser feito com meus olhos voltados para o outro lado, para a borda da mesa, consciente dela apenas como uma forma cor de carne entrevista pelo canto dos olhos, flutuando na escuridão. "Está tudo bem", digo a ela, com uma voz rouca de tanto vomitar, "está tudo bem, madame, está tudo bem, ele está morto, eu atirei nele. Vou soltar a senhora e tirá-la daí, não tenha medo." E então percebo que não tenho a menor idéia de onde possam estar as chaves das algemas. "Senhora, eu não tenho a chave, não tenho a chave, preciso ir pedir socorro, chamar a polícia. Mas está tudo bem porque ele está morto." Lá do canto do meu olho, de onde ela está, não vem nenhum som. Ela havia estado meio desacordada pelos golpes na cabeça, semiconsciente, e agora desmaiou. Mas não quero que ela acorde depois que eu tiver ido embora, sozinha e com medo. Lembro-me de seu olhar – era o mesmo olhar de minha mãe no momento final? – e não quero que ela fique tão amedrontada quando acordar e pense que ele vai voltar. É só isso, é só isso. Não quero que ela tenha medo, portanto vou ser obrigado a fazer com que ela acorde, sacudi-la, fazer com que ela compreenda que ele está morto e que eu vou voltar com ajuda. Debruço-me na mesa, tentando não olhar para seu corpo, vou olhar só para o rosto. Um cheiro invade minhas narinas. Terrível. Nauseante. A escuridão mais uma vez ameaça me tragar. Estendo uma das mãos. De encontro à mesa. Para me segurar. É a mão direita, ainda se lembrando da curva dos seus seios, e coloco-a sobre uma massa morna, viscosa, escorregadia, que não estava ali antes. Olho para seu rosto. A boca está aberta. Olhos. Olhos mortos, vazios. Ele voltou a ela. Dois cortes. Brutais. Maldosos. Toda sua poderosa força empurrando a lâmina. O pescoço, o abdome. Atiro-me para longe da mesa, afasto-me da mulher, colidindo com a parede. Limpando minha mão na parede negra e gritando por Jesus e pela minha mãe, e dizendo "Senhora, por favor; senhora, por favor", como se ela pudesse se curar através de um ato de vontade apenas ouvindo minhas súplicas. Esfregando, esfregando, esfregando a mão, as costas e a palma, na parede, não estou limpando só a sujeira que toquei, estou limpando também as sensações que ela provocou quando estava viva, esfregando com força, com mais força ainda, com raiva, furiosamente, até que minha mão pareça arder em fogo, até que nada mais exista nela a não ser a dor. E fico ali algum tempo. Sem ter muita certeza de onde estou. Sei que há uma porta. Chego até lá. Passo por ela. Oh, sim! As catacumbas.

Spencer ficou imóvel no centro da sala escura, contemplando sua mão direita, sob a luz fria, como se não tivesse sido aquela mesma mão que estivera ligada a seu pulso nos últimos 16 anos.

Num tom que chegava a ser interrogativo, disse:

– Eu a teria salvado.

– Eu sei.

– Mas não consegui salvar ninguém.

– O que também não foi sua culpa.

Pela primeira vez desde aquele longínquo mês de julho pensou que talvez conseguisse ser capaz de aceitar – não logo, mas com o passar do tempo – que não precisava carregar o fardo de uma culpa maior que a de qualquer outro homem. Lembranças tenebrosas, uma experiência íntima da capacidade humana para o mal, conhecimento que outras pessoas nunca desejariam que lhes fosse imposto como havia sido imposto a ele – tudo isso, sim, mas não a culpa insuportável.

Rocky latiu. Duas vezes. Alto.

Surpreso, Spencer comentou:

– Ele nunca late.

Tirando rapidamente a trava de segurança da SIG, Ellie atirou-se em direção à porta no momento exato em que ela se abriu. Mas não foi bastante rápida.

O homem de aparência cordial – aquele mesmo que arrombara a cabana em Malibu – surgiu repentinamente na sala escura. Na mão direita tinha uma Beretta com silenciador e sorria ao entrar atirando.

Ellie foi atingida no ombro direito, soltando um grito de dor. Foi atirada contra a parede e sua mão se abriu, soltando a pistola. Caída em meio à escuridão, ofegante de susto ao ser atingida, percebeu que a Micro Uzi estava escorregando do seu ombro e tentou pegá-la com a mão esquerda. A arma escorregou por entre seus dedos, caiu no chão e rolou para longe.

A pistola caíra retinindo no chão e tinha escorregado para longe, muito além do alcance, perto do homem com a Beretta. Mas Spencer correu para a Uzi antes que ela chegasse ao chão.

O homem sorridente atirou mais uma vez. A bala atingiu uma pedra a alguns centímetros da mão estendida de Spencer, obrigando-o a recuar, e ricocheteou pela sala.

O atirador parecia não se importar com o ruído da bala que ricocheteava, como se vivesse uma vida tão cheia de encantamentos que sua segurança fosse uma conclusão inevitável.

– Preferia não atirar em você, também não queria ter atirado na Ellie. Tenho outros planos para vocês. Mas se fizerem mais um movimento em falso não terei outra opção. Vamos lá, chute a Uzi para cá.

Em vez de obedecer, Spencer caminhou para Ellie. Tocou seu rosto e examinou o ombro.

– Está muito ruim?

Com a mão sobre a ferida, Ellie tentava não revelar a extensão de sua dor, mas a verdade estava clara em seus olhos.

– Bem, estou bem, não foi nada – respondeu, mas Spencer percebeu seu olhar de relance para Rocky quando mentiu.

A porta pesada que dava para o abatedouro ainda não tinha se fechado. Alguém mantinha a porta aberta. O atirador afastou-se para lhe dar passagem. O segundo homem era Steven Ackblom.

ROY ESTAVA CERTO que esta seria uma das noites mais interessantes de toda a sua vida. Poderia chegar a ser tão singular quanto a primeira noite que passara com Eve, embora ele não a traísse sequer com a esperança de que pudesse ser melhor. Era uma extraordinária confluência de eventos: por fim, a mulher tinha sido capturada; a oportunidade de descobrir o que Grant possivelmente sabia sobre algum tipo de oposição organizada contra o departamento e então o prazer de livrar aquele homem atribulado de seus sofrimentos; uma oportunidade única de estar com um dos grandes artistas do século enquanto trabalhava com o material que o tornara famoso; e quando estivesse tudo consumado, talvez até mesmo os olhos perfeitos de Eleanor pudessem ser resgatados. As forças cósmicas estavam em ação.

Quando Steven entrou na sala, a expressão estampada no rosto de Spencer Grant valia bem a perda de pelo menos dois helicópteros e um satélite. A cólera tornou seu rosto sombrio, deformou seus traços. Uma cólera tão pura que chegava a possuir uma beleza toda sua. Enfurecido, Grant recuou para perto da mulher.

– Oi, Mikey. Como tem passado?

O filho – antes Mikey, agora Spencer – não conseguiu falar.

– Tenho passado bem, mas... em circunstâncias meio desagradáveis – disse o artista.

Spencer Grant se manteve calado. Roy ficou arrepiado com a expressão nos olhos do ex-policial.

Steven olhou à sua volta, o teto, paredes, chão.

– Eles me culparam pela mulher que você matou aqui naquela noite. Eu levei a culpa daquela também. Por você, rapazinho – disse o artista.

– Ele nunca a tocou – interpôs Ellie Summerton.

– É mesmo? – perguntou Steven.

– Sabemos que não foi ele.

Steven suspirou com tristeza.

– Bem, não, não foi ele. Mas ele *esteve bem perto* de matá-la. – Mostrou o polegar e indicador afastados somente um centímetro. – Assim.

– Nunca esteve perto – retrucou Ellie, mas Grant ainda continuava incapaz de falar.

– Nunca? – disse Steven. – Bem, acho que sim. Acho que se eu tivesse sido mais esperto, se o tivesse encorajado a tirar a calça e montar nela primeiro, ele teria ficado tão feliz que nem se importaria em tirar-lhe o escalpo. E teria entendido melhor o espírito da coisa, compreende?

– Você não é meu pai – disse Grant com voz totalmente inexpressiva.

– Está enganado, meu menino. Sua mãe acreditava piamente nos votos do matrimônio. Fui o único homem em sua vida. Tenho certeza disso. No final, aqui nesta sala, ela não poderia ter escondido nada de mim.

Roy pensou que Grant fosse se atirar sobre ele com a fúria de um touro sem ao menos se preocupar com os tiros.

– Mas que cãozinho patético – disse Steven. – Olhe para ele tremendo, com a cabeça pendurada. O animal de estimação perfeito para você, Mikey. Ele me lembra a maneira de você agir. Quando lhe dei a oportunidade de transcender, você foi mole e não conseguiu.

A mulher também pareceu ficar furiosa, talvez até mais zangada que amedrontada, embora os dois sentimentos fossem claros. Seus olhos nunca tinham sido tão lindos.

– Há quanto tempo foi tudo aquilo, Mikey, e como o mundo de hoje é diferente – continuou Steven, dando alguns passos na direção do filho e da mulher, forçando-os a recuar ainda mais. – Eu estava tão à frente do meu tempo, tão profundamente envolvido na vanguarda, que não compreendi completamente. Os jornais me chamaram de louco. Eu deveria exigir que me pedissem desculpas, não acha? Agora, as ruas estão cheias de homens muito mais violentos. As gangues fazem suas guerras em qualquer lugar, e bebês são baleados nos pátios dos jardins-de-infância. E ninguém faz nada a esse respeito. Os esclarecidos estão muito ocupados se preocupando com a química que se pode ingerir nos alimentos capaz de subtrair três dias à sua expectativa de vida. Você leu sobre os agentes do FBI que atiraram em uma mulher desarmada que tinha um bebê nos braços e mataram seu filho de 14 anos que tentou fugir? Mataram os dois. Você vê essas coisas nos jornais, Mikey? E agora homens como o Roy aqui têm posições de muita responsabilidade no governo. Ora, eu poderia ser um político fabulosamente bem-sucedido hoje em dia. Tenho tudo o que é necessário. Não sou louco, Mikey. Papai não é louco e nunca foi. Mau, sim. Minha profissão de fé. Desde a mais tenra infância, possuía todas as características. Sempre gostei de me divertir. Mas não sou louco, meu menino. O Roy aqui, o guardião da segurança pública, protetor da república – Mikey, *ele é* um lunático desvairado.

Roy sorriu para Steven, tentando compreender que tipo de brincadeira estaria ele planejando. O artista era incrivelmente interessante. Mas Steven tinha caminhado tanto para dentro da sala que Roy não conseguia mais ver seu rosto, somente sua nuca.

– Mikey, você precisa escutar o Roy tagarelando sobre a compaixão, sobre a má qualidade de vida das pessoas, o que não deveria existir, sobre a redução da população em 90% para salvar o meio ambiente. Ama a todos. Entende o sofrimento de cada um. Chora por eles. E sempre que pode, ele os manda para a vida eterna para melhorar a sociedade. É uma loucura, Mikey. E eles entregam seus helicópteros e limusines, e todo o dinheiro que ele precisar, e lacaios com armas enormes nos coldres de ombro. Permitem que ele ande por aí construindo um mundo melhor. E este homem, Mikey, eu lhe digo, só tem minhocas na cabeça.

Entrando na brincadeira, Roy disse:

– Minhocas na cabeça, enormes e nojentas minhocas no meu cérebro.

– Está vendo? – disse Steven. – Este Roy é um tipo engraçado. Só quer que os outros gostem dele. E a maioria das pessoas gosta dele. Não é, Roy?

Roy percebeu que eles chegavam à moral da história.

– Bem, ora, Steven, não quero me vangloriar.

– Viu? – disse Steven. – Além de tudo, ele é modesto! Modesto, gentil e compadecido. Todos gostam de você, não é Roy? Vamos lá. Não seja tão modesto.

– É, pois é, quase todos gostam de mim – admitiu Roy –, mas é porque eu trato todas as pessoas com respeito.

– É isso mesmo! – disse Steven. E riu. – Roy trata todos com o mesmo respeito solene. Porque ele é um matador que dá a todos as mesmas oportunidades. Tratamento igual para todos, desde um assessor presidencial que ele matou num parque de Washington e depois fez parecer suicídio... até um paraplégico comum que leva um tiro certeiro para que não tenha que passar pelas dificuldades da vida diária. Roy não entende que essas coisas precisam ser feitas por *pura diversão*. Somente por diversão. Se não, é loucura, é realmente loucura fazer essas coisas com algum *propósito* nobre. Ele leva tudo isso tão a sério, considera-se um sonhador, um homem de ideais. Mas ele faz jus aos seus ideais... sou obrigado a reconhecer. Não tem favoritismos. É o menos preconceituoso, mais igualitário lunático babão que já pisou na face da Terra. Não é assim, Sr. Rink?

Rink? Roy não queria que Rink nem Fordyce escutassem nada daquilo e, pelo amor de Deus, não podiam ver nada daquilo. Eles eram só músculos; não eram iniciados. Voltou-se para a porta, tentando entender por que não ouvira a porta abrir – e descobriu que não havia ninguém lá. Ouviu o atrito da Uzi de encontro ao concreto quando

Steven Ackblom pegou-a do chão, e imediatamente compreendeu o que estava acontecendo.

Tarde demais.

A Uzi pipocou nas mãos de Steven. As balas penetraram no corpo de Roy que caiu, rolou e tentou atirar de volta. Embora ainda com a arma na mão, não tinha forças para apertar o gatilho. Paralisado. Estava paralisado.

Mais forte que o zumbido dos ricochetes, algo rosnou assustadoramente: um som que parecia sair de um filme de terror, ecoando nas paredes pretas com um efeito mais assustador que as balas. Roy não conseguiu entender imediatamente o que era aquilo, de onde vinha. Chegou a pensar que fosse Grant por causa da fúria naquele rosto marcado, mas então viu o animal que se atirava na direção de Steven. O artista tentou se desviar, sair de perto de Roy, e evitar o ataque do cão. Mas aquela coisa infernal já estava sobre ele, empurrando-o para trás contra a parede e mordendo-lhe as mãos. O artista deixou cair a Uzi. E aquela coisa começou a subir por ele, arranhando-lhe o rosto e garganta.

Steven gritava.

Roy queria dizer-lhe que as pessoas mais perigosas do mundo – e, é claro, os cães mais perigosos também – são aquelas que foram espancadas com mais força. Quando até mesmo o orgulho e a esperança lhes são roubados, quando se sentem acuados, sem saída, nada mais têm a perder. Para evitar que surjam homens assim, aplicar a compaixão para com os sofredores o mais cedo possível é absolutamente correto – além de ser a atitude mais *sábia*. Mas não pôde explicar nenhuma dessas coisas ao artista, pois, além de estar paralisado, descobriu que também não conseguia falar.

— ROCKY, NÃO! Sai! Rocky, sai!

Spencer puxou o cão pela coleira e lutou até que por fim conseguiu contê-lo.

O artista estava sentado no chão, com as pernas encolhidas para se proteger. Os braços estavam cruzados sobre o rosto, e as mãos sangravam.

Ellie pegara a Uzi. Spencer tirou-lhe a arma das mãos e percebeu que sua orelha esquerda sangrava.

— Você foi atingida de novo.

— Ricochete. Só arranhou. — Dessa vez ela poderia ter olhado diretamente nos olhos do cão.

Spencer olhou para baixo, para a coisa que era seu pai.

O miserável assassino descera os braços. Sua calma era desesperadora.

— Eles têm homens de um canto ao outro da propriedade. Não tem ninguém aqui no prédio, mas no momento em que você pisar do lado de fora não vai conseguir ir muito longe. Você não vai conseguir fugir, Mikey.

— Se nunca ninguém ouviu lá em cima os gritos que saíram daqui, eles não podem ter ouvido os tiros. Ainda temos uma chance — disse Ellie.

O assassino da esposa sacudiu a cabeça.

— Não, a menos que me levem com vocês, eu e o incrível Sr. Miro aqui.

— Ele está morto — disse Ellie.

— Não importa. Ele é mais útil morto. Nunca se sabe o que um homem como ele pode fazer. Assim, eu teria as minhas dúvidas em carregá-lo para fora daqui com vida. Vamos carregá-lo entre nós dois, meu menino, você e eu. Eles vão ver o ferimento, mas não saberão a gravidade. Talvez a consideração que tenham por ele seja suficiente para que não atirem.

— Não quero sua ajuda — disse Spencer.

— É claro que não, mas você precisa dela. Seu carro ainda deve estar lá. As instruções que receberam foram para ficar de longe, simplesmente vigiando, até que Roy dissesse alguma coisa. Então, podemos levá-lo até a caminhonete, entre nós, e não saberão o que está acontecendo — concluiu Steven, levantando-se com muita dificuldade.

Spencer afastou-se dele, como se afastaria de alguma coisa que surgisse de um pentagrama de giz em resposta ao chamado de um feiticeiro. Rocky também se afastou, rosnando.

Ellie estava à porta, encostada no batente. Já estava fora do caminho, parecia razoavelmente segura.

Spencer tinha o cão – e que cão! – e a arma. O pai não tinha armas, e as mãos feridas o colocavam em desvantagem. Mesmo assim, Spencer o temia tanto quanto naquela noite de julho, ou desde então.

– Precisamos dele? – perguntou, dirigindo-se a Ellie.

– De forma alguma.

– Você tem certeza de que seja lá o que for que estava fazendo com o computador, vai funcionar?

– Tenho mais certeza disso do que jamais poderíamos ter dele.

– O que vai acontecer se eu deixar você com eles? – perguntou Spencer ao pai.

O artista examinou suas mãos mordidas com interesse, examinando cada fissura, não como se estivesse preocupado com o dano causado, mas como se estudasse uma flor ou algum outro lindo objeto totalmente inédito.

– O que vai acontecer comigo, Mikey? Você quer dizer, quando eu voltar para a prisão? Leio um pouco para passar o tempo. Ainda pinto de vez em quando... você sabia disso? Creio que vou pintar o retrato da sua cadelinha lá no batente, como eu a imagino sem roupas, e *como sei* que ela estaria se eu um dia tivesse a oportunidade de colocá-la sobre uma mesa aqui e fazê-la compreender seu verdadeiro potencial. Vejo que isso enoja meu menino. Mas, na verdade, é só um prazer tão pequeno, considerando-se que ela jamais será tão bela quanto na minha tela. É minha forma de compartilhá-la com você.

Suspirou e desviou os olhos das mãos, como se não se incomodasse nem um pouco com a dor.

– O que vai acontecer se você me deixar com eles, Mikey? Você estará me condenando a uma vida que é um desperdício do meu talento e da minha *joie de vivre*, a uma existência estéril e medíocre atrás de paredes cinzentas. É isso o que vai acontecer comigo, seu vermezinho ingrato.

– Você disse que eles eram piores que você.

– Bem, eu sei o que sou.

– E o que isso quer dizer?

— O autoconhecimento é uma virtude que eles desconhecem.
— Você foi solto.
— Temporariamente. Uma assessoria.
— E vão deixar que você saia de novo, não vão?
— Vamos esperar que não leve mais 16 anos – riu, como se as mãos ensangüentadas só tivessem sofrido alguns cortes feitos com papel. – Mas, sim, vivemos numa era que gera uma nova raça de fascistas, e espero que de tempos em tempos eles percebam que minhas habilidades são de alguma utilidade.
— Você está imaginando que não vai nem voltar. Você acha que vai se livrar deles esta noite, não é?
— Eles são muitos, Mikey. Homens grandes com armas grandes em seus coldres de ombro. Grandes limusines Chrysler pretas. Helicópteros sempre que querem. Não, não creio que vou precisar esperar até o próximo serviço de consultoria.
— Mentiroso, matador de mãe filho-da-puta.
— Ah, não tente me assustar – disse seu pai. – Lembro-me de uma noite há 16 anos, nesta sala. Você era só um garotinho naquela época, Mikey, e continua sendo só um garotinho. Esta é uma cicatriz e tanto que você tem aí, menino. Quanto tempo você precisou esperar para poder comer alguma coisa sólida?
— Vi quando você bateu nela até que ela caiu perto da piscina.
— Se confissão faz com que você se sinta bem, pode continuar.
— Eu fui à cozinha pegar biscoitos e ouvi quando ela gritou.
— Você pegou os biscoitos?
— Depois que ela caiu, você chutou a cabeça dela.
— Não me canse, Mikey. Você nunca foi o filho que eu realmente queria ter tido, mas não era tão chato assim.

Continuava totalmente calmo, contido. A aura de poder era aterrorizante – mas não havia em seus olhos qualquer sintoma de loucura. Poderia pregar um sermão e ser tomado por um sacerdote. Afirmava não ser louco, mas diabólico.

Spencer se perguntou se esta não seria realmente a verdade.

— Mikey, você realmente me deve alguma coisa, sabe? Sem mim, você não existiria. Não importa o que pensa de mim, eu *sou* seu pai.

— Sem você eu não existiria. Ah, sim. E tudo bem. Seria ótimo. Mas sem minha mãe... eu poderia ser exatamente igual a você. É a ela que devo alguma coisa. Somente a ela. Foi ela que me salvou.

— Mikey, Mikey, você nunca vai conseguir me fazer sentir culpado. Você quer que eu faça uma cara triste? Muito bem, vou fazer. Mas sua mãe não significava nada para mim. Nada, além de um disfarce que serviu por algum tempo, um engodo útil, numa bela apresentação. Mas era muito curiosa. E quando precisei trazê-la aqui para baixo, comportou-se exatamente como todas as outras – embora fosse menos excitante que a maioria.

— Sendo assim, isso é por ela – e usou a Uzi, uma rajada curta que levou seu pai para o inferno.

Não precisou se preocupar com ricochetes. Todas as balas atingiram diretamente o alvo, e o homem morto levou-as consigo para o chão quando caiu numa poça formada pelo sangue mais escuro que Spencer já vira.

Rocky pulou surpreendido pelos tiros. Depois, inclinou a cabeça para examinar Steven Ackblom. Cheirou-o como se o odor fosse muito diferente de todos os odores que já farejara. Em pé ao lado do pai morto Spencer tinha consciência que Rocky o olhava com curiosidade. Em seguida, o cão foi juntar-se a Ellie, que ainda estava na porta.

Quando por fim caminhou para a porta, Spencer temia olhar para Ellie.

— Não tinha certeza se você realmente teria coragem – comentou ela. – Se não tivesse, eu seria obrigada a fazê-lo, e o coice da arma ia doer demais neste braço.

Olhou-a nos olhos. Viu que ela não tentava apenas fazer com que se sentisse melhor. Estava sendo sincera.

— Não gostei.

— Eu gostaria.

— Acho que não.

— Imensamente.

— Mas também não cheguei a ponto de odiar o que fiz.

— Por que deveria? É preciso esmagar a barata toda vez que se tem oportunidade de fazê-lo.

— Como está seu ombro?

— Doendo demais, mas não está mais sangrando tanto. – Abriu e fechou a mão direita. – Ainda posso usar o teclado do computador com as duas mãos. Peço a Deus que eu seja rápida o suficiente.

Correram os três pelas catacumbas desertas, para a sala azul, o quartinho amarelo, e para o estranho mundo lá em cima.

ROY NÃO SENTIA DOR. Na verdade, ele não sentia nada, nada. Assim ficava mais fácil fingir que estava morto. Tinha medo de que o liquidassem se percebessem que estava vivo. Spencer Grant, conhecido também como Michael Ackblom, era tão louco quanto o pai e capaz de cometer qualquer atrocidade. Roy fechou seus olhos e fez bom uso da paralisia.

Depois da oportunidade que dera ao artista, Roy sentia-se decepcionado. Uma traição tão cruel!

Mais especificamente, Roy estava desapontado consigo mesmo. Julgara Steven Ackblom muito mal. A sensibilidade e brilhantismo que percebera no artista não eram uma ilusão; contudo, deixara-se enganar acreditando que via a história completa. Nunca percebera a existência do lado escuro.

Naturalmente, ele era sempre muito rápido em *gostar* das pessoas, exatamente como o artista tinha dito. Percebia seus sofrimentos alguns segundos depois que as conhecia. Essa era uma de suas virtudes, e nunca desejara ser menos sensível. Ficara profundamente sensibilizado com o problema de Ackblom: um homem tão inteligente e talentoso, trancafiado numa cela pelo resto da vida. A compaixão não permitira que visse toda a verdade.

Ainda tinha esperanças de sair vivo e poder ver Eve mais uma vez. Não *se sentia* como alguém que estivesse morrendo. É claro, não conseguia sentir nada do pescoço para baixo.

Encontrava alento no conhecimento que tinha de que, se morresse, iria para a grande festa cósmica e seria recebido por vários amigos, a quem – com muito carinho – enviara na frente. Pelo bem de Eve, ele gostaria de viver, mas até certo ponto desejava estar naquela esfera mais elevada, onde existe um só sexo, onde todos têm a mesma cor de pele azul radiante, onde todas as pessoas são perfeitamente belas de uma forma androginamente azul, onde ninguém é simplório, nem inteligente demais, onde há moradia para todos, guarda-roupas e calçados idênticos, onde existe água mineral de alta qualidade e frutas frescas à vontade. Seria apresentado a todas as pessoas a quem conhecera neste mundo, pois não seria capaz de identificá-las em seus corpos azuis idênticos. Talvez isso fosse um pouco triste: não poder reconhecer as pessoas como tinham sido. Por outro lado, não gostaria de passar a eternidade com sua querida mãe se fosse obrigado a contemplar seu rosto totalmente desfigurado como tinha ficado logo depois que a enviara para um lugar melhor.

Tentou falar e descobriu que recuperara a voz.

— Você está morto, Steven, ou está fingindo?

Do outro lado da sala, jogado contra uma parede negra, o artista não respondeu.

— Acho que eles se foram e que não vão mais voltar. Se você estiver fingindo, está tudo bem agora.

Nenhuma resposta.

— Bem, então você já se foi, e todo o mal que há em você ficou aqui. Tenho certeza que você está cheio de remorsos agora e que gostaria de ter sido um pouco mais compassivo comigo. Se puder exercer um pouco do seu poder cósmico, atravesse o véu e faça um pequeno milagre para que eu possa voltar a caminhar. Creio que isso seria apropriado.

A sala continuou em silêncio.

Continuava sem sentir nada do pescoço para baixo.

— Espero não precisar utilizar os serviços de um especialista na incorporação de espíritos para conseguir sua atenção. Seria muito inconveniente.

Silêncio. Quietude. Uma luz branca e fria num cone fino, descendo em meio àquela escuridão enclausurante.

— Vou ficar esperando. Tenho certeza que atravessar o véu deve ser muito trabalhoso.

A qualquer momento agora, um milagre.

AO ABRIR A PORTA da picape do lado do motorista Spencer repentinamente teve medo de ter perdido a chave. Estava no bolso da jaqueta.

Quando finalmente se sentou e ligou o motor, Rocky já estava no banco de trás, e Ellie no banco do carona. O travesseiro do motel estava em seu colo e o notebook sobre o travesseiro. Esperava para poder ligar o computador.

O motor pegou e Ellie ligou o notebook.

– Ainda não vamos sair daqui – disse ela.

– Aqui somos um alvo fácil.

– Preciso voltar ao Godzilla.

– Godzilla?

– Era o sistema que eu estava usando antes de sairmos da picape.

– O que é Godzilla?

– Enquanto estivermos sentados aqui, provavelmente não farão nada, a não ser nos vigiar e esperar. Mas logo que começarmos a andar vão ter que agir, e eu não quero que venham e se atirem para cima de nós até estarmos preparados.

– O que é Godzilla?

– Psiu! Preciso me concentrar.

Spencer olhou para fora, pela janela, para os campos e colinas. A neve não brilhava como antes porque a lua era minguante. Tinha sido treinado para detectar vigilância clandestina em áreas urbanas e rurais, mas não conseguia ver nenhum sinal dos espiões do departamento, embora soubesse que estavam por lá.

Os dedos de Ellie estavam ocupados. Teclas clicavam. Dados e diagramas apareciam no monitor.

Mais uma vez voltando a atenção para a paisagem de inverno, Spencer relembrou os fortes de neve, túneis, pistas de trenós cuidadosamente aplainadas. Mais importante: além dos detalhes físicos de antigos playgrounds na neve, lembrava-se vagamente da alegria de trabalhar naqueles projetos e de se envolver naquelas aventuras de menino. Lembranças de épocas inocentes. Fantasias da infância. Felicidade. Eram lembranças vagas. Apagadas, mas que talvez pudessem ser recuperadas com a prática. Durante muito tempo, não tinha conseguido lembrar-se de um só momento de sua infância com ternura.

Os eventos daquele mês de julho mudaram sua vida para sempre, alteraram sua percepção do que havia vivido antes da coruja, dos ratos, do bisturi e da faca.

Algumas vezes sua mãe o ajudara a fazer castelos de neve. Ele se lembrava de quando saíam para brincar na neve. Gostavam muito de sair depois do entardecer. A noite era tão definida e o mundo tão misterioso em preto-e-branco. Com bilhões de estrelas no céu, era fácil fingir que o trenó era uma nave espacial e que estavam viajando para outros mundos.

Lembrou-se da sepultura de sua mãe, em Denver. De repente, quis ir até lá pela primeira vez desde que seus avós o haviam levado para São Francisco. Queria sentar-se no chão ao seu lado, falar sobre as noites em que tinham andado de trenó sob bilhões de estrelas, quando sua alegria se espalhava como música pelos campos brancos.

Rocky estava no chão, atrás, com as patas no banco da frente, e esticou sua cabeça para a frente para poder lamber o lado do rosto de Spencer com carinho.

Voltou-se e acariciou a cabeça e o pescoço do cão.

– Senhor Rocky, mais poderoso que qualquer locomotiva, mais rápido que uma bala, capaz de pular sobre prédios altos de uma só vez, o terror de todos os gatos e dobermans. De onde vem *tudo aquilo*, hein?

Ele coçou atrás da orelha do cão. Depois, com a ponta dos dedos, examinou cuidadosamente a cartilagem destruída que garantia que a orelha esquerda ficaria sempre caída.

– Há muito tempo, num terrível passado, será que a pessoa que fez isso com você se parecia de alguma forma com o homem que ficou lá na sala escura? Ou será que você reconheceu um odor? Será que os malvados todos têm um odor semelhante, amigão? – Rocky estava encantado com toda aquela atenção. – Sr. Rocky, herói da fúria, você merecia ser herói de revista em quadrinhos. Mostre-nos seus dentes, dê-nos alguma emoção – Rocky apenas respirou profundamente. – Ah, vamos lá, mostre-nos os dentes – disse Spencer, rosnando e mostrando seus próprios dentes. Rocky gostou da brincadeira, mostrou os dentes, e ficaram rosnando um para o outro, focinho com focinho.

— Pronto – disse Ellie.

— Graças a Deus, já não estava sabendo mais o que fazer para não ficar louco.

— Você precisa me ajudar a encontrá-los. Vou procurar também, mas talvez não consiga ver nada.

Apontando para o monitor, Spencer perguntou:

— Isso é Godzilla?

— Não. Este é o tabuleiro do jogo que Godzilla e eu estaremos jogando. É uma grade em volta da casa e do celeiro. Cada um destes quadradinhos tem 6 metros. Peço a Deus que os dados que inseri, aqueles mapas da propriedade e registros de terras, sejam todos bem precisos. Sei que não são perfeitos, mas vamos rezar para que se aproximem bem. Está vendo essa forma verde? É a casa. E isso aqui? O celeiro. Aqui estão os estábulos perto da entrada. Este ponto piscando, somos nós. Esta linha, é a estrada municipal, onde queremos chegar.

— Isso se baseia num daqueles videogames que você inventou?

— Não, esta é a realidade cruel. E seja lá o que for que aconteça, Spencer... eu amo você. Não posso pensar em nada melhor do que passar o resto da minha vida com você. Só espero que dure mais do que 5 minutos.

Spencer tinha começado a engatar a marcha. A maneira franca com que ela tinha expressado suas emoções fez com que ele hesitasse, pois ele queria beijá-la agora, aqui, pela primeira vez, caso fosse também a última.

De repente, ficou imóvel e fitou-a maravilhado quando, finalmente, conseguiu entender.

— Godzilla está olhando diretamente para nós agora, não é?

— Está.

— Ele é um satélite? E você o seqüestrou?

— Guardei esses códigos para quando estivesse realmente encurralada, não tivesse nenhuma outra saída, porque nunca mais vou poder usar. Logo que nós sairmos daqui, logo que eu desconectar, eles vão desligar e reprogramar.

— O que mais ele faz, além de vigiar?

— Lembra dos filmes?
— Os filmes do Godzilla?
— Sua respiração branca, quente e brilhante?
— Você está inventando isso.
— Ele tinha um mau hálito que derretia tanques.
— Ai, meu Deus.
— É agora ou nunca.
— Agora – disse ele, engatando a marcha à ré, querendo acabar com tudo aquilo antes que tivesse tempo para repensar o assunto.

Ligou os faróis, afastou-se dos celeiros e começou a contornar o prédio, voltando pelo mesmo caminho em que tinham vindo da estrada municipal.

— Mais devagar. Vai ser melhor se nós sairmos daqui nas pontas dos pés, pode acreditar.

Spencer tirou o pé do acelerador.

Devagar. Reduziu a velocidade ao passar pela frente do celeiro. Lá estava o outro braço do caminho de entrada. Os fundos da casa à direita. A piscina.

Um holofote de luz branca e brilhante jorrou sobre eles vindo de uma das janelas do segundo andar da casa, alguns metros à frente e à direita. A luz cegou-o e Spencer não conseguia ver se havia franco-atiradores armados com fuzis em alguma outra janela.

Ellie apertou algumas teclas.

Spencer olhou de relance e viu uma linha indicadora amarela no monitor. A linha representava uma fileira de mais ou menos 2 metros de largura por 24 metros de comprimento, entre eles e a casa.

Ellie pressionou ENTER.

— Fecha os olhos! – gritou Ellie, e imediatamente Spencer gritou também:

— Rocky! Para baixo!

Das estrelas surgiu uma incandescência azul esbranquiçada. Não tão assustadora quanto ele havia imaginado, mais brilhante que o holofote na casa, mas ao mesmo tempo muito mais estranha que qualquer coisa que já vira antes – na superfície. O feixe de luz tinha os lados bem definidos e não parecia irradiar a luz, mas sim *contê-la*, aprisionando um fogo atômico dentro de uma película tão fina quanto a tensão superficial de uma bolha. Um ruído que fazia vibrar os ossos acompanhava o raio, como o *feedback* eletrônico de alto-falantes de estádio, e repentinamente sentiu uma certa turbulência no ar. Enquanto a luz avançava dentro da rota traçada por Ellie (2 metros de largura, 24 metros de comprimento, entre eles e a casa, mas sem que tocasse nenhum dos dois), veio o som de um trovão que lembrava os terremotos que ao longo dos anos obrigaram Spencer a sair de casa algumas vezes, embora fosse muito mais forte. A terra tremeu, chegando a sacudir a picape. Naquela faixa de 2 metros de largura, a neve e a terra sob ela entraram em combustão, tudo se derreteu em um instante. A profundidade, ele não sabia. O feixe continuou avançando, e o centro de um grande sicômoro desapareceu num clarão; não irrompeu em chamas, simplesmente *desapareceu* como se nunca tivesse existido. A árvore foi instantaneamente convertida em luz e calor, detectável até mesmo de dentro da picape com as janelas fechadas, a muitos metros do feixe luminoso. Vários galhos arrancados, que ficaram fora das bordas bem definidas do feixe de luz, caíram no chão dos dois lados e as extremidades cortadas ardiam em chamas. A lâmina azul-esbranquiçada passou queimando pela picape, atravessou a área nos fundos da casa, numa diagonal entre eles e a casa, cortou uma das extremidades do pátio, vaporizando o concreto, e chegou ao fim da trajetória que Ellie traçara, apagando-se.

Uma faixa de solo de 2 metros de comprimento e 24 de largura brilhava incandescente, borbulhando como lava que acaba de jorrar nas encostas mais altas de um vulcão. O magma revolvia-se brilhante na trincheira que o continha, borbulhando, explodindo, atirando uma chuva de centelhas vermelhas e brancas no ar lançando um clarão que se estendia até a caminhonete e coloria a neve que havia restado de um vermelho-alaranjado.

Se não tivessem ficado tão assombrados durante o evento a ponto de perder a fala, precisariam ter gritado para que pudessem se fazer ouvir. O silêncio agora era tão profundo quanto o silêncio que há no vácuo do espaço sideral.

Na casa, os homens do departamento desligaram o holofote.

– Continue andando – disse Ellie.

Spencer nem percebera que tinha freado até parar completamente. Começaram novamente a rodar. Sem dificuldade. Movendo-se com cautela na cova do leão. Sem problema. Spencer arriscou um pouco mais de velocidade, porque os leões na certa estavam mortos de medo naquele momento.

– Deus abençoe a América – disse Spencer com a voz trêmula.

– Ah, Godzzila não é um dos nossos.

– Não?

– Japonês.

– Os japoneses têm um satélite de raio letal?

– Tecnologia aperfeiçoada. E são oito satélites no sistema.

– Eu achava que eles estavam muito ocupados fazendo televisões melhores.

Mais uma vez ela trabalhava diligentemente no teclado, preparando-se para o pior.

– Droga, estou com câimbra na mão esquerda.

Spencer percebeu que o alvo agora era a casa.

– Os Estados Unidos têm algo parecido, eu é que não tenho nenhum código que me dê acesso ao nosso sistema. Os imbecis do nosso lado o chamam de Hipermartelo Espacial, o que não tem nada a ver com o que a coisa realmente é. É simplesmente um monte de videogames que eles gostaram.

– Você inventou o jogo?

– Para falar a verdade, sim.

– Para eles, isso é um parque de diversões?

– É.

– Eu vi um.

Passando pela casa agora. Sem sequer olhar para as janelas. Não era hora de tentar a sorte.

Você pode controlar um satélite secreto da defesa japonesa?

– Através do Departamento de Defesa – disse ela.

– Departamento de Defesa.

— Os japoneses não sabem, mas o Departamento de Defesa pode se apossar do cérebro do Godzilla na hora que quiser. Só estou utilizando as portas que o departamento criou.

Spencer lembrou-se de algo que ela dissera no deserto na manhã daquele mesmo dia, quando ele havia expressado surpresa em relação à vigilância por satélite e repetiu:

— Você ficaria surpreso se soubesse o que há lá em cima. "Surpreso" não é bem a palavra.

— Os israelenses têm seu próprio sistema.

— Os *israelenses*!

— Pois é, o pequeno Israel. Eles me preocupam menos do que todos os outros que têm o mesmo sistema. Chineses. Pense nisso. Quem sabe os franceses. Não faríamos mais piadas sobre os motoristas de táxi parisienses. E só Deus sabe quem mais tem.

Já estavam quase ultrapassando a casa.

Um buraco redondo se abriu na janela lateral atrás de Ellie, ao mesmo tempo que se ouvia o som do tiro cortando a noite, e Spencer sentiu o projétil redondo atingir as costas do banco. A velocidade da bala tinha sido tão grande que o vidro temperado rachou, embora não se estilhaçasse para dentro. Graças a Deus, Rocky estava latindo como louco em vez de ganir em agonia.

— Idiotas – disse Ellie enquanto pressionava mais uma vez a tecla ENTER.

Do vácuo no espaço desceu uma coluna de luz azul-esbranquiçada que atingiu a casa de dois andares em estilo vitoriano, vaporizando instantaneamente um núcleo de 2 metros de diâmetro. O restante da estrutura explodiu. As chamas encheram a noite. Se naquela casa destruída houvesse algum sobrevivente, precisaria sair tão depressa que não haveria tempo para preocupação em não deixar para trás as armas e muito menos em continuar a atirar na picape.

Ellie estava abalada.

— Eu não podia arriscar que eles atingissem a conexão com o satélite aqui atrás. Se isso acontecesse, estaríamos numa enrascada.

— E os russos têm esse sistema?

— Esse e coisas mais esquisitas também.

— Coisas mais esquisitas ainda?

— É por isso que a maioria das pessoas está tentando desesperadamente conseguir a versão russa de Godzilla. Zhirinovsky. Já ouviu falar dele?

— Político russo.

Abaixando a cabeça mais uma vez para olhar a tela, e digitando novas instruções, Ellie explicou:

— Ele e seus associados, toda a rede, mesmo depois que ele se for, comunistas à moda antiga querendo governar o mundo. A única diferença é que dessa vez estão dispostos a explodir o mundo se não conseguirem. Nada de derrota honrosa. E mesmo que alguém seja esperto o suficiente para liquidar a facção de Zhirinovsky, sempre haverá algum outro louco por poder, em algum lugar, chamando-se de político.

Alguns metros à frente, no lado direito, um Ford Bronco surgiu do esconderijo atrás das árvores e arbustos. Parou no meio da rua, bloqueando o caminho para a fuga.

Spencer parou imediatamente a picape.

Embora o motorista continuasse ao volante do Bronco, dois homens armados de fuzis de grande porte saltaram da traseira e adotaram posição de tiro. Levantaram as armas.

— Abaixe-se! – disse Spencer, empurrando a cabeça de Ellie para baixo do nível do pára-brisa, ao mesmo tempo em que escorregava no seu banco.

— Eles não estão – disse ela incrédula.

— Estão.

— Bloqueando a rua?

— Dois atiradores e um Bronco.

— Será que eles não prestaram atenção no que está acontecendo?

— Rocky, para baixo.

O cachorro estava mais uma vez em pé, com as patas dianteiras no banco da frente, balançando a cabeça entusiasmado.

— Rocky, para *baixo*! – gritou Spencer.

Rocky ganiu como se o tivesse ofendido, mas pulou para o chão.

Ellie perguntou:

— Qual a distância?

Spencer arriscou-se a olhar e escorregou mais uma vez para baixo. Uma bala chocou-se de encontro à base da janela sem estilhaçar o pára-brisa.

– Eu diria uns 10 metros.

Ela digitou. No monitor apareceu uma linha amarela à direita do caminho. Doze metros de comprimento, formando um ângulo sobre um campo aberto na direção do Bronco, mas acabou parando um metro ou dois da pavimentação.

– Não quero acertar na rua – disse ela. – Os pneus vão derreter quando tentarmos passar pela terra derretida.

– Posso dar o ENTER?

– À vontade.

Spencer pressionou a tecla e voltou a sentar-se na posição normal, protegendo os olhos, enquanto mais uma vez o hálito de Godzilla cortava a noite, atingindo o solo. A terra tremeu, e um trovão apocalíptico rugiu do subsolo como se o planeta estivesse se partindo em dois. O ar da noite rugiu ensurdecedor, e o feixe percorreu sem misericórdia o curso por ela demarcado.

Antes mesmo que Godzilla transformasse a metade daqueles 12 metros de terra em lama branca e quente, os atiradores deixaram cair as armas e saltaram de volta para o interior do veículo atrás deles. Enquanto ainda estavam pendurados na lateral do Bronco, o motorista arrancou atirando o veículo para fora do asfalto. Cantando pneus, deslizou sobre um campo congelado à frente, arrebentou uma cerca de tábuas brancas, atravessou um pasto, arrebentou uma outra cerca e passou pelo primeiro dos estábulos. Quando Godzilla parou bem próximo ao caminho de entrada e a noite repentinamente ficou mais uma vez escura e quieta, o Bronco continuou a correr, desaparecendo rapidamente no horizonte, como se o motorista fosse continuar em disparada mesmo se não houvesse mais combustível no tanque.

Spencer dirigiu até a estrada municipal. Parou e olhou nas duas direções. Não havia tráfego. Virou para a esquerda, tomando a direção de Denver.

Rodaram alguns quilômetros sem falar.

Rocky manteve as patas dianteiras sobre as costas do banco da frente, admirando a estrada. Durante os dois anos em que se conheciam, Rocky nunca gostara de olhar para trás.

Ellie apertava a mão de encontro ao ferimento. Spencer esperava que as pessoas que ela conhecia em Denver pudessem ajudá-la a obter cuidados médicos. Os medicamentos que ela conseguira, através do computador, de várias companhias de remédios tinham sido perdidos com o Rover.

Finalmente, Ellie falou:

— É melhor pararmos em Copper Mountain. Vamos ver se conseguimos um outro carro. Todo mundo já conhece esta picape.

— De acordo.

Ellie desligou o computador. Desconectou-o.

As montanhas estavam escuras, recobertas de árvores, e pálidas com a neve.

A lua se punha por detrás da picape, e o céu à frente estava iluminado por miríades de estrelas.

15

Eve Jammer odiava Washington em agosto. A verdade era que detestava Washington com a mesma intensidade em todas as estações. Claro, a cidade era agradável por alguns dias, quando as cerejeiras estavam em flor; durante o restante do ano, era detestável. Úmida, repleta, barulhenta, suja, assolada pelo crime. Cheia de políticos estúpidos, aborrecidos e ambiciosos cujos ideais ou estavam dentro de suas próprias calças ou nos bolsos delas. Era um lugar inconveniente para uma capital, e algumas vezes ela se imaginava mudando o governo para outro lugar, quando o momento fosse propício. Talvez para Las Vegas.

Dirigindo no calor sufocante de agosto, ligara o ar-condicionado do seu Chrysler no máximo, com a ventilação totalmente aberta e o ar congelado batendo em seu rosto e em seu corpo, subindo por dentro da saia, mas assim mesmo ela estava com calor. Parte do calor, é claro, nada tinha a ver com a temperatura do dia; estava tão excitada que seria bem capaz de vencer um duelo com um carneiro no cio.

Detestava o Chrysler quase tanto quanto Washington. Com todo o seu dinheiro e posição, deveria estar dirigindo pelo menos uma Mercedes, ou, quem sabe, um Rolls-Royce. Mas a esposa de um político precisava tomar cuidado com as aparências, pelo menos ainda durante algum tempo. Dirigir um carro estrangeiro não era absolutamente uma atitude política.

Dezoito meses tinham se passado desde que Eve Jammer encontrara Roy Miro pela primeira vez e a verdadeira natureza de seu próprio destino lhe fora revelada. Há 16 meses estava casada com o admirado senador E. Jackson Haynes, que provavelmente seria indicado pelo partido para a eleição do ano seguinte. Não era especulação, já estava tudo acertado e seus rivais não se sairiam bem nas primárias, deixando-o só, um gigante no cenário mundial.

Pessoalmente ela odiava E. Jackson Haynes e não permitia que ele a tocasse, exceto em público. E mesmo nessas ocasiões existiam várias páginas de regras que exigira que ele memorizasse, definindo os momentos aceitáveis em relação a abraços afetuosos, beijos na face e dar as mãos. As gravações que tinha dele em seu esconderijo em Vegas, fazendo sexo com várias menininhas e meninos, com menos de 12 anos de idade, garantiram a pronta aceitação do casamento que Eve propunha e os termos rígidos sob os quais a relação seria conduzida.

Jackson não reclamava com freqüência do arranjo. Estava determinado a ser presidente. E sem a biblioteca de gravações que Eve possuía, e que incriminava todos os seus maiores adversários políticos, nunca teria uma chance de se aproximar da Casa Branca.

Durante algum tempo ela se preocupara que os poucos políticos e corretores de poder cuja inimizade angariara fossem estúpidos o bastante para não compreender que não havia como escapar das jaulas em que ela os prendia. Se a matassem, cairiam na maior e mais imunda série de escândalos políticos da história. Mais do que escândalos. Muitos desses servidores do povo tinham cometido atos bastante ultrajantes para provocar levantes nas ruas, mesmo que agentes federais fossem despachados com metralhadoras para contê-los.

Alguns dos piores cabeças-duras não tinham se convencido que ela espalhara cópias das gravações pelo mundo inteiro ou que o conteúdo dos CDs estaria no ar algumas horas apenas depois de sua morte, a partir de fontes múltiplas – e, em muitos casos, automatizadas. O último, no entanto, se acomodara quando ela acessara os aparelhos de televisão em sua casa através do satélite e instalações de tevê a cabo – enquanto bloqueava os outros assinantes – e rodara para eles, um a um, fragmentos dos crimes gravados. Sentados em seus quartos e salas de estar, tinham assistido, atônitos e apavorados, aos fragmentos que ela transmitia para o mundo.

A tecnologia era realmente maravilhosa.

Muitos dos cabeças-duras estavam, na ocasião, em companhia das esposas ou das amantes quando as transmissões intensamente pessoais apareceram em seus aparelhos de televisão. Na maioria dos casos, as companheiras eram tão culpadas ou sedentas de poder quanto eles próprios, e prontas a manter as bocas fechadas. Mas um influente senador e um membro do gabinete do presidente eram casados com mulheres que exibiam bizarros códigos morais e que se recusaram a guardar os segredos que lhes tinham sido revelados. Antes que os processos de divórcio e as revelações ao público começassem, ambas tinham sido mortas com um tiro na cabeça em caixas eletrônicos diferentes, mas na mesma noite. Essa tragédia resultou na decretação de luto nacional e bandeiras a meio mastro em todos os prédios públicos e na introdução de um projeto de lei no Congresso exigindo que avisos de perigo fossem postados em todos os caixas automáticos.

Eve girou o botão do ar-condicionado, procurando aumentar ainda mais o nível de ventilação. Só de pensar nas expressões dessas mulheres quando encostara o revólver em sua cabeça aumentava ainda mais o calor que sentia.

Ainda estava a 4 quilômetros de Cloverfield, e o tráfego de Washington estava horrível. Tinha vontade de tocar a buzina e xingar algumas das lesmas insuportáveis que provocavam as retenções nos cruzamentos, mas precisava ser discreta. A próxima primeira dama dos Estados Unidos não podia ser vista xingando ninguém. Ademais, ela aprendera com Roy que a raiva era uma fraqueza, precisava ser controlada e transformada naquela única emoção verdadeiramente enobrecedora – a compaixão. Esses maus motoristas não *desejavam* amarrar o trânsito, simplesmente lhes faltava inteligência para dirigir bem. Suas vidas, provavelmente, eram atribuladas de muitas formas. Não mereciam raiva, mas a libertação compassiva para um mundo melhor, sempre que fosse possível concedê-la em particular.

Considerou anotar os números das placas, para poder encontrar essas pobres almas e, depois, quando lhe conviesse, oferecer-lhes o presente dos presentes. Mas estava apressada demais para poder ser tão compassiva como teria desejado. Estava ansiosa para chegar a Cloverfield e partilhar as boas-novas da última generosidade de Papai. Através de uma complexa cadeia internacional de fundações e empresas, seu pai, Thomas Summerton, vice-procurador-geral da República, passara 3 milhões de dólares de suas posses para ela, que lhe garantiam tanta liberdade quanto os CDs que acumulara naqueles dois anos naquele *bunker* infestado de aranhas em Las Vegas.

A coisa mais esperta que havia feito, em toda a sua vida repleta de atos inteligentes, tinha sido nunca pedir dinheiro ao Papai desde que conseguira as informações sobre ele. Em vez disso, havia pedido um emprego no departamento. Papai acreditara que ela estava ansiosa pelo emprego no *bunker* porque ele era muito fácil; nada para fazer, a não ser ficar sentada lá, lendo revistas e recebendo 100 mil dólares por ano de salário. Ele tinha cometido o erro de achar que ela era uma vagabundinha burra.

Alguns homens aparentemente nunca paravam de pensar com as calças tempo suficiente para que pudessem aprender a ser espertos. Anos atrás, quando a mãe de Eve era amante de Papai, ele poderia ter sido mais esperto e a tratado melhor. Mas quando ela ficou grávida e recusou-se a abortar o bebê, ele a largou. Duro. Mesmo naquela época, Papai já era um homem rico, e esperando herdar ainda mais. E embora ainda não tivesse muito poder político, possuía grande ambição. Com facilidade, poderia ter tratado Mamãe muito bem. Contudo, quando ela ameaçara fazer um escândalo e arruinar sua reputação, ele mandou uns capangas para lhe dar uma surra e ela quase abortou. Depois disso, a pobre Mamãe se transformara numa mulher amarga, assustada, até o dia de sua morte.

Papai estava pensando com a calça quando foi bem idiota para se envolver com uma menina de 16 anos como Mamãe. E mais tarde continuava pensando com a calça, quando deveria estar pensando com a cabeça ou com o coração.

Mais uma vez pensara com a calça quando permitira que Eve o seduzisse – embora, claro, nunca a tivesse visto antes e não soubesse que era sua filha. Esquecera a pobre Mamãe como se ela fosse um programa de uma noite, embora tivesse dormido com ela por mais de dois anos antes de deixá-la. E se ainda havia alguma recordação de Mamãe em sua memória, a possibilidade de ter gerado um filho desaparecera totalmente de sua memória.

Eve não o seduzira apenas. Reduzira-o a um tal estado de luxúria animal que durante algumas semanas o transformara no mais fácil dos alvos. Quando finalmente ela sugeriu que brincassem de representar, e que ele representasse o papel do pai que violava a filha, ele ficara excitado. Eve fingiu resistir e os gritos do estupro simulado o excitaram ainda mais. Gravado o vídeo de alta resolução. De quatro ângulos. Gravado no melhor equipamento de áudio. Conservara o sêmen para enviar para exame de DNA juntamente com o seu para convencê-lo de que era, mesmo, sua filhinha querida. A gravação seria encarada pelas autoridades como incesto forçado.

Ao ser presenteado com esse pacote, Papai tinha, uma vez na vida, pensado com a cabeça. Convenceu-se de que matá-la não o salvaria, e então dispôs-se a pagar o que quer que fosse necessário para comprar seu silêncio. Tinha ficado agradavelmente surpreendido quando o pedido não foi dinheiro, mas sim um emprego público garantido. Ficara menos encantado quando ela se propôs a saber mais sobre o departamento e as atividades secretas de que ele se vangloriara na cama. Após alguns dias difíceis, ele vira a sabedoria de trazê-la para o seio do departamento.

– Você é uma cadela esperta – dissera envolvendo-a com o braço e demonstrando genuína afeição quando chegaram a um acordo.

Tinha ficado desapontado, depois de lhe arranjar o emprego, ao descobrir que não continuariam a dormir juntos, mas ao longo dos anos havia se recuperado bem da perda. Ele realmente achava que a palavra "esperta" era a melhor para descrevê-la. A capacidade dela de usar o emprego no *bunker* para seus próprios fins não se tornou completamente clara para ele apenas quando ela se casou com E. Jackson Haynes, depois de um namoro relâmpago de dois dias, conseguindo assim colocar um dos mais poderosos políticos da cidade no bolso. *Então* ela o havia procurado para começar as negociações em relação à herança – e Papai descobrira que "esperta" talvez não fosse uma palavra suficientemente descritiva.

Eve chegava agora à entrada de Cloverfield e estacionou junto a um meio-fio vermelho diante da porta da frente, ao lado de um cartaz que dizia ESTACIONAMENTO PROIBIDO. Colocou o cartão de Jackson, com a identificação "parlamentar", no pára-brisa e deliciou-se com o ar gelado do Chrysler por mais alguns segundos, saltando em seguida do carro para o calor e a umidade de agosto.

Cloverfield – repleto de colunas brancas e paredes majestosas – era uma das mais importantes instituições de seu tipo nos Estados Unidos. O atendente na recepção era um distinto cavalheiro de aparência britânica que se chamava Danfield, embora ela não soubesse o nome de batismo.

Depois de assinar o livro que Danfield lhe apresentara enquanto trocavam algumas palavras, Eve dirigiu-se pela rota que lhe era tão familiar entre as paredes silenciosas. Quadros originais pintados por artistas americanos famosos dos séculos anteriores eram complementados por tapetes persas sobre o chão de mogno escuro e brilhante.

Ao entrar na suíte de Roy, encontrou seu amado arrastando-se nas muletas, para se exercitar. Graças a atenção dos melhores especialistas e terapeutas do mundo, ele recuperara o uso dos braços. E cada vez mais tornava-se patente que dentro de alguns meses poderia andar por conta própria sem nem ao menos mancar.

Eve deu-lhe um beijo seco na face. Roy retribuiu com um outro beijo, ainda mais seco.

– A cada visita você está mais linda.

– Bem, as cabeças dos homens ainda se viram, mas não como antigamente, não quando eu estou usando tanta roupa.

A futura primeira dama dos Estados Unidos não podia se vestir como uma ex-corista de Las Vegas que se divertira em enlouquecer os homens. Atualmente, ela usava sutiã para achatar os seios e imobilizá-los, de modo a parecer menos bem-dotada do que na verdade era.

Na verdade, nunca tinha sido uma corista, e seu sobrenome não era Jammer, mas Lincoln, como em Abraham. Estudara em várias escolas de diferentes estados e também na Alemanha, pois seu pai havia sido um militar sempre transferido de base para base. Formara-se na Sorbonnne, em Paris, e passara vários anos lecionando para crianças pobres em Tonga, no Pacífico sul. Pelo menos era isso que os registros revelariam, mesmo ao mais diligente repórter armado com o mais poderoso computador e o mais inteligente dos cérebros.

Ela e Roy sentaram-se lado a lado num sofá. Bules de café, tortas, creme e geléia estavam arrumados numa graciosa mesa Chippendale.

Enquanto tomavam chá e saboreavam as guloseimas, ela lhe contou sobre os 3 milhões de dólares que o pai transferira para seu nome. Roy sentiu-se tão feliz que as lágrimas marejaram-lhe os olhos. Que homem gentil!

Conversaram sobre o futuro. O dia em que poderiam estar juntos novamente, todas as noites, sem qualquer subterfúgio, parecia horrivelmente distante. E. Jackson Haynes tomaria posse como presidente dos Estados Unidos no dia 20 de janeiro, dali a 17 meses. Ele e o vice-presidente seriam assassinados no ano seguinte, embora Jackson ignorasse esse detalhe. Com a aprovação dos especialistas constitucionais e da Suprema Corte, as duas casas do Congresso dariam um passo inédito, convocando uma eleição especial. Eve Marie Lyncoln Haynes, viúva do presidente assassinado, se candidataria, seria eleita por uma imensa maioria e começaria seu primeiro mandato.

— Um ano depois *disso*, já poderei deixar o luto. Você não acha que um ano é o suficiente?

— Mais do que decente. Especialmente porque o público vai adorar você tanto que vai desejar somente sua felicidade.

— E então vou poder me casar com o heróico agente do FBI que caçou e matou o maníaco fugitivo, Steven Ackblom.

— Quatro anos até podermos estar juntos. Não é tanto tempo assim. Eu juro, Eve, que vou fazer você feliz e honrar minha posição de primeiro cavalheiro...

— Eu sei, querido.

— E, então, qualquer pessoa que não aprove qualquer coisa que você faça...

— ... nós trataremos com a maior compaixão.

— Exatamente.

— Agora não vamos falar mais sobre o tempo que ainda precisamos esperar. Vamos discutir mais algumas das suas maravilhosas idéias. Vamos fazer *planos*.

E conversaram longamente sobre uniformes para uma variedade de novas organizações que pretendiam criar, com enfoque especial na questão das presilhas de metal ou zíperes serem mais excitantes do que os botões de osso tradicionais.

16

Sob o sol escaldante, rapazes fortemente bronzeados e legiões de mulheres atraentes, usando biquínis reduzidos, bronzeavam-se ainda mais e, de vez em quando, faziam poses. Crianças construíam castelos de areia. Aposentados sentavam-se sob a proteção de seus guarda-chuvas, usando chapéus de palha, banhados em sombra. Todos alegremente inconscientes dos olhos no céu e ignorando a possibilidade de poderem ser instantaneamente vaporizados pelo capricho de políticos de várias nacionalidades – ou até mesmo pelo talento de um *hacker* vivendo uma fantasia cibernética em Cleveland, Londres, Cape Town ou Pittsburgh.

Enquanto ele caminhava pela areia, próximo à linha das águas, com os grandes hotéis amontoados de um lado ao outro à sua direita, levou a mão ao rosto. A barba coçava. Era uma barba de seis meses, já não tinha mais uma aparência encaracolada. Ao contrário, era macia e cheia, e Ellie insistia que ele estava ainda mais bonito com ela. Contudo, naquele dia de calor em Miami Beach, coçava como se estivesse cheia de pulgas e ele tinha vontade de raspá-la.

Além disso, gostava do aspecto de seu rosto sem a barba. Durante os 16 meses que haviam se passado desde a noite em que Godzilla atacara a fazenda em Vail, um magnífico cirurgião plástico executara três procedimentos independentes na cicatriz cuja espessura agora era a de um fio de cabelo. O nariz e o queixo também tinham sido submetidos a cirurgia.

Durante esse período usara muitos nomes, mas nunca Spencer Grant ou Michael Ackblom. Seus melhores amigos o chamavam de Phil Richards. Ellie decidira manter seu primeiro nome e adotar Richards como sobrenome. Rocky atendia tão bem ao nome de "Matador" quanto atendera ao seu nome anterior.

Phil deu as costas ao oceano, caminhou entre as fileiras de banhistas e entrou nos jardins de um dos mais novos hotéis. De sandálias, bermuda branca e vestindo uma camisa berrante em estilo havaiano, parecia ser apenas mais um turista.

A piscina do hotel era maior que um campo de futebol e suas formas eram tão livres quanto as de uma lagoa tropical, tendo um perímetro de rochas artificiais para os banhos de sol no centro e uma cascata de dois andares jorrando sobre uma das extremidades do pátio, à sombra das palmeiras.

O bar, sob a gruta formada pela cascata, podia ser atingido a pé ou a nado. Era um pavilhão em estilo polinésio, cheio de bambus, galhos secos de palmeiras e conchas. As garçonetes usavam *top* e saia-envelope, confeccionados em tecidos alegremente estampados, e todas tinham os cabelos adornados por uma flor viçosa.

A família Padrakian – Bob, Jean e o filho de 8 anos, Mark – estava sentada a uma mesa próxima à parede da gruta. Bob tinha à sua frente um drinque feito com rum e Coca-Cola, Mark um refrigerante e Jean nervosamente picava um guardanapo de papel, mordendo o lábio inferior.

Phil aproximou-se da mesa assustando Jean – que não o conhecia.

– Olá, Sally, você está ótima. – Beijou-a e abraçou-a. Afagou os cabelos de Mark. – E você Pete? Vou levar você para mergulhar depois, você quer? – perguntou. Dando um vigoroso aperto de mão em Bob, continuou: – É melhor tomar cuidado com essa pança, meu chapa, ou vai acabar parecendo com tio Morty – brincou. Sentou-se com eles, dizendo: – Faisões e dragões.

Alguns minutos mais tarde, depois de tomar uma *pina colada* e sorrateiramente estudar os outros freqüentadores para certificar-se de que nenhum deles demonstrava interesse suspeito nos Padrakian, Phil pagou a conta em dinheiro. Entrou com eles no hotel, conversando sobre parentes inexistentes. Atravessaram o saguão gelado. Saíram pelo outro lado, para o calor asfixiante. Estava certo que não estavam sendo seguidos.

Os Padrakian tinham seguido bem as instruções dadas por telefone. Vestiam-se como turistas de Nova Jersey, embora Bob tivesse exagerado usando mocassins e meias pretas com bermuda.

Um pequeno caminhão de uma empresa de turismo, com amplas janelas dos dois lados, aproximou-se da entrada do hotel e parou junto ao meio-fio em frente a eles, sob a marquise. As letras nas portas dianteiras diziam AVENTURAS SUBMARINAS DO CAPITÃO BARBA NEGRA. Embaixo delas via-se a figura de um pirata sorridente e, em letras menores, TOURS GUIADOS, ALUGUEL DE JET-SKI, ESQUI AQUÁTICO, PESCA SUBMARINA.

O motorista saltou e contornou o caminhão para abrir a porta de correr. Usava uma camisa de linho branco amassada, bermuda branca e alpargatas de lona com cadarços verdes. Mesmo com o cabelo em estilo rastafári e brinco numa das orelhas, procurava transmitir um ar tão digno e intelectual quanto se estivesse usando um terno ou uniforme do Departamento de Polícia de Los Angeles, nos dias em que Phil servira sob seu comando. A pele negra como carvão estava ainda mais escura e brilhante sob o calor tropical de Miami.

Os Padrakian sentaram-se no banco de trás do caminhão, e Phil no da frente, com o motorista, conhecido entre os amigos como Ronald – Ron, para os íntimos – Truman.

Phil comentou:

— Adoro esses sapatos.
— Minhas filhas é que escolheram.
— É, mas você gosta deles.
— Não vou negar. São legais.
— Você só faltava dançar, da forma como saiu do caminhão, exibindo os sapatos novos.

Sorrindo enquanto manobrava para afastar-se do hotel, o motorista respondeu:
— Vocês brancos sempre invejaram nossa ginga.

Ron falava com uma pronúncia britânica tão convincente que Phil seria capaz de ver o Big Bem se fechasse os olhos. Durante as lições de dicção para perder a pronúncia do Caribe, Ron descobrira possuir um talento especial para lidar com pronúncias e dialetos. Era agora um homem de mil vozes.

— Quero avisar – disse Bob Padrakian, nervosamente – que estamos mortos de medo.

— Vocês estão bem agora – disse Phil, voltando-se no banco para sorrir-lhes.

— Não há ninguém atrás de nós, a não ser que sejam olhos no céu – afirmou Ron, embora os Padrakian provavelmente não soubessem do que ele estava falando.

— Quer dizer – continuou Padrakian –, nem sabemos quem vocês são.

— Somos amigos – tranqüilizou Phil. – Se tudo der certo para você como deu para mim e para Ron e sua família, vamos nos tornar os melhores amigos que vocês já tiveram.

— Mais que amigos – disse Ron. – Uma família.

Bob e Jean aparentavam estar em dúvida e amedrontados, mas Mark era bastante jovem para não se preocupar.

— Esperem um pouco e não se preocupem. Logo, logo tudo vai ficar explicado.

Num grande shopping center estacionaram e entraram no prédio. Passaram por dezenas de lojas, entraram numa das alas menos movimentadas, passaram por uma porta marcada com símbolos internacionais indicando que ali ficavam os banheiros e telefones e entraram num corredor de serviço. Uma escada no final do corredor levava aos grandes depósitos do shopping, onde algumas lojas menores, sem vagas marcadas para o estacionamento de caminhões, recebiam mercadorias que chegavam.

Duas das quatro portas estavam suspensas, e havia veículos de entrega estacionados no interior. Três funcionários uniformizados de uma loja que vendia queijo, carnes defumadas e comidas sofisticadas descarregavam rapidamente o caminhão na área número 4. Enquanto empilhavam os caixotes sobre os carrinhos de mão e os empurravam até um elevador de carga, não demonstraram qualquer interesse em Phil, Ron e nos Padrakian. Muitas das caixas estavam rotuladas PERECÍVEL, MANTENHA REFRIGERADO, portanto, o tempo era um fator da máxima importância.

No caminhão na Área 1 – um modelo menor comparado ao veículo de 18 rodas na Área 4 – o motorista surgiu do depósito escuro. Quando já se aproximavam, ele pulou para o chão. Os cinco entraram no caminhão, como se dar uma volta na traseira de um caminhão não fosse nada de mais. O motorista fechou a porta traseira e logo em seguida já estavam a caminho.

O compartimento de carga estava vazio, a não ser por alguns suportes do tipo usado pelos caminhões de mudanças. Sentaram-se neles na total escuridão. Não podiam falar por causa do barulho do motor e do chacoalhar de metal à sua volta.

Vinte minutos depois, o caminhão parou. O motor foi desligado. Depois de alguns minutos, a porta traseira se abriu e a figura do motorista apareceu sob a luz brilhante do sol.

– Rápido. Não há ninguém à vista.

Quando desembarcaram do caminhão, viram que estavam num canto de um estacionamento numa praia pública. A luz do sol brilhava no pára-brisa e nos arremates cromados dos carros estacionados. Garças brancas voavam no céu. Phil sentiu o cheiro de sal no ar.

– Agora só falta uma caminhada curta – disse Ron, dirigindo-se aos Padrakian.

A área de camping ficava a menos de 500 metros de onde estavam. O *trailer* marrom e preto era grande, mas não se diferençava dos muitos outros estacionados junto às palmeiras.

As árvores moviam-se preguiçosamente, afagadas pela brisa úmida que vinha do mar. Alguns metros adiante, junto ao mar, dois pelicanos andavam rigidamente para a frente e para trás na espuma formada pelas ondas, como se dançassem uma antiga dança egípcia.

No interior do *trailer*, Ellie era uma das pessoas que estavam trabalhando em terminais de vídeo na sala de estar. Levantou-se sorridente para receber e beijar Phil, que, afagando carinhosamente o ventre dela, comentou:

— Ron ganhou sapatos novos.

— É, eu já vi.

— Se você disser que ele se movimenta com graça quando está com eles, ele vai adorar.

— Isso faz com que ele se sinta negro.

— Ele é negro.

— Ora, claro que é.

Ellie e Phil juntaram-se a Ron e aos Padrakian na mesa da sala de jantar, onde cabiam sete pessoas.

Sentando-se ao lado de Jean Padrakian, dando-lhe as boas-vindas para sua nova vida, Ellie tomou a mão da mulher entre as suas, como se Jean fosse uma irmã que há muito não via e cuja proximidade era reconfortante. Ellie tinha um dom especial para fazer com que as pessoas imediatamente se sentissem à vontade.

Phil observava-a com orgulho e amor – e com uma ponta de inveja sua sociabilidade.

Agarrando-se a uma tênue esperança de que algum dia poderia voltar à vida como era antes, incapaz de aceitar a nova que lhe estava sendo oferecida, Bob Padrakian disse:

— Mas nós perdemos tudo. Tudo. Tudo bem, consigo um nome novo e uma nova identidade, uma história anterior que ninguém poderá negar. Mas e agora? Como é que vou ganhar a vida?

— Gostaríamos que trabalhasse para nós – respondeu Phil. – Se você não quiser... então podemos arranjar um emprego, com capital inicial para você recomeçar. Você não é obrigado a tomar parte na resistência. Podemos até procurar um emprego decente para você.

— Mas nunca mais vai ter paz – afirmou Ron –, porque agora você já sabe que ninguém está a salvo nessa nova maravilhosa ordem mundial.

— Foi o fantástico treinamento em computadores que você e Jean têm que criaram os problemas com eles. Qualificações como as de vocês são sempre necessárias.

Bob franziu o cenho.

— Exatamente o que nós vamos fazer?

— Incomodá-los o mais que pudermos. Infiltrando-nos nos seus computadores para descobrir quem está nas listas negras. Sempre que pudermos, tirar essas pessoas do alcance deles antes que o machado caia. Destruir arquivos policiais ilegais sobre cidadãos inocentes, que nada fizeram de errado, a não ser ter opiniões bem definidas. Há muito que fazer.

Bob olhou em torno do *trailler*, para as pessoas que trabalhavam diante das telas.

— Vocês parecem muito bem organizados e financiados. Dinheiro estrangeiro? – perguntou, olhando significativamente para Ron Truman. – Não importa o que esteja acontecendo neste país agora, ou no futuro, eu me considero um americano e sempre me considerarei.

Deixando de lado a pronúncia britânica e adotando a fala arrastada da Louisiana, Ron disse:

— Sou tão americano quanto você, Bob. – Adotou um sotaque de Virgínia. – Sou capaz de citar para você qualquer passagem dos escritos de Thomas Jefferson. Decorei-os todos. Um ano atrás, eu não seria capaz de repetir nem uma frase. Agora, sua obra é minha Bíblia.

— Conseguimos nossos recursos roubando dos ladrões – informou Ellie, dirigindo-se a Bob. – Manipulamos os registros de computador, transferimos fundos das contas deles para as nossas de muitas formas que você provavelmente vai achar engenhosas. Existem tantas coisas que escapam aos registros contábeis que a maior parte do tempo eles nem se dão conta de estarem sendo roubados.

— Roubar de ladrões? Que ladrões?

— Políticos. Órgãos do governo com caixa 2 para projetos secretos.

O barulho rápido de quatro patas marcou a entrada do Matador que saía do quarto dos fundos, onde estava tirando uma soneca. Esgueirou-se para debaixo da mesa, encarando Jean Padrakian, batendo com a cauda nas pernas de todos. Enfiou-se entre a mesa e a parede, colocando as patas dianteiras no colo de Mark.

O garoto riu encantado enquanto era submetido a vigorosas lambidas no rosto.

– Como é que ele se chama?

– Matador – respondeu Ellie.

Jean ficou preocupada.

– Ele é perigoso?

Phil e Ellie trocaram olhares e sorrisos.

– Matador é nosso embaixador da boa vontade – disse Phil. – Nunca mais tivemos uma crise diplomática desde que ele, graciosamente, aceitou o cargo.

Durante os últimos 18 meses, Matador adquirira uma aparência totalmente diferente. Não era mais avermelhado, marrom, preto e branco, como nos dias em que tinha sido Rocky. Agora era inteiramente preto. Um cão incógnito. Um peludo fugitivo. Um vira-lata disfarçado. Phil já decidira que quando raspasse a barba (logo, logo) deixariam que o pêlo de Matador voltasse gradualmente à sua cor normal.

– Bob – disse Ron, voltando ao assunto que discutiam –, estamos vivendo numa época em que a mais recente alta tecnologia faz com que seja possível que um punhado de totalitários subvertam a sociedade democrática e controlem grandes setores do governo, da economia e da cultura, com grande sutileza. Se esse controle crescer, e não houver oposição, vão se tornar mais audaciosos. Vão querer controlar tudo, cada aspecto da vida das pessoas. E quando o público em geral acordar para o que está acontecendo, sua capacidade de resistência já estará minada. As forças reunidas contra o povo serão invencíveis.

– O controle sutil pode ser substituído pelo autoritarismo – completou Ellie. – E então os campos de "reeducação" serão abertos para ajudar as almas desgarradas a encontrarem o verdadeiro caminho.

Bob contemplou-a chocado.

— Você acha mesmo que isso pode acontecer aqui, alguma coisa tão radical?

Em vez de responder, Ellie olhou-o nos olhos, dando tempo para que ele pudesse pensar nas injustiças que tinham sido cometidas contra sua família, obrigando-os a chegar àquele lugar, deixando para trás sua vida.

— Jesus – murmurou ele, e desviou os olhos para as próprias mãos cruzadas sobre a mesa.

Jean olhou para o filho, que alegremente acariciava e afagava o Matador, e em seguida para o ventre volumoso de Ellie.

— Bob, eu acho que é aqui que devemos ficar. Esta é nossa família. Está certo. Estas pessoas têm esperanças, e precisamos muito de esperança – afirmou. – Quando é que o bebê vai nascer? – perguntou, então, voltando-se para Ellie.

— Daqui a dois meses.

— Menino ou menina?

— Uma menina.

— Já escolheram o nome?

— Jennifer Corrine.

— Muito bonito.

Ellie sorriu.

— Em memória à minha mãe e à de Phil.

Dirigindo-se a Bob Padrakian, Phil acrescentou:

— Nós temos esperança. O bastante para ter filhos e continuar nossa vida na resistência. Porque a moderna tecnologia tem seu lado bom também. Os benefícios para a humanidade compensam de longe os problemas. Mas sempre haverá Hitler. Assim, cabe a nós entrar nesse novo tipo de guerra; uma guerra onde o conhecimento é muito mais importante que as batalhas.

— É, mas o armamento pesado às vezes é necessário – argumentou Ron.

Bob contemplou o ventre distendido de Ellie, e então voltou-se para a esposa.

— Você tem certeza?

— Eles têm esperança – afirmou Jean com simplicidade.

O marido concordou com a cabeça.

— Então, este é nosso futuro.

MAIS TARDE, quando o sol já se punha, Phil, Ellie e Matador foram passear na praia. O sol estava baixo, vermelho, e rapidamente desapareceu no horizonte.

A leste, sobre o Atlântico, o céu adquiriu um tom púrpura-escuro, e as estrelas começaram a aparecer para permitir que os navegantes pilotassem seus cursos em mares que, a não ser por elas, lhes era totalmente estranho.

Phil e Ellie falaram sobre Jennifer Corrine e sobre as esperanças que tinham para ela, sobre sapatos, navios e concessões ilegais sobre dinheiro e reis. Revezaram-se para atirar a bola, mas Matador não permitiu que ninguém se revezasse para correr e agarrá-la.

Phil, que um dia fora Michael, filho do demônio, que um dia fora Spencer, e por tanto tempo prisioneiro de um único momento numa noite de julho, colocou o braço em torno dos ombros da esposa. Contemplando o brilho eterno das estrelas, teve certeza de que as vidas dos seres humanos eram livres das correntes do destino, exceto sob um único aspecto: o destino da humanidade era ser livre.

fim

It darkles, (tinct, tint) all this our funanimal world.

James Joyce, *Finnegans Wake*

Posfácio

Nos Estados Unidos não existe um vice-procurador-geral da República. Criei o cargo ocupado por Thomas Summerton para não embaraçar nenhum funcionário federal em particular.

As tecnologias de ponta para vigilância nesta história são reais. O tratamento de uma imagem altamente ampliada, obtida por um satélite em órbita, para aperfeiçoá-la, levaria mais tempo do que descrevi, mas sob esse aspecto também essa tecnologia está prestes a emparelhar com a ficção.

Existe a tecnologia para criar uma arma a *laser* nuclear e para colocá-la em órbita. Mas é pura especulação o fato de que qualquer das potências mundiais tenha desenvolvido alguma coisa que se assemelhe a Godzilla.

A manipulação de dados e as invasões dos sistemas de computadores descritas na história são todas perfeitamente possíveis. Para tornar mais fácil a leitura, entretanto, simplifiquei os detalhes técnicos.

As leis que regem o confisco de bens aplicadas ao caso de Harris Descoteaux são reais e estão, cada vez mais, sendo usadas contra cidadãos honestos. Para atender aos objetivos da história, tomei algumas pequenas liberdades com relação à forma pela qual a lei foi aplicada a Harris e quanto ao ritmo em que a catástrofe se desenrolou. Para uma democracia, uma decisão recente da Suprema Corte determinando que haja uma audiência antes do confisco dos bens representa uma proteção muito pouco adequada. A audiência será realizada perante um juiz que, se a prática for considerada um indicador confiável, decidirá a favor do governo. Pior ainda, até o momento não existe a exigência de que devem ser fornecidas provas contra o proprietário dos bens, ou de que o mesmo tenha sido acusado de ter cometido um crime.

A fazenda Branch Davidian em Waco, Texas, é um lugar real. É fato que David Koresh saía regularmente da fazenda e poderia ter sido preso de forma convencional. Após o ataque pelos federais, verificou-se que a quantidade de armas que os adeptos possuíam representava apenas a metade do número de armas em poder da população do Texas em geral. É fato também que antes do ataque o Serviço de Proteção à Infância do Texas investigou as acusações de abusos praticados contra crianças durante o culto, e considerou-as infundadas. É, no entanto, especulação a tese de que o governo tenha esperado usar os Davidian como um caso-teste para a aplicação das leis do confisco de bens a grupos religiosos.

Pessoalmente, acho as crenças do grupo de Branch Davidian peculiares e, em alguns casos, até mesmo repulsivas. Mas não consigo entender por que essas *crenças* foram a única justificativa para transformá-los num alvo.

O tipo de conduta criminosa por parte dos órgãos federais descrito neste romance não é apenas fruto da minha imaginação. Os ataques contra cidadãos comuns são uma realidade em nossa época.

Um acontecimento da vida real mencionado na história: Randy e Vicki Weaver, com o filho Sammy, mudaram-se para uma propriedade isolada em Idaho, para escapar da perseguição e para praticar uma crença, mas não o fanatismo, em relação ao separatismo dos brancos. Como separatistas, eles *não* acreditavam que pessoas de qualquer raça deveriam ser perseguidas ou subjugadas, mas sim que as raças deveriam viver separadas. Algumas seitas religiosas negras também compartilham essas crenças. Embora eu acredite que pessoas com pontos de vista tão tacanhos sejam altamente ignorantes, a Constituição dos Estados Unidos lhes dá, desde que obedeçam às leis, o direito de viverem separadas, tanto quanto dá aos Amish o direito a viverem em comunidades fechadas.

O ATF e o FBI, por motivos que ainda não foram esclarecidos, concluíram erradamente que o Sr. Weaver era um adepto da corrente de supremacia branca altamente perigoso. Os agentes federais, repetidamente, tentaram enquadrá-lo, e, em última instância, acusaram-no de uma violação técnica da legislação sobre o uso de armas.

A intimação para comparecer ao tribunal mencionava a data de 20 de março, embora o julgamento estivesse marcado para 20 de fevereiro. Os promotores federais reconheceram que o Sr. Weaver fora informado de forma inadequada, mas como ele não compareceu perante o tribunal no dia 20 de fevereiro foi indiciado por recusar-se a comparecer.

Em agosto de 1992, agentes federais armados com metralhadoras M16 e telescópios a *laser* iniciaram o sítio à propriedade dos Weaver. Sammy, que tinha apenas 14 anos, foi morto pelos agentes federais com um tiro nas costas. A Sra. Weaver de pé na porta de sua própria casa, tendo nos braços a filha Elisheba, de 10 meses, foi morta com um tiro na cabeça. O cachorro da família levou um tiro nas costas e finalmente foi morto quando tentava fugir. Posteriormente, os agentes passaram repetidamente sobre o corpo do animal com veículos do tipo tanque.

Em julho de 1993, um júri de Idaho declarou o Sr. Weaver inocente da morte de um agente federal (que havia morrido no confronto), inocente em relação às acusações de conspiração para provocar um confronto com o governo e inocente da acusação de cumplicidade num homicídio. O júri ficou especialmente escandalizado pela tentativa do governo de demonizar a família Weaver apresentando-os como neonazistas, quando estava, na verdade, muito claro que suas crenças não tinham qualquer relação com o nazismo.

Gerry Spence, o advogado de defesa, declarou posteriormente: "Um júri hoje declarou que simplesmente por se usar um distintivo não se pode matar alguém, e em seguida encobrir esses homicídios processando os inocentes. O que faremos agora em relação às mortes de Vicki Weaver, uma mãe que foi morta com um bebê nos braços, e de Sammy Weaver, um menino que foi morto com um tiro pelas costas? Alguém vai precisar responder por essas mortes."

Até agora, enquanto estas páginas estão sendo escritas, o governo federal conseguiu evitar a busca pela verdadeira justiça. A justiça somente será feita neste caso por intermédio do promotor do condado de Boundary em Idaho.

Para que a democracia seja preservada, três medidas precisam ser tomadas: (1) precisamos revogar todas as leis que regem o confisco de bens; (2) o Congresso precisa deixar de conceder isenções aos seus membros com relação a leis aplicáveis à sociedade; (3) o Congresso não deverá promulgar mais leis que criminalizem crenças que possam ser politicamente incorretas, ou fora do comum, mas que nenhum mal causam, pois estes são os crimes aos quais George Orwell denominou "crimes de pensamento".

Dean Koontz, abril de 1994

EDIÇÕES BESTBOLSO

Alguns títulos publicados

1. *Paula*, Isabel Allende
2. *Baudolino*, Umberto Eco
3. *O diário de Anne Frank*, Otto H. Frank e Mirjam Pressler
4. *O caso do hotel Bertram*, Agatha Christie
5. *O segredo de Chimneys*, Agatha Christie
6. *O poderoso chefão*, Mario Puzo
7. *A casa das sete mulheres*, Leticia Wierchowski
8. *O primo Basílio*, Eça de Queirós
9. *Mensagem*, Fernando Pessoa
10. *O grande Gatsby*, F. Scott Fitzgerald
11. *Suave é a noite*, F. Scott Fitzgerald
12. *O silêncio dos inocentes*, Thomas Harris
13. *O diário de Bridget Jones*, Helen Fielding
14. *Toda mulher é meio Leila Diniz*, Mirian Goldenberg
15. *Os sete minutos*, Irving Wallace
16. *Uma mente brilhante*, Sylvia Nasar
17. *O príncipe das marés*, Pat Conroy
18. *O buraco da agulha*, Ken Follett
19. *O jogo das contas de vidro*, Hermann Hesse
20. *Acima de qualquer suspeita*, Scott Turow
21. *Fim de caso*, Graham Greene
22. *O poder e a glória*, Graham Greene
23. *As vinhas da ira*, John Steinbeck
24. *A pérola*, John Steinbeck
25. *O cão de terracota*, Andrea Camilleri
26. *Aylu, a filha das cavernas*, Jean M. Auel
27. *A valsa inacabada*, Catherine Clément
28. *Fera de Macabu*, Carlos Marchi
29. *O pianista*, Wladyslaw Szpilman
30. *Doutor Jivago*, Boris Pasternak

EDIÇÕES
BestBolso

Este livro foi composto na tipologia Minion, em
corpo 10/12,5, e impresso em papel off-set 63g/m² no Sistema
Cameron da Divisão Gráfica da Distribuidora Record.